余岱宗、李彬源、張曉嵐———

主編

# 曠野上的風

福建師範大學文學院
學生文學創作精粹 2019

# 序 *Preface*

## 余岱宗

近十年來，福建師範大學文學院學生文學創作的風氣日趨濃厚，藝術水平不斷提高。詩歌創作歷來是文學院學生創作作品中最具有先鋒性和實驗性的文體，散文的創作則異軍突起，佳作迭出，小說創作的藝術水平的逐步提高亦可樂觀期待。

福建師範大學文學院學生的散文創作，近年來格外耀眼。其中的佳作，已經不再有刻意雕琢的學生腔或雲遮霧罩的傳奇虛構，而是直接躍入文學如何理解他人、如何觀照人生、如何掃描人性的複雜化的書寫階段。

本書中，陳彬琪的〈春寒〉，是文學院大學生散文創作中的代表性佳作。

陳彬琪的散文〈春寒〉，敘述了一位鄰家女性的悲劇性的命運，令人悵惘痛惜。這位被稱為「姐姐」的鄰家女性，她居住的房屋的牆角寫滿密密麻麻的字。「姐姐」的「創作」，讓作者「驚為天人」：「在鄉下，能寫出這文字的她定是第一人。」具體寫了什麼，作者並不明示。然而，這已經在勾勒某種「情境落差」。所謂「情境落差」，便是內心對生活的追求、希望與實際生存狀態之間的差距。這位鄰家女性識文斷字，能讓作者佩服，但不願意與他人交流她所寫的內容，只是在帶著冷意的環境中過活。「姐姐」有靈氣，但神情冰冷。這位鄰

家姐姐有過什麼樣的過往，有過什麼樣的幻想，又經歷過怎樣的希望、失望或痛苦，作者只能通過其外部的神情揣測，卻無法走進她的內心深處。然而，全篇文章，正是通過這位女性被忽視的文字，被抑制的靈氣，與其所處環境的簡陋冷清，與「姐姐」的命運，構成了「情境落差」。可貴的是，作者並沒有刻意渲染這種落差，只是從字裡行間讓讀者有揣度的理由：那些文字可能是這位「姐姐」內心掙扎的映射，這表明她需要傾訴，所有的傾訴卻只能落在牆角。面對他人的時候，姐姐只選擇了沉默。這些「隱情」，謎一般存在於文本背後，成為全文的「空白點」。然而，正是這些「空白點」引起讀者的好奇與思慮，牽動出同情和深思。

鄰家姐姐「被她丈夫拉到精神病院去了」，發病的誘因與過程，儘管被省略，卻提示了某種精神衝突的存在。另外，文章結尾，丈夫對妻子生命的冷漠，揭示了其婚姻內部令人心寒的真相。這位女性的內在靈性與其婚姻境遇的粗陋乃至醜陋所形成的落差，再次強化了某種無聲的殘忍對「姐姐」的傷害。

作者沒有發出一句對這位女性命運的評價話語，卻透過冷靜的「局外人視角」的觀察，形成其立場和態度。說是「局外人」，是因為作者並沒有介入任何事件之中，只是鄰家姐姐故事的旁觀者。然而，這種旁觀卻不意味著無動於衷，相反，姐姐的命運不斷叩擊著作為旁觀者的少女作者。一位鄰家女子的家庭、婚姻所形成的境遇在年少者的心中不斷地形成種種疑問，這種疑問促使年少的女性作者將其鄰家姐姐的生存方式納入對女性命運的思考之中。儘管這種思考被處理得極其冷靜，甚至作者似乎有意躲避去直接面對鄰家姐姐的命運，但這躲避本身反而彰顯出鄰家姐姐諸事件衝擊力的強大。

從這個意義上說，〈春寒〉既是從旁觀視角寫一位女性的命運，

還同時寫了一位少女對女性生存方式的感悟。少女的靜默視角，一層層地感受一位少婦命運的變化，才可能形成雖是旁觀卻具有足夠敏感力和衝擊力的觀察。從姐姐的生活環境，以及她的眼神，再到姥姥「嫁人可要擦亮眼睛！」的話語，直接或間接信息，無不對「姐姐」的生存狀態形成逐步完整的勾勒。文中，「姐姐」死亡之後，「那些上了年紀的婦女長吁短嘆了一陣，然後安慰那男人說，好在有了一男一女，一輩子的吃穿也不愁了。」少女的靜默視角的存在，才形成對這些老好人式的「長吁短嘆」的抗議與反諷。雖然沒有一句直接的評論，卻可看出少女對於「七嘴八舌」帶著反諷意味的不認可。姐姐的事件，對少女作者來說是某種隱形創傷，但這種創傷亦促其成長促其思考。從這個角度說，這篇散文是因為一位少女的靜默視角之觀察獲得控訴的向度與憐憫的力量。「局外人視角」的冷靜，不代表著作者態度的中立。相反，對「姐姐」個體命運越是多關注，對其周圍的一切亦更多反思。

這種貌似中立的「局外人視角」，其敘事藝術上的特點，便是通過敘述的靜默與觀察的敏銳形成獨有的緊張感，作者不直接現身表態，卻一步步引導讀者去思考。不動感情不等於無態度無立場，相反，對誰關注得多，對誰敘述得深，便意味著作者在「暗暗地」將其關心和在意投射在誰的身上。「局外人」不「局外」，靜默不意味著內心的平靜，相反，正是通過不動聲色的觀察，少女作者形成自我對「成年人世界」獨有的感悟。其中不排除創傷性的記憶，但這種記憶亦是少女成長道路上體悟到的改變女性命運的自我召喚，進而形成改變命運、把握命運的積極出發點。

對人生、人性，極富成熟度的表達，不僅僅表現在文字方面的自如，更多的是精神層面上對他人的複雜而深入的理解。再如尹茜茜

的散文《咫尺的神鬼》。這篇以外婆為主人公的散文，作者筆下的「姥娘」、「老太太」可謂活靈活現。這篇作品的好處，主要還不在於敘述頗得張派神韻，而是作者洞察外婆所形成的思考深度。外婆的形象，既有偏執的「亂」講究，更有開朗智慧的老者風範；既有闖蕩天下的風風火火，亦有經歷人生劫難後對世道運命的從容豁達；既有恐慌和認命，也有執著與堅韌；既有盲目，亦有原則。這樣的散文是「提起來」寫的散文，不是那種拘泥於時間秩序或具體場景轉進的「貼著寫」的散文。散文要能做到「提起來」寫，其行文就首先要擺脫前因後果或時間演進的拘束，以「談資」的話題來喚起書寫的興味，以「趣味」的獨特讓材料分泌出奇特意義。「提起來」寫，意味著作者的梳理、組合、比喻、窺探讓無趣沉悶甚至是重複的日常生活通過文字獲得回憶的鮮活力，獲得凝視的審美感，獲得同情的代入感。

散文的表達，彷彿漁夫將漁網撒向時間的大海，漁網的份量只有漁夫才會掂量得出來，也唯有聰明的漁夫才懂得在什麼樣的海域可能拖曳出沉甸甸的記憶。

當然，這漁夫還要懂得分揀，更要兼具廚師的本領，將不同性質的材料恰到好處地「烹調」：保留記憶的鮮度，掌握敘事的火候，轉化腥味的成分，料理主題的脈絡。風味獨特的菜品往往會讓食材風味帶上廚師的印記。

「提起來」的散文書寫，才可能將材料中最獨特的部分組織成思想的迴旋與情感的波動，進而賦予趣味的靈魂與感悟的熱力。散文書寫，若沒有龐雜性便顯得不豐富，但龐雜性又與零碎性不同，龐雜性需要性質多樣的人事的參與，零碎性則只是性質相同人與事的集合。有了龐雜性，還要有獨特的提純性，但這種提純性須是複雜思路中的

提純。提純不等於簡單化，相反，提純須是從龐雜性、錯雜性中提純才具有藝術的價值，提純的過程中保留著主題本身的複雜性乃至自相矛盾之處。這樣的提純，就不是扁平化的提純，而是尊重這個世界的複雜性，並認為從複雜性中提煉出美感是一種更可貴的藝術創造。

本書中，諸多散文篇什都不是「為賦新詩強說愁」般的情感模仿，而是少年人有了真切人生體驗之後對人世變幻的感悟和感慨。其中有些內容與表達具有出乎意料的思想與情感的「早熟」之表述。青春，愛，友誼，迷惘，憧憬，記憶，從來都是青年朋友們文學書寫的重要主題，從上個世紀八十年代繁星滿天的長安山文學之夜，到新世紀之後師大旗山校區的校園文學創作的倡導，再到今天倉山校區文學創作的大力推動和佳作頻出。所有這些，都表明文學創作是青年朋友們最值得驕傲的一種能力，也是每位大學生都值得去把握、去擁有的書寫權利。

青年與文學，青春與寫作，是那麼生動而緊密聯繫著的。

只有真正經歷過大學生生活的人，才會體悟到大學學習與生活的簡單性與多樣性、重複性與生動性。每一代青年人，有著每一代青年人的情感與思想的表達，每一代青年朋友有著屬於他們的語言風格，每一代青春故事都鐫刻著各自的烙印。

青年朋友們書寫著青春的秘密、青春的迷茫與青春的奮鬥。每一代的年輕朋友的審美特性都不可重複。這，無所謂高低，而是具有不可替代性。每一代人都需要各自眺望，彼此打量，在默契的會意中，讓各個年代的青春記憶共同匯聚為值得珍藏的青春博物館。

青年時代，寫出一篇文學作品，便意味著擁有一面敘事鏡像，意味著挽留住某段時光。

不要太相信人的記憶力，諸多記憶事後是會被自己扭曲的。當

下之我會不會在記憶中背叛歷史之我，這很難說，至少成年人回憶少年時代、青年時代的往事不見得有多可靠。即便事情的來龍去脈是可靠的，但一個年齡階段的即時感受往往是稍縱即逝，難以追憶的。人的記憶與感受，如層層疊疊的考古現場，甚至比疑點重重的考古作業區域更錯綜、更微妙。因此，年輕的朋友，多些青春時代的藝術創作，保持住對自我生活的敘事熱忱，不僅僅是為了當下的藝術才華的發揮，更為自我青春做一次「敘事保鮮」。從這個角度說，任何階段的敘事都是不可代替的。

當下的青年朋友的詩歌、散文創作乃至小說創作，似乎比二十多年前的大學生更具一種更明顯的「懷舊感」甚至是一種「滄桑感」。我記得上個世紀八十年代的大學生寫的文章，除了寫實性的描述，多有對未來天真而瑰麗的幻想，而九〇後一代的寫作似乎擁有更具「懷舊感」的情懷。年輕一代的他們「回望」能力似乎更發達，他們「搜索」記憶的表述似乎更敏銳。這不奇怪，首先，他們生活在一個資訊更發達的年代，互聯網帶來的信息革命與他們的成長幾乎同步，其次，從他們出生開始，中國正經歷著從工業社會到信息社會、從鄉村社會到都市社會的巨變。他們不是局外人，只要他們的身心感受到周圍環境的變化的步伐，那麼，所有那些因為變化轉型而帶來的迷茫、困惑和期待都會在他們的內心刻下痕跡。他們的審美經驗不是八十年代那種直線的單維度的「憧憬」，而是多維度的時間疊合，他們甚至更多地吸收了上兩代人的情感體驗、生命經驗與生存困惑。如此，他們的作品中似乎「往前看」、「向前邁」的熱情不夠，但他們擁有更發達敏感的記憶能力和更精緻的表述能力。別小瞧這種能力，這表明這一代人可能擁有更善於理解他人的心靈和更善良的內心。理解會帶來更開闊的視野，同情會轉變成幫助他人改變社會的動力，人文審美

更有利於提升情感與生活品質的健康趣味,同時讓他們擁有更積極參與改變的動力。

我相信這種期待會在這些年輕的朋友們的未來得到印證,並因此送上美好的祝願。

# CONTENTS
目次

寶島「文學行腳」散文作品

## 2017 年兩岸師生文學研修營學生散文作品匯總

# 散文
*Prose*

# 春寒

福建師範大學文學院本科 2015 級　陳彬琪

　　昨夜，嗩吶響了半宿，狗也吠了半宿，人聲稀疏了一陣，後半夜才靜下。

　　原是鄰家的姐姐在昨晚下葬了。

　　清晨寒氣不止，院子裡飛著幾張蒼白無力的紙錢，姐姐的狗伏在不遠處的沙堆上，失了元氣般安安靜靜，一聲不響。我與那姐姐其實不太熟，但是，即便如此，原是好好的人忽然就走了，還是讓我有些悲傷，這興許是群居人類的本能。

　　我是在十二、三的年紀，認識了那個姐姐。她並不是很美，個子不高，瘦得不行。那時她大概二十四、五，已經嫁人，還生了一個與她神似的女兒，女孩兒的名字有些有趣，叫念生，聽著倒有些無法言說的意味深長。那小女孩子雖長得不大，但實在是能吃，每日總是拽著各種食物嚼著，偶爾還來我家蹭點牛奶蛋糕。我不大喜歡她，覺得她少了那姐姐的靈氣，反倒有些她父親那熙熙攘攘的土氣。姐姐的男人很少回家，說是在外謀生計，其實大家都心知肚明，他怨姐姐生的是女孩兒，覺得丟人，便不願回家。雖然一年半載見不到丈夫，那姐姐倒也看不出有什麼悲傷。丈夫不回家，她便養了一隻土狗作伴，每天念生和狗逗樂的樣子，也足夠撐起一家子的熱鬧。

　　第一次在她家中做客是念生牽著我去的，那灰色水泥的空間裡充斥著冰冷的油膩味，狗趴在水泥地上，一副不食人間煙火的悠閒。我見姐姐斜靠著四四方方的桌子坐著，便有些緊張，她不像個溫柔的

女人，窄窄的眼皮下，藏著說不清的不悅，暗黃色的燈光直直地從她眼睛裡溢出來，照得我渾身冰涼。我便想討好她，努力找話和她套近乎。東扯西扯了半天，卻看見了牆角上有些密密麻麻的字，我便湊近去看。具體寫的什麼，我早已記不得了，但是那時覺得驚為天人，隱晦的詩句在坑坑窪窪的牆上密集地排著，我雖年齡不大，但還是能隱隱感受到字裡行間的某種對生活厭倦的高深，讓我很是崇拜。在雞同鴨講的鄉下，能寫出這文字的她定是第一人。於是我便又扯著話題，說她寫的東西很好，比我書上讀的更新奇。她依舊沒有動搖，手裡掂著一碗白開水，不接我的話。半晌無話，她便開了電視，電視裡播的是《雪山飛狐》，片終的時候，因為實在喜歡那首歌，我便沒頭沒腦地著跟著哼了起來。「你唱得很好，好聽。」姐姐突兀地說了一句，我卻驚得閉上嘴，不敢再唱。午飯的時間到了，她並不留我吃飯，我自知無趣，和念生開了幾句玩笑，便打算回家。那姐姐已經轉到廚房裡炒起了飯菜，油膩的氣流沿著天花板上的電線張牙舞爪地包圍住了不圓不橢的燈泡，燈光煞有溫度地照著桌上的那碗白水，上面浮著一隻掙扎的蚊子。我呆呆地看著那蚊子死透了，才回家。家裡一桌飯菜熱氣騰騰，油膩而又溫情滿滿，我忽然很好奇那姐姐炒出的飯菜是什麼味道，但是，也不過想想而已。

　　不久之後，我考上了縣城裡的高中，便寄宿在學校，在繁忙的功課之中，我便不大記得那個姐姐了。冬至過後，我回了一趟家，姥姥擇著我最喜歡的青豆角，絮絮叨叨地說，鄰家的姐姐精神上好像不太好了，前兩天被她丈夫拉到精神病院，說是要治好了再回來。「以後嫁人，可不能嫁給這種男的！」姥姥布滿青筋的手顫了一下，將一節長了蟲的豆角丟進了畚斗。家裡的飯菜簡簡單單，卻無比可口，「姥姥，我真想一直在家裡，不想上學了，學校的飯菜是真的很難吃。」我塞了一嘴的豆角，邊嚼邊抱怨著學校的種種。

「說什麼呢，要好好讀書，以後能嫁個好人家，傻孩子咯！」姥姥把豆角都倒到我的碗裡，「醫院裡的飯菜才是不能入口，知道嗎？」姥姥望窗外看了一下，姐姐家門口，那隻土狗曬著太陽，懶懶散散，和平時並無兩樣。

回學校的時候，我特地往姐姐家望了望，沒有燈光，四周灰色的房間有理有據地暗著，不少灰白蚊子不斷地從房間裡往外撞，卻被困成一團，死囚一般無望地掙扎。興許醫院比這裡更明亮一些。我發呆了一會兒，便出了弄堂。弄堂外邊兒的油柏路被曬了一天，一股焦掉的塑膠味兒沉澱在空氣裡。直達學校的小麵包車不久就來了，晃晃悠悠地擠上車，關上門的瞬間，心裡噠地一下裡空了一塊兒，那姐姐的事兒便漏到車外斷斷續續地風景裡去了。

學校功課日益繁重，我一頭栽在其中，焦頭爛額。寒假之後，我終於回了家。姥姥坐在門前的石椅上曬太陽，看見我，便急急忙忙地去把冰箱裡的魚拿了出來，說是要給我燉湯補身體。弄堂的舊石子路已經拆了重建，取而代之的是筆直溫婉的水泥路，不少鄰居搬了小椅子在自家路邊上坐著，陽光客客氣氣地灑在每一個的身上，日頭正好。遠遠地能聽到幾個野孩子放小鞭炮的玩鬧聲，空氣裡充滿人氣，有春節的味道。

大概是中午的時間，姐姐家的門忽然敞開了，一個圓滾滾的女人艱難地踱出門來，靠在了紅漆落盡的鐵門上，好像是在想什麼事情。我一下驚住，居然是那個姐姐，姥姥知道我吃驚，塞了一顆小番茄到我嘴裡，然後小聲的說，那姐姐在醫院吃了太多藥，回來便浮腫起來，再也瘦不下去。

我剛想和她打個招呼，那姐姐的男人卻從門裡探出頭來，招呼著讓她吃飯。姐姐誒了一聲，便進了門。夫妻兩個比我想像中的恩愛許多。生活興許湊合著就習慣了，習慣了就是一副歲月相安的模樣。

　　我便不再多想那姐姐的事情，安安穩穩地享受起了假日。

　　念生依舊常來我家玩兒，就那樣隔三差五地，她便稀裡糊塗地長大了，臉圓得不像樣，倒是笑起來很乾淨，問她關於她媽媽的事情，也總是傻笑著說不知道。後來的某一天，她突然偷偷告訴我，說她要有個弟弟了。我吃驚，倒也明白了。給了念生糖，便讓她回家好好照顧媽媽。「爸爸會照顧媽媽的，因為媽媽有弟弟了。」念生舔著糖，自顧自說地回家去了。

　　三月的時候，寒氣依舊不減。我數著回學校的日子，悵然若失。那姐姐的產期也將近，她丈夫還特地來問姥姥一些生產的事兒，態度無比嚴肅認真。姥姥自然是耐心地教他，但是，待他走了，便又嘆氣，「之前生女兒也不見得這麼細心，在土地廟裡求了籤，知道是男孩兒才改了臉色。這男人不真吶。」

　　窗外卻依舊熱鬧著，弄堂裡五、六個小孩兒在撿放完了的炮竹，春節已過，熱鬧的氣氛減了一些，但在孩子這裡，只要不開學，便天天都是春節。念生坐在自家門口，自顧自地逗著那隻土狗，沒有從前那樣的孩子氣。

　　姐姐的肚子一天天大著，幾乎超過我的想像，她丈夫笑呵呵地，滿面春風，一副喜事將近的樣子。沒幾天姐姐已經走不動路了，為了讓姐姐放鬆身心，那男人叫了鄰居的兩三個姨母嬸嬸來自家湊一桌麻將。每天，搓麻將的清脆聲和嗔笑在弄堂裡外此起彼伏，日子一下就緊實起來。

　　兩個星期之後的一個深夜，弄堂裡忽然就人聲喧鬧，男人焦急而不知所措的聲音跌跌撞撞，和女人的呼天喊地莫名地不協調，我大概知道，那姐姐是要生了。姥姥聽到聲響，便出了門，說要打個幫手，在把姐姐送上車後，姥姥才回來，手上已經有些乾掉的血有點觸目驚心。不論用肥皂洗了多少遍，還是一股腥味。

第二日一大早，我便被敲門聲弄醒，開了門，卻看見念生一個人蹲在門口，哭得一把鼻涕一把淚，狗伏在她腳邊，靜靜地喘氣。「阿姐，我一個人害怕，爸爸，媽媽都不見了。」

我抱著她進屋，給她煮了點麵，哄著她吃完，逗她玩兒了一會兒，念生便睏了，「小孩子心寬，想睡便睡了。」姥姥摸著念生的頭，拉著她到我的房間睡覺。

兩天之後，姐姐還是沒有回家。念生每天哭鬧，要媽媽，怎麼哄都不行。最後沒法，帶念生去了她某個三姑六姨的家裡。我總算是清靜了。

又過了大概三天。那姐姐的男人有些喪氣地回到了家。左鄰右舍自然是好奇，便問他出什麼事了，那男人愁苦著一張臉，嘆了聲氣，說：「我老婆大出血，還好孩子沒事兒。果真是個男孩兒！」那些上了年紀的婦女也長吁短嘆了一陣，然後安慰那男人說，好在有了一男一女，一輩子的吃穿也不愁了。她們七嘴八舌了一陣，便散開，留男人一個在房子外邊兒坐著抽菸。天黑得很快，那男人不一會兒就進了屋。一天就這麼過去了。

我不是很相信那男人的話，興許是他胡言亂語，那姐姐好好的人怎麼會大出血。姥姥不接我的話，手泡在冷水裡搓得通紅。

幾天之後，居然聽說那姐姐走了。我震驚，卻無法不信。而昨夜，姐姐終於下葬。由於不是老死，所以不能光明正大地辦喪事，那男人有些慶幸，說是這樣省下不少辦喪事的錢。晚上嗩吶沒頭沒尾地響著，夢境裡，念生的哭聲隱隱約約，像是真的。

不久之後便是開學，念生站在家門口和我道別。小小的個子，比以前瘦了許多。我拖著行李走過弄堂，她便追上來，喊道：「姐姐，我會想你。」我不知道怎麼回答，就點了點頭。便走出了弄堂。

早春還是有點冷的，風吹得我的臉頰生疼。往後的日子，我便

不再去想那姐姐，念生我也不怎麼見得到了。只是聽說好像是她成績不太好，便打算輟學去學一門手藝，好養家。

　　春節依舊，早春依舊寒得驚心動魄。我時常在入睡前想起念生，但，我希望她早已忘了我，忘了被時光甩到背後的種種。

# 咫尺的神鬼

福建師範大學文學院研究生 2015 級 尹茜茜

## 上

入大學以來，我一度疑心山東的特產其實是姥娘。偶然與東北、甘肅同學閒談，發現與談諸位的姥娘均是山東出產。我姥娘算之中最能「跑」的──從山東奔波至長春又跋涉到蘭州，一路顛簸，末了繞在閩北的小山坳裡落下腳來──她持一口不翹舌的山東話形容此地為「孔夫子都不來教化的地」。對這方式微的水土，她態度雖是鄙夷，但也仍在此繁衍生息了三代人，連她莆田的兒媳婦也附和起山東的講究，禁止我表弟在正月裡理髮了。「正月剪頭死舅舅」，不押韻也沒個典故，無厘頭之說。後來彷彿獲悉是「思舊」一說誤作「死舅」，簡直啼笑皆非。我媽媽那一輩便無所忌憚了，正月裡造出個栗色的如來般的捲髮，於寒風中顧盼自雄，惹得一眾小輩競相貶損。老太太（家裡人喜喚我姥娘為老太太，符合她機警又彆扭的性子）出面解釋這特權──「你們兩個舅姥爺都不在了。」

「兩個？」我二十歲了才知道自己還有一個舅姥爺。

老太太解釋道，她大哥二十歲當民兵，手榴彈沒扔出去，炸死了。娶個媳婦才兩年，都沒孩子。後來媳婦改嫁了，還管婆家父母叫爹娘。別人說是她家新房風水不好，觸怒了神鬼。後來家裡又有個女眷著了魔，平時見人都不講話的人，在床上滾來滾去地折騰，說什麼「你們擋了我的事，我讓你們不安生，你家大兒子就是我勾去的。」結局也上吊死了。老太太講這故事的語調甚是寡淡。她一個人踽踽邁

過了八十載春秋，小地主家庭的悠然，第一胎的男孩，竭心盡力呵護她的丈夫，甚至不睦的姊妹，皆被她甩在了身後，泥足在故去的歲月裡。也難怪她對故人的感情不充沛——年久失修，都坍塌了。末了語氣陡然一升，「我大哥多孝順，晚上回來都要先去老人房裡陪老人講講話。」字裡行間有身世之感。

我是老太太帶大的，近水樓臺之利，諸如此般的故事耳聞不少。神話傳奇另算，這是之間我聽過最玄幻神秘的了。我揣測其中有捏造的成分，可老太太的明思巧辯是公認的，又不至於巫史不分。她還在絮絮叨叨地唔嘆著，無非又在囉嗦子輩的不體貼。我也不用搭理她，只想這故事有種咫尺的距離感，倒無所謂恐怖，卻存有種親切。轉念一回味，陡然覺出老太太之華妙超然——至親逢著了這種事，老太太對神鬼的態度仍是如此飄搖：她鮮少信仰皈依，朋友們去拜佛吃齋之際，她就籠閉家中看電視做家務。可她從朋友處聽來些本地的風俗又興興頭頭地回家來要我們遵循，以致南北的風俗混淆一塊，繁冗不堪，兩方也常有矛盾，她懶怠調停，往往笑眯眯地糊弄過去。她只在我們言辭間衝撞了神鬼時才稍板住臉來。

老太太常言自己膽小，這剖白也教人生疑。她看不慣我假期裡白日做夢晚上做事的行徑，批判我點燈熬油浪費資源與金錢。話這麼出口了，她必得先以身作則為人師。於是她執意夜晚不開燈，摸黑看電視。黑梭梭的長方體空間裡，獨有其老花鏡和螢幕交相輝映，濃墨描出她千溝萬壑的面孔來。這場景本就自帶了恐怖意味，她還偏揀個考古挖墓的節目看。屍體大白天下的那一刻，我驚了一跳，央求她換臺。她目不轉睛地對著電視，不走心地慰藉我說沒什麼好怕的。這時我最恨她。

我揣度過她的立場，覺得是我姥爺的過世讓她對世道運命生出了意見。較冥冥間的命數而言，她更願意信自己和近身的親人。被好

運垂青的機率太渺茫，倒不如希冀能夠被忽略，與她的後代們優遊卒歲便心滿意足。雜有年齒漸長之因素，人與六合冥合，成了神秘的可怖中的一部分。《小團圓》裡韓媽談及「秋虎子」也尷尬，認為色衰的自己與其有相似的面貌；恐怖片裡也是，多是最簡樸、最無端的怨憤最嚇人，這裡面老人與嬰孩又占了極大的分額。我也以為老人嬰孩是生命裡最接近自然的段落，這中間的歲月人便俗障深了，與原始生分了，才常有無端的惶恐。

## 下

老太太評價她的女婿們：二女婿「謊話三千」（其實不過是有點話嘮），三女婿木訥不疼人，小女婿過於精明。縱然是這麼個「拐牯」（音譯的山東話，大致是古怪彆扭之意）的老太太，也有十分討她歡心的人。撇去我姥爺另論，大致她周遭最稱其意的男人便是她大女婿了。她大女婿，我胖姨夫，倒也真是家族裡有口皆碑的男性楷模。在待神鬼之事上，他與老太太有相仿的豁達和勇敢。

福州冷峭的正月十五夜，胖姨夫帶著姨媽和我在街上信步。歸途上遇見了神秘的隊伍：沿途放著紅紙鞭炮，還有騎電動三輪的消防人員在側，也摸不透這消防人員是否為正規編制。起先是擎這牌子的先鋒，後來又有打著紙燈籠的人，燈籠上書朱紅大字「柯將軍」，另還有位將軍忘記了名號。姨媽猜測這裡人喚神仙為將軍。間歇又穿插著打扮齊整的隊列，有男有女，多是六十歲上下的老者，也有年輕人，秉旗的男孩看上去不過十八、九，還有個三、五歲的孩童被母親拖著遊弋在邊緣。服裝道具置辦得相當闊氣，假髮、衣帽絲毫不敷衍，沒有一件陳年舊物，「連鞋也講究」。隊列之後，從杳渺的煙霧後搖搖晃晃蕩漾過一個兩米有餘的紙糊假人，披頭散髮，頗為唬人。少頃，尾隨來兩名紙造的大姑娘，想是與前者有些干係。我在湖南的

一座山裡參觀過「十八層地獄」，岩洞裡濕漉漉地滲水，周遭的泥人全如這紙糊人一般，內含無物的玄色眼睛釘在人身上，當時即覺的人造人有道不盡的毛骨悚然。胖姨夫倒觀賞得津津有味，讚揚道：「有誠意，不像我們那裡，隨隨便便舞個獅子就向人討錢。」說話間，一列舞獅就迎面而來，是動物園裡溫馴的猛獸，自走自的，不與路人討要分毫。後又跟上些裝扮成仙人仙女的方陣，晦暗隱約的燈火下可辨出突兀的凡人面孔來。末了抬出頂轎子，轎子裡端坐著個木偶的女神，應是這儀式下最重頭的人物了。過了她以後，觀眾中一位虔誠的老人也撤下了合十手勢。也有不屑一顧的路人，生硬地撥開隊伍，穿道而去。胖姨夫遊興尚未饜足，非要再去探究竟這到底何方神聖。他隱約判斷這是附近庵裡的一尊神仙。我們擇了條僻靜的小徑，沿路的社區大門正對牆上用瓷磚貼出的「出入平安」。再往裡，沒看見奉柯將軍們的地方，倒是有個以齊天大聖孫悟空為主神的廟。大聖廟廟門緊閉，紫紅色燈影團團點綴在頭頂。姨夫姨媽便談起數日前另一處供大聖的廟堂，製了個高聳的大聖像，大聖眼睛被紅布蒙著，靜待開光的良辰吉日。聽說新加坡的福州人和土生華人中的部分也信仰齊天大聖。再待一年後我作論文，才知台江這一帶大小廟宇竟有幾十座，奉拜的各路神仙不下十餘位。由一斑可窺見閩中南民風之虔誠。

其實無須特意調查，在福州兜上一圈就充足感到神仙崇拜的普遍。在福州，市隱各處皆匿著大大小小的庵堂廟宇，一隅紅牆一角飛簷，從生鏽的紅闌干與碧綠的蔓藤間顯出端倪。印象裡還有一次短途旅行，目的地是隨意揀的蔽塞城鎮，連旺季旅店也不大漲錢。夜晚出來消食，遙見遠處在辦著什麼儀式。閩中南的宗教秘不可測，語言更令外人摸不清奧義。耳畔低轉迂迴著閩南曲調，閩南地帶的方言念出來是嘰裡呱啦，哼唱起來又是咿咿呀呀，典型的唱比說好聽。朱光沖天，給烏紫色的天幕漂上了曖昧的紅暈，像寡言玄秘的東南亞少女的

覥腆笑靨。

閩北與閩中南同屬一省，民俗信仰上卻不如後者古奧完整。閩北甚至再往北去，神仙和民眾一致，皆移民居多，本地神所聞甚少。在閩北，神仙日子也要逍遙得多，不大纏夾於人間社會，重要時日善男信女只在內部動靜，外部不大察覺得到。往南的火車上能親身感到這交替：原還以為是稀鬆平常的一天，列車與閩北漸行漸遠才知覺又是與宗教有牽絆的日子。車行中途，打車窗望出去，山坳裡盛著虛籠籠的雲，近裡平行碼著一溜溜的店鋪，隔著條水泥路，路邊樹著一列的白色路燈，燈上還舉著白風車，饒有意趣。店鋪前燒著粗壯的玫紅的香，渾濁的煙霧團聚不散，硬生生造出了個粗糙的東方仙境。仙境虛設在山山水水的布景上，墨綠的船隻泊在近岸，和更遠處摻糅點橘色的紅呢帽小白房子交相映襯，又是西洋的聖誕經典配色。東西方世界的信仰並居一隅，堂皇鋪展於眼前，視覺上有刺激感。這刺激在閩北山城裡是難得的。

對南邊地帶，我素來以欣賞為主，見了神秘景致，欣賞的興致則要更膨脹些。亦像從書櫃上揀小說，因為宣傳語打上了「宗教」、「懸疑」之流的字眼，就不禁要取下來讀。咫尺間目睹復古繁榮的風景，著實驚豔，但也惋惜這景就與我一人看，故要把它寫下來令他人也看見。

曠野上的風

# 有關生命

福建師範大學文學院研究生 2016 級　呂東旭

## 一　藍楹花開

　　女友即將遠赴異國留學，便回到母校走走看看。我們在古樸幽靜的山腳下散步，走到五號樓身後，一樹紫藍色花朵掛滿樹冠，地上鋪滿了淡淡的紫毯。我們小心翼翼地走近細瞧，生怕踩碎了一地落敗的美感。靠近樹的剎那，分別的憂鬱一下子舒展了，葉子在陽光下愈顯明朗，斑駁可見，每一片都著上青翠之色。花成串成串垂於枝下，或綻放朝向湛藍天空，互相輝映，藍也跳躍著。偶爾掉落下幾朵，如天鵝毛絨般輕盈。我們驚嘆，相視而笑，時光恍如定格在一年前的畢業季。

　　去年大概也是仲夏，畢業的跫音已經悄悄走近，當時我們穿著學士服在古樸的山麓取景、拍照以作留念。在此地求學、生活長達四年，一草一木都印刻著成長之足跡，猶清晰記得教室裡老師引領我們感受卡佛、海明威小說的簡約魅力，書法老師耐心講解漢字筆劃之間的引人入勝，以及慢慢教會我們用美學的眼光去看待紛繁的世界……一晃四年，藍楹花也盛開、頹敗，花期之怒放，花落之飄逸，終究難以停留，唯有過往一幕幕，銘刻於心。

　　初遇藍楹樹，是在深秋時節，在北方長大，自然在福州很難察覺秋的氣味，除了偶爾溫度的突降，處處仍是鬱鬱蔥蔥之深綠。本以為難以見到金黃一片收穫的喜悅，或光禿禿的樹幹，一地枯黃的落葉。但親眼目睹藍楹樹的那一刻，我才意識到，原來還有樹竟然如此

義無反顧，凋零至不剩一片葉子。褶皺的樹皮如老人歷經滄桑的手背，乾枯的枝丫只輕輕一觸就可散落一地。我真的以為這是一株枯樹，只是園丁一時忘記了清理。

直到第二年初春，有嫩葉鑽出，葉子相對而長，羽片豐盈，整棵樹生氣盎然，彷彿返老還童。灰色的樹身，撐起奇妙的一大團紫，這使我想起了梵古的油畫《星空》。目之所及，盡被紫所點染，濃重的色彩，空闊的氣象，這不正是生命曾衝破壓抑的渴望嗎？經歷了漫長的等待，為的只是兩個月鮮豔的花期。唯有這樣的色彩，才能讓人體味盛頹之張力，情緒之堆疊：等待、無懼、絢爛……我忽然意識到自己的無知，生命總是在靜默中孕育著驚人的能量，尤其是當一簇簇淡紫色喇叭吹響在半空中的時候，它成了校園裡最亮麗的一道風景，引得人們紛紛駐足流連，彷彿置若罔聞就是在對美的褻瀆。

有些地方稱藍楹為「畢業樹」，因藍楹花盛開之時，差不多也接近畢業季。畢業就意味著離別的到來，少年們曾志向無限遠大，轉眼即各奔天涯，人生自古傷離別，藍楹花剝落的花瓣被吹得零亂，增添了些悲涼的意味。多少年來，藍楹樹一直在此地堅守，用紫色的雲朵和學成而歸的人們揮手告別。女友告訴我，藍楹的花語是在絕望中等待愛情，我才知曉原來背後竟埋藏著令人動容的愛情：據說故事發生在民國十一年的閩南德化，德化首富之女曉蘭和窮困潦倒的黃心英情投意合。為改變貧困處境，黃心英決定下南洋淘金，並約好三年後歸來迎娶。後來，心英從南洋捎書信並贈藍楹花一株，以作定情之物。三年之期到時，未見心英來，卻收到他已經在新羅成家立業的消息。曉蘭大病一場後，聽從父親安排準備嫁給城西李大官人。出嫁前，卻聽見黃家老母在悲泣，不禁詢之。原是那心英在新羅染上惡疾身亡，怕誤小姐終身大事，故詐稱業已成家。曉蘭聽此淚如雨下，便投井而亡。如今在德化的一個街頭，仍可見一株藍楹樹，每到端午節前後，

枝頭如藍色火焰燃燒。令人稱奇的是，那樹杈、花朵更是皆向南而望，猶如一個穿著藍花碎裙子少女，在倚窗而望翹等情郎歸來。還有人說在藍楹花盛開且月圓之時，能從樹梢上聽到喃喃細語之聲等等。故事的真假停留在傳說之中，但淒美之境足以讓人沉浸其中，難以釋懷。藍楹樹葉子在淒冷的冬日全部凋零莫不是寄寓著絕望？但春歸時開滿紫色花來驚嘆世人，而後方知絕望中對於信念、愛情的執著與堅守。

　　我望著眼前的女友，撿起了幾朵藍楹花，放在她的手心，相視一笑，彼此了然。「畢業季，分手季」對於真正懂得藍楹花的人並非一條定律，而是對於青春美好的無情嘲弄。離開母校一年多的時光，女友從靜謐的校園走進喧囂的社會，經歷了生活、工作上的種種苦惱、不快，也曾迷惘、無措，最終毅然選擇放棄不錯的工作，孤身一人去國外求學，這多少讓我看到眼前藍楹花所散發出來的那股倔強。在回到母校的幾天時間裡，她坐在教室，聽聽老師們的諄諄教誨，沿著山麓走走，整個心都安靜了、平和了。明年差不多也是這個季節，該是藍楹花盛開之時，她也會回國了。幾天後，在廈門高崎機場送她，我把藍楹花夾於師大手繪明信片中贈予她，望著轉身離去，寫下了難捨的〈背影〉：「一低頭，阿羅海的風驀然輕柔／眼睛裡跳躍著的詞語終究難解／聚散匆匆。幸福的事不過是／沿著街衢漫無目的地遊走／或看她將每一個餃子捏上褶皺／塵世間的愛情固然危險／置之不理萬水千山與時間／採一朵長安山麓藍楹花，靜默地等待著明年花開／不遠處，一個背影轉身成了／來時面頰之緋紅。」

　　生命有時候就該如此，在等待中消耗生命，也感受著生命。走著走著，一回頭才覺得，原來已經走了這麼遠。因此，對於生命，我常心懷感恩。但有時也不免會因消逝而痛心不已！

## 二　磨坊

　　母親打來電話，說五舅過世了。聞此消息，難以置信，畢竟他才四十多歲！細詢問才知，五舅是在二樓晾曬豆干，不小心跌落在磨坊旁，頭部卻不偏不倚砸在磨豆機上，血流不止。他望著剛滿十二歲的表弟，極力想說幾句話，終究未吐出半個字，已不省人事。於是，大家開始責怪磨坊，豆干是磨坊所生產的，磨豆機是用來磨豆子，是它們造成了一個鮮活的生命消逝！放下電話，腦海驀地浮現年前五舅在磨坊做豆腐的知足，邊哼唱著邊將豆腐切成塊狀兒，豆漿在鍋裡翻騰著，揚起的熱氣和磨坊外翩然的飛雪追逐……我無法想像此後的磨坊將成為不願提起之處！

　　命途多舛用在五舅身上是恰當的。在人多力量大的年代，外祖父有五個兒子，一個女兒，看似多子多福的背後，吃喝成了燃眉之急，更多的是應對饑餓的挑戰。外祖父搭建起了一間磨坊，走街串巷挑著擔子賣起了豆腐。十里八鄉誰都知道外祖父家的豆腐好，一家人的吃喝便繫在了簡陋的磨坊上。十多歲的五舅對豆腐算情有獨鍾，研究豆腐的各種不同做法，已經會用豆腐去做出美食給全家人享用。每年立春，遠處的群山剛綴上一點兒綠，泥土剛被雨水打得酥軟，外祖父和五舅便和些泥、尋幾捆茅草整修磨坊，將去年風雨侵蝕的印記抹平，整個磨坊也煥然一新了。

　　男大當婚，解決成家的問題可不是吃頓飯那麼容易。哥哥們婚後分了些家產自立門戶。作為家中最小的五舅，還留在外祖父的身邊。他也沒有埋怨，在農村該是如此，結婚得按照長幼順序。哥哥們的婚事已經把整個家消耗得一窮二白，唯獨剩下那間破敗的磨坊：十幾平方，一盤石磨，一口鍋，幾個蒸籠。我呢，打小在外祖父家長大。北方初冬的清晨，天亮得很晚，一片白茫茫的大霧，清冷讓雞也

學會了偷懶，只叫了幾聲，磨坊已熱氣騰騰地煮著黃豆。五舅和外祖父開始磨豆子，蒸豆腐，晾豆干……每次我都被豆腐的香味「牽著鼻子走」，這時五舅總會端來一碗醇香的豆漿來滿足我的嘴饞。十里八村都知道老宋家有個五兒子，是個賣豆腐的好手。稀稀落落有媒人上門說親，但要求都是要有間瓦房（土房子已經過了時）。於是，五舅先訂了親，打算瓦房蓋好，就能結婚。

那段日子，我整日見不到五舅，等我醒來，他早已出門賣豆腐了，睡著時，還沒有回來。偶爾遇到，五舅都是滿面春風地和我打趣：「你將要有個五舅媽了，多個人疼愛你了！」七、八歲的年紀，我似懂非懂，只是覺得這磨坊裡多了些歡聲笑語。五舅在工地上學過瓦匠活，為了節省成本，決定自己蓋房子。他和外祖父到離家二十公里外的地方去買建築材料，用拖拉機拉回來。一天，我和外婆在家等了很久，農村的夜晚靜得出奇，只有沙沙作響的樹葉在濃密的樹林裡迴盪，月光傾瀉在院子裡，清晰地看見遠處的草垛以及奔跑而來的人影。外祖父滿頭大汗進了門，聲音夾雜著嘶啞，大致說五舅開拖拉機經過路口撞了人，現在人已送醫院，而五舅也被管控起來。數月，人出了院，已將準備結婚的錢花去大半。於是親事作罷，房子也成了爛尾。從此，少有媒人登門，五舅依然每天清早在磨坊裡低頭勞作，傍晚賣完豆腐把擔子放回磨坊。我經常會看見五舅在磨坊前呆坐，望著每一粒豆子被石盤磨得粉碎，如同生活給予的痛苦和無奈，但香噴噴的豆漿、滑嫩嫩的豆腐不正是由此而來嗎？磨坊就像一個飽經世事的老人，用博大的胸懷安慰著眼前的孩子，牆上的每一塊斑駁都在告訴他，人生多是磨難，苦悶屬於短暫，時間可以撫平一切創傷。

後來，外祖父突發腦血栓離開了我們。那天，悲痛在我的整個身體裡顫抖，像氣球裝滿了水，一碰觸就會噴湧而出，世界彷彿都在旋轉，變為一片漆黑。從剛出生到長大，外祖父始終把我捧在手心，

用溫暖的手掌包裹著。小時,有空就把我背在肩上;稍大些,每天接送我上學。五舅將我攬在懷裡,撫摸著我的頭:「別怕,外公不在了,還有舅舅保護你。其實外公沒走,只是變成了磨坊,無時不在看著你呢!」五舅、外婆我們仨相依為命。我和外婆整日守在磨坊,泡黃豆、磨豆子,做豆腐……我覺得磨坊就是外祖父的生命,磨坊的每一寸土地上都曾掉落過外祖父額頭的汗水。而五舅買了輛三輪摩托車,一天要出去賣個好幾趟,鞋子也跑壞了好幾雙。再大些,我去外地上了學。五舅種了二十多多畝地,農閒時,便繼續做著豆腐,家裡也充裕了起來。幾年後,五舅結了婚,在鎮上買了二層樓房。外婆來信說,農村那間頹圮的磨坊也棄置不用了,將它圍了起來,養起了雞。五舅是離不開磨坊的,在鎮上的院子裡另蓋了一間嶄新的磨坊,並購置了磨豆機等機器。每一次去他家,看到磨坊,我們就聊起了那段朝夕與磨坊為伴的歲月,他總是感慨,老磨坊沒了,新農村規劃將其夷為了平地,變成了耕種的農田。

五舅出殯那天,我遠隔千里趕回奔喪。五舅的墓地就選在了老磨坊那片土地上。初秋時節的北方,木葉滿地,雜草枯黃,淡白的秋霜鋪陳一地,唯獨麥子剛發出新芽,尖尖嫩嫩的,綠色在田間流淌,彷彿以新生去陪襯著一個生命的凋零。我站在墓地,似乎看見不知疲倦的五舅此時正在磨坊裡,埋頭推著磨盤,一會兒往磨盤放著豆子或將灑出的豆渣掃進槽裡,一會兒用手捶打幾下酸痛的肩膀,是那樣全神貫注忘乎一切……

磨坊中的一粒粒豆子,就是大千世界上的無數生命。它們經過反覆的浸泡,有的被打磨,成為可口的豆漿或者白嫩的豆腐,有的散落在地上,偶遇泥土,冒出翠綠的芽兒,不論何種狀態,生命的色彩總是多樣。當生命來時,我們飽含欣喜;走時,也請好好珍藏。

# 光陰厚樸──關於泥土的隨想

福建師範大學文學院研究生 2017 級　楊雨菲

一

　　或許泥土太悄無聲息，太不起眼，以致我遺忘了它的存在。直到去年清明，回故鄉途中，車窗外掠過連綿的小山丘，細看才發現是墓地。初春，這些半青半黃的山坡上，立著一垛垛土堆，周遭的草木也是冷靜的色彩，唯有土堆上，插著鮮豔的花朵，鮮豔到奪目，這一瞬間，生與死如此強烈地對比共存，我第一次體會到土地的深情和悲憫。它覆蓋了所有的榮辱悲喜，結束了掙扎、不甘、怨憤……所有獨屬於人世間的體會。

　　然而，縱是一堆黃土，仍有惦念之人為它插上花朵，賦予它生機，令死亡不那麼荒涼。

　　在故鄉的那段日子，外婆又老了一些，老年人的身上，都寫著歲月、時間和生死。我撫摸著她粗糙的皮膚，像樹木的年輪，不，這是家族的年輪，她漫長一生的標本。外婆年輕時是個美人，只是誰也逃不過歲月的無情的鐮刀，它將所有人按時間收割，所謂不許人間見白頭，終究只是虛妄的期許。

　　外公早幾年先她而去，她的日子像泛黃的日曆，撕掉一頁少一頁。這些年，總是看著周圍年歲相仿的人，先後離世。外婆不擅訴說和表達，這種看著大限將至，時刻被生死命題提醒著，被宿命籠罩著的日子，她的心底一定湧現過無數的哲學般的念頭。她也許在想，死亡之後，她會去哪？還有沒有精神和靈魂？會不會遇上外公？還是永

無止境的黑暗與沉睡。

沒有人能解答這些困惑，她只能把深深的憂慮藏起了，藏到日常的生活中，靜待時間流逝，裹挾走悲傷。然後經過時間如樹葉一般對記憶的層層覆蓋，心性成長，生死觀的一再考量與更新，讓她平靜地面對這一切事。

能令她喜悅的只有過節，子女回來的時候，熱鬧喧嘩的人氣將她的屋子變得溫暖明亮。她渾濁的眼睛瀰漫出笑容。只是每次母親提到想為她添置衣物，外婆總是拒絕，念叨著，「過幾年都是一抔土」，她早已勘破結局，接受了「托體同山阿」的宿命。

外婆生性平淡，很少與人爭執，只是非常排斥和子女們到城市生活，抗拒搬進高樓。一生與自然相伴的外婆從不願意離開土地，她要貼著地面，貼著泥土，這些帶給她莫名的安心與踏實。外婆的好惡是最自然的選擇，曾經我們所有的住所都是能夠腳踩實地的，後面打開有小院子，長著樹木和蔬菜，稀稀疏疏幾隻雞鴨。一日三餐，所有的饋贈都來自土地，它已經沉澱入血液中，成為基因一樣強大和會遺傳的事物，它是眷戀和皈依。

而如今城市化導致土地稀缺，市區人口膨脹，樓層越蓋越高，一旦從高樓的窗戶往下看，暈眩感襲來。我們只能蜷縮到城市空間的一隅，肉身被冰冷的鋼筋水泥包裹，在這裡安身立命，直到每一個終日奔忙著的人，被前仆後繼的時光掩埋，成為泥土的陪葬。

二

如果說城市人的時間是鐘錶上冰冷的指標，那在鄉間生活的人，時間和泥土息息相關。他們講求物候和節氣，是古老的耕作經驗演變而來的時間座標。

從草色淡如煙的立春到驚蟄，春耕的季節到了。天氣回暖，春

雷始鳴，萬物出乎震。春季播種的秧苗，到了盛夏收割。收割後復播，深秋成熟。水稻從一根秧苗起，就開始和泥土相互作用，經過日照和雨水的醞釀，稍大的葉片邊漸漸抽出了新芽。直到它再長……最後稻穗從綠而扁長葉片中間探出來，細看這些金黃色，雖小卻飽滿，顆顆串在一塊，遠看是條狀，掩映在綠色的葉片內，每一束都沉沉低著頭面朝深情的土地，在起風的曠野裡，海浪般起伏。

沃野千里的稻穗，飽滿的顆粒，難道不是時間和泥土的戲法麼！泥土連結了時間和糧食，它們進行了隱秘的能量交換。一茬茬的秧苗，經過一百多天的醞釀，結成了稻穗，金黃色的粒粒稻穀中，凝聚了天地的時間，也凝結了外婆勞作的身影。

當年外婆腿腳還利索的時候，總是彎著腰，和土地對話。雨水來了大地濕潤，日照久了則乾燥，最樸素的道理卻關乎糧食的收穫。春日時分，前夜葉片還緊緊包裹著，常常只是睡了一覺，第二天農作物紛紛抽芽，她的生命中，經歷過無數次蓬勃的驚喜。

泥土不似人那般詭詐，它正直，純淨，從不懈怠，也不奢求回應。只要依從物候時序，播下種子，如果不遇上惡劣天氣，到了時候，就長出纍纍果實。一年又一年，春華秋實。它從未抗拒過這種規律，不斷地用肥沃的身體，溫柔地包裹每一粒種子，把時間放進了飽滿的稻穀裡，讓勤勞耕作的人感受到大地的饋贈。

待春播的秧苗成長，成熟，土地又一次完美地完成了和人們的契約，勞作者笑盈盈地收穫。然後鬆鬆土，施肥，灌水，開始第二次的播種。每逢夏季的農忙時節，人們往往一邊搶收，一邊播種，他們踩在田地裡揮汗如雨，陽光的炙烤讓每個人的肌膚又黃又紅。遠遠看去，他們的膚色和泥土多麼相似，這是炎黃子孫共有的膚色，它從千年前黃河流域延續下來，同樣的血脈和文明。

經過數日奮戰，滿滿的金色稻穀裝入倉庫，這些穀子，是一年

的期盼與凝望，它塵埃落定的時候，大家都舒了口氣。

見證過稻穀的生長過程，對鄉村的米飯印象也更深切。那些日子，我經常吃到外婆用自種的稻米做飯，每一口都能嚼出清甜氣息。煮飯前，外婆總是量好米到鍋裡，坐在門口板凳上拈撿米中的小石子和稗粒。我也百無聊賴，在她身旁看太陽漸落，直到接近大地，而後將所有的光芒，良辰美景都饋贈給一望無垠的田間。遠處村落屋脊之上的水杉樹尖，近處的田埂水塘，全然沉浸在溫柔的光輝中，還有別人家屋頂的炊煙，這一縷縷煙，小時候總好奇它最終會去哪兒。盯著久了，見它飄過了遠方的青山，稀釋了，散淡了，看了一會眼睛酸了，外婆還在忙碌，她挑得很慢，好像世間所有都不及眼前這些米粒。在外婆的身旁，我總能得到某種遺忘時間的安寧。

農閒時分，泥土和遠處的山巒一同寂靜著，除了種植糧食的田地，鄉間其他土壤，無人問津，反而長出了落落野花，和不知名的草木。泥土是寬容慷慨的，它不僅可以滋養糧食，其它花花草草，只要紮了跟，泥土大概憐惜它們漂泊的不易，一視同仁地養育它們。外婆的院子裡，就有幾株無名花草，疏於修葺，慢慢自成風姿，幾根野草搖晃著細小的草穗，摻雜在花朵裡，它們你開你的，我搖我的，有種漫不經心的莊嚴感。

鮮花的花事是驚心動魄的一場遇合，野草的草穗也是付託於風塵裡的繁華人生，誰的一生不是隆重的呢？泥土若無大慈悲，怎能縱容這些草木，世間的強大，有時是柔弱成全的。

三

古人見天上明月，容易抒發宇宙人生之感慨。泥土和明月不同，月光太清冷，它永遠散發著不食人間煙火的清輝，寂靜如雪地掛在夜空，讓地上的人去眺望和詠嘆。泥土甘願被踩在低處，被賦予陰

暗潮濕的屬性。而它的形成，同樣歷經了滄海桑田。很難想像，我們腳下的泥土，需要五百至一千年的光陰才能演化而成，它目睹過兩宋風雅和明清的精緻，它見過蘇軾臨風絕唱的風姿和金人踏破南宋山河的鐵蹄。它始終沉寂在王朝的背後，淡然凝視著大地上的繁榮或衰敗，如果它有語言，目睹王朝更迭的哀榮，可有一番盪氣迴腸的情愫？

泥土的身上，留下了自然與歷史兩種刻度。這閱盡千古風流的土壤，它也許來自蒼茫北地，當陽光銳利地穿透亂雲，箭簇一樣地插進大山的皺褶，岩層肌理猛然向上隆起，山脈與山脈在這裡迎頭相撞，撞得山崩地裂驚心動魄。風帶著大秦、大漢大唐的氣息，帶著長安、涼州和中原的氣息，灌入胸懷。經過百年風化，它從崖邊跌落，變為碎石，日積月累的風雨，將它打磨地越來越瑣碎，在這過程中，隨著地表變化，加入自然界的迴圈，直至成為一寸土壤，此後依然無時無刻不在發生著物質交換，一陣閃電、風雨，一片落葉的腐化，一隻昆蟲的死亡，都改變著它的微量元素。故而泥土的每一寸罅隙，皆燒錄著山河歲月。

面對泥土背後容納的時空，不禁蕭然起敬。尼采說：「人的情況和樹相同。它愈想開向高處和明亮處，它的根愈要向下，向泥土，向黑暗處，向深處。我想起了故鄉田地裡沉甸甸的稻穗，青澀時望向藍天，最終都選擇朝泥土致敬。

# 四

文明縱然有千萬頁厚，總有一根細細的線為它裝訂，再燦爛的時代背後，都深藏著一個安靜的背影。在時間的最初，萬物混沌，在文字萌芽之前的新石器時代，先民們已經琢磨著憑藉調整土壤的黏度，來燒製簡單的陶器，它藏著人們最質樸的衣食住行的願望。

每一次燒製都是泥土的新生，它由柔軟變成堅硬，被賦予了形狀。它徹底告別了地面，走進了人們生活的夜空。不知泥土是否喜歡這樣的煉造，但從此，泥土的時空凝固了，成為陶器，成為化石，它大概已與時間達成和解，從此永恆地停在時間漩渦的深處，停在新石器時代的夜晚，安睡在時空最深的睡眠裡。

而它依然保留了泥土的色彩，相較於後來明亮光潔的瓷，陶更有一股樸拙天然的神韻，千年前的氏族部落，在幽暗潮濕的夜晚，人們用火光將四周微微照亮，搖曳明滅中，陶器因光明的召喚，原本黯淡的色澤多了暖意，一抹橘紅，反射到先民的眼睛裡，湧動著生存的希望。

和陶器朝夕相伴的人們，美感的萌動，也從陶開始。在活著的意義只是生存和繁衍的時代，人們已經開始探索實用之外的東西，他們試圖在樸素的陶器上，描繪蟲魚鳥獸的模樣，這是人類關於存在和世界的想像，從古至今未曾停歇。

在博物館，我曾近距離看過陶，黃中泛紅的色彩，依稀是泥土粗礪的肌理。此刻，我看見了，在無窮時間的某個瞬間裡，在幽暗的中心，它保持著千年前熟睡的姿態。時間和歷史是一個大秘密，我看見無窮秘密的深處，藏著一個小小的、精緻的秘密。在時間的長夜，它廝守著最黑暗、又最明媚的一瞬——

眼前，聚光燈下的陶碗，沾著千年前人們的體溫和手澤，有些位置被磨得平滑溫潤，而使用它的人們，早已被時間吞噬，被層層泥土覆蓋。我想像他們使用陶器的聲音，在河流邊，用碗盛了一汪水，萬古一遇的月夜，他們碰杯。當他們碰杯，天上，正有幾顆流星，交換隕落的方向。月光返回天上，水返回河流，無數飲者的背影越去越遠。直到有人倒下，死去，他們不願意獨自一人面對浩渺黑夜，讓陶器陪葬，陶做了回最忠誠的守護者，它從泥土而來最終又回到了地

下。地下的陶器，它跟著年輪一圈圈轉動，如螺紋絲絲纏繞，將歷史一層層加密，然後封存，它一直在暗中為歲月燒錄，直到被千年後的人們開啟，努力傾聽著它寂靜裡的萬古跫音。

生活和時間浸潤過的地方，都有泥土的影子，人們的雙手從一開始，就在和它探討和商量。

我又想起了外婆，或許她的悲喜，總是先被泥土記住了。

適逢故鄉清明，細雨將大地浸潤，田間萌黃翠綠。老屋的瓦楞間，扎根於此的小草也探出了腦袋。我和母親祭拜完祖先，一腳剛踏進到老宅，就感受到清明果飄香。每年外婆都用艾草來製作果皮，我沉迷於這類帶著草木和泥土氣息的美味，輕輕咬一口，令人忘記時間在走啊。耳畔依稀迴響兒時童謠：「吃粑粑，吃粑粑，粑粑吃得把魂巴得住。」舊曆的光陰在閩地的鄉村堆得很厚，那是深沉的眷戀，是年少時悸動的情愫初旅和胎記。

我蹲下身，掬起一抔泥土，掂量大地的鹹與沉。

曠野上的風

# 殼中往事

福建師範大學文學院研究生 2015 級　陶贇

從地圖上看，沙湖山是鄱陽湖內湖中的一個點。白茫茫的水四面八方從天邊湧來，被大地微微隆起的部分分成兩股，到低處又合為一股奔向天邊，於是浩浩蕩蕩的湖水漫過的地方就多了一個幾與世隔絕的小島。

小時候，水是活動的邊界。大人們編出水鬼和能吞人的大魚的故事告誡小孩不能涉水。水是禁忌，更是誘惑，激發了兒時的我對神秘水域的冒險精神。

我是三歲半入學，對水最早的記憶就是入學前。我家附近有一口池塘，夏天大人都要午休，我卻睡不著，便偷偷溜出去。幾個比我大的孩子蹲在塘邊正凝神釣龍蝦，身旁有好些戰利品。我學著他們折了一根樹枝，在一頭綁上細細的縫衣線，大孩子們剝了一隻龍蝦尾巴給我栓在繩子上當誘餌，把誘餌線甩得遠遠的，就等蝦來吃了。線一緊，就是蝦來了，小龍蝦又笨又貪心，只要把線提起來，它就會吊在誘餌上被捕獲，很少會鬆鉗。那次我才下誘餌，就拉上來了一隻黑紅黑紅的蝦，我正興奮著，我媽從身後一把把我揪回家，一路大聲呵斥，戰利品也沒拿。挨教訓後我耷拉著腦袋立在後門口戰戰兢兢不敢吭聲也不敢動。正氣悶著，大伯走過來逗我，你給大伯說說你是怎麼釣龍蝦的，我撿起了沒來得及扔的樹枝示意了垂釣的動作，大伯哈哈大笑，我更氣悶了。從此我再不敢涉水，但對水的隱秘嚮往一直都在。

　　兒時的夏日午後像是凝固的，比一個世紀還漫長，我曾和堂兄躲在奶奶家屋頂閣樓旁吹著習習的涼風，幻想過一場驚心動魄的洪水救援行動，直到日落西山才意猶未盡地為故事安上一個圓滿的結局。我是那樣渴望生活能有不一樣的色彩，而湖的深處卻是從未去過的，哪怕是坐小船蕩進菱網深處撿水鳥的蛋這麼有趣的事，我也只聽大人和其他的小孩兒講過！更別提淌進野荷灘摘蓮蓬了，大人們也要穿上厚重的防水衣才能下去，小孩兒只能在岸上巴望著，看著大人隱現在無邊的白蓮與紅蓮中，等著上岸時順手摘一朵荷花，揪一片荷葉作為安撫。我連乾望的機會也沒有，那時，我媽媽不擅長也不需要幹這些活兒。我盼著長大，盼著媽媽的禁令鬆弛，盼著能有近水的機會。

　　有一年小叔叔從外地回來，他說帶著我到村外的楊柳津河邊挖一種貝殼。小叔叔只比我大十幾歲，我出生時他已經去縣城求學，而後又去市裡上大學，畢業後分配原籍，而等我去縣城生活，他早已去上海發展了。我與小叔叔見面的次數實在不多。那時小叔叔才二十出頭，我們家兩代都遺傳到了爺爺的方臉，唯有他繼承了奶奶的瓜子臉，眉眼間又有一股柔氣，看起來白淨斯文極了。所以看他套了一雙下田時才穿的高筒黑套鞋，我就忍不住咯咯笑。

　　楊柳津河連接鄱陽湖，隔開了圩里和山上，河面不寬，橫著一座簡陋的水泥橋，夏秋時節，河水幾與橋面平行，水流洶湧。冬春時節，橋墩裸露在外，河水涓流如溪。河兩岸是鬱鬱蔥蔥的老垂柳，隨著楊柳津河蜿蜒至河灣，就從視野中消失不見了。枯水期，河水退去，把灘塗抹得平平整整，河心的水清清亮亮的，河灘上面分布著一個個手指粗的洞。

　　小叔叔在前，我跟在屁股後面，亦步亦趨，生怕不小心就摔成了泥人。說是來挖貝殼，可我一個貝殼也沒見到，叔叔指著小洞告訴我，貝殼就藏在這裡面，我疑心他的話，他便伸出手指往洞裡一挖，

嘿！果然摳出一隻貝。我也試著去摳，但我分不清哪些小洞是貝殼的呼吸孔，哪些是別的生物製造的孔，所以我總是撲空，但挖本身就充滿了趣味，我本就是跟來玩的，平時大人哪裡會允許你下河呢？所以這一點也不影響我樂在其中。

我們挖的這種貝殼形狀窄長，渾身青黑，一指長，比湖蚌小得多，留意它的人少，任它點綴在河岸，而我卻始終不得其名，深以為憾。後偶識一種名為橄欖蟶蚌的貝，出產於鄱陽湖、太湖、巢湖等水域，外觀與楊柳津河岸那種貝十分相似，不知是否同為一物。

相比之下，河蚌則是鄉民的老熟人，它體大肉厚，又易得，幾隻蚌就是一道美味，女人們耕作回來順手撿幾隻黑蚌丟在斑斕活潑的菜籃上，果蔬就顯出了莊重，這天的晚飯就有了湖水和晚霞的滋味。記憶中媽媽給我做過一道菜，是將蚌肉用紅薯澱粉和醬油漿過後氽的羹。媽媽很不擅長烹調，我小時候的記憶中是沒有她下廚房的樣子。那天傍晚她拾回來一小籃蚌，那蚌比大人的手掌還大，油黑發亮，帶著濕潤的水腥味。媽媽用菜刀小心劈開圓溜溜的蚌殼，拾掇了好半天，進了廚房。不多時，她端出了兩碗蚌羹，一碗放在我面前，一碗放在自己面前。我似乎記得還沒到飯點，媽媽已經迫不及待要做出成果。那是我第一次吃蚌肉，入口滑溜溜的，味道如何我已經不記得了，那份新奇日後卻念念不忘。這種做法我此後再也沒見過，想必是媽媽的創造發明，她嫁到這裡才幾年，對這裡的一切也像個孩子一樣很感到新奇。

九八年特大洪水後，我們從圩里搬到了山上，此山非彼山，是地名。沙湖山地處鄱陽湖濕地保護區，一馬平川，圩壩內的村莊統稱為圩里，而所謂的山上是圩壩外一二公里處的小島，這裡地勢相對較高，九八年特大洪水，圩里成了澤國，二層的房子連頂都看不見，一切都在水下，所有人類生活的痕跡都被抹去，只有山上倖免於難，只

是低處的房子進了半人高的水。那一年秋冬，這裡就成了人們的庇難所。山上三面環水，有政府、學校、醫院，我們住在爸爸的單位宿舍。一到夏天，湖水包圍上來，唯一一條通往外界的路就沉在水裡了。風起時，大浪滔天，一陣一陣向高處拍打又落回低處，山上就像岌岌可危的小舟。直到三峽大壩築起來，這條路才免於連年夏天被淹的厄運。搬到新家，與水就更親密了，我們就住在鄱陽湖的懷抱中，冬天湖水鬆鬆垮垮摟著我們，夏天就逼得緊。大水之年，圩裡低窪處的稻田就被淹了，鄉人就要打一年的饑荒。若是水還往上漲，就要提防洪災了。這時鄉人每天都要去堤壩上巡視水情，查看圩壩有沒有滲水，若有裂縫，哪怕是小小的滲水孔，都意味著有決堤的危險，九八年的洪水是蒙在所有人心頭沉重的陰影。鄱陽湖年年給我們送來豐盛的水產，也時不時製造大小水災。

　　搬到山上後，同齡夥伴更少了，山上地窄人稀，又都是從外鄉遷過來的人，我成天圈在爸爸的學校裡，乏味得很，白茫茫的水便成了我探索的第一個神秘世界。完成課業我成天在外遊蕩，山上就這麼大，從南走到北，從東走到西，也費不了小半日功夫，頂了不起也就是沿著湖岸繞個圈罷了。有一回在湖邊的沙地上看到堆成小山一樣的蚌殼，肉已經被人取走了，大抵是某個勤勞的女人給一家人的嘴謀的福利。那個年代，不發水災，人們就不用為溫飽發愁，但飯桌上大部分時候是暗淡的，偶爾向鄱陽湖打點秋風，飯碗裡就增加了不少亮色。我對這一堆蚌殼吃驚不已，珍珠母在陽光下流溢著七彩的光，我意外地發現光滑的殼壁竟附有一粒粒突出的珍珠，大喜過望，敲了好些下來，多為半球狀，附著殼的的一側扁平，另一側則圓潤美麗。這些不完整的珍珠我裝進小罐子中保存了好幾年，作為一次神奇發現的證物。十歲那年搬離沙湖山，我還帶著這一罐子珍珠，在漫長而孤獨的成長歲月中，我時常倒出它們，一粒粒摩挲，每一粒都摩挲出了許

多故事和回憶。

　　唯一能涉水的活動是撿螺螄，近湖食湖，當地人嗜食田螺，方音喚為螺螄，實則為兩種生物。每到夏天，摸螺螄就成了鄉民的保留項目，這也是媽媽愛做的事，她也樂於帶上我。因為撿螺螄的地方水又淺又乾淨，出門走三五百米就到了。這是一個很大的沙坑，坑底總是積著淺淺的水，是螺螄理想的生長環境。

　　說到沙，沙湖山，「沙」是首位的，這裡有源源不斷的湖沙，整個山上似乎就是一個大沙山，自然也成了天然採砂場。外婆家在鄱陽湖的另一岸，門前是內湖神靈湖，長年有大型採砂船在湖上作業，從湖底吸沙上來，再吐到船身裡。而沙湖山的沙只要開著貨車帶著鍬去裝就是了，司機還得帶著秸稈鋪在來回的路上，否則車輪非陷進沙子不能動彈不可。沙湖山的小孩衣褶和鞋子裡總有抖不盡的沙子，手心也總是閃爍著沙中雲母微粒的光芒。

　　這些沙地漲大水時就在湖底了，枯水期來，採砂造成的沙坑就蓄上了淺淺的水。這裡的水除了湖水的遺留還有就是雨水，最深處也不過到小腿，踩進去也不會攪起一團渾水，清澈可人。坑底有薄薄的泥沙，長著零星的水草，水裡是沒有魚蝦的，但是螺螄卻又肥又多。田邊水溝的螺螄難免帶著泥沙，甚至螺殼上附著一層綠茸茸的蘚，讓人沒有伸手的欲望，這裡的螺螄一粒粒盤踞在水底，像光滑的青石子，它們肆意地將柔軟的身體從保護殼中伸出，偶爾翻個身，煞是可愛。我並不急於撿進籃子，我得挑選最漂亮的收入囊中。

　　挑不了一會兒，我就玩起了水底軟塌塌的沙子，把腳埋進去，像埋進了棉花堆，這時就忍不住停下來看一看周圍金黃的沙地，遠處白絹一樣的湖面，和腳下清凌凌的藍天白雲。看夠了，就不管漂亮不漂亮一股腦兒往籃子裡撿。有一回和媽媽撿了許多雞子般大的螺螄，一般的螺螄不過半截拇指那麼大，剪去尾部炒一炒就是夏天無上的美

味了，但是大螺螄卻不可用此法，大螺肉厚，難烹入味，所以媽媽總是先煮一道，再把螺肉挑出來切碎了炒，我總是嫌它太硬太糙，帶殼吮的螺螄才是滋味最悠長的。剛撿來的螺螄不能直接烹調，須放清水養幾日，待其吐盡泥沙方可料理，我喜歡把吸附在桶壁的螺螄捋下去，再惡作劇攪一攪，觀察它們驚慌失措縮進殼內閉緊靨蓋的樣子。

當地人撿螺螄一般為打牙祭，鮮有以此牟利的。夏天過完，螺螄也就無人問津了，待北風起，螺螄就要鑽入泥沙準備過冬了，這時水中就難覓螺螄蹤跡了。學校旁邊的敬老院有一個獨居啞巴老太太，她是有兒子的，但兒子常年在外沒有蹤跡。她總是一個人，我常常看到她在垃圾堆裡扒拉，哪怕是一小片布，也會撿回去。我幾乎沒見過她笑，她的眼睛很渾濁，總是一副自衛的凶相。有一回放學我看到她捲著褲腳在水泡子裡摸螺螄，那是深秋，天快暗了，湖風很冷，我裹緊衣服還感覺到陣陣寒意，她浸在冰冷的水裡，籃子裡的螺螄又少又小。這個季節，她撿這些螺螄有誰要呢？我差點流淚，我實在見不得晚景淒涼的老人。敬老院那麼多無兒無女的老人，唯在她身上，我感受到了最隱秘最深不見底的哀愁，可她卻誰也無法說。第二天我又看到了她，她很高興地伸出兩個手指誇張地比劃著什麼，大人說這個啞巴也不知道把螺螄賣給了誰，賣了兩毛錢。那是兩千年初的事情。

在我剛剛告別個位數的年紀時，爸爸突然病逝了，我們搬離了沙湖山。縣城傍湖而建，城南是老碼頭，湖面有數不清的奇形怪狀的樓船，平靜的湖面時不時響起低沉的汽笛聲，那已然不是我的湖。我就這樣寂寞地長大了。城市中的螺螄並不鮮見，街頭大排檔總能看到一鍋堆上堆下煮好的田螺，頗受食客歡迎，而我卻並無吃的欲望。偶爾同人吃，也味同嚼蠟，原料不新鮮，做法也粗糙極了，索性不再吃螺螄。我在沙湖山吃完了這輩子所有的螺螄。

沙湖山原本是荒野之地，上世紀五、六十年代才有人遷來開

墾，每個沙湖山人都有自己的原鄉，人故去都要葬回故土。每年清明我都要去寥南給爸爸掃墓，這是我祖輩生活的地方，去年又添了小叔叔的墓。我們常在小叔公家落腳，太公是地主，爺爺一輩中小叔公的一生是最沉重的。每次掃完墓，沒有生育的啞巴小嬸婆總要塞給我們一些土產，以土雞蛋為常。有一回，她交給媽媽一袋乾蚌肉，咿咿呀呀也不知道表達的是什麼，大抵是說她自己從河裡撿回來的。老家不像沙湖山，出門即是水，取這些蚌肉應該走了很遠的路。這一袋乾蚌肉，無論是炒還是燉都別具風味，從此再沒吃過蚌。沙湖山也越來越遠，而我也終於行走成了一個異鄉人。

曠野上的風

# 妹未知，情如雪

福建師範大學文學院本科 2015 級　陳斯婕

　　有一個地方，小孩的每顆眼淚都會變成一塊流浪的黑曜石，黑曜石沉沉的落在地上，會讓大地也發出沉悶的痛呼。白羽的鳥雀從枝椏騰空而起，在通泉草的陰影裡，閃著星星點點的綠芒。

　　它們要去啣著這些微笑化成的碧色的綠松石，輕輕巧巧的搭摆在人們的眼睫上，視野才會從灰濛濛變得清亮，才令天地又重復榮光。

一

　　你有認真聽過小孩的哭聲嗎？大街上，小店裡，花園長椅邊，池塘垂柳下。那種委屈的，嚎啕大哭的，掏心掏肺的，彷彿丟失了一輩子的好心情。

　　羊角辮，粉色頭花。狗狗一樣的圓眼睛微微下垂著，最嫩的肌膚被眼淚逼得通紅，一顆一顆，晶瑩的，圓潤的，止不住的流得讓人想到潺潺解凍的溪流，腮幫子戳了戳又像剝了殼的果凍，讓媽媽看了火氣也順著嗓子咽吞下去，好像一粒剔透的冰晶，吞進柔軟的心裡。

　　不知道從什麼時候開始，小孩的哭是隱忍的，沉默的，充斥著淚水在眼眶裡轉來轉去，終於掉下來的回聲。就像初春的三分白梨花瓣，敲打在尚未融化的河面，久著，忍著，隆冬弱水千層冰卻瞬間化成一腔汩汩涓流，不止息的在心底翻騰，偶爾遇到張開殼的柔軟貝類，才懂得斂著些情緒，克制著，緩緩淌過。

## 二

　　辭舊的年暮時分，我收到了一封歪歪扭扭的家書，淡粉色的封面，謹慎的一筆一劃的寫著「阿婕姐姐親啟」，不知她哪裡學來的語氣，反倒惹人發笑的很。信裡她用排比句、比喻句等小學生必用的且熟用的修辭手法，詳述了對我的想念，讀到「姐姐你像一棵青松一樣永遠挺拔在我的心裡」，我不禁笑得像個膨脹的爆米花，「砰」一聲在客廳的沙發上灑得東倒西歪，呵！我倒也想永垂不朽！……自然在結尾也撒嬌的央求我從這裡帶一些她從未嚐過的好吃的回去，這裡倒是流露出一絲絲真情實意的畫面感，我彷彿看見了一隻嗷嗷待哺的雛雀，撲騰著蓬鬆的軟乎乎的羽翼，討好的張大了嘴巴。

　　以往的大年夜我們總是一起度過，寒夜裡沒有大雪，只有滿廚房的飯菜飄香。她總是嘟著嘴嘟囔囔羨慕我的新年衣服時髦成熟，直到我捏捏她的臉誇讚道只有此小妞全世界最可愛，方才繼續大笑。可是我多想告訴她：親愛的小孩，現在的我們依然緊牽著彼此的手踏遍歡喜的四季，只是白紙一般的你是夜來香層層迭迭開放的春天，而我已然是一片霜葉傲枝紅的深秋。

## 三

　　我從沒有好好學會怎麼做一個「姐姐」。這個身份通常意味著忍讓、懂事、溫順的眉眼，勤快的手腳，附著一顆體貼的七竅玲瓏心。

　　「家裡唯一被重視的小孩」，光芒的被剝奪和「照看哭鬧的弱小者」的茫然無措，兩種情感相互交織在你我的童年，我怎麼能合格？

　　所以很多年以後，如果我要給嬉嬉鬧鬧的你一封回信，我該告訴你什麼呢。

　　告訴你在你咬字都不太清晰的年紀，我喜歡在你酣睡的時候捏你的臉蛋，把你弄的惺忪醒來又一臉無辜的問候，再看著你沉沉的抱著我的手臂睡去？

告訴你那個你五歲的夏天我偷偷在你背後貼了一張豬頭畫，故作大方的要牽著你出去，一路上屢遭側目的你卻只顧蹦蹦跳跳，也許因為心中滿溢著姐姐破天荒的陪伴？

告訴你，小時候的你被阿嬤交給我帶著，叮囑要好生照看著。偌大的房間都是你的王國，我卻只是不耐煩的將你安置在床上，扔一籃子玩具給你，妄圖你自己沉醉於童話世界，我只需坐在旁邊安安靜靜翻書。你當然不依，像一彎柔韌的藤蔓纏繞在我的胳膊上，任憑我怎麼扭轉，甩也甩不下去。我於是憤怒站起身，揚言再吵鬧就要丟掉你，「你再哭就會有乞丐公來找你的！晚上把你偷走！」你就會緊緊攥住我的裙角，更加努力地抽噎著，用一雙濕眸看著我，嘴裡還不依不饒，咿咿呀呀呢喃著「姐姐、姐姐，抱！」竟叫我再說不出重話。

而今你不再是任我搓圓揉扁，話都說得含糊的那顆小白蛋，再相見的時候，細碎的頭髮扎成兩個小俏，愁眉苦臉的咬著鉛筆頭，很久很久才猶豫的在作業本上寫上幾筆。那麼不變的是什麼呢？是放在櫥櫃頂上你最喜歡的草莓味的夾心餅乾，是喝牛奶時候喜歡咬著吸管吮吸很久很久的小習慣，是小床上你一定要蓋著才能安心入睡的小熊毛毯……是看見我的那一刻眼神依然控制不住的散發出光亮，撲上來撒嬌「阿姐幫我！這些題好難好難！」

紅花開出紅花，山曲哼成山曲，春水流入秋水，夏泥化作冬泥。

時光因為從你眼中流過而顯得不再那樣面目可憎，大概因為我從你眼中看到的不是日漸蒼老，是自己年輕但有限的生命被人緊緊抓牢。

## 四

家裡新添一個小堂弟。咕嚕嚕的大眼睛，像一隻山裡放養的白皮猴。

　　哭的時候恨不得把山洪海嘯全部引來，激流順著屋後的竹林呼嘯而下，席捲而來，讓人紛紛捂著耳，只想把他變成一張嬰兒海報貼在牆上。然而這隻皺著臉的猴崽在看到大人們拿出的喜愛的零食時，哭聲立刻適時的戛然而止。努力伸長短短的藕臂，臉上還掛著可笑的豆大淚珠，「要……要辣個！」

　　上帝普愛眾生，凡人卻依然有其偏執。我不管一個人一生有怎樣的頭銜、學歷、地位、經歷、善行或是劣跡，拋開這些，我要看見他赤裸的真誠，我要回去聽一聽他幼年的哭聲，我要發現真實的他只是一個孩子──好孩子或者壞孩子，所以疼了他。

　　我偏愛小女孩兒。小堂弟嬉嬉鬧鬧的啼笑皆非的笑劇總是逗得家裡人仰馬翻，可我到底是心思比較冷又比較軟，也不覺得有什麼好笑，小男孩兒孫悟空一樣鬧騰的空翻，反倒沒有大眼睛的小妹妹瞅著惹人疼，只好在旁無奈的微微一笑。

　　拜年拜到初二、三，盤子碗子往上端。過年串門訪親戚的時候，遇見一個阿公懷裡的小小女娃。淡淡的平眉、粉嫩的奶香、好奇的眼珠在羞澀的躲藏裡依然被我瞥見。我禮貌性的對她露出一個友善問好的笑容，她的眼神卻一直定格在我的身上不肯移走，阿公笑著說「哎呦，妞妞以前從沒有這樣大方過！」我害羞的笑笑，繼續看著這顆粉紅色的小寶石。突然她微微抬起了手臂往我這裡伸，讓大家都吃了一驚，我趕忙把她接過懷裡，那感覺懷裡沉甸甸的，是一種不可名狀的重量。她乖巧的趴在我的肩上，好奇打量著我的臉龐，沒有多餘的親昵動作，我卻不知為何感覺心裡的弦被輕輕撥動，在晚風中，在流螢下，彈奏了一曲宮商角徵羽。她呆了一會便不依，微微掙扎要回到熟悉的阿公的懷抱裡，可是依然好奇的看著我，不多時又向我伸出手，嘴裡嚶嚀著，以此反覆了三四次。

　　我都欣然接受。我知曉新生兒是嬌嫩的、無辜的，謹慎的彷彿

天地間第一隻尚未正眼的雛兔，一個不耐煩的眼神，就讓它們紅著眼逃回森林。微微抬手主動的擁抱意圖，已然是全部的信任。於是我任憑依偎，宛若一枝會唱歌的鳶尾花，她呼吸的輕風吹動我，在一片叮噹響的月光下。

## 五

大人就是「好吧，算了」凝結而成的磚塊。淺野一二這樣說。

我希望慢慢讓小孩們看見世界是什麼組成的，不是一籮筐的硬邦邦的識字卡片，也不是一摞摞的數學題冊，而是一扇緩慢推開藤蘿小窗才能欣賞的油彩畫。

那副畫裡，乍一開春，凍雨還在淅淅瀝瀝地下，蔓長春匍匐在濕潤的泥土表面，姿態小心翼翼，懶腰卻伸得落落大方，這是世界的柔軟的藤織邊框；六月到八月，綠色的地被鋪滿人間，風雨花開始搖曳，韭蘭只開紅花，蔥蘭只開白花，乾淨天真無邪，似白亮月光一片傾斜一地，土潤溽暑的長夏樹蔭下，光明得叫我想起一身白衣登場的黃蓉，這是世界細細撒上的白沙底色；十一月是公認的草木蕭條的時節，而銀杏卻不摻一點雜質的、堪稱華豔的，翩然送來斑斕的顏色。大概是由於此樹本身性情溫吞，明黃的小扇濃郁而不沉重，明亮又不刺眼，這是世界潑墨而就的彩色工筆；

「小院猶寒未暖時，海紅花發暮遲遲」，小雪紛紛而下，都輸「若無茶梅點綴一二，則子月幾近虛度矣」。冷凍的庭院裡萬物森嚴寂然無聲，盛開得豔麗的一抹紅突然從枝頭栽進潔白的雪地裡，這是世界最後的一滴血淚點睛。

# 六

多年以後，我仍會路過圖書館而駐足——從陰暗的雕樑畫棟裡向外看去，枯乾的藤條雜亂無章的彰顯著生前的野性和不羈，視野被切割成冰冷的方格。庭院裡大片遼闊的凄綠中一眼可以望見整樹杜鵑花開的熾熱，陽光也偏心的灑在那一隅，將青澀的白色花朵染成燙金色，而紅色的花朵大大方方，不遺餘力的接納了世界饋贈，仿若燃燒。點點頭，認為這樣的紅色配上綠松石多麼剛好。

多年以後，小孩們也紛紛小學畢業，一雙雙流浪的漆黑的眼睛，咬緊了嘴唇不說話，沉默的看著他們穿上規整的黑白熊貓服。家長努力蓄資爭搶學區房，也緊迫的盯著週末的英語輔導班，偶爾出遊，耳邊也充斥著「多麼有趣的經歷啊，記得回去寫一篇週記啊」……於是學會了沉默和忍耐，拒絕嚎哭，端正的踏步走，亦步亦趨。

有一個世界，裡面的黑曜石冰冰涼，比任何一塊夏天井水裡的西瓜還要令人酣爽，還有星星點點的綠松石在閃爍，比任何一個漫漫長夜的星空都要令人神往。那個世界，你不會再回來做客了。可是你會記得嗎？阿姐耐心和你描述的藤蘿小窗裡的油墨畫：「不要忘記開花就好啦，那個當你還是一顆種子時就與生俱來的夢想」。即使我們都學不會告別。如果告別歷史太久，會忘記曾經自己的模樣，而所謂告別，即從前好過，這是人間的聚散，叫做花好月圓。

不要緊。

我們依然要像月光一樣，通宵守著靜靜的春天之夜。我們要永遠像兩個兒童，你把我的生命裹住，教我像你一樣展開笑容。然後在某一個夜晚，終於明白生命原來不過是：

　　俗塵渺渺，天意茫茫，將你共我分開；
　　斷腸字點點，風雨聲漣漣，似是故人來。

# 不奈日上香

福建師範大學文學院本科 2015 級　陳斯婕

　　我當然知道這個世界是冰冷的啊，但每當我想要硬起心腸單槍匹馬和這個世界硬碰硬的時候……我會想起荷西曾經在街頭送給三毛的那束向日葵，打翻在地仍是洽黃得動人；我會想起那朵採在手中，思之遠道的芙蓉，它盈盈開在袖口；我會想起舒婷眼中兩棵根糾於地，葉觸於風的橡樹，它們沉默的相擁。那些，纏綿的、嬌弱又富有韌性的植物，一點一滴溫柔的氣息卻總將我打動，真好啊，忍不住想對這個世界再溫柔一些。

　　最初關於植物的感受是來自母親。想來她挎著竹籃，踏著草鞋，梳著辮子行走於野花青苔間的時候，也是極美麗的。母親從小做農事。她辨識各種草藥與野花，抽出草間新出的嫩芽，有滋有味的咀嚼；她記得季節對應的每種果實，夏是山腳的青桃，秋是山腰的紅柿；她在泥土與稻花香的氣息中大口呼吸，累了就蜷縮著與滿地野花同眠。多年後我想，那時的意境大概也如古詩所述，晴日暖風生麥氣，綠陰幽草勝花時罷。

　　後來，母親會帶著稚嫩的我去到鄉間。有時是幫忙年邁的阿婆採集肥嫩的兔草，有時是不忍秋季野果碩碩垂落枝頭。那些與平時見慣了的車水馬龍，燈紅酒綠不同，我知道了，原來清麗的野百合可以毫不做作的大片大片開在田野間，任由清香四溢；知道了看似嬌嫩的金黃的凌霄花可以毫無畏懼地向上攀岩，宛若一串串劈哩啪啦的炮仗即將奏響；知道了那些平日裡腳邊毫不起眼的車前草和氣味難聞的益母

草皆是極好用的草藥……於是，我開始欣賞角落裡蜿蜒而上的蔦蘿，像無數火紅的星星流瀉山間；憨態可掬的龜背竹可憐巴巴的耷拉著大臉；腳邊肆意而生的銅錢草，每一從都小小圓圓惹人憐；還有還有，那愣生生將媚俗的水紅色開出一種傲骨的三角梅……我就這樣由母親帶著，懷著神聖與欣喜，小心翼翼又歡天喜地的闖進了植物的世界。

雨果說，所有的植物都是一盞燈，而香味，就是它的光。從古至今，詩經楚辭，也許是青青河畔草，鬱鬱園中柳，或者是桃之夭夭，灼灼其華，亦或是蘭有秀兮菊有芳，懷佳人兮不能忘。一直以來，植物的神秘美感與恬靜芬芳都為文人墨客尊崇。都說，盈盈樓上女，皎皎當窗牖。那些活在詩人筆下，指若削蔥根的女子，心中都仿若盛開著一朵朵的白蓮。渴望愛情時，她們是「冉冉生孤竹，結根泰山阿」，苦思情郎時，也自比「傷彼蕙蘭花，含英揚光輝」；似乎詩人們形成了某種默契，以植物比喻，便是形容心中美妙女子之極致，不論是令男子們寤寐求之的荇菜淑女，還是那「有女同車，顏如舜華」的花容月貌，都別提從清水裡脫穎而出的那朵水芙蓉，哪怕淪落至是「桑之落矣，其黃而隕」，也是別有韻味。我想植物就像柔韌的女子，可清新淡雅，或濃墨重彩，真真是淡妝濃抹總相宜。而若將植物，女子，與愛情相結合，有如安妮寶貝在《眠空》中所言：想孤身前往看一場花事，如果午後微雨突襲，你恰好渡船而過，就讓我們在春柳拂面的橋頭相見。想必說的就是這樣一種朦朧又沉醉的感覺。

然而這些可愛的植物給予的，實然不僅是母親的遙遠青草記憶，淡雅的古典墨香，更是一種奇妙的治癒能力，它就像大朵大朵的煙花在漆黑無人的夜空默默綻開，藍是睡蓮藍，綠是湖水綠，紅是玫瑰紅，讓無聲無息的夜色都明亮起來。植物的種種名字更是令人啼笑皆非，忍不住拍手叫好，從半邊蓮，一年蓬，兩耳草，三色堇，四季杜鵑，五爪金龍，六月雪，七葉樹，八角金盤，九里香，到十大功勞。或者，讀過這樣的七絕唐詩嗎？

蒲桃，綠蘿，山牡丹；麥冬，血桐，細葉榕；
野漆，月橘，飛揚草；黃獨，海芋，鬼燈籠。

丁尼生曾說，當你從頭到尾弄懂了一朵小花，你就讀懂了上帝和人。現在，請閉眼輕想：你在一處空無人跡之地，周圍是綠油油毛絨絨的地膚草，它們窸窸窣窣的湊在一起，和著遠方一排若隱若現的飛絮輕輕晃動，分不清那是飛揚的髮絲還是蘆葦梢尾的弧度；簷角垂落一整片搖曳的，尚含花苞的迎春花藤，明亮的黃色止不住流瀉下來，細看還可以發現其中纏綿不盡的菟絲；中央赫然長著看似威嚴十足的巨大梧桐，樹幹上苔痕斑駁，枝枝誓要奮力向上，不知要延伸到天空的何處去。在你想走近然而卻步於它的高聳時，它卻默默的、溫柔的、輕緩的，飄下一片精緻的落葉在你的頭頂，慈愛的、溫柔的，在你的心裡一下又一下輕輕的撫摸著。靜賞花開，暗暗淡淡紫，融融洽洽黃，皆是心中顏色；坐看四季，悲落葉於勁秋，喜柔條於芳春。植物帶來的，是這般的，柳樹風輕，梨花雨細。

於是垂眸，於是冥想。活，就應當如簡媜筆下所描述的那般——種幾株桃樹，當春風招惹它們怒放，山下的牧童會因為下了紅雨害起了相思病，得用心上人的名字煎藥，才能治癒；養幾頭梅花小鹿，水邊擣衣的姑娘看了鹿蹄，才知道該繡不分飛的鴛鴦，不該嚮往鹿跡；栽幾株還魂草，失魂落魄的人採了吃，會記起紅塵裡有他的歸宿；寫幾卷閑詩，用松針釘在虯幹上。日頭來讀，有日頭意，月牙來讀，有月牙意，人來讀，有人世香。留一間柴屋，叫野雀當童子，若有人借宿，雀語會告訴他：

山川是不捲收的文章，日月為你掌燈伴讀。
你看倦了詩書，你走倦了風物。你離了家，又忘了舊路。
此時此地一間柴屋，誰進了門，誰做主。

# 雲水舊謠，長教陳情——尋鄉

福建師範大學文學院本科 2015 級 余文婷

　　福建長教這個地名從我牙牙學語時就在歲月的雕刻（「歲月的雕刻」，與「鐫刻」重複；「軟語」之軟與「雕刻」之用力，也有所違和。開頭句子，當然要用心經營，但要自然。）中，用外婆帶著客家調子的軟語，層層鐫刻於腦海裡。以至於十五、六歲的我，無意間聽到幾乎被「雲水謠」完全替代的「長教」二字，居然萌生出絲絲熟悉之感。

　　雲水謠，是南靖土樓申遺成功後贈予長教的特殊名字。光是「雲水」二字，就透著股煙霧迷離，水波蕩漾的姿態。事實（風景因情移或因人定，未必求證於「事實」。）也確是如此。踏入雲水謠鎮入口的鄉下土橋，溪流潺潺自腳下而過，清淺可見渠道面上翠綠的青苔，涼風捎上露水味兒，拂髮梢而過，於是你就不由自主地明白：長教開始吟唱那首雲水舊謠了。

　　這是風景如畫的地方。長教溪在這裡匯聚成足有十幾米寬的水流，沒有所謂堤岸，鵝卵石嵌在同樣被打磨光滑的石質地上，略微傾斜，沒入溪底，被暗綠的沉澱物掩埋，投射在盈盈水面，是宛如周圍青山般的翡翠色。

　　「我還沒上學的那時候，就整天幫我爸媽把做好的糖漬金桔、麥芽糖、發糕等等用簸箕頂在腦袋上，趟過溪，送到對面的小店去賣。」外婆在出發前的下午盤腿窩在沙發椅上，雙手捧鐵觀音，喋喋地向我嘮叨曾經的事：「他們在那裡做米糕，我在旁邊等著，等他們做好了一聲吩咐，我就得跑腿啦。不過也是這樣我現在才知道怎麼做

這些小玩意兒……」她手下猶豫地停滯了會，隨即挑起個小糖桔放進嘴裡，甜得她的皺紋都舒展開來，卻還是說：「沒有以前家裡做得好吃！」我隱隱嗅到空氣裡甜絲絲的糖漿味兒。

水邊擁有一座至今仍在不急不緩地打著水花的水車，好像能通過空氣的震動觸到「嘎吱、嘎吱」的節奏被融化於潺湲之下。其後線條不怎麼嚴謹的土房磚房頭頂鬆垮屋瓦組成的帽子，低調而內斂。此處以湛藍蒼翠為掩映，儼然清麗得不可方物。

瞅見那氣根粗壯的老榕麼？上面的小木屋有沒有逃過你的視線？外婆說，老榕在她還很小時就存在，那個小木屋是曾經捉迷藏的地方。

「榕樹少說也有千年了。」誰輕輕推揉我的肩膀，在我肩上耳語。

也許你不太相信，但是三、四十年代，身為小地主家大小姐的外婆，就住在現今人流熙攘的雲水謠。從村口的小橋，到長教古道的入口，都是外婆的家，包括那棵目睹了無數日夜的老榕。那是極大的地界，也是物是人非的境界。外婆伸出手，尋找某一個座標，但失敗了，只能指著水磨坊讓一間質樸的小土房，大致比劃曾經的範圍，向我介紹道：以前牛糞就撿來放在這裡面發酵，製成天然的肥料；那間房間以前是屯山一樣高的地瓜來賣；那排一人高的整齊隔欄狀半敞開式木屋，是豬圈（是外婆「道」嗎？道得很歐化，不鮮活。）……看著遊客爭先恐後的湧來，瘋狂地撥動快門，恨不能將自己永遠刻在建築物的外牆上，我只覺得一陣莫名的好笑。

大榕樹後面是一座鉛灰色的磚房，氣宇不凡，外側石料的質地可見近期得到過修補和保養。兩側是整齊的矮房。「這裡是存糧的，」外婆很興奮的指著左側糧倉說道：「那裡是存柴火的。還有個地下室，釀酒的。」她走得快，平底布鞋踩上光滑的鵝軟石地讓我心驚膽戰地不住提醒她：小心些！小心些！她好似沒有聽見，一溜煙的甩開

大部隊，又突然察覺般停下，四下張望，最後回頭看向我們。我總覺
得，她的目光不在此時此地，而是瀰漫至遠方的哪個未曾到過的
角落。

遊人很多，從她身邊擠過，他們像是為了追求什麼似的留影、
合照，大聲念出大門口褪了漆的匾額和對聯，完全不曉得承載著這段
歷史的後人就站在他們旁邊，笑了，笑得懷念但無奈。

「你外婆以前就住這裡！」媽媽說。

山風自東南方與塵封的過去混合著憑空想像的糖漿味兒撲面而
來。泥土潮濕而青澀夾雜水腥氣席捲不屬於這兒的一切，周圍的景色
像是下意識要將我推開般，又猶疑著如盲人輕觸我的臉。遺憾的是我
沒有來得及注意外婆的表情，也不敢探尋，因為，面前是她闊別了三
十年的家鄉啊！

伴隨她難言的沉默，我跨過雕飾「德源樓」三個大字的正門（兩
側楹聯「德以傳家孫賢子肖　源來有本枝盛葉茂」解釋了樓名）。是
一間客棧，天井四四方方，午後陽光傾瀉，石板地被整齊地勾勒出屋
簷的投影，明暗相間。正對著門的是招財神的牌位，正樑頂已熏作煤
黑色，還有幾根長短不一的香豎立於香爐中，青煙縹緲。住房一共三
層，走廊皆由木製板塊構成，嚴絲合縫，多年踩踏，只有邊緣處翹
起，裸露側面細密的紋路。縱然歲月將其浸染成黧色，但仍舊可以看
得出此房做工的精細和考究。

外婆默默地走上了通向二樓的樓梯。樓梯隱匿於拐角盡頭處，
我緊緊跟隨，眸裡盡是她雪白的髮，稀疏得可以看見肉色的頭頂。客
家樓房的臺階頗不順腳，既高，又窄。她風似的，輕巧而瀟灑地遊
走，無知無覺地融入拐角、牆壁、窗戶……她本屬於此，她的血肉，
她的根，它們在彼此呼喚。

意識到我的跟隨，外婆突然開了話匣，語氣裡帶了些熱忱：「這

間以前是廚房，我以前就在這裡看我爸爸幹活……」房間門頂上掛著金屬做成的門牌「101」、「102」……反射駭人的冷光，靜靜注視著我們。外婆就這樣，從東邊的廂房，至西邊的雜物間，一間一間，事無巨細，娓娓道來。

我感受腳底踩上木板發出的「嘎吱」聲，外婆的手溫暖粗糙，牽著我走進她的過去。我亦步亦趨，莫名的惶恐而幸福。慢慢地，走到「203」號房，她握住我的手一僵，我碰巧抬頭撞見她的表情由突然的空白轉換為彩色，五指攥得我生疼。頓住腳，她在那瞬間手足無措，旋即轉過臉來對著我顛三倒四地說著什麼。自進屋來第一次直視她的眸瞳，裡面正雀躍著不可名狀的激動。從她越來越快的語速，我只來得及聽清「……我以前的房間……」，就見著她極其自然地扣住門把，扭開了房門。

裡面傳出一聲尖叫，玻璃杯掉到地上碎裂的銳利，陌生人的聲音。外婆猛地愣在那裡，嘴角殘留孩子氣的笑紋，手搭在門把手上，一動不動。我窒住了，我分明真切地看見外婆渾濁的眼珠子上繽紛的閃爍像被澆了盆冷水一樣活生生地熄滅了，我腦海裡儲存的味道剎那凝固成苦澀，刺得心口生疼。在反應過來時，我已經拉走了她，對著房裡的住客說了數聲「對不起」，隨即關上門，「砰」的巨響。剛剛拉開一條小縫的屬於外婆的什麼，再次緊緊密閉。轉頭時，她像做錯了事的孩子一樣，怯怯地看著我。我只能強笑，摟住她的肩膀，帶著她離開原本屬於她的房間。她沒有再說話，步伐也蹣跚了起來，我攙扶她，竟然有想哭的衝動。

幾年後我才從別人口中得知，老榕樹上的木屋送給了一位啞巴舅公，讓他開理髮店討生活。

「遊客越來越多啦！」親戚喝著鐵觀音嘆：「舊房子很多都拆了蓋成旅館咯！」

外婆默默地啜飲，下次開口時，輕輕巧巧地挑開了話題。

我有時會想，外婆心裡一定譜著曲雲水謠，唱的，是記憶在失去的故地上的不捨和徜徉。

# 山鬼

福建師範大學文學院研究生 2015 級　劉雪

　　自我有記憶起就常聽見母親喊「么兒，別跑遠了。跑遠了，小心山鬼把你捉去。」聽得多了，自然就會對山鬼產生害怕的心理。因此，我行走的圈子也只敢限於母親的視線範圍之內，屋對面的神山便只能敬而遠之。傳說山鬼是對面那座神山的女神，看上了上山的人就會把他抓去，很多人都曾在山上離奇失蹤。老人都說是被山鬼抓去了。至於為什麼抓他們，我也不敢去問，怕山鬼聽到把我也抓去咯。

　　咖婆從城裡給我帶來了一本破舊殘損的《山海經》。我高興極了，捧著它像找到了丟失已久的寶貝一般不忍釋手。咖婆是不識字的，去趕集時剛好碰到書攤打折，看著這本書圖案有趣就買了回來。在我們那，喊外婆都喊咖婆，或者阿婆，是當地口語化的喊法。

　　「咖婆，我忒喜歡這本書。」我抱著咖婆的手臂，撒嬌道。

　　「喜歡就好，也不枉費了我一天的菜錢。」咖婆笑著撫摸我的背，滿意地回道。

　　「咖婆最疼我哩。」我喜歡咖婆身上的味道，淺淺的米湯味夾雜著淡淡的青草氣息，溫暖而綿密。

　　《山海經》裡那些神秘的神獸、神奇的山峰、奇形怪狀的神祇，都令我驚嘆不已！我甚至覺得大荒山就是對面那座神秘的山頭。魚頭人身、九隻尾巴的狐狸、虎身人頭，都是山鬼的樣子，多奇妙的想像啊！

　　我常在山腳下聆聽風穿過竹林的「唰唰」聲，幻想著大鵬帶我一

起遨遊天際，期待著九尾妖狐在我面前炫耀自己的尾巴。從山上下來的樵夫，我往往以為是山神的幻象，從不敢怠慢，於是只偷偷地從門縫裡覷上一眼。母親被我的憨態惹得苦笑不得，常打趣我，硬扯著我往外跟人打招呼。

「阿雲，砍柴去了呀！」母親微笑地喊道。

「嗯，卯時就上山了，想趕著太陽沒出來之前回家。阿嫂，我阿叔儂。」鄉人放下肩上挑的一擔西瓜，從中挑選了一個最大的遞給母親。

母親趕忙把西瓜放回他原來的擔子裡，笑嘻嘻地回道：「你阿叔去鎮上趕集殼了。西瓜你還是拿去集市賣吧，給家裡的老人小孩買點肉吃。我阿妹呢？」

「也去趕集殼了，菜地裡的白菜都卷芯了，得拿去賣，換點口糧回來。」

「你阿叔也是去集上賣草藥，想換點油鹽回來。」

「阿叔可真有本事，上次我家大爺的腿病抹了一下阿叔帶來的藥就好得差不多了。」

「他一個赤腳醫生，怎比得上去大醫院。你就別礙著面子誇他了。大爺病好點沒？」

「多虧了阿叔的藥酒，還送了幾副中藥，大爺現在已經好了。」

「那就好，你阿叔還一直嘮叨著過幾天要去你家看看大爺。」

「阿叔是真的好啊！本來家裡還愁著湊不齊醫院費，現在大醫院花費都不低。孩子們都需要錢用，也著實是急壞了我嘍。」

「你阿叔就這點本事。你有空也去山神廟拜一拜。」

「嗯，你阿妹說晚上翻一下日曆，找個吉時去山上拜山神。」

「巫師找好了嗎？跳神時可是特別重要的引神者，可得挑仔細了。」

　　鄉人突然陷入沉默之中，過了一會擔憂道：「村上唯一的巫師跟我大爺有段嫌隙，怕是不肯。」

　　巫師是鳳凰寨裡接送山鬼的祭祀者，據說他可以透過跳神的方式和神明交流。通常在舉行儺禮時，巫師需要戴上巫儺的面具，帶著一群穿著鮮豔的祭祀人員按程序去跳舞，以取悅山鬼，增加山鬼降臨的機會。若能成功接引山神，便可幸運地得到一次向山鬼許願的機會。山鬼往往會幫助許願者驅鬼逐疫等，解決人類的困難。祭祀的接送過程都是十分重要的，寨裡有一套傳了幾千年的複雜程序，弄錯了一個步驟都會惹惱山鬼，造成不可預知的後果。山鬼往往會借用凡人的身體，降臨在巫師身上，從而達到與人交流的目的。巫師通常是由負責管理祖廟的祖師算八字而定。全村十五歲的孩子都會被拉到祖廟裡被祖師挑選，一旦被挑選上，就會一直被安排在現任的巫師身邊學習，直至有能力擔當巫師之責便可出山。每個村寨裡都有專屬的巫師，負責村寨所有的祭祀活動，而巫師往往在村裡都有很崇高的地位，是受鄉民敬重和害怕的。

　　「怎麼了？我怎麼不曉得。」母親驚訝地凝視著鄉人的臉色，試圖從他的臉上尋找答案。

　　「這⋯⋯」鄉人為難道。

　　「有什麼不方便說的嗎？」

　　「沒有，阿嫂，那都是陳年爛穀子的舊事，我不曉得從何說起。」鄉人難為情地說道。

　　「不好說就別說了，去隔壁寨子找龍巫師就好。我阿媽跟他很熟，稍後我問問她，看她能不能做個介紹人。」

　　「哎呀！我都忘了阿婆沒嫁過來之前是龍寨的神女了。有她幫忙，肯定沒問題。多謝阿嫂的幫助。」

　　「先別著急謝，事成不成還得看我阿媽的意願。你也知道，她之

前為嫁給我阿爸拋棄了神女之職偷偷地跑出寨子，硬是把神廟裡的老頭子們氣得半死。雖說最近幾年，我阿媽跟那邊寨子的巫師時有來往，但幫不幫得上還得另說。」

「嗯，沒事，等阿婆來了再說。」鄉人憨厚地點點頭。

「阿嫂、阿雲，你們聊什麼哩？怎麼沒去鎮上看賽龍舟儂？」另一位鄉人路過我家門口，放下背上的柴火，笑著說道。

「阿貴來了呀。街上肯定都是來來往往的人群，我最近身體也不大利索，不想去湊熱鬧。」母親淺笑道。

「那也是，每年端午節街上都擠破了人頭。」阿貴點頭道。

「要我說，我們寨子的龍舟隊有阿龍在，拿金刀一定沒問題。」阿雲豎起大拇指稱讚道。

「也不曉得今年哪家姑娘能得到阿龍送的金刀。阿龍這小子不錯哩，能力強，樣貌也俊。」阿貴也稱讚道。

「那是挺不錯的孩子。」母親也附和著，眼神裡滿是欣賞。

「么兒要是長大了，配阿龍就極好。」阿貴朝著我捋了捋鬍鬚，眼裡滿是戲謔。

話剛落，其他人的目光都一起聚焦在我身上，兩個鄉人往我身上上下打量，惹得我滿臉通紅，本來就只想做個隱形人，沒想到一下子要面臨六隻眼睛的凝視，惱得我緊張地扯起衣角，害羞地跑到母親身後躲了起來。

「哈哈哈，么兒害羞嚦。」兩個鄉人同時哈哈大笑。

「你們倆就別取笑她了，本來膽子就小。」母親微笑的樣子，眉眼清秀，彎起月亮似的眼睛，好看極了。

「好好，不過么兒今年都十五了，明年也可以參加情歌節了。」阿雲說道。

「那是，不過她阿婆說讓她好好讀書，準備送她走出大山，去城

裡讀書去，估計不參加明年的情歌節了。」母親拉著我的手，將我的手握在她的手心裡，安撫地撫摸了幾下，暖暖的溫意由腹部直衝腦門，消釋了尷尬的情緒。

「還是阿婆想得遠，說不定咱們鳳凰窩裡也會出個大學生哩。」阿雲讚美道。

「那都是造化，但願山鬼福佑么兒。」母親捋了捋我的長髮。

「肯定會的。阿嫂，不說了，下次再聊。我得趕著去鎮上看最後的搶鴨子，幸運的話，說不定能搶一隻大肥鴨回來，給孩子們補補。」阿貴挑起柴火趕著就走。

「阿嫂，我也走了哩。西瓜還是留一個，反正也不是很貴的東西，你收下來，我心裡會踏實一些，不然以後都不敢麻煩你們。」阿雲硬是拿出一個大西瓜放到平坦的石頭上。

「那你都這樣說了，我就也不矯情哩。晚上我問問你阿婆。」

「沒事，不著急，過幾天我來尋你問問。」他挑起裝著西瓜的擔子晃悠悠地往前走，瘦削如乾柴的肩膀顫顫巍巍，似乎風一吹就會落下來。

母親抱起地上的西瓜，眉頭一皺，嘆息道：「你阿雲哥這幾年不容易。三個孩子也時常生病，沒少花冤枉錢。辛虧你阿爸懂點中醫，能幫襯一點。」

阿爸是寨子上有名的赤腳醫生，時常穿著粗布麻衫，背著雞蛋般大的紅木藥箱，爬山涉水，穿梭在大大小小的村寨子裡為村民治病。阿爸基本上每天上午都會翻閱崇山峻嶺尋找各類的藥材。每當找到一抹珍貴的藥材時，他都會像個孩子一般拿著藥材在原地大笑。阿媽也常取笑阿爸的破鞋子。我有時候真覺得自己的阿爸是一個藥癡，後來看了武俠小說之後，更是堅定了我的想法。

我記得，咖婆曾經跟我談過阿爸的癡跟阿公的癡是一個模子刻

出來的。阿媽也曾問過咖婆為什麼會義無反顧地嫁給阿公。咖婆當時抿著嘴，嘴角上揚，笑嘻嘻地取笑道：「那不是當年我也癡哩。要不是我當年的癡怎能有你。你嫁給我女婿，不也是迷上了他的癡。感情的事情，哪能拎得那麼清楚。」

我聽老一輩的人說過，咖婆年少時曾是龍寨裡最美的姑娘，也是唯一的神女，父母是寨子的寨主，有著至高的榮耀光環。她原本以為自己要嫁給城主的兒子，錦衣玉食的過完一生，但直到遇見了阿公，才改變了自己的想法。阿公是文革期間被安排在鎮上的赤腳醫生，醫術了得，但不懂積累財富，所以生活十分貧寒。我曾經問過咖婆是否後悔過，咖婆堅定地望著我的眼睛，「我都老成這樣了，還談什麼後悔不後悔的，反正都一起過了大半輩子。仔細想想，遺憾還是有的。」

咖婆的遺憾是什麼？她不願說，我就也不再提起。直到母親看到了我的《山海經》，她才緩緩地談起原因，「你阿婆遺憾自己不能識字，在你阿公被批判時期沒能將你阿公留下的醫術典籍保存下來，讓他們一把火都燒了。你阿婆還以為只是平常書本，後來你阿公過逝之前跟她說了這些書的重要性。雖然你阿公沒有責怪你阿婆，但她總是責怪自己因為不認字，才導致沒藏好這祖輩流傳的醫書。」

「阿媽，那咖婆為什麼老去對面山上的山鬼廟？」我忍不住好奇地追問。

「你阿婆是神女，小時候曾夢到過山神，她跟你阿公也是在山神廟裡初次相見，你阿公死的時候，骨灰也撒在了那一片山上。山鬼是他們愛情的保護神，也是你阿婆的信仰。每次遇到不能解決的事情時，她都會跑去山上祈求山鬼的庇護。」母親感慨萬千。

「那咖婆是去尋求內心的安寧。」我嘆息道。

「也許是的，她們那一輩的人經歷太多的磨難，但她不曾在我們

面前抱怨過什麼。」母親憶起了傷心之處，難過地流下了眼淚。我趕緊拿出手帕為母親擦拭眼淚。

咖婆剛從外面回來，看到此情此景，嚇得趕緊抱著母親，在她的背後輕拍幾下，安撫她的情緒，焦急地問道，「阿梅，你這是怎麼了？」

母親鎮定了心緒，緩緩地說道，「沒什麼阿媽，我就是做了個噩夢，有點害怕。」

咖婆這才放下心來，取笑道：「都那麼大的人了，還怕做噩夢。明天我們殺隻雞帶著去山鬼廟裡拜拜，回來再請魔公嗆咒，不吉利的事情就不怕發生了。」

外婆曾跟我說起，請魔公嗆咒主要是轉達子孫對祖先神靈的祈求。她總是不厭其煩地跟我嘮叨著我們苗族的祭祀信仰，並時刻提醒著我不管在哪都要記住這些，「我們最大的祭祖節日是每年秋後的『西松』節，這個節日你都不要忘記祭祀祖先。我們苗族的宗教信仰主要是原始宗教，重視崇拜山神、雨神、火神等，遇有暴風驟雨，要燒黃臘祭鬼；小孩生病，要拜獻石頭神；大人生病，要殺豬祭水井神。家有不幸，要『做牛鬼』。山鬼是我們村寨裡最為常見的神靈，需要時常祭拜以求神靈的保佑。你都不要忘記了！」這些她都能記得清清楚楚，不曾因為年齡的增長而忘卻了。

「咖婆這都是你做神女的時候記住的嗎？」

「哎，我愧對神女之職啊！」咖婆嘆息道。我從咖婆臉上愧疚的神色裡，讀懂了她的無奈。如果可以，她也想兩者兼顧，但人生確實並不能事事如意，往往得有所取捨。

「咖婆，你可曾為此後悔過。」

「我不做神女還會有別人可以做，但你阿公只有我一個人，我放不下他。」咖婆的臉上多了幾分愉悅與嬌羞。我想，她應該又想起了

阿公。每當她想起阿公的時候,臉上都會帶有幾絲少女似的嬌羞,緋紅的紅暈在她蒼老的臉上慢慢暈染開來,煞是可愛!

　　咖婆的一生經歷了許多的坎坷和磨難,但她總是輕描淡寫地回答我們諸多的疑問,「都是過去的事情了,有什麼好詳說的,比我苦的人多了去了。她們都不吐苦水,我又有什麼要哭訴的。你們太阿婆就時常對我說過日子要學會朝前看。」中國人的樂觀精神在咖婆的身上顯得特別的明顯。她時常能輕鬆地化解我們生活中遇到的問題。有一次母親跟隔壁家的阿嬸產生了嚴重的矛盾,甚至在大街上還吵了兩次架,引得村寨裡一陣轟動。咖婆知道之後,在山上的菜地裡找到了丟失的雞,把雞帶了回去交給了隔壁家的阿嬸,說明緣由,使得阿嬸羞愧不已,硬是拿著水果上門賠禮道歉。母親十分好奇阿嬸道歉的原因,拉著咖婆的手,望著她已經深陷的眼睛,撒嬌道:「阿媽,究竟是怎麼回事?跟我說道說道唄。」

　　「你呀,就是改不了一遇事就急躁的毛病。這麼一點小事就弄出吵架的大陣仗來,惹得別人笑話。你說你害不害臊。」咖婆笑起來時,兩個嘴角微微上揚,柔和的像月亮。

　　母親不好意思地羞紅了臉,低聲道:「她上來就一頓臭罵,我當時也是被氣糊塗了。」

　　「人呢,確實不能隨意就忍受別人的欺負,但有時候遇到熟人,我們還是要多點忍耐,畢竟抬頭不見低頭見的。她們家的雞以前就老喜歡去山上的菜地裡撒野,那一地的卷白菜被啄得沒剩幾顆,隔壁阿嬸又是個心粗的人,保不定沒看到,我就去看了一下,還真被我找著了。」

　　母親恍然大悟,淺笑道:「還是您老人家生活經驗豐富。」

　　「經驗都是在細緻觀察中磨出來。多一事不如少一事啊!」

　　「阿媽又是從阿爸那裡學到的吧!這種文縐縐的話可不像您的作風。」

「哈哈哈，又被發現了，就說搞不得這些話。你阿爸老嫌我說話不文雅，我看他說話一股子酸氣，要不得，還不如我們苗家兒女說話土裡土氣來得好。」

咖婆雖說嫌棄阿公，但我知道阿公得病，藥石無醫的時候，咖婆就曾在深夜裡攀登對面的神山，一邊沿著山階往上爬，一邊大聲呼喊著「山鬼啊，還我澤清吧！」、「山鬼啊，還我澤清吧！」、「山鬼啊，顯顯靈啊！澤清快回來吧！」、「山鬼啊，顯顯靈啊！澤清快回來吧！」

喊魂的聲音在山谷裡蕩漾了一個晚上，驚得眾多村民從睡夢中醒來，紛紛拿著火把，沿著山路一直大聲吆喝著「善良美麗的山鬼啊，麻煩您將澤清醫生送回來吧！我們離不開他啊！」、「善良美麗的山鬼啊，麻煩您將澤清醫生送回來吧！我們離不開他啊！」、「善良美麗的山鬼啊，麻煩您將澤清醫生送回來吧！我們離不開他啊！」

據母親的回憶，那時候她才八歲，守在父親的身邊，遙望著遠方的那座神山，滿山都是熊熊燃燒的火把，遠看就像是點點繁星，裝飾著整座山脈，而喊魂的聲音此起彼伏，淒涼而篤定。山神廟裡突然響起了一陣陣響亮沉重的鐘聲，「咚咚咚咚」；喇叭聲、鑼鼓聲，各種樂器的聲音同時響起；接著一陣遙遠的歌聲輕柔地入了母親的耳，似神靈的仙樂，神秘而崇高，讓人不禁對山鬼充滿了希冀。由於距離較遠，她也沒能聽清楚，但後來聽了一次巫師的頌祝之後，她才明白那時聽到的就是這樣的歌聲。阿公第二天蘇醒過來，看到咖婆憔悴的臉龐，內疚不已，自此總對別人說自己二十五歲還能活下來都是咖婆的執著換來的。咖婆由於喊了一夜的魂，聲帶受損，無法再大聲說話。阿公便總認為是自己害了咖婆，想了各種法子去治她的聲帶，最終都不見效果。咖婆卻從不在意，笑呵呵地對阿公說：「找山鬼顯靈，總是要丟點東西給她。以聲帶換你的健康。這交易我看很值得！

你就別老過意不去，能治就治，治不好不也是能說話的。現在的聲音嘶啞柔弱，不也挺好的。你這人什麼都好，就是老愛較真不好。」

阿公這次雖保住了性命，但在全國掀起反四舊之時，為保護山鬼廟得罪了市裡的大官，被關在監獄裡批鬥了半年。咖婆在此期間也是終日提心吊膽，四處打探消息，尋人幫助，而受過阿公治病恩惠的人大多不敢招惹此事，使得咖婆孤立無援，不得不回到原來的寨子裡找自己的父母幫助。為了讓父母消氣，她接受寨子裡對她神女失職的懲罰，一路向山頂攀爬，三步一跪，直到到達山頂的神廟。她竟然沒有暈倒過去，但滿臉的血汗惹得她父母心疼不已，終是原諒了她，但額頭上也因此留下了抹不去的疤痕。經過咖婆父母的熟人的多方幹旋，終是把阿公接了回來。此時的阿公奄奄一息，失去了神智，就只記得咖婆，拉著她的手喃喃自語道：「你要相信我，他們終究會後悔的，會承認自己的錯誤的。娟兒，我已經盡力去保護它了。」

咖婆的臉上滿是淚水，「我知道，你盡力了。你永遠是我的英雄。」

阿公這次沒有那麼幸運，山鬼並沒有眷顧到他。阿婆將阿公的骨灰沿著山路一邊往外撒著，一邊嘶啞地喊道「澤清好走啊！」、「澤清好走啊！」、「澤清好走啊！」風吹起阿公的骨灰，消散在天地之間。

很多年後，山鬼廟又被鄉民重新修葺。前來祭祀的人絡繹不絕，香火鼎盛。我長大了才明白：這份信仰是為了尋求內心的安穩，是留在人心底的希冀。咖婆經常過來祭祀，依舊幫著女婿去治療鄉寨裡的病人，似乎都不記得之前的事情，但她卻總記得時刻提醒阿爸，「懸壺濟世是你岳父的心願，有你來替他實現，我就是此刻進了墳墓也不怕見你阿爸了。」

咖婆也有自己的倔脾氣，一發作，誰都管不住她。對歌時別人

贏了她，她就會回家一直念叨，硬是要找人贏回來才作罷。她打牌時一輪錢不是裝失憶就是裝睡，還時常偷拿多餘的牌補一副好牌出，還老是很得意自己沒被發現，其實是我們不跟她計較而已。有時候，阿爸讓她去送藥，結果一看到好吃好玩的，就一股腦把正經事給全忘了，把藥抵押給別人，盡顧著自己吃自己玩，但偶爾也會留點給我，封我的嘴。咖婆每次犯錯，就裝體弱睡覺，阿爸常常被氣得發抖，又無可奈何。在我的印象裡，咖婆似乎就只對山鬼很虔誠，很嚴肅，從不敢懈怠。

每年春節的前一天，去對面那座神山上拜山鬼，已經成為我們祖孫三人的約定。

# 油豆腐和紙燈籠

福建師範大學文學院本科 2014 級　鍾雨晴

　　穿堂風像是要把人吹瘦，裹挾河灘邊的蘆絮和門口幾株湘妃竹的眼淚，直灌入阿婆蒼老的耳朵裡，旋成古老的細褶。長長的檀木桌發著冷光，像十一月的月亮，它暗啞著像是這頭老人的囈語和那頭嬰兒的啼哭，又好像是一言不語。穿堂風吹得日曆嘩啦嘩啦地響，脆生生的紙片摩肩擦踵和那幾株湘妃竹抱頭嗚咽時候的哭聲很像。喋喋重複著著那些巷口婦人口中——流產的八卦、流言和褪色的謊言。

　　穿堂風沒能拐進灶臺，阿婆滿意地起身回來添柴火，竹椅嘎吱了好一會，又傳染到阿婆跋著的失了膠的拖鞋，篤篤地靠近灶臺。在太陽完全落山之前，再汲一瓢水刷一刷有些焦皮疙瘩的鍋。大灶臺的左邊就是蓄水池，四周都貼著白瓷磚，醒目的位置不忘貼上幾尾鯉魚，池外也貼得齊整，燥熱的夏天我總愛拿著小板凳，把臉倚在鯉魚的尾鰭上。目光所及處就恰好對著阿婆寬大的臀部和壯碩的腳踝，再遠一點的偶爾伸出灶臺的枯柴和星星點點的火光。我繼承了阿婆的大腳踝。

　　鍋被洗得黑亮，柴火也熱起來，像星星的切切察察。阿婆揭了搪瓷蓋，舀出一汪燦燦的油，匯成一口映著油菜花的小湖泊。碎豆子的聲音開始跳蕩在高得燕兒才去的樑上，也跳蕩在我的耳膜邊上。阿婆攤開大砧板，變戲法似地取出豆腐塊兒來，阿婆先切了幾塊對角的三角形，濾乾了水就下到油鍋裡。油光熾烈的時候，直接將豆腐置於掌上，刀兒對著劃十字，俐落地四個小三角豆腐便躍入油湖裡。每每

看到此處的我總是怨阿婆是躁急的人，又總是嘆服阿婆的厲害。因為在我看來，這點絕活不亞於那些伶俐的耍猴人和走鋼絲的漂亮丑角。那些雜耍的人或許有可能失了平衡，但阿婆的油豆腐從來沒有失手過。鹹了可以配白飯吃，淡了可以閑作哂嘴的零食，或者蘸點醬醋吃。

最貪阿婆的油豆腐，是我。我早就備好了碗筷，墊著竹椅站在油鍋旁候著，翹首著，油鍋裡還晃著我的影子，阿婆會分出她的第三隻手來撥回我的腦袋。我便開始敲打瓷碗，筷子哆嗦著敲擊得累了，光著腳去灶臺邊的火光裡撥一撥，好讓火更旺些。還無聊得數起鯉魚鱗片，從三開始倒著數，還故意很大聲。阿婆曉得我繼承了她的大腳踝之外的躁急，所以也不惱。總把第一塊金燦燦的豆腐放在我的瓷碗裡。

阿魯搖著毛尾巴過來了，穿堂風把它的毛捋得凌亂。搽了碘酒的紫色傷口晾在外面，像一塊滑稽的補丁。它棕黑的鼻子還是靈敏的，聞香出動。只因油豆腐太香，而誤以為阿婆在炸肥肉。儘管阿婆給了它第二塊油豆腐，它憺憺地扭過頭去，舐它的紫色傷疤。

我忽得恍惚，好像忘了油豆腐，因為那塊紫色傷疤。火光裡咧著的紫色的背影似乎轉過來，我白頭的阿公，提著紙燈籠。

他身後的長廊掛著很多的紙燈籠，他走過一盞便亮起一盞。他走到長廊盡頭的一張長板凳坐下了。阿魯順勢趴在他的腳邊，那時候它還沒有紫色傷疤。

阿公長了繭的手還是靈巧得很，他窸窸窣窣地把鐵絲彎成燈弧形，把依次彎好的六條鐵絲頭尾一起擰在小弧圈上，頭尾和中間是好看的圓形。小燈泡不知從哪兒變出來，藍鐵絲繞著阿公的硬繭捲成細長的長蛇模樣，從小圓弧裡吐出信子。偶爾穿堂風吹得他的手好像顫顫巍巍，他還是一絲不苟地糊著紙漿，六片，被風吹跑了一片，阿魯就一咕嚕爬起去追，帶著它潤濕的口涎，阿公糊上最後一瓣。

　　我捧著兩節電池打滑一般跑過來，阿公利索地裝上，就在天變得很黑了而月亮還沒爬上堂子來的時候，紙燈籠亮了，代替著今夜可能渾圓的月亮。

　　阿公他不太說話，撫了一下我的額頭，就迅速放下。他起身，手肘恰好略過阿魯的毛毛的耳廓旁邊，阿魯也不憎，棕黑的鼻子引了引又停下。阿公提了油桶，走近他的三輪車，仔仔細細地給鏈條上油，反反覆覆。月亮爬上來了，渾圓的，和紙燈籠一樣；銀白得和阿公硬砸砸的髮一樣。

　　刷得足夠油亮之後，阿公就騎著三輪車走了。不帶走油桶，不帶走阿魯，也不帶走我。好像只帶走了穿堂風。

　　一小片薄如蟬翼的光，變成佛龕旁的燭照，阿婆開始誦經，從《心經》開始念，方言咕噥在喉間，像含著一塊溫吞的紙燈籠一樣的月亮。

　　穿堂風忽然就止了，柴火枯萎下去，油豆腐剛剛端上來，還熱乎乎、金燦燦的，好像星子一樣。

詩歌

Poetry

# 曠野上的風

福建師範大學文學院本科 2014 級　黃麗穎

## 牙齒

　　我挺怕你的
　　尤其是尖銳地撕咬肌肉
　　伴著美味的評頭論足
　　一個秘密的落差

　　我在睡著的時候有了這個想法
　　不幸地以為自己醒來
　　在激烈的爭論中被噁心的舔舐
　　產生了下一個目標物的雞皮疙瘩

　　但是真的沒關係
　　我篤定自己會被一咬斃命
　　幾分鐘以後就足以擁有
　　輕鬆自由的靈魂掀開一片天地

　　我可能是一件幸運的禮物
　　意外地獲得先知與墳墓
　　原因來自我羞愧的演員身份
　　我瞞著所有的經驗與隱私

沒有因人而異的理由
飛起來的偽裝靈感沒有耐心
付出的代價只是一個個謊言
反正牙齒整齊

所有的柔軟都會被扭曲
生活的百煉卻不會偏離
沒有石頭可以填補牙齒間的縫隙
水也不可以

嘴唇一合
便處於黑暗之中
血肉擠壓著堅硬
看到的只是一張適合親吻的嘴

## 收藏癖

他越來越喜歡獵奇
收藏室裡滿地是與他等高的花瓶
奇形怪狀，像肥肉的波濤洶湧

他常常花一個又一個夜晚的時間
觀看花瓶的內在
光滑的潔白用冰冷的熱情挑逗

慢慢喚起身體內的運動
他的腳忠實於視線──高高低低
他的呼吸沉醉於瓶腰的曲線

微滯的吸氣助力視線
看得更多的是稍顯豐腴的突出曲線
一個大吐氣可以讓視線緩緩放過粗胖

輕鬆的呼氣夾雜著讚嘆
眼角上挑勾出點點專一的情意
曲線凹入得一手掌握

他就抱著細腰
湊上瓶頸
靜靜地依偎。

## 自然與文明的對立

遛狗總是很累
它總是拖著我走它想走的路
任性地依著它自己的速度

我現在還擁有它
因為我的家在市中心
我們散步的地方不出方圓十里

它在大部分時候還是很乖
走幾步便會主動靠近我
它溫順得有點膽小

但它始終有奔放的個性
但凡不見鋼筋水泥，尾氣鳴笛
但凡嗅到一點自然的氣息

它就會不顧周圍的人類
像潑出去的水，一發不可收拾
但每次都敏感的遺憾擺尾

它做過很多次這樣可笑的事情
似乎它對我的感情是假的
即使它每次都討好地撲上來歡迎我回家

它很聰明地對我取的名字有所回應
熱情地啃骨頭，熟練地給對門的母狗獻殷勤
像個喜劇演員般狡猾。

## 影子

我有時候可以看得見它
但多數時候我完全忘了它
從來就不覺得它有多重要

只有在寂靜的時候
並且要有光
當我進入恍惚的潛意識裡

就像蝴蝶飛進了夢中
成為難以理解的替身
卻狡猾的黃雀在後

黑色的陰影誘惑住我
像出土的黑色墨釘
在乙本裡橫行霸道

不避諱的無辜讓我疑惑
單一的色塊竟找不到模型
怎麼對話？

他悄悄地，悄悄地
當我老了
他把我釘在地上

我不再言語
看著他手中長出火焰
支使著機器人，烤著木乃伊

他持續地下蠱
直到沒有光亮
直到飛向太空

我頑固地殘留在他腳底
在絢爛的星河中
仍長途跋涉地想要分析——

他是本來就有生命
還是我的衰落激發了他的變異
抑或是他　侵入了我的生命

我想看清死亡的全過程
但他死了
我還被他壓在身下

他也曾這樣不眠不休地看著我嗎？
我是否從此無法輪迴而永生？
我們同生但不共死。

## 窨井蓋的地下與地上

有小鳥在上
有流水在下
能想像的危機不僅如此
到處是高樓與馬路的夾道
人類的跳躍水平一如從前

## 我喜歡你回首卻看不到我

我喜歡你在我不遠不近的前方，

我可以一直看著你，不說話，不接觸。

彷彿你一回首，如墨的眼睛看不到我，

卻有滿天煙花讓你的嘴角彎起。

你的雙眼透過我飛遠，

我的雙眼向著你收縮，

我不必知道你看到了什麼，

就如同你感受不到衣服上微弱的溫度變化。

但我可以聆聽你，好像你在說話一樣，

好像我糾纏住你的影子，

默默的小心思連太陽也不知道。

我知道你是聰明的，

不一的步伐從來都任性妄為。

但我最喜歡你的一步三回頭，

就好像你也知道你的回首微笑最美。

我卻是調皮的，我喜歡神秘的魔法，

你轉頭時，我靜靜地望著，

望著，望著，學會了躲避你眼裡的光，

如同避開星星，剪下黑色的夜空。

我想我是你的靈魂，在你的世界安靜無聲，

還患了侏儒症，怎麼也摸不到你的衣襬，

怎麼也無法和你視線交纏，

即使我從沒想過要出現。

我想讓你以為能從回憶找到寶藏，

能在轉頭回望身後的道路時有意外驚喜，
但月光下的回頭路只在視線所及。
你看不見的黑暗裡只是寂寞與遙遠，
沒有陽光，沒有陰雨。
我總是及時在你回首時戰勝一切。
我喜歡你的回首，彷彿我消失了一樣，
我可以感受到你的眼光裡的心臟，
並且學著它跳動，為它施法，
彷彿所有的絢爛都可以讓你看見，
而我看見你和你的背景。

## 雪花

小小的雪很驚喜地擁有自己的形狀，很美麗，
只是無助地隨風飄揚，尋找歷練的家園。
太多的雪就讓人悲傷了，因為分不出一朵雪花，
所以要在大雪紛飛的時候，站出去旋轉。
快樂的舞，純淨的裝扮，絕不冰冷。

爭論是以一隻耳朵丟失了一枚雪花開始的，
我在旋轉的時候偷偷地達成了一個耳朵聽不見的協議，
我用閃爍、永恆的雪花耳釘換取每一次我出門的雪花飄舞，
我每一次都要給長髮穿上潔白的頭紗，我要從雪中走出，
我更要那一雙溫暖的手幫我整理滿身的美麗，然後牽著我繼續
白頭。

我不記得有多少個雪天，我出去閒逛，
是否有人躲在漫天的雪白下同樣以白色的心等待著我，
甚至寫下白色的字。但我已不記得寫信人的模樣，
在所有遺忘的空白下我想帶著身體裡難以名狀的
物質，從雪落到再次交換一朵雪花。

雪花是一個冬季那麼長的親吻，我卻無法依偎。
耳朵在雪水的挑撥下癢了起來，害羞得通紅，
我還是愛在大風中旋轉，如果算上陽光。
火熱的陽光總是眼光很高，看不上空有耳洞的我，
就把它的光而非熱發射給我，指明不暖和的前路。

## 蝙蝠

我是喜歡倒立的，尤其是在黑暗的地方。

可我從沒想過可以遇見它，還是在大街上，

它可能是迷失了道路，成為一個真正的盲人。

誰能看到它發射的超聲波呢？它是不會撞到我身上的。

但它為什麼不親近我？我是那麼一步步靠近它。


月亮給亡靈留下了一次返鄉的機會，

落葉卻深感不公平地爭寵起來，並叫來風，

各種小蟲子驚嚇地亂成一團，撲在地上。

蝙蝠像狐狸般機靈卻更善良地抓走蟲子，避開落葉和月光。

這隻落單的蝙蝠孤獨，況且沒有翅膀。


除了夜晚，它哪都沒有去過。

想像中夏日的白天，對它來說就是災難，我也是如此。

我害怕流汗與淋漓盡致，我怕我完全暴露，更無力抵擋。

想像是黑暗的，為未來所打壓，

那麼多躑躅潛行，而我如此需要倒立。

## 傷痛

散發著森森寒意的冰刀輕劃著肌膚，
比害怕更深的是記憶與影像的重疊，
它們一起，含糊地謙讓，混合入骨。

我再次回到陽光下時，已是常年病痛，
那時候的滿身冰雪被風雨保護，
從來就不理會常規的季節變幻。

山洞一閃就不見了，只是變成
更深的記憶，在夢中痛成石塊，
再從懸崖跌落，在最低處重新累積。

移到暗處的記憶與石塊悄無聲息，
朦朧屏障的寂靜抵抗，一人為城，
熱鬧的都在傷心處冷暴力地插刀。

人體從內外部一起潰爛，除了腦袋，
但，不會流淚，不會說話，只會聽，
會感受到將要流浪的地方，帶一陣風來迎接。

## 愛情

雌雄同體的豌豆比紅豆更受聖母的歡迎，

她是位「善於應變的夫人」，

庇護了一輪驕陽，儘管乾涸了一潭井水。

獨眼商人在腓尼基費盡心思申請專利，

卻在紙牌上被通緝，最後成為被吊死的人，

伸著長舌代表現世的青年爭辯善惡。

擁有三根權杖的傑西・韋斯頓勇敢地去追求月亮，

依舊為小貓所不屑。六便士的小蝦米也是香甜的。

這是過去。


菲洛梅爾被男人狡詐地非禮強暴，卻再也沒有變形，

啼血的夜鶯在童話裡不可褻瀆。

女人提防女人的戲劇時常上演，比鬥棋更為激烈，

不是誰的形體都可以讓整個房間安靜，

也不是誰的靈魂都可以讓樓梯上散落成點點繁星的長髮陪著。

比黃金更亮的白金的丘比特被供奉為上仙，

這個小嬰兒勤勤懇懇地把所有的箭射入人體，

才抱著空了累了的金弓進入漫長的睡眠。

這是現在。

# 眼睛

這是不照相的面孔在鏡子中的幻想。
她看到了林黛玉的眼淚，很多很珍貴
鏡子裡只有她一個人，證實著所有人
都超過了鏡子的範圍，除了她。
為此她把她的影子送給了林黛玉
因為從眼淚中整理出來的歷史與靈氣
像幻境中那麼令人著迷，這本不是她的面貌。
華麗的布景像撒網般隨意點綴，主調白
鼓風機瘋狂地催促著，但置身事外。

黃昏，霓虹初上，一束閃光燈在鏡中與她相遇，
舞臺上的她看起來更美。擦肩而過的胭脂
可以作口紅，腮紅，眼影，厲害的可能
還可以作眼線，睫毛膏。只是恐怕做不了美瞳。
鏡子裡可以把一切都變為事實，暫時。
這個暫時的眼睛裸露在幸福的一邊，
只占坐了小小一個地方，靈活地換位，
她患了視覺上的抽搐症，翩翩起舞地
製造安靜。立體的動作輕輕地纏繞著風。

登高山看星星的人對於望遠鏡仍是極其熱愛，
在滿天繁星下可以半瞇眼睛，懷想星與星之間的連線
那冰冷的，光滑的，如同她面前的這面鏡子。
誰也無法精確地分析出一個女人長時間盯著自己的面孔的原因，

特別是眼睛時常變化的幅度與亮光，
即使你躺在女人的床上，手摸上書本的內容。
不需要垂下眼再換個坐姿或是心情，一種
輕易的靠近直達鏡中的幽靈，並不複雜
況且它們從來不拒絕人們的任性徵求。

現在她知道她長了一雙丹鳳眼，琉璃眼
極美，極勾魂。帶著不同審美趣味的唇與眼鏡
在冷藏櫃裡輻射開來最灼熱的冷氣，
被門口的蜘蛛一絲絲捕捉，保存。
娛樂時代過去了，空想裡的明月最終進入秋天
所有未經雕琢的淚水都將懶散地辭職，
她從真正可怕的鏡子中閉上眼睛，脫身。
可是，她默讀到年久日深的時間筆記，
壓迫中的責問是看不到的，如果眼睛也可以感覺。

可疑的地址一點點顯現在她的嘴裡，
磨光的門牌號如刀刃般傷害她的眼睛，
但事實上是幽暗的眼皮，一直以來受傷的都是它
它執意地合攏，性急地杜絕一切汙染，除了
夜晚涼爽乾淨的風。即使違法，也驕傲。
她被告知有水葫蘆在她的眼睛裡搖擺
似乎她一直引以為豪的視力只是一層迷霧
一層分割了她的神經的專業化隔離膜
她的靈魂處在極危險的境地。

就好像她一直以來照的鏡子都是假象，
她接受的所有課程都是由空氣講授，
她讚美的樂趣從精神下降到夢幻遊戲，
她是把夢境當做現實了吧？這是誰的過錯。
誰並不相信影像的記錄和紙筆的書寫，
把零星的資料焚燒，在三次元裡橫行霸道。
她曾拒絕官方教研室的採訪，有一百個理由，
用左眼遮住右眼，牙齒擋住舌頭，偏離了
時間的方向，加快精神的投擲硬幣的觸感。

然後她就被徹底拋棄了，直接被壓入無底洞，
被囚禁在這個位址上，被關在這面鏡子中。
她美麗的眼睛還得繼續存在著，發紅發綠都沒關係。
某個看守的機器人有著憂鬱的眼神，
他的智能眼睛像精細的算盤，有聲地刷著鋼絲睫毛
他計算著準備遷移到火星的物種。諾亞方舟是早就啟程的，
牧師的祝福為物種們提供了一艘火箭，強調
眼睛不可不帶，人類的眼睛可以放大很多事物。但僅僅是眼睛。
而只有它們才能使用好眼睛的功能。

## 摩天輪

一個摩天輪正在閃閃發光，隨後
是一場雨，舊的東西都將變成新的。
於是，當一個人走到摩天輪那兒時，
一切都是新的了，安靜地乾淨，
包括他自己對於摩天輪及其周圍事物來說。
這樣的摩天輪未必是真實的，
存在著成為被人洗淨、移動的積木玩具的隱患
站著打量是看不清每個座艙裡藏著什麼人，
還容易被時而消失時而出現的座艙迷亂
這是他生生世世輪迴生命的記錄儀。
他討厭每次輪迴的時間都那樣相同，
那樣慢得使他心裡擔憂。他還很年輕，
他是個樂於一手把握住自己的生活的規劃者，
在他設想的藍圖下大刀闊斧是每天必做的事。

這時一個人正在排隊，他還未買票，
他也是臨時起意，被摩天輪裡的人吸引，
更美的是摩天輪連著身後炫燦的煙火，
不寂寞，太張揚。他穿著西裝，很莊重，
黑得更適合夜色，可惜霓虹做不了染料，
月色一洗就褪色，便又變為最暗淡的背景。
他拿到了票，也在摩天輪下排了快速到達的隊，
他離它越近就越懵懂，越不知道自己想著什麼，
依舊被將要成為摩天輪裡的人們吸引。

他面前的一個座艙被迅速打開，他也順勢
迅速進去，即使這時他已不是特別想望，
因為在摩天輪下的他是看不清楚整個摩天輪的，
視覺上沒有了目標物的誘惑，心裡便空蕩了起來，
不適合躲進座艙然後被關起來。

一個人終究還是一個人待在座艙裡，
這不知道是他的哪一段生命歷程，可能就是現在吧，
因為他坐進去到現在還未感受到眩暈。
剛才到現在的風景他沒來得及看，
他只顧得觀察座艙裡的布置了，
並時不時左顧右盼臨近座艙尋求安全感。
畢竟誰知道摩天輪會不會突然就壞了呢？
他來到前一個、再前一個座艙的位置，
他坐在一個座艙裡就可以這麼開闊地移動，
賞盡方圓十里的陸地與天空，並沒有腳踏實地，
畢竟陸地上摩天輪的占地並不多，
還懸空了每一個座艙，用電流的力量運轉，
更多的只能是空間上的垂直、靠攏運動。
對，讓你身處其中，把你騙過，拉近，橫豎作弄。

這時另一個人也來坐摩天輪，
他就坐在最上面的那個座艙裡，
當然，這一秒，他已經不是最上面的了，
只是暫時還沒有其他座艙來爭奇鬥豔，

但他已經很生氣了，他不像前面那個人

傻得連自己在哪都不知道，更沒有錯過一路上的風景，

他還要寫書來指導所有笨蛋怎樣坐摩天輪呢！

可是當他被另一個座艙淩駕的時候，他就失去了資格。

他馬上來到老年，他拿著望遠鏡當作老花鏡，

可惜他只能看風景了，看不清座艙裡的各種花紋了，

所以他丟三落四，對未來走一步算一步，

所以他愛上了回憶，把他微小的精力用在回顧巨大的精力。

當座艙再一次打開時，他不是不捨，

只是背對著摩天輪會有被座艙打出去的危險。


這時坐摩天輪的隊伍越來越短，

不是所有人都坐過了，只是颱風了。

有什麼灰塵需要大風發狠呢？大雨都來過了呢。

大風使人拉緊衣服，艱難前進，

最讓人不放心的是，周圍美麗的小花小草，

還有讓人遺憾的不能燃放的煙花，

畢竟風吹過來，火星移動，小花小草可能就沒有了。

座艙裡的東西想必也被吹得支離破碎了吧？

反正我猜會亂成一團讓我頭痛，煩人極了。

更何況，傻子才會覺得小座艙裡有自己的小世界，

直接在空地上看藍天不是可以得到更大的世界嗎？

不然還可以登高山俯視摩天輪啊！有必要

為了小小的一個浪漫與情調，禁錮身體與智慧，

只剩下勇敢與視力在練習轉圈，低調而效果甚微。

去過摩天輪的後來都去過山車和旋轉木馬了。
有的人喜歡在過山車上一次次闖蕩江湖，
忘記過去的與現在的，未來的正在慢慢形成。
有的人熱愛旋轉木馬，晃悠悠的適合睡覺，
睡覺便喜歡做夢，夢見朦朧的過去與想像。
於是能走的人都走了，每個遊戲都可以分走很多人，
但整個摩天輪還在運轉，事實上沒有一個
座艙可以單獨地從這邊到那邊。
只要有一個人便不是少數。
摩天輪的旋轉看久了便會被催眠，
吸進了一個座艙裡的迷藥就會回味，
所以總有人愛繞著摩天輪花前月下，
更有人老愛在空地上望著整個摩天輪，
時不時還按下快門以為留住了美麗。

來坐摩天輪的大多是成群結隊的，
每一個座艙裡總是熱鬧非凡，偷偷地或肆意地。
他們是一千個哈姆雷特的分身，擁有
孫悟空的七十二變，演繹著王子與復仇，
用各種地方的腔調與變聲，變換著舞姿與服裝。
個人與群體之間總需要配合，還需要默契，
有時幾個人決定坐哪一個座艙，一陣點頭略過，
用走正步的節奏一個個地謙讓，手把手，
但總趕得上最後的關門與起飛，像事先排練過。
在座艙裡有人動了動腿，有人便驚疑恐懼，
有人鎮定得換了個姿勢，伸展手腳，眺望遠方，

座艙裡動不動是個很難達成一致的大問題。
特別是當座艙裡外的人都是觀眾的情況下，
誰覺得誰動了，誰覺得誰的風景更好？

## 暴風雨

在釣魚的老人把上鉤的魚兒放入聖杯，
卻被一少女引誘，跳起火熱的桑巴，
不幸地被身後的長矛所傷，背後是一片荒原。
海面是光滑而無波。

做過女人的泰瑞西士仲裁了兩位天神的爭論，
在神的眼淚中失去了視力，卻在神的挽回中
獲得了預知未來的力量，被允許旁觀的榮譽。
海面是有風而微瀾。

悲傷的萊茵河女兒們在伊莉莎白女王面前歌唱，
她們胡言亂語地讓女王樂意，獲得唱完黃昏的權力，
順便可以輪流在海邊結婚，以黃金寶藏為聘。
海面依舊平靜，頂多微瀾。

佛陀也在海邊訓誡僧徒，「眼睛的意識在燃燒」
這眼睛裡彌留的印象在燃燒起迷亂之火，
恰可以用冰冷的深藍澆滅，散成苦行的金粉。
海水少了幾桶，不傷元氣，依舊晃悠悠地蕩著。

饑餓的但丁被關進塔樓，塔樓就在海邊高地，
與外界隔絕的防護圍欄具有看不透的力量，
那裡存在著每個人的全部世界，特殊而秘密。
海水隨著前進而害怕，後退地想著對策。

駕著筋斗雲的孫悟空被壓在附近的五指山下，
耳朵一癢，被風一吹，便乖乖地歸還定海神針，
不再自言自語地，像知了般不停咒罵天地與自然。
海水的心上被插了一針，好奇地研究陣痛。

此時精衛再來玩耍，以最肆意的姿態，
與最讓她中意的海洋成為朋友，銜草為禮，
從波塞冬那兒得到出人意外的平安，作為賞賜。
海水奏起風雨雷電的四重奏，端莊地許諾。

## 身體

你是畢卡索筆下的一幅人像，
扭曲的四肢有發達程度不一樣的肌肉，
你的腿可能在上半身，手可能在腿上，
你偷走了動物們的設計圖。
周圍可能都是你的血，因為你的身體
就像器皿般易碎，裡面的水與花流了滿地，
泛起了滿地的芬芳。身體的支架可以撐得很高，
眼睛裡充滿疲憊，沒有酒窩，沒有眉毛，
無力地放出舌頭，正好可以垂到鎖骨。
周圍還有迷宮般的思想廢墟，
非理性的奇形怪狀，搭建在隱形的空中花園上，
卻沾染了五彩繽紛的花粉，極其絢爛地盛開。
就如滿地的血與花朵，自有其布局脈絡。
然而，頭上的天空馱著一座山壓了過來，
陰暗得彷彿地獄，有無數幽靈來撕扯，咬嚙。
再也回不去了，現在的重新武裝只能導致崩潰，
滿屏的骨肉血液拌上水泥，蒼白地獲得靈魂。
這樣的原罪是被鎖鏈定在地上的，如煙嬝嬝，
充斥在身體各處，生命每刻。
而陽光是照不暖這樣的虛弱與蒼白。

## 野獸

我聽說，你錯了，錯了，

你一無所有，別無選擇，

不曾掙扎，被言說的小風浪席捲，一身破布糾結，

風浪再大一點，破了，毫無蔽體，

你的眼睛找到我，瞪大，威脅，

但我就好像消失了一樣，

無動於衷。


你的身體變形著，你毫不知情，

我像是只剩下意識，遠遠地，靜靜地

旁觀。轉眼間，你長出了無數隻眼睛，

亂七八糟的，反看著所有人。

只因，所有人都看著你。

他們面朝著你，看了很久很久。

但我覺得，所有人都遺忘了你。


你的渴望與猶疑還有害怕，

如蠱般絲絲縷縷滲入，你的靈魂獸化了——

你無意識地散發出黑暗，如墨般散開，

在彩色的空氣中，叛逆，鬥爭——

頭暈眼花，完全變態發育，

你瘋了，纏著向日葵不放開。

噓，不要嘶吼，我聽不懂。

## 對立的詞

我急迫地想要，想要

把這塊凸起的積木

安到那塊凹下去的積木上，

它們對立得很相配，

是我唯一知道

應該組合在一起的積木。

雖然組合起來的形狀——很平常，

簡單的就是最美的，也是最基本的。

所以，不管我想拼什麼，

這兩塊積木總是要這樣組合的，不是嗎？

即使無實際意義，也可以

很純粹地對立混用，

在單一的演變中類型化。

「我反對」，

無需受批評，

完全可能不做深刻思考，自動獲得意義，

回避變異因素與經驗成分，

甚至是所謂的精神立場，更方便地

陷入真正的混亂，

從紙上談兵到江湖歷練，以叛逆的姿態。

時過境遷的絕對相反

是被催生的最大叛逆，相反的東西相剋，

可怕的對稱，可怕的寄生

在叛逆者的骨血中，

堂而皇之地嚎叫。

也許需要壓制的

不是正反兩個方面的擠壓，

我們知道得更多的是其他，

需要證明的是，並存的對立

是對稱的，美麗的，足以昇華為「禪」。

顛倒的邏輯很容易分清極端的兩面，

說出來的話不懂得轉正，

轉譯又太有自傳性，

單向度的表演像沙子一樣

細細碎碎，總是被漏斗漏掉，

各種語境與意象就很難交換，

陷入某種詭異，

因為重疊而被質疑，

最後被取消，

難以解釋，

成為被統治的深思熟慮。

恍惚迷離地拒絕災難，

奇怪地成為幻象。

## 老人星

像南極仙翁那樣不尋常的超巨星，

要穿過七百光年的距離才能面對面

詢問保持長壽與活力的秘訣。

希臘工匠為了看清軍船的吃水線，

極其智慧地在船底安上了明亮的夜明珠，

在漆黑的海底恐嚇著兇狠的鯊魚。

特洛伊的狼群否認大犬的稱號，

以絕對的明亮侵占海上霸權，

在每個夏日，以海水作為靈氣。

以海為家的人們拒絕水氣的蒸騰，

年老體虛的大地之神嫌棄人類的肥胖，

肉頭高腦門的老人的桃子被塞進海倫的身體裡。

老頭的臉色越發青白，非得抓回海倫，

再一點一點地把她塞進桃樹，讓她吃掉樹根，

將吃剩的汁液塗抹在身上，再用枝條消毒。

眾神可沒那麼年老，好脾氣地只要回自己的東西，

他們各執己見，幫助人類自相殘殺，

立在夕陽裡看著暴風雨下的波塞冬怒吼。

向來十分倒楣的狼群又軟弱又煩躁，

做了壞事就別想逃過牽連，

過度的喘氣只會暴露，導致危險與死亡。

當興盛的變為衰敗，當存在已成不存在，

當失去的再回到手上，還是要過日子。

在和平的日子想要獲得長壽是更為簡單的，

首先要尋找到一個貿易的好地方，
因為藥物的功效總是讓人比較信服的。
況且，還是吉星高照的老頭的話。
但是，老頭所說的配方很難用來服用。
因為老頭在不斷地生長，快速的變換需求，
年老的記憶撿一半，丟一半，
緩慢的聲音又總是飄渺而低沉。
他有著不可知的未來，眾神都在旁觀，
更無力的人類，在充滿依靠的歷史中，
幾近疲憊地揣度浮誇的可能，以娛樂的掩護。
這種非邏輯性的神的旨意，除了天才的預感
與解析，僵硬地按照神的標準，只是相似，
碰巧的一點相同也難以支撐，終究會崩塌。
但好不容易得來的口諭怎麼能就這麼浪費？
效果不對也要強試，資金不夠也要去偷，
時間不足也要，也要，以命抵命地跨越，
在希望中會有開花結果的動力。
老頭有點置身事外，反正人神共怒也搆不著他，
生命於他再多不過，足以嘲諷，
所謂自己給自己的希望太過低能。
不過，在他的桃子與海倫的相處中，
在海倫終究歸還桃子的結果中，
他倒是看出了人類生命活力的無限可能性。
另外，他向來是認同眾神對人類數量繁多的嫉妒，
人類生命的交替產生拓展了壽命的長度，
每段時間的多人占有更是已經完成長壽。

所以，作為一個個體的人類，在全部壽命上是足以比肩於他，
內部的活力還暫時略勝於他，還未必比他晚滅亡，
那還有什麼值得被執意追求？

曠野上的風

# 僅僅由於孤寂

福建師範大學文學院本科 2014 級　黃麗穎

## 理由

再一次，身處一個人的小天地

在坐立不安中俯身，隔絕視線

你是在看手機裡的新聞八卦

和冗雜無趣的小說遊戲

還是在想人類生存的理由？


在夢中不由自主地分辨真假

在海上的霧氣中深吸衣領與書頁的芳香

猶如抵抗美杜莎誘惑的柏修斯

造就了一個世紀的紅眼病

迷亂了癲狂中的保羅・策蘭


第一次從那裡經過時，你知道這是起點

第二次經過時，你又知道起點總會繞到你面前

就像你總會帶著一本艾略特的精裝

在移民局裡排著長隊，執意地找書作伴

無可阻止地猜想：這是否就是你？

你赤裸裸地來到這世界，什麼都不想要
在這裡西爾維婭・普拉斯在自白中死去
你從最深的恐懼中翻譯起自己
當她收攏薔薇的花瓣作為花園
你應當在月光下孤寂地寫詩

人類應當生存在這個世界
太陽應當照亮梵古的向日葵
光線中所有人的頭髮一起變白
臨別前誰也不必被遺忘
現在你看清了彤雲下的眾神

透過天空深處的博學和馬丁・路德・金的夢想
想起久已遺忘的大汗淋漓
找到羅伯特・弗羅斯特的桂冠
需要多久才能把水變成火
在一個最繁雜的時代裡絢爛

## 此刻

此刻，一個灰色身影正閉上雙眼

他墜落了千年，他空洞疲憊

雜亂喧鬧的歡呼 喊聲充斥耳邊

潔白美麗的大翅膀和鳥語花香是他隱約夢見

他沉迷地吸取這純淨的氣息，不願醒來


只是一秒，是誰按了暫停鍵？

他時空錯亂般地看見，周圍寂靜無聲

他慵懶地坐在滿飾著繁複花紋的青銅椅上

一隻隻魔鬼俯首跪地，他隨意地打個響指

一束火苗燃燒於指尖，妖豔，嗜血


身後有二十四個房間又四十八個房間，連綿不絕

二十四個魔鬼在二十四個房間裡露出獠牙

吃下蘋果與毒蛇，全身赤裸地來到窗口

靠近他的耳邊，二十四種語調拼接地說話

二十四盞燈亮起又滅掉，二十四個魔鬼消失又換二十四個


上天下地，熟悉地逛起自家花園

黑暗與魔鬼交配生下曼陀羅

花園的河流與水銀一般侵蝕肌骨

螢火蟲閃爍著深紅色的亮光

監獄與荒漠並存在猛獁象的身骨上

此刻，有一隻魔鬼正在偷偷地喝著牛奶
另一隻魔鬼在偷偷地灌溉它的棉花
煉獄裡的魔鬼退化為冷硬的石頭，而刑具
則要求更烈的火焰與更寒的堅冰
他隨手一揮，全部實現它們的願望

暗色的空氣看不清季節的更替，黑夜，又是黑夜
他舒服地享受萬裡國土，留下點點疑惑
當他偷竊一朵小魔鬼的棉花，不受控制地
提取牛奶的白嫩，竟著魔般把棉花別上翅膀
把白嫩打入肌膚，不魔，不神

熟悉的夢境打開了沒有道路的河流與荒漠
兩塊土地交換著氣息，聊著天
它們恭敬地看著他，揚波起舞
一水一沙，密不透風地把他包圍
充滿愛憐地稱呼他：墜天使。

被子是蓋不住他的，他應是飛翔在上空
帶著生命的智慧與生活的激情
被封印住的靈性勇敢堅強
要求他否定自己一生的追求與奮鬥
看不見他身邊的洞，只看見他越來越遠

## 相遇

她照鏡子，默默地打量著鏡子裡的臉
樓下面是五光十色，樓遠處是黑雲壓城
她看見鏡子裡反射出一道門，對樓的門吧──
她前進，伸出手，假裝要到那裡去
沒有人再能看見她。

他喜歡暗渡陳倉，不願被陽光照到
他收藏了很多地窖，可以連成一個大城堡
某年某月，他可以不依附於世界
提著小油燈，帶上渴望的姑娘，一起
暗無天日？互相拉著手，假裝生活在地獄
便是永久。深呼吸，淺呼吸，預謀已久

偶爾，他暴曬在陽光下，光在折射
她又在看鏡子，她看到了他
她不會喊，只是把灼熱的眼神傳遞給鏡子
也什麼都不說，只是在心裡喃喃自語
他突然想到一個奇蹟，幻想一個故事
有個姑娘在隔著鏡子偷偷地看他

她身處黑暗，嚮往光明，但心甘情願
因為不願看到他置身黑暗，甚至不願
讓他看到她的臉。於是，她打翻墨水
抹黑她病態般白得發亮的皮膚，靜靜地
躲進了他的城堡。所以，他走進城堡的那一天，
他會得到他的姑娘。不用尋找，在陽光下
沒有他的姑娘。

# 永恆

死亡給了我們沉睡不醒的權利

鏡花水月般給了我們模糊的容顏

遙遠的學校裡傳來沉悶的鐘聲

路過這裡，激起了一池漣漪

於是你的靈魂顫動，用夢說話

操著陽光不懂的語言，指使影子

手舞足蹈。緊接著火亮起來

城市裡的嬰兒哇哇啼哭


你曾夢見，一個放鴿人舉著旗子

呼嘯而過的一大群鴿子，遮住驕陽

你做一個放生的姿勢，一次又一次

每天你都走過那裡，尋找伴侶

悄悄地。不知是偶然還是願望成真

你撿到了一隻墜落到你面前的蝴蝶

小小的，瘦瘦的，很疲憊

她落在了油紙傘下的花瓣上


你睜大了眼睛仔細察看她的身體

尤其目不轉睛地透視她的翅膀

儘管你的血濺上了她的翅膀

你好似看不透，一遍又一遍地梳理

猜著故事裡的每一個過程

慢慢地，她也不需要軀體了

翩翩在你周圍，安靜而隱秘

靈魂般遊蕩在酸甜苦辣背後的失措迷離

春天的百花齊放繚亂了你的眼

卻亂不了她的身，你用撫摸過生命的手

去觸碰每一株盛開的花與草

尊重地把它們放在蝴蝶面前

無力強迫，雙眼無波

任由她視而不見，一起走過

想過，看過，吻過，她飛走

這永恆的過程，是最美的輓歌。

## 風塵

我沒有一瓢酒，更不會喝酒
想安慰的卻很多。

本能地想掩飾自己的知覺
在人群中卻沒被發現，
我的消失已先於我的表現。

在旅途那樣的時刻
太陽是低著頭的，影響著我
哭泣地抬起了頭，
光輝灑滿了我的眼睛。

動作過猛總是很容易出現意外
頭碰地，脖子扭傷，眼睛恍惚
好像迷了風沙，很膈應
痛讓人清醒，躺令人鬆懈
陽光照得很舒服。

# 靈與肉

這一年，他張開雙臂撲向父親的懷抱
晃晃悠悠的觸感，青煙般漂浮
手一揮的氣派，放開了他，推遠了他
過去的就過去了，在記憶上耀武揚威

母親在農場，父親在洋房，三十年前
煙霧繚繞的奢華，火熱的壁爐不可琢磨
不可靠的等一下，再等一下，躑躅
他在小汽車裡看金黃落葉，離開

這一年，美英法德西葡貼著花綠的面罩
朦朧而遙遠的想望，懸崖般陡峭
幽靈般貼身挑逗，狂亂了夜，浪費了時間
享樂的不需學會，跌跌撞撞地豐衣足食

他在田裡，母親在病房，二十年前
濕漉漉的稻草染上月光，初生的碎玻璃被朝拜
孤獨地被壓迫，被遺棄，慢慢地熔化
他整理著一塊塊破布（稻田）獲得糧食

這一年，一直消失的父親睡在隔壁的席夢思床上
鐘鳴鼎食的精緻，嘖嘖讚嘆的咖啡有苦有甜
熱鬧而冷漠的條約與義務，恪守了誰，懊悔了誰
不認識的羅曼史，在環境中悲涼沮喪

他在田地，田地在天地間，十年
大自然的呼吸變化無窮，金黃色的青山綠水信心十足
一葉扁舟，搖盪著，躲著雨，單純滿足
他叼著蘆葦點著團團雲朵

這一年，折斷的沙漏重新被安穩放置於碗裡
沒有停過的擺鐘，賣油餅的吆喝層層疊疊
路邊的凝望，等待著誰，認出了誰
春江的暖流，在接近中蕩漾開去

# 流亡

我是在寧靜中驚訝的孩子，深夜裡睡不著覺
當我感受到清晨陽光的溫暖，在明亮中陶醉

普羅米修士的審判秘密地造就冬天
通神的人類黑暗地包圍爐火

紙醉金迷的高牆喧囂迷亂，奇形怪狀
羞愧的樹木透過點點生活自養自護

誰都可以做的甲殼蟲爬上珠穆朗瑪峰
娛樂的人類挑逗地架著鋼管

橋上的家總是不落到實處，大教堂被水濺到
美麗的花園太遙遠，花園旁的樹太高

薩拉薩蒂戰慄地奏出心中的流浪者之歌
疼痛的流光容易應和出魔鬼的顫音

隆隆而過的火車總想偏離軌道，脫穎而出
一直說著時代的陡坡布置著文字的陷阱

普魯斯特被送進精神病院買房，吞食饑餓
平靜的策蘭赤裸地點亮白雪，更暗的牆倒塌

黑白照片裡的孤獨瘋狂地歌舞，絢爛的酒神頌慷慨地繚亂歷史
白雲出岫的女媧準備繞塔，追風箏的宰予決定勤奮

# 天堂

要回答一個青春，需要一個青春的記憶
其實不是那麼簡單
警惕的少女正在成長：她用低頭的抵抗
害羞了所有好奇的窺視
你不禁想，她的全部生活到底有什麼？

二十年前，另一個正當最好年紀的少女
她來自和你一同生活的過去，
只是你是新的，她迫使你沉思
一個人從黑暗的井底爬出的過程
你，彷彿感受到要用一生的歷程去回答。
在這回答中把凝視的眼光穿透稻草。

深秋的黎明，紅色的玫瑰已然凋謝
桌上的粥剛剛端出來，冒著熱氣
記憶裡有一個走在前面幫忙帶路的少年
公車上開向後門的小道還有他身邊空出來的一個位子
她談到了莎士比亞，期待著仲夏夜

你把她寫入你的詩，因為你知道她會抗拒
你為她寫詩，寫那保護的小心思
但長久以來一直構思的受到紙筆的嘲笑
不愛不傷，你扔出一隻聒噪的寒蟬
她縮進烏龜的殼讀著《簡·愛》
即使至今不懂得單詞。

她有時恨了，使她想像，使她拿起筆
你依舊住在自己的生活裡，撫摸著忠誠的小狗
少年偷偷地跟在少女身後，不遠不近
偶爾放出熱情的歌喉，不侵略不企圖
黑暗中的你咄咄逼人，卻又縱容少女換了一件又一件衣服

反正，少女依舊冷漠疏離，清高自傲
有著緊攥著的小拳頭，你很欣賞
沒料一個白癡從陀思妥耶夫斯基那逃出來
在你的故事中被哈姆雷特附身
復仇成功的時候，你看到她伸出了手
你不屑於去看她要做什麼，無非是青春

還要問什麼？愛情的萌芽已經衝破鎮壓
成為孤寂的老古板必須受到懲罰，
雖然你看到了河圖洛書，在青春的世界裡要求理解
但在每一種現實裡聽到看到的隔世的回答
都在對你講：沒有受傷，都不需要爬起

來信說「痛得厲害才留下記憶」，你回答「執念」
她在起風中遇見一株桃樹，但不是魏晉
月光的奏鳴曲不是貝多芬一人才可以彈的
宙斯的風流被蒙面人擊倒在地
偷笑的忐忑與勇敢的希望相親相依
被遺忘的丘比特總是不諳詩意地撥動弓弦

你吟詠著情歌，靜靜地享受著時間的詩
如夢的童年在這一個春季老了
老到讓你看到了她，看到了你自己的青春
你還俗於青樓的白馬寺，抵押一陣抽搐的病痛
舞臺搭起來了節日的氣息，不僅僅是一個七夕

## 詞語

略薩說要幫裸體女郎穿衣服

魯迅說本沒有衣服，但你是服裝設計師嗎？

搞笑！人人都用獸皮遮擋身體，野性而涼爽

你穿沒見過的、奇怪的布衣，當真是又醜又薄

那是衣服嗎？難以理解。


生活在河邊的原始人跟生活在山上的能一樣嗎？

你說的酸甜好吃的番茄難道就不能是我的毒藥嗎？

你穿的布衣真的有看上去那麼單純嗎？

我所想不到的，其中必有其精緻特殊的地方。

反常的這一切太令人不安了。


世俗性的意義裡包含著歷史的精神氣味

公共理解的壓力比一本辭海厚重得多

生存的未知狀態始終是未知的

你的猜測即使嚴肅但我不理解

就像氣候詭異地讓我穿上厚衣，但我還可以不出門


打傘的動作還是很輕鬆，風雨來來去去

已經不是同一場風雨了，但，還是一把傘

當然，風雨大成冰雹就會把傘砸壞，但，人也凶多吉少了吧？

再說，冰雹進入河海融化再被蒸發，這，算是反昇華嗎？

把太陽變為我的家，煩人嗎？還是篡奪了溫暖？

美學與詩若有歷史，也是假歷史
字與詞若有內涵，那是真內涵，在假歷史的深度裡
嚴肅的信馬由韁無辜地得不到質量
進化的變色龍在樹葉中變為綠色
只是不是所有的樹都是常綠，黃色與白色失去了信任

我決定在地球所有的江河裡投下毒藥，並且記得轉換各國語言
我下的藥是太陽代表火熱激情，月亮代表清冷悲傷
我寫的詩是太陽生氣地噴火，月亮安靜地微笑
這噴火充滿著火熱激情，這微笑包含著清冷悲傷
完了，我下錯了藥，像竹鞭炒肉，又疼又不傷

我本能地奔向鮮花，卻是一片虛無
美妙的新世界裡海市蜃樓太多
你認為一是二，我認為一是三，二不是三
一也不是二或三，重複一千次
我不知道有多少次三，多少次二，多少次對

我會做衣服，但是我無法批發
我撤下窗簾裁衣服，總會有人穿，有人脫
一個人脫，另一個人穿，反正都是獨一無二
一次換一件衣服，很新奇，雖然有點累
不要一口吃成胖子就不是噩夢

## 勸學

師範生的頭上不是長著草，更不是帶著花環

而是自有一片清幽的竹林，雖然沒有河流流經

五嶽也不是簡單的山丘，而是山下的監獄

囚禁的不是善於狡辯的人，而是自有其言說的人

這是看字說話，「師範」，「山嶽」。

今天學了范仲淹的〈嶽陽樓記〉，順便提了荀況和韓愈

昨天在白天睡覺，在夜晚出去上學，很不爽

書店好書不多難以善假於物，酸澀地看著古籍的 PDF

沒有適合閱讀 PDF 與 CAJ 模式的機器，很煩躁

登不上高山，下不了深海，冥思苦想從何開始又從何結束

師傅未用茶，徒弟在低頭，低頭不見書墨畫

茶香飄在二十年前的老年大學裡，青年人愛喝飲料

四書五經未讀完，三字經千字文不會背

該讀的永遠在書目上，黑字很頑固地占著白紙不動

大腦小腦連著兩邊耳蝸，耳蝸在耳朵上通向空氣

何必揪著腰封難受得直接把書藏在屁股底下

有這樣的疑惑為什麼不詢問老師呢？

時代的風氣吹過，你聞到了什麼就要製造什麼味道的香水嗎？

隱秘的無底洞通向另一個平行世界，有另一個你

你在自言自語這個時間的話語，高深莫測

那是莎士比亞也曾說過的，足以流芳百世
透明的水晶球並不透明，何況裡面布置的還是仲夏夜之夢
作為窗戶的眼睛並不時常開啟，何況帶著眼鏡、睫毛太長
身體上的齒輪並無潤滑，頭上的草看起來很可愛
你糾結於一大片思想的竹林是否會直接把自己綠化

# 追憶

福建師範大學文學院研究生 2015 級　林丹萍

漫長的靜夜中我彷彿來到海邊

回憶從地平線泛上沙灘

一切那麼熟悉，又那麼偶然

彷彿許久許久前的桌子、白牆和夜裡的詩篇

我打開窗前的黑藍，住進孤獨而自由的海

壓抑的海水灌滿屋子，一間自己的房間

床是新的，海報是新的，空調也是新的，

破舊的窗簾單薄無力地抵擋月光

哦，最靜默的意象是悲愁最好的安眠藥

隔空的夜色畫一道柔的月光，不那麼白

今夜的我是許久許久前的我，還望著白牆

和夜裡的詩篇，幾句關於晨曦的話

幾簇空洞的寒冷悄來悄去

哦，當我在追憶的時候，幸福勝於無知

曠野上的風

# 早殤

福建師範大學文學院研究生 2015 級　林丹萍

你美麗童真的大眼睛從此蒙上
一朵未曾預料的烏雲
世界被斬斷清澈，童年是一場
早殤的夢

你清澈無憂的大眼睛的年齡剛滿
八歲，枷鎖沉重——
一泓清水難逃乾涸的命運，你
如何飲下兩點淚水，苦澀

你明亮如雪的大眼睛曾
入我夢裡，那是年輕的歡樂回來
拒絕老去的魂靈，愛你年輕的眼睛
像愛上遼闊的海洋，和遠處的地平線

你的眼睛曾倒影我童年的爛漫，如今
眼在枯竭，回憶也在枯竭
生活重新歸於偉大而神秘的死寂
我向一樹懸崖上的櫻花，致以悲傷的禮讚

# 點燃上弦月的七天（組詩）

福建師範大學文學院研究生 2015 級　林丹萍

## 樹影間的夕陽

我無意於眼前樹影上空靜默的紅

我一步一步湮滅夕陽的一輪一輪

夕陽的消失喚醒我的消失

消失　　像你不停走不停地下墜

不停走不停地靠近遠離

有時候你是移動的中心

有時候風吹破中心的虛幻

你用你的有限投身大千的無限

亦如入天的香樟迎接夕陽像迎接風

搖曳的枝葉靜候光影的沉落

## 致木棉

永恆的木棉矗立在風中
永不落幕的霞彩倒映在心田
永言之歌奏響在荒蕪

你是晚霞不滅朝霞不散
你是地平線上凝固的日出日落
一輪枯敗愈是漫長
一輪熱烈愈是滿懷

你是時間孕育的輪迴
　　　　輪迴叩問的時間
聽見你的人踏上忘川的奈何
　　　　　　　未來的愛情

哦，永恆沉寂的在此刻蘇醒
終將消逝的在此刻盛存
展不開的眉頭在此刻飛立枝頭
（流浪的安寧在此刻如燕南歸）

## 被選中的四月

你身處桃花盛放的春天
你踏入冰雪凍結的冬日
你站在無限光明的白晝
你轉身黑夜吐納的影子

你撲滅的不是燭火是什麼
你捕捉的不是彩蝶是什麼
你耕耘的不是荒原是什麼
你收穫的不是虛無是什麼

溫暖你的不是熱淚是什麼
抑鬱你的不是追求是什麼
蒸發你的不是可能是什麼
放生你的不是開花是什麼

你在殘酷的四月上車
駛往下一站四月的殘酷
四月風雨的意義是什麼
落葉和落葉的力量就是什麼

## 落花聲

　　黑色的鳥從黑夜的身後掠過

　　枯敗的花從枯敗的春天跌落

　　槁黃的屍蕊積蓄三千尺的沉重

　　落地的那刻　　我聽見大地的疼痛


　　白色的鳥在白晝的胸前棲靠

　　蕭瑟的枝椏在蕭瑟的冬天守候

　　用三千丈的熱烈跋涉目光裡的荒蕪

　　花開的那刻　　我聽見永恆的讚頌


　　紅色的鳥從紅色的地平線升起

　　漲潮的海水隨落潮的星空遠徙

　　豐腴的希望有三千里瘦金的鏡容

　　花落的時刻　　我聽見雨淚浴火的重生

## 無調式或練習曲

樹葉的寂靜，是所有的寂靜

午後銀色的光鑿穿黑夜的額頭

纏繞的枝連枝撥開紫色的洞穴

折下一枝瘦長的楊木，在夏夜來臨之前

乘著光的漣漪，駛向綠色的花心

斯芬克斯謎一般的面孔

開遍紅花酢漿草溫柔的深淵

懷念草葉上孤寂的絳珠

乾渴的異鄉人飲下月亮

金色的水波

## 眼睛的尾巴

最美的只能是不經意的
比如，我徘徊在堅固的階梯
不知往哪裡走時，在永恆的路口
一會往左一會往右，一會往下
一會爬上，一抬頭一隻
松鼠和精靈匍匐在我眼底的金黃
在我的睫毛上寫作危險美學

最美的只能是私自的
比如，在我決定是否掏出手機
並著手拿起武器的時間之中
夕陽離開了，歡愉離開了，天空離開了，
色彩離開了，溺亡在河流的陰沉裡
白光的橋是黑夜的橋的告別儀式
過目不忘的大約是不可親近的

# 荒

福建師範大學文學院本科 2013 級　林靖葳

那塊荒廢的地
長著沒有希望的芽
棲著幾隻寂寞的烏鴉
藤條繞上無名氏的家
記憶在此地畫押
保證不再喧嘩
屋裡未完工的畫
一隻生銹的畫夾
夾住未成熟的思想
抖落一地的砒霜
萬物的死亡

曠野上的風

# 三件事

福建師範大學文學院本科 2013 級　夏晨玫

這一天
我就做了三件事
去醫院　到病房　離開醫院

小時候，我不知道
堅固的堡壘會倒
因為我的父親
是一名建築師
所有的建築理所應當都是牢不可破
它們怎麼會破呢

但
病床上躺著的，難道不是我的父親嗎
是我的父親

父親的時光裡也只做了三件事
讀書識字，讓孩子長大，把自己變老

他好像有夢想，感受風景
又似乎沒有

現在，他甚至不曾走完自己生長的圈
就走到
蒼白的病床上

看時光奔過，聽流年走過
他在歲月裡消費
把帳目捋清

不欠三件事
對生活的熱心
對親人的熱切
對生命的熱忱

欠自己那件
提起來
內心底處，還會忍不住的激動

# 寶鼎現　師大頌

福建師範大學文學院研究生 2015 級　李亞飛

百年風韻，數代才俊，悠悠師大。思嬝嬝，流年環唱，才子佳人執酒下。亂世烈、帝師學堂創，兒女英雄叱吒。日寇陷、師生耿介，熱血輕箋拋灑。

幾度零落依然在，到而今，豪氣猶邁。田徑場、歡顏笑語，學子匆匆行履快。文科樓、落花雲蝶舞，榕下書聲未改。快意處、長安賞月，笑嘆人間百態。

來伴落拓多才，坐論古今風流事。浩然恩師誨，流入胸中永記。便趁早、幾行情字，念取長安憶。任畫角、吹老浮生，永住福師美意。

曠野上的風

# 詩七首

福建師範大學文學院研究生 2014 級　康宗明

## 上大學引起的霧霾

看不見的城市居住在時間的潛水鐘
靜止撐一把灰傘，尋找我的軀殼
如一隻赤裸水母飄移在瀝青的海底
我沒有腮，難以呼吸

教授淵博的體型陷入巨椅
無法掀動他的尾鰭
口吐現代形狀的氣泡又戳破
發出後現代輕盈的飽嗝

他追憶似水的古代煙圈
煙圈如圖騰倒映所有的知識
知識的海洋淹沒了曾經藍色的空氣

同學們集體搧動面鰓
吸吮一種鋪天蓋地的象形文字
象徵物，還原天地混沌的羊水
時間還未裂開

是理論的偏執帶來這無物之陣嗎
教授年輕時吸吮過的虹
擁有形而上的彩釉嗎
彩虹燃燒餘下了灰色的時間嗎
不，你們上了大學時間才開始下沉

## 爸爸養成日記

昨晚我整夜忙著戳破天空
好讓不愛睡覺的孩子
伸出他們透明的眼神

我小心地指揮著地球
平衡著它與太陽和月球之間的航線
使人們均勻地醒來睡去

收割恆星成熟的光芒
採摘新生的黑洞蘑菇
把小行星們勸進安全線內
又來拉住殉情的流星，冷不丁
掃帚不期的造訪還需伺候

披星戴月為一首詩分娩於句子
它終於宛如天體運行而去
我只能轉身回首
繼續打掃蒙塵的銀河

## 春分

花瓣出離緊閉的肉體
千樹萬樹的痛苦在枝頭喘息
慘厲廢墟時有無知眼球指為風景，花
不對枝條和春的情色負責
它們叫喊大雨，快將我的斷臂
歸還泥土和蛆蟲

雷電一刀把我劈作平分的晝夜，
我只要堅硬的白晝一半
半個人形生長不斷拉長日子
彌合四季──生、老、病、死
但夜的一半仍然在喊，
快逃啊春是一場生的陰謀
逃，逃無可逃
不如就地站立，就地正法
這也許是枝頭掛滿抒情的動機

「夜來風雨聲，花落知多少。」

## 詞語的肉身

與女作家結婚一定是完美的
特別是還沒成名的女作家
未來你能得到她的處女作
而這是我們每個人都十分嚮往的。完美

她一旦和你結婚
你將每夜得到她的親筆簽名，以及朱砂印章
她將把所有的作品都獻給你，在扉頁
把你的姓氏放在她姓氏的枕邊
為你們共同的作品，賣力地命名

她會把你寫成小說，把小說寫成你
主角光環捕捉她所有的部分
自然，她不可能知道你的這些意淫

此時，你聽到一聲「吃飯啦」呼喚
如此即物，兼具魅惑
像是從紙張的另一面傳來
你感覺肉身被輕輕地翻了個個兒
你逐字逐句來到餐桌，
看到一碗剛剛燉好的詞語

## 夢醒時分

閃耀著時針的旗幟分針的長矛秒針的利劍

最精準的部隊集結在羅馬符號廣場

聳立十二代歷史領袖

齒輪咬緊牙關抵肩接踵前拉後推

輜重迸著火星在森林前行


預言革命的號鼓轟然擂響千鈞

一發之際彷彿空間傾覆三足不得鼎立


徐徐拂來一堵如來大掌

眾針不得胡鬧

旋即歸天，撥翻祭壇

卸掉了全身脊骨

# 塑像

家養的金屬傀儡
貓咪般單向度追逐自身的尾巴
三位一體的槍枝時刻威脅每個數字
數字你或數字我，
難免飲下定時一彈

被螺旋狀序列圍困
西西弗斯的後人
幸虧，除了石頭還有死亡

鐘若解放發條的脊骨
日常的錶盤坍塌成章魚
伸出十二條虛無的觸角
無數吸盤散出破碎的嘀噠聲
從牆壁向大海，從此刻向

歷史底部逐漸蠶食
這時間的塑像卻坐在
鐘樓，固守最高處的存在
人皆仰望卻看不見神的居所

從古至今神像引領著人們
行走在章魚腹中的秩序

## 心非

水和眼睛的組合是鹹澀

魚居住在藍色回憶

食肉寢皮著回憶


一個入聲猝死在喉

血腥氣味比這次死亡真實

咬碎牙齒一同吞下

魚刺


## 恰巧

星期天撞上大雨

火線與零線交媾

電光蛇舞繞過燈泡

胸悶和頭疼在神經上交惡

拆卸唯心的裝置便可專心唯物，不痛

不癢

小說
Fiction

# 小城故事

福建師範大學文學院本科 2016 級　莫東雙

## 一　「女兒也是人！」

　　天總是陰陰沉沉的，風慵懶地吹著，溫溫吞吞的，不時夾著幾滴稀稀拉拉的小雨珠子。灰黑的舊廠房依然嗚嗚地叫，高聳的煙囪緩緩地往肥厚的雲朵灌黑煙。等到天方最後一抹白色也即將消失時，砰──鏽跡斑斑的鐵門被撞了出去，吱呀吱呀地發出抗議，老陳埋著頭急匆匆地跑了出來。

　　「啊──」女人們撕心裂肺的哭喊聲此起彼伏，雜著粗陋鄙俗的辱罵聲，飄蕩在昏暗的長廊裡，撞得黃得發棕的燈泡晃來晃去。男人們結成一列，緊巴巴地縮在嶄新的藍色塑膠長椅上，默默承受隔著一道門的痛罵，臉上都不約而同地寫滿了期待與忐忑。

　　啪──門開了，一個渾身白透的女人抱著一個濕溜溜的粉紅團子，高高地挺著腰，大步跨出來。她仰起頭，朝長廊大喊一聲，一個男人便化成一支離弦的箭，扭扭曲曲地飛了過去。白女人把團子往他懷裡一塞，莞爾一笑，啪──轉身消失在門後，只留下一股淡淡的神聖的消毒水味。

　　男人想起什麼，眼睛忽地一瞪，烏黑的大手粗暴地掀開包裹著團子的薄布，往裡頭一掏，團子也瞪了黑溜溜的眼珠子，哇哇大哭起來。男人的臉上卻是突然脹滿了興奮，他難忍內心的激動，滾燙的淚灌滿了臉上的溝壑，他失聲大喊：「兒子！我有兒子了！」他顫抖著手小心翼翼地把布包回來，緊緊抱著兒子，貼著牆一點一點地走下樓梯，嘴裡一直念叨著：「我有兒子了……我有兒子了……」

其他男人刷地齊整地抬起頭，像一排伸直了脖子的鵝，又齊整地緩緩垂下去。

「我已經兩姑娘了……」

「我五個啦！」

「最後一次了，養不起啦，唉……」

長長的一聲嘆氣，男人們又陷入了無止境的沉默。惺惺相惜的悲慘氣息在空氣中迅速散播開來，女人們的號叫聲支撐起他們的最後一絲希望。

產房的門開開關關，男人們一個接著一個扭扭曲曲地飛過去，白女人笑了一次又一次，男人們小心翼翼地抱著孩子，都流下了滿足的淚水。

終於，剩下老陳了，也剩下老陳的女人了。老陳坐成了一座雕塑，蠟黃的手指抓得發白，冰涼的大汗珠渾身滾動，他卻動不得，喊不出，只能聽女人單薄的哭喊聲在長廊裡飄啊飄，越來越小，越來越小……「啊——」最後一口勁衝破了身體的牢籠，周圍安靜得有些瘆人。老陳乾乾地咽了一口唾沫，等待命運的審判。

「砰——」白女人終於出來了。老陳跌跌撞撞地扶著牆挪過去，白女人把孩子往他懷裡一塞，只悲憫地看了他一眼，又鑽進了產房。

老陳聽見了天崩地裂的聲音，彷彿被什麼堵了渾身的血管，腫腫漲漲的，疼得他簡直喘不過氣。他的雙腿止不住地顫抖著，慘白的嘴唇張了張，發不出一點兒關於興奮的聲音。他呆滯地盯著懷裡的團子，盯得團子也長出了一雙圓鼓鼓的大眼睛盯著他。忽然，他把雙手往頭頂一舉，仰天大喊：「女兒也是人！」

## 二　我來！

在許多人看來，陳二叔是個很好的老頭，模樣好，性子好，兒女也好——除了二兒子老陳。

不過，陳二叔在世時，最喜愛的大概是老陳家的小女兒圓圓了。

圓圓媽上的是三班制，老陳忙著酒肉應酬，大女兒阿珠又在寄宿學校，沒人照顧圓圓，只能拿錢請一個遠房親戚過來。不料，這親戚實在是沒有帶孩子的經驗，只顧著看電視，圓圓便常常是一身濕漉漉，髒兮兮的。

有一天，陳二叔趁二嬸幫別人管車，偷偷從老家上來看孩子，誰知道，卻是看到一個小泥人兒對著他傻乎乎的笑。他氣得滿臉通紅，把親戚吼跑了，然後對不知所措的圓圓媽說：「我來！」從此，陳二叔就長住在老陳家，天天帶著圓圓樂呵呵地給大兒子家買菜做飯。圓圓記得，那時候大伯父還沒搬家。每天，為了他們能吃上熱騰騰的早飯，天還沒亮，爺爺就已經牽著圓圓，拎著菜籃出門了。

陳二叔真是個帶娃的好手，圓圓自從跟著他，被餵得是越來越圓滾滾的了。圓圓剛咿咿呀呀學會說話，就陪他一起搖頭晃腦地背三字經，這滑稽的小模樣，惹得陳二叔哈哈大笑。

這一帶，便是五年。圓圓給陳二叔帶去了不少歡樂，幾乎要成了他的驕傲，只是這個乖巧的小女孩，始終沒能治好陳二叔那個從祖宗傳下來的心病。

## 三　唯一哭泣的人

圓圓再見到陳二叔時，他已經變成了一具靜靜地躺在白色蚊帳裡的軀殼。他曾經的那身腫脹的肥肉被病痛削去了大半，只留下一刀一刀醜陋的凹痕。現在，那一雙混沌中閃著歡樂的光芒的眼睛已經再也睜不開了。陳二叔回老家之後，歲月好像突然決定痛下殺手，一下子把他餘下的時間全奪走了。

其實，陳二叔不想回老家，圓圓媽也不想陳二叔走，只是陳二叔的心病逼著他不得不走。

圓圓還記得，大伯父入新屋的那天，是爺爺最開心的一天。爺爺領著奶奶裡裡外外逛了一圈又一圈，把每個角落都走了個透，那股驕傲勁兒，笑得嘴巴都合不攏了。

圓圓曾經聽爺爺說，大伯父準備在一樓的雜物間放一張小床，等入新屋後，馬上就接兩個老人家過來住上一段時間。可是，圓圓跟著爺爺奶奶逛了好幾圈，床是沒有看到，雜物間倒是亂七八糟的東西堆得滿滿當當，連轉個身的地方都沒有。那時，爺爺依然滿懷驕傲：「太忙啦，遲些，遲些。」

爺爺一直期待著。他每天早早地起床，端坐在書桌上，一筆一劃的記下未來在大伯父家的日子的規劃，然後興奮一整天，好不容易到了晚上，又把那張紙撕下揉爛扔到垃圾桶裡。他總是覺得那些計畫不夠完美，所以一次又一次地重新規劃。只是時間過了一天又一天，雜物間還是滿滿當當的。

終於，爺爺再也等不下去了。

那天大早，爺爺就牽著奶奶，揣上所有的期待，穿過車水馬龍的街道，走過人潮人湧的菜市場，帶著他們最愛吃的菜，到了大伯父家。

只有大伯母在。

大伯母坐在客廳冷冷地看著兩個老人在廚房裡進進出出，看得兩個老人有些窘迫，手一滑，殷紅的血一滴滴往地上砸，奶奶險些切斷了指頭。爺爺趕忙扔下鍋鏟，抓過奶奶的手，緊緊地按著傷口，朝客廳大喊：「鳳啊，有沒有止血貼啊？拿一個，切到手啦。」大伯母起身到藥箱子翻了翻，不耐煩地喊：「沒有！用完了！」話音剛落，她覺著似乎聞到了有什麼東西燒焦的味道，循著味道過去一看，竟然

沒關火，鍋焦了！

　　大伯母忍不下了，劈裡啪啦關了火，在鼻子前嫌惡地揮揮手：「一來就搞得雞犬不寧，做個飯差點把房子給燒了，真是不吉利……」兩個老人低著頭，像兩個做錯事的孩子，乖乖地接受長輩的訓斥。地上的血跡漸漸凝固，變黑，大伯母的嘴巴仍接連不斷地朝老人發射機關炮。「這裡沒有地方留給閒人住！」聽到這句話，兩個老人弓著腰，垂著頭，慢慢地走了出去……奶奶說，她的眼睛好像看不清東西了，爺爺說，他也是。圓圓總覺得，那一刻，爺爺奶奶突然就變老了。

　　堂口的風偷偷鑽了進來，胡亂地擺弄著蚊帳，圓圓的身子下意識地抖了抖。

　　老陳穿著一身灰黃色的麻，頭上扎著一根白的刺眼的帶，渾身酒氣，晃晃悠悠地在靈堂裡逛來逛去。他一把拉過呆站著的圓圓，蹲到蚊帳前，笑呵呵地說：「來，看看爺爺。」他自顧自地撥開蚊帳，掀起底下棕黃色的毛線帽子，露出一張已經青白的面孔。他往上湊了湊：「這是帶大你的爺爺啊，快看看。」他呵出的酒氣熏得陳二叔的臉微微發紅，看著好像只是睡著了，似乎下一秒就會跳起來，氣急敗壞地罵道：「你這像什麼樣子！」圓圓只是看著，不吭聲，不蹲下，也不走。

　　爺爺在大伯父家回來以後，一直悶悶不樂，眼眶也是一直濕潤潤的。沒幾天，他就回老家了。媽媽知道後，跪下來求他不要走，爺爺只是哭，死活不答應，只說著不想再和爸爸吵架。爺爺上車後，媽媽還哭著追了好幾里路，爺爺始終沒有改變心意，偶爾太想圓圓了，就領著奶奶上來看一眼，然後又回去了。每一次，爺爺都更老了。每一眼，都像是訣別。沒多久，爺爺就生了一場重病，去世了。

　　「你別嚇壞孩子！」圓圓媽瞥見陳二叔的臉，驚得臉色鐵青，她

攬著圓圓，別過臉，牙齒縫勉強擠出一點溫柔的聲音，「圓圓，去那邊磕頭。」

老陳眼裡閃過一絲慌亂，匆匆把陳二叔的衣物整理好，鄭重地放下蚊帳，緩緩地站起來，把圓圓拉到旁邊的靈牌前，低低地說了一聲「跪下」，他自己的膝蓋卻突然一軟，咚地一聲，重重地砸向了地上薄薄的乾草堆，嗚嗚地哭了起來。頭頂上的瓦片也隨著他發出嗡嗡的聲音。

以前，爸爸常常和爺爺頂嘴。圓圓一直不知道他們在吵什麼，只知道每一次吵完之後，爸爸都會氣呼呼地喝很多酒，怎麼勸也勸不住。媽媽總得先把爸爸罵一頓，然後再去安慰爺爺奶奶。爺爺倒不是很生氣的樣子，反而是奶奶偶爾會背過身，偷偷擦眼角。

現在，這個平日裡最叛逆的兒子，竟成了唯一哭泣的人。

## 四　「我不稀罕！」

老陳被降職了。

老陳在基層熬了十幾年，好不容易做到領導層，屁股還沒坐熱，又回到了基層。坐了他的位置的，就是那個整天跟在他後邊左一口右一口地叫著「師傅」的年輕人——小顧。

老陳翻來覆去睡不著，越想越不服氣。黑暗中，他坐起來摸到手機，滴滴答答撥通了小顧的電話，用盡畢生的髒話把小顧從頭到腳，從裡到外問候了個一乾二淨。小顧靜靜地聽著，也不吭聲，也不掛斷，等到老陳罵夠了，罵累了，他才笑嘻嘻地回了一句：「師傅，我會好好幹的！」老陳噎得說不出話，手奮力一揮，手機便在空中劃出一道完美的弧線，啪——碎了一地。圓圓媽被吵醒了，隱隱約約看到地上的碎片閃著淡淡的光，老陳還在噗嗤噗嗤地大口呼氣，頓時懂了。她氣憤地推了老陳一把：「生氣有什麼用？你不知道小顧是廠長

的表弟麼？」老陳抬起頭，吵她吼了一句：「我不稀罕！」然後一頭扎進被子裡，打起震天響的呼嚕。

老陳的酒喝得是越來越多了，覺也睡得越來越長了，除了吃飯、睡覺、上廁所，誰也叫不醒他。圓圓叫他起來上班，他卻翻過身：「說我曠工？我就不去了！」

媽媽曾經說過，爸爸被降職的原因是曠工。但是，圓圓明明記得，爺爺去世那天，爸爸趕回老家的路上還急急忙忙打了個電話，好像是在叫誰幫他請假。

老陳終於把自己喝進了醫院。他在醫院裡躺了好幾天，每天不是盯著打不完的點滴，就是盯著潔白的天花板。除了圓圓和圓圓媽，沒有一個人去探望他。聽說，小顧又升職了？

他出院後，開始按時上班，按時下班，不多一分，不少一秒，彷彿一個被調定了程序的機器人，只會完美地完成份內的事。下班以後，就去喝酒。每次出現在家門口的時候，他都已經爛醉如泥。除此以外，就是蜷在床上睡覺。他的話越來越少，從一段，到一句，到一個字，到沉默……

幾年後，廠長聯合官員捲走所有資金，工廠倒閉，老陳下崗了。

五　夢醒了

失業之後，老陳除了喝酒，就是整天整天的睡覺。

他做了一個很長的夢。

那時候，圓圓才剛剛學會叫爸爸。

阿珠是個女兒，中間打了好幾個孩子，最後，圓圓還是個女兒。

剛開始，常常有人敲他們的門，說是願意抱走圓圓，他心裡猶豫，但總歸都沒答應。後來，當圓圓奶奶地叫出一聲「爸爸」時，不知為何，他竟然激動得幾乎要流下眼淚。

　　每一次回到家，才剛開門，圓圓就會整個撲過去，胖乎乎的手抓著他的衣角，搖啊搖的，撇著嘴吵著要出去玩。他總是拗不過這個小女兒，看著她一閃一閃的眼睛，就忍不住妥協了。

　　夕陽的餘暉染紅了大半邊的天空，金色的光把地上一大一小的兩個影子拉得長長的，小孩歡欣地蹦跳，幾乎要跳脫了大人的手。

　　老陳牽著圓圓到公園後，叮嚀幾句，就放開手，靜靜地坐在樓梯旁吞雲吐霧，在瀰漫的煙霧裡觀摩那孩子在滑滑梯上爬來爬去，不時還傳來「咯咯咯」的笑聲。老陳看得入迷，不知不覺地也笑了。

　　天漸漸黑了，老陳也看得有些疲憊，輕輕地說一聲「回家了」，圓圓就會拍拍身上的塵土，屁顛屁顛跑了過去，笑嘻嘻地牽起爸爸的手，跟著爸爸走回家。

　　路過小商店，那個胖子店主拿著一瓶「哇哈哈」在圓圓面前晃來晃去，熱情地問：「圓圓，今天還想不想喝呀？」圓圓盯著「哇哈哈」吞了一大口唾沫，又可憐巴巴地看向爸爸，不敢說話。老陳拍拍口袋，搖了搖頭：「今天沒帶錢包。」店主對圓圓遺憾地笑笑，把「哇哈哈」收了回去。圓圓悶悶地「嗯」了一聲，低下頭，一路上都變得無精打采的……

　　老陳突然醒了，他俐索地穿好衣服，打開門就衝了出去。不一會兒，他就回來了，懷裡還抱著一排「哇哈哈」。他像以前一樣小心翼翼地把「哇哈哈」藏到衣服裡層，喊來圓圓，神秘兮兮地說道：「你猜，我給你買了什麼？」隨即迫不及待地把東西掏了出來，亮在圓圓眼前，等待圓圓興奮的回應。可是，圓圓卻只是不解地盯著他，完全沒有了當年的歡呼雀躍。

　　他忽然醒悟過來，圓圓已經長大了。她已經是一個優秀的孩子，一個從來沒讓他失望過的孩子，可是，她也已經不再牽著他的手，搖著他的衣角撒嬌吵鬧了。

他的心突然一痛,「哇哈哈」從手中滑落,掉在了地上。圓圓彎下腰撿了起來,坐在窗臺,一支一支慢慢地喝掉,不言不語。陽光透過窗戶打進來,勾勒出少女的倩影。

老陳頹唐地站在原地,他終於發現,原來,女兒已經離自己那麼遠了。

## 六　「讓他出去!」

圓圓身體的底子一直不是很好,經過了無數小病的積攢,爆發了一場大病。反反覆覆折騰了一整年,家裡債臺高築,死神才願意放過圓圓。

圓圓說,爸爸只去看過一次圓圓,那一次,他依然喝得醉醺醺的。

嘎吱,門打開的時候,迎面而來的先是一股刺鼻的酒精味。圓圓剛從麻醉醒過來一會,機器剛從她身上撤去,這股味又把她嗆得打嗝。身上的傷口被狠狠扯了一下,圓圓疼得呲牙咧嘴,朝坐在旁邊緊緊拉著她的手的圓圓媽暴躁地哭喊道:「讓他出去!讓他出去!」

老陳挨著牆根,腳忽地一軟,一屁股坐在了地上。聽著女兒有氣無力的哭喊聲,他竟然發出了微微的鼾聲——他已經醉了。

圓圓媽看著被疼痛折磨得吵著要尋短見的女兒,心裡疼得幾乎要昏厥過去,巴不得替她承受這般痛苦。轉頭又看到另一邊老陳一攤爛泥的鬼樣子,她差點氣出眼淚。

好不容易安撫了圓圓。醫生偷偷打了一支止痛針,圓圓才沉沉地睡著了。圓圓媽舒了一口氣,輕輕放下圓圓的手,悄悄站起來,慢慢走向老陳。她憤憤地拎起這個已經被酒精吸乾的瘦弱男人,壓低了聲音,恨恨地罵道:「你這像什麼樣子!」出乎她意料的是,她竟然看到老陳的眼角淌著兩行淚,雖然閉著眼睛,嘴裡卻還呢喃著:「對

不起……爸爸沒用……爸爸借不到錢……」圓圓媽嘆了口氣，哽咽得說不出話，放開手，回到圓圓身邊，埋著頭，哭了。

老陳緩緩睜開眼睛，扶著牆慢慢爬起來，跌跌撞撞地走了出去。

老陳再也沒進過圓圓的病房。

很久以後，圓圓媽告訴圓圓，其實，他還是常常到醫院裡，不過，只是站在門外一會兒，又悄悄地走了。

## 七　解脫

圓圓回家了，老陳住院了。

圓圓說，爸爸在病房裡常常看到了很多人來探望他。

老陳躺在病床上，聽見了大哥的聲音：「弟，起來啦，我把錢給你帶來了！」他騰地坐起來，看著大哥關切的眼神，笑著流下了兩行熱淚。他顫抖著伸出手，大哥消失了。

他繼續躺下來，聽見了圓圓奶裡奶氣的聲音：「爸爸，快起來，我要去玩嘛！」他一激靈，起來利索地換好了衣服，一轉身，圓圓不見了。

他又躺了下來，聽見了往日的朋友們觥籌交錯時的咋呼聲：「陳主任，快起來，咱們還沒喝，你就醉啦？」老陳抓過旁邊的水杯，往空中一舉：「乾杯！」喝了一口，溫溫的，空氣突然靜止，酒杯叮叮咚咚的聲音也消失了。

最後，他好像聽到了哭聲，這一次，他已經睜不開眼睛了。

老陳死了，死於酒精，死於疲憊，死於絕望。

酒瓶子堆起一座高高的墳墓，裡面住著一個渴求被愛的靈魂。

那些人一個個地離開了，帶著虛假的愛恨情仇，奔赴了幸福的天堂。他們始終是愛夠了這個世界，直到絕望，才選擇高傲地離開。

我們還在艱難地笑著。

# 十日幼稚園

福建師範大學文學院本科 2015 級　王桂格

一

　　透過肯德基二樓的櫥窗，能看見馬路斜對面的幼稚園。五天過去了，他依舊坐在窗邊的角落裡，兩眼貼著桌面往外看。接孩子放學的家長在側門排成長隊，賣糖葫蘆的小販圍攏在牆邊。再過幾分鐘，校門就要打開了。

　　「阿文，我們下班晚，你住得近，有空的話先去接小倩吧。」他反覆翻看阿麗發來的短信，「真蠢，以為我真有空嗎……沒空我幹嘛要去……」他回想起這段時間與阿麗見面的場景。在把小倩的手交給她時，他們之間似乎有了某種奇妙的聯繫。他總是顫顫巍巍地觸碰她消瘦的指骨，她在他的指尖回以輕輕的愛撫。這種手指的觸碰彷彿在交換某種不為人知的秘密。他們都不是從前的樣子了，十年恍如濃縮在十天。他明知這種關係不可能持久，甚至對她突如其來的熱情持有懷疑之心，畢竟她變幻多端的性情總讓人捉摸不透。「她會不會只是可憐我……就算是可憐又怎麼樣……」不可控制地，他總是想起她孩子般的面容，尤是那雙柔和炙熱的眼睛。分別時，她留下一個蕭穆的背影，透著一絲不可侵犯的傲慢。「她不幸福。」他總這樣斷言。「怎麼回事，難道我能讓她幸福嗎？我對她……不可能！」轉而想起小倩彎彎的眼睛和綿綿的小手，「多好的孩子啊……」從小倩出生到現在，他沒少抱過她，他們之間有種天然形成的親密關係。唯有對孩子，他才能真正放鬆警惕。但他不願多想。這幾天，他對小倩萌生了

某種奇怪的念頭,其中潛藏的惡念讓他嗅到生活的恐怖之意,卻又讓他有了敵對外界的力量。

他疲乏地蜷著身子,幾股熱氣把他的肚皮攪得一漲一縮。機械地挪開眼睛,他發現斜對面的男人似乎在偷看他,旁桌的女人也露出異樣的神情……「怎麼回事?」一種羞恥又怪異的感覺瞬間湧上心頭,他慌忙立起身板。環顧四周,似乎有無數雙眼睛在窺視他。「別看我……別看……」他陷入了被暴露在眾目睽睽下的恐懼中。定睛一看,竟沒人在看他。「奇怪,他們都把眼睛藏哪去了……怎麼又看過來了,我看起來還像個人嗎?別看……別看我!」餓得天旋地轉……啪嗒一聲,他又倒在桌上。

這時,樓下響起喧鬧聲。他趴到窗口看,原來是耍猴人來了。五隻猴子圍著耍猴人繞成一圈,觀眾在猴群外環成一圈。他早看上了那隻脫毛的猴子。它得意地上蹦下跳,不時向耍猴人搖擺紅屁股。好幾鞭子抽下來,它總是躲得最快的。它拚命往外跑,耍猴人將它使勁往後拖。細小的脖子似乎要被勒斷了。他看得有些喘不過氣,彷彿被勒的是他的脖子。這時,它竟突然轉身,跳起來狠狠踹了耍猴人一腳,順勢奪了他口袋裡的香蕉。耍猴人滑稽地從地上彈起來,連著吹了好幾次口哨。它興奮地剝開香蕉,正準備咬下去時,耍猴人的鞭子又抽了下來。香蕉被打到地上去了!它憤怒地咧嘴,跳起來又撲了上去。啪——啪——耍猴人連著甩了好幾次鞭子。周圍的人看得捧腹大笑。

「叔叔,他怎麼能這樣打猴子呢!」小倩總這樣問他。

「因為它該打。」他扯著她的手走。

「為什麼該打呢?」她很難過。

「它不該掙扎。」在他看來,一切無力的反抗都是愚蠢的。

他耷拉著腦袋從窗口滑下去,露出神經質的笑容。這隻自討苦

吃的潑猴，竟為了一根香蕉要跟耍猴人拚命。它的眼神是多麼邪魅啊，裝出氣勢洶洶的模樣就能免得了挨打嗎？莫名的怒火使他漲得滿臉通紅。樓下的喧鬧聲漸漸消散，可他總覺得自己的脖子在無形中被套牢了。他恐懼地縮緊身子。漸漸地，他以為自己長了個紅屁股，全世界都在嘲笑他，他羞恥憤怒地上蹦下跳……他真想殺了它！「奇怪，那男人怎麼又在看我……就像在看……真是羞恥啊！」他氣得發抖，咬牙切齒地瞪著男人，下一秒甚至想將他暴打一頓。

面對他充滿敵意的眼神，男人漸漸露出憤怒的神情。

「啊——他站起來了！在朝我走過來嗎？不不不……」他嚇得面色發白，立馬縮緊身子，把腦袋貼在桌面上。他害怕挨揍，前陣子被討債人踹過的肚子還很疼，眼角的淤青仍未散去。他們吆喝著要砍掉的胳膊呢？他慌亂地拽緊手臂，「別打我。」他嘟囔。

「神經病。」男人說。

「別打我別打我。」他低聲求饒。

「哼，都是些沒用的蠱子！」男人丟下漢堡後，轉身就走了。

「蠱子？」他驚訝地念叨，「他罵我是沒用的蠱子……哦，原來我只是一隻卑賤的蠱子，居然連那隻潑猴都不如！我什麼都不敢做……慢著，我真的什麼都不敢做嗎？」他紅了眼眶，反覆咽著唾沫，兩隻顫抖的手竟不知如何抓起漢堡。死神又開始跟他玩捉迷藏了！「卑賤的蠱子……我什麼都不敢做……這些天我究竟在幹什麼，僅僅是想見阿麗嗎……因為我什麼都不敢做，什麼都做不成，就只能當一隻沒用的蠱子嗎？」想到這裡，他卑怯地笑了，隨即又神經質地大笑。

「我是蠱子……不，我不是！卑賤不是我的錯，貧窮也不是我的錯！那是誰的錯……」眼前晃過賭球時狂妄自大的模樣。他叫了跳了，最後又哭了。輸了，一次又一次……他多麼相信自己啊，怎麼會

輸呢！「別看我，別看……」不，他害怕自己，他從不相信自己。「為什麼要指責我，為什麼沒人可憐我……從沒人告訴我不該這麼做……不，我不需要別人可憐！我會變成這樣都是你們造成的！……我真痛苦，但不是因為我做錯了啊，這個世界誰沒有錯！……我真的該死嗎……天啊，不知懺悔是多麼可怕……不要指責我！你憑什麼指責我！哦，誰會在乎一隻蝨子，卑賤的蝨子……」

這時，幼稚園的大門打開了。巡警在驅趕耍猴人。那隻脫毛的猴子灰溜溜地跟在隊伍後面，不時回頭看被踩爛的香蕉。「真的什麼都不敢做嗎……不不不……啊——我不知道，到底怎麼回事……」他匆忙地把漢堡揣在兜裡，搖晃著身子走下樓去。

二

他像往常一樣倚在幼稚園的欄杆旁。斜對面是賣糖葫蘆的老人，旁邊是一間規模較小的警廳。許多家長牽著孩子從他面前經過。依舊沒人注意他。「走近一些，再近一些……」他得意地揚起頭，試探性地往警廳挪動，「把我抓起來吧，抓起來就解脫啦……不，不行，那會挨打的……或許他們壓根就不想抓我呢？」賣糖葫蘆的老人看了過來。「別看我，別看……糖葫蘆糖葫蘆……小時候奶奶給我吃過……呵，當時這玩意在村裡還是罕見的，現在早變了吧，我來廣州都這麼多年了……奇怪，她怎麼還不出來……」他又挪回幼稚園側門。

「文叔叔，你今天怎麼這麼早啊！」一隻嬌嫩的手輕輕扯他的衣袖。

他猛地打了個哆嗦，「啊——出來了，終於出來了。」

「叔叔兜裡鼓鼓的，是藏了好吃的給我嗎？你好久沒帶我吃東西啦。」

「哦，哦，對！」他不自覺地咽了咽口水，費勁地在兜裡摸來摸去。

「小倩，糖葫蘆來了。」阿強快步走過來，「哦，是阿文啊，你來好幾天了吧。」

「今天，怎，怎麼是你啊。」他窘迫地把手從兜裡掏出來，「嗯……第六天了。」

「你在附近找了新住處嗎？」

「對，對的……」他頭冒冷汗，「還在找工作，還在找。」

「哎，世事難料。聽阿麗說你被公司辭退了，真替你難過。」阿強頓了頓，「對了，她讓我晚上帶你到家裡坐坐。」

「哦，哦……」他尷尬地笑，「她心地真好。」

「是啊，她是真善良。要是我有上帝，估計也會跟她一樣。」阿強擠出淡淡的笑容，「但我這人也不壞啊，就是無聊！無聊得很！說也奇怪，每週日我都跟著去教堂。可我還是不信，一點兒也不信！」

他怪異地聳聳肩，「我也不信。」

阿強叼起菸，「哼，你要是肯信就不會搞成現在這樣了，眼睛是讓討債的給揍的吧？」

「我沒欠債，誰跟你說我欠債了！」他很激動。

阿強擠弄狡點的長眼，深深吐了口菸，「小倩，該回家了，跟叔叔說再見。」

「不，叔叔還沒給我吃的呢。」小倩指著他的口袋叫。

「別搗亂，叔叔自己都沒得吃了。」阿強牽起小倩的手。

「叔叔剛答應我了。」

「你怎麼跟你媽一樣！」

「啊——」他突然大叫一聲，「你說得對！我完了，完了！」他萬分抱歉地抓住阿強的手臂，「我欠了錢，好多好多錢！真是造孽啊！居然全都輸光了！」

周圍的人都抬頭看他，嘴裡嘀咕著什麼，又默默走遠了。

「啊……真蠢！」阿強窘迫地撥開他的手，「是，你是真造孽！居然會有人借那麼多網貸去賭球，哼，有錢還不如跟我找女人！」

「爸爸，什麼叫找女人？」

阿強的臉色緩和下來，「逗你叔叔玩的。」

「又是找女人。」他露出輕蔑的神情，「真不懂你怎麼還能面對阿麗。」

「我就是無聊，無聊！」阿強嚷。

「阿麗是好女人，你怎麼能這麼對她！」他叫。

多年來對阿文的敵意瞬間轉為深深的仇視。他充滿挑釁的話語裡潛藏著某種誘導性因素，「我怎麼對我老婆干你屁事！哦，怪不得她這麼關心你呢。我就搞不明白了，你們眉來眼去這麼多年，她怎麼就跟我了這種老色鬼。」他把菸頭踩在地上，「現在總算明白了，因為你連我這色鬼都不如！你這農村來的土包，不知道的人還誇你一副斯斯文文的書生樣，哼，誰知道你是多麼不知天高地厚啊，我偏偏看不慣你那副自以為是的屌樣！怎麼，現在還要自命清高嗎？真是該死！」

他似乎沒聽懂阿強的話，「你真覺得我該死嗎？連你也不可憐我嗎！」

「我可憐不起啊！」阿強掏出手機，「現在談良心、談感情能當飯吃嗎？你看我這月工資，扣來扣去只剩這些了。我還要養老婆孩子的！」

「那麼……」他的臉抽搐起來，「阿麗也不可憐我嗎？」

「又是阿麗！」阿強憤怒地推開他，「她當然可憐你啊！我都搞不明白她為什麼這麼可憐你！」

「原來她可憐我，她真的只是因為可憐我……」他的臉抽搐得更厲害了，「這些自以為是的蠢貨，你以為我在希求你們的可憐嗎！」

「瘋子，你這瘋子！」強烈的醋意夾雜著憤怒感猝然爆發了，「自命清高的王八蛋！你怎麼還不承認，你們怎麼還不敢承認啊！偷情怎麼了，搞我女人怎麼了？為什麼都要在我面前端出這種無辜的姿態，難道這世界就我骯髒嗎？就我敢自認慫逼嗎！」

「承認？承認什麼？」他露出輕蔑的神情，「你以為我真的什麼都不敢做嗎？就算做了什麼，我需要向你懺悔求饒嗎？我為什麼要承認，有什麼值得我承認？可笑，難道我只是一隻卑賤的蛆子嗎？還是你以為我是那隻奪了你香蕉，還會被你勒著脖子往回趕的潑猴？真蠢啊，你這個粗俗的慫逼！」

「哈哈哈……沒錯，我慫，我粗俗！」阿強如釋重負地笑道，「你敢，你牛……我等著，等著。」

阿強的反應讓他出乎意料，一種不詳的預感迅速湧上心頭，「不不不……你個騙子……」他恐懼地後退，甚至忘了來這裡的初衷，「小倩，這個給你吃。」把漢堡塞她手裡後，他立刻灰溜溜地跑了，連頭都不敢回。

「喂，不去我家坐嗎？阿麗叮囑過的！」

「不不不……」他預感到了什麼，可什麼也說不清楚。

三

「騙子，這些該死的騙子……」他躲回窗邊的角落裡，全身哆嗦得厲害，「阿強怎麼突然來了，他那詭異的笑容是什麼意思？阿麗這幾天為什麼對我這麼殷勤？他們是想合夥嘲弄我嗎？天啊，他們竟然在一步步地誘導我……到底想要我幹什麼……我為什麼這麼難過……原來你只是可憐我，為什麼只是因為可憐我才……」

177

「今天怎麼沒跟阿強過來？週末要一起去教堂嗎？」阿麗又捎來短信。

「哼，去哪兒？去你家嗎？那是你們的家不是我們的家！」他起身在桌子周圍慌亂地踱步，「去你家幹什麼？接受你們的施捨嗎？不對，你在引誘我，不不不，你只是在可憐我，你們都在可憐我……為什麼還要糾纏我啊，你明明知道我……你明明知道的！」他一拳打在桌面上。一種前所未有的羞恥感席捲他的心頭，「我只是卑賤的蝨子啊，為什麼還要管我呢？我該死吧？或許真的該死，該死……讓我怎麼待你好，你以為我真的什麼都不敢做嗎？你以為我會乖乖跪在你面前尋求寬恕嗎？不不不，我不會的，我不是那種人，我一點也不需要你們可憐……可我還是想見你啊……」他兩手顫抖著，給她回了一個「好」字。短信剛發出去，他跪倒在地，「天啊，我怎麼又答應她了呢，為什麼總是這麼做，這樣下去永遠斷不了，完了，我必須做點什麼……真的要做那件事嗎？什麼事？我不知道！騙子，你們這些騙子，竟敢這樣嘲弄我……」

「熱，太熱了……」他漸漸恢復了意識，迫切想要逃離這個時刻在拷問他的地方。他搖搖晃晃地跑下樓去，穿過馬路後，逕直奔向小路深處的居民區。「要去哪兒……騙子，你饒了我吧！」他迫不及待地跨上樓梯，樓道很暗，只能憑藉從視窗透進來的光沿著牆壁摸索。「1，2，3，D……D，D！」狂烈的激情似乎要噴湧而出，「你真的是因為可憐我才搭理我的嗎……不管怎樣，還是留下來吧，我無處可去了……」他絮絮叨叨地在黑暗中摸索，「我會死的，就死在這裡……不不不，真可恥啊！」他停下腳步，作出要逃離的姿態，卻又立馬轉身貼到左側牆壁的第四扇門上。「別這樣折磨我……我害怕，我不敢……這麼多年了，到底怎麼回事啊……你以為配不上我，還是你壓根看不起我，看不起我現在為什麼要來招惹我！哦，我明白了！

你這個高潔的聖徒，聖徒……」他撲通一聲伏倒在地，「是的，誰會看得起我呢，我都看不起我自己……」

　　一陣喧鬧聲從屋裡傳出，隨即又傳來孩子斷斷續續的哭聲。混沌的腦子漸漸蘇醒，「太誇張了，我這浮誇的人……」他抬起頭，拍拍乾癟的肚子，驚訝於自己竟會有那麼大的情感波動。「都要餓死了，還在談什麼──奇怪的東西！」他才發現，自己竟不懂如何描述在他心頭積壓多年的感情。就像有一塊石頭，扯住他的喉口往下墜，日復一日地敲擊著心臟。是愛情嗎？他甚至不敢把它命名為「愛情」。他不相信愛，從沒人愛過他，奶奶是，爸媽也是。在廣州奮鬥的日子裡，一切都與愛無關。他憑藉第一次在廣州塔下被猝然激發的信念存活至今，滿目奢華，絢爛至極。他始終堅信，自己會活得像塔上的燈光一樣燦爛。即便是連滾帶爬，他也從不認為不該自我膨脹，大家都這麼浮華，為什麼他不可以？漸漸地，他把卑微的自我掩藏得越來越好了。此刻，他困惑了，倘若他從不相信愛，怎麼可能還會產生愛情呢！「如果不是愛情……騙子，這些騙子！」他喃喃道。

　　這時，激烈的爭執聲急促地鑽入他的腦袋，他不由自主地貼上門去。

　　「你怎麼還不承認啊！眉來眼去這麼多年，現在還偷偷聯繫他，給我戴了綠帽子還在這裡裝無辜嗎！」是阿強的聲音。

　　「又是這樣……有什麼值得承認？又有什麼不敢承認！」他把耳朵貼得更緊了。

　　「你在說什麼啊，就憑這些短信嗎？我，我……我們的關係不是你想的那樣！」阿麗發出抽抽搭搭的聲音，「這幾年為什麼老找我茬，我哪裡做不好了！」

　　「別哭……不是他想的那樣？哦，那我們到底是怎麼回事……」他有些失落。

「別當我面哭好不好！你就是太好了，好到讓我……啊──我就搞不明白了，你當初怎麼會選擇我！你明明知道我到處找女人，我的日子無聊得可以憋死人！阿文呢，積極上進又有才華，你當初明明看上了他，到頭來卻選擇了我！多可笑，你以為我不知道原因嗎？因為我爛俗！你壓根瞧不起我，卻口口聲聲說愛我，要改變我。難道我需要任何改變嗎？我不需要！我喜歡這種生活！我熱愛這種生活！可你為什麼要闖進來，為什麼！你這自以為是的聖徒！」阿強的聲音越來越急促，「你以為我真信嗎？我一點也不信！」

「爸媽別再吵了！」小倩的哭聲跳躍在屋裡。

「哦……」他驚愕地嘀咕，「他們果然不幸福……她當初真的看上我了嗎？」他的心臟被揪成一團。他屏住呼吸，生怕錯過她說的每個字，卻又因恐懼而顫抖得厲害。

「阿強──你別這樣別這樣！」阿麗淒厲的哭聲在往下墜，「你不信沒關係，不愛我也沒關係……上帝啊，求你幫幫我……我會讓你信的，我會求你愛我的……求你別再懷疑我，我不愛阿文，十年前是這樣，現在也是！」哭聲繼續往下墜，「求你別這樣貶低自己，我不覺得你爛俗，你很真實啊……你在怪我是不是？你覺得我瞧不起你是不是？怎麼可能呢！我有罪啊我也有罪！上帝會懲罰我的……別這樣凶，我一直都愛你，可你總不願意愛我……」

屋裡突然陷入一片靜寂，他們的哭鬧聲漸漸熄滅了。他不知所措地爬起來又蹲下去，胸口積壓的情感不可遏制地要噴湧而出了，「啊──」他仍拚命壓下去。彷彿聽了一個大笑話，可這笑話卻深深刺痛了他。「多麼卑賤和愚蠢啊……求他愛你？你就那麼卑微嗎……為什麼要來找我，為什麼要可憐我？阿強說得對，你這自以為是的聖徒！從一開始你就瞧不起我！」他淒厲地笑了，「蠢貨，你不是早知道嗎，你不是也不相信自己愛她嗎？為什麼這麼難過呢，十年前不敢

說，現在也不敢說，你居然真愛她啊？你這沒用的人……這一切到底是怎麼回事……」

　　他竭力在腦子裡搜索這兩年的記憶，在被毆打被追趕被辱罵的日子裡，他依舊能裝出衣冠楚楚的模樣，自得其樂。因為他堅信，自己終有一天會成功的。他不願每天跟在領導身後點頭哈腰，朝九晚五卻只能掙得那點工資。他得謀求快捷的出路。這些年，他始終陶醉在一夜致富的幻想中，把錢砸向錢，絢爛至極。如果還能借到幾十萬，他仍會拿去賭。這讓他總在絕望中擁有希望。即便因失去希望而再次陷入絕望時，他也不曾像現在這麼難過。

　　僅僅在這幾天，他的心裡就經歷了天翻地覆的變化。扯著他喉口的石頭幾乎要把他的心臟砸碎了，「他們在誘導我，誘導我……幹什麼？犯罪？……犯罪……居然要我犯罪！」他反覆念叨，驚恐中竟帶有一種難以言述的坦然，似乎這想法早在他心裡扎了根。他驚訝於自己竟有如此邪惡的念頭，又坦然地像掀開幕布似的一層層揭露真相。他終於明白自己為何時常想起小倩的面容，但他對小倩的感情絕非這麼簡單。「不不不，是他們要我犯罪的，我不想這麼幹的，都是他們逼我的。一切本不該發生得這麼早……」他陷入走投無路的痛苦中，「我真想這麼幹嗎……現在該怎麼辦？」

　　屋裡又響起稀稀拉拉的聲音。他什麼都沒聽清，只聽見阿強竭力喊出的一句「其實我也愛你啊！」。天旋地轉，他絕望地起身，「愛？既然你愛她，為什麼要讓她這麼痛苦呢？你這個了不起的陰謀家，為什麼要逼迫我，讓我承認我愛她呢？為什麼要逼迫她，讓她承認只是可憐我呢？我真的這麼卑微下賤嗎……感情這種東西，會把我殺了的！現在該怎麼辦……」他彷彿被倒掛在懸崖邊，既不知如何生，也不知如何死。「可我還想活下去啊……怎麼才能活下去……」他捂住發疼的腦袋，瞪圓的兩眼憤恨地鎖緊前方。他多麼熱愛生活

啊，當所有人都勸他放棄時，他仍堅信有希望。他不甘心，也不願一死了之。半生不死的巨大虛妄感吞噬了他，霎時間，無形中塑成的對外界深深的敵視和巨大的破壞力，竟使他有了活下去的理由和勇氣。這時，長期以來潛藏的邪惡念想清晰地展現在他的腦海中，既然他們讓他如此痛苦，他只能讓他們加倍痛苦。「必須這麼做……原來我早知道啊！」他感到不可思議，這一切遲早會發生，只是他過去不願意相信。

## 四

　　那一夜，他在肯德基哆嗦得厲害，饑寒交迫，無法入眠。在腦子裡演練了無數遍犯罪的過程，有時緊張得瑟瑟發抖，有時興奮地一躍而起。他蜷縮著身子趴在桌上，在快要失去意識時，總能聽見紛擾交雜的聲音。他在奔逃，在吶喊，身後全是凶猛的喪屍。衣袖被扯住了，脖子被勒緊了，快要透不過氣時，他伸出兩手拚命往前抓，「奶奶，別怪我，對不起，對不起……」他隱約看見自己揹著書包離開村口的情形。在十年翻天覆地的變化中，他像一個膨脹的熱氣球，飛著飛著就蔫了。在無數絢爛的星辰裡，他是不幸的那個，因為他失敗了，可萬一成功了呢？他總是抱有僥倖的執念。「啊……別打我別打我，給我時間，很快就還你錢。」他迅猛地把錢砸下去，一次又一次，隨手一砸而毫無顧慮的那種飄飄欲仙的感覺使他完全陶醉了。他相信自己，甚至有獨到的演算法讓他知道每次該下哪個注。「我不信會變成這樣，你……你……完了，這個卑賤的人，可我真的愛生活啊！」在這滿目奢華的生活裡充滿前進的理想，難道他做錯了嗎？他一直都在往前走，怎麼就走到絕境了？所有人都拋棄了他，他就像野狗一樣被甩出這個社會，「為什麼……」他發出無力又輕微的抽泣聲。

　　第二天下午，他早早來到幼稚園門口。員警廳外的巡警還沒開

始站崗，賣糖葫蘆的老人已經在樹下守著了。他著急地左右踱步，嘴裡不住地神神叨叨。抬頭時，恰巧撞上老人的眼睛，兩人面面相覷。「他發現了嗎？為什麼這樣看著我⋯⋯」他迅速低頭，斜著眼睛又往老人方向看，「趕緊出來吧！再這樣下去會出事的。」他驚出了一身冷汗，只好迅速往幼稚園的側門走。不知過了多久，一群孩子從環形建築樓裡衝了出來，他被後面的家長擠著往前走。快到保安身邊時，他忽然想起今天阿麗沒給他發短信。臉霎時就發白了。

「證明呢？」保安問。

「哦，她，她說你知道的。」

「小倩的叔叔嗎？」

「對，是小倩，小倩的⋯⋯」他在孩子群中看到了她，「你看，小倩——」他故意拉長聲音，努力表現得自然親昵。

「文叔叔，今天怎麼這麼早啊！」小倩跑過來。

「對，對的。今天先去肯德基等爸爸媽媽。」

「你昨天怎麼來得那麼遲，還是她爸爸把她接走的。」保安有些困惑。

「因為，我⋯⋯」

「保安叔，你放心吧。他跟我爸媽關係很好的，爸媽最近沒空，就讓他來接我。」小倩打斷了他。

「嗯嗯，我知道。就是確認一下。」

小倩的小手自然地勾住他的手腕，他不自覺地哆嗦了一下。「多麼溫暖啊，真的要這麼做嗎⋯⋯」每次小倩碰到他的皮膚時，一股怪異的暖流總會迅速襲遍全身，比任何粗暴或強硬的方式更令他痛苦，這種力量彷彿能將他完全軟化撕裂，剩下一具油膩骯髒的軀體，談不上善惡是非，只剩一種不可言述的羞恥感和絕望感。他艱難地咽唾沫，斜眼看賣糖葫蘆的老人，「他發現了，發現了⋯⋯別看我，別看⋯⋯」心臟激烈地上躥下跳，他扯著小倩快速穿過馬路。

「叔叔，要帶我吃東西嗎？」小倩興奮地爬上樓梯。

「……」他一個字也回答不出來，站在環形樓梯的中央窘迫地往上看。

這時，小倩已經爬到滑梯旁的玻璃邊，把臉貼在玻璃上往下看。她咧開嘴笑，揮動著兩隻小手跟他打招呼。他的兩腳像被釘在樓梯上，怎麼也邁不動了。她的嘴巴一直在動，呼出的熱氣在玻璃上暈開來，一圈又一圈……那股奇怪的暖流集中力量迅速撞向他的心臟，迸發出令他感到天旋地轉的火光。他驚愕地張嘴，多年不曾打開的幕布竟被強硬扯開了，「啊……」他站不住了，兩腳一軟險些跌坐下去。洶湧澎湃的感情扯著他喉口的石頭迅速下墜，他連咽唾沫的力氣都沒有了。「居然是……愛啊……」他絕望地看她，她困惑地撥開水霧，笑著跟他招手。他想起昨晚在阿麗門前的情形，不可擺脫的宿命感終於使他崩潰了，「感情會把我殺了的……多好的孩子啊，她愛我，只有她愛我，沒有條件地愛我……可她發亮的眼睛是多麼可怕啊，軟綿綿的小手，還有隨時可以殺人的笑容……承受不住了，天啊，我下不了手……」當他用這雙邪惡的雙手捂住她的嘴巴，勒住她的脖子時，他真的不會因為罪惡感而自殺嗎？幾股困頓的熱氣在他體內兇猛地攪來攪去，他哆嗦著往前邁了一小步，「不，不會因為殺了她而自殺……」他驚詫地盯住玻璃，「如果我不殺了她……」他停住腳步，像被判處死刑的囚犯一樣，鼻樑兩旁掛滿了絕望的淚水，「那是我最後的希望啊，真的要放棄嗎……」

「喂，別擋在路中間啊。」後面有人嚷。

「哦……」他猛地縮緊身子。

「文叔叔，快上來啊，我餓啦。」小倩突然跑到樓梯的最頂層。

他滿臉煞白地盯著她，時而露出獅子要吞噬獵物時凶狠的神情，時而像個跪倒在神父前的代罪羔羊一樣流露滿臉的虔誠和悔意。

「啊，魔鬼……」霎時間，他的身子像被折斷了一樣，一節節地往後倒，又不由自主地向前傾，「我要殺死我自己，竟因為殺不了你而要殺死我自己！我不相信……多沒用的人啊！」他絕望地從樓梯上滾了下去，周圍響起層層的尖叫聲，穿透他的耳膜，直擊他的腦袋，「為什麼要叫，這些虛偽的人！」他的腦袋迅速磕向樓梯邊沿，全身的骨頭發出嘰擦嘰擦的聲音。身體彷彿縮成一根裹在衣服裡的木桿子，怎麼敲都不覺得疼，反倒感到輕鬆舒適。他最終撞向點餐檯旁的一堵牆。

「啊——」急促的腳步聲跟在後面，彷彿全世界都在喧鬧，他什麼都聽不清。「我死了嗎？怎麼這麼舒服……」幾隻糊裡糊塗的手在摸他的腦袋，他的鼻樑，又試圖從咯吱窩下把他架起來。「文叔叔！叔叔！醒醒啊！」瘦小的身板似乎被幾股邪惡的力量扯著往上升，可他的靈魂卻在急促往下墜，「魔鬼……魔鬼！」不知何來的力氣使他迅速掙脫了無數雙揪著他的手，他逃命一般地往外衝。外面車水馬龍，他第一次感覺這個城市是如此陌生。額頭中央流下一滴血，沿著鼻樑滑到嘴邊，他伸舌頭去舔。冰涼冰涼的。倘若不是這些血，他會堅定地認為，剛才滾下去的木桿子不是他，而是跟他處境相像卻又比他軟弱無能的人。可他確實流血了，搖晃的街燈時刻現出詭異的神情在嘲弄他，「看什麼看……真疼。」他又拖著一具半生不死的軀體走在路上。一股奇怪的力量扯著他往前走，既然剛剛沒摔死，似乎就有活下去的理由。

## 五

他在十字路口的橋墩旁蹲了兩晚，終於等來星期天。往前走幾百米有一間教堂，他們平時都去那裡做禮拜。他在風中搖曳地像片抖落的葉子，可總有股強勁的力量使他晃著往前走。他無法思考，只知道等待，這一天彷彿讓他等了一個世紀。

　　教堂的大門開了，許多基督徒相互祝福著走上樓梯。他沒有跟隨別人走進主教樓，而迅速拐進另一棟較矮的平樓。他穿梭在石柱間。周圍傳來熙熙攘攘的聲音，「上帝愛你。」他猛地一驚，煞白著臉看身旁給他祝福的女人。他蒙昧的神情漸漸透出尷尬和窘迫，當女人微笑著想要說話時，他撇開她，著急地往前走。「真怪……」腦子亂糟糟的。

　　「阿文會來嗎？」是阿強的聲音。

　　他抬頭，發現他們站在廁所門口，距離只有幾米遠。他驚恐地躲到柱子後，前面是一幅莊嚴的基督像。不知為何，他不寒而慄。

　　「會的，他答應我了。」阿麗說。

　　「哦，你又邀請他了。那個囂張的瘋子，隨便就把小倩扔在肯德基了。」阿強開始抽菸。

　　「原諒他吧，他肯定不是故意的。」阿麗作出被菸嗆到的模樣，「你別抽了。」

　　「原諒？我哪有資格不原諒，連老婆都是胳膊往外拐。」阿強絲毫沒有掐掉菸頭的意思，「不是一天兩天了，在家不見你那麼麻煩，來教堂就這麼管事。」

　　「別說這些無聊話了，你知道我為什麼幫他的。」阿麗也不打算讓步，「既然跟我來了，就注意點。」

　　「哎喲，你這個高潔的聖徒。」阿強故意揚起聲音，顯出不耐煩的模樣。

　　「你就別挖苦我了。那天在家你說過的，你需要我，我也需要你，我們在一塊就是最好的。」阿麗很堅定。

　　「無聊。」阿強捻了幾下菸頭就走進廁所了。對這些重複多次的對話，他早已提不起興趣。他不動怒，略帶調侃的語氣也並非真的在抱怨。

這些年，他深知自己是個怎樣的窩囊角色，卻很樂意陶醉其中。因為無聊，他沉迷酒色，縱情揮霍，是個不折不扣的月光族。爸媽留給他的一層六十平米的房子是他縱情的根本，他心裡明白，單憑這房子，他已勝過許多一無所有的上班族。他甘願墮落，可絕不願膨脹。他一無是處，自我膨脹只會讓他更心虛。因為這樣，他才更瞧不起阿文。有時他也會為阿文那種無力虛妄的鬥爭感到驚訝，甚至還有些許佩服他，但阿文終究還是應該受到鄙棄的。他們就像一個鏡子的兩面。跟阿文一樣，阿強也有自己獨到的生活方式。墮落得越久，他越依戀這房子，慢慢地，他開始覺得房子太冷清了。他需要組建一個溫暖的家庭來束縛他那顆猶如脫韁野馬般的孤獨心靈。

這時，阿麗出現了。他驚羨於她身上那股向善的力量，不可控制地被她吸引。他即刻匍匐在她腳下。可只有自己知道，他跪的是十惡不赦的自己，愛的是這種混沌泥濘卻飄著清新花香的生活。他明白自己不愛她，愛的只是她身上那股不可描述的強勁力量。但當他真正剝下她的衣服時，他又覺得他們必然會形成一種永恆的、堅固的卻又十分自私的愛情。

結婚不久，他驚愕地發現，她比想像中更癡迷於他的油膩和爛俗。做愛時，她既會羞澀迴避，婉轉周旋，又會因不可控制的強烈欲望與他進行無止境的糾纏。甚至會握著他的陽具說，這是被你玩大的。這時，他總因她脖子上掛著的十字架感到不寒而慄。正當他想以慣有的流氓方式對付她時，她卻厲聲訓斥他：夠了，現在不是在妓院。他無奈地躺下去，繚繞的欲火迫使他掏出一隻手獨自搗騰。身旁躺著的彷彿是一具偽善又無趣的乾屍。她沉默了許久。他側目凝視她蜷曲的身子。她的背影總是透著一絲微妙又不可侵犯的傲慢，他心底的羞恥感油然而生。

「周日去教堂嗎？」

「好。」他自覺答應了。

「睡吧。」她的身子在燈光下微微顫抖。

漸漸地，他開始認為，她的背影不一定是在羞辱自己，就算她真的在表達對他的不滿，他也樂意接受。畢竟她從未因他在外拈花惹草抱怨過半句，兩人也算扯平了。他甚至還有種邪惡的念頭，她也應該去外面找男人，因為他確實受不了她那呆板肅穆又自命清高的模樣。至於她出軌的對象，他能接受的只有阿文。他心裡明白，這樣相像的兩個人是搗騰不出什麼的。

「周日去教堂嗎？」

「好。」

……

不知為何，他從不願拒絕她的邀請。或許是因為虧欠，但更多是因為喜歡。他喜歡在教堂裡看她垂著頭默默禱告的模樣，還喜歡看她在唱聖歌時激動得淚流滿面的神情。唯有在那時，他才感覺自己得到了一種前所未有的淨化，才明白自己為何如此癡迷她。出了教堂後，一切又回歸原點。這時他開始鍾情於她脖子上的十字架。她肅穆的面容變得不那麼可憎了，由此他萌生了憐惜之情。她的冷漠並不會讓他感到沮喪，相反，他借機將一種獨特的生活願想全盤賦予在她身上，因此也更愛她了。他明白，她也越來越癡迷他。就這樣，他們在混沌的生活泥潭裡無比饑渴地享受著孤獨的愛情。每天重複的爭執，是他們調情的方式，也是他們無趣生活裡的唯一樂趣。

撒完尿後，他沒有立即出去。突然很想阿文，他給他撥了電話。

# 六

他呆呆地倚在柱子上，偶爾探出頭偷看她。自那晚意識到自己愛她後，被劇烈撞擊的心臟已經在焦灼和痛苦中漸漸乾涸了。為什麼

來到這裡，他也說不清。短短兩天裡，他已明顯感到生命在迅速枯竭。分不清是生是死。他承認自己愛她，可當他看到那呆板蕭穆的背影時，又開始恨她。這時，她轉身往石柱方向挪動，他恍惚看到跟小倩一樣的面容，「多麼可怕的臉啊……」他突然顫抖得厲害，不由自主想要撲到她腳邊，向她求饒。沒等他兩腿往外滑出去，口袋裡的手機就開始震動了。他不知所措地捂住口袋，正要掏出手機時，阿麗已經發現了他，「完了……」他晃著兩條乾瘦的腿拚命往前跑。

她踩著高跟追，「阿文，你幹嘛跑啊？」

「怎麼回事？」稀稀拉拉的聲音。

他感覺周圍的人都在看他，沒想到自己竟以這種滑稽的方式引起別人的關注，心裡不禁滑過一絲苦澀和竊喜。他跑起來就像一個在疾風中的紙片人，沒跑多遠，就被攔腰折斷，猝然倒下了。

她迅速跑到他身邊，一手兜起他的腦袋，一手捂住自己的嘴巴，「上帝啊，你怎麼讓他變成了這樣……」她不可思議地捧著他乾巴巴的面頰，眼淚不住往外湧。心臟被狠狠揪住了。她竟感到一種撕心裂肺的疼痛。

她酥軟的手臂使他冰涼的脖頸和頭皮像觸電一般地顫抖著，「別啊，別啊……」洶湧澎湃的感情瞬間湧上心頭，交雜著所有的愛恨，迅猛地啃噬他的身體。他縮緊身子，一手扯著她的衣袖，一手用力推開她的肩膀。活了快三十年，他從沒像現在這樣迫切地想死去，也沒像現在這樣迫切地想活著。他才發現，原來他這麼愛她，可這種愛讓他感到羞恥，甚至是恐懼，他愛她，可他更恨她。聽到她的啜泣聲，從胸口噴湧而出的話語又被猝然淹沒，他只是像癲癇病人一樣地抽搐，「別啊……別啊……」

「你怎麼了，到底怎麼了！」她把手滑下去觸碰他冰涼尖銳的指骨，一種莫名的情感困擾著她。那種指尖觸碰後充滿電流的感覺仍深

烙在她的腦海裡。或許她早該緊緊握住這雙手，或許她早在九天前就已經握住他的手了，「怎麼回事，怎麼會這樣……」她彷彿受到了巨大的打擊。

他似乎被她的哭聲喚醒了，兩眼直勾勾地瞪她，「魔鬼，魔鬼……」

「魔鬼？不不不……阿文，你會好起來的，你會見到上帝的。你是好人，我會讓你好起來的。」她聽不清他微弱的嘟囔聲，著急地拽緊他的胳膊，「你太害怕了是嗎？你幹嘛要縮緊身體，幹嘛要推開我，難道你怕我嗎？難道你……不不不，我都知道的，你愛我，你不用說，我都知道……別害怕，我們一起還錢，我們一起……全都一起……我知道你愛我，天啊……其實我……我居然也愛你！」她把臉貼上他乾瘦的面頰，激動地捂住胸口，不可思議地揭露著自己的心意。

他們是如此相像。十年前，當他隱晦地向她表達心意時，她甚至不願靠近他，因為她害怕，她厭惡，或者說她覺得自己根本不可能愛他，就像她壓根不能愛自己。但她始終不能與他徹底斷絕聯繫。九天前，長期以來積壓在心裡的孤寂感和絕望感像洪流般要將她吞沒了，她必須抓住阿文這棵救命稻草。她固執地相信，阿文是唯一能明白她乾涸的心臟是如何被歲月和現實侵蝕得坑坑窪窪的人，因為他們都不能愛，不懂愛，卻又渴慕愛。

這些年，她彷彿被刻上了一種根深柢固的弱者情懷。她太愛上帝塑造的世界了！太愛自己所背負的十字架！她可以愛許多人，可又好像無法愛人。她甚至不知道，該如何把這種抽象的愛轉為具體的愛。可她依舊生活在愛的幻象裡，甚至是拚盡全力。可越想愛，她越不愛了。為此她瀕臨崩潰。是阿強拯救了她，給了她具體去愛的能力和勇氣。她愛他的沉淪和墮落，愛他的不羈與真實。阿強撬開了她心

裡的決堤。她不斷對他背過身去，不是因為冷漠或者不愛，而是因為她太愛他了，因此不願走近真相，她害怕厭惡，害怕失去。可阿強永遠不會知道她冰冷的背影在瑟瑟發抖，也永遠不會理解她深藏在內心深深的恐懼和絕望。能給予她慰藉和希望的，只有她脖子上的十字架。她不是一個真正的信徒，但她一直在努力。面對弱者，她可以跪下去為他們日夜祈禱，甚至願意傾盡所有去分擔他們的痛苦。可禱告完後，陪伴她的仍是日復一日的空虛和絕望。

此刻，當她看到他如此落魄地籠罩在死亡陰影下時，像洪流一般強烈的感情瞬間把她擊垮了。她顧不得任何阻撓，只是一個勁地裹緊他的身體。

他的瀕臨死亡衝破了她心裡隱藏的所有防線，她才發現，自己竟然愛他！這些年，她居然同時愛著截然不同的兩個男人，可她卻在冷漠的規避和躲藏中雙雙失去了。她早就知道他愛自己，或許她早就預想到他會一步步墮落到這般田地。她就是這樣的人，直到他變成這樣，她才會真正愛他！她突然放鬆了手臂，耷拉著腦袋嚎啕大哭。「這是愛……居然是愛啊……」她終於有了愛的能力。這是在痛苦中掙紮了三十年的喜悅所致，旁人卻以為她因他所遭受的苦難崩潰了。

他被嚇到了，因為恐懼更用勁地掙扎。即便他努力往後仰，卻很難不在她劇烈抽搐的懷抱中窒息死去。直到她鬆開了手，他才落下眼淚。這些年，為等到這個擁抱，他彷彿苦等了一個世紀。可當他真正得到時，卻覺得索然無味了。並非因為他不再愛她，而是因為他對死亡有了更敏銳的嗅覺，一切都在隨著他生命的枯竭慢慢走向毀滅，無所謂激情和悲哀。他終於因為厭倦這個世界而感到疲憊了。這時，她那洶湧澎湃的感情只會迅速把他的肉體吞沒，卻不能引起他同等的悲痛和共鳴。他甚至覺得，她只是在為自己的不幸而哭。他知道她不幸福，可他也給不了她幸福。感情這種可怕的東西，會把他殺了的。

此刻他倒希望對方只是憐憫自己。她越激動，他越厭惡。她把鼻涕和眼淚抹了他一臉，他卻努力穿透她那衰老醜陋的面容尋找另一種記憶。彎彎的眉毛兜成一個滑稽的八字，細細的眼睛朝他透著亮光，笑起來還會露出兩顆大門牙……「原來，是你啊……」他彷彿看到十年前的阿麗，又好像看到在肯德基樓梯上朝他招手的小倩。他發出像孩子一樣的抽泣聲，他是多麼想念她們啊……

圍觀的人不約而同地發出嘆息聲。他們以為，這是一對失散多年的愛人，幾經周折，重逢後卻不得不遭受生離死別。有人為他們強烈真摯的感情默默禱告，有人蹲下去想要攙扶他們。只有阿強木訥地站在角落裡，慘白著臉，什麼也沒說。可他的眼睛發出了前所未有的亮光，只有她能明白，他到底是激動到了怎樣的程度，才會對她露出這樣炙熱的眼神。

她模糊著淚眼看他，微啟雙唇卻又只能喃喃幾聲。這一次，她給予他的不再是一個孤獨的背影，而是向他展露著一顆千瘡百孔的心。他才發現，這些年裡，他為兩人製造了一個多美的愛情假象，他們不可自拔地沉浸其中，愛的卻只是自己的幻想！可他不怪她，相反，在她為阿文哭得歇斯底里的過程中，他才發現自己的妻子是如此美麗，就像一塊在烈火中烤灼的鋼鐵，越發堅毅和成熟。此刻，她的淚目裏挾著強烈複雜的感情，在迫切尋求他的諒解。他也以同樣灼熱的眼神回應她。她是多麼愛自己啊，而自己又是多麼愛她！在這世上，他們是彼此唯一的依靠。他感動得落了淚，因為他們從未如此相愛過。即便她永遠背過身去，他也只會把它理解為她對他無限的寬容。他不由自主地走上去，從背後環住兩俱因聲嘶力竭而顫抖的身體。這一刻，他真的很愛他們。

教堂響起了鐘聲，圍觀的人想攙扶他們一塊進教堂。彷彿進了那裡，一切的痛苦都能得到淨化。阿文拒絕了。他請求他們讓他獨自

留下，並讓他明天最後一次去接小倩放學。阿強把阿麗帶進教堂，他們時不時回頭看他，他回以溫和的微笑。從背後環住兩具因聲嘶力竭而顫抖的身體。這一刻，他真的很愛他們。倚在門欄邊。金碧輝煌的教堂在聖歌的頌揚中形成了一股神聖的力量，無形中要將他捲進去。天旋地轉，他的靈魂彷彿要被淨化抽離了，可一種巨大的羞恥感緊緊拽住了他。「不不不……」紙片般的身體竟拒絕了所有的感召和淨化，他撲通一聲跪倒在地，鼻樑兩旁掛滿了懺悔的淚水。他終於承認自己的卑微了，可他不願接受任何的救贖。一隻隨時隨地能被掐死的蟲子真能承擔起那個莊嚴的十字架嗎？他早已厭倦了一切，可仍有一種特有的執念讓他堅信，即便他願意背起十字架，他依舊會被自己的軟弱無能和自欺欺人殺死的。感情是多可怕的東西啊，在這樣的世界上真能談感情嗎？他不敢相信，也不願相信。他不能愛人，也不懂愛人。他含著淚眼輕聲祈禱，偌大的世界都只化為一個理想中的十字架……此刻，再神聖的力量也無法使他動搖了。

## 七

那晚，他循著路燈拐進一條小路，沿著莊嚴的牆壁一直往前走，在拐角處能看到幼稚園環形教學樓的頂部。一路上，牆角的貓都在淒厲地哀嚎。剛下過雨，凜冽的冷風像刀片一樣肆意橫掃他的面頰。他默默思索著，突然打了個寒噤，環顧四周，只有一個不長不短的影子在燈下晃悠。他們面面相覷。

「你怎麼來到這裡？」

「我不知道……」

「等不到明天了嗎？」

「我……」

紙片般的身體霎時間充滿了各種鬥爭的力量，它們在肆意吶

喊，咆叫，最後開始拳打腳踢。他的身體彷彿要被撕裂了。死神終於
緊緊扼住了他的喉嚨，甚至都不給他掙扎的機會。他沿著牆壁緩緩倒
了下去，天翻地覆，發白的兩眼隱隱晃過彎彎的眉毛，細細的眼睛，
白白的大門牙……

　　「叔叔，你今天怎麼來得這麼早呀？」她牽住了他的手。

　　他又一次被那股奇異的暖流吞沒了，「是，是愛啊……」他努力
想在混沌的世界裡保持清醒，可各種繁雜的聲音像魔鬼一樣拚命撕扯
著他。

　　「你還要等到明天嗎？」

　　「我……」

　　「你還要等到明天嗎！」

　　「不不，我不要……」

　　看到他似乎有了垂死的願望，魔鬼稍稍放鬆了警惕。他閉上眼
睛，一顆乾涸的眼淚從眼角滑下來。他像一個襁褓中的嬰兒貪戀地享
受著死神的愛撫，小倩綿綿的小手始終緊握著他。那是他與這個世界
最後的聯結。他疲倦了。高高聳立的廣州塔突然襲來，又漸漸淡去，
那是他夢想起步的地方，他把所有的生命都耗在那裡了，卻沒能像預
想中地沉入廣州塔下的水底……貓不再哀嚎，周圍一片空寂。他靜靜
地聆聽心臟跳動的聲音，撲通──撲通──小倩依舊緊握著他的手。
「是，是愛啊……」他才明白，苦苦追尋了三十年的東西，僅僅是孩
子那種單純蒙昧的，淺淺善良的童真和美好。

　　「你還要等到明天嗎？」

　　「不不，我不要！」

　　巨大的絕望感瞬間轉為對外界深深的仇視。他甩開小倩的小
手，便斷開了與世界唯一的聯結。他多愛生活啊，可又是多麼厭倦和
仇視生活！孩子……只有孩子是這世界殘存的希望，他愛孩子，可他

不能相信也不願接受所謂虛妄的救贖！窮盡蒼穹，他只能看到滿滿的罪惡。此刻，越發激烈的咆哮聲迅速將他扯開了，撕心裂肺的疼痛。靈魂在飄搖，膨脹，再也感受不到魔鬼的牽引力了，迅速地下墜……他死了，嘴角略微上揚。

凌晨十二點，阿麗和阿強纏綿後，爬到小倩床上。

「爸爸媽媽，文叔叔明天會來接我嗎？」

「會啊，文叔叔最喜歡小倩了。」

「我也喜歡他，剛剛還見到他了。」

「傻孩子，叔叔沒來，你怎麼能見到他？」

「真的見到了，他握著我的手，還一直哭……我很擔心他。」

「沒事的，明天就見到了。」

三人相擁，進入了暖的夢鄉。

曠野上的風

# 阿秀

福建師範大學文學院本科 2015 級 張影

　　阿秀走的時候，七七正酒足飯飽準備買單。電話裡傳來阿南嚶嚶的哭泣，七七一時不知道該做什麼好。想說幾句寬慰的話，生死面前任何言語都顯得單薄。陪她一同哭泣？眼眶澀澀大腦空空，強要擠淚也是矯情，只得一口一個「哦」、「嗯」、「好」應著暖那邊。掛了電話結帳出來，同行女伴關切地撫她手背，才曉得阿南方才是叫她快些買票回家。又回公司請假，到了樓層忘了出電梯，回過神來已坐返了一樓。一番舟車輾轉，進了家門，見阿秀躺在廳堂中間，身上蓋一匹生前睡過的床單，一方紅巾蒙住了臉，本就細瘦的身子愈發顯得小。原來人到最後，只有那麼一丁點兒。七七想。

　　印象中阿秀一直是瘦的，但從不覺得她小。七七是阿秀帶大的，彼時年幼，要將手舉得高高的才能牽住阿秀。後來七七長大，阿秀也漸年邁，老人怕冷，衣服穿得厚實，身子裹得大了好幾圈，每次見面，七七還想往她懷裡鑽。可是七七太高了，阿秀抱不住她，於是拍著七七的背，叫「寶啊，寶」。

　　阿南見到七七，眼眶一紅，對著阿秀先拜了下去，口中大喊：「姆媽，姆媽，七七回來看你了，你要保佑她。」旁邊已有親戚拉著七七跪下，讓她給阿秀磕頭。又拉扯她起身，一人過來給她的手臂別黑孝章，一人往她的鞋尖貼白膠帶。阿南領她見人，這位是表姨婆家的女兒，這位是堂叔公家的兒子……七七往外看去，兩間屋的大院聚滿了人，親戚朋友老鄉，大多面孔七七都不識得，只好微笑以之。熙熙攘攘，你方唱罷我登場。

　　阿秀家的來往的人多七七是知道的。老屋是大園子的一套小院子，弄堂走到底便是阿秀的廚房。除卻過年，庭院的正門平時是不開的。小鎮淳樸，鄉里鄉親愛走動串門，周圍又都是多年的老鄰居，雞犬相聞知根知底，白日裡索性便不關門。阿秀心腸好，上門來的俱是客。早年有提著保溫桶賣雪糕的，她留人家喝杯水，坐一坐。遇上吃不上飯行乞而至的，更要好飯好菜，招待人家一頓。於是記憶中的大部分時間，阿秀總是在這一方廚房裡忙碌著。七七自小頑劣，每逢回鄉，隔著老遠便要大叫「外婆！外婆！」，吵得雞犬不寧，進了門看到笑嘻嘻的阿秀，才算到了家。如此人盡皆知，阿秀家有個鬧喳喳的小外孫女，小外孫女卻仗著阿秀寵愛，事事有人照管，一味地調皮搗蛋，誰也不顧忌。

　　弔唁的人來來往往，靈堂裡有許多規矩，七七插不上手，跑去陪治邦。治邦癱瘓多年，耳朵不好使，也不大能說話，偏偏腦子清楚得很，人家同他說話，他豎起耳朵努力去聽，卻只能看著對方嘴巴一張一合，他想同別人說些什麼，伊伊啊啊也叫人不知所云。大約厭煩了自己這種狀態，索性閉上嘴撇過頭誰也不理。見到七七，眼神突然變得很悲哀，伸手比了一個「61」的手勢，搖了搖頭又閉上了眼。七七反應過來，他說的是同阿秀成婚六十一載。瞬間所有的情緒湧上，眼淚簌啦啦地掉下來。

　　聽阿南說，阿秀出生在一個叫做蓮湖的小漁村，出嫁後才隨丈夫來到縣城。阿秀裹的小腳，家中薄有幾分田產，在家時十指不沾陽春水，字識得不多。七七記得讀書時老師要求試卷拿給家長簽字，阿秀要七七教著，才能歪歪扭扭寫下自己的名字。治邦早年卻是請先生來家裡教私書的，人又靈光，詩情畫意，頗有些風流倜儻。到了七十歲上，還對著畫冊自學水墨畫，買來一堆白紙扇，一一畫了扇面，逢人便送一把。兩人一個傳統一個時髦，舊年月裡沒有相敬如賓的覺

悟，更談不上舉案齊眉。治邦年少輕狂，不懂得為人夫和為人父的職責，自顧自地吃喝玩樂不著家，阿秀無奈，磕磕絆絆將家事一一學起。又要工作，沒有人幫扶，累得自己同幾個孩子都吃了不少苦。直到最小的孩子阿南出生，治邦才逐漸沉穩下來，拾起了些一家之主的擔當。然而時代動盪，不可彌補的傷痕已經造成，阿秀和孩子們對他積聚的怨氣，縱然在歲月中淡化，卻終是無法消散。

　　一路吵吵鬧鬧，時光漸老。在七七看來，小老頭小老太時不時的互扯嗓子倒很是可愛。治邦脾氣蠻橫，可他是聽不見的，人家同他吵什麼他全然不知，故丟出來的話也含糊不清。阿秀口齒上占了優勢，脾氣卻太好，翻來覆去罵不出什麼氣勢。於是兩人各說各的，風馬牛不相及。

　　去年過年七七回家，夜裡幫著抱阿秀去睡覺。彼時阿秀因老人症，已經不能記事，伏在七七肩頭低低地說了一句：難道他想怎樣便怎樣麼？

　　當身體和神智都斷絕了與現世的聯繫，愛與恨都遺落在遙不可及的往昔，陪伴在側的，只有心底最深的執念。旁人以為他不記得，又或以為她已忘掉，她同他卻在旁人再也無法進入的世界裡，與這份只屬於彼此的糾纏相依。

　　家鄉規矩，入殮前要向河神買水，幾個做法事的替阿秀淨身。七七見到阿秀的身體，他們抬起她的一隻手，手臂上的皮膚和肌肉早已鬆弛，軟軟的垂著。七七想去幫她穿衣，被講規矩的親戚攔下。她多想再拉一拉阿秀的手啊！那雙很瘦，又很溫暖的手。手掌不大，然而骨節分明，是長年勞作的緣故。手背被時間沖刷出層層褶皺，手心卻柔軟得如同浸沐過冬日裡的陽光。

　　上一次假期，七七回來看阿秀，給她的手拍照，其時阿秀已不認得七七，仍是乖乖坐在那裡，由著小外孫女擺弄。阿秀對這個小外

孫女一貫地縱容。早年做飯，七七趁她不備，把鍋鏟丟進水缸裡，她撈出來洗乾淨，一轉身，鍋鏟又不知被七七藏到哪裡去，結果一頓飯都在追著七七找鍋鏟，也沒有一句責罵。七七年少精神好，中午不休息，纏著阿秀同她捉迷藏，乒乒乓乓把午睡的阿南吵醒起來發脾氣，阿秀總是護著七七，等阿南睡著，又陪著七七遊戲。後來七七上學了，要趕早讀書，囑阿秀六點喊她起床。阿秀四點便醒來為她做早餐，捨不得她少睡，又擔心錯過時間，隔一會兒看一下鐘，隔一會兒再看一下鐘，直到兩根針走成了直線，才輕輕來拍七七，柔聲細語道：「七七，起床。」

他們逗她，問：「七七呢？」她四下尋找：「欸？七七呢？」他們又問：「這是誰？」她盯著眼前的姑娘，答不上來，只好抱歉地微微笑。

輪到七七上前祭酒。她終於看清阿秀的臉。兩腮被抹的紅紅的，胭脂直往鬢角延去。假牙被取掉，嘴巴便向下凹陷。頭髮向後梳起，額頭束了一條黑髮帶。七七用手指蘸一些白酒抹在阿秀的唇上，冰冰涼涼。旁邊的道士說：「喝一杯酒，一路走好。」

七七從未見過阿秀化妝，家中也沒有阿秀早年的照片。不知道她年輕的時候，是否有過妝點自己？啊，是了，有一次七七同她一塊看電視劇，播的是《楊門女將》，阿秀指著佘太君髮髻上端莊的華勝和精緻的花鈿說，這個我戴過的。

七七想阿秀的五官其實很是秀氣，裝扮起來一定不輸電視裡的明星。然而她這一生都消磨在家務和油煙裡，她是一位稱職的妻子和長親，卻有誰能記得，她作為一個女人的自己？

他們選了吉時，要送阿秀下葬。七七披麻戴孝走在隊伍最後。他們說火化後女眷不能跟去封土，於是七七想這一路便是最後的同行。阿南說阿秀生前總念叨著「蓮湖，蓮湖」，卻一直沒有再回過故

鄉。於是七七想起她的小外孫女現在住在上海，不知她有沒有去過十里洋場的外灘？他們將阿秀抬放在焚化爐外，於是七七沒有低頭，直起身去看她靜靜的睡容。終於那條傳送帶猛地一顫，於是一切灰飛煙滅，消失再無蹤影。

生是一場過客之旅，死是一切的終點。喧囂繁華皆幻影，百年之後，又有誰記得你的名？

七七做了一個夢，夢裡回到幼時的老屋，仍是那個刁蠻任性的小外孫女，雙手叉腰對著屋裡大喊她的名字，她帶著故鄉的口音，小腳踱著步，扶到院門邊來回應。

曠野上的風

# 八扇厝

福建師範大學文學院本科 2015 級　何瑾如

　　雨水沙沙敲打著百年古厝的門檻，幾株來自來義大利的花種所開出的玫瑰正在這中國的庭院裡綻放出愈加奇異的色彩。上世紀戰爭時期整片古厝由於收留難民而變得尤為擁擠，而今它終於因為來之不易的太平而獲得了安寧。連日不斷的陰雨並沒有破壞厝裡孩子嬉戲的興致，眼下他們正企圖用雨季連綿不斷的雨水把古厝邊新建一座大洋房用的沙子裡淘出來的半透明石子泡得透亮。

　　半個多月以來，這些躺在踏馬石上的石子都在黃昏的天色下隱隱地閃著幽光，八扇厝裡的光影卻因黑夜的將至而顯得黯淡。雨季給了古厝後方一些坍塌的小房間另類的生機，那些破敗的小屋頂下整個空間浸於濕氣蒸騰的水窪，巨大如史前而來的植物以及發黃光的昆蟲重新成為整個屋子的絕對主宰者，而廢棄書房裡上的綠色藤蔓則趁機瘋長，大有要把整個房間屋頂徹底壓垮的可怖趨勢。但縱然這些屋子壁上石灰剝落，角落裡落灰蒙塵，房樑上蛛網絮結，木門後淪落為青苔和菌類的基地、持續地迸裂出青紫色的花朵，古厝中前段的大片屋子依然相對完好，再平凡不過地逐漸衰老。唯一的異數就是一間毫不起眼的小角間，屋內沒有絲毫細塵和蛛網，一切整潔如剛剛清掃，就連屋裡的空氣似乎都極其純淨。就好像衰老全部加諸於古厝其他地方，但卻唯獨從來沒關顧過這裡。百年前古厝的主人隱約發現了這一點，詫異於它的詭異，索性用一把銅鎖直接把它關了起來。這個辦法無比奏效，不久包括他自己在內的所有人都完全忘記了它的存在，並

且生活的忙碌、角落的偏僻、以及彷彿來自於某種力量的神秘屏蔽都使得在那之後的所有後代不曾絲毫注意。只留那間屋子靜處原地，毫無聲息。

古厝裡芳子怊悵地望著漏水嚴重的窗子，有生以來第一次對她父親提出了換東西的建議：「爸，這窗戶都破得不成樣子了，咱們把它換個吧。」她瘦骨嶙峋而又眼神精亮的父親在里屋的昏暗中以三句話乾脆回答了她：「換什麼換！專會敗家的！把窗戶木條破洞用水泥補補不就行了嘛！」這話語使女兒不敢再言語，默默地端上碗就往迴廊另一頭走去。

她在寧靜的迴廊中落下的腳步，伴隨著對門屋內一座簡樸的時鐘散布的聲響。它黝黑古板的外殼如屍衣般裹住了鐘內的潛在的激情。那是略帶溫存、怨恨的聲音。而對鐘旁的那個人而言，卻是既沒有偶然也沒有驚奇。九十歲的余老太熟悉透了這種聲音。從二十年前她七十歲時算起來，日子一成不變，她繼續陪著屋裡的家具，有時在與晚輩交談中會繼續陷入回憶迷宮般的躊躇。在打蠟的檀木氣味中，光線如藤蔓一般透過玻璃窗的缺口，攀上了垂老的扶手椅，滲入院中玫瑰枯萎凋零的嗓音。椅子上攝影術留下的照片並不能使現狀有所保持，因為她發現，不知從什麼時候開始，隱居在鏡中若隱若現的老年開始從試探性的接近轉變為大膽的侵襲。它再不躲避於審視，而是像隱形蜘蛛一般，以模糊不清的姿態迅速爬上了她的身體，化為一道道皺紋。它們嚷著近乎真實的焦急嗓音，逼迫著她去回憶，追趕著她的靈魂。一開始她還可勉強觸及早年的記憶，到後來，她開始落後，逐漸被回憶甩出半個多世紀。似乎是再怎麼趕都已趕不上了。她血色紅潤的青春裡那些最初的黎明、經久不變的現實，都一改往日令人信服的面目，逐漸變得模稜兩可起來。黃昏時分女兒在節日街道上車來人往中的笑容也模糊了，可她總願意捧著這段模糊的影像去愛憐。

　　「大媽。」芳子朝紅門簾裡怯怯地喊了一聲。屋裡人搖著蒲扇從里屋出來，笑吟吟地招呼說：「還碗來了？」「嗯。」芳子遞上瓷碗，問到：「老太太今天還好吧？」余大媽搖頭嘆息說：「今天好些了，就還只是癡望著窗子嘆氣，又念叨著當年下雨天送走了她女兒。」儘管已經感慨無數次，兩人還是就這個話題進行了長篇大論，並且話題逐步衍生，一直擴張到了過往的艱難、可怕的饑荒，以及輪迴般的連綿陰雨。等重走進瘦弱的迴廊時，芳子發現余老太太不知從何時起已經站在了對面。她愈發的蒼老了，帶著瘦削的身形，布滿老繭的手，皺巴巴的黝黑面孔。額骨被一層幾乎風乾的皮裹著，整個人瘦得像木椿。她的穿著倒是始終不變，藍色的碎布衣薄如紗紙，帶著幾個線團扣眼，黑碎布褲子又肥又大。一雙小腳穿著老布鞋，可色澤不油亮，像木頭雕的似的。眼下一堵半人高的木門擋住了她，一條由紅頭繩扎成的灰白辮子由於身體傾斜而從門上垂下。老人眼中泛出慈祥的光暈，極力探出身子來，用淳樸的家鄉話喊道：「命根兒，來散步啊？」芳子微笑著答說：「來還東西。」「地上濕，別摔了。」老人明顯十分激動，聲音充滿了沙啞與愛憐。芳子感激地點點頭，繼續地往前走，直覺告訴她余老太太仍是依依不捨地把頭伸出小門，凝視著自己遠去。她繼續往前走，軒廊、簷下等處樑枋、天花板、斗栱、替木等木構件雕刻精美，保存尚好，逐一緩緩地從頭上掠過。多年後她從一個美麗的傷口離開這個世界時，這些精美器件還會再在生命末端的腦海中電影似的放映一次。而眼下她無視於貧乏的重重大門和門上已被侵蝕的鎖環，無視於無風下大理石與花朵的會合。雨後空氣的涼爽就如庭院的空地，和歷史上古厝數不清的昨天一起偏向於凝滯與唯一。

　　已轉為玫瑰色的薄暮天光散漫地從屋頂溢下，羞澀地灑在天井上，整個古厝霎時變得溫暖而明亮起來，一如厝內另一位女子的心情。此刻她正悉心繡著一個牽絲攀藤的蘭花香囊，由於希望早點用香

料進行填充，她不得不加速使一攏烏青裡面漸漸綻出淡白。信物對於愛情的作用是非凡的，杜夏蘭雖然不像表妹杜若那樣上過大學，卻也明白這個道理。先前厝內的黑暗使她只覺得隱隱感覺靠近了夜晚。而這會兒天色的忽明則使她暫時從捕風捉影般的苦思冥想中解脫出來，得以專心地繡會兒香囊，絲毫沒有在意一針一線之間時間像竊賊一樣私自瓜分了夜晝在此地留下的痕跡。

　　連續多日的陰雨似乎就從這個薄暮得到了終結，次日的烈日開始以君王之姿灼烤著大地，誘使厝裡一群孩子瘋玩到晌午才回到出發的天井。作為這座古厝裡最為活蹦亂跳的生物，他們一直以旺盛的精力進行各種探索。最初的熱衷在於從此片古宅中尋覓寶藏，對此厝內的一千零八間屋子連帶十幾個庭院與花園同時給予了他們事業極大的支持與阻礙。他們拖著幾塊磁鐵，口中念著自創的含混咒語，勘測那片古厝的每一寸土地。青石的天井、廢棄的當鋪，以及那座布滿藤蔓的書齋，無一不成為他們勘察的目標，但歷時數月後依然是一無所獲。這樣的失敗與他們臆想中想要發現的紅木寶箱以及戴著珠寶的鈣化骷髏相去甚遠，痛定思痛後他們覺得應該進行的是立體式而非平面式搜索。於是古厝裡的每一堵牆成了新的搜查目標。他們審視著每一片柔軟的青苔，輕叩著每一塊想扣的磚頭，用磁鐵探測著每一個可疑的角落，最後在因緣巧合下找到了余七嫂遺失已久的鏤花銀手鐲。她對他們進行了透明小糖果獎勵，分攤糖果的同時，眾人隨即改變了目標：尋找完全清澈透明的石子。具體行動方案大致分為兩種：一是用他們公認秘效的雨水泡半透明石子，二是繼續四處搜羅。小義大利人麵包率先在第二條路上做出了成績。他在義大利的玫瑰花香中出生，而後由父母帶給國內的祖母撫養，雨季後第一件使他快意的事情就是向他的祖母展示來自蔚藍海邊的探險成果。但桌上劈裡啪啦攤的一堆精緻鵝卵石卻使祖母王大嬸與串門的余七嫂同時感到困惑，因為她們

並不記得村邊的淤泥質海灘上有這種石頭。對此麵包以他有生以來口齒最清晰的話語進行了反駁，力圖證明海邊不僅存在這樣的石子，而且還是數量繁多。一番曲折的交流之後祖母總算明白了地點所在：的確是海邊，只不過是在林老爺子那座依山傍海的巨大墳墓上。

她為他們這種大膽的做法感到震驚，余七嫂則為林老爺子的突然去世感到震驚。事實上，他並沒有去世，只不過是在康健之時提前準備一個長眠之地而已。海邊墓地上白色大理石的字他著意刻得特別清晰，名字、聲譽、事件、出生地，全部都要求盡可能詳盡，好讓子孫後代不輕易把他拋諸於歷史的塵埃裡。除此以外，他還認為大理石看似堅固實則本性魯莽，想讓它們獨自面對時光的殘忍侵蝕實在過於冒險，於是在雕刻之餘還令人塗上化學藥劑。那段時期他為墓地的親自設計煞費苦心，一度苦思冥想得近乎形銷骨立，以至於完工之際簡直都不敢相信。他在炎炎烈日下淌著油膩汗水審視了作品，目所能及的白色階梯下藏著他最幽暗的想像地域，在那裡無需開口，也不再有顫抖的希望，活著的無謂操心和物欲的驚奇都能在此得到安息。任何投入於此的陪葬珠寶都將化為深不可測的一聲迴響，並最終歸於黑暗審判。他在那裡看了很久才離去，路上一度懷疑自己是否就是某人在塵世的不死。這座凝聚百萬之資的墓地使余七嫂再次感到了對方的家產之巨，在此之前她還從未為自己家底的單薄而深為自卑。

「從前外頭的人是削尖了腦袋想要搬進來，現在厝裡的人是想盡了法子要搬出去。」她說。

為了讓她不陷入情緒危機，談話者特意岔開了話題，聊到了余三斤對於這座墳墓的嫉妒與諷刺，也聊到了古厝裡處境最不濟的杜嚇生，以及他女兒的婚事。她喃喃念道：「二十二歲了，也是要嫁人的時候了，家底是厝裡最沒指望的，那兩夫妻又都是『腦子不清楚』的人。還好長得不錯，近來也有人向她家做媒人。但不知怎麼的她就是

執意不從，死活不去！恰好那對爹媽也希望再把這個女兒當牛做馬使喚幾年，再嫁了收份財禮錢給她那個也有點癡傻的弟弟備著。事情才暫時被擱置了下來。要依我看，這女孩子就應該早出手才是。」兩人正聊在興頭上，忽聽得對門傳來一聲摔東西的聲音，往窗戶外一看，只見趁天晴回來的余家英子一頭哭一頭奔了出來，留著余三斤在里屋對著摔碎的瓷碗破口大罵。

　　她的怨憤積壓已久。余三斤早年未發跡時光景也還過得去，有人照顧他是老鄉，腦子又靈光，就讓他在廠子裡幫忙。不低的薪水使他吃喝不愁。有一天和別人在一起吃酒時，偶然聽說外頭女人陪酒來錢來得快，便當即決定要把年僅十七歲的大女兒送去酒樓陪酒幹幾年再回來。當場聽者無不側目，幾乎所有人沉默。有人勸他：三斤，你又不愁吃喝，何必這麼幹！余三斤答：全村子皆是精窮的窮光蛋，女娃子嫁也拿不到什麼彩禮錢。倒不如讓自己先行使幾年！況且這女娃子手不能提、肩不能扛的，陪人喝幾口小酒又有什麼！他決意如此，英子哭著求他，他又哪裡能夠聽得進去。不管不顧地打聽好門路，便把她送去了。眼下英子算是徹底在酒樓幹不下去了，而且還愛上了一個打工的老實小伙子，要辭職，這使她的父親暴跳如雷，以斷絕父女關係作為不可讓步的威脅，直接爆發了劇烈的爭吵。這個目光精亮、個頭矮小的小老頭近年來行蹤愈發詭秘，鄰居常在深夜之時聽見他在家中搬運東西的聲音，詢問之時他卻以無比銳利的言語宣稱這只不過是對方的幻聽。這樣的情況鄰居們也心知肚明不該去干預，感慨了幾句也就各自回家辦事去了。忙碌的半日內從前大廳至後廳門取之「十全十美」的十道門間人來人往，木質門檻上高低不平的平滑曲線，從大門外一眼望去層層疊疊，過往人一推便「吱呀呀」地響起。時間披著隱形衣和灰貓一起在古厝迴廊裡行走，夜晚的將至使夏日的燥熱煩悶也漸漸消失。

　　古厝裡孩子們因雨季在厝內受困已久，初醒的小獸般渴念那份戲院裡的熱鬧。這種同時投合大人們想法的建議爽快地被批准，並且出於麵包的請求順帶也捎上了夏蘭。到達之後他們才發現那片他們曾經有過的舊街區與舊集市已隨著雨季前漸進的修建工作而悄悄改變，而且相比之下眼前的景象竟比過往更讓他們產生不真切感：天空已變成甘甜的褐色海水般，開始向整個街區送出傍晚，在照亮他們的眾多百葉窗之前，低低的日色已賜福於稍遠處的各座雅致花園。高牆中的玫瑰皮膚寸寸舒展溢散出香氣，使得這裡彷彿成了被譜成一首詩的地方，而來自古厝的他們則彷彿成了落後巢穴的生物。百年前建造那片古厝的時候，南村人可以說是相當激動。這是一項浩大而又細緻的工程，因此，有史以來南村各種傳承下來的建築智慧，以及建築者個人持續的責任感成了進行這項工程所十分必要的前提。但事情進行得並不那麼順利，地權之爭和營建的諸多事宜引發了新的忌妒和新的衝突。也正是因為缺乏必要的專注，建造八扇厝的事進行得可謂是緩慢非常，或者說寧可在大家締結合約之後才得以進行。委任設計和監工人的事情也頗費了一番工夫，雖然那些較簡單的勞動可以從村民中僱得一大批想多掙一口飯錢的男人、婦女和兒童，即使無甚知識也可以施工得當，但是總負責人卻必須富有智慧，以便對整個工程的全域和細節都須有深切的悟性和領會。這個人最終被找到了，而且難能可貴地，還非常地富有使命感。從讓人在地基上放下第一塊石頭開始，他就憑此感到自己和這樁任務互為一體了。但施工過程中幾次遇到的巨大阻力卻使他萌生退意，幾個月後的夜晚，他累得幾乎昏倒，省視著已建的部分，頭腦卻還混沌地考量著手中還積壓著的興建工作，幽靈一般地在厝裡通道上漫遊著。一陣低聲抽泣的聲音在黑暗中傳到了他的耳朵裡，好像是什麼在容器裡絕望掙扎的聲音，從某一點開始轉弱，再然後，他竟怎麼也找不到它了。這使他開始為自己的健康狀況

擔憂起來，不得不再次打算起自己的辭呈，但每次決意要拋棄的時候又不能完全狠得下心，每每都是忍不住想起自己當初的那股衝勁和激情。等日子再度繁瑣寡淡起來的時候，他又覺得堅持的必要不存在了，因為自己彷彿連當初的那種感覺都忘了。但還是重新溯源了下，像一隻迷路的狼般把當初丟失的顆顆珍寶重新叼了回來，試圖恢復感覺繼續往下走。最後他終於明白了，在此事上，礙於當初的強烈情感，想要完全放棄只有一種可能，那就是：不僅忘記了，而且還忘記了忘記本身。否則潛藏的意識將永遠在他腦海中伺機而動，自由且不確定，可以永遠不是什麼東西，卻總要成為什麼東西，倏忽一下就使「現在」成為了對之無所作為後的自我否定和不滿足。在這樣主動的無奈後，他選擇了繼續艱難地推動施工進程。最後的結果使主人大感滿意，並且這種滿意還在厝裡的居住者中延續了數百年，無論從哪個角度看，他們的住處都曾經是此地最為文明先進的地方。正是如此，街頭眼前的這種新景象雖然讓令厝裡人們感到驚喜，卻也不由得有點心情複雜。當初古厝內新裝的第一個鋁合金門把曾讓他們體驗到了一種安全感，雖然它與其他古厝外部的所有陳設都不相稱，但總歸還是屬於這個所處時代的東西。對於那陣子熱衷古厝內探險的孩子而言更是如此，儘管他們具有探索精神，但當要闖入厝內那些帶著古老銅質門把的陌生屋子時還是懷有一絲恐懼。但此刻街區上厝裡人們都無意識地加快了步伐，似乎是急於找到那個他們雨季前充滿認同感的老東街。一路往下走的結果並沒有令他們失望，那條沉睡而混濁的小水溝很快出現在他們面前，上面還漂著孩子們投放的小小的彩船，在栗色的根塊激流中顛簸前行。旁邊被雨和猛烈東南風襲擊過的舊棚屋終於在遲來平靜中不安地入睡。而與之同在暴風雨中遭受過侮辱的肉鋪仍在街上炫耀著招牌，鋪內一隻瞎眼的牛頭正透過鐵架上垂掛的條條剝皮肉脯盯著周邊，薄暮之中自帶著一尊偶像遙遠的威嚴。這樣一看來，剛才的景象又彷彿都成了精心編造的謊言。

　　街角戲院內很快召集了數以百計的臉，不久後又有一批人泅渡著鞭炮產生的濃厚煙霧而來。為了打招呼他們不得不來回走動著問候，直到戲劇開幕，周圍的一切才重歸於平靜。黑暗中色彩黯然消褪，鬚髮叢生的臉、青春動人的臉、完全陌生的臉、生死與共的臉全都陷於沉於緘默之中。王大嬸來時並不著急，因為鄰居喜光伯今天自會幫她占位置，但入座後她發現心因、心由兩姐弟竟也由他們鄰居喜觀帶著出來了。孫子在她的軟言勸說下終於同意把零食分給平日孤僻的兩姐弟，但等他擰巴了半天走過去後得到的卻是兩聲禮貌的拒絕，即使他已經索性把糖果放在他的手心裡。為此他帶幾分尷尬歸位，開始打開蓋子吃小動物冰淇淋時才發現兩隻眼睛正望著他，不是別人，正是剛才堅定拒絕他的男孩。他頭髮亂蓬蓬的，衣服在戲臺的光下似乎還有點髒，一雙眼睛總盯著他看。這時戲已開始了，一個旦角穿著一襲白衣在火爐旁起火，「今天這位很美呵」，他的祖母議論開了。餘外便無雜音了，只有喜觀大伯邊看戲邊點了一下頭。那雙黑眼睛依然有意無意望幾下他，於是他往後一靠，借著喜光大伯的身軀，把他倆掩去了，等到他再往那個方向看的時候卻已經不見了兩個人的蹤跡。這場戲真正開始時並沒能吸引厝裡人們的注意，因為顯然那兩個離去孩子的家事更能引起大家的興趣。厝裡人津津有味地談起他們不負責任的母親、遠在義大利的父親、他們之間因為距離和時間被消磨的婚姻，以及雨季某天半夜女孩站在鄰居家門口叩門時請求的話語：

　　「阿婆，我媽媽出去玩還沒回來，家裡冷，我找不到厚的被子。我們能到你家裡睡一晚上麼？」女孩怯生生地念說。

　　這個場景喚起了在場母親的同情，以至於她們不忍心繼續話題，轉而好奇起了古厝邊那座被余三斤諷刺了無數次的大洋房的修建進度。如果說余三斤因為房產投資的創造的財富令當地人心生羨慕的話，那麼另外一群人他們則完全不知道從什麼根源開始羨慕。他們的

財富積累歷程是短是長幾乎無人知曉，只是突然某天，人們詫異地發現：一群極其美輪美奐，精緻高雅的建築彷彿在很短的時間內拔地而起，迅速地呈現了他們可能一生都無法完成的資本積累應該呈現的成果。那些擺放歐石楠與鬱金香的長廊，各座別致的亭臺，瀰漫著玫瑰芬芳的花園，無不展示著經歷後的成果，而主人們反倒對這些事情諱莫如深。這種神秘的態度不僅給他們本人，甚至還給他們所居住的建築蒙上了一層神秘而又迷離的面紗。女士們最終得到的完工日期是在秋季，一個很快將至的日子。

杜夏蘭對於這種討論並不在行，在她找到了合適藉口後便匆匆離席。戲院一樓的昏暗使她看不清周圍，待上了二層後，眾人與戲院的全貌才清楚。戲院格外大，雕樑畫棟，後面又有一個祭臺，幾根雕著龍吐珠大柱的矗立著，一串串亮燈纏在柱子上散發著光亮。上面又有一層看臺，書香墨氣，無人在上。底下人們是規矩坐著，人頭攢動，徐徐微風中飄來一陣清香：似橄欖又非橄欖的沐浴露香味。她默默地在略暗的迴廊邊望著這一切，也不言語。忽地一瞥，竟發現對面的迴廊上還立著一個淡淡的人影。她仔細端詳著，陡然一怔，不由自主地流下了淚水。

相似的情景是多麼地遙遠啊。當她十五、六歲的時候，略顯蒼白的靈魂第一次為某人熾熱地燃燒。那時，只要他不經意間那麼望她一眼，她都會不自覺地躲開眼神，因為她害怕深黑色的瞳仁中她認為顯而易見的秘密會被這個秘密的主人公看透。所以那麼漫長時間裡，她總共只望了一次他的眼睛，並且不知怎麼地突然從心底深處的某個角落來了股莫名衝動，抓住機會仔細地端詳了一下他的眼睛。直至那時她才發現，原來自己之前偷偷地抓住一切能望見他的機會，卻唯獨缺少了與他對視的勇氣！只是那次她看清了他的眼睛並且發誓矢志不忘，但是他卻沒發現她的秘密。這使她鬆了一口氣，但卻違背她意志

地傷心。此後兩年她為此屢加哭泣，也再沒有了對視的經歷。就是這樣，在她認為她最投入最忘我的時候，他什麼都沒有發現。而後他稍微溫存關心讓她感到欣慰，但心中不知為何卻也有那麼一絲不是滋味。她心裡再清楚不過，他們今後能走到一起，這其中的變數不知還要有多少。

這少女就這樣站在他的面前，漸漸暗下的夜色似乎頗合時宜地掩飾住了她已經燒得略紅的臉蛋，直至她覺得自己一時衝動而不知從哪萌發的勇氣再也不能支持她在他面前再多站一會兒，那人也終於從對面的迴廊望見了她。迴廊的光影黯淡，但直覺似的，他卻也不能不感覺到她那偶有飄忽的目光。許久未見，這樣的相逢也讓他的內心感到了一陣強烈的震動。周圍仍處於的幽冥，似乎預示著某種的開始。迴廊的陰影未能把腳步阻擋，就如黑夜的來臨般被走廊的那端察覺。樓下人們期待中的一首樂曲悠悠地繞上樑來，但本質上於此無任何輕重可言。在那個光線微暗如流沙的時辰，他的腳步彷彿遇到一條不認識的街道。天井下那高貴而寬闊的平臺、在屋簷與牆垣間展現出溫柔的戲劇色彩，彷彿那戲劇本身正在把背景震撼。也許正是那唯一的時辰，時間以某種莫可名狀的魔力抬高了那條迴廊，連同賦予她溫柔的特權。恍恍惚惚中，也不知過了多久，他們間的遙遠距離就消失了，夏蘭就看見此人站在了她面前。看他走過來的那一段路，她幾乎喘不上氣來，有時夜裡靜靜躺下的時候，恍然之間就覺得日子好空，空得有種只剩下心跳是真實的存在的錯覺，此時此刻也是同感。這樣地，他說出了話：「這些日子你還好嗎？」

「嗯，還好。」她答著，「我還不知道你已經回來了呢。」

「今天剛到。」他笑道，「這個假期特別短，不是接下來就要去上海工作了麼。」姑娘有些失落：「你要去了上海，我們見面的機會就更少了。」余承遠笑說：「這只是暫時的，我們的日子還長呢。」

她笑著低下了頭，正要回答，卻聽見樓下正有人在大聲喊她。原來是戲已經結束了。儘管有些猶豫，她還是對他甜蜜一笑說：「我先走了。我們下次再見。」便匆匆地跑下了樓去。

到位時人已經走了將近大半，麵包一見她便嚷說：「夏蘭姐姐你去哪了啊！我到處找你都找不到！」「我就是到二樓看了看。」她掩飾著。「我說我為什麼找不到你呢。」他邊說邊從兜裡掏出一粒糖，「這是我給你留的糖，你快吃，別讓帆子發現了。」夏蘭笑著拿過糖，隨人群領著他出去。上頭風扇仍在吱吱呀呀地轉，她在離開之際往樓上看了好幾次。余承遠目睹著她隨人潮消失在戲院盡頭，然後才踱步離開此處。他獨自盡興地走大街上，天色天藍而暗，西邊天已是一道一道墨藍，燈光柔和地浸在風中，輕柔的風、燈，以及那半個暈月把街道浸在一片如水的夜裡。戲曲已經結束了，他龐雜的思緒才剛剛恢復起來，腦海某些東西又開始緩緩地由遠走來，親切而又易使人精疲力盡。這裡的街道讓他讓他感到了一種久違的熟悉感，先前在城裡他還好久沒有這麼放鬆過。而昨天的這個時候他還在車水馬龍中和來來往往的人們擦肩而過。那裡的人群從不止息，在相當一段時間內都擁有一個固定的座標，屬於一個區，一條街，一個房間，成為龐大城市中的一個點，習慣於甲殼蟲似的汽車穿梭來往，把各人帶向各自的生活。剛進入大學時他曾滿心歡喜地以為這是他與這座城市建立關係的第一步。但經過那些燈紅酒綠的繁華道路多次以後，他才漸漸明白，有些事情一天沒定，他與這座城市的關係就一天不能穩定下來。那些夜晚中高樓大廈上幾乎每一間房舍裡都有一盞燈，芸芸眾生在燈光下經營著各自的生活，卻唯獨沒有一盞燈會隨時溫存地為他點亮。數以萬計遷移者曾小心翼翼邁過的那幾大步他都要再邁一次，難易未知，卻不可避免。他一路考慮著事情，直至街道把他送回住處。

這對年輕的戀人在夏末秋初又見了好幾次，但村裡人卻毫無所知。

　　那座即將完工的花園式大別墅在近期內成為街頭巷尾的談資。它果真在秋季時完工並且拜訪者如雲。心由在高階迴廊未乾的水泥地上偷偷踏上了一個拖著大棉鞋的腳印，那腳印至今還在，並沒有被施工時甚為吹毛求疵的主人抹去。因為他已經來不及或者說很可能也並不打算在此地久留。這位一時風光無限的主人在這個孤獨的孩子眼中的印象無非是那個陽光朦朧的早晨穿著白色絲綢上印著斑點的睡衣慵懶地出現在房子迴廊上觀望。總是頂著一頭稀疏的捲髮在陽光中打著哈欠，貌似這裡的美夢還甚不夠他度過。他離開之後沒多久，一群氣急敗壞的人們終於尋上門來，呼求無果之後，他們憤怒地用園子裡的石頭砸碎了那整面美麗而透明的深綠色落地窗。緊接著員警也來了……最後真相證明他不過是個徹頭徹尾的騙子，在捲上了為數甚多人們半生乃至一生的血汗錢後，他像一隻靈活的烏賊一般迅速地潛逃到了大洋彼岸。人們再也沒有得到他的任何消息。但是經歷了漫長而又無望的等待，數起自殺事件的消息卻接連傳來。那些無法承受一生的積蓄被席捲一空的人們經歷了眾多難熬的黑夜，終於選擇從或高或低的房子上一躍而下，在血泊與絕望中結束了自己的生命。整個家族都開始唾棄這位曾經引以為榮的成員，迫於壓力，他們中再沒有任何人搬入那座打上恥辱烙印的花園和房子。

　　於是，在相當長一段時間內，那座長滿藤蔓的花園都成了一座真正意義上的禁閉花園。失落的園內一切彷彿都失去了作用，連時間都好像要比外面的世界來得更慢。而那座逐漸沉於寂靜的房子則在許久的沉默之後找到了自己的一項功能：一大群烏鴉愛上了它南面許多外伸的塑膠管道口，開始忙碌地銜草築窩。而當夜晚一切再度歸於沉默之後，貪玩晚歸的孩童從路上正面迎向此處，發現這座睡在漆黑之中、綠玻璃窗之後的建築顯得略為怪詭。

　　除此之外，彷彿一切還按原來的軌道進行。那位孤獨的男孩依

然孤獨，南村的天氣也依然多雨。有時候，只要待在古厝迴廊的石凳上，心由就能在那裡乖乖地望著臺階下已經匯成小河的雨水流淌，度過一整個幽晦多雨的上午。

沒有人知道，自從那座花園陷於寂寞之後，他就經常去那座花園附近的草地上裡陪陪那些在他看來也同樣孤獨的烏鴉。這是他下午在附近陽光常照的堆石條小巷那裡玩時發現的一群玩伴。那時他在小巷裡一人分飾動畫片裡的兩角，實在演累了就望一會兒那些從亂堆的石條縫裡抽生出來的細長小菊花，他覺得它們金色而甜蜜的微笑一點兒也不比那座花園裡的名貴花兒差。某天等到太陽西斜，小巷裡的陽光完全被抽走，小菊花也完全閉上容顏的時候，他才發現原來附近有一群好像很孤獨的鳥。他開始陪伴它們，讓日子繼續一天天平凡地流逝。

這場預謀已久的騙局讓村子裡的一大批人沒了過年的心情。但無論有沒有這種心情，年都是不緊不慢地來了。對余家英子而言，這不啻是個心酸的年，自上次哭著從古厝裡跑出來後，她就再也沒回過那個冷漠的家。芳子一向懦弱不敢言，從小到大都沒什麼主張，雖然心裡心疼姐姐，卻也不敢在余三斤面前提這件事。眼下正是天氣最冷的時候，英子懷孕了，不能幹重活，小倆口的營生變得愈加艱難起來。

她腦子裡曾有那麼一刻浮現過回家借點錢的念頭。但很快就淹沒了。父親的秉性她再清楚不過，雖有百萬家私，但卻斷然不會蘸一點給他女兒！她這樣想著，一個模糊的藍衣女人形象漸漸向她靠近。那是她的母親，在她五歲的時候她就離開了她。這形象使她更加傷心，忍不住向丈夫哭訴自己跟著此等父親所受的委屈！她從小逆來順受，任勞任怨，而當初余三斤為了進採石場謀個職位，竟忍心把年僅十六歲的她送到石場管事二頭子的床上，那二頭子把她的褲子都給脫

了，她就一直哭一直哭，那二頭子不忍心，也就沒下手。結果如今余三斤還大罵她翅膀硬了沒良心！英子邊說邊痛哭不已。丈夫很是心疼卻不知該如何安慰她，除夕之夜再一次感受著她的淚水在他的肩頭肆淌。

　　女兒的事並沒有攀上余三斤過年的心情，這個年他心情大好，倒賣城裡的房子在他豐厚的家產上又添上了不菲的一筆。多年過去了，他一向以貧苦的童年作為自己能夠體恤民間疾苦的證明。事實上連他自己可能都沒有意識到，順風順水所造就的頤指氣使早已逐漸轉化為滲入骨髓的傲慢，而那隨興想要壓人一頭的優越感則時時刺傷著那些小心翼翼的心靈。這是年味最濃的時候，也是整個家族氣氛最歡樂也最詭異的時候。所有的人都厭惡著他，所有的人也都笑臉迎向著他，至多在有些實在笑不出來的時候流露出一種短暫而又難堪的沉默，勉強掩飾一下心中深沉的鄙夷。 對這些人們而言，余三斤那操著一口濃厚鄉音的：「錢最親！」已經成為了他揮之不去的標籤。除夕當天所有計畫歸來的海外之人都已如期到達八扇厝，這使古厝裡的生命氣息一下濃郁數倍。昔日一些幽遠僻靜光長藤蔓的天井走廊很快變成喧鬧的談天之地，暢聊之歡彷彿見得縱然歲月蹉跎天各一方，彼此之間依然深情不改。整片古厝中唯一聽不見喧鬧的地方就是那間看不見的永淨屋子。多年前出國熱潮剛過時，拜訪古厝的人幾乎必然要對厝裡的人口結構表示吃驚：整個古厝幾乎就只剩下了白髮蒼蒼的老人和少不更事的孩子。五分之四的中青年人口彷彿一夜之間憑空消失。離開的最初幾年對於跟在老人身邊時常哭鬧著要父母的孩子而言相當漫長，而對於他們那些前往海外謀生的父母而言，這才僅僅是個艱難謀生的開始。多年後當他們從世界各地回到這片土地上的時候，另一群帶著各式各樣異國名字的小孩子也隨之同時出現在了古厝裡。一位叫做賽琳娜的義大利小女孩由於鄉音的略有差異幾乎擁有了十幾

個小名：從賽琳娜到莎麗娜，從莎琳娜到小琳娜，從小琳娜再到小麗娜……到最後連孩子的中國外公也不知道到底誰的發音更標準。小女孩對古厝裡的一切都感到新奇，卻唯獨對天井中的玫瑰感到了幾分熟悉。當晚古厝夜宴中男人們聊起厝裡各家各戶的發跡情形以及部分孩子以升學方式改變命運的可喜事情。但也並非所有消息都是好的，就譬如杜夏蘭的父親以及余老太太的病情。前者一如繼往，喝酒鬧事，年關未過便帶著全家去異鄉討活計，讓所有厝裡人都堅信杜家的日子已經不可逆轉地處於糟糕境地。後者則一反常態，由九十年奇蹟般的無痛無病一下子陷入到魔怔狀況裡。癡呆後她時常頭髮散亂地吵嚷呼喊，牆壁上也逐漸塗滿荒唐的地圖和奇異的符號，只是在有些稍微清醒的時候還會淚流滿面地念起自己的女兒。善良且年邁的兒媳對余老太太大多數時候的妄譫囈語都缺乏理解能力，但嗅出事情有幾分不妙，便決定按照鄉裡的規矩打一個金戒指，再找一個年紀相仿的婦人戴上作為老太太的乾女兒，因為幾十年來的尋找未果已經讓她對那個失蹤孩子的健在產生了懷疑。杜夏蘭未歸的表妹杜若則理所當然地成為眾人誇獎的對象，她的路走得比人們預想的要好，一度打破了南村對於女孩根深柢固的偏見。　余五叔為自己外甥女的成就而自豪：「杜若這丫頭，腦子好，又長得好，嫁個好人家是跑不掉了。」他樂呵呵地說到。余三斤喝得半醉，冷聲一笑：「這可不一定。你以為長得好就一定嫁得好了？這還要看命運！」席間頓時鴉雀無聲。愣了兩下桌子那頭才有人接話說到：「要說這讀得好，厝裡還有一個丫頭，先前讀得和杜丫頭那是不相上下！」旁人忙問：「那是誰？」他說：「就是不久前投奔她外婆余三嬸的連星啊。」說罷嘆道：「可惜這孩子她命不好啊。爹媽到法國打零工待了近十年，好不容易攢下一些錢。拖著小姨子拿到印尼投資，卻賠得血本無歸，還連帶著欠了一屁股債！」他又搖搖頭說：「正是缺錢的時候呢，偏偏這丫頭就病倒

了。心臟病，忒花錢！」眾人一直沉浸在分外熱烈的討論空間裡，直到古厝深處傳來余老太太清晰而又撕心裂肺的悲鳴：「造孽啊！造孽啊——」。

初歸的人們因這響徹整個古厝的叫聲而恐慌，但厝裡人卻習以為常——每夜七次，連清晨時分也有三次——余三嬸多次虔誠祈禱這鄰近的叫聲不要引發外孫女的病情。

連星恰恰因這聲音而更覺淒涼，就連心因的陪伴也不能使她靜下心來。她聽著喧鬧與悲鳴，幽幽地說到：「我在這裡天天看著老太太，有時越看越感慨。她念著女兒，我念著我媽。她不知道這輩子還能不能再見到到她女兒，我也……我也不知道能不能活著等到我媽回來。」她哽咽著，抹了抹眼淚：「很多年前我媽回來過一次，機票貴，她也怕回來了就回不去了，難得回來一次。我外婆燉了雞湯，領我到機場去接她。當時我媽就站在我面前，我卻不認識她。我還以為，她是個路人。」

這些話使心因的眼睛盈滿淚水，儘管她們在夏末秋初才認識，但眼前的這個人卻以無比的溫存和友善填補了她的孤獨，她不自覺地握緊了連星的手：「我爸爸也出國很多年了。他們分開這麼多年，早沒了感情。我媽在家，也好像不在一樣，就丟著我和弟弟不管。連姐姐，有時候我都在想，要是我替你受這罪，那就好了。」連星忙堵住她說：「別瞎說！你一定會好好的。你的爸爸還沒回來呢。」她往後一靠，聲音裡有些疲累：「感覺我媽這半輩子都活在逃和追這兩個字裡。不知道有一天我若不在了，情況會不會有所不同呢。」她這樣說著，窗外的煙花又開始大片綻放了。南村的人們紛紛開始祈福。一年到頭經久不息的掙扎所產生的疲乏感，以及掙扎過程中面對環境的式微而產生的無力感與卑渺感，似乎注定要用某種精神層面的東西來暫時消解。這片煙花一直到午夜才不再起伏於天幕，給這個夜晚讓出了

一片喧鬧後的死寂。整個古厝裡的色彩也開始因漸感疲憊而萎縮。連星依然沒有睡，她望向窗口，又看見了天井上方那片習以為常的深黑色蒼穹。自從她生病臥床以來，望天成了她為數不多的消遣。對面向著天井傾斜的屋脊就好像是向這房間照常引入天空之河的通道：古厝裡裝著的夜因此變得更加深邃，口罐似的庭院也被這管道逐漸灌滿了凹面的水。一道道被風推出的無限紋理不時攪亂她的心思，同時把她往孤獨中按得更深。可是今天，她的感覺無聲無息地變了，一種隱秘的感受開始爬上心頭，彷彿在那星空的岔路口開始有一種永恆的東西在等待著她。它在向她授意，在向她邀請這黑暗中密謀的友誼。她感受著這種密謀的邀請，看著星光在黎明的寒冷中漸漸消逝，連同屋內的她，也逐漸冰冷了。

她在第二天上午被發現，彼時余三斤才剛與麵包因為從林老爺子家拿了一大個紅包而拌嘴。這場拌嘴還沒結束，就被余三嬸悲慟的哭聲打斷。厝裡人無不為這樣特殊日子裡的突然離去而感到震驚，除了余三斤。在他看來，死者甚至不是一位死者：那只不過是死亡。孩子的母親在兩天後到達。她在夜晚的庇里牛斯山脈聽到熊叫時恐慌而又近乎絕望，想著半個地球之外的羸弱的女兒又太不忍心就這樣奔赴死亡。而如今，當她熬過十幾年的思念，越過歐亞大陸與茫茫海洋回到這裡時，見到的卻是唯一孩子的冰冷屍體與黑色靈柩。

這場簡陋的葬禮橫亙了古厝的這個新年發端，以至於厝裡孩子識趣地避開了忙成一鍋粥的大人們，開始了他們新的探險。他們開始到處埋下彈珠，並且相約要世代保守並流傳這個秘密，讓百年之後的子孫找到並且挖出這些古董玻璃彈珠。但是這個計畫很快就破碎了，因為鎮上好像裝了發動機一般開始快速發展起來，到處蔓延的水泥讓他們在鎮上土地裡幾乎無處不在的藏寶永遠成為了秘密。

此次建設的直接後果之一就是使八扇厝到林老爺子家成了出村

的必經之路。這樣的變化讓余三斤痛苦不已，因為他幾乎無法忍受頻繁性地去目睹並接受這樣一個事實：這個村子裡還有遠比他更富有的人。林家新修的花園讓他痛苦，林家兒媳說扎頭髮的橡皮筋沒了要再去買幾個也讓他痛苦，每逢這時吝嗇鬼老頭心裡就又不高興地嘀咕起來：這小娘們，整天就知道亂花錢！一個月後的某天他再次因為類似的不忿氣鼓鼓地回到家中，讓英子拿出三個月前打算給她買年貨的一百塊錢，英子哆嗦了一下，結結巴巴地說：「連星辦喪事的時候，我拿去給她外婆了。」這個回答讓余三斤全身的血液近乎沸騰，憤怒的汁漿頓時爆湧浸透全身：「什麼！你這是吃了雄心豹子膽了嗎！你姐懷個野種回來向我借錢我都捨不得給，你居然把錢送到外人家去了！」他顧不上吃午飯，直接衝到了余三嬸家，開始向她訴苦自己借了多少多少高利貸，讓她明白下事理，把錢還給他罷。老太太臉上無言以對的表情讓在場的每個人永生難忘。她默默地走到了里屋，從屋裡那個帶鎖的木箱子的最底層，拿出一個鐵餅乾盒。有毛票，有一元的，五元的，最大的面額是二十元。零零碎碎湊足了一百元，給余三斤送了出去。「英子不懂事，你別介意。」余三斤笑道，很快地回去解決了午飯。

　　幾個月來影響他食欲的林家眼下正忙著修門檻，那門檻從正月以來就快被踩斷了。門上之客來了一撥又一撥，使得林老爺子不得不開始考慮如何重修大廳，好讓大家有個更寬敞的地方辦宴會。多年的商旅生涯使他對人情人性看得更透澈也應對得更從容，但垂暮之際幾個兒子的不爭氣甚至出現隱隱互相傾軋的傾向時，卻不能不讓這個即將老去的人寒心。他近年來黑夜裡不時被自己的悲傷亦或是夢中擁擠而緊張的過往驚醒，不知為什麼，他常夢見自己在趕火車。對於自己的噩夢居然是趕火車而不是對於那個年代極度饑餓的印象，他感到略微詫異，因為童年時代他經常推著一輛印象中極其巨大的裝乾柴的車

路過村口，眼巴巴地目睹村口的老漢在他面前咀嚼著一碗稀湯稀水的地瓜片湯，那時他還未嚐過地瓜的滋味，張望的時候心裡更多是神往：若是嚐到它那就應該是上天一般的感受吧。這僅僅是他關於饑餓記憶的一部分，可近些年來它卻彷彿隨著時間的增長而愈加清晰，某天他甚至恍惚想起當天躺在那車柴火底下的一束黑色蘑菇。那時他並沒有特別留意，可是一年年過去了。它在他的記憶裡似乎逐漸膨脹，那來自饑餓年代的、帽子形狀的黑色蘑菇頭，一度在他夢魘裡籠罩著整個大地，它所吸取的汁液與營養又正是來自於那塊幾乎餓死一大批人的土地……一旦回憶如潮水般退去，餘下的更多時候是被一種無形的傷感迷霧所充斥，有時竟忍不住老淚縱橫，若不是心裡還感念著上帝的恩慈，他簡直不知道該怎麼活下去。年輕時對於赤貧的恐懼所催生的奮鬥信念支持著他幾乎無畏貧窮以外的所有困難一路向前，而今他卻產生了一種清醒的困惑。

林老爺子不得不開始著力掩飾這種精神狀態帶來的後果。但是還沒等到他擔心狀態被其他人察覺，整個南村就被一條突如其來的消息震驚了：

他們村的第一個大學生余承遠被磚頭砸死了。

廣為流傳的版本有好幾個，有的人說是意外，有的人則堅稱這是一場遭人暗算的陰謀。杜夏蘭因此而昏厥，等到再次傳來消息證實他沒死而是變成了一個植物人時，這位可憐的姑娘卻已是神志不清。就在人們還沒完全搞清楚這兩件事情聯繫的時候，王家的二兒子因這場意外而得到了一筆飛來橫財：他很快拿著這筆單位給的賠償金付清了多日以來憂心忡忡的房子首付，正式和妻子成為了那座城市的一份子。這種陰差陽錯的際遇讓村裡人對此事的情感十分複雜，悲憫、妒羨、驚奇、惶惑，全都隨著不計其數的言語洪流分支滲入到瑣碎日子裡的大小毛孔。

　　村中議論如此熱烈，林老爺子根本無法不得知此事。但他沒有討論的心情：一場不可遏制的危機正向他襲來。在失意的廳堂裡，不見了過往那熟悉的人影。在這些身影中，他自己要麼是知心的朋友，要麼是獨斷的暴君，要麼尋求及時的幫助，要麼則做出慷慨的捨予。而現在，四面襲來的孤獨充斥了這一瞬間，屋內安靜地幾乎令人無法適應，連鏡像都一同陷入沉默。鏡中影像並不像過往那麼清晰，而是隨著黃昏下古厝內逐漸萎縮的色彩而顯得模糊而陰暗，彷彿一座霧山的暮色。顯然它的主人已沒有像過往那樣關心它的擦拭。他的思緒正在被特殊時期下的猜想和焦慮占據，屋外那綽綽約約的談論不時打擾他的心思，如深不可測的深淵因小石子而蕩起一聲聲迴響。人事的無常使他的名字從村子裡的偶像名單上逐漸一路摔到了聲名狼藉。彷彿是由他一個人刺傷了這個村子的歷史。很快地，一大批人們遺忘症似地把他從交往名單中抹去，並且開始細數他捕風捉影的種種罪孽。其實倘使他們將其與時間的惡行相比——就會發現那只不過是一聲轉瞬即逝的嘆息。但是現在，他就是他們孜孜不倦攻擊的目標，板上釘釘的不朽。而他只能以緘默掩飾這無法逆轉的事實。過往他已經歷了太多看似永不弭合的傷口，容納了它們流血。幸運和懲罰對他而言早已屢見不鮮，也明白有時只要眾多事件中插入一個小小的意外，就足以讓某些東西化為灰燼！過往的舒心爽氣中偶爾他也會步入惶恐的境地，但是現在，居然有了一絲悖論似的放鬆。最不該放鬆的時候有了這種放鬆。因為在他看來，貪婪的匕首刺到誰的身上也不過像先輩斷言的那樣，是個命數的問題。

　　這個在林老爺子看來屬於命數的問題對八扇厝裡的人們而言無疑是個晴天霹靂。因為長久時日來他們給他的不僅是交情，還包括了真金白銀的投資。但他們還抱著一線殘存的希望，不敢徹底與之鬧僵。林老爺子在這種情境下久違地造訪了古厝。按捺不住的人群迅速

把他圍了個水洩不通，他支撐著拐杖，耐心地解釋過去。等到人群許久後散去，他逕直拜訪了發小家。談話過程中諸多往事娓娓道來，林老爺子甚至還談及了他的那座白色巨墓的修建過程。不久前他才視察過那裡，走上依山而建的白色石梯，頭一件事就是順著石路往他曾費心許久的墓碑走去。結果使他鬆了一口氣，那個用化學藥劑塗過的仿古石碑在天光下側影更加線條分明，經歷了長期曝曬後它的臉上瘀腫散盡顯出雪花膏般的光暈，彷彿露出了笑容。它的抒情氣氛和大山的粗獷有些不符，卻絲毫不妨礙它作為他眼中全山最有詩意的一個小角落：矗立高山，從那兒可以眺望大片海洋。他直覺般地順著墓地旁另一條小路和高陡而幾乎垂直的海岸一路下去，看見兩旁是些大土塊和荒草。小路的盡頭在下面很遠的地方，海水就在那的沙灘上輕聲低吟著，發出嗚嗚的聲音。他走到海灘邊，摸到一條青石板坐下了來，目睹著海鳥在濃重的黑暗來臨前迎接海洋低抑而氣憤的咆哮。它們雖然能利用風和海流，卻法控制這自然的力量，揮動的翅膀一會兒衝向雲霄，一會兒則近乎淹沒於這掀起的海浪。有那麼一瞬間他覺得自己跟瞎子似的既看不清海洋，也看不清天空，坐在海灘上，卻連海灘也看不清，這時候，在整個世界上，他只覺得他那長期憂思後帶著些麻醉的腦海裡有些思想在漫遊，此外，在海灘的一個地方，有一種被看不見的力量與氣息庇護著的喧鬧聲。隨著他的視線逐漸清晰起來，最終呈現在眼前的海洋跟幾十前他離開家鄉首次到外拚搏的時候一樣：莊嚴、陰沉、廣闊無際。薄暮海岸邊的最後一批孩童正在逐漸遠去，這時他才深刻地發現一代人是怎樣急急忙忙地替換另一代人。這使得他不由地斜起眼睛仔細而又懷疑地瞧著這片海岸。不知什麼緣故，面對這廣闊的海洋，心境憂鬱之中竟然還攪混著浮起一種信念，認為他會在默默中活下去，死掉，於是他信手拿起一根樹枝，趕緊在他隨手碰到的沙灘上寫下他的名字。荒涼的潮水在他身邊悄然爬上海岸，隨後

又像死去的人一般無力地消失在沙裡。一種強烈的渺小和微不足道感隨即湧上他的心頭。他開始把沙地上夢幻而軟綿的字跡加重。漸漸地，又開始流淚，多日壓抑後不由自主、低沉斷續的抽泣在某一刻終於崩潰為淚如泉湧。在那一瞬間同時忘卻了其他的一切而只顧像孩童一樣奮力刻劃著，直至一股從尾椎骨竄上來的寒氣勒令他突然停了下來。因為他意識到這種做法和當初著意要把墓碑上的字刻深其實別無二致，而且，刻著他名字的墓碑還就在不遠處：從建成的那一刻起兩者之間就已結下生死之盟的無聲承諾。他沒有告訴對方這件事，但還是與之暢聊許久，天色近晚後喜觀伯才送他出古厝大門。第九道門到第二道門兩人一直一言不發，直至即將出大門時，喜觀才開了口：「事情總會找到門路的。」黑暗中的對方笑了一聲，戴上了他的帽子：「門未必都是出口啊。」便從大門口走入了另一片黑暗之中。

三天之後，他離開了南村，十年後在死前還清了最後一筆人情。彼時白色巨墓上已是荒草萋萋。

杜夏蘭事件繼續在南村人們的口中發酵，雖然長期以來這對情人過於幽蔽的約會始終沒讓第三者成為目擊證人，以及總有那麼一撥人把她的發瘋往中邪的觀念上帶，但八扇厝居民基本斷定她和余承遠之間不可置否的關係。村中的長舌婦們在此時期內得到了充分的發揮空間，因為很快事情在她們預料之外走向了另一個極端：瘋姑娘成為了父親工友的獵物，他用一顆蜜餞引誘了她。杜嚇生對此怒不可遏，但翻遍十里八鄉都無法再找到這個人影，索性直接把夏蘭扔在地上，氣憤地踹她的肚子，罵她蠢豬。無力反抗的姑娘流了血，等到再被送到醫院裡去的時候，醫生下了診斷：她已經再也不可能有孩子了。這個告知，杜嚇生誰也沒有說。

村中話題很快進行了更新，唯有余老太太的呼喊一成不變。對荒誕夢魘的恐懼和來自饑餓記憶的折磨使她開始偷偷地私藏她所一切

能找到的糧食。很長時間之後，孫輩們才發現，除去之前從櫃子裡扒出來的腐爛菜葉不算，她屋子中那些典雅古樸的黑木家具裡竟然還藏掖著大量發黴的地瓜乾，就連那張紅漆描金古董床也不可避免地成了窩藏地點。她在清醒和糊塗的邊界沉浮著，一直漂蕩到了她百歲生日的這一天。這天年邁的兒媳照例在晚間走入她的屋子伺候她睡覺，發現她既不喊叫也不亂翻，而是十分安詳地坐在那裡。她為這看似安穩的夜晚感到滿意，詢問這位壽命即將跨過一個世紀長度的人為何不睡。老人緩緩地抬起頭，告訴她：「有個小孩坐在那，我睡不著。」

這個回答使她已經當了奶奶的兒媳大吃一驚。她慌忙找來了鄰居喜觀伯，讓他看看到底有沒有什麼所謂的小孩。喜觀伯再次像他們平時搜羅老太太私藏的糧食那樣把里屋搜了個遍，一再確認並沒有什麼所謂的小孩後主人才放他走。第二天傍晚，余老太太再次開口：「淑英，我要走啦。」她坐在床沿，平靜地說。兒媳對半個世紀後再次從她口中聽到的自己的名字感到激動，同時也明白自己漫長歲月裡與她作伴的經歷即將結束。她唯一愧疚的，就是那枚金戒指因為種種原因的干擾還沒打好：既不能給她一個血緣上的女兒，也不能給她一個名義上的女兒。

孫輩們與曾孫們紛紛來到來到她的房間，準備目送這位古厝中首位過百歲的老人走完她人生的最後一程。余老太太繼續著她的平靜，什麼都沒有說，只是流著眼淚望向上方。過了一會兒，她閉上了眼睛，嘆了一口氣，兩串熱淚便隨之流下。靜默半晌後，又緩緩睜開了眼睛，再次看了看這個世界，也再一次沉重地閉上了眼睛，流下了眼淚。這一次，她的雙眼永久地閉上了。

此夜後連綿的陰雨重新復蘇於村莊，使得雨後的道路化成一灘灘泥漿。又很快在正午暴君般的太陽炙烤下滴水不剩。送葬隊在熱浪的幻影中消失於村內，只留下一串串車輪。輪痕如活活餓死後攤在貧

瘠乾泥上如一隻隻蜘蛛，目送著牛車嘎嘎作響，搖晃著爬上山坡。大半天的顛簸之後，破鑼聲最終先於山坡背面轟然浮現的馬車到達墓地。放在地面上黑色而龐大的棺材就如同死亡遺留的斑點。棺中人帶著如大多人一樣的生存狀態進入了土中：既非勇士，也非懦夫。

葬禮結束後，死者兒媳重新走進里屋，發現了一地破碎的鏡片。

在此後相當長的一段時間裡，心由幾乎都是在他人的哭泣聲中成長的。他住在八扇厝的後落，大天井兩旁相對四件疏遠，但卻阻擋不了停棺房傳來的親屬哭聲。古厝附近的逝者都在厝中後落的一個大廳裡舉行葬禮，入土之前厝裡的另一個小廳都會以包容者的姿態讓這些匆忙人世的過客再停歇一個夜晚。在無數個夜晚中，心由都是在道士喧鬧的念經作法聲混合著親屬哭聲的背景中入睡的。哭聲極為豐富，或高亢或低沉，或嚎啕大哭或抽抽噎噎，聲音中隱藏著送行者各種各樣的情緒。也就是那個時候他發現，很多人都是在黑夜裡去世的。多次以後，他開始習慣性地安穩睡去，有時在入睡一陣後醒來還會沉下心來仔細地聆聽這些聲音。那時候多半家屬和道士們已經休息了，聲音也調成了低沉柔和的哀樂。這聲音多數情況下使他首先想到的不是死亡，而是出生。他想到了連星很久以前給他講過的那個安徒生故事：「在滿天星斗的夜空，我們常常會看到有流星劃過。它好像落下來了，但誰也不知道它落到了什麼地方去了。於是有人說，一顆流星就代表著一個靈魂，是天上送下來的一個小孩子。它輕輕地在天空中飛，然後風把它送進一朵花裡面去。這可能是一朵玫瑰花，也可能是一朵蘭花，或是櫻花、蒲公英什麼的。它躺在花裡面，恢復它的精神。它的身體是那樣輕，就連在花間來來往往的蜜蜂也能把它帶到陽光中去，將它放在睡蓮的花瓣上，它從這裡輕輕地飛到水裡去，它在水裡睡覺和生長，直到有一天鸛鳥看到它，於是把它送到一個盼望有可愛孩子的人家去。」他這樣想著想著，淚水就忍不住流了下來。

他想起了以往共度的那些美好時光。在她死後，他毫不懷疑她就是以這種方式離開人世的，只不過，目的地換了：由人世換成了天堂。可以說她的到來改變了他的生活，似乎是命中注定一般地要把他從原先的那種孤獨境遇裡解救出來。自那之後他開始對鳳仙花如何染黃指甲感到好奇，開始琢磨著如何把植物碧莖抽絲剝肉地做成手鍊、項鍊、以及垂掛式的耳環。某個秋日裡天色還略黑的清晨他趁早給她送去了一條綠莖手鍊，詫異中她笑著接受了這份禮物，並且讓他指導她如何把它戴上。指導後戴在她蒼白手上的深綠色手鍊熠熠發光，每一個碧綠的粒子都鼓足了飽滿的精神，永勝於他此生所能看到的所有珠寶。那個除夕夜晚由於在外玩耍而沒有見到她的最後一個夜晚，一度使他深深悔恨。沒有人知道，在厝裡人匆忙地舉行葬禮之時，他孤身一人偷偷地潛入了那間屋子，趁著她的東西還未被徹底搬去偷偷拿走了一張她的照片。某個晴朗午後她曾笑著給他看過這張照片，而那時的情景他畢生難忘。他把照片夾在她送他的童話書裡，並夾上了一朵天井裡掉落的玫瑰花。後來他還在那裡夾上了四葉草、紫羅蘭，以及藍色碎石坑邊摘下的不知名草葉，但最終無一保留下來。只有那朵已經枯萎發黃的玫瑰，靜默地陪伴著那張同樣逐漸發黃的照片。他一直秘密地守護著它們，多年後也同樣把它們帶到了父親寄來的錢所建造的房子裡。

離開之前古厝中夏天的炎熱幾乎令人難以忍受，他經常在午睡醒來時，看到草席上汗水浸出一個輪廓鮮明的「大」字，而汗水的浸泡也使他本就瘦小的身軀更顯蒼白羸弱。某天中午他再也無法忍受這種炎熱，毅然決然從床上爬了下來，渴望在偌大的古厝中遊蕩出一個清涼之所。彷彿受到了某種力量的牽引般，在一個偶然的轉角後他看見了那個發揮太平間作用的小廳：它就躲在古厝西北角一個廢棄的書齋旁，屋內黯淡的光影使它顯得有點神秘。他走了進去，第一次在古

厝中發現了個極其涼爽的地方，顫抖的驚喜使他直接在那張寬大乾淨的石板床上躺了下來。一股清涼平靜的感覺迅速湧上了他的身心。

「死亡是涼爽的夏夜。」

多年後他在書中看到這句話時，不禁聯想到了這個遙遠的午後。想到了那間送走了無數生命過客的房間讓他感受到的不是死亡，而是幸福和感動的生活。

他完全無法把這種寧靜混同於死亡，並且為自己終於找到了這個中午渴望的清涼而愜意。儘管只是渴望在這個午後有一個相對舒適的睡夢，但他還是不由自主地感到了一種短暫震顫的激動。臨近廢棄的書齋繼續在常春藤中沉睡，草木新發的生命開始在那滋長。空間與時間彌補了書齋那已原本不再完整的輪廓，就好像是古厝心靈魔法的延伸。書齋牆垣上常春藤映入房間的綠色使夏季的暑熱進一步消失，它溫柔的蔭影，使他浮想到了童話中四季如春而又美好安全的秘密花園，想到了托著飛鳥、搖盪枝條的輕柔微風，想到迷失於過往的過往。許多生命中不可思議卻又看似平凡的奇蹟，逐一在他的臆想中再生。它們曾經妝點了他的日子，如今終於找到了安放的位置。

八扇厝裡的大人們對他的避暑方式沒有產生任何注意。他們各自忙於各自不盡的煩惱瑣事，並時常為林老爺子的動向而憂心忡忡，偶爾才會聚在一起消化一下村子中的各種最新八卦。種種話題圍成一圈，某年某月又兜到了杜家身上，他們開始聊起杜嚇生如何在一個沙塵瀰漫而又晚霞緋紅的傍晚以兩串鞭炮的代價賣掉了自己的女兒，聊起遠村白癡的母親如何毫不知情地買走這位所謂的新娘。遠村老太婆發現真相之後大呼上當，動不動就操起竹掃把開打。鄉下女人最陰狠的打架招式也開始在此間顯露：她把兒媳逼到土牆角，一手掐開嘴，另一隻手就用手指伸進嘴裡摳舌底，而且要把舌底摳爛，這樣夏蘭就會奇痛無比，而且傷口非常難好，吃飯喝水都困難，更無法跟旁人訴

說。這些話題引起的評論和嗟嘆其實與當年並無甚差，只不過永遠缺席了余老太太那一聲聲「造孽」式的呼喊。直至某日又一條消息竄入村中，街頭巷尾的議論再次被掀到了高潮，余七嫂忿忿不平地跑回家去告訴自己的女兒：「你知道嘛？杜嚇生的那個女兒杜夏蘭，她居然跟一個七十多歲的老頭搞到一起去了！」她一邊說一邊嗟嘆：「唉，她才二十多歲啊，別人家的女孩子正是水靈靈的年紀，她卻髒兮兮得像個四十多歲的樣子。」

那段時日的血紅日落總是令村裡人感到不安，無論是浮華富麗之戶還是一貧如洗之家。夕陽掙扎於模糊而略顯黑暗的閃耀。彷彿使地平線生繡，也彷彿使這個地平線上的這個村莊再也留不下任何喧囂與自負。古厝的主座照壁映射著這種色彩，門前大埕石鋪成的地板則彷彿要竭力抓住這緊張而奇異的光芒。而要抓住這種光芒又是多麼地艱難。只要日子一黯淡，人類對黑暗的一致恐懼就更容易被強加在心靈空間之上。

毫無防備地，一場迄今還未被探明原因的大火在那陣子席捲了八扇古厝。瘋狂搶救後人們以為古厝真是要死去了，但又一次，這古厝自己拯救了自已，雖然內部牆壁焦黑，但卻堅固非常。大火過後厝內時間漫流得更慢了，天井中泡著灰燼的汙水安靜虛構著骯髒而浮現五彩的光影，它似乎心懷著某種歉疚：一種離開母體的愧疚。水是這些灰燼每天復活的同謀，帶著灰燼尋找它原先的位置，漫流著向那個相應的受傷地點靠近。暗中窺伺的貓在厝裡已經蒼白貧乏的天光邊對此舉表示驚愕，它們還保存著古厝牆體原先的灰色，就好似被抽去堅硬輪廓的紀念品。它們冰冷地看著這一切，暗地咒罵這種好心的行為。並在黑夜裡進一步發出嬰兒似的啼哭表示控訴！與此同時偶爾光臨古厝的一隻杜鵑不忍至極，它用了整整一個季節才在消褪的黑夜裡找到了那棵去年的樹，卻發現它已經被做成了厝裡的那豎瘦黑衣架，

並且因為大火而淪為了失明的死者。超越生死的情誼使它不顧野貓的覬覦，衝過庭中那叢如火的義大利紅玫瑰，含淚為之唱完了最後一首歌。淚水融入了那灘汙水，連帶著變成了水流的一部分。

搶救時從古厝裡搬出來的一具黑色空棺材被寄放到了厝邊新建的心由家，每天放學回家推開後門的第一眼他都能看到這個黑色的龐然大物。黑色的棺材倒映在瓷磚上，就好像一朵顧影自憐的黑水蓮。

此等景象使他在棺材被搬走後的很長一段時間內都不敢靠近這個角落。余三斤家的神龕在這次大火中燒得焦黑，這使芳子有生以來第二次有了勸他換東西的行為，她父親的回答很簡潔：

「有什麼好換！神靈不會在意這些東西的。」

他繼續使用焦黑的神龕，無視古厝裡的原住民們在這次大火後紛紛搬了出去。不久後，一大批從內地來此打工的人們攜家帶口搬入了這片百年古厝。這是一批來自遠方的人。男男女女都挺年輕，帶著源自故土的鄉音，是一群熱愛吃各色辣椒、熱情非常的居民。他們時常載歌載舞，興高采烈，呈現出明顯區別於古厝原住民的生活風情。八扇古厝廊下很快出現了各樣東西：山中脖頸美麗的珠頸斑鳩；會唱遠地名歌名謠的彩色鸚鵡；隨著四季推移至少能換上一百串的大紅辣椒；大壇大壇黑陶裝盛的醃製泡菜；能夠幫助消腫消癢的神秘膏藥；以及一籠一籠把廊外天光切割細碎的竹編製品。此外還有其他許多在南村孩子看來新奇非凡的東西，以致麵包與帆子很快渴望與他們中的孩子廝混得熟悉，好把這一切全都都多看幾眼。瞬息間，古厝裡的面貌就完全由蕭疏荒涼改觀為鬧鬧喧喧，人群熙攘，就連厝裡原先的居民在自己的故居裡也容易迷失了方向。他們在這裡生活勞作，並在八扇厝裡誕下了他們的後代，清晨時分嬰幼兒的聲音給沉沉古厝帶來了一種新的生氣。

因為這些居民的來臨，雨季古厝在吱吱呀呀的木門推聲和呢呢

喃喃的燕子鳴叫外還多了潮水衝擊石子般的麻將洗牌聲。他們的麻將水平橫掃本地居民，某日麵包在厝裡的新朋友心血來潮，用硬幣在天井地面的大埕石上擺造型，讓他和心由猜猜這是什麼圖形。他倆猜了很久都沒有一語中的，一直等到答案揭曉兩人才明白原來世界上還有五筒這種東西。她向他們描述她那冬天無雪，但早上白霧特別濃的家鄉，描述那簡直伸手不見五指，上學路上都是一群人打著火把走道的場景。在心由傍晚跑到外婆家給她捧來了用來餵鳥的麥子後，她慷慨地贈予她家鄉帶來的紫色石子。這個禮物讓他異常驚喜，因為他放在雨水中浸泡多次的半透明石子最終也沒能變得完全透明。他在最近的一次檢閱裡發現了這個石子實驗失敗的真相，那天距離他第一次在踏馬石上放下它們已經是相當遙遠。當他捧著潮濕的半透明石子準備回家時，一場仲夏的傾盆大雨不期而至，他狂奔起來，匆匆跑入古厝，憂愁這場大雨什麼時候能夠結束。就在他望著天空發愁時，古厝裡的一位外地女人看見了他。她把他領到了家裡，好心地讓他對著炭火取取暖，他靦腆地點點頭，在這個他出生的屋子裡坐了下來。里屋人顯然聽到了陌生來客的動靜，掀開門簾就輕巧地走了出來。

「我叫紫冰。」嘩嘩雨聲中她笑著說。

那一瞬間他的心中按下了快門。幾個月後他收到了她回贈的紫色石子。

趕在雨季的最後一場陰雨結束後，許久未歸的杜若帶著即將結婚的喜訊重新出現在了家鄉。家裡事先收到了通知，但再次見到她時還是吃了一驚：她身穿羅蘭色外裝，手戴銀色手鍊和鑽石戒指，外套上一朵珍珠胸針，瀑布似的黑髮自然披肩，髮邊耳環若隱若現。完全是個城裡姑娘的模樣。即將與之結婚的男人是個風度翩翩、身材勻稱的外地人。她本想辦個本地婚宴再立馬奔赴一場外地婚宴，但在年紀最大的一家之長的強烈要求下不得不來到八扇厝的中廳裡拍幾張結婚

照。當天下午，已經被燒得漆黑的古厝中廳與新娘身上極其潔白的歐式婚紗形成了鮮明的對比，新郎的白硬領圈更是給汗水浸得又黃又軟。因為他們結婚的黃道吉日是南村一年裡最熱的日子。最後拍攝出來的結婚照上，新人、伴娘、提花籃的女孩子、提紗的男孩子，一個個都像剛被桑拿廳蒸過了一般。但旁觀者還是難掩激動之情，因為經歷了多場葬禮的八扇古厝終於在多年後迎來了第一對真正因為相愛而結婚的新人。

　　一個遠方來的陌生客人在婚禮當天同樣送上了祝福，黃昏時分其黑色的衣服活像烏鴉放下的翅膀，面容滄桑陰沉，鬍鬢雪白蓬亂，頭上一頂黑色的碟狀帽子。他走近了古厝，古厝也走進了他。就像是收到了邀請函而遠道而來的朋友。心由在古厝的第一道門前見到了他，那時他正感受著婚禮與周邊環境的格格不入，此後他將有漫長時光見識這位神秘的老人是如何學識淵博而想像力天馬行空。老人很快在余五叔那裡獲得了從古厝西片任挑一間屋子的權利，付完租金後他彷彿得到某種指引般輕車熟路地走到一間小屋子前，只輕輕一捻，那銅鎖便隨即任務終結般打開，由著光線施施然射入。屋內還是乾淨非常，以至於房東想為他做些什麼都沒有必要，但他著實感到蹊蹺，因為在他印象中並不記得有這麼一間屋子的存在。心由對此感到一陣激動，他確信這位老人定是某種魔法的化身，這片角落古厝裡的其他人可能不常走動，但他卻在這裡度過了太多個獨處的夏天。那間他曾用於夏日午睡的太平間就在這條走廊上，有無數次他迎著常春藤映照的淡綠色光影從這裡經過，悉心地打量著廊上的每間房，但卻唯獨沒有一次發現這間屋子的存在。接下來的日子裡老人向他展示了慈祥而幽默的友誼，幾十年後回想時他甚至都想不起自己到底是在哪一刻泯滅了那份伴隨對其感覺神秘而來的恐懼。在這位幽默老者的講述中，他第一次聽聞了關於異國那些土地、綠野、沼澤、天空的事情，聽聞了

遠地那些貧富的地區、昏沉的落日，失落的黑夜。知道了一棵龍血樹和一位神之間的關係，還懂得了精靈如何透過生鏽的青銅大門呈現農牧神的旨意。他原本以為從魚腹之中剖出鑽石已經夠不可思議了，從老人那裡卻得知了更多稀奇古怪的法子：譬如把山根浸在魔法牛奶之中放在床下就能拯救床上因分娩失血過多而垂危的孕婦生命；拿著一枚硬幣就可以使樹林裡的金蟾蜍吐出迷宮的鑰匙。當他問到有什麼法子可以恢復一個在除夕夜因心臟病而死去之人的生命時，老人卻搖搖頭道：「逝者只能讓她安息。」

這個回答直覺般地使他感到他們之間有著共同擔負的過去。於是他不再追問，放下了關於起死回生的最後一絲念頭。為了彌補這個缺憾，在接下來的日子裡，老人彷彿擁有某種奇異的特權般向他介紹了大千世界的扁平事物後隱晦的奇蹟。他全身心地聽著，這些講述使他進一步從自己的孤獨小牢籠裡跳脫了出來，看待事物時更能感到它們扁平表象後的深度、寬度，乃至於感情。無形中密切了和這個世界之間的冥冥關係。

「玫瑰還是玫瑰，卻已經不是原來的玫瑰了。」爾青滿意地笑道。

心由堅信這是一段偉大友誼的開端，儘管他掌握了對方那個叫爾青的名字卻始終沒有熟悉其過往。事實上，他只在一次偶然談話中聽到老人對於過往的感嘆。彼時在顫抖飄散出夏季味道的山野裡，他和紫冰在一大叢山澗旁的五色梅邊與之相遇。他們共同看見了五色梅叢中飛出來的那隻天青色蝴蝶，幾乎如雛燕一般大小。心由為這種罕見的巨大而震驚，爾青則忍不住發出了感慨：「真是好久不見了，距離我第一次見到它已經過了八十年。」他繼續笑著聳聳肩：「歲月催人老，不知道死神什麼時候也會把我這把老骨頭帶走囉。」

如是度過了幾個月的時光，心由始終對老人的那番發言感到一絲不安。他已經進入了對方日子的包圍圈，卻想像不出其神秘究竟是

強大的防禦，還是出於一種軟弱的驅使。但無論如何，出於對忠誠友誼的渴望，他都已經習慣了老人那或大或小的智慧帶給他的感動及歡笑。在那次山野中的談話裡，老人向他們展示了自己岌岌可危的假牙，哀嘆年老帶給他的病痛，幾年前他身體尚為康健，除了幾顆蛀牙不時搗亂。但後來一場肺炎將他侵蝕，迷幻的熱病又篡改了他的臉相，火燒似的折磨使他膚色變得黑沉黯淡，一切的一切使他不得不從記憶裡收集自我解救的方法。當被紫冰問及他為何來到這裡時，他攤手道：

「回來尋找一面鏡子，不過看來它已經不在了。」

那一時期南村及其周邊地區的建設進行得尤為迅速，隨之而來的是村民們看待古厝眼光的變化。過往它曾是同類中出類拔萃的存在，如今卻彷彿淪落為村莊中一個孤獨的異數。幾年後古厝的新居民們不得不因為建設工作的基本結束而開始了新的遷移，每一次離去都伴隨著爾青愈加劇烈的咳嗽聲，最嚴重的一次就是紫冰通知心由啟程日期的當日。

心由因這消息而震驚，在此之前他還從未想過會有和她離別這件事。那時距離離開的日期還有一段時日，但是他已經不能像過往那樣正常生活了，夜晚他難以成眠，白天則在猜想之中進一步四處去尋找她的蹤跡。從他們脫離童年時代開始，他就不能像過往那樣隨時隨地地找上門去，但是他做的事情使能見到她的次數絲毫不減，因為愈是逐漸長大，他就愈能發現自己情感的變化，發現自己的生活重心發生了轉移。她就住在古厝裡，那座廢棄的洋樓無疑就是能望見她家小院的最佳觀望地，他甚至無比感激上天賜給他這麼一個地方。不止一次，他偷偷地翻入花園，站在那座紅色樓房三樓的窗戶後，偵察那處小院的動靜。但不知為什麼他很少有機會看見她。但只要是有一次能望見她，他就興奮莫名，這種感覺和在別處看到她時的感覺都不一

樣，似乎這樣的時刻才真正屬於他們彼此，是兩個人私下裡共同擁有的一個秘密。那些時日裡他就那麼遠遠地看著她，癡迷而又幸福。過往在此處所體驗到的孤寂完全被瘋狂的愛情消解得毫無蹤影，因為他根本就無暇去考慮這個問題。多少年後想起來，那時的古厝院落裡的情景仍使他怦然心動，就像又回到了紅色閣樓裡，又看見了那垂著一條粗髮辮的圓圓的頭頂緩緩地從屋簷之下走到天井之中，還有那些在院落中綻放如火的玫瑰……這一切是如此美好，以至於他都不得不為自己當時的狀態而吃驚。

他從來沒有想過以後會和她怎麼樣，只是深深沉浸在觀望和想像裡自我陶醉著。時間就這樣不知不覺過去，就在他覺得每天還是像過往一樣，隔一段時間，又能回到熟悉的紅色閣樓裡，又能繼續屬於自己的夢時，他才明白他們即將要分開了。而離別，又可能意味著再也不見，他再也不能站在那座紅色閣樓裡遠遠地望著她了。那場大雨後古厝裡的初相識，還有另外那些他們相處的記憶……都可能成為有關於此的最後東西。他的心猛地失落，情緒隨之沮喪起來，多年都未找到的透明石子此刻似乎就在心裡出現：一粒粒地硌著，雖無法看見其的形狀和顏色，卻能明確地肯定它們的存在。他從來沒有告訴別人這件事，包括爾青。

離別的夜晚前他一夜未眠，渾身的血液都為這特殊的時間而震顫著。他不敢去見她，他怕自己終究會無法抑制自己的情感而面色蒼白地在她面前放聲大哭起來。第二天他像是站在一條徘徊的獨木舟上，遠遠地看著那個古厝前收拾行李的熟悉身影，一直看到那輛卡車揚長而去他才痛苦地閉上眼睛。忽然，一個聲音幽幽地從他身後傳來：「去找她吧。孩子。」他回頭一看，說話者正是爾青。

「這正是你所想要的。」老人繼續望著他補充道。

他再也忍不住，迅速地狂奔起來。他沒有去追那輛車，他知道

這個時候他不可能再趕上她。他逕直往那棟紅色別墅奔去，飛奔登上了三層樓梯，站到了他不知站過多少次的那扇窗戶前。他定定地站在那兒，眼睛一眨也不眨地盯著那個遠處的路口。一分鐘過去了，又一分鐘過去了……他沒看見他渴望的那個身影，他渾身僵硬著，血液幾近沸騰，心中向上蒼祈禱千萬別讓他就這麼一無所獲地走開。終於，發出祈禱的下一秒他真的看見了她！雖然那只是車窗中的一個小紅影，但他仍直著眼睛望著，惟恐錯過任何一個細節。一陣大風把上方破窗的綠玻璃渣子劈啪打到他身上，但他依然不管不顧，只想抓緊最後的機會，在與她僅剩的時光中能多看兩眼。卡車越來越遠離，他的手也越攥越緊。某一瞬間他忽然一改往日無所奢望的心，想給她一個承諾，承諾在某年某月某一天，無論任何艱難險阻也要出現在她面前。

下樓的時候他依然激動不已，恍恍惚惚地想起了很久之前的一個夢境：陰沉的天光下他和她並排走在一個小巷裡，她匆匆忙忙地走著，他則邊走邊望著她，匆忙地問她一些問題。她似乎忙著趕路，望著前方，並沒有專心地回答他。當他向她拋出最後一個問題，問她即將去往何方時，她抬了抬頭，輕聲地說：「那裡。」然後便向前走上了一道巨大的樓梯。他沒有再走上去，呆呆地站在原地，望著她消失在黑暗的樓梯裡。而現在，他站在樓梯上，另一個人卻已經遠去。

當晚他回到了自己的房間裡，捧著紫色石子放聲大哭。

爾青在這次大遷移後更加虛弱，疾病以他的軀體為肥沃土壤開始更加瘋狂地蔓延生長。他咳嗽得厲害，木板床的釘子因咳嗽引起的劇烈震動而絕望掙扎，大多數時候都鬍鬚蓬亂，圓睜著雙眼，時不時冒出一串讖言囈語，在病痛面前顯得毫無招架之力。心由曾聽聞遙遠以前的南村發生過一場瘟疫，那時南村墓園的肺腑裡填滿了黃色的疫病，過多屍體的掩埋使得墓園土地就如同海綿一般，稍稍一踩就可見

血水的滲溢，而死者逝前正是虛弱地咳盡最後一口氣。當年聽到村裡老人描述此等情景後，很長時間內它都成為他的夢魘。望著眼前奄奄一息的爾青，多年前的恐懼再次爬上他的心頭，他害怕死神越過南村這片幽深的房屋，把類似的死亡再次扔在這位老人蒼老的軀體上。但爾青堅定地宣稱這絕非疫病，並且告訴他自己緩緩既可無事。 多日之後，心由再次走進他的房間，發現他神清氣爽且面容親切，光彩得就如同一個節日，彷彿生命之神再次賜其身體以恩寵。他仍舊神秘而緘默，但眼睛不再深沉滄桑，而是晶亮且靈活，像嬰兒一樣快速轉動著。他再次用迷人的嗓音向心由重複波斯的神毯、神秘的音樂、天方的奇觀，侃侃而談那裡的飛鳥與玫瑰以及空中瀰漫的薰香。乃至最後談及愛情與愛情的前夜，那段沒有人能凝望而不感懷的記憶，過程中的陶然的熱情、事後無法忍受的追憶，他沒有讓談話者傾吐前段時日的隱私，只是偶然補充到某個黃昏裡心由再次望向天井時必會想到這日的玫瑰是為紀念他而盛開。他的聲音高亢而激動，彷彿渴望在落日流散的光前說出一切難以忘懷的事情。

談話隨著透過屋內的玻璃的黑夜而終止，兩人的影子由加濃直至消失於黑暗。心由起身即將踏出破敗的木門時，老人在黑暗中發出了聲音：「孩子，希望你的人生順利。」

門邊人怔住了，彷彿預感到了什麼。他沒有再回答，而是再次把目光投向了床上的老人，兩人在黑暗中無聲地對望了一陣，最後安靜地分別。

第二天再次來到那間小屋時，爾青已經離開。桌上留下了一張紙：「孩子，我走啦。不必難過。等你再次看見那隻大青蝴蝶的時候，就是我們再次見面的時候。」見信者在古厝清晨的涼氣中把這位老朋友的紙條默默收起，察覺到那原本永遠潔淨的桌面已經有了粉塵蛛網的痕跡。他從未像此刻一般清醒，一時間忘卻了紫冰離開的悲

哀，忘卻了家中一貫清冷的情形，像昨夜一樣沉默地邁出了那道破舊
的房門。第一陣風聲越過重重木質門檻而來，送出呢喃窸窣的夢中囈
語。隨後大院裡恢復一片寂靜，只有某座古鐘指針彈奏的樂曲似乎還
隱隱可聽。這指針把渴望投向時間之海的盡頭，但卻因為在常伴其左
右的那位百歲老人死後一度停滯而被遺棄於此，此刻就像一隻微微撲
動後而初次醒來的沉睡之鳥。那位主人生前常凝望於一面古老的鏡
子，因其庇佑而數十年免受疾病的侵襲，她時常秘密地在鏡中窺見自
己年輕時的樣子，感傷而又心醉神迷。九十九歲那年她在鏡中望見了
多年前的自己因為貧窮而在雨中送掉親生的女兒，痛苦的回憶使她陷
入歇斯底里，拿起一把裁布的剪子就往鏡中刺去。鏡子隨即出現了蛛
網般的裂痕，她大叫一聲後昏倒在地，醒來後已陷入了癡呆的迷域。
心由環顧四周，發現常在古厝中行吟的灰色貓群不知何時已經悄然撤
離。它們曾在黎明四足爬行，而用三條腿遊蕩在虛幻的午夜空間，一
度成為厝中最為變幻莫測的狡黠居民。他繼續走向另一個天井，瞥見
了當年余三斤用水泥填補的窗戶木條破洞，芳子以一筆不菲彩禮為代
價出嫁後他一直和余五叔一家住在這裡，作為堅守這片領地的最後兩
戶居民。不同的是，後者兒媳一直無法忍受古厝辦葬事時的徹夜放
聲，想盡辦法慫恿家人搬離出去，而余三斤則萬分享受在這古老府第
深夜裡秘密盤數黃金的樂趣。他時常邊數邊望著天井旁的小角落，那
裡正是林老爺子曾經的住處，也是厝裡人心中曾經的榜樣。晚年落魄
時林老爺子長期在外孤身一人應對於他複雜的命運，以英雄般的意志
去臆造和打敗可怕的夢魘。最後幾年他已隱隱看到死亡的邊緣，但卻
仍舊以海西之民的特有氣質在孤獨而堅忍地拚搏著，希望建立最後一
段凶險而又壯麗的奇蹟。龐大古厝見證著厝中人的貪嗔癡恨愛欲惡，
迷惘追思之中頓時淪陷為一座錯綜複雜的記憶迷宮。

　　心由再次望向這個天井的中央，看見叢叢玫瑰仍在兀自盛開，

一股無法排遣的懷念之情隨之湧來。他想到它們曾是這座古厝裡少女們的最愛。傍晚細繡香囊的屋子能望見它們的色彩，深夜仰望星空的房間也能嗅到它們的芬芳，就連他自己，也不止一次地在古厝上方望著它們和某位少女。迴廊中的流言蜚語和曾經那一大批新遷入者留下的痕跡都在逐漸隱去，爾青曾隨著他們的遷離而愈加虛弱。到這時，他才發現爾青來之前遭受熱病折磨的日子竟與古厝被大火灼燒的時期不謀而合。這使他加快了腳步，穿過迴廊，繞過天井，重新走回那間曾經永淨的屋子裡去。在通往小屋的迴廊裡，童年時代他常望見的藤蔓依舊在書齋上繁忙地增殖，幾乎發展成傾斜式的綠色瀑布，讓牆壁以最為馴順的形式歸依於自己。他對此無暇顧及，走到小屋前時候卻不由得大吃一驚：

屋內的塵土積得已有半尺，彷彿百年的衰老全部加諸於一時。

夏季的一場颱風以迅雷不及掩耳之勢襲擊了這片土地。狂風中的雨有無窮力量，就好像在這天空中存在著某種神話中的物種，驅趕著強大的支流盤曲而下，在氣孔中吐出那似霧非霧，似雲非雲的氣流，讓這天地變得混沌而巨大。它似乎用自己那強而有力的尾巴身子，勒住了這天地之間流暢的氣流，打著旋兒勒緊，然後在那間鬆開，使得朔風亂竄，氣流亂散。古厝邊的那座紅洋樓在風雨中戰慄著。一陣狂風挾來，周邊的空中便立刻有了混沌的水氣，非霧非雲，從樓兩邊往中間壓迫傾注著，不久就一片迷茫了，似乎可以錯亂感到這水霧從地面上上升，形成了幾股不同的風向與水瀾，竭力著要把中間的氣流壓斷！山上大松舞動，狂跳著，雨水從大樓、高空形成水氣、水霧沖下，那間似乎捲成了一個個似有似無的聚集核心，在捲動、飛轉著，而不止一注，若虛若賑。南村邊上的遠山失去了細緻，只有一大塊黑影，不一會兒，黑影竟全白了！不知被什麼若有其名地抹去了，只留下一片空白掛在天銜。風使雨勢更加劇烈，交雜著成了

魚鱗狀，蕩滌著古厝裡的一切塵埃。而山前的水霧則似幕布一般，滾動直下，毫無隙縫，飄動但不散亂，好似一股股巨大水注流動、直下。過了一會兒平靜了一點，兩隊蝴蝶羽翼從上穹飄然落下，草滾動著，可山上的松似乎被摧殘太久，倒不怎麼動了，靜默之後氣流又以氣勢洶洶之態從各處壓來，在高樓間錯融，形成了各路風。草時而向前，但又立馬壓至極後，一瞬間又被一陣風吹忽而起，左右上下壓動，似綠浪，幻出萬般變化。風雨中平靜與狂暴交替，風路大強大亂，時而有雨時無雨。遠處山巒雨紛紛，這處卻無雨。忽地，風從後面而至，一隻鳥雀扎入了紅房子的煙管裡，又竄出。遠山不那麼迷茫了，但風一掃，雨一過，全剎白了，狂風把雨水揉捏排散，忽過忽起，但始終讓人感到它的力量長駐於空氣中。整片南村都在暴風雨中顫抖著，冥冥之中似乎預示著某事的降臨。

　　帶著花園的紅房子由於這場颱風的襲擊而在深夜中門戶洞開直到黎明。它頹廢的情形呈現在眾人面前，也呈現在心由面前。暴風雨過後的某日，他再次拜訪了那座花園。進入後眼睛所看到的景象預言般地與過往腦海裡的模擬重合無疑，彷彿他已提前探察了此地的習慣和心靈，並且冥冥中用隱語行話進行了密切聯繫。園中每一朵殘花都在編織著它們疲憊的夢。他無需說話，無需佯裝具有主人般的特權，不必像身邊人們熱衷的那樣探悉交際熟識的秘技，也不必試圖對他人的美德與弱點進行揣測懷疑。在這個暫時安寧的時空裡沒有失敗和勝利，也沒有爭著被賦予的最高榮譽。有著的，僅僅是被純粹接納的花草與石子，作為既定現實的部分靜默不語。花園中的一切石雕都在暴風雨後成了殘存的廢墟，只伏在地面上奄奄一息。他望著這個曾見證他瘋狂愛情的地方，幾乎是不敢相信這一切居然都已經成為了過去。暴風雨過後的夜晚中有一陣簫聲總在準時等待著他，向睡夢深沉時的他發出細碎警醒的光輝，使得原本不切實際的瑰麗夢境向著生活現實

細緻入微。多年後當他走過他為生活瑣事所重壓的不眠，穿過充滿玫瑰芬香的記憶迴廊，遊過黑夜裡漫長充盈的時間，還可隱隱聽見那浮在窗外空氣裡充滿包容感的聲音。那聲音有時像在一位於昏暗之際出來漫步小憩的主人，有時則如四處遊蕩的無根之民，隨著他歡愉而歡愉，也隨著他孤寂而孤寂。他和這世上某一位孤單的吹簫者曾因為這聲音而建立起聯繫。

在那之後不久，一場葬禮在古厝內如期舉行。棺中人先前沉睡已久，在夏蘭死訊傳來的當天黃昏進入到了永眠。沉寂許久的南村街頭終於再次因為一個消息的流竄而活躍起來，事情眾說紛紜，唯一說法相同的就是夏蘭確乎因溺水而死。暴雨後人們最初在綠樹的蔭影間發現了那片池塘的變化。被放在岸上時她蒼白地近乎透明，手裡卻還握著一個陳舊的香囊和一束雜亂的燈芯草、雛菊、百里香和蕪菁。沒有人知道是怎樣的魔力把她引誘到這片暴風雨後的水沼，使她不顧原野上的荊棘對衣服的劃破撕扯，直至在水潭深處洗淨汙濁。被發現時她的面容很是平靜，就好像被賜予了一個神秘的睡夢，童貞得以憑夢得到赦免，回憶中的快樂一無所失，只是任由溫柔的微風將輕輕的軀體推向岸濱。瀲瀲水光之中的她再也聽不見任何沾染著墮落字眼的諷刺，重歸於平靜的綠塘化為一片蒼涼而快樂的墓地。人們還說及余承遠死前他母親彷彿聽見他喃喃地發了一個音，等到要再細聽的時候，他卻已經沒有了呼吸。這次葬禮前夜余五叔家的新媳婦終於因為不堪忍受半夜做法事的聲音，成功地動員全家從被風雨襲擊得殘破的古厝裡搬了出去。第二日人們邁進古厝的時候還可以看見昨夜匆忙搬家留下的痕跡。心由在一群集體身穿白衣的人中參加了葬禮，家中原先寄放的那口棺材不知為何在此時給余承遠派上了用場。當大家即將把黑色棺材進入靈堂的時候，余三斤突然在隊伍中倒下，像是被一匹馬從胸口踏過一般口噴鮮血，周邊人的白衣上頓時染出了諸多慘紅血花。

婦女們因此而驚呼，以為這是中邪的徵兆，男人們則開始手忙腳亂地把他往醫院裡送。心由在一片慌亂之中目睹著這一切，棺材被放在了地上，還未來得及停棺的石臺上空盪光亮，一隻黑色的小甲蟲在臺上緩緩地爬著。忙碌而無措。那深邃而普遍的黑色，從不曾為一盞盞蒼白的白熾燈所否定，但在此刻死寂而寬廣的平臺上，卻顯得格外弱小、可憐。

突然，一陣頭頂上輕微的振翅聲讓他慌了神：那隻山澗五色梅邊的天青色蝴蝶再次出現。

他連忙透過九道大門往八扇厝的大門口看去，卻並沒有發現爾青的蹤影。他顧不上人群的慌亂與呼喊，匆忙往紙條的所在地趕去，把它從放著紫色石子的匣子、夾著瑰玫花的故事書的抽屜底部抽了出來。紙條上的字跡已然消失。他的心顫抖了一下，輕輕地把紙條翻了過來，一行字跡在時光中完美呈現：

「最後一個人離開的時候，也就是第一個人死去的時候。」

自那之後，他再也沒有見過那隻蝴蝶。

# 潔癖

福建師範大學文學院研究生 2014 級　姚建花

　　當閃爍著的警燈從男人臉上劃過，一場掃黃席捲整個東莞，男人坐在沙發上，一邊看著新聞報導，一邊從鼻孔裡緩緩地吐出兩串白色的菸圈，在雲霧繚繞中他想起了自己遠在家鄉的妻子，她也掃黃。那個蹲在廁所，賣力地刷便盆裡黃色汙垢的背影，她樂此不疲地清理著，似乎沒有別的事情可以做，而那塊黃斑卻像極了生命力極強的草，過一段時間又會重新抬頭。隨著年齡的增大，她全身的肉會隨著刷馬桶的頻率在有節奏地震顫。你知道的，男人都是審美動物。他用手搧了搧雲繞在眼前的菸霧，彷彿想將這些組成妻子發福形象的顆粒物拍散，接著又乾脆俐落地打開窗戶，讓對遠方妻子的思念同菸圈一起在空氣中漸漸消散。不經意間他看到一片紅色醉人的燈火在閃爍，一盞盞紅著眼不斷地朝他招手，殷勤而又喧囂。遠遠地，就看見了它們，不，更像是它們自己闖進你的視野，一個個打扮得是如此地花枝招展，散發著醉人的氣息。過了橋就不斷地會有女人過來拉你，聲音細裡細氣的。他去過，今天他又來了。踩著橋下凝滯的，發黑又發臭的河水的味道，進了一個女人的屋裡。

　　忽地一群強盜破門而入，明晃晃的光猛地湧進他的雙眼，他像應對意圖闖進自己家的強盜，急忙閉上了眼睛，只是從縫隙中看到他們把赤條條的自己和自己懷裡赤條條的女子粗暴地拉起來，動作乾脆地像從油鍋裡撈起兩根金黃的油條。女子尖利的叫喊聲似油沾了水般刺在自己耳膜上，他覺得不大舒服，機械地配合著，覺得自己不能如

此赤條條地出現在家裡的電視上，覺得自己從未如此在意過自己的妻子，他被自己的愛打動了。正是這股愛的力量，唆使他不顧一切抓起身邊的衣服往頭上套，「啪」，一個響亮的耳光，女子再次發出尖利的喊叫聲，他順著那叫喊聲望過去才知道這一記是打在自己臉上，「媽的，給我老實點。」警察廳裡，面對警察的質問，「你這麼做，就不會覺得愧對自己的妻子嗎？」愧疚？距離自己第一次在朋友的慫恿來到這裡，那種愧疚，與妻子煮飯的味道共同成為一種遙遠而模糊的存在，只有在深夜，你壓低鼻子認真地嗅，才可以依稀聞到。而這種內疚總是與妻子的潔癖緊緊地挨在一起，像無名指跟小拇指，妻子的潔癖總是輕易地讓他失去了欲望跟樂趣，充滿機械跟流程感。「是的，正是妻子的潔癖逼自己這樣的」，他自我強調了一遍又一遍，一遍又一遍地將褶皺起的內疚感撫平。「警官，我一個人在廣東已經十幾年了，過年才回家幾天，你也是男人，知道男人都有需要嘛……」一絲狡黠的笑意閃過嘴角，他們輕易地達成了共識和理解，因為他們同屬於一種生物——男人。

這個被抓的男人剛剛好是林子家的男人。

林子家的男人下海經商大發後，不但在 A 城最富裕的社區買了房子，還把自己唯一的孩子送進 A 城最好的中學，讓他接受好的教育。林子正是為了照顧自己的兒子，選擇留在了 A 城，與丈夫分居兩地。我倒是從沒見過他們，卻從她嘴裡聽說過那麼幾回，她嘴裡的兒子總是一如既往地優秀，性格也好；他的丈夫則是位成熟多金的紳士。她常常說起自己的丈夫未去深圳時只吃她做的菜，從不下飯館，呵！呵！連家裡小保姆做的他也不吃呢，「只吃我做的！也不知道什麼毛病，其實啊，我做的並不好吃。」她說這話時眼裡總是漂浮著笑意，我於是知道了她的丈夫還深愛著她。而林子自己原有些輕微的潔癖，並不嚴重，只是某些行為在旁人眼裡好乾淨地顯得怪異了些，比

如她去麥當勞一定要先在自己的座位上鋪一張乾淨的塑膠膜，我曾經親眼看見過她鋪薄膜時周圍人眼裡的詫異，可是朋友之間，我想家人之間也是吧，久了也就習慣了。但是她的潔癖在她丈夫離家後似乎愈發嚴重了。之所以會這樣，極有可能是因為她利用自己的潔癖來打發一個人的漫長的時間。

你不知道，我丈夫離家後，我對於時間突然有了一個新的比喻，它是我在廚房熱湯時不經意發現的，原來自己不是在過生活，而是在熬生活，熬每一分每一秒，熬到過年，那時我的丈夫會從深圳回來，我就會把這碗時間熬成的湯端上桌，擺在他面前，我看著他咕咚咕咚地大口把它喝個精光。他走後，我有了很多改變，開始變得喜歡重複地去做一些事情，我一天要把家裡的每一角落都抹過好幾遍，因為我坐在沙發上總能看見陽光中有許多灰塵在飛舞，它們讓我難受，就像扎在血管的細小玻璃片；一天時間裡，反覆地洗手跟洗澡，好像這樣時間真的就能流逝如流水了，我希望它能快點；我總是拿著遙控器，對著電視，將調頻按鍵反反覆覆地摁，卻很少找到自己喜歡的節目，電視節目不知何時也變得無聊重複，偶爾我為了打發時間甚至勉強看《還珠格格》，或許我只是想讓房子多些聲音罷了；我在每個夜晚都會不斷地變換睡姿，只是為了找到一個讓自己能夠入睡的姿勢。我開始細緻地去觀察一些東西，對於自己的觀察，我是在一次洗澡時發現水的紋路不再是垂直向下，而是絕望地在自己腰部疊起的肉上打了個折，我恐懼地意識到我胖了！我跑到房間拿起鏡子，第一次如此清晰地觀察自己面容的變化，不知何時歲月這種巨大的蜘蛛，竟悄無聲息地爬上自己的眼角，吐絲織網，我對著鏡子竭力地把眼角上的每一道細紋撐開；我甚至認真地聽過花蛤在湯裡張開嘴巴的聲音。我有時有些易躁，特別是在隔壁夫妻打情罵俏的戲謔聲穿過牆，揪著自己耳朵不放的時候，每當這個時候，我總是不爽地離開大廳，腳底的拖

鞋發出扭捏的吱吱聲，彷彿在告訴我它不喜歡我逃避。也許你會在想，既然這樣，為什麼不上網呢？一部接一部的電視劇，瘋狂地購物，聊天，這些我都嘗試過，可是它們尚不足填滿時間這個巨大的倉庫，它還會留有許多縫隙，孤獨、無聊會從這些縫隙一點一點地滲透進來，就像從屋頂漏下來的雨水，雖然只是一點點，也會引起黴變。我的丈夫會打電話過來，確實較最初少了，許是他忙吧。其實，你或許會想，我期待著他的電話，這電話，能為我熬的湯加調料，我自己理所應當也應該這麼想的，但好像不！我有時害怕接到他的電話，不，其實我更怕的是電話裡我們持續的沉默，最近我們好像總是沒什麼話可說，除了孩子，我常常希望魏璿（我兒子）他能多考幾次試，這樣我們就能有多一點的話說了。

　　我想她所說的沉默或許是一種情緒，它悄然地在他們彼此之間醞釀，發酵，有了隔夜米飯的酸味，他們或許也隱約察覺到了，只是雙方都不提，因為他們有著一本本子上面寫著他們的關係，正是這本本子不斷地給他們暗示跟確認，而且他們還有了孩子。於是曾經的親密雖然已被時間與空間肢解成碎片，卻從未消失過，而是殘存著，這碎片會讓林子的男人在街上遇見買菜的婦女時驀地記起該給她打個電話了。

　　林子為了打發時間還去了教堂，換句話說，正是無聊讓她有了一份信仰。唱詩歌，做禮拜，讀聖經，參加聚會，這一切讓她的生活充實而有了新意。正是充實感跟新鮮讓她在她的信仰跟她的日益嚴重的潔癖症起衝突時，選擇了信仰。敬拜唱歌時，帶敬拜的人，為了強調弟兄姐妹在主裡是一家人，常常會讓弟兄姐妹彼此牽手，事實上這樣的確認跟複習總顯得有些生硬，畢竟有時牽手的雙方甚至並不認識彼此，牽手更像是在集體執行一項命令，伴隨著牧師的一聲：「牽手」，信眾們十指相扣，嘴角上揚，親切地相互點了點頭，真誠地讓

你產生某種錯覺，你們之間的友誼會像永生一樣永恆。可是當一首詩歌唱完，對方掙脫著鬆開你的手，或者禮拜結束，那個所謂的「家人」面無表情地從你身邊經過時，你就會如夢初醒，原來並沒有永恆，並沒有永生，友誼、生命都是暫時的，甚至是編排的。如果你從上文對林子已經有了些許認識，你就能體諒她的彆扭跟不安了。於是，禮拜結束，你總能在洗手池找到不斷沖洗雙手的林子。可是有一次，她卻沒有。那天，站在她旁邊的是工商局的一位副局長，個頭高大，戴著眼鏡，看上去儒雅風趣。林子在我們結伴回家的路上說起他，評價他是位成熟的紳士。這熟悉的評價，讓我一下子就想起林子那未下海前只吃林子做的飯的丈夫，我沒有直言，只是看著似乎在想什麼的林子，聞到了林子對那位工商局副局長的好感。這好感是危險的，特別是對於與丈夫兩地分居長久獨自一人的女人，這好感長著螃蟹那樣的大腿鉗子，裝死著一動不動地等你主動去靠近跟觸碰，待鉗住後想逃脫也不得了。

　　在教堂禮拜，林子就這樣捧著那股潮濕的溫熱一直到家，她反覆溫習著那時的溫度、心跳的頻率。那種久遠的熟悉感一下子讓她重新回到了自己與丈夫的過去。工商局副局長和丈夫……啊，將這兩個人擺在一起，這種念頭讓她恐懼，這恐懼像一根針扎地使她像個清醒地知道自己正在洩氣的皮球。不想了，還是洗個澡吧，讓這一切的壞念頭都隨著水流去下水道吧。是的，她喜歡水，不僅因為水給她時間如流水逝去的快感，更是因為水能洗掉沾在她身上的灰塵甚至是骯髒的想法，她彷彿看見所有的骯髒與不潔在水流力的沖刷下落荒而逃。她贏了，她對著鏡中的自己得意地笑了，她將那個不祥滿懷敵意的念頭殺死了，就像拿著積蓄著最大力量的水流對著剛從土裡探出頭的新芽，看著那新芽一點點蔫下頭，水流在它四周沖出一個漩渦，奪去了它繼續生長的土壤，這才放心地卸下武器。可是她一出來，還是對如

此軟弱輕易向誘惑投降的自己，感到不滿。而這種不滿更具體地說是她無法理解自己為何仍舊在意那隻牽過她的手。是的，她無法原諒自己那久久不肯散去的在意。讓她痛苦的是她清楚地知道對方只是單純地出於信仰與她牽手，自己還是生動地痛苦著如同談了一場刻骨銘心的戀愛般。她沒有辦法弄清楚自己究竟為何這樣容易地就戀上一個只見過一面的男人，難道就因為他像自己的丈夫？不！她開始哭泣，這樣的聯繫讓她覺得可怕，他們最好永無瓜葛，更該死的是，自己竟在如此神聖的地方偷偷犯罪，於是她跪在床上，黑暗中開始向上帝悔罪，或者說轉移她的痛苦，人都需要傾訴，特別是這種時候，她喋喋不休，一連好幾個小時，回應她的卻是一片黑暗跟寂靜，然而正是這樣的沉默讓她放心，上帝是個可靠的人，她的這個秘密永遠安全，不會被公開。之後她便拒絕再去教會了。聰明人總是遠離誘惑自己犯罪的一切可能，傻瓜才在罪惡面前躍躍欲試，覺得自己能經受住考驗，這就有點類似抱著一定要創造擺脫毒癮奇蹟最終卻成癮的人，人就是再剛強倔強，也是免不了要犯罪的，因為罪惡是我們與生俱來的，林子清楚地明白這一點，她無法保證自己下次再面對那個男人時心跳的頻率不會發生變化，但是只要她不再見他，她卻是可以在冗長的時間裡把他忘記的，畢竟她只見過他一面，她可以用這個理由說服自己不去愛。以前的林子最難相信一見鍾情，她覺得那是濫情薄情以貌取人的人的愛情，長久不了，她一直覺得感情需要慢慢醞釀，需要細節，需要用心經營。所以她對自己竟也一見鍾情十分懊惱，她覺得自己好像變成另外一個人，這難道就是時間熬出來的嗎？而在教堂談情總讓人覺得罪加一等，對神明的敬畏，也阻止不讓她進教堂，因為她覺得不去做禮拜的不敬總是強過去了卻在那裡談情的不敬。另外，教堂是他們相遇的地方，雖然他們的「愛情」只是林子一個人的自導自演，但是在她的劇本裡，教堂對他們的「愛情」畢竟有著重要的意義，既

然這場「愛情」注定要被抹滅跟扼殺，她不願意再去一個讓她想起過往的地方。

　　可是如今，林子卻發現自己的男人被抓了，原因是嫖娼。她看著眼前自己精心打理過的一切，家具、電器，覺得一切都變得可笑。可是在林子發笑之前，它們卻先咧開嘴笑了，不再像往常只是靜默站在黃昏裡。她瘋一樣地打亂了一切，摔碎了遙控器，一個像彈簧一樣的小零件在地面上彈跳了兩下，終是自討沒趣地趴在了地上，而她也用盡了力氣，癱軟地倒在了剛換的沙發上。她衝進洗手間，不斷地撩水洗臉，直至睫毛上掛滿水珠，視線模糊，她才終於想清楚，這一切是真的！這個曾經她最喜歡的地方，有水流，有音樂，飄散著醉人甜膩的味道，是她跑了好幾家香料店才調出的，順著這股氣息，與丈夫共度蜜月的那片薰衣草花海就會斑駁如投影片放映在眼前。而此時，這股味道卻讓她覺得刺鼻，像隻無形的手，不斷地攪動她的腸胃。她覺得自己曾經在夜裡的跪姿，懺悔，流淚都是一種巨大的諷刺，無論是對自己還是對丈夫，亦或是對那個全能全知的上帝。丈夫如果知道自己曾經為他這樣克制過一段額外的情感，他看到自己這樣跪著禱告，流淚痛苦，會怎麼想？會不會嘲笑她？還是會感動？不，他一定會站在一個男人的角度，以一個丈夫的身份來責備我！畢竟是一次精神出軌啊！呵！你看看，男人是多小氣啊，對自己的妻子。對自己，他又是多寬容放蕩啊，我敢肯定他絕對不是第一次嫖娼，男人是上帝在這萬物中創造的最自私的一種生物！想到這，她自己也看不起自己了，連她自己都要嘲笑她自己了，自己就是為著這樣一個背叛自己的男人這樣地煎熬著過生活，照顧兒子，她最難過地是她曾經為自己的精神出軌異常不安過，而這種不安，不知為何，讓她覺得拿不出手，需要藏著掖著，不讓人知道。她真希望自己真的出軌了，好狠狠地報復一番。是的！她得這麼做！彷彿只有這麼做，她才能成為芸芸家庭

主婦中的「勇士」……這暫時的英雄主義，促使她下決心動筆寫一封信。她右手執著丈夫送給她的名牌鋼筆，左手輕輕地按壓著信紙，緊繃的腰板鄭重其事，遠遠看過去像個潛心於擬定作戰計畫的驕傲的軍官。嘴角微微向上翹起，如癡如醉著。

信中，沒有哭訴，也沒有責怪，而是講述了一場她為自己精心杜撰的豔遇……那個寫在紙上的愛情，浪漫地甚至讓現實中的她洋洋自得。在她的潛意識裡，她已經不再是棄婦，在這場戰爭中她終於通過努力與丈夫打成了平手，不，從某種角度她還更勝一籌，因為在偏執的人看來愛情比性高尚。

後來，我不知道林子去了哪裡？也許她離開了曾經的家，在現實中四處尋找她曾經寫在紙上的那個「故事」；也許她終是沒有尋到，隨便找了個人，談了場按自己故事編排的愛情，對方卻並不知情；又或許，她猶疑了，怯懦了，在偉大的英雄主義激情褪去後，她選擇了藏起那封信，隱忍地消化發生的一切……

# 漏斗

福建師範大學文學院研究生 2014 級　姚建花

　　空氣像是被人故意燒開，滾滾熱浪從壺嘴冒出，襲來。王二每每是頂著正午的太陽從市區騎車回到家中的，把那可憐的鳳凰牌自行車背靠著牆勉強立在一邊，是的，它實在太老了，老得連腳架也在不經意間被丟在長長的歲月裡，而王二卻是騎著它走過六十年的風風雨雨的。他急急地把屁股貼在自家門前的石階上，這樣的涼意讓他覺得舒服。「怎麼就沒有一絲風呢？」他注意到幾個路過的行人在經過他家門前時，步伐總是特別快，鼻子也總是捏著的，像躲著瘟疫般，他不滿地皺了皺眉頭，嘴裡發出吱吱的聲音。他不滿的時候是這樣的。「呸」的一聲，一口痰便落在王二的腳邊，王二被徹底地激怒了，恨恨地罵了聲他媽的，聲音不大，卻是一個字一個字地從牙縫中擠出的，然後黑著臉地拐進屋裡了。但馬上他又拿著掃把出來了，反覆地把屬於自家的那一小塊打掃乾淨，他也只能這樣了，因為超過那一小塊便是堆積如山的垃圾，蒼蠅成千上百的，嗡嗡的響，它們滾成一團，像長在地上的馬蜂窩，東西腐爛的味道讓人乾嘔，隔壁是私人的屠宰場，被薰黑了的牆壁，被血染成暗紅色的地板每個縫隙都藏著汙垢，暗暗的透不進一絲光線，布滿陰森森的感覺。王二家早晨門前總有一灘血，被太陽蒸發後，這股腥味便混進空氣。

　　這是一個充滿殺戮的村莊，村莊人人都殺豬，也都敢殺豬，但是王二卻不敢，他第一次進屠宰場就暈倒了。 手操殺豬刀在這裡是一種勇氣的象徵，更準確地說是男人的象徵。王二清楚地記得那天他

躺在地上被好多人圍了起來，他們個個的嘴角泛著笑，王二嚇壞了，不敢醒過來了，於是他瞇著眼睛看著自己被那群人抬著回家。他爹一見氣得中風，抽搐，再也不想看他那窩囊樣了，也就撒手人世。或許就為這緣故吧，王二整整打了三十年的光棍。眼見兄弟個個都成了家，他王二也急啊，急就急唄，他只能乾著急。就在王二下定決心打一輩子光棍的時候，媒婆從偏遠山區帶來了個姑娘，這姑娘年紀不大，整整小了他十歲，又瘦又高的，像根竹竿直挺挺地立在王二面前。王二直勾勾得盯著姑娘臉頰掛著的兩片花，覺得心頭有上萬隻螞蟻爬過，他死命地撓著胸口，好讓自己緩緩這股難受勁，媒婆拽他過來時他只顧撓啊撓的，卻沒有意識到自己竟然把屁股對著人家大姑娘。那姑娘倒也不計較這些，自個兒偷偷用眼角瞄了王二好幾眼，看他長得還算俊俏，又暗暗思索自己家裡已經窮得揭不開鍋，便點下了頭。這消息在沙頭村炸開鍋，村裡的男人女人都在議論他王二算啥男人，殺豬的傢伙都操不起來，如今可好了，揀了個大便宜，還有女人嫁他。王二想起新婚的那個晚上自己和媳婦幹的事，嘴角不由地泛起了那種笑，媳婦愈是呻吟他愈覺得痛快，盡興，她那痛苦的呻吟聲對於王二來說是那種類似和春堂賣的壯陽藥，不行的時候就來兩粒。他指著自己立得直挺挺的小和尚，對著媳婦吼叫道我是個男人，我王二他媽的是個真男人了。娶了媳婦就得好好過日子，別人是不是這麼想的不重要，王二當時確確實實是這麼想過。他開始低價收購豬皮，再高價販賣給廠商，從中賺筆仲介費。就這樣，日子過得也越來越紅火，還蓋起了大樓。村裡人也豎起了大拇指稱道王二娶了老婆還真不一樣了，這婆娘手裡握了個旺夫運，不簡單啊。人們從來沒認真想過這一切究竟是誰的功勞大些，王二在他們心中依舊是那個王二，不是那麼的男人。

　　王二抱著他媳婦楊柳睡覺的時候，他覺得自己是在抱著塊硬邦

邦木頭，他越來越覺得楊柳像被歲月不斷纏裹的一具乾屍，她的奶子是乾癟的，像極了晚市上用鉤吊著的兩串豬肉，不新鮮，還是垂了下來的。他也不再像剛開始那麼喜歡她了，尤其不喜歡她吃飯的時候，他覺得她吃太多了，兩大碗米飯，更接受不了的是她吃菜的樣子，大把大把的往嘴裡塞，一盆的菜在她的筷子下總是很快見底。對於王二來說，糧食是她種的，她吃多少他就算有多少不滿也只能往肚裡咽，可是菜金呢，這幾十年來，她楊柳掏出過一分嗎，吃的用的，全他王二一人扛著，就種了些破田，以為立了什麼頭等功，就成天張大嘴想著我餵她。王二有再多的不滿，他也不敢直接說出來，他怕傳出去人家會說他王二不是男人，心疼食物卻不心疼老婆，更多的時候他像壓著一股無名火，用力地摔椅子，嫌東嫌西的，今天是米粒太硬，明天又是飯太稀。「哦，我怎麼了，我養她難道不應該嗎，我是她男人啊。」以前楊柳也是這麼能吃，可是王二希望她多吃點，他總覺得她太瘦了。」可現在呢，一切都變了。楊柳呢，越來越害怕跟王二一起吃飯，但不是躲著他，而是躲著他那雙會朝她翻白眼的死魚眼。她常常是頂著大太陽在田裡勞作，也不回去吃午飯，晚上也披星戴月的，村裡的婆娘不知道情況的，都道她楊柳天生勞碌命，拿起鋤頭就勸也勸不停。她算準王二吃過飯，就出門跟村裡的那些糟老頭嘮嗑了，也不聊別的，無非就是張家長李家短的，誰家的婆娘跟村裡的地頭蛇在樹下偷吃，誰家昨夜屋裡進了賊等。她是掐準時間回來的，可是王二好像全都知道似的，他有時候會故意守著她，餓壞了的時候她卻要裝出一副猶猶豫豫不知道要吃什麼的樣子，來放鬆敵方的警惕，而趁他一不留神就將那塊早已看準的肉送入口中，甚至來不及咬碎，整塊兒吞下；心情好時，她會夾起一塊肉學起王二的模樣，將就那麼一小塊方方的肉，小心得咬下一小部分的肉，把嘴唇貼在碗沿上用筷子大口大口的往嘴裡扒飯，再接下去就又是咬下剩下部分的一小部分，往嘴裡扒飯，咬肉，再扒飯，讓王二也高興高興……

　　王二常常從驚濤駭浪的夢裡驚醒，他頭冒冷汗，卻又非常享受夢裡刺激，不甘於現實的平靜。這天夢潮洶湧而來，匯入現實。這不，上頭來了份文件，據說是搞什麼改善農村的生活環境的名堂，要拆掉沙頭村的屠宰場。誰都知道這屠宰場一拆，就等於掐著沙頭村男人的命根不放，逼他們跳牆啊。就在村裡人唉聲連連，城裡頭下來的大幹部及時發話了，只見他被困在人群的最中間，或許是受不了村裡人身上那股血腥味吧，捏著鼻子，奶聲奶氣地說著：「你們沙頭村也不知是踩著狗屎運還是咋地，現在跟往常不同了，趕上農村城市化的第一班車。大伙也都先別急著樂。這農村要城市化，它得一步一步慢慢來，首先就是要把大伙城市化，可不能繼續操殺豬的玩意，那東西上不了檯面，傳出去要鬧笑話的。」至於不操那玩意，拿什麼養活自己，領導吱了一聲也就沒了下文。王二抖著腿，雙手抱胸，站在最外圈，木然地看著那個以大領導為圓心，由沙頭村所有男人女人共同聚集成的圓越變越大。圓內一片喧嘩，嘰嘰喳喳，唾沫橫飛的，那些星沫兒有的落在他臉上，有的落在他手背上，王二粗粗地朝臉上一抹，又用鼻子嗅了嗅，便啐了一口，罵道真他媽的臭。上頭來的大領導可不管這些，他只管說自己的，說完就蹶著屁股，一下子閃進了停在路邊的一輛黑色的轎車走了。村裡人摸摸自己的乾癟肚子，心裡就犯悶了，城裡人的手是用來托鼓鼓的肚子的，咱們的手是用來操殺豬刀的，生來就不同命，井水不犯河水的，怎麼在這時代就非得混為一談不可了呢？王二也摸著自己的肚子，他摸著摸著就覺得自己的肚子真鼓起來，而且越鼓越大，比城裡人的還要大。他算計著這事對自己有利，反正自己又不殺豬，便熟練地拎起自己的嘴角，把它掛在了耳朵上，咧開半邊嘴滿足地笑著，這麼多他已經習慣半邊臉笑半邊卻又不笑的笑法。雖然這一半的笑法是和往常一模一樣，卻又有所不同，他這笑可比往常所有笑的匯總都來得痛快，自然也都來得惹人討厭，這

笑要比當初別人把他從屠宰場抬回家時嘴角泛著的笑來得更加放蕩，似乎沾著點反敗為勝的霸氣。他笑著笑著，就覺得肚子有點疼，便邊捂著肚子邊笑邊往家裡跑，因為他覺得光自己笑還不夠，還得拉上他媳婦楊柳一起笑，那才過癮呢！

王二趁著這股熱乎勁，拿起鏟子，就炒了一桌子的好菜，坐在石階上等楊柳，嘴裡還持續不斷地喃喃道：「吃吧，吃吧，今天你要多吃點，我才高興呢。」太陽「撲」的一聲就掉下山，天色越來越暗，可楊柳還是沒有回來，王二有點火，他覺得楊柳這臭婆娘不識抬舉，便把菜胡亂吃了一翻，只留下一桌子的狼藉，就掀開被子睡覺了，反正她總會回家，總不至於丟了，總要把這個家收拾乾淨，至於具體什麼時候回家他並不是那麼在意，一個人吃飯也不是一天兩天的事了。

王二是第二天中午做完生意回家看著空空的飯桶，淩亂的桌子，才意識到他老婆楊柳真的丟了。他跑到橋頭的雜貨店買了七個饅頭，沾著冷開水下肚，然後才跑到他家的田地裡去找楊柳，苗長得又高又密，不見一人影，滿眼的綠卻沾了一抹藍，咦，那不是楊柳的衣服嗎？難道她睡在這？王二慢慢走了過去，一看是楊柳就喊人抬了回去。楊柳暈倒，倒不是因為太陽大，也不是因為活累，而是打她的人心狠，打她的人，不是別人正是她的妯娌。那天楊柳見這段時日太陽毒辣，一則擔心自家田裡的苗被曬死，二則怕昨夜剛放的水被人偷光，便肩扛鋤頭，戴上草帽上自家田裡頭了，這不看不知道，一看嚇一跳，自家的田已乾得差不多，苗子全都耷拉這腦袋，隔壁王三家的田卻灌滿了水，正好王三家的女人從自家田裡鑽了出來，見了楊柳一聲招呼不打，扭著屁股就走，楊柳火了，開始扯破嗓門地罵，天殺的，偷水的賊，老天有眼，定叫你不得好……那王三家的可不是好惹的，沒等楊柳的「死」字出口，她上前就給了楊柳一耳光，兩人便廝打起來，那王三家的結實，楊柳瘦弱，便被騎在身下，一拳又一拳地

揍，地又偏僻，任楊柳怎樣喊，也不見一人上前搭救。要說這兩人光
為點水也不至於吵到這地步，可見這仇並非一日結下，她王三家的是
下定決心要把平日所有的怒氣一併撒了，才肯甘休。原本王二兄弟幾
人就王二一人不殺豬，後來他們見王二生意有了點起色，便也棄了殺
豬刀，投身於豬皮行業。因王二起帶頭作用，所以利潤他便占了四
成，其餘兩人各占三成，幹了一段時間，男人們倒是沒意見，家裡的
婆娘卻不幹了，「同樣是幹，他們家憑什麼就拿四成，仗著自己先幹
就什麼活也不幹，等著錢自己跑進口袋啊？」「這生意你一人幹不是
好好得，偏要帶上幾個拖油瓶，把賺來的錢分成三份才舒服。」這兩
股風夜夜在枕邊吹，三兄弟也因此起了爭議，雖說不是反目成仇，但
做生意的時候不像往常有說有笑，只是互不吱聲，各做各的，後來竟
搶起顧客，做起自家生意，也就散了，把市場共有的攤位變賣成現
金，分了。這麼一折騰，王二倒是沒什麼損失，一人獨自挑擔子這麼
多年也都熬過來了，散了反倒覺得更自在了。可王一和王三得意了一
陣卻蔫了，像是曝曬在烈日下無根的枝，他們沒想到顧客跟王二竟是
一伙的，平日裡見了面，兩張笑臉便親密地貼在了一起，現在呢，見
了冷冰冰的，他不笑也不故意別過臉去卻足以僵住你剛迎上去的笑
臉。生意一日比一日慘澹，王一家的王三家的不幹了，見自家腰包不
進分文，便指著自家的丈夫的頭，嘴裡罵的卻是王二，「黑了良心，
甩了自家兄弟不說，還要在背後跟顧客嚼舌根，不讓人活呀。」罵完
卻還叫自家男人放下身段去求王二，冰釋前嫌，重新開始。第二天王
三就提了條鯽魚去見王二，支支吾吾的，不容易，可算是把話說完
了，可氣的是，王二接過魚，不說好也不說不好，就會了句回去問問
你嫂子。這事也就沒信了，王三家的就把這筆賬算在了楊柳身上，都
是女人壞，加上這日子過的沒以前順心，正所謂貧賤夫妻百事哀，便
更氣了。話說那日王二提了魚卻壓根沒找楊柳商量，無非是拿楊柳當

幌子。沒想到楊柳是無端遭人恨，遭人毒打。楊柳抬了回去，讓赤腳郎中治了治，倒沒什麼大礙，只是從此就落下渾身酸痛的毛病，加上那日在田中睡了一晚，夜晚露水重，風濕病尤為嚴重。大家圍著楊柳看熱鬧，楊柳從床上硬挺了起來，弓著腰便把這事一五一十地道給眾人聽，大家聽完楊柳的話也都咬牙切齒的說那壞女人遲早要遭報應的，說完便散了。當天晚上卻成群結隊去找王三家的，找她不是為了要為楊柳打抱不平，來搧耳光的，而是要聽聽那「壞女人」如何把自己辯好。要說那王三家的不光打人厲害，耍嘴皮子的功夫就更厲害了，這不就把一件事說成了另一件事了，「那楊柳是什麼好東西，也配來說我，她從娘胚就是個賊，順手牽羊是她慣用的伎倆，各位有同楊柳深交過的都回去好好查查，說不定就丟了什麼呀，這世界賊還喊抓賊呢，反了都。」聽眾也都開始附和，凡家裡丟了東西不管是楊柳拿得還是不是，一律扣在楊柳頭上，倒也不是真的認可她的說法，而是覺得她底氣足，不像楊柳說話軟綿綿的，又因見她把楊柳打成那副模樣心裡便敬她三分。這楊柳反倒成了賊，成了笑話。村裡什麼人家裡進了賊，主人家便罵道天殺的偷兒，捉到定把你打成楊柳那副模樣才解恨。聽到人家這樣說自己的老婆，王二也並不生氣，只是偶爾早晨算的錢比昨夜少了，便疑心是楊柳偷的。

這事過去了一個月，只見一班人扛著大錘砸了村裡的屠宰場，只留下一堆淩亂的瓦片，難聞的豬的尿騷味，和幾個廢棄不要的捆綁生豬的鐵架，可以說每一頭豬都是在這裡結束它們的生命的，架子上也不知是鏽跡斑駁還是血跡斑斑。沙頭村的人無所事事了幾天，又有了新的主意，幾個有錢的屠夫合購了幾家無人居住的老房子，房子是連在一起的，整整就又成了屠宰場，沙頭村的人便又開始忙碌了。不巧的是這點就剛好設在了王二家的旁邊，王二那掛在耳邊的嘴角又被拉回了原處，笑不起來了，但他也不跟他們吵，他素來就不喜歡和那

些殺豬的往來。他不去，楊柳卻憋不住了，去找那帶頭人理論，誰知人家壓根就不把你放眼裡，男人都不出面，你算啥子東西，手腳不乾淨的婊子，就算男人出面又如何，那王二算男人麼？說完便都哈哈大笑了起來。楊柳也只能吞下這口怨氣回家了。那帶頭的人見王二不吭聲，就越發看不起他了，遂把垃圾點一同設在了王二家門對面。這樣一來，王二家的大樓是怎麼也住不下去了，王二便思量著要搬回老房子住，又怕自己住慣了新房子，住老房子渾身不自在，再來則聽得些風聲，說屠宰場拆了，下一步就要拆房子了。便覺得有了希望，不搬了。村裡有主意的人便開始日夜趕工建房子，想多賺那麼幾平方米，卡車一車一車的運來水泥包，紅磚頭，也圖方面便卸在王二家門前，只聽轟地一聲，灰塵便揚了起來，甚至看不清迎面走來的人。王二坐在自家門前的石階上不說話就盯著人看。那運水泥的司機反倒不好意思了，紅著臉問道：「大爺，怎沒見過你家運水泥呀。」王二的臉上頓時有了光彩，「沒必要的，夠了，足夠了，俺家的新房子老房子加起來能分四套大房子呢，整整四套呢！」那司機笑了笑，附和道，那是那是。王二不知道在他一遍又一遍地複述自己能分得四套大房子的時候，別人家已經立起了更多的房子，遠不止四套呢。推土機的噠噠聲，淩晨的殺豬聲，屠夫的嘈雜聲，垃圾的腐臭，漫天的灰塵，楊柳在她失眠的第四百七十九天，終於瘋了。王二也開始有點精神恍惚，但他還在等，他想他不能瘋，他一直喃喃自語道，就要住新房子了，那兒乾淨又安靜的，舒服。住大房子的盼頭讓他堅持清醒到最後，可是或許等他真的住上了大房子的那一天，他就會成為第二個範進，瘋了。

這一等，七八年也就過去了，王二也老了，她女兒孝順，不願父親住在這樣一環境裡，便開著車來接王二去深圳住大房子，給門上鎖的時候，王二從眼睛裡擠出了幾滴渾濁的淚，他哭不是喜極而泣，

而是悲傷，他悲傷，不是因為從此自己要遠離故土，過流離他鄉的生活，而是悲傷他日後得寄人籬下，看別人眼神行事，吃飯吃過一碗哪敢端起盆舀第二碗，又想起了楊柳，楊柳給他做飯，給他收拾屋子，這讓他很不舒服。王二坐在車上，聽得女婿重重地甩了車門，「砰」的一聲，就震碎了他過去所有的一切，細細想來他從一開始，就是錯的，他錯在把生活裝在了漏斗裡，拚命得想要去填滿它，卻在無意間漏了一地，他漏光了和楊柳初見時的怦然心動，漏光了夫妻間的情分，漏光了身為男人的尊嚴，漏光了住大房子的那種渴望……路上王二一句話也沒說，只是不斷念叨著：「全沒了，一切都全沒了啊。」

曠野上的風

# 小黑

福建師範大學文學院本科 2015 級　鍾政華

一

他從世界上最陰暗的通道擠了出來，黑乎乎的一團肉球，把醫生嚇了一跳，醫生被嚇得忘記剪斷他與母親的紐帶，直到有個極細心的護士提醒。

黑球被送到他母親面前，方才因為劇痛呻吟得有些疲憊的產婦還來不及閉眼，就被眼前的一團黑色肉球嚇出一層細汗，填補了面額上豆大汗珠來不及占領的地方。

這是什麼玩意兒？

產婦的大腦被眼下的問題纏住，不發一言。

收拾完器械的醫生護士才想起剛才接生的黑球好像沒有迸發出石破天驚的啼哭，他只是蜷縮成一團，也多虧那極細心的護士，才發現黑球兩腿之間極不起眼的小雞兒。

「剛出生的嬰兒呢？」醫生搓著空空蕩蕩的手，茫然地看著空空蕩蕩的手術室。

「不知道。」護士們道。

黑球生下來就比正常人小得多，可能已經被送往保育室。

可誰都沒有發現，方才初降人世的黑球正安祥地蜷縮於母親所在的移動床上，被潔白的被子蓋上。

行走的移動床旁跟著人，他們是黑球未來要認識的親人，他的父親在移動床從手術室出來的那刻就衝了上去，溫情的眼對上產婦發直的眼，溫情的手握著產婦冰涼的手。他的祖父急切地詢問醫生護士，男孩還是女孩？醫生想了好久，直到那個極細心的護士提醒，才想起，男孩。

他的父輩們，是黃種人裡的白皮膚，他們圍在產婦身邊，還有白色的醫生，白色的護士，白色的被子，白色的移動床，白色的醫院。

可誰都沒有發現，白色下一團黑色的肉球正細細地呼吸，像個老人。

黑球的母親仍瞪著大大的眼睛，來自丈夫的親切似乎不是在對她，而是在對一個不知道什麼人的人。此刻她的腦子相當簡單，也相當複雜，如同無數相同的米粒塞滿整個大米缸。

移動床進入產婦房間，撲面而來的是女人，七大姑八大姨，好生熱鬧，七嘴八舌談論起昨天或去年的事情。男人時不時加入討論，將盛大的宴會推上一個又一個高潮。大家的喧鬧聲引起了護士的注意，她走進房間，提醒大家小聲，順帶掐滅了黑球祖父手中的菸。大家終於平靜下來，如蛾子般圍到產婦身邊，床邊有一個椅子，自然屬於產婦那白皮膚的丈夫，他坐了下來，卸下剛才因激情交談而火熱的眼睛，溫情地看著妻子直勾勾的眸子，溫情的手握著妻子冷冰冰的手。

「這是什麼玩意兒？」

「什麼什麼玩意兒？」丈夫疑惑不解。

妻子直勾勾地盯著天花板，嘴巴微張，唇上無半點血色。疑惑中的丈夫發現妻子的被子異樣得突起，他疑惑地看了好一會兒，察覺到被子竟隨這異樣突起的起伏而起伏，像是有什麼東西在裡面呼吸。

他小心翼翼地掀開被子，這時的房間已經收斂許多，但誰也沒有覺察到產婦丈夫怪異的舉動與那異樣的突起，直到他掀開被子的剎那。

他立刻從椅子上彈起來，驚到他身後的女人，女人隨著他的視線看到與周遭格格不入的那團黑色肉球，女人詫異地驚叫，接著房間裡的男人女人都發出了高低不同的叫聲，驚到了房間外的護士，護士急忙推開房門，看到眾人遠離產婦的床，護士順著眾人的視線，看到那團異常詭異的黑球，詫異地驚叫起來，乖戾的慘叫極富戲劇性地穿透整座醫院，全院上上下下穿著白色衣服的人都來了，白色的點在房間外竟然聚成一束白色的流，直接把房間裡的人四分五裂地衝了出來。

擠不進去的後來者只能堵在門外，聽著或傳著前方發來的消息。

「我聽說是個黑色的東西。」

「是不是什麼怪物？」

「怪物？哎呦，現在都什麼年代了，動物是不能成精的。依我看，應該是什麼動物。」

「如果只是動物至於鬧這麼大動靜嗎？」

「那也不一定呀，你們看聖人，聖人出生都有異象的！」

「聖人個屁！我看就是個妖怪！妖怪！阿彌陀佛……阿彌陀佛……」

「都給我靜靜，這裡是醫院！」銳利的聲音直接貫穿眾人的天靈蓋，把隔壁房間產婦的羊水都戳破了。

眾人扭頭看向那極具力量的聲音發源地，是個黑粗的護士，就是接生黑球的那個。她一頭扎進人群，右手撥開一些人，左手撥開一些人，她濺起了眾人唾沫星子般的怨氣，但怨氣都被她的白色衣服稀釋。

終於她看到了那團黑色的肉球，怔住了。若不是因為她極其細

心，她還真忘了這坨肉是經她的手降臨的。她細細地觀察眼前的肉球，身旁的醫生護士也在觀察，戴著乳白手套的手時不時就會與皺巴巴的黑皮親密接觸，全然忘記黑球身邊仍有生命體徵但形同死人的女人。

護士從未見過如此怪異的嬰兒，全身上下都是黑的。軀幹蜷縮得像海馬的尾部，他的黑手黑腳小得可憐，而他的頭卻很大，頭部的比例甚至占全身的二分之一，他的臍帶向外露出一截，比他極不起眼的小雞兒還粗還長。醫生們從未見過如此怪異的嬰兒，他們爭先恐後地把頭湊上去，像一群被拉長脖子的鴨子在研究外星人的標本。

已被白色衣服占領的房間，冒出一個白皮膚。他說我是產婦丈夫的父親。一個醫生轉過頭對他點點頭又轉過頭去。

「這是什麼玩意兒？」產婦丈夫的父親問。

另一個醫生轉過頭來看了他兩眼又轉過頭去。

「這……該不會是我兒媳婦生的吧……」

過了半晌，仍沒有人回答，大家都記不得這黑球的來歷，他就像是憑空出現的一般毫無徵兆地變出來一樣，直到那個極細心的護士想起，她點了點頭。

產婦丈夫的父親不知該說些什麼，靜靜地看著醫生護士玩弄他的孫兒。又進來一個白皮膚，挺年輕的。他問他爸這是怎麼回事，他爸不回答，他問他爸那是什麼玩意兒，他爸不回答，他開始問醫生問護士，誰都沒有回答。他瞄到了他的妻子，於是努力擠到妻子身邊，用溫情的手握著冰冷的手，他看到妻子的唇峰翕動，俯身過去將耳朵湊上，但只反覆聽到那句「這是什麼玩意兒」，他茫然，不知所措，抬眼看，房間裡盡是白色，白得晃眼，那團黑色標新立異。

丈夫的父親呆立著，突然想到了什麼，之前護士曾說他的孫輩是個男孩，也不知從哪湧出的力量，活生生地擠開在外圈探頭探腦的

護士，老花眼立刻就抓住了黑球肚子上那又粗又長的一截，老花眼頓時笑出花來，臉上的皺紋笑得更加明顯。

「男的就好，男的就好，這麼小就這麼大，以後必成大器，必成大器！」

「那是臍帶。」那個極細心的護士說。

# 二

誰也不知道，那個黑球是如何長大的。

大人總是在不經意間發現一個大腦袋的小黑球，在桌子下，在灶臺旁，在茅廁裡，在豬圈中，在所有黑暗的地方圓滾滾地滾來滾去。黑球的親人是農民，但他的親人又都不像是農民，白白的皮膚，即使是烈日下長年累月的勞作，也沒有增加他們身上的黑色素。他和他的親人住在一座大而古舊的宅子裡，一座外皮用白石灰刷的老宅，內部是土木結構，頭頂上還有被灰蒙蔽的電線。宅子被劃分成左右，左邊是黑球家，右邊是一個白姓人家。

他的白皮父親一直懷疑他的白皮妻子背著他偷漢子，他首先懷疑白房子右邊那個白姓人家裡的所有男人，一開始不管老白小白，他都用眼白多於眼黑的眼細細打量，後來他就專盯已經成年的，直到他想通了，如果也是個白皮，生出來肯定不是這麼一個黑玩意兒，白房子裡的人從來都是白皮，往上倒三代也是這樣。所以他就懷疑起村裡那些人，白天沒有農活時，他就蹲在家門口抽菸，用灼燒的眼睛來炙烤被抓住的黑皮男人。

可他蹲了許久也不見有一個黑皮男人，村子裡盡是白皮。

夜裡吃完飯，白皮膚在村裡的道上晃蕩了一圈，覺得肚子裡的東西消化得差不多了，就到宅子旁的茅房蹲坑拉屎，提上褲子，抽了根菸後就回家去，拉了燈，又把褲子褪下。他將妻子剝了精光，在漆

黑的房間裡竟然還能看見她如白玉般的身體，他找來一根長繩捆住了他的妻子，用白色硬粗的胳膊掐住妻子的脖子，一遍又一遍地問，那是什麼玩意兒？妻子的脖子被掐住，說不出話，也不知道該說什麼話，她的男人在她的身上發洩著白天未發洩的精力與羞恥，直至精疲力盡，女人的叫喊擾得早睡的雞不得安眠，只是他倆都沒有發現，在鬧騰的黑夜裡，有兩隻安靜得如黑寶石的眼睛，圓滾滾呲溜溜地轉呀轉呀，還有隔壁房間一兩聲若有若無的咳嗽。

誰也不知道這個黑球是如何長大的，從來沒有人把他抱在懷裡，沒有人給他餵奶，也沒有人伺候他屎尿，他總是在白房子裡黑暗的地方滾來滾去，在大家都不知道時候的時候突然就學會走路了，此時也不知道他已出生多少年了，他的白皮膚祖父只知道麥子換了五茬。

這一天他們在吃飯，祖父坐在位上，扒拉著他的大飯碗，在添菜時不經意就看見一雙黑眼睛在門那裡溜來溜去，他喝道：「誰？進來！」

偷偷摸摸的眼睛帶來一具黑漆漆的身體，他的頭占了身體的三分之一，他的黑肚皮高高鼓起，一條又長又粗的臍帶高傲的挺著，兩條短小的黑腿間夾著一根極不起眼的小雞兒，若非祖父已有老花眼，恐怕還未能發現。祖父放下大碗，走近那個黑色的小人，大人蹲了下來，仔細地看著小人，小人也不害怕，就是直勾勾地看著大人的眼，無所畏懼，無所退讓。黑寶石般的眼睛看到了一雙眼白多於眼黑的濁眼，看到了一身白皮，一屋子的白皮。

祖父用手挑弄他又長又粗的臍帶，又逗弄他極不起眼的小雞兒，也不希望得到什麼回答，他說：「都會走路了，也該給你起個名字了。」祖父站起來，從大水缸裡打出一盆水，用白布細細地為黑球擦拭身體，試圖擦出他身體上的汙穢，可說來奇怪，他身上的黑並非

是後天摸爬滾打的塵埃與泥土，而是渾然天成的帶著微微暗光的黑。祖父用白布擦了數遍，白布依然很白，那盆清水依然清澈，反倒是祖父為自己擦臉擦出了一層汙垢，把白布擦黑了，把清水洗汙了，他的臉擦完之後更白了。

「你就叫小黑吧。」

說罷，祖父去吃沒吃完的那碗飯。小黑低著頭，沉重的頭一下子就快到胸口，他的食指學著祖父的食指，也挑弄著自己的臍帶，逗弄著自己的小雞兒。

三

這是小黑第一次試著走出白房子的暗。

他已經習慣了白房子裡的所有，一用手摳就會脫落的石灰土牆，白蟻穿行的巨大的木頭房樑，以及白房子裡所有的黑色地帶，桌下，灶臺，茅廁，豬圈。

白房子的身後是一方綠色的水，很久以前一個會看風水的瘋和尚說想要後代興旺就要在房子後挖一方水，水有多深，家族就能興旺多少代，於是小黑的祖先們就在房子後熱火朝天，之後又有一個會念大悲經的癩道士跑來說再挖必將傾覆，這時小黑的祖先們已經挖了三米深，當祖先用簸箕趕跑癩道士用鋤頭的寒鐵向四米進軍時，地震發生了。祖先們七零八落，他們驚慌，他們害怕，他們畏懼，他們茫然，他們手足無措。當手中的鐵也七零八落時，地不晃了，祖先們站在一起，緊緊地抱成一團，盛年的把老的小的圍起來，像是一層籬笆。他們抬著頭，對著太陽，地震時的太陽好像是黑的，一點也不像他們的皮膚，現在，太陽是白的，白晃晃的，刺眼，就像日光打在寒鐵上。

他們環顧四周散落的鐵，他們決定不再向下挖。

　　祖先們用一桶又一桶的井水去填補，水位遲遲不上，祖先們開始抱怨，他們又圍在一起，盛年的把老的圍起來，像一圈藤，而藤上的葉就是那些小的。他們說要把這方水與房子外的水塘連通，用水塘的水澆注，他們問這樣會不會壞了風水，可誰也不知道，正當祖先們愁眉苦臉時，一個後生想到了「先生」二字，學問最高者當屬先生也，於是他們派人去找先生，村裡沒有，那就去村外尋。

　　被派去尋先生的人走出了村就迷路了，他走了三天三夜，來到了一個繁華之地，他攔住一人，道我找先生，被攔之人雙目一轉，右手指那煙花柳巷，道先生在那。那人迷迷糊糊走進一座粉紅的妝樓，被數個妖冶的女子摟住稱大爺，那人雖恍恍惚惚但依然不忘使命，道我來找先生，眾女大笑，隨後被拉到柳暗花明最深處。

　　也不知過了多久，被派去尋先生的人終於爬回了白房子，蓬頭垢面，鬚髮散開，衣衫襤褸，雙腿已無，渾身漆黑，眾人大驚。祖先們問何以淪落至此，那人不答，兩眼緊閉，祖先又問先生何在，那人不答，食指大動，祖先再問可通否？那人雙眼閃爍，食指上下翻飛，道：痛！痛！痛！祖先們面面相覷，最後大喜而笑，原來先生是說通！通！通！於是祖先們拿起了鐵，熱火朝天。

　　誰也不知道那個被派去尋找先生卻失去雙腿之人後來怎麼樣了，祖先們只知道當那方水與水塘相通時，綠色就會生生不息地一點一點一寸一寸地縫補拼接起來。

　　這方綠水的新生帶來白房子裡的白人一代一代的出生，在傳到第三代時，家道中落，田產散盡，白房子也分出一半與一白姓人家，從此兩家人同住一屋簷下。

　　小黑站在白房子後，在屋簷的陰影裡，頭低低地垂在胸前，肚子卻向前挺著，臍帶依然又粗又長。

世界彷彿被一條直線鋒利地分割成兩塊，一塊光一塊暗，光的那塊裡有一個如白日般的圓點。

小黑盯著那方綠水許久，黑瞳呲溜溜地轉呀轉的，他伸出一根手指，試圖突破光與暗的界限，他的指竟然顫抖起來。

終於他碰到了光，白色的光。

他的手指好像被一隻無形的可愛的白蟻啃咬了，有點疼，疼得他縮回了手。

小黑好奇地看著自己的手指頭，前看看後看看。

這一次是整個手，整個胳膊，適應之後竟然感到一種舒服，小黑興奮起來，他慢慢將整個身體都暴露在日光下，他感到他的身體正在生長，他的毛髮在跳舞，他的皮膚在歌唱，他所擁有的一切都在喧嘩與騷動。

他抑制不止地顫抖著，一股尿意油然而生。

那極不起眼的小雞兒就對著那方綠水嘩啦啦地奔放，水嘩啦啦地變化，閃爍著冥紙上錫箔一樣的銀光，連浮在水面上的白色圓點也破碎分裂，但又不斷重組，小黑好奇地看著。他蹲了下來，綠水裡竟然出現一個黑不溜秋的東西，但那個圓點依然白得灼眼，他又伸出手指，試圖感受白點的體溫。

他將身體伸出老長，可指還是搆不到。

噗通一聲，小黑被他的頭帶進這方綠水裡。

眼前的綠色就像豬圈裡的豬草，小黑的手腳本能地到處亂抓，他抓到一個圓圓的硬硬的冰冷冷的東西，他的拇指食指中指很容易地伸進那個東西裡，發現這東西並不安穩，他就棄了它，又抓住一根長長的硬硬的冰冷冷的東西，他握住了這個東西，發現這東西同樣不安穩，他也棄了它。

綠色裡隱隱約約出現一塊龐大的黑色巨石，像堵牆，小黑撞了上去。但並不疼，甚至在石頭上感受到一種類似光一樣的東西。

　　那堵牆動了，水也被帶動著，打旋兒，緩慢地轉著。

　　小黑的肚子越來越大，就快要大過他的頭了，那塊黑色巨石就在他身下出現了，接著上浮，瀑布在石頭上流淌，嘩啦啦嘩啦啦。

　　小黑被馱到土地上，他的肚子竟然和他的頭一樣大了，挺著的臍帶就像獨角獸的角，高貴美麗。

　　龐大如黑色巨石般的牆，發出一連串單調的低沉的不明意味的音。小黑的黑瞳突然睜開，呲溜溜地轉起來，他的口出現一道燦爛的噴泉。那巨物邊叫喚邊沉重地邁著它的寬厚的蹄，每一步都透著歲月的蒼老，這是一頭老黑水牛。

　　它的眼睛爛哄哄的，流著稠液，但黑得有神，眼珠一動不動，低低地看著小黑。它的嘴巴像個簸箕口，也爛了，昏聵，口水泛泛。小黑清醒後就用他的頭在地上一滾，借著力麻利地站了起來，老黑牛慢悠悠地調了個方向曬太陽，它身上有泥，黑色的蒼蠅鬧哄哄，黑色的牛尾慵懶地甩。

　　小黑環顧著四周，一個全新的世界，白得發燙。

　　還有各種顏色的味道。

　　白房子裡有綠色的木味，有黑的腐土味，還有紅色的火味，在這個世界裡他發現了黃色的味道。

　　他看著和他的頭一樣大的黃色的像小山似的土，就像他腳下的土，但腳的硬、乾、冷，並不像眼前這堆土，它軟、稀、暖，就像光一樣。土上有兩隻黑色的蟲，嗡嗡亂飛，小黑想到了前不久站在白光下的感覺。

　　他又伸出了他的手指。

　　從那堆土上挖了一指頭，兩隻黑色眼珠就呲溜溜地看著指頭上的土，別的什麼都看不清，他看得是那樣認真，陷入了類似入定的狀態，時間空間全都固化，整個宇宙就只有他，還有他指上的土。

他伸出他的舌頭，想嚐嚐光的味道。

他的指又顫抖起來，那堆稀暖的土也從指頭滑下，落到了他的臍帶，又從臍帶落到了那極不起眼的小雞兒上。

他的舌頭怎麼也碰不到小雞兒，倒是鼻子聞到了黃色的光的味道。

白光是從哪裡來的？

小黑那塌鼻子的鼻翼翕動，使勁地記住，接著他去尋，光源。

他又看見那堆小山似的土，那這土是從哪裡來的呢？

小黑使勁伸長脖子，由於頭的重量使他的脖子發酸，他試圖在光中尋找光源。

他找到了，就像在無數條白絲帶裡發現唯一的紅絲帶。黑色的塌鼻抓住了那根紅絲帶，不斷地扯，拉，拽，鼻子把他拉到了那頭老黑水牛的屁股前。

水牛的尖屁股上盡是鞭撻後的傷痕，密密麻麻的結痂，觸目驚心，然而小黑的黑眼睛只注意到光的源頭，一朵粉紅的綻放的花。

他目不轉睛地盯著看了半天，一點也沒有被來回晃的牛尾影響。他又伸出他的舌頭，想嚐嚐那神秘的光源。

可原本看似無力的牛尾突然強硬起來，就好像充血的陽物，強硬地捍衛尊嚴。牛尾無情地朝小黑的臉打去，打臉聲驚得原本鬧哄哄的蒼蠅停止振翅。

遠方傳來「謔謔」的聲音，伴隨的還有男人的渾濁笑聲。老牛似乎懂了，是來者的身份賦予這笑聲獨特的意義，一個現世的白色死神。老牛仰天長哞，尾巴如鞭子般把小黑摔在地上。

牛把爛眼閉上，白色的眼淚靜靜流出，再睜眼時，寒鐵已料峭。

屠夫赤膊，呲牙咧嘴，打量著，盤算著，計畫著。

老黑水牛大吼一聲，那雙爛目赤紅，掙脫開包圍，朝白房子撒開蹄子疾奔而去，煙塵若飆。

轟。

巨大一聲。

那面用白石灰裝飾的白牆沾滿了老黑水牛的鮮血，牛的脖子已斷，癱倒在地，血從兩目間潺潺流出，似涓涓細流，秀氣，雋美。

屠夫赤膊，目瞪口呆，震驚著，感嘆著，懊悔著。

他收起偉大的明晃晃的閃著白光的宰牛刀，大步流星地跨過被打翻在地的小黑和那坨糞，朝犧牲的亡靈走去，義無反顧。

## 四

小黑的白皮父親抽著菸在門前蹲了一天，腳邊都是菸屁股。

他也不知道為什麼要這麼蹲著，他就像貼在門上的門神，無神。

採完茶的白阿婆回來了，她看他蹲在門前，就問吃了沒，他不答，阿婆就背著筐慢慢悠悠地進了白房子，屁股搖搖晃晃。一隻鴨子慢慢悠悠過來，屁股搖搖晃晃，脖頸時不時伸縮，在他腳邊停住，一雙鴨眼就看著他，半晌，嘎嘎兩聲，他繼續抽他的菸。

鴨屁股在一堆菸屁股上搖搖晃晃，屙了一泡屎，鴨屎是稀的、綠的。接著鴨子慢慢悠悠地走了正如他慢慢悠悠地來。

白皮父親目送它離去，直到骯髒的羽毛消失在拐角。

他凝視腳邊新鮮的鴨屎，鼻子踩住充滿生機的味道，但味道如同被燒過的銀針，一陣一陣地鑽入骨髓。

他拚命想把視線從鴨屎上移開，但卻不可抑制地無能為力。他突然有種錯覺，如果再看下去，他將一輩子記住這泡屎。仔細地看，這種綠不是完全的綠，比墨綠更濃，直愣愣地攤著，像個生命。

他突然想起自己原來還有個兒子，自己生命的延續，但這個兒子不是他這個父親生的。

這個兒子黑得就像他腳邊的這灘鴨屎。

現在他已經完完全全記住了這泡屎，他在想以後會不會想起這泡屎就會想起他的兒子。

他看屎看怔了，黑慢慢擴大，一圈又一圈，漸漸把他的身體浸潤侵蝕。

入夜了。

火柴生出的火苗點燃了最後一根，猩紅的點跟著呼吸忽明忽暗。太陽生出的星星點綴著黑幕，就像是白天白房子後那方綠水裡的亮圓點。他那拿著菸的手試圖給天上的星連線，可連來連去也連不成一張年畫。

這讓他感到痛苦。

又是一個嶄新的菸屁股，他拍拍屁股走進白房子。

都睡了，靜悄悄，今晚小黑祖父的呼聲有點刺耳，吵得他頭疼。

入房，女人已睡。

他抱起熟睡的女人，凝視她，用鬍鬚扎她，進入她的身體，好像好久沒進入了，女人尖叫，還睡眼惺忪。他從後面，像猩猩或豹子那樣騎住女人，女人的叫聲震撼了夜空，星星掉了兩顆。完事，他一掌把女人摔到床下。女人爬起來，又是一掌。女人昏過去。他用一根紅繩把昏迷的女人捆起來，吊在木屋房樑上。他吸菸，欣賞著女人一絲不掛的吊姿，拿出酒慢慢小酌。

越喝越熱，感覺耳根都要融化了，整個面頰都是燃燒的，兩隻眼睛是劇烈的，疼得他閉上眼，腦子忽然天旋地轉，脊柱都被抽出來扔到房樑上，肚子在翻騰，在咆哮，在喧囂，他用十指捂著肚子，但感覺是十根冰棒貼著肚皮，涼得他牙酸，他的腿早不知道飛到哪裡，驚得他睜開眼，只覺得眼前一片白晃晃的，想閉，眼皮卻不受控制，眼睜睜地看著房樑上吊著一個人形蛇怪，扭曲，怪異，紅色的花紋，被繩子勒出豐滿的肉，一層層，像肥腸，油汪汪的，人形蛇怪的臉粗

看之下竟然像他的妻子，他眨了眨，再看，又不是他的妻子，一個吐著信子的人臉，信子越吐越長越吐越長，把他全身上下包裹得嚴嚴實實，信子從他的鼻孔裡鑽進去，從耳朵裡鑽出來，鑽進去，鑽出來。

次日醒，發現自己四仰八叉，而室內空無一人。

他晃晃腦袋，裡面就像是被棉絮糊住一樣。

腳邊是一條紅繩，像一條紅鱗細蛇。

他喝了一大口早上的濃茶，茶已涼。

走到中庭。白阿婆在揀茶，去梗後的茶葉已經積累了成一個小山頭。

「不上田？」

「唔……」他不知道說什麼話，就在阿婆旁坐下。

白阿婆是童養媳，是從外面的村子買來的，年輕時生得黑俏，被鄉裡稱為黑美人，可也不知為何在白房子住下幾年，竟慢慢變白，於是她逢人就說這裡的水養人。她為白家生下不少子女，但進城的進城，嫁人的嫁人，現在就剩一個兒子在身邊，白福喜，一個三十多歲的光棍，在村裡的小學教書。

阿婆眼看茶葉，手也沒停，嘴又開始動起來了。

「昨天晚上呀，我做了一個夢，夢見我坐在一個牛車上，後頭好像有什麼東西一直追著我，我也不知道為啥要追我，反正我就是要跑，不跑肯定就壞嘍，當然是坐著牛車跑了，但前面也沒有牛在拉車，沒有就沒有唄，剛開始也挺快的，離後面那個東西也有老大段路，不虛它，可然後就碰到樹，怎麼也繞不過去，就一直繞圈，繞了好多圈了，那個東西就要追上來了，我心裡那個急啊，手就去拍車板，結果手一拍，那個東西就近一點，嚇得我啊……」

小山頭又高了點。

「後來我看清了，是個牛，很大的黑牛，那個眼都爛了，角也斷了，倒是牙齒呦，那個尖的嘞，就像老蛇，嘴張得老大，我都可以聞到它嘴裡的臭氣，我怕得都叫了起來，手往前伸，結果！」

小黑的父親已經被阿婆的夢吸引。

「結果呢？」

白阿婆的手一刻也沒停，又說了起來：「結果在前面拉車的也是頭黑牛，它的腦袋就轉過來對著我，然後就一片白白的，然後就不知道了。」

「這麼懸乎？」他懷疑眼前這個女人。

「你還不信咧？我看下次開的彩（當地流行的一種博彩遊戲，通常是以猜生肖的方式進行，以點數為倍數，每週雙數日開獎。）就是牛。」

「牛？夢到牛就開牛？」

「夢裡的東西都是神講的，神不會自己講，會讓夢講，這個說不準的。」

他想起的昨晚，或者是上個世紀，那個人形蛇怪模模糊糊地浮現出來。

「我也玩玩？」

白阿婆的手頓了頓，瞇著眼看他。「押什麼？」

「蛇。」

「多少？」

「你多少我就多少。」

「好，我叫福喜記下來。福喜呀，福喜？福喜……」

劃破歷史的聲線劃破了白房子。

「福喜可能去學校了。」白阿婆自言自語，揀好的茶堆就像女人的乳房。

# 五

　　學校就在村裡，不遠，也不知這個學校是何人建的，又是何時建的。彷彿一出生這個叫做「學校」的房子就存在著，人們自發地把他們的後輩送到這裡，集中起來。福喜什麼都教，學校裡就他一個老師，家裡有條件的都把孩子送到更好的地方，留下來的大多也蠢蠢欲動。

　　小黑歪歪斜斜地走在黃土路上，左手是綠的田，右手是黃的房，房子裡養著蘑菇。他也不知道他是去向哪，磕磕絆絆地走著。拖拉機顫巍巍地經過他，屁股放出邪惡的幽靈，司機坐在高高的車廂裡並沒有看到他，司機的嘴巴被發動機掩蓋，哼哼唧唧。小黑吃驚地看到那如煙般的黑色幽靈，用他的手去抓，但被逃走了，小手急忙忙地亂撓，幽靈消失得更厲害，直接無影無蹤。農夫牽著黑驢經過他，長長的草帽蓋住了眼睛，黑驢的眼睛黏在黃土上，吭哧吭哧，也不知道到底是誰牽著誰，那條黑色的尾巴時不時掃動，小黑的臉莫名地疼起來，好像是想起了什麼，他小心地跟上黑驢的節奏，那條黑色的驢尾巴後面是不是也有個光源呢？他很好奇。但他學乖了，懂得避開尾巴，又要湊近去看，就像龜頭一樣伸縮著。黑驢不動了，仰天嘶叫一聲，貼著骨頭的黑皮微微波動，屁股的那塊肉似乎是在努力醞釀，一個生命極長的屁便噴薄而出，帶著生命氣息的氣體直接撲在小黑的臉上，他被薰得暈頭轉向。黑驢的後腿向後一撩，在牙齒的大笑中慢吞吞地前行。落地後的小黑，滾了三圈才停下來，他那如黑寶石一般的眼珠充滿了不可名狀的驚訝，那是見到神跡才會有的敬畏。

　　小黑的大腦袋用力向左甩動，接著整個身體都被帶動起來，趴在地上，兩手一撐，艱難地立了起來，呼吸帶動又粗又長的臍帶一顫一顫的。

日頭鼎盛，瞇得小黑有些惶惑，突然他眼前一片漆黑，好像瞬間回到了白房子裡，他感覺到氣的流動，這些氣是黑色的，又感覺到飛蟲的流動，還有溫熱的流動。

視力慢慢恢復，重新擁抱光。

一隻黑狗翹著後腿在他的腳邊撒尿，黃黃的，和他一樣，黑黑的，也和他一樣。他覺得眼前這隻黑狗才是他的同類，同樣的膚色，同樣的尿色，和那些白皮完全不同。小黑靜靜地看黑狗撒尿，黑狗尿完後像人一樣抖了抖，然後心安理得地朝前走。

小黑磕磕絆絆地跟著。

學校的鐵門已經關上，周邊是一圈土牆，高矮不一，從矮的地方可以看到學校的操場與唯一的教室。牆邊長出的草比小黑還高出一個大腦袋，路上都是碎石子，比黃土路難走多了，石子硌得小黑的腳丫疼，那黑狗卻是雲淡風輕地找到一個狗洞鑽了進去，熟門熟路。

小黑學著黑狗的模樣，但卻卡住了，費了好大勁才鑽進去。

那隻黑狗早已蹲在教室的門前，小黑則坐在地上，氣喘吁吁。

福喜在上語文課，他有六個學生，但只有一個女孩。

當黑狗出現在門口時，所有孩子的注意力都被吸引住了，紛紛斜著頭去看。福喜拍了拍桌子，示意大家看著他，很顯然，他的魅力沒有那隻狗大，還有兩個沒有看過來，包括那個女孩。

他咳了咳，手用力地拍黑板，黑板上脫下了一層怎麼擦也擦不掉的粉筆灰。他扯開嗓子道：「嘿！嘿！都看過來，看黑板，如果明天你們也像小白一樣要到外面讀書，也可以不聽。看看人家小白，都要走了還來聽老師上課，再看看你們！」

那些孩子終於看向黑板，女孩依依不捨地將視線移開，可心裡想得還是那隻黑狗。

　　看到他們改「斜」歸正，福喜心中一股驕傲油然而生。他撿起粉筆頭，開始在黑板寫字，邊寫邊說。

　　「跟我一起念，『一去二三里』。」

　　「『一去二三里』。」

　　「汪汪汪汪汪。」

　　靜默片刻後，教室爆出各色笑聲，其中銀鈴特別出眾。

　　福喜惡狠狠地瞪著那條黑狗，但出於教師這個身份，不好動粗，只好僵著頭皮繼續寫下去。

　　「『煙村四五家』。」

　　「汪汪汪汪汪──」

　　這次孩子們並沒有立刻跟著念，而是等那黑狗「念」，這回的「狗念詩」學著福喜的調調，竟然有點抑揚頓挫的味道。

　　他竟然被一隻狗羞辱了！

　　教室快要被笑聲撐爆，教師快要被羞恥擠爆，他的臉和那些孩子們一樣紅。

　　小白那白嫩嫩水靈靈的臉因笑泛出紅暈，荷花紅。

　　福喜跑到教室門口，伸出腳要踢那黑狗，那狗也是靈敏得厲害，躲開了。福喜見它還不走遠，佯裝要撿石頭丟它，口中大罵：「滾！死狗！吃你的屎去吧！」

　　他的肺劇烈起伏，緩了好一陣子才緩過勁。

　　他轉身，面對他的六個學生，吼道：「我們上數學！」

　　他飛速擦掉黑板上的漢字，刷刷刷一道算術就刻在上面──2+3=？

　　「二加三等於幾？」聲音大到土牆外都可以聽到。

　　在男孩啃著鉛筆頭冥思苦想抓耳撓腮時，小白已經在她的本子上寫下一個「5」，然後看著窗外。

「汪汪汪汪汪。」

不知是從哪飄出，緊湊，果決，如同軍令。

福喜衝出教室，並沒有發現那隻惡狗的蹤跡，當他回到教室時，發現男孩們已經笑趴在地上，而小白趴在窗邊。

福喜羞得抄起粉筆，直接把「＋」改成「×」。

「二乘三！」

他就不信這個邪，一條狗竟然敢挑戰他的威嚴！

「汪汪汪汪汪汪。」

孩子們全都眼巴巴地看著福喜，眼睛宣洩著他們的想法，看得福喜心裡發毛，他閉上眼，但黑暗裡還是那一雙雙渴求自由的眼。

福喜堅持了一會，但又無可奈何，這課已經上不下去了，他就像洩氣的皮囊，說：「下課。」

儘管只有六個，但還是如潮水般湧出去，晃得福喜暈頭轉向。

男孩分頭去找那條黑狗，天羅地網，很快就找到了他，將他逼到操場。

黑狗被五個男孩圍成一圈，進退不得，每每欲衝出卻總被擋住了。

「它往左邊跑了，你們快堵住呀。」

「右邊！右邊！」

男孩們也樂得在小白的領導下進行這場「圍剿」。

漸漸她已經並不滿足僅僅圍住它了。

「用石頭扔它！」

男孩面面相覷，然後撿起腳邊最小的石子，試探性地丟了過去。

黑狗剛開始也試著躲閃，但由於石子太多，體力逐漸不支。

「撿大石頭啊！打它！打它！」小白激動得手舞足蹈，興奮地指指點點，還負責輸送彈藥，她的臉紅得就像過年時掛著的燈籠。

一塊灰白的石頭打中了黑狗的後腿，黑狗一個踉蹌，緊接著兩三個石頭直接就砸到它的腦袋，暈頭晃腦，鮮血汩汩。

黑狗的黑眼睛濕潤了，和它的黑鼻子一樣，然後眼睛被血色覆蓋，它的牙齒露了出來，口水淌下，和地上的血液混在一起。它收縮身體，如一張弓一樣蓄勢待發，隨著一聲嚎叫，流線的軀體如黑色閃電射了出去。

男孩吃了一驚，萬萬沒想到這條黑狗竟然作絕地反擊，但好歹是躲過了攻勢，可包圍圈也被沖散了。

他們再一次沒想到的是，那狗竟然不快速奔逃，反倒是直接躥向小白。

射人先射馬，擒賊先擒王！

小白癡呆呆地看著眼前的突如其來，準備好的大石頭於不知不覺中從手中落下，那黑白分明的眼睛開始盛著水。

那黑狗作勢一躍，竟可憑反彈之力，奔到一人多高，居高臨下！那張開的獠牙直逼小白那如白筍般的脖頸。

就在黑狗得手之時，它的身體突然被一股力以狂風落葉般的姿態掃飛。

一根竹棍赫然出現，福喜。

「你倒是很狂啊！」

竹棍劈頭打下，暴雨梨花，招招擊中黑狗的頭。剛開始它還能掙扎幾下，而後就失去抵抗的能力，而竹棍的攻勢未停。

「死狗！死狗！」

「會念詩是吧！會數學是吧！叫你叫，你叫啊，你叫啊你！」

「吃屎吃膩了，來我的地盤撒野。」

「拿你做狗肉湯！」

福喜邊打邊罵，黑狗倒在自己的血泊中，血液慢慢漫過福喜的鞋，孩子們的鞋。男孩們癡癡地看著，女孩呆呆地看著。

坐在地上的小黑傻傻地看著，黑狗與小黑對視了一眼，那眼珠似乎在訴說什麼故事。

眼球被打爆了，漿液四射。

打碎的豆腐散落一地，女孩破涕為笑。

# 六

天空染上玫瑰的粉紅，更遠的天卻是被水暈開後的藍，濃稠滯緩得就像一灘死水的晚風拂在人身上，感到一陣悶熱的噁心。這種時候，人是不想動的，最多也就是動動嘴，連搖蒲扇的手也搖不起來了。

小黑的白皮父親還在外頭晃蕩，他越來越覺得那個白房子就是個巨大的雞圈，白天雞都被趕出來，漫山遍野地蹓躂，到了晚上雞就會自覺回去趴窩。他不知道回去還能幹什麼？睡覺？一覺睡到天明，然後明天又該幹些什麼？

他只會一根接一根地吸菸，聽身邊的人講身邊的閒言碎語。閒話就像夏天的蛙鳴一樣聒噪，他就像田裡用破衣服做成的稻草人，靜靜地聽著，不做任何表態。

「什麼時候去城裡？」

「挑個好日子就走。」

「什麼時候回來？」

「可能不會回來了。」

「定下了？」

「看看再說，看看再說……你剛進門的兒媳婦怎麼樣？」

「沒動靜！沒動靜啊！晚上的動靜倒是挺大，肚子就是沒一點動靜！」

「不會吧，我看她屁股挺大的。」

「你說會不會是那玩意兒有病？」

「我去幫你問問，我認識個先生，很靈的！」

這裡是村裡的消息集散地，連只剩下一隻耳朵的人都能知道那個剛結婚的後生昨晚來了幾次，今晚又要來幾次。對於這些，小黑的父親已經習以為常，他在這裡長大，被閒話助長，在他年少時，也不知道有多少次被禁忌的秘事困擾得夜不得眠。如今，他已習以為常，甚至在某段時間裡，他還是個老生，常談著從前對他來說是禁忌的秘事。

現在，他不想說話，他突然覺得他老了，裡裡外外都老了，沒有什麼可說的，想說的曾經都已說過了，他們只是在重複他說過的話。他就像是個沉默的黑銅雕塑，就算烏鴉在他的頭上拉屎，他都不會有什麼反應。

「我昨晚看見村口那寡婦的門沒關緊。」

「哎喲，你的眼真利，那婊子肯定在偷男人。」

「今早她又叨叨說她男人死了多少多少年，還流淚呢。」

「婊子還想立牌坊！這天是要變啊！你說那個是誰？」

「我哪能知道……會不會是你家那個？」

「瞎說！我家那個早就不行了！」

「哎喲，看不出來呀，你昨晚沒來，你家那個吹得那叫一個厲害，快上天了都！」

「人越老，皮越厚，淨吹牛。」

小黑的父親低著頭，看著自己的裆，沒有言語。

「今天的彩開什麼？」

「你有押？」

小黑的父親偏頭看向聲音的來源。

「沒有沒有，就是問問，問問……」

「你押了多少？」

「⋯⋯五十。」

「這麼多！不怕全輸進去？」

「就是玩玩，玩玩⋯⋯那個白阿婆也是押五十，她平時就押五塊十塊的。她和我說她做了個夢，說她的夢有靈，肯定會中！」

「押了什麼？」

「⋯⋯牛。」

「那你的錢沒了，都被吃了。」

「⋯⋯不會吧，那⋯⋯那開什麼彩？」

「蛇！還是三個點！三倍錢！」

小黑的白皮父親扔掉手中還未吸完的菸，匆匆往白房子的方向去，殘餘火星的菸蒂如同被遺忘的野嬰，生命之火緩緩凋落。

天暗了。

當白福喜跨過門檻時，一聲綿長的飽嗝就打得頂上寫有「卿雲煥彩」的斑駁牌匾掉了灰。他的肚子高高隆起，裡頭像是孕育了個肉球，他的嘴巴還在回憶那鍋狗肉的味道。放了那幫小畜生走後，他就找來三五個年齡相近的光棍，共同分享他的戰利品。白福喜不擅煮食，但他會吃，狗肉這種東西以前嚐過一次。他告訴光棍們，煮狗肉一定要用陳皮去腥，這樣煮出來的湯汁才會黏稠，才會更香，所以當氣味飄出來時，他的口水就不自覺地溜了出來。

因為黑狗是他打來的，所以他吃得最多。幾個人把狗肉吃得乾淨，但還剩一段狗鞭，光棍們互相看了一眼，而後嘻嘻哈哈地謙讓起來，都說自己不需要吃這玩意，白福喜輕蔑一笑，說他們是沒有口福，然後一筷子夾走，大快朵頤起來。

那些光棍幸災樂禍地對他說他今晚有罪受了，白福喜搖搖頭，道有句話叫狗肉湯前死，做鬼也風流，沒事讀點書，做個文化人。說完他就心滿意足地回白房子，大搖大擺的屁股讓光棍們笑趴在地。

　　白房子裡靜悄悄，村裡晚飯吃得早，男人在晚飯後都會出去晃蕩，女人收拾整理完也會跟著出去晃蕩。中庭掛有一顆橘黃的燈泡，是唯一的光，照得靜悄悄的屋子更加靜悄悄，白福喜被自己打出的嗝嚇了一跳，他被昏黃的靜悄悄感動，變得輕悄悄起來。

　　他走到中庭，抬頭看向那顆燈泡，光線刺得他瞇眼，他覺得眼睛像是被開水燙過一樣，閉上眼就像是有針頭在扎，順著吊著燈泡的線，他看到了被固定在木頭板上的電線，電線上滿是積灰，白線已被汙垢玷汙，他覺得這條電線就像是木頭板的裂縫，說不定哪天這條裂縫就會讓這片木頭結束它殘損的壽命，讓它倒在黃土上，被後來的黃土掩埋。

　　白房子裡靜悄悄，福喜坐在中庭的太師椅上，這是祖宗留下來的老古董，聽說還是花梨木的。滿足了口腹之欲的他，整個人都攤在太師椅上，像一泡鴨屎。雙手交叉著放在腆起的肚皮上，兩腳也交叉著。他的嘴唇發麻，全身都暖烘烘的，腳底板像是塞進一團剛被曬過的棉花裡，他覺得他的臉很燙，像是喝過酒一般，熱氣從胃緩緩輸送到四肢百骸，福喜感到身子的輕盈，熱氣騰騰的輕盈，他閉上了眼，梨花木所帶來的清涼恰到好處地中和了他身上的熱量，他彷彿是剛從天上那個凌霄殿回來一般，前所未有的身心暢快。

　　他看到了女人，種種女人，如雪片般紛沓而來，卻又匆匆消失，女人們沒有五官，只是活生生地到他的眼前來，赤裸裸的來誘惑他，令他目不暇接。她們不著衣縷，柔滑的曲線在福喜眼中展露無遺，他更喜歡那些中年女人的肉體，蘊含其中如爆炸一般的生命力比年輕的處女更能挑動他的情欲，在一片白花花的肉海中，福喜看到了一個穿有衣裳的中年肉體，她穿著城裡女人時髦的衣服，她的身軀飄逸靈動，外衣隨著步伐一掀一掀的，福喜甚至能望到雪白的胸口。她比這裡的所有女人都美，儘管看不見她的臉，她離去的背影勾起了福喜追逐的欲望，他勢必要得到她！

他要穿越滾燙的肉海，他被圍擁上來的女人的胸悶得窒息，他的臉頰被火熱的肉燙得火熱，他要與她們惡鬥一場，在肉山中披荊斬棘，他不能做她們的俘虜，他是人，他是有文化的人，要勇敢地追逐自己的夢。

福喜追上了那個穿衣服的女人，他的手每碰她一次，女人的外衣便脫落一片，他大喘著氣奔跑，臉憋得通紅。當女人身上最後一片衣物也脫落時，女人不跑了，停在原地。福喜沒有猶豫，上前拉住她的手，當女人轉過來時，他看到了久違的五官，一張清晰的臉，一張似曾相識的臉，他突然想起來，這是白房子左邊的女人！

福喜被驚出冷汗，汗液潤濕了他的衣衫，布緊緊貼在皮膚上。他在太師椅上劇烈地喘氣，褲襠已濕了一大片。連梨花木的椅背都被福喜烤得灼熱，他迫切地想喝水，他覺得自己的乾渴程度肯定超過沙漠裡缺水的旅人。福喜站起身來，搖搖晃晃地，腦子裡什麼也想不起來，只有一張臉異常清晰，他知道臉的主人是誰，這讓他越想越怕，但慌張之下，竟然還帶著無法表達的喜悅，福喜「看」過了那女人的身體。

白房子裡靜悄悄，忽然有幾聲沙沙的潑水聲飄到白福喜的耳朵裡，他靜靜地聽了又聽，呼吸霎時急促起來，就連面色也恢復成原先的紅。僵立在中庭，乾渴又折磨著他，他幽手幽腳地走向浴室，這是個簡易浴室，男人們穿著褲衩洗澡，女人則多半挑在男人不在的時間洗，浴室的門就是由一片木板做成，若是從門縫中竭力去看，裡面的動靜盡收眼底。福喜起初以為只瞥一眼就可以走的，然而這一眼之後，他就像是被獸夾捕住的野兔一般，動也動不了。

那具肉體竟與他夢中所見的一模一樣！

連呼吸都變得異常困難，福喜仔仔細細地看，連一根毫毛也不放過，他恨這浴室沒燈，他恨這月色不解風情，他恨這門縫太過狹

287

隘，他恨得牙齒都打起架來，連臉上的肌肉都痙攣起來，抖得厲害。他搜刮出自己口中所有的水，然後一併吞下，聲音竟與他的飽嗝一樣清脆響亮。

被霧氣包裹住的肉體聽到了門外的聲音，問：「誰？」

是她！真的是她！白房子左邊的女人，竟與夢中不差分毫。

門縫裡的女人裹了條毛巾就打開了門，一眼就看到了福喜，可福喜的目光還放在毛巾遮不住的那條線上。

福喜想做一番爭辯但開不了口。

福喜想立刻就逃跑但邁不開腿。

女人把一盆冷水嘩啦啦地澆在福喜的臉上，他連忙抓住女人的手，要她冷靜。

「你們在幹什麼？」這是專屬於男人的粗野。

小黑的父親野蠻地扯開白福喜的手，並將他推倒在地。

「我沒想到那野男人竟會是你這小子，我早該想到是你！」

他上前踩住福喜的肚子。

福喜這時才想起爭辯，道：「我只是想喝水！」

「喝水？也就是你喝水會喝到渾身濕透！」說完便朝福喜的頭猛踢。

福喜雖然用手護住了頭，但鼻血還是激情地洋溢出來。

女人有點看不下去，拉住男人的手，可男人卻一下甩開女人的手，並打了她一耳光。

「怎麼？你心疼了？」男人狠狠地地上啐了一口唾沫，「我教訓完這小子就來教訓你！」

男人用膝蓋卡住福喜的脖子，掄起拳頭就往他臉上招呼，突然一聲尖銳的慘叫聲打斷了男人的進攻。

一個瘦小的身體發了瘋似的撞開跪在福喜身上的男人，是白阿婆，她回來了。

她抱著福喜的頭，替他擦拭臉上的汙血。福喜在白阿婆的攙扶下，艱難地站起身來。

白阿婆那護崽的目光似乎想把小黑的父親撕碎。

「你也別這樣看我，是你兒子不清楚，老娘們就別瞎摻和。」

「你打的是我兒子，我怎麼還不能管了？」

「你要管是吧？那你把欠我的錢統統還給我，我再讓你管這事！」

「老娘我活了這麼久，也沒欠過誰錢，更不會欠你小子的錢！」

小黑的父親冷笑了兩聲，語氣瞬間冷下來，他說：「我可是知道開的彩就是蛇，我還知道你押了五十，還是三個點，三倍！有多少錢就不用老子告訴你了吧？」

小黑的父親氣勢洶洶，當他說完最後一個字的時候，他那眼睛似乎要把白阿婆囫圇吞下，就像吞棗一樣。

她早就忘了告訴兒子這事，更別提要幫小黑父親押彩了，得知今天開的彩是蛇後，她才想起還有這件事，如果不是蛇還好說，可又偏偏是蛇。白阿婆看了看福喜，兒子就像傻了似的，兩隻眼睛放空，直愣愣地看天。

「沒有，要錢沒有，要命一條。」

「可以，我要的就是你兒子的命！」

白阿婆乍然淒厲地哭叫起來，還帶著含糊不清的詞句。

「殺人啦！老天爺啊！你開開眼啊！白眼狼要打她娘了啊！」

「我看你是越老越瘋啊，你是誰娘？信不信老子我抽你？」

小黑的父親又亮出他的巴掌。

「你要打我兒子，就先打死我吧！」

「你以為我不敢嗎？」

那巴掌作勢要響亮地落在白阿婆的臉上。

「你給我住手！」蒼老的嗓音阻止了小黑父親的巴掌。

「爸，這件事你別管。」

「放屁！我不管你，誰管你？」

小黑的祖父將小黑的父親拖開。

「你怎麼能幫著外人說話？她兒子偷我女人，她也欠我的錢，舊賬新賬一起算，就算把他打死，那也是天經地義！」

「反正你就是不能打她，不能打她！」小黑的祖父將佝僂的背護在白阿婆面前。

「好，好……好！我不打這臭婆娘，我打她兒子！」

「你要打我兒子，就先打死我！」含混哭腔的咒罵更顯淒厲。

白阿婆欲掙脫面前那個男人的保護。

「你打不得！快住手！」

「爸你給我讓開。」

「打死我啊！來啊！沒天理了沒天理了，沒法活沒法活了！」

「爸！你再不讓開，我連你也一起打！」

「欺人太甚！」

白福喜終於緩過勁來，他如餓虎般繞開兩個老人，矯捷的身姿驚住了他們，白福喜撲在小黑父親的身上，將整個人的重量都壓在他上面。小黑的父親想要逃但被牢牢困住，他就只能躺在地上，但哪裡打得過居高臨下的福喜。

「還不過來幫我把他拉開！」

愣神到現在的女人終於回過神，此時如果再不幫她的丈夫，那可就真的說不清了。女人用她的指甲扣住福喜的臉，拚命要將他拉開，福喜的臉都被扯變形了，指甲在上面留下活潑的傷口。

　　由於有了女人的助力，小黑的父親這才從福喜身下爬出，他的兩隻眼都抹上了紅，胳膊爆出的青筋正在積蓄力量。

　　伴隨呼嘯，拳頭逕直往福喜的小腹擊去。

　　但打到的卻是白阿婆的頭，把束髮的皮繩都打斷了，髮絲像花一樣綻開。

　　漆黑之夜突兀地閃出如樹杈般的白色閃電，又如蛟龍般消失，在天幕中留下淡淡的身姿，短暫的靜默之後，轟隆一聲，天域炸響驚雷。

　　白阿婆昏倒在地，不省人事。原來阿婆見自己的兒子將要被打，就奮不顧身地用身體將福喜撞開，可偏偏打到了她的頭。

　　福喜哪裡忍得了，媽呀呀地喊叫著，「我和你拚了！」

　　兩人又扭打在一起。

　　女人與小黑的祖父上前拉扯，意欲將二人分開，誰想這四人竟然糾纏在一起，一時半會兒不得分開。

## 七

　　閃電讓天穹亮堂無比，小黑睜大了他的黑眼睛。沉重的雷聲嚇得小黑捂住耳朵，他的黑眼珠清澈透明。在片刻的沉默後，他在白房子身後的那方綠水前跳了起來，心臟似乎是要破殼而出，躁動不安，他那又粗又長的臍帶和極不起眼的小雞兒隨著身體的收縮而起伏，大腦袋從左晃到右，又從右晃到左，像個黑色的撥浪鼓。

　　白房子裡漆黑一片，但仍能找到他，他的皮膚在黑夜中透出一層瑩瑩的光，就像淺白色的牛奶在他身體緩緩流淌，還能看到那方綠水，水是寂靜的墨綠，宛如一塊罕見的巨大玉石。

　　小黑的頭不搖擺了，但卻興奮起來，瞳孔裡迸發出奇異的光。

　　他看到那些吸附在木牆上的電線，竟然激射出如土牆裂紋般的白亮電弧。

　　光！他又看到了白色的光！

　　剛才使天地瞬間慘白的光竟然在漆黑的白房子裡重現，同樣是一閃而過，但這次，小黑看到了這如鬼魅般絢麗的源頭，在縱橫交錯的電線裡，在因老化而裸露的金屬裡。

　　他想起遙遠的上午第一次觸碰到光時的感覺，那種舒服的暖洋洋讓他迫切地想知道藏線上裡的光是否和那次一樣。方才天空中的一閃而過，還來不及他細細思量，他興奮得顫動著，那種無與倫比得讓人敬畏的東西一定就深埋在眼前這蜿蜒曲折的線中。

　　他走上前去，電線與綠水池挨得很近。

　　電弧閃過之後，火星悄然無聲地誕生，無聲無息地在黑暗中跳出最原始最熱情的舞蹈。

　　火焰沿著電線蔓延開來，像極了一條燃燒的蛇，它不斷吞噬，然後不斷延長自己的身軀。

　　小黑激動得手舞足蹈，就像眼前的火一樣上下竄動。熱烈，溫暖，舒服，這就是光給他的感覺。他找到了。

　　黑瞳呲溜溜地轉呀轉的，裡面不安分的精靈模仿著火的舞姿，黑皮像披了層薄薄的紅紗。他伸出一個手指，試圖感受偉大而又神秘的光的載體，他的指竟然顫抖起來。

　　終於，他又碰到了光，紅色的光。

　　他的手指好像將要被咬斷，疼得厲害，但他沒有縮回手去。

　　指頭一如既往地前進，當它有了觸感時，一股強大的力量從指頭處瞬間占據了他，他的身體就像是強塞進了一個幾倍於他的人，巨大的痛感充斥著他的腦袋，他那又粗又長的臍帶和極不起眼的小雞兒被電流麻痺得暫態挺立起。

　　小黑被毫無徵兆地擊飛，他感到身體在慢慢變輕，一種快要飛起來的放空感。

噗通一聲，他被強大的電流摔入那方綠水中。

火蛇還在啃噬周遭的一切，它慢慢發展壯大，成了一個胎盤，裡頭孕育著新生，胎盤撲上木牆，焰火燎得上方黑成一片，木牆被塗上極其活潑的顏料，火如浪潮般湧向大樑，安居其中的白蟻被燒得劈啪作響，牆體支援不住，嘩啦啦地倒了下去，如同遲暮的英雄倒在黃昏的戰場上，火星打著旋兒沖天而起，霎時間空中出現無數橘金色的蟻。火焰茁壯成長，開始橫行霸道，它像最神奇的馴獸師，指揮火獅火虎衝向白房子的左邊，指揮火熊火犀突進白房子的右邊，火浪如水般在土牆內連綿擴散，凡所到之處，無不被其強大地包容，它侵蝕花梨木做的太師椅，把高高在上的「卿雲煥彩」也一併扯了下來，它越來越像個人，又保留原始的血性，熱浪是他的威嚴，崩塌是他的咆哮，他被困於土牆做成的牢籠內，成了頂天立地的侏儒巨人。

也不知大火瘋狂了多久，直到把白房子毀得肝腸寸斷才肯善罷甘休。白房子被糟蹋了，完全失去昔日的模樣，僅存的三面土牆也失去引以為傲的白色，裸露出質樸的內在。

牆內亂石狼藉，瓦片堆積成山。

被燒成木炭的大樑橫七豎八地躺著，偶爾還有幾聲劈啪的炸裂，青煙從木頭與石頭中縷縷升騰而出，到處都是燃燒的味道，滿目都是悲哀的味道。

地上有一具模糊但相對完整的黑色骨架，火焰讓它失去了辨識度，它的身邊有許多黑色的骨頭堆在一起，五個黑色骷髏頭並排放在一起，兩兩相視。

白房子身後的那方綠水已蒸發殆盡，被亂石與碎瓦填充。

驀地裡，石堆冒出一顆白色骷髏頭，緊接著又是一副完整的白色手骨。一雙粗壯的白色手臂伸了出來，左手握著手骨，右手拿著頭骨。

　　石堆向下陷進幾分，一張俊美無比的面出現在太陽下，他的雙手撐地，將身軀抽出來。

　　他站在太陽下，赤裸。仰頭，直視，他的眼睛就像白日一樣明亮。他高大，健壯，勻稱，陽光射在他線條分明的肌肉上，射在他精緻的小腹上，射在他碩大的高高挺立的陽物上。

　　光打在如刀切過的鼻樑上，在臉的另一側留下全身上下唯一的黑影。

# 不安の空

福建師範大學文學院本科 2014 級　陳啟航

傳教士帶來了西方的上帝，也帶來了西方的惡魔，帶來了西方的善，也帶來了西方的惡。

——芥川龍之介《惡魔與煙草》

## 序章

晦暗的天空，雖是黃昏，卻見不得半點紅黃色，只有灰色的彩虹，罩在教堂外，由淺到深。我能看見一個身影，卻是黑色的，她跪在神臺前，雙手合十握緊，做祈禱狀，時不時地微顫。她向上帝祈求，她腹中的孩子，能是一個男嬰。

她很美，夜色也掩蓋不了這一點，只需要些許燭光，她的尖下巴，鷹鉤鼻，微卷的長髮，便都能展露出來。這樣帶有異國味道的美貌，在那裡的人看來，是極沒福氣的，甚至還有人覺得她會是一個凶悍刻薄的婦人。

在這個禮拜天的黃昏，教堂裡只有她，每週例行的彌撒才剛剛散去，或許就算是上帝也才剛剛喝下人們進獻的葡萄酒，在醉夢中聽人們的祈禱。

傳教的洋人司鐸向人們宣稱，上帝無處不在，能知道世間萬事萬物，甚至於人心之中最隱晦的秘密。

　　當我還是一個年輕的惡魔的時候，我聽著老頭們講故事，我就對此疑惑。既然上帝用自己的樣貌創造了天使，為什麼還要創造出人呢？人顯然比天使低了一級。我們的路西法陛下是上帝的大天使，他帶著他的信仰者來到魔界坐在了上帝的王座對面，在那之後，人類就出現了。上帝為什麼這麼做呢？難道不是成為上帝的玩物嗎？天使可能背叛成魔鬼，而人卻無力背叛上帝。

　　在聖經中，我和人一樣，獲得了原罪。人類的始祖，由於受到欺騙吃下了上帝所禁止他們食用的智慧樹上果。而我的始祖，是所謂欺騙了夏娃的蛇。

　　上帝就是人啊，他和人一樣隱藏所有惡，他把天堂裡的所有黑暗藏在他的身體裡。他的全身都散發著光，就像一個匣子，誰都明白匣子裡是黑暗的，可誰也看不見裡面的黑暗究竟是如何，無論天使還是惡魔卻都出生在那裡，早於人類之前。

　　所以，誰也想不明白，為什麼純善的天堂，會有惡呢？

　　而當我逃到，想告訴人們真相的時候，卻被瑪利亞發現，被她踩在腳下。人們根據這個神跡為瑪利亞造像，自然也就有了我的份。

　　所以，那日我是有多麼的高興，當眼前的這個女人懷著身孕來到教堂祈禱的時候，我覺得那是我的靈魂能夠逃出並有所依附的唯一機會，一來她未受到上帝的詛咒，二來她的胎兒還沒有靈魂。而身為異教徒的她，她的願望，上帝自然是聽不到的，我想，不如作為我托身的交換，由我來實現她的願望。

　　而我也不小心將自己變成了人。

　　如此種種便一發不可收拾，即使是惡魔轉生為人，何嘗不是再一次的墮落。

　　那個女人成了我今生的母親。

　　以下是我作為人的記憶。

　　既然求中國的神並沒有什麼用，想要放手一搏的母親瞞著眾人去求了西方來的神。而也因為我的關係，她相信了上帝，認為是上帝賜給她一個男嬰，結束了她噩夢般的生活。在我出生後，母親便如還願一般，接受了洗禮，並帶著我一起。

　　一個惡魔接受了洗禮，就如同人類受到了詛咒一般，而那時我一點也不知道，我作為人的命運，自出生時便注定黑暗，從裡到外，透了。我開始必須像一個普通人類一樣，忘卻了過去，要經歷懵懂到開智的過程，而只有死亡，才能讓我重新獲得自由，重新拿回原有的記憶。

　　我們都如同離開大海的水滴，我們是水滴，儘管會蒸發，但回到大海，水滴也就不存在了。

　　正如同我是離開黑暗的惡魔，儘管失去了永恆的生命，但回到黑暗，我也就不存在了。

　　……從我們在夢中深深地進入心靈的過程中那一刻起，所有小路都通到昏暗中。

　　　　　　　　　　　　　　　　　　　──弗洛伊德《夢的解析》

一

　　村口的狗，叼著剛生下的崽子，向村外走去，回頭看了一眼，這看不見底的深淵。

　　那是一個憋著雨的夏夜，天空是灰白色的，路是黑色的，周圍的一排小屋，卻是黑色的瓦，灰色的牆。只有剛下過雨的石板路，在黑暗中偶爾泛著白光和一扇窗戶還微微地透著黃色的燈火。

從窗戶探進去看，裡面只有一個架著點滴的病床、一個不穿白大褂的鄉村女醫生、一位母親和她的大嫂。只有注意看時，你才會發現床腳還有一個六歲大的小姑娘緊緊抓著母親腳下的床單，目不轉睛地看著床上的母親。

那一刻，母親的手裡還有幾絲黑髮在光裡亮著白。終於，疼痛也再不能迫使她發出一聲叫喊。像是被縛在床上的精神病人，折騰得累了，癱在那兒。說來也實在諷刺，她的確是躺在病床上，長時間的折磨也許早就該將她逼瘋了。

一個女人，生了四個孩子，四個都是女孩，意味著，這是她的最後一搏。

在那個時候，官家又不許納妾，婆家又要子嗣，所以只能一直地生啊，生啊，直到生出男子才算罷了，而前面生出的女孩呢？略有良心的，便送給要女孩的人家，或丟在醫院，教堂，而大部分都是被自己的祖母親手掐死丟進黑河，或是一生下來便丟進糞桶溺死。你們會看到沒人走動的夜晚，黑河邊，街頭總是人影攢動。平民生了女兒來丟，勾欄裡的女人生了兒子來丟，勾欄裡的老婆子會撿好看的女嬰帶走，也有生不出兒子的女人請娘家人到這裡換妓女不要的兒子騙過婆家。

女人難產了，鼻樑上的陰影由於瘦下去的臉，而更深了。那個粗臂膀的女醫生早已在她的肚皮上打過催產針了，可是還是沒有動靜。想來那個胎兒，原就是沒有靈魂。

奇怪？女人的丈夫呢？那卷髮的胖女人，是女孩從哪裡找來的，她管她叫嬸兒。

那是凌晨，天不黑了，但也還都是灰白色的。不曉得那樣歲數的孩子，究竟是怎樣不誤地找到地方的。只能想，她是被教好的，「妹兒，一有事就去這裡找大嫂」。石板路是坑坑窪窪的，有水的地

方顯得格外的黑。女孩的每一步，只能邁過石板的一半。

「出門直走，左拐，直走，看到那兩個大紅燈籠就是了。」女孩是嘴裡不斷的念叨著，用短小的手指數著腳下的石板。

紅光照著門前的石板，有水的地方變成了白色。女孩溜了進去，連看守也沒能看到她。女孩跑到大伯住的地方，用她的小手在門環下不斷的敲。

一陣子，屋裡有了動靜，一個男人的罵聲嚇得女孩退了幾步。屋裡拉了燈線，只有大嫂出來了。

「妹兒，怎麼了。」

「娘，要參。」

「什麼？」

女孩用的是方言，不然或許真說不清楚是要生，還是要參。大嫂便直接轉身進屋尋出一個小匣子，連忙跑著去了。小姑娘在後面跟著，怎麼跑也跟不上。大嫂的一步是可以邁兩個半的石板的。

那小屋裡的一切，自小姑娘走後彷彿靜止了一般。只有亮了一夜的白熾燈和母親的呼吸，可也已經開始感覺要燒斷了，耗盡了。女醫生一邊告訴母親要堅持，一邊害怕如果出了事自己該負怎樣的責任，她已經不知道還能做什麼了。

很快，大嫂帶著旗參來了。

母親咬著旗參，一下子有了力氣，醫生和大嫂一起用粗大的臂膀將孩子從母親的腹中按了出來。

命運就是這樣非要讓這個孩子誕生。無論他是多麼不願意啊。

孩子出生了，是一個男孩。可孩子出生卻不會哭，身上也帶著瘀青，也沒有頭髮，體重也輕。醫生將孩子倒吊著打啊，打啊，那一口痰才吐了出來，孩子無力地痛哭著，母親鬆了一口氣，放開了糾著的所有力氣。閉著眼，將旗參一點一點地嚼爛。

　　小姑娘倚著門，她聽著母親的尖叫，咬緊了牙根。看著大嫂抱著剛出生的弟弟在笑，小姑娘不知道是不是懂了什麼，她的眼裡，有一種說不出的憎恨。

　　「如果我是男孩子是有多好，媽媽就不用生那麼多了，我也能和其他家孩子一樣，一個人可以吃一整顆蘋果。」

　　儘管女孩最後還是嫁了人，生了孩子，幾乎要重蹈母親的覆轍。

　　那時，所有的空氣似乎都被所在那小小的門內。很難發現，在門外，還有一個人在踱步，她的手裡好像有一顆怎麼也剝不完的蒜頭。那是女人鄰家的婆姨，陣痛的時候，女人就是敲開了她們家的門。她送了母親來這兒，又負上找到孩子父親的事兒。一時間，她家裡的男丁也都出去找了。都說找著了，只是被賭局拖住，怎麼都不讓走，他自己也似乎沒有要走的意思。

　　「生孩子，生男生女，就和賭博一樣。我從未有過兒子，而從未賭贏過。今晚我有了兒子，我會贏了，對吧。」

　　這是做父親的心語。

　　天空從黑色到灰色，再到白色，雲一直未散。

　　廟裡的賭局就沒有停止過，一切都沒有改變。

　　那裡的一切都是破的，門上的門神，殿裡的凶神，他們的身體早已隨著風化了，只是他們的眼睛還是如舊的瘆人。

　　賭桌上坐著父親，他的手裡還拿著一塊饅頭啃著。那裡的男人很多都是白天工作，晚上用白天的辛苦錢在賭場裡賭上一天一夜，雖然不少人說他們是被那些凶神給蠱惑了，後來我們都說他們是被魔鬼拖去的。

　　而賭，並沒有因為一夜賭局的結束而結束。

　　有人說，父母是孩子成長的目標，而我從未想活成他們那樣，以至於，我永遠不可能在他們那兒得到真正的庇護。

　　和許多被賭纏上的家一樣，充斥著永無止境的爭吵，而我卻只能每夜躲在床上瑟瑟發抖，緊緊抱住自己的心臟，在那裡抽泣，連聲音都不敢哭出來。

　　暗暗發下誓言。

　　「沒有人能理解我，沒有人在乎我的感受，我何必再在乎他們。」

　　這樣，不知道每天在做什麼，跟著母親，看著母親做著一個女人要做的事，不知不覺那些活兒我也都知道如何做，儘管我完全不需要動手。而那一年，許多事讓這個本就搖搖欲墜的家庭開始從表面崩塌。

　　　那個女人在森林的鮮花叢中死去
　　　她知道別處還有更加茂盛的森林

　　　　　　　　　　　　　　　　——夏爾·克羅〈散人〉

## 二

　　南方的小鎮，在春天裡，常常半天是陽光，半天是陰霾。教堂裡，聚集了當地的信眾，人們穿著白色的褂子，舉著白色的燭火，女人抱著孩子在隊伍後面跟著，讓洋人司鐸沖洗他的光禿禿的頭。並給了女人和他的孩子一個牌子，寫著孩子的聖名——若瑟。

　　雖然有了洋名字，平日用起來卻總是不合適。於是，我的名字一般就叫陳若。

　　「若仔，快去賭場叫你爹他回來。你去他會聽的。」

　　母親常常說這樣的話，因為他仍相信親情或許能喚回父親，而且我是男孩，這樣，成功的可能性更高了吧。

　　去賭場的路。

　　我害怕，那條路上沒有燈，卻有人，他們的眼睛放著光。而賭場裡也充滿了，眼裡放著光的凶神。到了那兒，複述一遍母親的話，然後離開，成了那時的我，每天的例行公事。

　　回去的路上，黑河畔靠近我的地方依舊滿是哭聲，遠離我的對岸依舊歌舞昇平，我從來沒去過那裡，而隨著年紀越來越大，想去那兒看看的好奇便無法抑制，因為那裡總是走進走出許多穿著華麗的男男女女，與我們不同，與我見過的任何人都不同。我開始有點喜歡。那裡的石板路，比我見過的，走過的，任何一條路都要平坦。路的兩邊，是一排一排的舊木屋，有很多胡同，每個胡同都是一個園子。再高的也不過兩三層，窗子都用一塊一塊木板閂緊的。只有一個園子裡的屋子最高，也最大，我雖當時認識的字不多，也知道上面寫的是「御園」。

　　白天的那兒，和夜晚完全是兩個樣子，一個人也沒有，門窗都關得緊實，只有門前的紅燈籠下還有熱的未乾的蠟。

　　在那裡，我遇見了一個男孩。那時，他是和我差不多大的小男孩。他一直不肯告訴我他的名字，大概在這裡名字有什麼特殊的意義，可他卻善意地告訴我這屋裡的禁忌。相仿的年紀，他似乎比我懂得多。

　　而當下我便明白，如果他看我的眼睛是水，那我看他的眼裡就是一團霧，如果他在我的眼裡也看見了自己的眼睛，就像那濃霧飄在湖面，久久不肯散去。他像看到什麼奇物一樣，繞著我看。

　　那時的我，心中似有點崇拜他那一副大人口氣的樣子。

　　「小孩，這裡可不是你這樣的小男孩能來的地方，小心被抓去做小相公，哈哈。」

「這會兒，除了我，沒別人，你就偷笑吧。」

「你想見識？」

「等紅燈籠亮了你來找我，我會支著後門的。」

就這樣，我什麼都沒說，他看穿了一切，我也不置可否的答應了他。

那天午夜，我放棄了去賭場找父親，那是我在夜晚出行的唯一機會。我應了他的約，路上的一切都是美的，整條街上，每一個木屋前都掛滿了紅燈籠，路上的人都穿得不規矩，但美。

我第一次在現實中實踐了，「貧學富，富學伎」的俗諺。這麼美，卻被外人說得如此骯髒不堪，甚至連母親也曾辱罵過他們，而這裡很安靜，每一層樓都是黑木白牆，每走一步，都能在地上踩出吱吱的聲音。他說，相公們走路，腳下是從來沒有聲音的，只是身上戴著的些勞什子叮噹響，那響聲也是不能亂的，總是一個小曲兒的調子。我聽了，也馬上繃緊了腿，想盡量不發出聲音。他帶著我躲在樓梯間裡。

「要是被相公見著了你，我可就沒好果子吃了。」

我一時躲在他身後什麼也看不到，耳邊卻傳來了叮叮噹噹的聲音。

餘光裡的眼，看見了一個比女人還要美的男子。

露著像雪一樣的白卻帶著冷的身體，裹著一塊漂亮的旗袍布，像隨時都會褪掉的華美的袍子。留著烏黑的長髮，頭上的旬子，像黑河邊的那棵紫荊花一樣，垂墜著。

「美吧。」

我和他就一直躲在那裡偷看著，似乎除了煜相公和他，別的相公都像黑河邊上已落的紫荊，或是落在土裡，或是落在黑河之中。他們的叮噹聲，也不沒有煜那樣好聽。直到夜深了，樓上的窗又重新閂上，唱起了〈洞仙歌〉。

　　這裡就是有名的勾欄區，只是這樣的男妓，還是不多的。

　　夜暗了，御園裡來來往往都是人，我忙往外擠，最後還是撞在了一腿上，那雙眼睛，藍色的，像幽冥一樣深邃。但我還是從人流中被擠了出去。

　　那一夜，我像往常一樣，沒有絲毫表情的回到家，也和往常一樣，不說話。母親紅著眼睛，坐在那兒，哭著對我吼，「你也和你爹一樣了嗎？這麼晚才著家。果然是他的種。」我有些震撼，但還是一個人回到了房間，在床上不知想著什麼。

　　那個淩晨，我被一陣的關門聲驚醒，我悄悄地摸著樓梯下去，父親從廚房拿了菜刀攤坐在地上，威脅著要砍掉自己的手，而母親在一旁攔著，父親要打在自己身上的拳頭不知為什麼通通打在了母親身上。小時候，我以為父親終於認錯了，而他那只不過是為了讓母親能同意賣掉房子，賣了姐姐們，給他還賭債，而做的把戲，他簡直瘋了。那時候，我多想他們能賣了我，賣我去御園？這樣我就可以不用再過著這樣提心吊膽的日子，離開那個人間修羅，可我知道父親不會打我，不會罵我，更不會賣我，只因為我是男孩。而我是男孩，卻要親眼看著母親，看著姐姐被打，和姐姐不同，我有多麼希望我能是個女孩。因為女孩還能嫁出去。

　　很快，房子就賣給了一位有錢人家的小姐，還有她的，帶著藍色眼眸的男友。而他們身上，也帶著國外特有的香氛的味道。見到我的時候，藍色的眼眸裡露出了微笑。

毫無疑問，

一個戴罪的唱歌的人，也會有美妙動聽的聲音。但是

還是將要死去的天鵝的聲音最為動聽：它唱著，沒有任何擔心和懼怕。

——貝托爾特·布萊希特《閱讀信札》

# 三

夜晚，晚霞多變的天空開始泛白，我被帶往外婆家，並在沒有被告知的前提下被留在了那兒。

外婆家門前有兩棵松樹，無論天是黑的，白的，灰的，那松樹都是綠的，或深或淺，僅此而已。而外婆，總是沒事盯著那兩棵樹看。

儘管外婆也收了母親的錢，可因為，我有那麼個父親，我又是他的兒子，是他的種，外婆也因此不待見我，常常罵我，一旦我做錯事，就常常用父親的樣子來詛咒我的未來。外公原以為我是個男孩，能幫著他幹點打鐵的活計，原是歡喜的，而我卻是那一副嬌弱的模樣，便對我失了望，知道是個無用的人，便也和外婆一樣不待見了。而我因為從前父母無暇管我，姐姐都奉命守著我，本來也沒教養，更何況我有那樣一個父親，害他們的女兒，如今我來贖罪豈不是天經地義的。而且我本也無理由住在外婆家，我們不是一個姓。

外婆是那個年代裡，難得受過教育的人，也很能幹，內外親戚沒有不佩服她的，什麼事都做得那麼周到。當然，那時，我並不知道，這種周到需要代價。直到我自己也患上了神經衰弱，進而演變成焦慮症。而外婆，她，還患有嚴重的哮喘，當然這和外公打鐵有很大的關係。

　　我在那個鐵匠鋪裡住了三年。打鐵聲，每天咚咚咚。每天我能做的，就是看著那些黑木炭，由黑燒紅，紅了，最後變成白色。我負責把它們清掉。

　　而我是感謝外婆的，儘管她對我很嚴厲，卻成就了我的禮儀。吃飯，睡覺，站坐……我的每一行動都在外婆的監視之下，隨時等著接受外婆的考核。「椅子只能坐三分之一」、「別把筷子和湯匙一起拿著，你是餓了好幾天嗎？」、「吃飯不能把碗端起來，要扶著碗沿」……

　　要是錯了，就得挨打，就用那門口兩棵松樹的枝。那位嚴謹的老人還會笑著說，「用這個打，不會留疤，還疼。」

　　儘管被打，也哭，被打得少了，也哭。

　　那一段日子，或許是再正常不過了，有苦也有甜。外婆教我如何用回針的針法讓布袋更牢固，做菜時怎樣幫她打下手，到最後，以至於我求著外婆教我織毛衣。我知道她是一個極為封建的老人，「外孫不過外人，吃完就走」的俗話她又怎麼會不知道呢？或許，那時天真的我，真的打動了她吧。

　　那年五月一日，我永遠記得那一天，父親那邊派了人來告訴外婆，過幾天就來把我帶走。我趴在門上，向外看著，那個人全身戎裝。我能猜到是誰，「連這個時候，都要讓當過軍人的大伯來唬人」。我想逃，卻又害怕，就躲在閣樓上一直哭，一直哭。在閣樓上，暈倒了。

　　我忘記了一切，甚至忘記了外公也不在家，我一度恨自己的自私。

　　天暗了下來，打起了雷，雲，月，依舊在天上，只是誰也看不見。孩子在水坑裡掏魚的手，被蘆葦割傷，滲出一刀一刀血來。

　　一聲哀嚎，破碎了一切。

外婆死了，就那樣直挺挺地正坐在大堂的椅子上死的，是因為哮喘去世的，而那樣子就像是被死神勒住了脖子，眼睛瞪得老大，嘴唇發紫。那些人，都說是外婆生的時候太厲害，才會如此，外公也因此廢了，一邊任由她們誹謗外婆，一邊任由她們瓜分外婆的遺物。

那時人的貴重東西都是放在大木箱子，藏在牆角的，用的也還是用一根銅「凹」便能打開的鎖。外婆的箱子被抬了出來，她們，他們，都圍著箱子，而我只配站在最外層。這裡，我坦白，我看過裡面的東西，還偷偷毀掉了一樣。

第一層裡是每個人都喜聞樂見的錢，借條，代代相傳的金首飾，和簪子上拆下來的碎玉，還有父親當在外婆那裡的戒指。第二層裡放著舅舅們讀書時的作業，獎狀，畢業證書種種。給孫子帶過的紅兜兜。最後一層，放的是一個銅鐘，是一個裸體女人的樣子，銅色已經發黑，底座也帶著一層青綠，那是外婆出嫁時的嫁妝。裡面沒有一件東西，與我有關。

那時候，我想像著他們看著這些東西時的表情，一層一層地看下去，該是有多麼有趣啊。

她們裝模作樣地哭，我卻意外地一點兒也哭不出來。或許，是因為當時的日子太苦了，也因為小，並沒有什麼值得留戀的東西。

直到他們，她們都散去了，外公才把一樣東西從外婆的床上拿了下來，留給了我。

那是一截未織完的毛衣，卻是織給我的，織給身為外人的我。我終於還是哭了，原本因為哭得太多，只會因為發炎而流淚的眼睛，再一次因為感情而哭了。有的時候，我會覺得外婆為什麼要這麼做呢？

得到的越多，失去的時候，也就越痛苦，我如果從未得到過，或許可悲，也就不會難過了。

因為外婆的死，不會有人在此刻再想到我的問題。

這是一個難得的機會，我下定決心，決定出逃。

「母親多半是因為我，而不能離開父親，選擇自己的人生，而我也許也是因為母親，不願讓她難過，才選擇留下，可是，儘管是我的母親，她不也會和父親一樣，要我給他們生孩子嗎？他們不也想我變成正常的男人嗎？變得和賭場裡，店裡，政治場裡的那些男人一樣嗎？」

這裡的一切並不屬於我，唯有那半截毛衣。

我帶走了它，我是會織的，而我卻不想將它織完，鵝黃色的半截毛衣，插著針，一針一針插在我交織的心上。

很高的 C 調
一次異教徒的彌撒
成功地
從強制的否定危機中被解救出來。

——杜爾斯·格呂貝恩《顱底課》

# 四

雨在夜裡閃著光，兩旁的紫荊，紫楹，被打落了。落在灌木上的，是乾淨的，落在泥土裡的，是乾淨的，落在路上的，被踐踏，被碾壓，毀了。

人力車在路上馳著，上面坐著一個美麗如日本人偶一樣的人，和他撿回的一隻濕漉漉，像花瓣一樣，被毀了的小貓。

一個人漫無目的的跑啊，跑啊。簡直像從一個封閉的黑暗，逃竄進另一個更為廣博的黑暗。

微張的眼角，在雨霧裡，看見的，是「路上的狗靈」。那天，是我唯一想要自殺的一次，我緩緩走到路邊，像丟了魂一樣，等待著足以將我帶走的，像「剪子撕開一條緊繡的絲帶那樣，在路上飛逝的馬車」。而他就那樣，不動聲色地站在我身後，那樣先我一步，躍身，擋在了我的面前，他倒在自己的血泊裡，鮮血從顱裡一點點暈開，倒下的軀體，還在瑟瑟發抖，他並沒有立刻死去。

我痛恨當時回過神來的我，只顧著害怕，而沒有好好看清他的臉，他的毛髮是哪一種黃色。儘管，他的名字是「狗」。他救了我的命，難道我不該死嗎？

教堂的鐘聲響起。

我在主的讚美詩中醒來。

彷彿一切都回到了起點。

我原來一直都沒有改變，這具身體，究竟是在什麼時候停止了生長，憑著對聖經的嫻熟，我博得了他們的信任，成了唱詩班裡未經閹割的，渾然天成的閹伶歌手。

「教堂，罪人的避難所？或許，是這樣吧。所以，那裡都是罪人，又在裡面持續犯罪。」

修女和修女和我，修女和主教和我，主教和主教和我。

「如果認為你犯了罪，忘記它，放下它，只要你有悔罪的心，上帝都能赦免你的罪。」

我看著教堂裡，每天重複著的，相似相同的儀式，為死去的外婆做著祈禱，我相信，如果有天堂，她那樣的人肯定能去。明白了，「人沒有罪之說，犯了法律的罪，若沒有罰，也就不覺得是罪，違了上帝的命，若沒有罰，大概也能心安理得。有多少罪，對你而言他到

底是不是罪，全看自己認不認為是罪，或是還記得多少了，幼年時犯的罪，恐怕若是背負一生，誰都活不快活，所以又說無意識犯的罪，不是罪。」

這裡的一切或許都是聖潔的，儘管看見了男子的裸體，也可以將他當作裸露的大衛，或者裸露著到處跑的小天使。

教堂還做著別的營生，儘管到現在也並沒有很多人信仰著基督，神甫幾乎做了各種事，幫鎮上的人治病，戒毒，以至於幫勾欄裡的女人檢查性病，收養健康的棄兒，以培養他們成為本土的上帝代理人。

教堂，鐘聲，唱詩，讀經，無不讓我忘記過去，嚮往著這一片淨土。而這，光明背後的黑暗，就像夜晚的夢魘，像病毒一樣，將月光侵蝕，從外到內，發綠，變成菌絲，從內到外，生出一個黑色的洞來。葡萄架下，露臺的陰影裡，誰都心知肚明，每天都上演著什麼。

在那裡，聽的，見的，最多的就是故事，神的，聖人的，死人的，活人的，也總是悲劇多一些。

那是復活節的前一天，教堂裡的十字架上，還蒙著黑紗，我被派去和弗蘭斯主教一起為勾欄裡的女人做定期的檢查。那些勾欄，和教堂一樣，有著等級，被檢查有病的，就自然變成了最下等的遊妓。疾病讓她們變得醜陋不堪就像一襲美麗的袍子，包裹在即將腐爛的屍體上。

從地獄，躲進天堂，再回到人間的滋味，可不好受。

年輕的時候，總都是這樣的吧，受夠了地獄的苦，便想著天堂的清靜，去出家，進修道院，可天堂哪有人間有趣，哪有情情愛愛，哪有肉體的歡愉。

我想起了兒時，在御園遇到的他。

想起讓我魂牽夢縈的生活。

「離開天堂，並不是那麼容易的事。露西法和上帝爭吵，想要在上帝的對面建立他的王座，於是，上帝讓他帶著和他持相同意見的天使投入地獄，所以露西法成了地獄的主宰──撒旦。」

教堂的禁慾，讓我交不到任何朋友，我是個還未發育完全的男孩。除了弗蘭斯主教，因為他似乎喜歡我。而我也明白了，沒有任何宗教是可以相信的，他交給人善惡的標準，因為違背人性一定會被違反的標準，而他們通過為那些受他們蠱惑的人擺脫罪惡感賺錢。

簡陋的主教樓，弗蘭斯的屋裡擺滿了書，我差一點都要忘記了，他是醫生，屋裡幾乎沒有什麼多餘的東西，只有桌旁掛著的幾串玉蘭，茉莉的乾花，以至於還有幾串菩提。在那一些異常正經醫學書裡，雜著一部弗洛伊德的《性學三論和愛情心理學》顯得格外的刺眼。

我去找他，他向來很高興，他對我從不和其他唱詩班的孩子一起洗澡，上廁所的怪異行為早就感興趣了，我想他知道我害怕看見什麼。

「我想要離開。」

「這麼做對我有什麼好處，我想你知道有多少無信仰者，是為了你的歌聲和美貌而來。」

「你不是想要窺探我的秘密嗎？無論是身體還是過去，今晚你就可以得到你想要的。」

「你很聰明，我會證明你的不潔，你明天就必須離開了。可你不害怕嗎？」

「害怕的不應該是你嗎？如果和修女交媾就會死的話是真的。你也是聖職者，不是嗎？」

他冷冷的發笑，「上帝從來都站在科學這一邊」。

我像是獻給上帝的羔羊一樣，獻上了自己。他壯，身上都是肌

肉，他壓得我喘不過氣來，而我只能選擇緊緊地抱住他，也許是下意識的保護，這樣他或許就無法動彈了，他感覺到了我的害怕，怦怦跳動的心臟，我能想像，我是一隻被抓住耳朵瑟瑟發抖的雄兔子。他慢慢開始笑著撫摸我的頭髮。

突然，他用一句話，停止了我的顫抖。

「若瑟，你喜歡我嗎？喜歡我嗎？」

「我，我不知道。」

我試圖回憶那時的我，或許過於驚嚇，怎麼也想不起來。我像是吃了什麼藥，腦子一片混亂，無法思考，或許我覷覦過他的身體，但從未想過什麼，我忽視了這肉體背後的力量。

他的嘴裡滿是煙草和葡萄酒的味道。

他像我所答應他的一樣，一點點，品嚐我的身體，留下一個個象徵著所有物的標誌。

每一下，都問著，「你喜歡我嗎？嗯？」

無力的回應，換來的是他更加粗暴的行動。

那一夜，新月就像天空上的一道傷痕，傷口切得整齊漂亮，月亮要是紅的，傷口附近也泛著紅。

我在本應激情的時間裡，冷靜的思考著死亡，失了魂。

他不滿足地停了下來。我沒有睡著，這詭異的安靜，讓我總想做點什麼。我撫摸著他的身體，充滿了好奇，幾乎像他撫摸我的那樣探遍了他的全身，將頭放在他的胸前，聽著他的心跳。一次次地將手放在他的鼻前。一次次嗅著他嘴裡的煙草和葡萄酒的香氣，發了瘋一樣的吻了上去。

我完全沒有想過，對於每一個男人而言，這是一種欲拒還迎的高級誘惑。還是說，我有一種取悅男人的天分。

滿身的唇痕，這就是我離開天堂，墮入地獄，最好的藉口。

我被放逐了。

被褫奪了聖名，又一次受到了來自人的詛咒。

我不斷思考著我的歸處，想變成御園裡的相公那樣的男子，他們的樣子，不斷地在我腦海裡浮現，我是不是也能穿上那華美的袍子，被供奉在高樓。

「那段日子，真的是難以回首。生著靈魂的病，卻也不得不為了苟延殘喘，維持肉體而出賣自己，深深的罪惡感，我已經不潔。我該去死嗎？而上帝是不允許自殺的。」

我渾身無力，在街上遊蕩，學著站在街邊給錢便唱戲的小戲子，只不過我當時一點也站不起來，用雙臂撐著前軀，像一隻瘸了後腿的狗，唱著讚美上帝的歌，以博取人的同情，那簡直和教堂附近每天喊著「感謝上帝」的乞丐一樣可笑。

或許，這和人都喜歡嬰兒有點類似。

當我年紀大時，身上也會長蟲、皮膚鬆垮、發黴吧。

我突然悟覺，男人對小孩子表現的極端執著，是因為他們自己已經沒有青春的餘裕，所以想依賴那一份新鮮。

——吉本芭娜娜《食記百味》

# 五

白茫茫的天，每天醒來的不知所措，渾身無力，提不起一點生的欲望，像苦行僧一樣，一步一跪地朝著聖地耶路撒冷一點點的邁近。

　　夜點亮了黑，紅色的燈籠點著了這裡的一切，一切還是和以前一樣。穿著華服的男男女女，走在平整的石板路上，紅光映著他們的臉，男妓，女妓，嫖客，文人，變的或許只有我，不，我並沒有變，只是做回了，我自己。

　　我想著，那個眼神如煙的男人，那個藍色眼眸的男人，那個嘴裡充滿煙草葡萄酒香味的男人。

　　而渾身襤褸的我，連這裡的乞丐都比不上。

　　「是你。」

　　「我不會忘記這雙眼睛。」

　　那是一雙久別的藍色眼眸。

　　或許，是經歷了一些事，我們居然相視而笑。

　　直覺告訴我，這是一根我能抓住的救命稻草，因為他在打量我，對我有所想法。

　　他並沒有要帶我走，只是給了我一些錢，我能看出來他似乎對我失了望，直到我再一次找到乾淨的鏡子的時候，我才發現，我已經不認識自己了，引以為傲的眼睛，也在不知不覺中變得渾濁，對這個世界失了望，沒有一絲生氣。

　　而那時候，我很明白自己想要的是什麼，是做自己的自由，是擁有愛的資本。

　　而那一筆錢，足以讓我在破布攤上買上幾件有錢人丟掉不要的衣服，我慶幸我並沒有受過太多皮肉之苦，我盡量把自己收拾成自己腦海裡最美的樣子。

　　誰也不會想到，我將自己賣給了御園。至少我不是第一次出賣自己了。

　　由於是自己賣了自己，也不存在獲得金錢一說，連我自己都成了園子的，更何況我自己賣我自己得的錢呢。

　　女妓中尚有幾個打雜的男人，而這裡沒有女人，一個也沒有。

　　沒有女人，至少沒有一個真正意義上的女人。他就是潘丘，像個小子，沒有人將他當作女人，若有人將他誤當作女人，他自己也是不答應的。他是給相公們畫像的畫師，客人選客，除了有錢有勢的可以指名，別的人都得「鬥牌子」，看誰價高，畫像有這一用處。二來有名的相公，他們的畫像、扇面，也是炙手可熱的。而我這個初來的小倌兒，也是要由潘丘來畫。初至御園，我是與潘丘同住的，也由他教我園子裡的規矩。他的畫是和照片一樣的，只是那時的照片還只有黑白，潘丘的畫卻是彩色，所以稀罕。

　　而我徹徹底底成了陪睡相公，他就在房內放置了一個木缸子，原來他的身體還是女的，所以不便和其他相公一同沐浴，起初他只是讓我在屏風外看著，而後竟也讓我在裡面服侍。健碩的身體，平直的線條。

　　那精緻的臉。

　　那雕刻出的身體，被打磨的光滑，卻還是有著一道道銼刀的痕跡。

　　柔弱的聲音，越發的顫抖，儘管我自己也不能算是正常，可他比我們任何人都要可怖，美麗，不和諧的藝術品？可這真的可以是一個人所能呈現的美嗎？

　　「潘師傅，我……」

　　他一聲也不響，從缸裡出來，全身赤裸的站在我的面前。一如男人一般，一隻手撮著我的下巴，邪魅地看著我的臉，另一隻牢牢將我摟著。

　　如冰的眼裡，第一次出現了裂紋。

　　他一把將為我推開，見鬼般，發了瘋般，跑到了房裡。

　　他的全身燙得非常，肉上的血筋都繃得非常緊，我想我已經準確摸到了他的心跳，他的溫度。

　　「他的過去，沒幾個準確的知道。他愛的女人，是和他自己極為相似的。他愛的女人，愛上了另一個女人。另一個女人又嫁了別的男人，他愛的女人在遺書裡寫下他們三人之間種種，便自殺了。他便從此失了心。」

　　作為一個人，他令我害怕，園子裡的相公，並不都是戀著男人的身體，僅僅是生活所迫的居多，喜歡男人自然可去外面找去。而他大概是喜歡女人的，喜歡像男人一樣的女人，以至於也喜歡像女人一樣的男人，作為一個藝術家，他大概是可以欣賞這兩種美，這一種和諧的怪誕美。而他，不和諧得令人噁心，令人害怕。

　　而他的故事，早就成為園子裡的傳說，在新進的小倌兒之間變得越來越豐富，越傳神。以至於，也有人全身赤裸去誘惑他，求他畫像的。

　　他對我的所作所為，從藝術方面，是為了我的眼睛，他說過，「無論是男人還是女人，都喜歡疼愛楚楚可憐，驚慌失措的眼睛。你那一副堅忍，生無可懼的樣子，只會讓人想要折磨你，看你求饒罷了。」

　　很快，樓裡便多了我的畫像。半身裸露的身體和丟失了什麼的眼睛。

　　　性交的行為及其使用的器官如此醜陋，倘若沒有面容的美，親歷者煥發的光彩和迸發出來的無度的激情，自然便毀掉了人類。

　　　　　　　　　　　　　　　　　　　　——列奧納多・達・芬奇

# 六

雲，遮蔽了一切。看不出是白天，還是昏黃。

我始終在尋著那個眼中如霧的男子。

這是我的第一夜。是一個個新進的男子同臺競價的日子，唯有今夜不論是平日裡多招人的相公，也不會有人問津，誰不愛嚐鮮呢？

園子裡燈的被調得很暗，門上的燈籠掛上了今晚新到小倌兒的數目。誰都知道，那是什麼意思。附近有頭有臉的人物都到了，越是在富貴的人家，越是將欣賞男色當作一種風尚，卻未必都有斷袖的癖好。相信我，不會有人想要逃離這裡，因為，這裡有他們想要的一切，也可以逃避他們難以面對的一切，儘管窮人，這個世界上的多數人都厭棄他們，就是看到都會感到噁心，但那些人總是在紅燈籠照不到的地方。富人文客，卻都以此為雅。儘管他們出賣了肉體，卻換來了自尊和自信。

沒有人會尊重你本身，這是我在那裡上的第一課。

我見過他們每一個人赤身裸體的樣子，那並沒有什麼不同，儘管臉的確能將他們分出高下來。但園上並不是瞎子，相反，這裡的每一個人都與外面的男人相比有一種特別的韻味與溫柔，不知是物以類聚，還是有人刻意為之。我們所要相比的，永遠不是我們的外貌，而是我們擁有什麼，並能為人帶來什麼。

他們誘惑潘丘，收買置辦服飾首飾的採買，與園上打交道，暗中去尋品階高的相公。這些都是為了這一天。

我回想著，那些天裡我所學到的，如果外婆教會我的是做人的規矩，那麼這裡帶給我的是活下去的手段。

「坐下時，用手背輕輕從身後拂過，從腰，到臀，到腿，除了讓袍子不縐，更多是因為，那些正注視著你的人，他們的眼光，會隨著

你的手，看遍你身上最美的線條。換句話說，是你的手在帶著他們看。站的時候要自然地將頭提起，走路時，用腳指尖撐起全身的重量。即使是要睡著的時候，也要先坐在床沿，伸出雙手，身體朝著手的方向慢慢側身躺下，因為，我們常常連睡，也受人觀賞。」

接下來的日子裡，我不懂得這裡的一切是不是讓我更加完美，是不是讓我陷得越來越深。光鮮的背後是黑暗，美麗也總是和醜惡隨行。

沁相公看上了小粟，常常每夜招他去房裡，每次回來身上都會多上許多紅痕；犯了錯的小倌，相公，或是想逃，或是與外人私通，被發現，就淪為園子裡僕人洩欲的工具；服侍貴婦人，官爺的下等男妓，也常常遍體鱗傷。

我一次次反覆無常，「這是罪嗎？每個人都這麼做，為什麼只有我充滿了罪惡感，感到崩潰。如果為了生存，這些都不算罪的話。這不是罪，因為沒有罰。哪裡有罪這一說呢？人做什麼都是無罪的，沒有天罰，只有自欺欺人，我什麼自己給自己定罪？我們都只是被上帝束縛了而已。」

鉛粉化霜，美人上妝。許久不顧的長髮挽在耳邊。我決心將自己扮作一個徹徹底底的女人，一身紅裝，要嫁給出價最高的男人。也算是實現了兒時的心願，不忘初心了。瘦小的身體，並接受了幾個月的禮儀受訓，那身段就像女人一樣。

「應該說現在哪有女人能比得上自己呢？沒錢的女人，或許成了婦人，乞婆，甚至農婦，哪裡有點女人的樣子，她們的丈夫在外面和年輕的女子相好，她們也只能破口大罵，下跪挽留，哪裡有女人的高貴優雅。而有錢的女人，我近來也見了不少，多是胖，能穿得下旗袍的雖也不少，更有人總是神采奕奕，每日都買下年輕的男人與她歡愉，卻多多少少沾染鴉片，早沒了女人的韻味，一身金錢淫欲味道。

但有一種女人，我是羨慕的，就是那些留洋回來的小姐，特別像兒時見到的那個有個外國男人的小姐。她的男人很高，也香，也乾淨，連皮膚都比我們這兒的男人白。還記得我也曾與那外國神父有過一夜歡愉，他的確比我們這兒的男人強得多。」

只是可惜，我現在並沒有能力選男人。

那個正看著我的男人，有點微胖，不笑，笑卻猥瑣。

我一點都不對他的身體有什麼欲望，粗糙的臉，從他的眼裡我能明白，他在想著什麼壞心眼，在意淫些什麼，但這些一點都不重要。因為，他接納了我，他能夠欣賞，接受，並對這樣的我有某種欲望。不論他的外表有多麼的醜陋，內心有多麼的汙穢，他的雙手撫摸過多少身體，但他願意接受這樣的我，我願意因為這一點而與他相擁，讓他擁有我的身體。

可難堪的是，儘管我能克服心理障礙，我的身體卻在反抗，和無意識的過敏極為相似，我感到噁心。和豬一樣的長睫毛，厚嘴唇，光滑的皮膚。而他的嘴裡，甚至沒有酒，菸草的香味，黏膩的唾液裡面包著各種食物腐爛的味道，一點點混進我的嘴裡，我感到噁心。可是，我無法阻止那有力的舌頭，像狗用尿液的味道標識所屬地一樣，他用這種味道包住了我。

那一夜，我們做了一切。而我洗去了全身的味道，卻怎麼也除不盡嘴裡的味道，或者說那種味道已經成為了記憶。更令我難以置信的是，我的嘴竟然開始抽搐，就像他的舌頭還在裡面一樣。儘管，我也對那夜的表現不夠專業而有些後悔，當如今我卻確確實實地成為了一名男妓。

曠野上的風

# 兩個瘋女人

福建師範大學文學院本科 2015 級　王桂格

一

夜深了，牌館裡的燈還亮著。

賀老六徘徊在門前，從口袋裡摸出一支菸，趕忙吸上一口才鼓起勇氣走進去。

「老六，上了沒？」一個橢圓臉的人瞇著眼睛笑道。

賀老六支支吾吾地到角落的位置坐下，吐了一口菸。

「愣抽菸幹啥！上了沒呀！」另一個圓臉大漢直接推了老六一把。

「上，上了……」他把臉埋在煙霧裡。

「嘿，那你說她奶子大不？」橢圓臉湊上去問。

「這，這……」他伸手去桌上抓牌，「打，打牌……」

「嗍！看來還沒上啊！」圓臉樂了，又有些發愁，「六哥悠著點，現在的人心壞著呢！」

「就是，沒準騙錢的，你不來硬的她還學不乖！」一個臉上滿是麻子的人把手裡的牌甩了出去。

「去去去，甭在這裡愣著，回家陪媳婦去！」賀老六又被轟了出來。

他在牌館門口轉悠了幾圈，被白秋兒踹過的肚子還有些疼。他也開始鬱悶了，「上，還是不上呢？」走著走著又回到自個屋前。聒噪的蛙鳴聲鬧得他越發焦躁，「上！」他摑了左臉一巴掌，「不上！」

他又摑了右臉一巴掌，感到火辣辣的疼。「我是孬種麼！買了還不敢上！」他覺得自己實在該打，賣了幾頭豬的錢怕是白花了。隨後又覺得這兩巴掌摑的是圓臉或者橢圓臉，有了一些報復的快感，誰讓他們老逼著他呢？

「六兒！你連個女人都幹不下頂個球用！」賀老漢拽著賀老六直往屋裡去。

屋裡的白秋兒聽到聲響，忙抓起桌上的鐵瓶擋在胸前。

「滾開，滾！」她大聲叫嚷著。

「秋娃，你從了我六兒吧！我們會好好待你的！」賀大娘坐到她身旁。

白秋兒趕忙縮到牆角，「滾！滾！」

賀老漢不耐煩了，「臭婆娘！錢都給你們了，你不讓上是啥子意思！」

「我沒收錢！求求你們了，他們不是我的家人，我真的沒收錢！」

「這我管不著，反正我們給了錢！」賀老漢把老六扯到跟前，「瞅你那熊樣，上呀！」

「我，我……」老六的心臟都快蹦到了嗓子眼，「那，那個……」他終於找著理由，「對！我們給了錢！」

「求求你們了，我是被騙來的，放我回家吧！」白秋兒撲通一聲跪了下來。

老六被嚇著了，「你，你說被騙來的咋證明呢！」他支吾著又說：「錢，不給上你就賠錢！」

白秋兒急忙磕了幾個頭，「求你們了！我真的沒錢！」

賀大娘也很著急，她想要孫子呀，再抱不著她可就要入棺材了，「秋娃，嫁誰不是嫁，命！」

白秋兒不再磕頭了，她把鐵瓶往大娘臉上一掄，「滾！」

「臭娘們！直接上！」賀老漢撲上前去抓住她的兩條胳膊，順勢壓住她的上身。

一股滾燙的熱血迅速湧上腦門，賀老六忙撲上前去拽下白秋兒綳得緊緊的黑褲子。

「救命啊！」白秋兒的兩條腿慌亂地瞎踹著。

她的上衣被撕裂了，用內衣裹著的小奶子迅速暴露在燈光下。「啊——」她瘋狂大叫著。賀老漢忙用手捂住她的嘴，「唔——」她漲得滿臉通紅，發出咿咿呀呀的聲音，「嗚——」她憋出了兩行淚，可是身體已經動彈不得了。

月光透過窗口鋪撒在她白花花的身體上，唯獨照不到她瞪圓了的死魚一般的眼睛。她聽見賀老六躺在旁邊呼哧呼哧喘息的聲音，又感覺黏糊糊的汗液像進攻的透明蟲一樣吸緊了她的身體，她想著一切都完了。她的初夜可是要給心愛的男人的呀。在這樣皎潔的月光下，她會如何羞澀地回應他，又會如何將兩條細長的胳膊搭在他的脊背上抓一把溫暖的月光。想到這裡，她用手抹了抹胸口，冰涼冰涼的，又把指甲嵌進肉裡掐了一把，月光溜走了。她只好把手指伸到嘴裡狠狠咬住，直到咬出了血，才感覺有了溫度。

二

「秋娃，你就認了吧！」賀大娘端來了一碗麵。

白秋兒幾天不吃東西了，亂蓬蓬的頭髮兜成了雞窩，凹陷的眼珠呆呆盯著牆面。牆上的斑點放大又縮小，縮小又放大。定睛看時，原來是一隻小蟲在兜兜轉轉，最後爬回洞裡去了。它在裝死麼？它迷路了麼？畢竟還是爬回去了呢，她覺得自己活得還不如這隻小蟲。

「把身體養好了生個男娃，賀家不會虧待你的。」賀大娘拍拍她的肩膀。

「滾！」白秋兒甩開她的手。

賀大娘著急了，「秋娃，女人能幹啥，不聽話還得給男人揍。」她頓了頓，「你瞅瞅隔壁的夜春兒成啥樣了，你……」她彷彿要告訴白秋兒一個大秘密，突然趴到窗口嚷嚷，「秋娃啊，你不能成夜春兒那瘋樣呀！」

鄰屋的夜春兒在給娃娃餵奶，聽到賀大娘的聲音後小跑到老六屋前，「你罵誰瘋了呢！」

「罵的就是你了！瘋婆娘！」賀大娘扯著白秋兒往屋外走，「走，讓你瞅瞅！」

這是她第一次見到夜春兒——賀家村的瘋女人。披著一件破洞的紅大衣，黑色的皮靴前漏出兩根腳趾頭，頭上的鴨舌帽壓得低低的，露出了幾根發黃的頭髮，捲曲得纏繞成結。白秋兒的眼睛挪到她耷拉著的奶子上，周圍的幾根小毫毛被娃娃吮得濕濕的。她不曉得奶子竟可以脹得這麼大，又紅又紫的乳頭在娃娃鬆嘴時還能噴出奶水來。她不禁羞紅了臉。

「喲！你就是老六新討來的媳婦吧！」夜春兒捧起白秋兒瘦削的長臉，「這麼小的娃娃，多可惜呀！」

「滾！」白秋兒把臉擰到一邊。

「脾氣挺倔呀！」她貪婪地盯著白秋兒，「像呀！太像了……」兩顆黑亮的眼珠忽明忽暗，「像呀，哼呵，哈哈哈……」她更加用力地握緊了白秋兒的臉蛋。

「唔——」白秋兒被弄疼了。

「你這樣弄著秋娃幹啥呀！」賀大娘忙扯開夜春兒。

「嘿，像呀，我曾經……」夜春兒直在搖頭，「不好，跟姐一樣還是不好。」又胡亂地摸著自己的面頰，「咋，咋成這樣了呢？」

「秋娃，瞅著沒有，你可不能成這瘋樣！」

「哈，有意思。」白秋兒並不害怕夜春兒，甚至還有些喜歡她。

「瞅著沒有呀！」賀大娘揪了她一把。

白秋兒不搭理大娘，走上前去掰開夜春兒的手，「姐，讓我也看看你。」她竟咯咯笑了起來。

夜春兒窘迫地躲開了白秋兒的眼睛，「別，別瞅了。」

「姐，你白得很，就像動畫裡的人物一樣。」

「我，我……」夜春兒把頭埋得低低的，「瞅，瞅不得……」

「我以後也會像你這麼美麼？」

「你，你……」夜春兒的眼睛忽然又亮了，「成我這樣你還活著幹啥！」

「秋娃，快回屋去。」賀大娘害怕白秋兒學壞了。

「可是你也逃不掉了。」夜春兒冷笑道，「這麼小的娃娃，多可悲啊！」

「哈哈哈──姐你真有趣！」

白秋兒被賀大娘扯回房間裡，終於有了一些睏意。

三

賀老六得意地走進牌館。

「喲！上了吧！」圓臉問。

「嘿，那，那是！」賀老六終於可以挺直腰板了。

橢圓臉有些愁了，「過陣子我也把幾頭豬給賣了！」

「老光棍要出手了！」其他人笑了。

「瞎說！這，這不是家裡催得緊嘛！」橢圓臉有些害羞，「老六，還管得住你家婆娘不！」

「哎，鬧騰著呢，每次都是被我抓回來的。」

「咱們給了錢的，討來的媳婦還想跑這算啥事！」夜春兒的丈夫大餅臉發話了。

「你就愣是抽！抽得媳婦兒都瘋了！」

「不抽哪成呀，她跑一回我抽一回，現在就妥實著呢！」大餅臉有些得意。

賀老漢氣喘吁吁地跑到牌館前，「六兒，回家去，秋娃割腕咧！」

老六差點沒從凳子上跌下去，「真不省心哪！」

白秋兒迷迷糊糊地被老六抬上了車，「我要死呀！你們救我幹啥！」她大聲哭鬧著。

「你要死了還不容易，活著可就難咯！」賀大娘把她摟在胸口。

「臭婆娘！你曉得上醫院花多少錢不！」老六火了，心想著家裡哪裡還有豬可以賣。

白秋兒身體沉得很，腦子卻越發清醒。她想著如果有錢搭車回鎮上，今早也就不會被抓回來了。要是這回死不了，她該去哪裡弄錢呢？

「喲！又是這把戲！」夜春兒在一旁湊熱鬧。

「瞎折騰！斷了念頭吧！」賀老漢說。

「斷……斷啥？」白秋兒突然來了力氣，「哈哈哈，你們賀家斷子絕孫！」

「啪──」她被賀老漢狠狠摑了一巴掌，「買你幹啥呢！我們賀家咋能斷後！」

「咋不能斷呀！」

「啪！啪──」白秋兒又被摑了兩巴掌。血沿著嘴角流出來，她倒嚐出了些甜味。

「老頭子別打拉！打死了咋辦！」賀大娘趕緊把白秋兒的腦袋埋在懷裡。

「白秋兒呀白秋兒，這招不管用！」夜春兒晃著紅大衣跑了過去。

「你個瘋女人快滾回去！」老六心裡躁著呢，淨是讓這些折騰的女人給擾的。

「嘿！我偏不！」夜春兒抓住車子邊沿想要爬上去，結果被大餅臉攔腰截了下來。

「你皮癢了是不是！」大餅臉怒了。

「你瞎摻和幹啥呢！」白秋兒有些心疼夜春兒。

車子開動了，四、五個人弓著腰蜷縮在上面。

白秋兒聽見夜春兒在後面大罵——「我日你大爺，有種打死我！」

聲音漸漸小了。

## 四

「嫂子，要買啥？」雜貨鋪的圓臉嬉皮笑臉地迎上前去。

「我要錢！」白秋兒毫不客氣。

「這，六哥已經賒了不少錢了。」

「那你想咋的？」

「咋的？你能用啥來換錢？」他抓了抓她的手。

「你想咋的就咋的。」白秋兒逕直走進了屋子。

圓臉從屜子裡抽出一百塊錢，「這，哎，嫂子真是為難我了！」隨後也跟了進去。

「嫂子要錢幹啥？」圓臉解下皮帶。

「我要逃跑。」

「這可不容易。你曉得夜春兒當年怎麼折騰的不？」

「不曉得，我只曉得你們這樣做是不對的。」

「咋不對了？讓你們跑了誰給我們生娃娃？」

「我才十六歲，憑啥讓我給他生娃娃！」

「嫂子，我們沒文化，粗俗得很咧。再說六哥花錢買了你，你就是他媳婦了。」圓臉想了想，「嘿，要是我早些把幾頭豬賣了，說不定嫂子就得給我生娃娃咧！」

「滾！」白秋兒給了他一腳。

「嘿，還要錢不要！」

白秋兒遲疑了一會，終於咬牙往床上一躺，「來吧！」

圓臉湊了上去，滿嘴的蒜臭味薰得白秋兒發暈。他圓滾短小的身體腫脹得很，嘴上碎碎的鬍渣扎得她的臉生疼。圓臉的手一觸著她的身體，她都像觸電一般打起哆嗦。

她的臉很快滲出了汗，胃裡翻滾的液體迅猛地沖向她的喉口。她急忙側起身子，用力把唾沫咽了下去。剛一躺下，圓臉碩大的黑影又往她身上壓，蒜臭味、汗臭味、被窩裡陰陰濕濕的味道黏糊地裹緊了她的身體。

她忍不住推開圓臉，大叫一聲，「滾！我是婊子啊？」

「嘿，這咋成婊子了？」圓臉有些洩氣，「嫂子，沒錢你就甭想逃出賀家村了。」

「那，有錢你能幫我逃出去麼？」

「不可以。」圓臉大笑起來，「不過這點錢還是有的，就看嫂子怎麼做了。」

「錢，錢……」白秋兒盯住眼前晃悠著的紅色紙張，「我，錢，我……」。

「嫂子拿著吧。」圓臉把錢塞到她手裡。

紙幣那冰涼的感覺透過身體迅速擠壓著她的神經，猶如電擊一般。她又鬆懶地躺了下去。她終於恨透了自己，忍不住哭出聲來，「我真成婊子了啊？」

# 五

「春兒姐……」

「咋啦？」

「給我帶些藥吧。」

「買藥幹啥？」

「我……我怕生娃娃。」

「老實回答姐，你最近都在幹些啥？」

「我……姐，幫我逃跑吧。再不跑就死了。」

「呵，姐勸你斷了念頭吧。」

「為啥呀，咱們可以一起逃啊！」

「瘋了咧，咋逃？」她蹲下身去抹腳趾頭上的雪。

「瘋了咋不能逃？」

「別傻了，逃不出去的！」

「姐，我有錢了，咱們可以出去的。」

「錢？錢有個屁用！」夜春兒的臉刷得一下沉了下來，「你還是老老實實生個娃娃吧，這樣老六還會疼些你。」

「不可以！我不要生下孽種！」

「別傻了，再鬧騰下去你又得遭不少罪。」夜春兒挽起衣袖，露出一道道青的紫的傷疤，「你瞅瞅！」

「姐，不再試試咋知道呢！」白秋兒急了。

「怎麼？不信麼？」她湊到白秋兒跟前把鴨舌帽取了下來，露出參差不齊的肉疙瘩，上面揚著幾撮卷曲的黃毛。

「誰把你弄成這樣！」白秋兒尖叫起來。

夜春兒的小圓臉滲著暗黃的燈光，「逃不出去的！」她轉身準備離開。

「別！你不疼嗎？疼了就要跑呀！」白秋兒猛地抓住她的手。

「瘋子不覺得疼。」夜春兒的肩膀顫抖著。

「疼！怎麼不疼！」她突然覺得夜春兒的肉疙瘩是長在自己腦袋上的，「好疼啊，姐！」

「滾呀！幹嘛要一直提醒我！」夜春兒回頭瞪了她一眼。

她紅色的身影緩緩挪進房間，「瞅我這大衣，這皮靴，這髮型，多時尚呀！我在城裡日盼夜盼的呀！」

白秋兒愣在原地，腦子裡全是夜春兒那痛苦和麻木的神情。

# 六

「秋娃，留著吧，求求你了！」賀大娘抓著她的手哭嚎。

「不可能呀！我明明吃藥了！」

「求你了！求你了！」賀大娘撲通一聲跪了下去，「留著吧！」

「啊啊啊！滾！」她拚命捶打著肚子。

「不要打呀！我的命根！」

「喲！瞅你那可憐樣！」夜春兒抱著娃娃站在門口。

「春兒姐，救救我吧！」白秋兒忙跑上去。

「救？咋救？把娃娃滅了？」夜春兒輕聲笑了起來。

「不能滅呀！賀家不能絕後啊！」賀大娘撐著兩條竹竿腿趴到夜春兒跟前，「春兒，勸勸秋娃，留住吧！」

「喲，大娘不是愛罵我瘋子嗎？咋求起我來了！」

「勸她，留住吧！」她想要孫子，這比什麼都重要。

「姐，再給我些藥吧，我不能生下娃娃呀！」

「嘿，呵……」夜春兒哼笑著，「我錯了麼？我也是為你好呀！」

「姐，你在說啥？」

「秋兒妹，留著吧。」夜春兒把懷裡的娃娃塞到白秋兒懷裡，「你逃不了。」

　　娃娃眨巴著大眼看白秋兒，又伸小手去摸她微微隆起的胸脯。白秋兒也瞪圓了眼看他。兩張一大一小的白臉湊得很近，娃娃呼出的熱氣直撲到白秋兒臉上，溫溫的，濕濕的。等肚裡的東西哪天衝破肚皮跑出來，也會像懷裡的娃娃一樣，大眼睛小鼻子圓嘴巴，還會吧唧吧唧想吃奶，她覺得他們像極了。

　　白秋兒又抬頭去看夜春兒，「姐，我……」

　　可夜春兒並不看她，緊緊按著肚兜裡的避孕藥，突然蹲下身把娃娃搶了回去，「你和我一樣！逃不掉的！」

　　「姐，為啥呀……」她抓不住夜春兒晃動的紅大衣。

　　「命呀！哈哈哈……」

　　這時候，白秋兒覺得夜春兒的紅大衣就像一張被扒下來的人皮，血淋淋的。現在要把她的血也抹上去了，會變得更紅更亮罷？

　　「滾！你滾！」她突然抱住肚子大哭起來。

## 七

　　「爸，快來救我吧！」她停頓了一下，繼續寫道，「我有娃娃了，他們不讓我打掉。我怎麼也捨不得？可是我才十六歲呀，我也只是孩子……爸爸，我想回家，想念熱鬧的街市，想念家裡的花花草草，我還想披上漂亮的大衣，搭上你的摩托到處兜風，爸爸……我怎麼會笨到輕信壞人的幾句話呢？我……」

　　她趴了下去，嗚嗚哭了幾聲，「爸爸，我還成了婊子，就為了些錢，沒錢我回不了家，可是有了錢我還是像小豬一樣被他們抓回來了……那蠢男人真的讓我噁心……我怎麼瞅他都不順眼，他整個人就像縮在衣套裡的傀儡，臉乾巴巴的，身子也乾巴巴的，力氣倒不小。尤其是醉酒的時候，對我經常又打又踹……我真是受不了這樣的人，爸爸，救救我吧……」

她哭得更大聲了，「爸爸，我跑了好多次，怎麼也跑不掉。這裡到處是山，有一回我還迷路了，幸虧我懂得怎麼看苔蘚方向……可是當我跑上車的時候，後面一輛拖拉機哐當哐當又追了上來。我拚命哀求司機不要開門，可他還是開了……那蠢男人口口聲聲說我是他的媳婦，可我不是呀！……我都記不清啥時候被帶到這裡來，一片又一片的綠色讓我辨不清方向……爸爸，我快要死了，肚裡的娃娃也要跟著我一起死了吧……他們總是打我，我逃不出去……我想家呀爸爸，我想回家……」

她終於止住眼淚，「爸爸，如果你能收到我的信，快來救我吧，肚裡的娃娃每天都在敲我的肚子，告訴我他還活著。可是我已經不想活了……這裡還有一個跟我一樣的女人，她已經瘋了，可是我覺得她並沒有瘋。她比我還痛苦……爸爸你說，我以後是不是也會瘋？你再不來我就真的瘋了……」她認真地把折好的信塞進信封裡，等著明天再給郵遞員送過去。

「你每天都在寫些啥呀？」賀老六進屋了。

白秋兒趕緊抹乾眼淚，「干你屁事！」

「臭婆娘，你就老老實實把娃娃生下來，甭想些餿主意！」

這個短脖子的男人也不知道哪來的力氣，竟可以把聲音吼得那麼大。

「干你屁事！」她趕忙把信封塞到褲袋裡，準備出去。

賀老六揪住她的領口，「寫些啥！把信給我！」

「憑什麼要給你！」白秋兒死命掙扎。

「憑啥？憑你是我買來的！」老六支起她的咯吱窩往屋裡拖。

「買的？那我把錢還給你啊！」她尖叫起來。

「錢？你哪來的錢？」賀老六止住了。

「你放開我，我就給你錢。」白秋兒不鬧了。

賀老六半信半疑，鬆開她的咯吱窩往後退了一步。沒想到白秋兒反撲到他耳朵上狠狠咬了一大口。

「啊——你個臭婆娘！」

「哈哈哈，錢錢錢，抱著你的錢去死吧！」白秋兒舔舔嘴角的血，滿是勝利的味道。

「啪——」白秋兒笑了，「啪——啪——」她的嘴角流下了鮮紅的血，白白的牙縫裡擱著凝成的血塊。可她覺得很得意，想著肚裡的娃娃也是血凝成的吧，「打呀，把我們都打死吧！」她把滾圓的肚子頂到賀老六跟前，「打打打！哈哈哈——」

「不，不……」老六退了又退，她肚裡的娃娃可是他的命根。再看看這個發狂的女人，人不像人，鬼不像鬼——頭髮枯得像堆黃毛，臉色慘白得像隻女鬼，還有嘴角垂涎著的幾滴血，要是把血往眼角一抹就更滲人了。「打不得……」賀老六討不起別的老婆了。

他把她拖進房間反鎖起來，「你，你給我老實待著！」

「哈哈……哈……呵……」白秋兒撲倒在門前，胸口積壓著的情緒隨時要噴發出來，又一併淹沒下去。白秋兒是一個字也罵不出來了。

「瞅我這髮型，這大衣，還有這皮靴，多時尚呀，我在城裡日盼夜盼的呀！」她聽見夜春兒在旁邊叫喚的聲音，「啪——啪——」又是響亮的耳光，「我日盼夜盼的呀……」聲音漸漸小了。

## 八

小六也像夜春兒的娃娃一樣，能吧唧吧唧地吮吸白秋兒的乳頭了。

「秋娃，你去哪兒？」賀大娘警惕地跟著她，尤其是她抱著娃娃出門的時候。

「去找春兒姐。」白秋兒繼續往前走。

「把娃娃給我。」她把孩子抱了回去，一路嘀咕，「總是找那瘋子幹啥？嫁個男人生個娃，不都是命麼，非得哭天鬧地的，真是搞不懂，搞不懂……」

白秋兒離了娃娃心裡空蕩蕩的，「春兒姐……」

「喲！咋變妥實了？」夜春兒抓著白秋兒的肩膀轉了兩圈，打量起她的新衣裳，「好咧，認命了好，認命好！」她拍拍紅大衣上的灰塵，「別像姐這樣。」

「姐，咋能認命呢！我給爸爸寫了好多信，跑不了也可以等他來救我們呀！」白秋兒眼裡閃爍著光。

「救我們？咋救？」夜春兒把乳頭塞進娃娃嘴裡，「別傻了……」忽而皺起了眉頭，現出很痛苦的表情。彷彿娃娃吃的不是她的奶，而是她的血，「我們逃不了的……」

「咋逃不了，姐，你聽我說，我爸爸會來的！」白秋兒更加堅定了，「到時候我把娃娃抱走，你也是！」

「要是抱不走呢！」夜春兒問。

「抱，抱不走，那我就自個走，娃娃老六能照顧咧！」她篤定地說。

「你也就是個小娃娃！」夜春兒笑了。

「姐，你相信我，爸爸很快就能收到信了！」白秋兒從肚兜裡掏出幾張錢塞到夜春兒手裡，「姐，這個拿著，到時候一起跑。」

夜春兒握著錢呆住了，「跑跑跑！跑個甚咧！」她將錢撕扯開來。

「啊！你咋能把我的錢撕了！你曉得我從哪裡弄來的不！」白秋兒發狂了。

「哈！我們一樣的！秋兒妹！出不去的！」夜春兒的圓臉像塊發青的大棗子，上面沾滿小斑點，「還能從哪裡來！不就是當婊子來的嗎！」

「你個瘋女人，禿毛驢！不准罵我婊子，我不是我不是！」秋兒扯下她的鴨舌帽，夜春兒頭頂上的肉疙瘩蹭得一下冒了出來。

「哈哈哈……」夜春兒任她拉扯。

「我們不一樣！爸爸會來救我的！」白秋兒扯累了，掏出口袋裡的信，「我去寄，現在就去！」她撲通撲通又跑了出去。

夜春兒一個人立在那裡，把乳頭從娃娃嘴裡抽了出來，「吃吃吃！要吃乾老娘的血不！」

# 九

「爸爸，郵遞叔叔咋每天都來找你？」小六擔著木柴跟在賀老六身後。

「城裡有朋友給爸寄信來咧，曉得不？」

「那媽媽怎麼老跑郵遞叔叔那裡去，別的孩子都說，說……」

「說啥？」

「沒，他們都笑話媽媽穿得像個十六歲的女娃，花花綠綠的。」小六停了下來，「她，她還老是要給我餵奶吃……」小六的臉漲得通紅。

「甭聽他們瞎說，你媽……」老六回頭拉上小六的手，「哎，你凡事順著她罷。」

賀老六的頭髮早就發白了，整個身子像縮了水一樣鎖在衣服裡。他緊鎖著眉頭吐了幾口菸，終於想著了一個辦法。他覺得時候也該到了，雖然他也不明白哪來的信心。

「秋娃，到鎮上給我買藥！」他回到屋裡說。

「藥？鎮上？」白秋兒放下手中的筆，「你讓我到鎮上？不怕我跑？」

「跑？要跑就跑吧。六兒也大了，你要狠心讓我等死也沒辦法！」老六咳嗽了幾聲，把脖子往衣套裡一縮，藏得嚴嚴實實的。褶皺的臉皮不斷往下扯，「走吧！要走就走！」他似乎真想放她走。

「瞧你那慫樣，哪裡會放我走！」白秋兒更加不確定了，「我真的會跑的！」她叫起來，「我就想看你死！」她叫得更大聲了。

「走吧，走吧。」

「我走！立馬就走！」可是腳板像被黏在地板上，她動彈不了，「小六呢？」

「在我身後呢。」

「那我要先給六娃餵奶咧。」她把衣服撩了起來，「小六，過來呀！」

「媽，我，我不用吃奶了……我……」小六縮在老六後面。

「你這孩子，過來咧。」她搓揉著乳頭，「咋沒啥奶水了咧？」

「餵啥奶呢，趕緊去罷，我讓表弟捎了車帶你出山了。」

「那我能抱著六娃一起走麼？」

「不能。」老六咳嗽了兩聲。

「你真是該死。」她跑了出去，「我不會回來的，你就等死吧！」

「等著呢。」

「我出來啦——」大山裡迴盪著她的聲音，「出來啦——」她不斷重複著。

「嫂子，你再鬧騰我這車子可就要塌了。」圓臉笑道。

「塌咧，塌了好咧。」白秋兒像一隻從牢籠裡飛出的囚鳥，振奮著兩隻胳膊歡呼雀躍著。這麼多年了，她都忘了兩條胳膊還可以動彈，兩隻腳丫還可以蹦躂。揚起的風吹得她很舒坦。她逃出來了麼？為什麼腳有些麻，胳膊也有些疼，蹦躂了一會她就沒有力氣了。

# 十

圓臉聽從老六的話把白秋兒單獨留在了鎮上。

「咋回家呢？」各式各樣的招牌閃得白秋兒有些眼暈。她來回兜轉了幾圈，終於找著了車站。候車的人很多，車門一開，全都湧了上去。

「前門上！不要擠！那個女的，擠啥擠！」司機吼道。

「我，沒⋯⋯」白秋兒被一個黝黑的大漢逕直推了上去。

「你還沒投錢呢！」司機說。

「好，現在投。」她仔細地將紙幣往縫裡塞。

「快點吧，大姐。」後面的大漢催促道。

「大姐？」她小聲嘀咕著，「我不才十六歲麼？」

「前面的別堵著了。」後面有人大聲嚷嚷。

白秋兒被擠到角落裡，左邊還是那個大漢。他抬起的咯吱窩散發著濃濃的汗臭味，幾根彎曲的黑色腋毛從袖口鑽了出來，驚得她直往車壁上縮。右邊是一個老男人，頭埋得低低的，臉色又青又紫，瘦小的身板快要被黑色長衫吞沒了。躲在老男人身後的是一個小男孩，他抓著男人的衣袖，左顧右盼。斜對面坐著一個抹著脂粉的女人，露出的兩條長腿斜跨在一側。她始終在低頭看手機。

車子穿過幾條狹長的街道，「吱嘎——」，車門打開了。「讓，讓讓⋯⋯」車廂後面的人急忙往車門擠，兩旁的人只能往邊上靠。大漢一邊側著身子往女人身上蹭，一邊又緊貼著白秋兒，汗臭味逼得她喘不過氣。小男孩在老男人身後縮得更緊了，他也學著男人那樣，把頭埋得低低的。

一陣擁擠過後，「吱——」車子寬鬆了些。可是大漢的胳膊還是緊貼著女人，絲毫沒有要遠離的意思。

「我，那個⋯⋯」白秋兒支吾著吐出幾個字，沒人願意搭理她。

「快到站了，後面的人不要擠！」司機喊道。

女人下意識地摸了一把挎包，尖叫起來，「有小偷！我的錢包不見了！」

車裡的人躁動了，「有小偷！」他們趕緊低頭去摸自己的腰包，看看錢還在不在。

「吱嘎——」車門打開了，發現錢包還在的人起身往車門擠，還在摸索的人也只能被推著走。

女人快要哭出來了，「那可是我一個月的工資呀！」

「哪來的小偷！趕緊抓起來！」大漢趁機往女人身上蹭，眼珠盯著她鼓起的胸脯直在發亮。

這時候，白秋兒認定大漢就是小偷，不然他老是蹭著女人幹嘛？

「小偷就是你啊！」她說。

大漢發怒了，「你別血口噴人啊！」他掄起黝黑的胳膊把白秋兒扯到跟前，「你搜，沒有就給老子道歉！」

「我，我⋯⋯」白秋兒有些膽怯了。

女人把目光投到大漢身上，「大哥，我一個月的工資呀！還給我吧！」

「誰拿你錢了！」他更生氣了。

「你不拿錢老往她身上蹭幹嘛？」白秋兒問。

「這，這⋯⋯」大漢的臉突然紅起來，紅到了耳根，直紅到脖子上，「干，干你屁事！」

「那就是你了！」白秋兒要去掏男人的口袋。

女人急迫地把腦袋探上去，後面的人也一齊把腦袋湊上去。唯有裹著黑色長衫的老男人悄悄從車門溜走了，腦袋埋得低低的。小男孩緊緊跟在他身後。

# 十一

「小偷是誰呢？」白秋兒終於下了車，心裡既疑惑又慌張，「下回可不能多管閒事了。」她想起大漢發怒的模樣是直打哆嗦。

「賣饅頭咧，香噴噴的饅頭……」一個胖小孩在大聲吆喝。

「這，這個吃下去可飽了吧！」白秋兒看著疏鬆的饅頭堆在竹筐上，不自覺地咽了咽口水。

「姐，這可好吃了。」胖墩兒又掀開了另一個竹筐。

「多少錢一個？」白秋兒往褲袋裡摸。

「五角。」

「五角……」她掏出幾張褶皺的紙幣，「五角，五……」她仔細盤算了一下，「藥，那個……藥，多少……」

「要饅頭？要多少？」胖墩兒伸手去扯袋子。

「不不不！我不餓。」她暗暗罵起自己來，「咋會想著買藥呢？真蠢。」

「哥哥，給我來兩個饅頭。」一個細細小小的聲音從她腳邊發了出來。

白秋兒低頭一看，那不就是車上的小男孩嗎？她覺得他長得很像小六，瘦瘦小小的身板，短脖子縮在領子裡。她甚至覺得老男人就是賀老六，病快快的老臉橫起來彷彿在告訴她，「跑到哪裡我都會跟著你。」想到這裡，白秋兒打了個寒顫。

「爸，給你吃。」小男孩把饅頭塞給老男人。

老男人把兩隻乾癟的手從袖子裡抽了出來，左右看了一下，最後把眼睛落在白秋兒身上。他盯著她看了許久，突然把脖子一縮，抓起小男孩的手擰頭就跑。

「咳——咳——」他猛地咳嗽了兩聲。

「爸，你不要緊吧？」男孩邊跑邊抬頭。

他們跑得越來越緩了，老男人急忙把饅頭塞到嘴裡，咳出的黃痰浸得饅頭更酥軟些。小男孩也學著男人那樣，把饅頭往嘴裡一塞，感覺快喘不過氣來，只好吧唧吧唧地啃起饅頭。

「嘿，你們幹啥跑呀？」白秋兒在後面追。

老男人緊緊捂住黑長衫的口袋，繞過一個偏僻的街口。兩條竹竿式的身影就這樣消失了。

「你，你們跑啥跑呀？」白秋兒有些擔心他們，「不會出事吧？」她也跟著繞了過去。

「叮——叮——叮——」街上一棟大樓敲起了響鐘，白秋兒不知道是什麼時候了。「叮——叮——」一聲又一聲地敲打在白秋兒耳旁，鬧得她快聽不清周圍人的聲音了。「叮——」最後一聲直接把她敲暈了似的，她甚至不知道要往哪裡去，周圍都變了一個模樣，她不知道自己的家在哪裡。她晃悠悠地走著，終於在一個角落裡蹲了下來。

「各位好心人，我窮呀！沒錢給奶奶治病啊！」一個女人在哭嚎。

「窮，咋窮了？」一個男人問。

「這位大哥，你看，奶奶現在就躺著咧！」她指著身後的老人。

「我們咋知道真的還是假的？」

隨著男人不斷擴大的聲音，圍攏的人越來越多，形成黑壓壓一片。白秋兒什麼都不想看，她蹲著蹲著都快睡著了。

「大哥，求求你！給你磕頭了！」女人忙把腦袋往地上撞，「再不治奶奶就沒命了！」

「這年頭，夠拚的！」一個硬幣哐噹落進碗裡。

「哐噹——哐噹——」陸陸續續有硬幣敲擊碗壁的聲音。

白秋兒快要進入夢鄉了，她的腿麻了，手也沒力了，身後的挎包不斷拉扯著她。她索性把背包扯下來墊在屁股上，腦袋耷拉一下又垂了下去。「媽媽……」她聽見小六在叫她……「秋娃，你真的要看我死嗎？」賀老六縮在被套裡瑟瑟發抖，只留下一雙乾巴巴的眼睛看著她……「我們一樣的！逃不掉的！」她看見夜春兒晃動的紅色大衣，透著濃濃的血腥味……不不不！她要看見爸爸收到信時的模樣，可是那個男人是他嗎？為什麼身影變得又矮又胖又老了呢？……現在是什麼時候了，她到底多大了？……迷迷糊糊的……眼珠不斷滾動著，她想要睜開，眼皮卻不斷垂了下來……

「哐噹──」

「哐噹──哐噹──」

幾個硬幣滾到白秋兒的腳邊，把她驚醒了。

「大姐，你大冬天蹲在這裡不冷啊？」一個小伙問。

「我，我咋成大姐了？」她問。

「幾個仔兒拿著吧，去買點吃的。」小伙準備離開。

「哥哥，大媽的樣子好像瘋子呀，你看她的頭髮都沒剩幾根，卷卷黃黃的就像狗毛！」小孩抓著小伙的手往前走。

「大媽？我？瘋子！」她尖叫起來。

黑壓壓的人群朝白秋兒圍攏過來，各色各樣的人都有：紅臉白臉黃臉圓臉橢圓臉大餅臉，有兜著菜籃子的，有背著小書包的，有拄著拐杖的，有挎著公事包的……

「啊……」她想要逃出去，可是撞來撞去她都覺得有敵人要抓住她，「我不是瘋子，我怎麼會是瘋子呢？」她只好蹲下身轉起圈來，用胳膊緊緊抱住了腦袋。

「大姐，別怕，有病治了就好了。」

「姑娘，你到底遭遇了啥變成這樣了？」一個老奶奶問。

「我？我成啥樣？」她摸摸胳膊，胳膊還在，再摸摸大腿，大腿也還在，再摸摸鼓起的奶子，奶子也在呀，「我，我成啥樣了！」

「你腳趾頭都露出來啦，還有你的衣裳破洞了咧！」老奶奶喊道。

這時候，隔壁的女人還在哭嚎，「我窮呀——沒錢給奶奶治病啊！」她發現人群還是裹著白秋兒，哭鬧得更大聲了，「我窮啊……你們咋都沒有同情心呀！」擾得躺著的老人發出咿咿呀呀的聲音。

「啊……」白秋兒的腦袋迅速發漲起來。黑影成了轉動的圍牆，他們張合的嘴巴似乎要伸出鉗子來了，他們就快要鉗住她了……

「啊——」她大叫起來，慌忙撞了出去，「我不是！我不是瘋子！」

她飛奔在馬路上，最後閃進一家藥店，「我，我要這個藥！馬上要！」她把錢和藥單迅速塞到售貨員手裡，心臟還在撲通撲通地跳著。

十二

自從白秋兒離開以後，賀老六的心情一直很低落，他確實是離不開她了。

他從匣子裡抽出一沓信，認真看起來。這麼多年了，他始終好奇白秋兒在信裡寫了什麼。他看不懂，可是他曉得信是要寄給能救她的男人的。

他把信紙一張張鋪在桌面上，支支吾吾地念起來，「爸，……我……死……了……」

「原來這婆娘那麼早就想死了，幸虧我看得緊哪！」他恍然大悟地叫起來。

再繼續念下去，「臭……男……人……」他以為她又在罵她，生氣地把信紙往桌上一拍，震得其餘的信也彈了起來。

「哎，她咋這麼恨我呢，我也沒錯啊！」老六憋屈了十幾年，「回來就怨不得我了。」這回他心裡終於舒坦了。

「老六老六，我我，我把藥帶回來了，你還是別死了！」白秋兒氣喘吁吁地跑了進來。

「嘿！你果真回來了！」老六探出腦袋笑著，「咳！」又忙把信紙嘩啦啦地往屜子裡塞。

白秋兒還是看見了，愣著把藥撒了一地。

「秋娃，我也沒錯呀！」老六竟落了眼淚，「這不是怕你跑了嘛，你，你可是我買來的媳婦啊！」

這時候，青筋一根根爬滿白秋兒的額頭和脖子，又青又白，她卻吐不出一個字來。

「叮──叮──叮──」她好像又聽見鎮上鐘樓的敲擊聲，恍恍惚惚地，她看見爸爸手中的信被一張張抽走了，他還沒來得及看……又看見爸爸一步步從她十幾年的記憶齒輪上輾了過去，迅速，有力，等不及她叫喚一聲，也等不及她追上去。

「乓──乓──乓──」原來是山路上的小六在打鑼。

十幾年的苦水一下子灌入白秋兒快速鼓動著的胸脯。膨脹了，膨脹了，她感覺胸膛要炸裂了，腦袋也要迸開了，「啊──」她不斷尖叫著，從廚房裡抽出一把菜刀，「你去死！去死！」

「秋娃，你，你別衝動！」賀老六退怯地往被套裡縮。

「死！你死！」她很想朝他的脖頸或者腦袋砍下去，尤其是他淌著幾根青筋的後腦勺。這樣一刀劈下去肯定會噴出很多血的。她舔舔嘴唇，就像嚐著咬下他耳朵時甜甜的血味。

「別呀，秋娃，你不看著我，也要看著小六呀！」賀老六那個老淚縱橫呀，縮得脖子都看不見了。

「小……小六？」白秋兒揮舞著菜刀，往左劃一下，往右也劃一下，最後直接往前戳了出去，「你說啥？小六是誰？」她尖叫起來，「說呀！說呀說呀！」

賀老六被嚇呆了，「你的兒呀你的兒！」

「我不信，我不信！」她又把菜刀往前戳，可是她找不到賀老六的脖頸，他的後腦勺也緊貼在牆面上。她砍不著了。

「不不不！」她尖笑起來，「怎麼會呢！」她晃起菜刀又衝了出去。

「嫂子嫂子，你幹啥？」

「媽，你，你要幹啥，把刀放下呀！」

「媽？誰是你媽了？我六娃還在吃奶呢！」她用刀指著小六，又轉身戳向圓臉，「誰是你嫂子了啊！說呀！我白秋兒怎麼會是賀家村的媳婦！」

「這是真瘋了嗎？」敲鑼打鼓的人紛紛圍攏過來。

「噥！不要吵醒她！瘋了好！瘋了好！」夜春兒笑了，又哭了。

## 十三

賀家村從此有了兩個瘋女人，她們每天在門前咿咿呀呀地叫喚著。

「瞅我這大衣，這皮革，都是我在城裡日盼夜盼的呀！」夜春兒在門前晃蕩著她紅得火烈的大衣。

「爸爸要來救我了！他在來的路上了！」白秋兒終於回到了十六歲的世界，每天充滿期待地寫信寄信，可是她已經不想給小六餵奶了。

……

「噓──」一個小孩躲在草垛裡對哥哥說，「不要吵醒她們呀。」

「對，醒了就要抓起菜刀砍我們了！」小哥哥說。

# 殺狗少年

福建師範大學文學院本科 2015 級　鍾政華

　　小輝曾對我說，他遲早會殺了趙家那條狗。說時，他緊捏拳頭，倔強地站在阿花墳前，兩眼潮潤，藏著那年夏天清晨的薄霧。

　　學校剛放暑假，我就被大人遣送回鄉，住進鄉下的外婆家，家門前是一條僅可納三人並行的石板路，路的盡頭便是巷口。

　　巷口橫臥著一條狗，黑狗。

　　黑毛，夾雜灰白，斑駁，像沾滿黴斑的矮牆。毛不長，雜亂地貼在肉上。長口，細足，身軀蜷縮，盤伏在地。遠遠望去，狀若突兀的怪石，只是偶爾晃蕩的尾巴晃蕩出了絲絲生意。聞有人過來，眼簾微微掀開一條縫兒，見是熟人，連舌頭都沒伸出，就又昏昏睡去。

　　但見我們走近，立刻立起，尾巴斜斜地插在尖屁股上，搖搖蕩蕩。

　　外婆說，這是趙家的狗，趙家走的時候沒把它也帶走，因為城裡不許養狗。趙家人已經很久沒回來了。

　　趙家的房子就豎在巷子口處，同嵌著的紅漆大門一樣沉沉，經久不開，日復一日地醞釀死氣。

　　外婆還說，這狗是吃過好肉的狗，不好養，沒人願意養。

　　我們向巷子深處走去，那狗迎了上來，它的舌頭和尾巴一樣搖盪，口水黏在上面，鼻頭濕潤，汪汪的眼珠裡滿是乞憐。

　　大人拉緊我的手，繞過它，快步通過。

　　大人說，這狗有病，離它遠點。

　　我三步一回頭，從看到望，望見那狗縮了下去，塌在石板路上，像是一條爛在街頭的破褲子。

　　外婆家的對門也住著一位老人，在平淡的日子裡迎來了她的孫子，小輝，我那時的夥伴。

　　小輝在剛來的幾天後就跟我興奮地炫耀，他初至那日是如何狠狠地戲耍巷口那條黑狗的，也正是從這天起，趙家的狗便整日整夜地狂吠，不知疲倦。

　　老人眠少，被擾得心煩，夜裡咒罵，那狗遲早會把自己吠死。

　　午飯後無事，兩家老人就著電視的聲音小憩，小輝溜進無人的廚房，偷拿出一塊吃剩的肉，纏上線，從他眼裡洩出的狡黠中，我大概猜出了他心中一二，他要我做他的幫手。

　　鄉下燒柴，鍋如果用久了就要從灶上卸下，移至空地，倒扣在地，用鋤頭刮下鍋底硬結的草木灰，刮好的鍋燒柴少燒菜快，所以有時在空地上能看到一兩個規矩的黑圓，這時大人就會告誡我們這些小孩，不能跳進這個圈裡，原因大概是因為，如果進去了就是跳入惡鬼的口袋裡，會染上晦氣。

　　巷子的牆根上斜倚著一口待刮的鐵鍋，小輝給了我一根纏有絲線的木棍，要我用這根棍子把那口鍋架起來，他要誘捕巷口那條餓狗。

　　我倆在巷尾躲好，肉塊被拋向巷口，噠，像魚餌入水，空氣暈開一層波瀾。

　　那狗一聞肉香，如觸電般躍起，去銜那肉，不料這肉恍若生腿，僵硬而又突然地逕直向後騰去，黑狗自然不肯放棄，踏踏追來。

　　肉進了埋伏圈後便不動了，那狗自然是瞧見了這專為它設計的陷阱──鍋與棍。

　　它也是餓昏了頭，繞走三圈後，前身一低，就把自己的頭送進

了這「伏魔圈」裡，小輝小手一拉，嗆啷一聲，鐵鍋邊緣就狠狠地在黑狗的身上砸出一道黑痕，鍋小，不能完全包住它，尾巴還留在外頭，直挺挺地垂著，就像小輝給我的那根棍子。

咀嚼的聲音在鍋裡響起，帶著狠意，隔著一層鐵皮都能看見，這狗已經吃紅了眼，可小輝卻並不滿足，他收回木棍，操在手中，逼近，狠狠地錘在鐵鍋上，咣咣，像鑼聲。

那黑狗四蹄亂竄，維持平衡，然後後腿發力，退了出來。嗆啷數聲後，鐵鍋終於安安穩穩地服帖下來。狗尾巴夾在了腿間，頭也低了下來，舌頭舔著鼻子，回味肉味，牙齒一併露出來，隨著聲聲低吟。

它看著小輝，盯著小輝手裡的木棍，身上的毛全都豎起，睜睜地看到它揮向自己。

黑狗躥了上去，尖牙亮著，尾巴硬著。

小輝最後是哭著跑回家的，若不是因為敲鍋的聲音驚醒了他奶奶，恐怕被咬破的就不是他的褲腳了。

那天後，趙家的狗吠得更凶了。

這幾天就只敢在巷尾活動的小輝，終於按捺不住，跑來對我說，他聽他奶奶說村裡的豬肉財在殺豬，問我要不要一同去看。

豬肉財是村裡的屠戶，早年殺豬為生，近年跑到鎮上做起了肉販，倒真應了他的名字，他一直嚷嚷著不久就會把家搬到鎮上去，再賣幾年肉就可以和趙家一樣，也到城裡去了。

在城裡，沒有殺豬可看，但我猶豫了，因為豬肉財住在巷外，要去他家就必須經過趙家的狗，那黑狗近日越鬧越凶了，只有大人才鎮得住它。

小輝問：「去不去？」

我知道他是一個人不敢去才會邀我一起。

我道：「我怕。」

我依然清晰地記得趙家的狗咬破小輝褲腳時的模樣。

小輝說：「怕什麼？我們一起去！」

他推著我，把我推到了狹長的石板路上時，黑狗果然又衝著我們狂吠了。

它一見我們，就立了起來，尾巴硬著，像根棍子，跑動，坐立難安。

小輝對我說：「別怕。」

可我知道小輝自己也很怕，雖然他已經換上了新褲子，一條牛仔長褲。

他走在前面，一步一步地挪。

我跟在他身後，巷內陰涼，他背後的衣服已濕透。

趙家的黑狗越發焦躁，打著圈兒地猛吠。

眼看就差三步就可以逃出生天，我注意到了那黑狗灼燙的目光，那是復仇的鋒芒。

跑！

直到意識到小輝已跑出幾步後，我才撒腿跟上。

我的眼前是小輝奔跑的背影，他一直跑在我的前面。我的耳後是蹄子點在泥地上的聲音，踏踏，清脆而又恐怖。

我們發瘋似地向豬肉財家跑去，那狗也一路跟來。

還有四分之三的路程，我再也跑不動，只得停下來與趙家的狗對峙，我不知道它為什麼也停了下來，明明小輝還在前頭跑著，它大可以去追他，放過我，畢竟那天全都是他出的主意，我也恨小輝不夠仗義，只顧自己一個人逃跑。

就在這時，小輝他的鞋跑掉了，一隻飛了出來，他本人也因這突如其來往前摔了一跤，整個人在沙土地上滾了兩道，面上盡是塵土。

趙家的狗見狀，便棄了我，追上小輝，小輝被嚇得只得在地上手腳並用地向後爬去，拖出了一條長長的又帶著濕潤的痕跡。

我跑上前去，卡在人狗之間，直到小輝爬到豬肉財的家門前，敲開大門，我才拋下那狗，也躲進了豬肉財的家裡，豬已經殺好了，被分成了好幾處，內臟，血，碼放得整整齊齊，濺落在地上的血正用水清洗，順帶也清洗了小輝身上的泥土，我們惶惶地躲在豬肉財的家裡，隔幾分鐘就打開一條縫兒偷瞄趙家的狗是否還在門外，入夜後才被大人領回各自的家去。

次日，小輝忿忿不平地對我說：「我一定要殺了趙家那條狗！」

小輝卻遲遲沒有動手，但每次望見那狗，他總是要鼻孔朝天，怒氣沖沖地揚起拳頭說，我一定會殺了這條黑狗！

可每次回應他的，也總是趙家那黑狗不休的狂吠。

無奈只能蝸居在巷尾的我們，玩的盡是些消磨時光的遊戲，只有在大人的叮嚀下，才會跑去補上一兩頁暑期作業，有時兩人甚至能癱在清涼的水泥地上，吹著電扇，無所事事地過完整個下午。

日子就在暑期作業中，一頁一頁地翻了過去。

小輝某天的突發奇想使他的雙眼又放出從前的光來，他就是這樣的人，耐不住也藏不住。

他對我說：「不如我們找個寵物吧？」

我一下子就想到了城裡人養的那些寵物，盡是些養尊處優的主。

小輝見我面露難色，忙道：「是阿花。」

我問：「什麼阿花？」

小輝說：「就是我奶奶家那隻老母雞。」

阿花是隻土雞，腳細毛亮，清早咕咕一叫，屁股底下就滾出一顆熱蛋，完事後便悠然地外出散步，神色頗為自得，直到吃晚飯才會回來趴窩，小輝的奶奶一直留著它生蛋。

　　阿花的行蹤飄忽不定，也只有在晚飯後才能知道它的所在位置，於是我們為了宣誓對阿花的主權，決定跟隨它，可每到巷口便止住了腳步，因為那趙家的黑狗早已發現了我們，用犬吠捍衛它的領土。

　　這一聲聲狗吠，吠退了小輝的腿，吠縮了他的膽。

　　可阿花不忱它，照舊閒庭信步地散自己的步，款款地走出巷口，小輝為阿花的骨氣喝彩，而我卻看到了那狗眼珠子裡的色彩。

　　它多看了阿花兩眼。

　　直到某晚，我覺得小輝終於要下手了，因為阿花一直到了晚飯後的很久都還沒有回來。

　　我急了，小輝急了，小輝的奶奶也急了。

　　對奶奶來說，下蛋的雞金貴，而對於小輝和我來說，我們失去的將會是一個這個夏天來之不易的寵物。

　　小輝的奶奶也找了好多天，但由於精力有限，最後也放棄了，但我和小輝並沒有，趁著那幾日趙家的狗破天荒地不再死賴在趙家的門前，我們得以在整個村子裡遊蕩，在樹下，或是山上，呼喊阿花的名字。

　　呼喊卻引來了從鎮上回來的豬肉財的嘲笑。

　　他知道阿花是小輝奶奶家土雞的名字，一開始他只是說阿花和外頭的野公雞跑了，過兩天就會回來了，再到後來他就說，阿花被趙家的狗吃了，再也回不來了。

　　說完，他腆著肚子走了，走時臉上帶著嘲意，和他那雙手一般油膩。

　　過了很久，小輝才開口，陰陰地對我說：「阿花恐怕是被趙家的狗吃了。」

他跑開了，回來時手裡抓著一根不知道是從哪裡撿來的雞毛，蹲在山上的樹下，用樹枝在地上挖坑。

鋪上一層樹葉，又架上一層小樹枝，再墊上一層樹葉，小輝這才把那根雞毛穩穩地放進坑裡，他的神情肅穆，凝重得就像那天天上的黑雲，沉沉地覆在上面，也沉沉地浮在他的臉上。

直到壘起一座小墳頭，墳前插上三根樹枝，土地上寫下歪歪斜斜的四個大字：阿花之墓。小輝才住了手。

他緊捏拳頭，倔強地站在阿花的墳前，兩眼潮潤，對我說，他遲早會殺了趙家那條狗。

這時，天砸下了雨，模糊了地上的字。

小輝每天都跑過來，與我分享他的復仇大計，但怎麼報仇說得少，如何報復說得多，言語裡已將趙家那黑狗虐待了一百零八遍，每次虐完都總不忘加上一句：我一定會把那條狗殺了！

趙家的狗外出活動越發頻繁，我們站在巷尾，有時還能望到它，可每次見它，想的就是它是如何在小輝的手中哀鳴，如何在小輝的手中求饒。

也就是在這幾天裡，趙家的狗不再像從前那般狂吠，老人夜裡的輾轉反側少了，小輝和我白天走出巷子的機會多了，在這個時間中，小輝聽到了豬肉財的嚷嚷。

豬肉財又嚷嚷著他們家馬上就要搬到鎮上去了，但話末又加了幾句：可偏偏在這會兒，家裡的雞丟了三隻，已經找了兩天了。

小輝兩眼一轉，我看到了他眼珠子裡的色彩。

他多看了豬肉財兩眼。

某個夏日的黃昏裡，垂垂老矣的太陽將一切抹上沉重的髒紅，像是汙穢從暗紅的大地翻湧上來。小輝對我說，他昨天晚上夢到了趙

家的狗，那畜生像人一樣會說話，並且在他的手裡說出了實話，阿花確實是被它吃掉的，它向小輝告饒，求他大人不記小狗過，放它一條生路，表示以後一定會好好做狗的。

當他說完他的夢時，已是那年夏天最後一晚的清閒。

準備離開外婆家時，我到小輝奶奶家，要同小輝告別，卻在巷子口看到了他。

他跟著豬肉財，用殺豬的手藝把趙家的黑狗綁走了。

我問大人：「小輝和豬肉財是在做什麼？」

大人說：「豬肉財家的雞被趙家的狗吃了，現在要把那狗殺了。」

我問：「怎麼殺？和殺豬一樣嗎？」

我還記得在豬肉財家裡看到的情景：碼放整齊的內臟肢體，一大盆的血，頭顱被劈成兩瓣，鼻孔裂開兩邊。

大人說：「不一樣，殺豬是一刀子捅進去放血，殺狗是把狗吊起來，用水灌到它窒息。」

小輝和豬肉財走了，到了最後也沒有再向巷子深處多看兩眼，只要多看兩眼，就能看到將要離開的我，可是他的眼一直放在趙家的狗的身上。

我望著他們離去，喧囂歡騰地離去。

後來，我回鄉時，小輝沒有回來，聽外婆說，他回來的時候，也曾問過我是否回來。

年前，我們再次相遇，如兩個飄揚多年的柳絮碰在一起，再遇時各自的年齡已添上了一個十年。

他的神色黯淡，就像巷口一直豎著的趙家大門，黑漆漆。

老人說，趙家的人已經很久沒回來了，房子也空出很久。

趙家的那條黑狗也已死了很久。

小輝與我站在巷子口，站在趙家的門前，我看向那門，黑漆漆的門。

記憶拙劣地模仿我的過去而深陷重圍。

我突然發問：「還記得趙家的狗嗎？」

小輝的眼，飄向了遠山上的一棵樹，嘴唇抖動，把眼裡滴出的光吞了回去。

我順著他的眼眸，山與樹一同站在我的眼眸裡。

我又問：「還記得阿花嗎？」

他答：「什麼阿花？」

曠野上的風

# 裝修之路

福建師範大學文學院本科 2015 級　李小薇

## 一

　　老李家的房子建成在他的小女兒就出生那年，如今小理已經十三歲了。

　　這房子是一層平房，正對著一條坡度不小的縣道，就在車輛呼嘯而過的揚塵中靜靜地矗立。說靜也不靜，每當大卡車經過的時候，小理總覺得自己能夠聽見房子嘎吱嘎吱的聲音。當年窮，老李圖省錢，地基打得淺，所以大卡車費力爬坡的時候，整個房子會隨著地面顛動，屋內的牆體已有幾條裂痕。屋頂是長石條加水泥鋪成，雨天漏水是常事。外表更不用說了，本就是石條砌成，沒有外裝修，幾個排水口下的牆身還有條黑色的水痕。

　　不僅正南對著縣道，正東還對著村內的一條主幹道，是整個村西片區的第一家，為此，老李的妻子阿秋總是嚷著要裝修，夫妻倆為此沒少吵架。房子就像一張名片，體面不體面，一眼就看得出來。

　　「整天髒得像頭牛一樣，還到外面吃喝賭博，也不看看這間房子是什麼樣，人人經過看見這個破房子就知道你的窮酸樣！」阿秋氣不過老李每天往李氏宗祠裡跑，和一群遊手好閒的人搓麻將，好像他平時也是無事可做的，事實卻是留下田裡一堆活給她一個女人。

　　「吵什麼吵，房子怎麼了，能住不就好了，你別老是沒事找事！」老李剛剛從一個麻友家喝酒回來，癱在椅子上邊打酒嗝邊脫鞋襪，酒氣和腳氣很快薰滿了整個客廳。

　　「我沒事找事？你看我整天在山上幹活，還有鹽場的工作，回來還要做飯給孩子吃，你整天都在幹些什麼！」阿秋剛掃完地，本來要把掃把歸位了，看見一串黃泥腳印印在地板。地板是老黃磚，易髒難掃，黃泥剛好填了屑掉下後留下的微小的坑，掃走坑又要擴得更大，水洗又掉屑，整個拖把和水桶都能被染紅。

　　阿秋一下子又火了：「你不做事又給我帶來麻煩，我才剛掃完你又弄髒，哪家男人像你這樣！」

　　「我難道沒幹活嗎，你那些田不都是我犁的，肥料也是我叫的，你不是說要開井，那些人也是我請的，你多做些家務就得寸進尺了！」老李喝了酒也不甘示弱，細數起自己的貢獻來，這些事情哪件不比女人家的大？

　　「那你說什麼時候要多買張床！我跟你說過多少遍了，兩個孩子都這麼大了，一個五年級，一個上初二了，放別人家都是自己一個房間一張床了，還跟我們睡在一起，兩個睡這頭，兩個睡那頭，像什麼話！」

　　「行，我給你錢，你去買。」老李一拍大腿，說著就掏口袋，一堆皺巴巴的零錢掉在地上了，他頂著啤酒肚艱難地彎腰，伸手要抓錢，指甲長又尖，當了三十年農民，泥土的黃早滲進他的指甲裡。

　　「我不去，我還有很多事情忙。」阿秋掃完放了掃把。

　　「哼，有很多事情忙？我看你是不敢。大字都不識一個，帶著孩子坐個公車都能坐到大登去，要不是遇到了熟人，我看你是回不來咯。所以說這個家靠的還不是我。」老李心滿意足的收起錢，自己的家庭地位還是要強調的。

　　「是是是，那你這麼厲害怎麼不到外面囂張去，怎麼別人家都蓋了二樓，你家還是平房。你少喝點酒，少抽點菸，我們家早就裝修了。」

「你也不想想自己一年能賺多少錢，裝修？哼，女人就知道想！」老李起身晃晃悠悠地進房睡覺了，途中還放了個響屁。

阿秋看著他搖搖晃晃的背影嘆口氣，能吃能喝能放屁，這個家要靠這個男人，真是難了。

等到阿秋收拾完該收拾的東西，包括把老李那雙臭氣薰天的皮鞋拿到院子裡吹風，如果剛好能夠薰死幾隻蚊子臭蟲，那就是發揮了極大的功用，房間裡老李的鼾聲已經打得順暢了。

「媽，你以前怎麼跟我爸結婚的啊。」阿秋剛要上床，那頭睡著的小理和小瓊一股腦爬起來。

阿秋看了看張大嘴巴呼吸的老李，再看看兩個睜圓了眼睛的女兒，把老李的腳移到外邊一點的地方，到她們那頭躺下。

「你們怎麼突然想要問這個？」

「沒有啊，就是想問而已。媽，你就跟我們說一下吧。」

「也沒什麼好說的，當年我們家欠了你爸他們家錢，所以我就嫁過來了。」

「啊？就這樣嫁給爸了？」

「有好幾個女的和你爸好過，其中一個還有過孩子，但是最後都沒成。那時候你奶奶病重，想要看到你爸早點結婚，我們就結婚了。」

小瓊這回真是瞪大了雙眼，撐起頭看了眼老李，壓低了聲音問：「那老爸為什麼和那些女的都沒成啊？」

小理踢了小瓊一腳，「這不是很明顯嗎，肯定是因為老爸的腿殘疾吧，是吧！媽？」

「可能是吧。這些都是我嫁過來以後聽你姑姑說的。」

「姑姑？對哦，我們還有個姑姑。」

「你姑姑那個時候還沒離開家，我嫁過來的時候嫌我的名字不好叫，就叫我阿秋。」

「所以媽就一直被人叫阿秋？好像只有大姨二姨會叫你的
名字。」

「難怪去年我們語文老師問我『陳愛治』是誰，我說我不知道，
她說這不是你媽的名字嗎，我說我媽好像確實姓陳，但是不知道名字
叫什麼。」小理一臉若有所思。

「那媽，你知道自己的名字普通話念作『陳愛治』嗎？」

「不知道，我沒有念過書。早點睡，明天要上學了。」

「媽，你和我爸一個眼睛不好，一個腿不好，剛好就湊到一
起了。」

「亂說什麼，快點睡覺！」

「哦。」


二

老李喝酒之後說的話很多都不能當真，就跟放過的一個屁一
樣，聲音大，舒坦過後就好，但第二天老李破天荒把這個屁給放圓
了，他買了新床，就擱在舊床旁邊。

家裡空間倒是有，但是只有這婚房可以當睡房，因為只有這間
是有門的。後廳有一間房間堆著雜物，地板、是沙土鋪的，放著一個
尿桶當作廁所，好在是在後廳，要是有客來也看不見。院子裡也有一
間小房子，是以前老李開速食店的，現在也堆著雜物，雖然有門有鋪
磚，但是因為是獨立在院子裡的，不安全。

這天星期五，小女兒一早就在盼著住宿的姐姐回來，迫不及待
地想要告訴她有新床了。

「姐，今晚我要橫著睡！」一看到姐姐下車，小妹就飛奔過去拉
她的手。

「什麼橫著睡啊，你想睡地上嗎？」小瓊有些好笑，戳戳她的
腦門。

「哈哈，我跟你說哦，我們有新床了！」小妹一臉得意，使勁拉著她進去。

「真的啊！哇！」

屋子裡傳來姐妹倆在新床翻滾打鬧的聲音。

老李在客廳向正在擺飯的阿秋抖腿，「怎麼樣，你還滿意嗎？要不是我，噥，」老李抬抬下巴，「孩子們能這麼高興嗎？」

「別把什麼功勞都往自己身上貼。我還不知道你是拿著我補助的那張卡去買的床嗎，那還不是我出的錢。」

老李從口袋裡掏出菸來，點了菸深吸一口，「那你還真是敢把功勞往自己身上攬。你那個殘疾證還不是我跑前跑後幫你辦的？你不就是配合著到醫院去檢查一下，還真以為那每個月的幾百塊都是自己的錢了？」隨手彈了一下菸灰，「還是我出了力才能評上個二級盲，不然你以為你真就隨隨便便拿了個證，得了錢？」

阿秋沒想到其中還有這樣的過程，在這個地方無法反駁，只能從別處下手，「你厲害，專門就在家裡厲害，除了把菸灰彈到地上之外還有什麼厲害的地方，桌上明明有罐子，偏偏要彈到地上。」

「哼，秀才遇到兵。」老李這次倒是順乖地把菸彈在桌上用來盛菸灰的茶罐裡，卻又有些不甘心，「小理，秀才遇到兵的下一句是什麼？」

「有理說不清。」房間裡頭小理在與姐姐進行新床爭奪戰的間隙大聲喊著。

可能快樂的時光在一定條件下是會延續的。繼有了新床以後，不久之後家裡出現了一個大傢伙──摩托車。

孩子們圍著這輛摩托車轉，驚嘆的眼神洋溢出來，亮晶晶的看著老李。

老李哈哈一笑，搖搖手中的車鑰匙說：「上車，我帶你們轉轉！」

「好哇！」孩子們雖然高興，確是小心翼翼地踩踏板上車，生怕弄壞了它，因為這車看著有些脆弱。

這不是一輛新車，老李自己開了大半天從縣城阿秋妹妹的夫家那裡回來的，阿秋妹丈夫淘汰下來的。但按老李的思維，有什麼關係，能開又不用花錢就好！笨重點也沒事，一般人駕馭不了，車身掉漆了，但還硬著呢。

家裡有了車便利了不少，肥料可以自己載過去了，一些農用工具綁在後面坐墊上多省力，以至於這車第一天上工，後面的坐墊就沾滿了泥土。從不碰家務的老李也是破天荒的碰了抹布，萬般珍惜的清理。

這車到了新家反而成了貴重物品，既是貴重物品那可得緊防盜賊。從前老李家可是從不上鎖的，夜晚只是從裡面拉上栓，這回他們買了把鎖，把車停在後廳。

第二天可就有大事發生了，隔壁老張家的摩托車被偷了，和老李家的一樣都是停在客廳裡面，可憐他家大門被撬，電視都被搬走了也沒人醒過來，這作案技巧可是高明。

老李和阿秋戰戰兢兢，萬一這輛二手車也被看上了怎麼辦？家裡也沒有幾分錢，藏得夠深小偷找不到。但畢竟偷竊不需要成本，就算是一堆爛鐵，賣掉也是穩賺不賠的生意。

「要不後廳那小間的安個門，再清出一個空間來？」阿秋覺得安個門正好就有了一件真正意義上的廁所了，也可以阻味兒，尿桶清理的頻率也不需要很高了。

可老李不這麼想啊，除了菸酒之外，他的原則就是能省就省，能摳就摳，充分利用空間就好。

靈光一現，他大腿一拍：「把家裡外邊院子那間整出來，新床搬過去！摩托車就可以停在房間裡，至少有一道門鎖著。然後……」

「你想讓那倆孩子睡在外面啊！我可不准，賊長了賊心可就沒了良心，把孩子擄走那天還不塌了！」阿秋聽到老李這麼個不靠譜的想法馬上打斷他的話。

「我話還沒說完呢，你就是這樣急性子！孩子倆咱們一人帶一個，我帶著小的睡在外面，可以吧。」

「這個……」

「這不是很好嗎！既不用花錢，你也不用怕孩子不安全。」

可阿秋心裡總是有些不甘願，男人不靠譜，萬一有個差錯可怎麼辦。她心裡那個裝修的想法又冒了出來：「你老是想著省那些錢出去外面吃喝，我看把你那些菸酒的錢攢起來，我們老早就可以蓋上二樓了，哪裡需要這個樣子！」

「你又繞到哪裡去了！這兒正說著摩托車，你怎麼又扯到裝修了。」老李煩躁著，從口袋裡掏出菸點上，突出一口菸圈，「不要老是想著裝修，你以為這事兒簡單啊，你一個女人說建就建啊！」

「還能有多複雜，不就是要有錢嗎！我早說過你那菸酒錢就是天殺的浪費！看看這個地方，連個樣子都沒有！」阿秋萬分嫌棄老李既抽菸又喝酒，家裡的錢就像自來水一樣在這些地方流走。

「我抽菸喝酒怎麼了，你懂個什麼！」在老李看來男人不抽菸不喝酒那根本就不是男人，「去去去，你快去把外面那間整出來，我去把床拆了，今晚之前就可以完事了。」

院子裡的雜物間已經堆了至少有八年的雜物了，成年累積的什麼都有，這工作量放在平時估計幾天都完成不了，但現在情況危急，兩個人像上了發條一樣，在日落之前清理出來了，又拉了一條水管把地板沖刷乾淨，基本恢復了原來的面貌。

　　安置好床，換好燈泡，又加了把鎖，這兩人終於可以鬆口氣了。夫妻倆在一起做事的效率還是可以的，可是平時這兩個人相隔得太遠，彼此戒備，就像拔河一樣往兩頭使力難有同心的時候。可能有些婚姻一開始就注定了方向。

　　換了一個新的房間，小女兒更是興奮了，她念念叨叨要怎麼安置東西：「我要把書都放在那個櫃子，搬把椅子，這樣我就可以在那裡看書寫字了！還要弄一個小小的桌子，就像電視上別人家的床一樣！」

　　小女兒小理所謂的書是姐姐小瓊以前的教材，她把那些用舊了的教材當寶貝一樣，經常捧著在翻，不過也沒人理會她是不是真的在讀書。

　　可是到了一到要睡覺的時候她就開始害怕了。畢竟這是在院子裡，門是木頭的，只有一把單薄的鎖，可能一撬、一移就開了，自己就被小偷給抱走了。

　　晚上小理眼淚汪汪地看著爸媽，不敢自己先去睡覺。

　　「小理先去睡覺，明天還要上學，待會你爸就過去跟你一起睡了。」阿秋看著小理一臉糾結的樣子和她解釋她自己不是一個人睡的。

　　可阿秋心裡隱隱有些擔心，一個禮拜的風平浪靜之後阿秋才稍稍有些放鬆。

　　這天夜裡小理睡了一覺醒來，揉揉睡迷糊了的眼睛，借著月光並沒有看見爸爸睡在身邊，往旁邊蹭了蹭也是空空的。小理咽了咽口水，看著周遭一篇黑暗，指不定在某個地方有一雙眼睛正盯著她。

　　小理想起房門應該還沒上鎖，摸索著下床，輕輕的上鎖，上床後又緊緊摀住耳朵，心裡念叨著：我什麼也聽不見，很快沉沉地睡去了。

在大房子裡親熱完的夫妻倆躺在床上喘口氣。阿秋推推老李：「你快去那間睡！」

男人靠在床頭點了一支菸，瞟了一眼膽小的女人：「擔心個什麼，不差這一會兒。」

「哎呀，既然不差這會兒你就快點過去。」

「好啦好啦，我去還不行嗎。」老李叼著菸穿褲子，開了房門又開了家門出去了。

輕輕推了一下門沒開，用力推還是推不開。老李趕緊丟下菸，邊推邊拍門，叫喚：「小理，你是不是把門鎖住了，開門，小理。」

房裡的阿秋聽到聲音出來，一邊套外套一邊問，「怎麼了？」

「孩子好像把門鎖住了，」他推門的時候可以聽得見鎖打在門上的聲音。

「那怎麼辦啊。」阿秋慌起來了，叫著小理的名字，也不敢太大聲，害怕吵醒了街坊鄰居。

「叫不醒，睡得太死了，只能把門撞開了。」老李也是沒轍了，小理可能是遺傳到自己了。

傳統的木板房看著不堅固，還是要費很大功夫才能撞開。破門而入之後，夫妻倆看著摀住耳朵，蜷起來的小理呼呼大睡，讓人看了有些哭笑不得，難怪撞門這麼大聲音都吵不醒她。

第二天醒來，小理發現身旁睡著的還是爸爸，有些恍惚昨晚是不是做夢了。

吃飯的時候老李才敲敲小理的頭：「你呀，怎麼敢把自己鎖在裡面。而且也太難睡了，老是踢被子。」

小理吐吐舌頭，又大口地吃下一口飯，邊嚼邊含糊地說：「我害怕嘛。」

「好啦，下次不要把自己鎖住了，你爸會跟你一起睡的。」阿秋夾了塊肉到小理的碗裡，小孩子害怕是正常的，再怎麼樣也不會讓孩子一個人睡在外頭。

「知道了。」

## 三

小理下午放學回家後特意又把房間收拾了一下，搬來一張板凳放在床頭，又把買牙膏送的陶瓷杯洗乾淨了，倒進白開水，放在這個簡易的「床頭櫃」上面，這就是電視上那些人的樣子了吧。

弄完又蹦蹦跳跳地回客廳裡看電視了。

家裡只有小理一個人，老李和阿秋進田幹活了，中午吃飯的時候還說要載一車海沙進田，增加土量，姐姐則是寄宿在外。

突然有個陌生人逕直走了進來，寸頭，脖子戴著一條金項鍊，穿著一件很窄的短袖，緊緊地束著龐大的身軀，表情嚴肅又四處環顧，好像搜尋什麼目標。

「叔叔你有什麼事情嗎？我爸媽不在家。」

「哼，是嗎？他最好是不要躲起來了。」他冷哼了一聲，說話聲音也是粗獷。

「沒有啊，我爸應該快回來了，你可以坐下來和我一起看電視等我爸回來。」小理指指正在播放動畫片的電視。

他好像靈光一動，自己笑了一聲就走過去把放在桌上的電視遙控器拿走，揣褲兜走了。

小理錯愕地看著他走出門，要換臺的時候只能走上前去按按鍵。

終於等到太陽下山，老李摩托車突突的出現在小理耳畔，小理認得他爸摩托車的聲音，每突突突三聲就會停頓一下，好像突然卡住一樣，很有規律。

　　小理放下作業衝出去：「爸爸，有一個人來家裡把遙控器拿走了，他沒說是誰，也沒說什麼時候要還回來！真是太沒有禮貌了，現在換臺都只能上去用按的，爸爸你快去拿回來吧。」

　　正從摩托車上卸下鋤頭的老李聽聞差點連鋤頭都拿不穩，一口氣順不過來，連連咳嗽了好幾次。

　　在一旁的阿秋敏銳地發現了事情有問題，「小理，先用按的沒關係，以後那個叔叔就還回來了。你先去把電飯煲打開，不然等一下吃飯又太燙了。」

　　「知道了媽。」小理最喜歡的兩臺節目中間隔了好幾臺，要按好久。

　　看到小理進了廚房，阿秋轉過身問「怎麼回事，是不是你在外面又做了什麼！別人都到家裡來了！」

　　老李這是顯得有些侷促，手不停搓著鋤頭柄，但還是想保持著威嚴：「哈，有什麼事情，可能是平常幾個打麻將的愛開玩笑。」

　　「真的嗎，拿走遙控器是開哪門子的玩笑。是不是你欠了人家什麼東西。」阿秋還是用試探的口氣說話，自個兒男人能做出什麼德行來她還是知道的，保不準是在外面欠人錢了。

　　「哎呀，不就是我這幾天沒有去打麻將了嗎，他們一直喊三缺一。把遙控器拿走肯定是想讓我去他們家，拐我上麻將桌。」老李掩飾自己的神色，把鋤頭拿起來，繞過阿秋走進去放在後廳的工具間。

　　「這都是些什麼人啊，叫你總是往外跑，把麻煩往家裡帶。」阿秋覺得可能是自己太敏感了，把老李想得太過分了，還好剛剛沒有直接說出自己的想法，不然以他的性子又是要發一通脾氣了。

　　晚上睡覺時間到了，老李顯得比以前深沉，坐在椅子上一根接一根地抽菸，在煙霧繚繞中眉頭緊皺。有種可怕的預告浮現在腦海中。

「晚上把小理抱進來吧，我們一起睡。」老李狠狠吸一口菸，嗓音變得有些啞。有些事情終歸是瞞不住，要起火的。

「行啊，以前在一起睡慣了，還有點捨不得。」阿秋正在擦桌子，想起自己最近夜裡也時不時起來想要幫小理蓋被子，才又想起她是睡在外邊的。母愛的溫情讓她一向敏感的神經失靈了。

夜晚，阿秋和小理已經睡熟了，老李依舊睜著眼睛，他看著阿秋和睡在最裡面的孩子，突然覺得自己犯錯了。

「咚！」是石頭砸在窗戶上的聲音，先是一聲，接著是劈劈啪啪的一連串。阿秋在第一聲的時候就醒了，擁著被子想要起來，老李卻一把抱住她，「別出聲。」

門外的人可能有一群，不僅是扔石頭，還發出狼嚎一樣的聲音，在夜晚裡顯得更加綿長和恐怖。

阿秋在老李懷裡瑟瑟發抖，畢竟是個女人，外面是一群混蛋，然而更混蛋的人是抱著她的人。

一塊石頭終於是把窗戶打碎了，玻璃破碎的聲音清脆而令人心痛，那塊石頭在地板上彈了兩下，滑到了床底。

小理被這可怕的聲音吵醒了，她踢踢腳，嘴裡嗚咽著，聽見狼嚎一樣的聲音和他們肆無忌憚的哈哈大笑，就要哭出來，一隻手捂住了她的嘴。

阿秋拍拍小理，「噓，小理乖。」

阿秋的眼角掛著淚，捂住孩子的手還在顫抖，眼淚止不住流下來。

小理照常上學去，今早醒來的時候覺得做了一個真實的夢，而且看見窗戶真的破了一個，但爸媽神色如常，也沒有多問，正常上學去。

估摸著小理已經走遠了，老李和阿秋爆發激烈的爭吵。

「你說你在外面都幹了些什麼啊！昨天晚上發生的都是什麼事情！你還是不是男人了！那些都是不要命的人，你就不怕他們衝進來要了我們的命！」阿秋朝老李吼，過去了幾個小時還心有餘悸，以前他混，也沒有把妻兒置於一個危險的地方。

「我也不知道他們會找到家裡來，還好他們也不敢做得再過分。」老李試圖安撫她。

「不敢？你要是再這麼窩囊下去，我看他們下回就放把火燒了我們！」男人不爭氣，還總是想著逃避問題。

「你不需要想得這麼壞，他們就是要錢而已，燒房子對他們沒有好處。」

「好啊，我就知道你又在外面欠錢了！你寧願借錢去賭博去抽菸喝酒吃喝，我讓你出錢裝修的時候你就不吭聲。你就把這個家敗光吧！」阿秋說得唾沫橫飛，一口氣差點喘不過來，坐下來順順氣，「說說吧，你欠了多少錢？」

老李第一次無力面對女人，「我自己想辦法就好了，你先別管。」

阿秋聽聞一拍桌子，「你以為我是真的想幫你嗎！我是怕他們下回麻煩找到孩子身上，孩子的安全比什麼都重要。」

阿秋有些累了，晚上沒睡好，一大早發脾氣，饒是平時幹活力氣夠大，現在也是體虛了。她揉揉太陽穴，等待一個數字。

「剛開始我就借了二千，後來他們說降息了，我就多借了幾次……」老李覺得這簡直是一種折磨，對阿秋一個不識字的農家女人來說，「所以到現在是三萬塊……」

阿秋竟沒有再說什麼，這讓老李更加揪心了。

「我明天去董水一趟，找一下董條件，再到南安去一趟，我那幾個兄弟都可以湊一點，你就別管了。」老李點了支菸，手有些顫。

「我妹妹那裡還可以借點錢，鹽場就要關了，我去找組長提前拿補償金，湊一湊應該還是有的。」阿秋靜默之後終於開口，「但是我有一個要求，還完這個之後，我們要蓋二樓，裝修這個房子。」

「你怎麼又想著建房子！還完之後我們哪裡還有錢！你想房子想瘋了吧！」

本不想生氣的阿秋頓時來氣了：「鹽場那些錢我本來就是打算用來裝修的，說沒錢的是你，花錢的也是你，唯獨不會賺錢！我嫁給你這麼多年，從來就沒有……」阿秋說到這裡眼淚就掉下來了，「沒有一天好日子，我可以忍，但是孩子不行，孩子需要一間好的房子……」

「這些不需要這麼急，你也要考慮到現在，實在是沒有辦法。」

她擦擦眼淚，「你難道不知道孩子每天看電視看到好看的房子，都是一臉羨慕的嗎？我雖然不識字，不知道上面播的是什麼，也聽不懂他們說的話，但是孩子需要，我們就要給。」

老李聽完這番話也陷入了沉默，大女兒上初中，小女兒上小學。時間竟然這麼快，什麼時候才建房子，小理出生，一轉眼已經這麼多年了，這個房子已經不適合孩子成長了。

「一定要在這個時候嗎？」老李聲音有些沙啞，咳了一口菸。

「我自己小時候住的地方就像個山洞，兄弟姐妹沒有一個讀完書，最多小學四年級就輟學了。而現在孩子的同學們哪一個不是有一個寬敞漂亮的家，這種無形的比較早就在孩子的心裡埋下了根，遲早有一天孩子們就會感受到巨大的落差，雖然他們懂事不會埋怨自己的父母，但要是讓他們變得自卑，覺得自己命不如人就不行了。」

似乎老一輩的命運已經定下來了，但新一輩的還沒有。

「好。」老李說完手上的菸卻不停息。

他也想起了自己小時候，房子太小，兄弟太多，沒有床位，總

是個和鄰居一起上學的人擠他們家的床。晚上睡前還在算當天的數學作業，平時幹活以想到要去學習也是動力十足。家裡雖然窮，但也供得起讀書，只是自己太過叛逆，和同學打架之後就不肯去上學了，當年堅持讀下來的人早就在市里扎了根。

命啊，要讓下一代人的命比上一代人好才對。

## 四

阿秋第二天就回了趟老家，向自己的哥哥借了點，又打電話給嫁到隔壁鎮的妹妹過來一趟，而鹽場的錢已經拜託組長早點給了。

回到家後阿秋簡單吃個飯就扛上鋤頭進田去了，之前載了車海沙，這幾天要翻勻，然後分行出來，再遲就趕不上播種的時節了。

進了田，意外地看見老李在幹活，已經壟出了四行。阿秋也不多說，從另一頭開始。

不久隔壁老張也進田了，看見夫妻倆不說話各幹各的活，也是吃驚了一下，抽著菸打趣道：

「喲，今天你們夫妻是唱雙簧嗎？阿秋，你是不是給老李發工資了，這才下午一點多怎麼就過來了？」老張發覺不妥，於是又說：「你們動作很快嘛，比我們晚開始一天，都壟得跟我們一樣多了。」

「哈，今天外邊沒事，就早點過來了，不然放著讓女人一個人來，不知道要做到什麼時候哈。」說完看了看在另一頭埋頭的阿秋。

「怎麼會呢，你家那個眼睛雖然不太好，實在是能幹啊，一天就能做很多呢，你腿腳不好，說不定都趕不上她。」老張說完哼著歌，慢悠悠回自家田裡幹活了。

老李往手心裡吐幾口唾沫，差點輸給女人了。

鹽場的錢到位了，阿秋的哥哥瞞著自家出了名的「鐵公雞」給了她一些錢。阿秋的妹妹也專程從婆家過來，拿出一疊現金交到阿秋手

中，那是她自己工資攢下來的，婆家那邊的房子要被拆遷走，政府給了賠款，暫時用不到那筆錢。

阿秋在房內和妹妹說些貼心話，老李在客廳靜靜地抽菸。一根菸接著一根菸，想事情的時候菸就停不下來，一斷，煙霧消散思緒好像也斷掉了一樣。

老李掏出摩托車鑰匙，趁現在時間還不太晚，去菜市場買菜。二手車「突突突」地出去了。

阿秋嘆口氣，「不知道他是不是又要去賭博了，我也是沒辦法，他就是那副德行。」

妹妹阿冬寬慰她，「你別這麼想，我看他沒那麼糟，應該會為了孩子著想的。你們先把房子建起來，其他以後再說。」

阿秋向妹妹借錢，沒說是為了還高利貸，而是說要蓋二樓，妹妹一聽可高興了，電話裡就直說他們早就該蓋樓了。

老李摩托車又「突突突」回來了，正好她們姐倆從房裡出來，他把袋子提起來，「吃完再走吧，我剛剛買了菜。」說完也就直接進廚房了。

阿秋和阿冬面面相覷。可能女人要有耐心才能等到男人變成熟，裝修這條路，該做好準備的不單單是錢。

放學回家後，小理看到桌上消失已久的遙控器高興得蹦起來，一把搶過去察看，按鍵全在，電池也在，終於能換臺了！

「小理，先過來吃飯，不要整個人都湊在電視前面，你小姨在呢。」

# 滅蛆蟲的方法

福建師範大學文學院本科 2014 級　盧兆勳

## 廿八，那大，金洲大廈前十字路口。

春節期間的金洲大廈門前永遠是熱鬧的，儘管在這年南方反常的的寒潮中，行道的印度紫檀死了不少，搭棚擺攤賣對聯和假花的老頭子們還是如往年一樣，在臘月廿八左右一鋪一鋪擺起來，紅白藍相間的棚子注定是節日熱鬧的象徵。也不知哪來那麼多買假花和春聯的人，那一棟棄置大樓前人多得與大廈二樓的網吧有得一拚，軍話、儋州話、那大話、摩托的引擎聲混作一團純分貝的白噪音，春節特有的背景音。

棚子的對面，一輛體紅棚綠的舊三輪摩托車上下來的一對青年男女，付錢後司機將鑰匙一拔，邊左右回望著邊穿過馬路，擠進一群婦女和老頭中間。只消看兩眼，上面的話夠吉利，長寬合適自家門口，加上要紅底金字的才夠喜慶，一般家庭對春聯的要求基本上就這些。

「幾圓紙？」

「十圓。」

取了對聯左轉，穿過文化南路最窄的一段，在工商銀行前賣碼經的攤子上買好最新的碼紙，而後邊左右張望著十字路口來往的車輛，邊將碼紙塞進裝對聯的紅色塑膠袋裡。絲毫不拖泥帶水地完成這

一串任務後，他跨上三輪摩托，將最外層的市二中校服拉鍊拉到頂，將掩住口鼻的紅色面罩拉下。

他啟動摩托，左轉調頭，下行約二十米，在一家速食廳前停了下來。他在載著菜品的推車前點了炒藕片、豆腐乾和上海青，找了個角落，把紅色塑膠袋放在紅色塑膠椅上。服務員上菜後，他從布滿油汙的桌上取來稀不拉嘰的蒜蓉辣椒，在南瓜上澆了一大勺。

摘下頭盔後，他從紅色塑膠袋中取出碼紙，左手三指夾著，右手用筷子麻利地往嘴裡塞進盤子裡毫無油水的飯菜。他神情是那樣的專注，從倒數第七行數字開始，由上至下又由下至上，各個數字間，三碼之和，兩碼之差，全在腦袋裡飛速運轉。

五分鐘內盤子裡便只剩幾粒硬米飯和焦掉的大蒜，而他的眼睛仍不離那張白底紅字的長方紙條。而他突然有了靈感，臉上驟然浮現出痛快，粗糙且黝黑的雙頰肉變得一條一條工整地豎著。他右手急忙探進外套中，穿過一層又一層，終而在最貼身的那件襯衫的口袋裡摸到那支圓珠筆。

「三碼合一，四在百位。三碼合四，四在個位。然後這樣，這樣，這樣……」短暫的沉默與蹙眉，「八頭。」

他徹底笑開了，滿是老繭的右手食指不停摩挲著被拉平的人中。點上一支菸，戴好安全帽，他提起了紅色塑膠袋走出店門，跨上三輪摩托，前行二十米後右轉，在頭頂陰沉的冬天下，脫出了這片熙熙攘攘。

雖比往常要慢，幸而抵住這一冬季，文化南路兩旁的大葉榕在立春前還是冒了滿枝頭的鵝黃色嫩芽。午覺時間人流車流皆少的文化南路上，他的摩托輕快地蹓躂著。他莫名地想吹口哨，可剛一噘嘴便蹭到了面罩。並無礙，他依然快活，就連僅露出的一雙眉眼都帶著笑。

　　收工的時候已是深夜。小巷對面的大排檔才剛開始熱鬧起來，從他車上下來的白胖男人加入了熱鬧的宵夜人群，燒得正旺的爐火映得那張胖臉通紅且滿是油光。他把車頭一撐，鑽進了小巷，開進「那大食品廠」生鏽的門框，車鑰匙拔下來後，上三樓，貼著「旺旺」廣告的門口，開門後妻子正從左手邊的廁所裡出來。

　　「國梁歸沒？」

　　「沒，去吃夜宵了吧。」

　　「欸……」

　　只消嘆了口氣，他的臉又快活了起來。

　　「秀敏阿嬸，我跟你講，」他把黃色的安全帽放在手邊的鞋架上，將磨得厲害的運動鞋踩了出來，「這次是好牌咯！」

　　「猜到好碼啦？」

　　「我這個規律，」他走向客廳中間的茶几，緩緩從外套內口袋裡取出碼紙，「這次一定得。」

　　「看下。」秀敏從他手裡取過碼紙。

　　他坐在茶几上，翹著二郎腿，右手撐在翹起的右腿上，托著腮，不停地摩挲滿是胡茬的下巴。而妻子彷彿不為所動，只消看兩眼便放回茶几上。

　　「規律好有屌用，哪次規律不好。」她趿拉著拖鞋走到廁所，捧著洗好擰乾的衣服，穿過臥室走到陽臺，「中獎靠命來的。」

　　或許是沒法反駁，或許是覺得老婆不可理喻，法令紋被拉長了不過三四秒，他便除去外套外褲，穿著一身灰色保暖內衣，走進臥室取出內褲，開了那扇粉色的塑膠門，進了洗手間。

　　洗漱完畢後，他走進一片漆黑的臥室，走到床前，甩掉拖鞋，鑽進被窩裡。

　　「吃藥沒？」秀敏問。

「吃了。杜仲平壓片快吃完了，明天我去趟醫院。」

「阿順啊，」背對著他的老婆輕聲開口，「照這樣下去，國梁他……」

「兒孫自有兒孫福，」阿順第一句回話便不耐煩了，「不是我生他我都不想給他飯吃。」

「講這種話，你知道是你生的就好。」

「那我能怎樣！」阿順稍提高了嗓門，「上學不識字，人人都讀大學咯，他咧？操他媽屄。」

「他娶不到老婆還不是你斷後。」秀敏咕噥了一句。

「那能怎麼辦，這種爛仔，你有女兒你會嫁嘛。慈母多敗兒。」

「你就會講這種話，說得好像教小孩你沒份。你本事你給他找工咯，賴給我幹嘛。」

「要不是個爛食品廠關門我用得著開三輪啊，你用得著賣鹹魚啊。共產黨不給我飯吃我能怎麼辦？」

「這種事就不要賴共產黨啦，共產黨還給你老婆發退休金咧，夠膽你就別買他的退休金咯。多人下崗去做生意發財啊，沒本事就是沒本事，沒那個命就是沒那個命啦。閉眼了，不跟你講。」於是兩人在一次全然不愉快且無意義的交流後雙雙閉上了眼。

臨近住戶養在樓頂的雞在四個小時後打鳴了。第三隻雞開始叫時，秀敏已穿上外褲和高領毛衣，走向廁所對著鏡子刷牙。家門口吱呀一聲，她下意識地瞟了一眼。

「昨天晚上去哪裡癲回來？」她含了一嘴泡沫，噴著細沫對兒子喑啞著嗓子問。

「幾個高中同學。商量點事情。」

「你啊，有時間就去看一下哪裡有招工的，整天蹲在家裡面……」

「就是找工的事情啊。」

「誰能給你介紹工作啊？」秀敏用毛巾擦著臉，從廁所走了出來。

「鵬傑啊，」國梁點了支菸，「我那個高中同學，家裡面開婚紗影樓那個。」

「嗯，怎麼？」秀敏狠狠揩了一把眼屎。

「他說想開網吧嘛。」國梁在沙發上換了個舒服的姿勢。

「往下講。我去煮早餐。」

「大東方那個老闆不是他家親戚嗎？他這幾天說要跟他女兒女婿去大陸，所以就問鵬傑要不要接他手。」國梁從沙發上起身，邊跟著秀敏走到廚房邊講。

「麵裡面加幾個蛋？」秀敏站在灶臺前，拿著兩個雞蛋問道。

「兩個。」國梁倚著廚房的門框，深深吸了一口菸，「他爸媽拿不了那麼多錢，說大概還差十來萬。然後他跟他爸媽說跟我一起開，以後每個月賺的錢按份額給我。」

「夠義氣啊。他爸媽答應了？」

「他說是答應了的。到時候就兩人一起管，估計他爸媽也不放心他一個人做。」

「說得好像兒子交給你就放心了一樣。」秀敏打著蛋，瞟了她兒子一眼。

「不管怎樣講，做成了我也有份工，能賺點錢，也可以找愛了啊。」國梁從背後摟住他媽媽的肩膀，嬉皮笑臉的說道。

「錢的事情問你爸，我做不了主的。麵好了。阿順，起床啦！」

秀敏和國梁兩人將麵和裝著蘿蔔乾的碗拿到大廳的飯桌，阿順披著開衫毛衣，睡眼惺忪地從臥房裡晃出來。

「去洗臉刷牙，」秀敏喝了口湯，「有事要說。」

阿順沒有理會，只是悠進了廁所。

一會兒工夫，阿順也坐到了飯桌上。

「一大早能有什麼事？」阿順捧起盛麵的盆，喝了口湯。

「鵬傑說要和我開網吧，他家親戚要把大東方轉給他。」

「生意不是不錯嘛，幹嘛轉掉？」阿順吊著眉毛看著兒子。

「女兒女婿接他去大陸，佛山。」

「哼，女兒嫁大陸佬自己也要去當大陸佬。往下講。」

「我是想做啦。」國梁放下碗筷，低著頭鄭重地說。

「所以是要多少錢？」阿順吃了幾口蘿蔔乾，沉著臉，看著兒子。

「十多萬，其他的他出。」

阿順眼裡忽而濕潤了一下。他也放下了盆，雙手撐在大腿上，低著頭看著自己淺淺的肚腩，默不作聲。而國梁彷彿明白了什麼，翻了翻白眼，右手撚了把鼻子又揩了下下巴，調轉了頭，也沉默著看著陽臺外漸亮的東方。

「找本忠想想辦法吧。」秀敏吃著麵，看向阿順。

「又要借啊。」阿順用力眨了眨眼睛，「先不說錢這個問題。」阿順將雙肘抱在胸前，「我現在是怕——」

「不是錢的問題就是人的問題咯，是不是這樣講！」國梁擰過頭來，紅著眼瞪著自己的父親。

「我是在懷疑你是不是又想騙我的錢去——」

「什麼叫騙！我就問你什麼叫騙！」

「你倒是有臉問我啊？」阿順從口袋裡取了菸捲，點燃後簡單吸了一口，低頭上翻著眼睛看著兒子，「跟我也要了不少次錢了，能發財，講了幾次了？你是怎麼想的我知道。反正我就你一個兒子，我的錢不給你給誰是吧。」

國梁又陷入了沉默，只是閃躲著父親的目光。

「話是這麼說沒錯，但你有沒有必要連我棺材本都掏乾淨啊兒子！」阿順越說越激動，手指重重地敲在飯桌上，「給你老爸留張老臉，不要讓你老爸在你親戚面前那麼丟臉行不行啊！」

屋裡的光陰在阿順話音剛落時定格住了。秀敏只是「呲溜，呲溜」地吃著麵條，似乎連看一眼這對父子的心都沒有。

「我想要結婚。」國梁仍是頭也不回，只是冷不丁而斬釘截鐵地拋出了這句宣言般的話。

連冷嘲著看父子爭執的興致都沒有的秀敏突然來了興致：「誰家的？怎麼沒說過也沒帶回來過？」

「高中同學，前陣子喝喜酒的時候遇到的。」

「在哪裡做工？家裡爸媽做什麼的？」阿順也把話頭轉向了他未來的兒媳婦，把煙架在菸灰缸上，又捧起了桌上的盆。

「在那大鎮醫院做護士，老爸今年剛從長坡糖廠退休，老媽早退休。」

「獨生女？」

「大姐二姐，還有個上大學的弟弟，排老三。」國梁也捧起了盆，「家裡不困難，不過也沒什麼錢。」

「人品怎麼樣？」秀敏盆裡的麵已經吃了個乾淨，只留下湯底。

「孝順是肯定的，當護士的肯定也勤勞。」國梁把手伸進口袋，掏出手機，「喏，長得也算可以吧。」手機的壁紙是兩人的合照，照片裡的女孩面略寬，幸而五官也都配套地突出，眼大鼻子大，嘴巴也大。

「長得很大方嘛，面相也像是有福氣的人。」阿順對著未來媳婦的臉端詳了一陣，終而露出滿意的笑容，「她這幾天有空嗎，年前見一下對方家長，兩邊都可以就一起過年算了。」

「我問問。」

「我去市場了，吃完了沒，盆給我。」秀敏把盆疊在一起，放在廚房的洗碗槽旁邊，轉而進了雜貨房，把用飼料袋裝好的鹹魚抱了出來。阿順見到後也去幫手，兩人抱著鹹魚和蝦米下了樓。

國梁給自己倒了杯水，如釋重負地躺倒在沙發上。而他還是強撐起了身體，雙肘倚著沙發靠背，目光穿過紗門，穿過枯萎的綠蘿，穿過防盜網，那參差而稀疏的灰色房屋頂正漸漸泛著橙色的光，周遭的一切都變得溫潤……

## 廿九，海頭，新市北街。

寫著「黃本忠（黃文雄）」的中藥店招牌是街上最早被搬出來的。一個高且壯的男人站在店門口，右手梳著他花白的油頭，左手在大風裡將頭髮死死壓著。然而風實在大得可怕，頭髮吹亂了不說，還沾上了不少細沙。於是他只得作罷，右手單手拎著招牌，擱置在門板前，合了合睡衣外的綠色軍大衣，轉身回家中。他理應知道上午六點是沒人來抓中藥的，而他走到樓梯口旁，將睡衣換下，穿上襯衫西褲，繫好皮鞋，披上深灰的呢子大衣，挺著腰桿走到中藥櫃前，從頂上取下厚厚一沓折好的牛皮紙袋放在櫃檯的左邊，將搗藥的舂擺到合手的位置，一切準備就緒後，向著深深的走廊大喊一聲：

「起身咯！慧！」

而喊了只是喊了，他並未期待地看著走廊通往大廳的那扇門會出來什麼，只是眼神放空地穿過走廊走到廚房，開始淘米煮飯。

喊聲滯留了半小時，終於有了效用。天井旁的小房間裡走出了穿著紅色蕾絲邊睡衣的矮胖婦女。她雙眼突出且腫脹，剪得很短的短髮被枕頭壓得服服帖帖。她揉揉眼睛，找到了廁所門前換用的拖鞋。

洗漱一陣後，稍稍振作起精神的她到了後院，在一旁瞭著蹲在龍眼樹下切菜的丈夫。

「魚熱過了，煮個菜湯就可以吃。」

「本翠什麼時候來？」

「今天是？」

「二十九。」

「那就是今天，國強今天也從那大過來，我叫他順便拉他姑姑一起來。」

而阿慧沒再回應他，只是走回廚房，坐在飯桌旁，對著灶臺的方向，扶著一張了無生氣的臉放空。

吃過早餐後已是七點半。本忠抽了半小時的空到南街的市場提了條鯧魚，蔬菜隨意買了幾樣便匆匆趕回家裡。而此時櫃檯前的長椅上已坐著一對父子，而阿慧正在皺著眉頭、歪著嘴角抓藥。

「回來啦，好慢。換你。」藥打包好後交到了那父親手中。

「吃藥沒？」本忠戴上袖套和老花鏡，「你那幾瓶杜仲片我昨天放進神臺左邊的抽屜裡了。藥這種東西不要擺上神臺。」

「哦。你來。我去餵雞。」阿慧從本忠和櫃檯之間狹小的縫隙中緩緩鑽出，拖著腳步走到神臺，取出裝藥的瓶子後，消失在了通向走廊的門口。

看病抓藥的漸漸進來出去進來出去，本忠在櫃檯後有條不紊地抓好一帖一帖藥。午飯時妻子出去買了豬腸頭，兩人在櫃檯前的茶几上吃兩口，便又要小跑到櫃檯後給人抓藥，豬腸頭都給米醋浸破了皮，本忠仍是沒吃完小小的一盆。阿慧吃完後將本忠的盆留在茶几上，拿著自己的盆，又消失在了那扇門後。

午後一點半，午睡時間。本忠坐在茶几旁，把午飯時剩下的冷而爛的豬腸頭一口一口皺著眉頭咽下。一陣刺耳的鈴聲，電話響了。

「喂？阿順啊？怎樣？哦。你講你講。八頭，四在百位，四在個位。怎麼樣，吃飯沒有？哦。嗯。那不是很好嘛，反正家裡清白，女孩子又有工作，他們那邊同意嫁就沒什麼可說的了，是不是？阿翠是下午來，我叫國強開車去接他。剛買了車嘛，他有本事就買他的。那就這樣。我啊？哪有精神打碼？最忙是十二月十二路哩。行，掛了。」

本忠掛了電話後，搖了搖頭，輕輕嘆了口氣。他從櫃檯上取過圓珠筆，扯過一張牛皮紙，寫上「84X4」，折好後放進西褲口袋，走回茶几前，繼續皺著眉頭，幾乎不咀嚼而生咽下盆裡那一灘糊。

下午四點半時招牌便收了起來，放在防盜門與內側的玻璃門之間，在片陰影中斜倚著牆。一輛嶄新的長城 SUV 停在了藥店對面的理髮店前，磕了一下門前裝垃圾的竹簍。車上下來一個瀏海用髮膠噴得如鋼盔般堅硬的青年人，他逕直走到後備箱前，取出一箱王老吉和兩罐「魯花」花生油。此時車後座的中年女子也下了車，穿著短靴的右腳先落地，起身時順勢整了整黑色羊毛大衣的下擺。她眯縫起疲憊的大眼睛，在迎面吹來的風中深深看了一眼這條街道。她將大衣的扣子扣了起來，瘦長的手指整了整被吹在臉上的亂髮，頷首低眉。

「進去啊，大娘。」青年一隻手提著兩樣等路，一隻手提著兩個行李包，用下巴招呼著本翠。打開中藥店門進去後，阿慧從天井小跑著奔出走廊，看見那青年後便停下腳步。

「國強啊，你大娘咧？」

「大嫂。」本翠黏滯地回了一聲。

「快得飯吃了，我把雞砍好就得。」在龍眼樹下砍白斬雞的本忠忙得不可開交，將白斬雞裝盤後又奔回廚房，匆匆洗了下手又查看鍋裡的魚湯，下準鹽後，在洗碗池裡將手用洗潔精又仔細洗了一遍，才回到樹下將白斬雞端出，並關了魚湯的火。

國強換上便裝後從樓上下來。在大廳的本翠對著神龕中父母的遺像和紅底金字的神主牌出神，國強走到她身邊，看了會她長睫毛上掛著的淚珠，又轉過頭去，打開神臺的抽屜，取出四支香，點燃後在本翠身旁拜了三拜，將三支插進神臺上的香爐，一支供奉給神臺下的五土龍神。儀式在默不作聲中完成後，他拍了拍本翠的肩：「大娘，吃飯了。」

本忠給冒著熱氣的乳白色魚湯撒上了胡椒粉，在桌子中間擺好一碗蘸白斬雞和白斬墨魚的蒜醬後，一家人坐在飯桌前，晚飯開始了。

「強，在那大不得那麼好的雞吃。這種是海尾那邊黎佬養的，陳所長送我三隻，還有半條眼鏡蛇在冰箱裡面，明天拿出來煲雞湯。」

「國富說什麼時候回來沒？」本翠問。她喝乾碗裡的魚湯，國強從她手中接過碗，到灶臺旁盛飯。阿慧看看本翠，看看國強，飛快而深刻地擰了一下臉。

「肯回來啊？回來不一樣上那大找他們那幫同學，肯在家幾天？」阿慧也將碗遞給本忠。

「後生仔嘛，不跟朋友一起玩那陪我們老人啊？」本忠兩手盛著飯，轉頭回應國富的母親。

「白養咧。讀中醫又不懂回家來，在上海能怎樣咯？給人家打工，二十九歲都沒有老婆，有屁用啊。這個也是，娶了老婆又不早點生——」

「她是班主任，很——」

「忙到哪裡去？」阿慧揮了揮手中的筷子打斷國強的話，「不是多人當老師啊？人家不是照樣生？就她管的事多啊？」見國強開始回閃自己的目光，阿慧又加強了攻勢：「芬儂都三十了，好生的時間沒有幾年了，又不是養不起，她不想帶就拿回——」

「明天她來了你自己跟她講，行了吧。」國強嬉皮笑臉地打斷了母親。

阿慧明知是搪塞但也懶得繼續做無用功，便將話頭轉向本翠。

「四妹啊，你──」

「行啦。」在一旁安靜啃雞爪的本忠似乎察覺到了他不中意的話頭，「她想改嫁早十年前就嫁了，這種話還拿出來講什麼。阿翠，你們醫院前段時間不是補發工資了嗎？」

「嗯？」阿翠愣了一下，「剛才懵懂了一陣，昨天沒睡好。」

「你們以前那個院長不是拖欠你們工資啊？」阿慧臉上的紋路又撐了起來。

「哦。是啊，每個月補發幾百。」而她眉頭短促地皺了一下，又輕笑一聲，「我又花不了那麼多 。」

看著對妹妹無限同情而一臉酸楚的丈夫，阿慧已經懶得管理她的表情了，整張臉的皺紋都呈平行地縱向排列著，乾癟的皮膚秩序井然地聚在了嘴角下。而國強識相地給母親碗裡添了雞屁股，衝她若有似無地點了點頭。阿慧察覺到表情的失禮，便捧起飯碗，在扒幾口飯的時間裡把臉給抹平。

晚飯吃得很長，本忠喝了點地瓜酒而略顯興奮，拉著國強一起唱《神奇的九寨》，討論著今年街區的歌唱比賽應該唱《神奇的九寨》還是《高原紅》。兩個女人將鍋碗瓢盆收拾洗淨後前後腳走進大廳，阿慧坐在茶几邊，抓了一把冬瓜子，提來垃圾桶，翹著腳嗑了起來。本翠坐在櫃檯前的長凳上，將吃飯時挽成髻的長髮放下，雙腿伸直交疊。

於是廚房裡男人放聲高歌，大廳卻無比的靜。而兩人似乎感覺不到尷尬，仍是一個吃瓜子一個放空。

「我哥最近還有打麻將嗎？」本翠突然的開口令阿慧猝不及防，

手上的冬瓜子掉落了幾顆進了垃圾桶。而她只是點點頭，繼續嗑瓜子。

「每晚都去？」

「最近又找你借錢了。」阿慧不帶問號地問道。

本翠搖搖頭。「年紀大了就少熬夜，大嫂你在這種事情上多管他。」

「賭棍這輩子都是賭棍，死了都要當賭鬼。」似乎嗑累了，阿慧將手中剩餘的冬瓜子倒回罐裡。「禮拜二禮拜五還有禮拜天就買碼，晚上就打麻將打到不知道幾點。你哥哥誒，哎呀……」

「幾點了？」本忠在廚房裡吼了一句。

「七點！」

不一會兒的工夫父子二人便搭著肩從廚房走了出來。本忠走到茶几邊，向妻子討了兩百圓紙，從櫃檯上扯過一張牛皮紙，用圓珠筆在上面排了幾組碼，便一晃一晃地出了門。

「買那麼大啊？」本翠的眼睛因吃驚而大得出奇。

「哪裡敢管他，不給他賭就發脾氣，什麼爛話都說得出來。好彩運氣好，能得一點回來，不過第二天又拿去送人了。你哥就是這樣咧，反正你不要再借錢給他。」

「借給他也不知道他要幹嘛啊。」本翠莞爾一笑，轉眼看向一旁站著的醉醺醺的國強，「記住啊，不要學你爸啊。」國強呆呆地點了點頭。

而此時秀敏正將賣剩下的長魚抱上三樓，用腳叩叩門，兒子便迎了出來，接過她手中的鹹魚，搬到廚房旁邊的儲藏室。秀敏小跑下樓後將第二包鹹魚也抱了上來，後腳關上了門。

「媽的，那個新英婆的鹹魚不得吃啊。」秀敏走進儲藏室，摘下頭上的越南帽，換下水鞋和最外層的市二中校服外套。昏暗的儲藏室

裡只懸著一盞白織燈，國梁低頭仔細看了一眼，橙色燈光下，確實有不少的乳白的蛆蟲泛著油光在死魚軀體上蠕動。

「好噁心。」國梁做了個乾嘔的表情。秀敏並未回應什麼，只是去廁所取桶和拖把，將入門時踩髒的地板拖淨。此時門「吱呀」一聲開了，一隻濺滿泥點子的舊運動鞋踏了進來，在新拖過而潮濕的地面上留下了嶄新的腳印。幸而本順識趣，只踩了一腳便把鞋甩了，穿著襪子入廳，少挨了一頓罵。秀敏也懶得發作，提著桶回廁所時拖把彷彿不經意地掠過地面，腳印也就消失了。

「回來那麼早？」

本順只顧坐在沙發上低頭整理塑膠袋裡的藥瓶，把它們一一排好，放到了茶几下的隔層裡。

「喂！」

「國梁啊，你過來一下。」本順繼而向老婆擺擺手，「先去煮飯。」秀敏用鼻子嘆了口氣，雙手扶著腰緩慢挪步到廚房。

國梁從儲藏室出來，大廳的正中間，父子二人斜靠著沙發，面對著門口，兩條舊燈管下，各自點了根菸，對話開始了。一陣大風穿堂而過，菸頭上長長的菸灰掉在了國梁的褲襠上。他用左手清到了右手上，倒進菸灰缸裡。本順靠著棕色的木質沙發，頭歪過一邊，瞧著那面剝落的粉牆。上面開始長青苔了。那面牆後是秀敏炒菜的鍋鏟聲，打底的是抽油煙機的轟鳴。熗鍋了，蒜頭在高溫的油裡劈啪，火苗烘烘，喀啦一下的肯定是一籃上海青……

「還是要跟大爹借嗎？」

「……」

見本順不回答，國梁推了一下他的肩膀，本順彷彿遭了一個霹靂似的猛地抖擻了起來，呷吧了幾下嘴，揉揉眼睛，搭上兒子的肩說：「莫操心。」

「之前你心臟搭橋的時候不是借過了嗎？借了還不少，大娘那個人，你知誒，大爹又怕她……」

「那不然跟誰借？你二姑爹那個仔搞網路詐騙被關進去，他們找關係減刑花了不少，你大爹還幫了一半。不然還能跟他們借的。」

「翠姑咧？」

「找寡婦借錢，」本順意味深長地深吸了一口菸，瞇起眼睛看著兒子，「難看不？」

於是父子又陷入了沉默，只是這次本順沒再睡著，而是用雙肘苦撐著身體，只管讓右手食指與中指間夾著的菸燃著，菸灰落在地上，沒再抽一口。

「你還是要先有個工幹才去找人家家裡人，不然人家肯定把你當爛仔看。」

「錢怎麼做？」

「怎麼做？被你大娘罵成狗也要借啊，呵，我們這群窮親戚能有什麼辦法。」兒子看著父親臉上自嘲的苦笑，眼神還是不自覺地躲開了，轉過頭去，默默抽著手裡的菸。本順看看兒子，看看廚房，看看陽臺外夜空下的萬家燈火，把手裡的菸一圈一圈、一圈一圈地熄滅在了菸灰缸裡。

秀敏的傳喚下，國梁去了廚房，端出一碟番薯苗和一盤荷蘭豆炒臘腸，秀敏隨後出來，端來一盆冬瓜皮蛋湯。本順走到廚房去探了探，果然還有一盤粉腸，便順便端了出來。三人落座了。

「吃飯完你跟我收拾一下鹹魚。」秀敏對本順說。

「怎麼？」

「就是那個新英婆咧，誒呀，賣那種難看魚。」

「不是一直跟她進貨的嗎？」

「我知道啊？反正以後不買了。」

「生蟲啊？」

「誒。」

「明天要回去，你又不開張，過年完再做咯。」

「吃飯的時候不要講那種東西啦。」國梁嚼著粉腸說。

「哦，順，明天回去，你是要回去就講還是初一講？」

「回去就講吧，親戚都在，大嫂想罵我都不太好開口啊。」

「吃飯的時候講啊？本翠說她要借怎麼辦？」

「那就正好了，大哥肯定不會讓她借的，那你說怎麼辦？」

「這種時候就變聰明了你。」說罷秀敏夾了一塊最粗的臘腸送到本順碗裡。而本順依舊沒精打睬地把臘腸混在飯裡扒進了嘴中。

吃完也收拾完後，兒子進了房間，把門反鎖了起來。夫妻二人坐在電視機前看海南影視播的民國片，不一會兒秀敏就睡在了本順的腿上。本順把電視聲音關掉，稍稍調整了坐姿，讓背整個放鬆在沙發靠背上。他抬起頭，閉上眼睛，此時頸椎無比放鬆地卡在靠背的頂上，舒服而自在。他似乎是在冥想，或許只是單純打盹。但他絕對沒睡著，因為他的眉頭正無規則地放鬆與緊張，緊張到極致時法令紋都被勒了出來。明日終究要來的，該開口的不該開口的，或許要吵架的，無論什麼情況，都先要在腦子裡演練一番。

就這樣的狀態保持了十來分鐘，約莫九點時，電話響了。無奈，只好把妻子拍醒，起身去接電話。

「喂，哥啊。哈？頭獎啊？多少錢的？五十塊頭獎哦。開什麼碼？八四五四？哈？八四五四啊？操他媽屄的！」

本順的臉頓時煞白，背上開始滲出了汗。

「我講給你那個啊？媽屄的，我不買誒，笨哦。是啊。啊。懂這種什麼鬼碼啊，早知道就不改了。是啊。下午咧，都是那個摩托三衰，聽他講，講這期開5頭，規律也——誒。嗯，浪費那麼好規律，

真是沒有腦哦。阿翠回去沒？跟國強啊？哦。明天吃早飯了再去。誒。那就這樣，明天講。」

電話一掛，本順彷彿虛脫了一般滑倒在櫃子前。秀敏知道發生了什麼，於是只在一旁看著。而本順除了一臉沮喪外身體機能似乎看不出有什麼問題，於是秀敏也沒再管他，只是把電視的聲音調大了一些。一陣無聊的綜藝遊戲吵鬧聲裡，本順結束了一系列的難過表現，抖擻著精神走到秀敏旁坐下。

「大哥中獎了。」本順沒音調地說。

「嗯。」

「嗯什麼嗯，事情變好辦了。」

「對哦。」秀敏突然與丈夫心意相通了，「碼是你給的，他中頭獎，怎麼說都該分你一點啊。」

「先不講那麼遠，」阿順點上一支菸，不無得意地滑稽著臉，「現在他中了大大五十萬，我跟他借十萬，他也不會變困難，碼又是我給的，你說咧？大嫂懂點事也不會不借。反正就是能借到了。」

「能借到就好啊。」秀敏鬆了口氣，「錢借到手，兒子有工幹，能找愛結婚，我也能當阿婆了。」本順看著秀敏臉上淡淡的笑，不自覺地也笑了起來。二人坐在沙發上，互相倚靠著。幽暗的白光下，電視裡的節目繼續上演。

## 除夕，太祖廟前。

那一天，海頭意料之中地放了晴。太祖廟的香火正旺，返鄉的信男信女們占滿了那座小小的、只有一尊偶像的廟宇，大門前的香爐滿得插不下，管理廟的矮胖老頭顫顫巍巍地用那雙似乎不怕燙的布滿老繭的手把上面插著的香全拔了出來，在地上那塊被燙黑的馬賽克瓷

磚上捻滅後拋進了一旁的紙箱中。然而仍是煙霧繚繞，正午已過，是太陽最猛的時候，蠟燭明火上方那一團空氣使得正門前的光景搖晃了起來，耀眼而令人煩躁。

本順倚著廟門對面的黑板站著，這已經是他抽的第三支菸了。一旁有兩段菸屁股，都給磨成了短短的一截。而抽菸對他來說似乎是一種伴隨性行為，因為他又將第三截菸屁股在牆上磨成短短一段，而點起第四根。他那雙紅腫的眼只看著那座廟，那群香客。風沙似乎有點大，因為他的右邊正是海，巧合的毫無遮蔽，沙灘上的砂礫混不進他稀疏的寸頭，但些許地進了他的眼睛。而他也只是簡單揩了揩。他似乎領悟到了什麼，便將菸叼在了嘴上，雙手幾乎要合了十。但他仍然甩開了，叉著腰弓著背，把頭擰向了海那邊。

過度的強風使他懊惱。他蹲到了地上，菸頭在粗顆粒的砂石上，一圈一圈，一圈一圈地被熄滅，終於扁扁的一段黃色。他站了起來，拍了拍膝蓋，在正午陽光下，耀武揚威似的給海岸留下他能給的最顯氣概的背影，大跨步地向街上走去。

向右轉，不出二十米就是他的祖家，只不過今天招牌沒有擺出門，門邊上多了一副新對聯。他掏出一串鑰匙，選出最舊的那把，把門給打開了。廳是空著的，人都塞到了廚房裡。阿慧聽到開門的聲音，從天井小跑到了走廊，探頭一看是本順，便又回去了。

「去哪裡逛回來？」秀敏仰起頭問。天井處，秀敏正與國梁兩人分別坐在小板凳上，國梁剝蒜，她擇菜。

「爸公廟。去看看爸公。」本順看向廚房，「喂，二姐夫，今年回來那麼早啊？」

「早上沒什麼事，貼完對聯就來了。」

「今年花梨木生意怎麼樣？」

「別講了，不好收購現在。」

「阿順，你過來把雞砍一下。」本忠把他的兄弟招呼到了院子裡。老二老公似乎感到沒趣，撓撓頭，躊躇地走去大廳。

下午四時許，國梁把鞭炮掛到了門前的印度紫檀上，國強點著後，「劈裡啪啦」作了響，門內的人捂著耳朵等炮停，炮停後說過一聲「恭喜發財」，儀式就算結束了。化過寶的盆收到了神臺下，跪拜用的蒲團也收到了櫃子上，祭神的白斬雞和一刀五花肉和魷魚被本忠端回廚房，跟在他後面的本翠則將一小碗、一小碗的飯收了起來，也進了廚房。白斬雞剁好了，上桌，一碗點料用調羹分到了每人面前的點料碟裡，一盤一盤菜被端上桌，最後一鍋魚肚煲雞湯被端上了桌子正中間，年夜飯就算開桌了。

老二老公腳邊放著一桶地瓜酒，挨著國強坐。臨近國強的是本順，再旁邊是本忠，再過去挨著秀敏坐的是國梁。男人們要坐在一起喝酒抽菸，菸灰缸都擺上了飯桌。眾人在開飯前相互敬酒了一番，便劃分為兩個陣營，男人吹男人的牛，女人談女人的家常。國梁則十分尷尬，作為在場的唯一單身男子，他的婚事成了二姑、大伯母和堂嫂三個女人唾沫的靶子，而聊得無比歡暢的是她們，與他全無關係。本翠坐在他的正對面，也只是垂著眉目默默地吃著面前那一盤荷蘭豆，似乎並不想參與他們的八卦。

「你講清楚點，你想找個女朋友咧，二姑丈那裡是有一個女孩子不錯，生得不是很好樣子，」二姑本芳在第二杯地瓜酒後興致變得更高漲了，「但是咧，她是很勤儉的咯，家裡有間店，她是獨生女，你當她家女婿是很占便宜咯。」

「後生仔的事，我們這種老太婆就不要插嘴啦。國梁，你不是有女朋友了啊。」秀敏似乎也不太想就著這話題繼續囉嗦，便在低頭喝酒時用膝蓋撞了國梁一下。

　　國梁也似乎有了警覺，把剛才聽話時的傻笑收斂起來，略為嚴肅地用宣告似的語氣把自己的戀愛情況簡明扼要且流暢地脫口而出：「我女朋友是長坡人，在那大鎮醫院當護士，有兩個姐姐和一個弟弟，爸媽退休前是長坡糖廠職工，有退休金，人長得大方點，」順勢拿出手機，「長這樣。」

　　而為等那群婦女婆開始評頭論足，秀敏就接下了話荏：「這個女孩長得也算可以，也有份工作。就是咧，我們家這個不成樣，沒有份正經工作，上門找人家爹媽都沒有面。講來講去就是你衰！」秀敏用力壓低著嗓子，緋紅著臉用筷子頭砸了一下國梁的指關節，疼得國梁急忙把手縮到兩腿間夾著。

　　「大新年頭，打小孩做什麼？」本順看到了兒子縮起的臉，便喝問了妻子一句。秀敏看著丈夫圓睜的雙目，翻了個白眼便別過頭去喝酒。本順也沒再發作，只是懊惱地低下了頭。

　　「是咧，是我沒有本事咧……」

　　本忠看著這一家三口，一時不知作何反應，只是看看秀敏的滿臉冷漠，又看看本順的頹唐，再看看其餘人的不知所措，又低頭吃了口白斬雞。

　　本芳的老公倒是反應及時：「大新年頭說這種不爽快的幹嘛。今年沒工作，明年不就有了嘛，今年沒老婆，明年姑娘排隊追你。」說罷便自己哈哈笑了起來，「來，乾杯！」可本順仍一臉懊惱地低著頭。本忠看著他，嘴唇繃成一條直線。

　　「有什麼不開心的，今年講完它，不要拖到明年。」本翠隔著國強，探出身子來安慰自己的哥哥，「有什麼問題我們做兄弟姐妹的一定是有幫就幫。」

　　「是我沒有用。」本順的頭終而抬了起來，雙眼分明的泛了紅，「本來——」

「你講這個做什麼，還嫌麻煩人家麻煩的不夠？」秀敏也終於轉過頭來，喝止了本順。

「秀敏，」本忠儘量讓自己的聲音聽起來和緩且平穩，「都是一家人，有什麼麻煩不麻煩的，是不是？」此時阿慧的臉變得鐵青，嘴角的紋路又筆直地向兩邊縱向排開。而本忠全然看不到妻子快要掉出來的眼珠子，只顧著安撫自己的弟妹。

「大爹，」國梁倒是把話給接下去了，「是這樣子來的。我朋友咧，他是有個叔爸開網吧的，然後他叔爸女兒要嫁去大陸，他要跟著一起去，然後咧，他就叫我那個朋友接手他那家店，花錢買下來這樣。然後咧，我朋友是跟我講，我給他十萬，算我是一起開的，每個月賺的錢也分我一份，我也算是老闆咯。」

「是不是這十萬拿不出來？」本翠問道。

「是我沒有用咧。前面做手術借過大哥的錢，哪裡能再借一次？老二他們也困難，你又是一個人，又是最小的，我不會用你的錢的。」說完這一番話，本順用手指擦乾眼淚，「大新年頭，不用講這些咧。來來來，吃酒。明年，一定會更好！」眾人不好不做反應，便也舉杯附和了一聲，而後全體又陷入了沉默。慘白的燈光下，廚房的四面牆幽幽地泛著藍光，一桌人也只留有咀嚼的聲響。

到了深夜，飯後的餘興麻將也收了攤，本順和妻兒上了二樓的客房，輪番到廁所洗漱後便都躺到了床上。

整棟三層樓的燈都熄得徹徹底底。夫妻二人房間的窗外可以看到後院之後的大海，黑漆漆的一片裡只有潮聲和遠處的海邊 KTV 在作響。野貓在叫了。

「在飯臺上幹嘛不借？」

「話都講到這樣了，大哥會自己來說要借的。」

「大嫂那種人……」

「不至於的，剛中四十來萬，借給我十萬沒什麼的。」

「之前心臟搭橋的錢是大哥出的，全包，現在還沒還。」

「那個是救命，這個是救急，不一樣咧。」

「借不成我再回我娘家問下？」

「你又沒兄弟，你那幾個姐姐會借啊？講到這件事就氣，之前心臟搭橋就是先跟他們借──」

「好了好了，不講，閉眼。」

「得了，講到你家裡就跟我慪氣。呼，有點冷，我去樓下拿雙襪子。」說完，本順便鑽出被窩，赤著腳哆嗦著穿過二樓黑洞洞的走廊，下了樓梯。

路燈未開著，雙眼不適應黑暗的本順沒了扶手的指引一時找不到方向，只能右手倚靠著走廊的牆，左手在黑暗裡輕輕探尋

他摸到了一堵牆，繼而又摸到了一扇粗糙的木門。正是天井旁的本忠夫婦的房間。

「我就跟你講不借，他又能怎樣？」阿慧只出了氣地發聲，然而強烈的語氣使得聲音隔著門仍能模模糊糊聽得。本順將自己緩慢的動作完全停了下來，蹲在哥哥的房門前深沉而緩慢地呼吸。

「這種事情是救急，他不跟我借還能跟誰個借？」

「愛跟誰個跟誰個。我們家的錢，你賺的錢，就是給你家那些爛米用的啊？『爛米多沙』，你又知道他兒子沒有騙他？你弟弟那個人又傻傻的，自己兒子是什麼他都不清楚，秀敏那個人又精，你看她娘家什麼時候幫手過，哪次不是來跟你要錢？」

「要就要點啦，又不是說沒得給。」

「我情願你拿去賭啊！搞不好還能贏，給他們你還不如初五人家來拜年的時候燒給你阿公咯。」

「誒呀，囉嗦那麼多。不是人家給我碼我能中啊？按道理來講分給他十幾萬都應該的。」

「我打死你啊！沾他的光他自己又不中？你能中獎是你命好，他自己天生窮命啦。我跟你講好來啊，中獎的四十來萬，萬一國富那個猴子仔要在上海買房，你付首付都不夠，到時候又打光棍，有得你煩。」

「不幫啊？」

「全家就你一個有錢啊？自己嫌丟人不肯跟阿翠借，那就吃定我們啊？算了，不講了，反正跟你講好來，敢借一分錢我就回我娘家去。」

「行了，不講了。過個年搞成這個樣子。你也是，一把年紀的人了還要把錢帶進棺材啊？」

「要是國富那個馬騮能聽話回來，我幹嘛要那麼累？不講了，困死了。反正你別想著偷偷借，存摺就那一本，我看得見的。還有啊，藥別放在神臺裡，很不吉利啊。」

「放在那裡不是好找啊。夠煩的了，這種事你自己愛怎樣就怎樣吧。閉眼。」

本順的呼吸聲越來越重，鼻腔裡的清鼻涕竟也噴出了一些。而他不敢吸進去，只得輕輕擦掉。心跳的聲音越來越大，胃裡也在翻江倒海，太陽穴的疼痛使他不得不換成跪地的姿勢，將右手撐在兄嫂的房門。而他終於抑制不住，咬著牙啜泣了起來。但仍只敢用鼻子出氣，左手緊緊抓著大腿，任由眼淚順著臉上皺紋的溝壑往下淌。

房裡的呼吸聲漸緩漸勻。本順站了起來。他赤著的腳被地上的瓷磚凍得有些生疼，而他這才發覺他似乎在這裡呆得有點太久了，於是雙手胡亂地在臉上抹了兩把，忍著疼痛，踮著腳悄悄上了樓。這晚他再也沒有睡著，儘管他蜷縮著身體，緊緊貼著妻子的後背，那雙凍得生疼的腳也沒有回暖。

於是本順頂著一雙紅腫的眼睛，恍惚地過了半個初一，在午飯後，帶著妻兒與親戚告了別，便上了回那大的綠皮中巴。顛簸的中巴里，他終於睡在了妻子的肩膀上。

晚上七點。從浴室中出來的本順仍是無精打采，熱水澡對他似乎沒什麼作用。他走向儲藏室，妻子正蹲在地上，手裡拿著小瓶子，在一條鹹魚上撒下粉末。

「你洗好澡了還過來這裡幹嘛？」

「生蟲啊？」本順走到了秀敏對面，蹲了下來，垂著眼皮看著妻子的勞作。

「媽的，還浪費胡椒粉。」秀敏手上的動作變得更重了，胡椒粉揚了起來，本順下意識地往後躲了一下。

那些乳白色的蛆蟲從褐色的鹹魚裡一條一條地鑽了出來，在燈光下奮力地扭動幾下便縮成一團，漸漸地，表面也失去了光澤，竟然成為了死蟲。那死蟲又好像長出了五官，或許只有那眼睛足夠吸引人，十分絕望地突出且紅腫。另一隻也長出了同樣噁心的眼睛，像發爛的魚鰾，溢出腥臭的黏液。還有一隻，雞皮似的頭皮脹出了短髮，而它發現了本順的眼光，便惡毒又狡猾地瞪了本順一眼。仍是那雙凸出的眼睛，漸而慢慢溶解在眼眶中，只留下像膿液一樣的一灘汪在黑洞裡。

翻江倒海的胃袋再也撐不住了。本順掩著口鼻，踉蹌著跑向廁所，扶著牆壁將晚餐吐了個乾淨。而他還在吐，胃液從鼻孔裡流了出來，他被嘔吐物嗆得猛烈地咳嗽，淚水、鼻涕和胃液一滴、一滴地落進瓷盆的坑裡。妻子從儲藏室裡奔了出來，將手洗淨後不停拍著本順的背。氣順了以後，秀敏用毛巾擦淨本順的臉，把他扶到床上，為他倒了一杯水。本順將水一飲而盡，自己擦掉了額上的汗。秀敏測了測他的脈搏，大致平穩後也就把心放了下來。

「估計你昨天沒睡好，剛才又聞到鹹魚的味道。我關燈了，你先睡。」

「嗒」的一聲，臥室暗了下來。秀敏關上房門，於是臥室裡只剩下漏進窗簾的月光。本順緩緩起身，將窗簾稍稍拉開。月牙被對面的宿舍樓遮住了一半，像一個嘲諷的嘴角。月光下，他側臉的輪廓深邃而冷峻。他的眼神逐漸失了神，空洞而無生氣，只是單純地反著月的光、街燈的光、鄰居家的光。他將窗簾徹底合上了，躺回床上，將被子拉到鼻孔下。深不見底的黑暗中，只有那雙眼睛還泛著藍色的白光。

## 初二，中午，那大的三角街。

「好一朵迎春花」和「恭喜你發財」之類的拜年歌從各個商鋪門前擺放著的音箱中循環播放，每家店鋪放的曲子各不相同而同樣喧鬧，加之鼎沸的人聲，由婦幼保健院到新華書店這一段路的新年氣氛在今天陡降的氣溫中顯得無比熱烈。將一對抱著孩子的年輕夫妻載到婦幼保健院門前後，往下的路便是堵得水洩不通了。本順調轉了頭，前行約一百五十米，停在了大東方網吧前。

門前幾個穿著吊襠小腳褲的黃髮大瀏海青年正蹲在地上抽菸，見到開著三輪車的他，或許是猜測是哪個小鬼的老爸，便幸災樂禍地相互嬉笑了起來。而本順卻絲毫不尷尬地坐在座椅上，右手撐著臉，對著懸掛在網吧正門上的背景是王老吉的網吧招牌出神。

身後，街上的車輛駛過一批又一批，而他看得仍是那樣出神。

約兩分鐘後，他終於跨上車，發動了引擎。他調轉車頭，橫穿馬路向右駛去，停在了網吧對面的修車行前。

「喂，摩托三！」

　　一個穿著滿是機油汙漬的軍綠色棉服的將軍肚，捧著一次性飯盒，走出了卷閘門。

　　「阿順哥，怎樣？車壞了啊？」

　　「沒有。吃抱羅粉啊？」

　　「嗯。老婆跟我生氣回娘家，沒人做菜誒。」

　　「問你借個東西。」

　　「借什麼？」摩托三大口扒了幾下將整盒抱羅粉吃得連湯汁都不剩。

　　「哦，明天要去北岸接個人。」本順邊說著話，邊從一層一層的衣服中摸出一包硬盒芙蓉王，從菸盒中抽出一支遞給摩托三，「你那輛鈴木王用不用？不用就借我一下，用完就還你。」

　　「沒什麼，舊車你愛什麼時候借就什麼時候借，用完的時候開回來就好。」

　　「那好，」本順舒心一笑，「那我下午六點這樣來跟你拿。」

　　「行。吃飯沒？」

　　「沒。我去紅旗市場那裡買幾個煎堆就行了咧。先走咯。」

　　得到了摩托三的承諾，本順又跨上摩托，順著東風路開了下去。經過擁擠的一段後，本順在新華書店門前的印度紫檀下把車停了下來。他把裝著零錢的包背起來，又在外面套了件外套，確保東西都安全後，走進了紅旗市場擁擠的人群中。於是他找到了一家賣動物藥品和飼料的店鋪，招牌上印著幾隻雞和一頭豬，門前的棚下是兩個架子，擺著黃曆和算命的書，和旁邊買紙錢的攤子擺在一起倒是相稱。

　　本順進去了。

　　「有沒有老鼠藥？最猛那一種。」

　　他把裝著老鼠藥的塑膠袋裝進外套的內袋，走出了店鋪。他在門口四處看了幾眼後，便慌張地快步走入人群，期間或撞了幾個人的

肩膀，或被人踩了幾腳，但他始終不回頭。他終於回到了樹下。他坐上車，撩起外套。藥還在。他開始粗重地喘了起來，路上的行人一批一批從他身旁走過，沒人看他一眼。

⋯⋯

關著燈的房裡只有鼾聲。本順轉身看了一眼正在打鼾的妻子，輕輕地將腿伸出被子，接著整個身體都鑽出了被窩。他把凳子上的一堆衣服輕輕捧起，踮著腳緩緩地挪出房門。他在大廳裡。一邊盯著臥室的門，一邊將衣服緩慢地穿上，絲毫的衣服摩擦聲都沒有發出。

衣著妥當了。

他走到電視機旁，從電視機後頭拿出一瓶杜仲平壓片，旋開蓋子聞了一下，輕微皺了下眉，又旋好蓋子，放進了外套口袋。

一切都妥當了。

省道上的風無比凜冽。狹窄的沙路穿過一片菠蘿蜜林，墨綠疊著墨綠，層層疊疊的黑沉澱在深藍的夜空中。昏黃的路燈照得那一片片墨綠色的寬大葉子泛著橙色的光。從鼻孔裡淌出的清鼻涕浸濕了他的面。他的淚水也被風吹得不住地流。沙塵捲了一路，而他終於過了老市，過了車站，停在了三角街的三岔口。

他下了車。頭頂的路燈是新換的，明晃晃的白。一圈燈光將他罩在裡頭。他靠著燈柱，從口袋裡掏出一盒「恭賀新禧」，抽出一支點燃。而他並沒將它放進嘴裡，只是看著燃燒的菸頭，一點一點地侵蝕著白色的部分。他看厭了。將菸頭在燈柱上捻滅，他把剩餘的部分放回菸盒裡。他走到了分岔口上那家賣電動車的店前，頭向左轉。街燈還開著，然而沒有街燈的那一段，是深不見底的黑暗，挖空了的黑暗。他把面罩拉到眼睛底下，聽著自己快得抑制不住的心跳，突然間有種眩暈感。他緊閉起雙眼，又睜開。好了一些。

他終於右轉，沿著街走了下去。

他豎起耳朵，幸好只有他的腳步聲和風聲。

到了。面前是祖家，關著燈。

二樓也關著燈。

他掏出手機。一點三十四分。

他將手機放了回去，又從另外的口袋中掏出鑰匙。插進鑰匙孔，右旋兩下，「哼噠」，門鎖開了。他將門口輕輕推出一個縫隙，探著頭。黑的。於是他將縫隙推得更大了一些，將身子別了進去後，轉身將門給虛掩了起來。

門對面的街燈透了進來，不鏽鋼製的神龕泛著銀亮的光。

本順抬起頭。裡面供著的相片是他的父母。

父親似乎從來就不喜歡笑。那天本順借了朋友的相機，要在他八十大壽時給他照張相。照相是開心的事，父親卻十分為難，最後只能生硬地擠出了個難看的笑。很怪的臉。眉眼都緊張而蜷縮，但嘴角卻生硬地吊了起來，露出一排白森森的假牙。

他想害我。

他在怪我。

本順不敢再看。神龕下就是神臺。慘白的路燈照著他蜷縮的背影。他似乎感覺到了熱，背後漸漸滲出汗來。移動著的腳底略微有些刺痛。但他仍在緩慢地前行，慢得像是他人生最後的一段路。

他到了神臺前，那個菠蘿蜜格做的方臺，上面是清漆，隔著手套依舊能感到冰涼。那個抽屜，左邊的抽屜，裡面就是大嫂的藥，那瓶杜仲平壓片。他伸手從外套內袋裡掏出他帶來的杜仲平壓片，旋開，聞了聞。味道是正確的難聞。

周圍靜到他開始耳鳴了。

他皺起臉，握著瓶蓋的左手伸向耳朵。

「空，咯，空。」

三聲。

本順的後背霎時濕透了。他急忙蹲到地上撿瓶蓋。他屏起呼吸。

沒動靜。

他開始調整呼吸，因為心跳的聲音已經蓋過所有的白噪音了。他用力而緩慢地用鼻子深吸一口氣，然後用鼻子呼出。仍在耳鳴。

快點解決。

他托起抽屜，盡量讓抽屜被拉出來時只有木頭間摩擦的聲音。不能磕碰。

未察覺時，一串急促的腳步聲向門口靠近了。

吱呀。

「誰？」

街燈照亮了本順的身影。

「媽屄的，偷到我家來啊！」

只能往前衝了。本順立刻脫手抽屜。身後走廊裡傳來開門聲和急切的拖鞋聲，是阿慧。但他被椅子猛擊到了肋骨和腹部。他倒抽一口冷氣，呼吸幾乎無法繼續。

「媽屄的山豬猴子，正好輸錢。」

腦袋被砸了，是金屬的聲音。兩下。是鐵杵。

本順奮力掙開本忠揪著他領子的左手，踉蹌著狂命向門口奔去。但他的後領又被揪住了，腦袋上被一塊木板掀了過去。鼻子破了，嘴裡有了血的腥味。

「大新年頭偷我家，想讓我衰一年啊。」阿慧的聲音。

「唔！唔！」

是本忠。本忠用膝蓋頂住了本順的後腰，將他壓在地上。本順的鼻涕和口水在咽喉被勒住的情況下，浸透了面罩。接著是眼淚。他從右邊的長椅上扯下一個簸箕，向身後猛掀。更用力了。

又是鐵杵。直接砸在了顴骨上。一下，兩下⋯⋯

⋯⋯

「喂，他不動了。」阿慧砸到第四下時察覺到了異樣。

「我勒住他死死的。去開燈來。」

大廳亮了。

本順爛在了本忠的右臂裡。他的頭上青腫了好幾塊，而顴骨和鼻子通紅。口水和鼻涕從面罩裡淌了出來，翻著的白眼中流出眼淚，混著從額上留下的汗珠滴到了地上。本忠暴著青筋的右臂上布滿了抓痕，還在絲絲滲血。

「喂，不會死了吧？」阿慧緊張了起來，「還是在裝死？」

她顫顫巍巍地蹲下。而大腿不聽使喚了，她「咚」的一聲坐到了地上。

「沒有，脈搏了。」她兩隻腫眼泡變得通紅，眼淚汪了出來。她求助似地看向丈夫的臉，而本忠也只是張著口，發著冷汗，求助似地看向阿慧。

「鬆開啊！」阿慧哭嚎似地扯開本順喉頭上的本忠的手。本忠也癱在了地上。

三人就這樣在祖家的大廳裡，一個死而趴著，兩人癱坐。一點五十分，本忠終於理清了思緒。

他爬向趴著的本順的屍體，將頭轉了過來。他的瞳孔猛地放大了，一口涼氣堵住了他的胸口。而他仍顫著手，拉下了本順臉上的面罩。

阿慧失禁了，橙黃的尿液滲出睡褲淌到了粉色的瓷磚上。她咬住自己的右手，讓自己不要出聲，但啜泣是止不住的，憋了一陣後變成了全身的抽動。她似乎有點撐不住了，開始撐著地板劇烈嘔吐。嘔吐物被吐在了她紅色的睡衣上，順著褲襠，流到了本忠腳邊。本忠靠

著櫃檯，粗重地喘著，並沒有理會自己的襪子已經被阿慧的胃液浸透了。

兩點。

兩人冷靜了十分鐘後，本忠終於站了起來。他走到神臺前，跪在冰冷的地上，看向神龕裡的父母。一會兒，他轉眼看向地面。那裡有一瓶杜仲平壓片。他爬過去撿起來，旋開蓋子。

假的。

他先是愣了三秒，在旋好瓶蓋時，轉頭向阿慧說：

「他是來殺你的。他想換掉你的藥。」

阿慧正用睡衣抹乾臉上的汙穢，聽到此話，也同樣愣住了。

繼而是憤怒。她從茶几上抓來水果刀，爬過自己的嘔吐物沖向本順，扯過他的臉。接著是，兩隻眼睛分別的數刀，晶狀體混著血被攪成一團，原本汙穢的臉變得更難看了。阿慧咬著牙，整張臉的肌肉都變形地歪曲起來。

「怎麼辦？」她轉向丈夫。

本忠看著持刀的妻子，臉上沒了血色。阿慧臉上倒是通紅，剛才濺到臉上的幾滴本順的血讓她看起來像是七月的斜陽。

本順的屍體被分好時已經是兩點五十分。四肢被簡單砍成幾塊，丟到了肥料袋的最底部。本忠沒膽量再分下去，便敲斷弟弟的腰椎，將本順折疊起來，豎著塞進了同一個肥料袋。他用紅色塑膠袋罩住了弟弟的頭，分屍時一直不敢看他的臉。

肥料袋包了兩層，最後被緊緊封了口。

他走到門前。三岔口果然停著一輛摩托車。他和阿慧兩人抱著本順穿過北街，將肥料袋放在了後座上，用繩捆好。

「回去把地板洗乾淨，衣服換下來丟掉。」外面太冷，本忠說話都發著抖，「我大概一個半鐘頭。」

　　阿慧轉身奔回屋子。本忠站在那一盞蒼白的街燈下，靠著燈柱，從口袋裡掏出一盒「恭賀新禧」，抽出一支點燃。而他並沒將它放進嘴裡，只是看著燃燒的菸頭，一點一點地侵蝕著白色的部分。他看厭了。將菸頭在燈柱上捻滅，他把剩餘的部分放回菸盒裡。

　　幾公里外的港口。本忠的大背頭被安全帽壓得有些淩亂。他的弟弟在肥料袋裡，堆在他腳邊。面前是海，深邃而漆黑的海。他從旁邊搬來幾塊大石頭，用繩子把石頭和肥料袋捆在一起。一腳，屍體和石頭滾落岸邊，只留下「撲通」一聲。接著是摩托，動靜略微大一些。

　　他探出身子，俯身看向落下的海面。

　　一片平靜。

　　他從口袋裡掏出那盒「恭賀新禧」，抽出那只被熄滅的菸，點燃，放進了嘴裡。

寶島

散文

# 寶島的天空

福建師範大學文學院本科 2012 級　曾聖偉

　　天藍，地淨，我從車窗外收回視線，思念，迷戀，不絕於心。

　　白雲浮在底色天藍，藍得純粹，藍得賞心悅目，藍得沁人心肺，像花香瀰漫，像理想王國。藍，是我理想中的藍。

　　恍惚間，覺得自己走進了畫裡。

　　天藍的天，潔白的雲，草木的綠，公路的黑黃相間，巴士的粉外殼，顯出暗色的車窗。

　　窗裡藏著雙眼睛，沉醉地想把天空與天空之下的所有，納入視網膜，攝入腦海。車，向畫中行去；藍天，從畫中走來。

　　我走進畫裡，如我無意間地闖入文學的世界，無法避免地驚慌失措了。當我睜開惺忪睡眼，透過玻璃窗，望見天空，那藍，一股無形的力量深深打動我。它似乎和文學無二致，存在生命，存在美感，存在力量，真教知它的人傾心，懂它的人難忘。

　　藍天，它從藍色中迸發的美與衝擊，如文學一般，能使聞者彰，見者遠，不假外物，能渡江河。

　　文學與天空一樣廣博，這博，是一種承重。天空，包裹著地球一個行星的重量，自轉，公轉，在無盡的歲月裡，沉著前行；文學，容納著作家一顆心靈的重量，美好，醜陋，在人類的歷史中，輾轉穿梭。它們，無為而生，生一，生二，生三，生萬物，萬物如水浩浩湯湯，奔流而過；它們，承載著流逝的、當下的、將至的重量，從始至終，由開始到結束，都做著無言的見證。

　　或許，文學在天空底下，天空在文學裡面。

　　李白停杯一問的月，不也在藍天當中，而月，又在天之外。人生天地之間，或如遠行之客，但總有留下天地之外的東西，比如詩，比如歌。若虛先生問江月年年，人生代代，端的是向無限發問你為什麼會無限？天空啊天空，現在，我也想問你，究竟是我把你錯當了文學，還是將文學錯當了你。佛說，眾生皆有佛性，何妨再說，眾生頭頂著藍天，而我，面向了你。人生自是有情癡，此恨不關風與月，歐陽修道出此時此刻真諦：我與你糾纏不休，卻是和文學藕斷絲連。

　　夜色，就快來了，連同七天的藍色湧進我心間。

　　回到臺北街頭，藍天依舊，白雲，是一封長長的信，命運捎來，我遇見。想起了藍天底下的那片海，寶島的天空，比鄰太平洋，它愈發純淨，不染纖塵。詩人說，海在模仿母親的眼淚，感人而厚重。

　　我非詩人，不做詩性之比，風雨江山之外，這一抹萬不得已，全然地成為美的衝動。

　　藍天較海廣闊，卻因海的支撐，藍得純粹；文學較人廣博，卻因人的支撐，美得動人。

　　藍天呵！文學呵！你們的物理形式、形式邏輯竟然如此相似。

　　到底，是文學模仿生活，還是生活模仿藝術；到底，是海模仿母親的眼淚，還是母親的眼淚模仿海；到底，是文學模仿天空，還是天空模仿文學。

　　不在意了，全然不在意了。天空與文學，進我眼中，那些客觀的，那些實在的，早已變成了空洞的、破碎的外殼，我知道這世界上存在著只有文學和藍天才能以其特殊的方式給予我們情感。

　　透過窗，我與藍天無比相近，它就在窗外邊。

　　黑夜，明亮的藍仍然可見，比之普希金「明亮的憂鬱」有過之而

無不及。它不瑣碎，它不世俗，它是憂鬱的高度概括的美，它是明亮光彩的笑靨如花，我想伸手搆著它，卻被飛機機身阻擋，離開寶島的天空。

寶島，讓我與文學和天空相遇，冥冥之中，緣分未盡。提筆，我寫藍天。

藍天。我望它，白晝；我望它，黑夜。我在樓中望它，我在街頭上望它，我在飛機裡望它，從陸地到離陸地三萬英尺，我望它。

不可遏制地，對寶島的天空生發一場文學的鄉愁。

此時，吾乃畫外人矣！

# 啾啾

福建師範大學文學院本科 2012 級　張心怡

「啾啾」不是一個戲謔詞，它是很多種隨時可能發出的聲音。太平洋早夏的風吹過明亮的稻田，豬排飯的來源性生物絕望地拱著白菜，還有南部烈日下犁地的水牛粗魯的喘息，馬的大鼻孔波動著周圍的空氣，我差點忘了，甚至包括我們人類，也可以發出這種奇妙無比的擬聲詞來。

在臺灣文學館的兒童文學書室裡，一個海軍服的小男孩，臉蛋紅得像蘋果，盯著手裡的圖畫書，吹口哨般得意地望著對面的女孩，「啾啾」、「啾啾」，女孩咯咯咯地笑了。我在無數本兒童畫冊裡找到這種聲音，一隻皮毛黑亮的貓，慵懶地爬行在建築的頂端，風在黑白兩色的線條間自由流動。你聽，這是一種心動的聲音。

我對臺灣的最初印象來自於外婆的講述，十年前她坐在木製搖椅上，雙鬢雪白，穿著暗紅色對襟開衫，骨瘦如柴，手上的南洋翡翠鐲子不時滾落在地，最終毫無意外地碎成兩段。

當年的外婆是南洋富商四姨太的女兒，少女時期上教會學校，學習鋼琴、繪畫、祈禱詩和法語，回到家，一條街的金店伙計都豎起耳朵，傾聽她走街串巷銀鈴般的笑聲。

後來，戰爭來了，外婆回到中國大陸，嫁給了在泉州港捕魚的外公，大房逃到臺灣，用僅剩的資本在那裡打理起了一家小小的金店。

　　外婆忘不了在臺灣的大房親人，儘管幾十年以來從來渺無音訊，她總說，哥哥的小女兒是她一手帶大的，三歲了，就會唱讚美詩。後來，她老是衝著我喊，阿萬，阿萬，今天小姑帶你，阿萬，阿萬，法語也跑出來了。我們都笑了，那時候媽媽說，這是阿爾茨海默綜合症。

　　我躲到房間裡，不管外婆的捶胸頓足，聽我的磁帶。那時候最有名的女子組合是三朵小金花，三個小姑娘用閩南語悲苦地唱道：「風聲呼呼地吹，雨落在大地……」我幾乎要落下淚來。

　　飛機降落在臺北的夜空之上，我在睡夢中被一片璀璨的光芒所驚醒。

　　星月輝映，滿盤的銀河之光被打翻在地。臺北 101 大樓仿若銀色水晶般通體透亮，圍剿著四面聚攏而來連綴成海洋的各色燈光。

　　我睜大了眼睛，在走下飛機的那一刻仍然暈頭轉向。這裡不同於我親眼所見的任何一個地方，風聲不是呼呼地颳過你的耳際，而是咻咻地挑逗著你。九點半，守護城市的是燈光，平凡故事已經停演，尋常人家大都進入夢鄉。

　　清晨一醒來，我就想起了《海角七號》裡阿嘉的第一句臺詞：「操你媽的臺北！」最後一句忘了，真是抱歉。然後他換上機車，長鏡頭源源不斷地延伸在臺北的大街小巷中，像我曾經迷戀《牯嶺街少年殺人事件》這樣的電影一樣，我把它倒回、播放、暫停、再倒回，不厭其煩地看過一遍又一遍。我從酒店的窗戶往下看，機車是叫醒這座城市的第一聲轟鳴，無數戴著頭盔的阿嘉川流不息地進入你的視野，帶著便當、郵件、運載的貨品或者深色公事包，他們在太陽強烈的光線下睜開渴睡的眼，也許昨晚正因為夢想而徹夜未眠。開著機車的阿嘉這麼多，一樣單調的姿勢，一樣經歷著欣喜與絕望，就像一個電影長鏡頭在你眼前鋪展開來，倒回、播放，再倒回、播放。

　　臺北有很多追逐夢想的阿嘉，散落在捷運站入口、西門町、廣場、夜市周邊各處，談吉他唱歌，全情投入，甚至有一個瘦弱的女孩子，在西門町每晚拉著一把巨大的豎琴，滿面笑容。他們安靜而堅定，每晚乘坐著十二點鐘最後一班捷運回到住處，第二天開著機車再重新上路。

　　臺北人執著、克制、充滿秩序感，全臺灣或許都是如此。只是臺北作為文化魚龍混雜的中心，尤為明顯。在臺灣的一週裡，我說的「謝謝」或許相當於平時一個季度的總和。音節柔和婉曲、發音清脆、尾音拖長多變的臺版國語，擅於用一聲「謝謝」，囊括萬千──表達禮貌、感恩、歉意，化解尷尬與誤會。「謝謝」，我如是說，成為一種入鄉隨俗的日常性用語。在臺北故宮博物館，禁止拍照。而工作人員一聲警示性的「先生……」、「先生……」，語調平常、聲音清晰，卻恰如其分地將違規者圍堵到逼仄的角落裡。我不禁為這種臺版國語的魅力感到心動不已。

　　也許，不論是鳳梨酥、蛋撻、鬆餅，還是起司蛋糕，所有的臺北人都會不厭其煩地花上數個小時，排著長隊購買，甚至在拐角形成筆直的九十度。

　　我站在隊伍中間，高溫難耐，精神恍惚，看著前面撐著陽傘、身段窈窕的年輕女子，就這樣猝不及防地想起了阿萬，我想她在二十歲的某一天，從臺南來到臺北，坐了三個小時的火車，在同樣的高溫天氣，來到這家遠近聞名的點心店，站在隊伍中間，探身進櫃檯，發出嗲聲嗲氣的臺妹腔：「老闆呵，來兩盒蛋黃鳳梨酥吧，對啦，還有一盒麥芽鳳梨酥哦！」

　　輪到我，老闆搓著手充滿歉意地說：「抱歉，小姐，賣完了，要等下一爐。」「沒要緊嘍，好呷的孟將就得等。」我蹩腳的臺語把所有人都逗樂了，我卻在那一刻感到黯然神傷。外婆的阿萬的確永遠走失了，站在櫃檯前的只有我自己而已。

　　還在臺北的日子裡，我就意識到，我已經迫不及待地要往南走。淡水、彰化、九份、鹿港、集集、基隆、高雄、墾丁、花蓮，每個地名的背後都掩埋著纏綿悱惻的動人故事，光聽到名字就足以令人激動。以至於我一度排斥北、中、南的地理方位性劃分。我在午後的大巴車裡跟著英俊的司機向南向南，但是一直迷迷糊糊，並不知道自己身在何處。

　　《戀戀風塵》的開頭一直重複播放在我的腦海裡，紅色鐵皮火車伴隨著發動機持續不斷的轟鳴，駛進深綠淺綠層巒疊嶂的原始森林，整點報時的月臺會有一個青梅竹馬的送別情人。今日沉默寡言的小伙子阿遠，往日裡就是《童年往事》中阿嬤聲聲呼喚的「阿孝呼」。每個故事裡都有這樣一個阿嬤，從大陸來到臺灣，一輩子念念叨叨，徒勞無力地強調著她的眷戀。然而阿嬤終究還是沒能回到大陸，長大後的阿孝呼和阿遠會穿起風行一時的花襯衫與喇叭褲，悄無聲息地打開成人世界的《藍色大門》，忘掉曾經愛得撕心裂肺的阿雲，在《悲情城市》裡走進歷史的洪流之中，一切都是《最好的時光》……

　　我在臺南的夜市裡吃蚵仔煎，心裡盤算著接下來的目的地，豬腳麵線、大腸包小腸、大餅包小餅、剉冰、手搖奶茶、鹽酥雞、菜尾湯、擔仔麵、蝦卷、芋頭酥……然而我再也無法興致勃勃，還是想起外婆。

　　爸爸第一次見外婆的時候，到廚房裡做起了蚵仔煎，他上下翻騰著鍋底，做得汗流浹背、眉飛色舞，外婆吃完卻沉默了。現在我明白了外婆沉默的原因，爸爸的蚵仔煎，海蠣和韭菜密密麻麻層層疊疊而生，而臺灣的蚵仔煎則是輕薄的一片，蛋的金黃汁液將海蠣均勻地聚攏，其中地瓜粉功不可沒，被攪拌成了水晶蝦餃皮似的 Q 彈口感，豆芽菜、胡蘿蔔、韭菜恰到好處地點綴其中，最後厚厚地淋上飽滿而酸爽可人的甜辣醬。外婆從小跟著臺灣廚娘，吃遍了正宗的臺灣

菜，她從沒踏上過這片土地，但在童年時代就完成了對於它的想像。所以外婆堅決地對我母親說，這個男人連蚵仔煎都做不好，卻誇下海口，帶著神經質的批判精神。母親不置可否地笑笑，外婆的意見在長大成人的母親面前只能作為參考，三個月之後他們還是順利結婚。

蚵仔煎並沒有那麼偉大的力量。

我在臺南的臺灣文學館裡終於遇到了魂牽夢繞的臺南爺爺，花襯衫、黑短褲、平底布鞋、大蒲扇、地中海式的高傲髮際線、矮瘦的身材與黑色背景中一雙亮晶晶的眼睛。他是話癆，和想像中的一樣，熱情、幽默、孤寂、閒適。

他說小姐你是從大陸來的啊，那我們熟悉的東西是不是一樣的呢？你有沒有聽說過梁祝？梁祝，你知道嗎，就是梁山伯和祝英台。我有一個孫子在安徽，黃山，你去過嗎？有一句話不是這樣說——「五嶽歸來不看山，黃山歸來不看嶽」。哦，還有山西的廬山，是嗎，聽說也非常漂亮。

是江西，爺爺。

小姐你是泉州的呀，泉州也講臺灣話？和我們是一樣的嗎？那我考考你吧！我們今天去看電影怎麼說？今天吃飯了沒有怎麼說？我們今天又看電影又吃飯怎麼說？

小姐，你們那裡有沒有一個成語叫做「含苞待放」。這裡有一個什麼故事呢？你讓爺爺說給你聽。

爺爺哈哈哈地笑起來，他說的是一則冷笑話。

我卻忍不住隨口問他，爺爺，你認識一個女孩子叫阿萬嗎？

阿萬？我認識阿霞、阿月、阿嬌、阿春，好像沒有阿萬啊，你說的是哪一個阿萬？

外婆在老年癡呆症期間，成天呼喊著阿萬。母親把魚湯端到她面前，她一手打翻，「阿萬呢，我要阿萬」。

母親在很久以後鬆口告訴我，當年就是臺灣廚娘，在戰亂中，拿到了七張到臺灣的珍貴船票。然而大哥一家將外婆像多餘的行李似的拋在半路，只留給她幾個翡翠鐲子。不然外婆也不會嫁給大字不識一個的外公。

然而時間暴露了外婆心裡的秘密，她還是放不下阿萬，誰給你盤頭髮、做繡鞋，誰幫你挑郎君、送你上花轎？愛中有恨，放不下的卻還是愛。

我終於想起了《海角七號》的最後一句臺詞，阿嘉站在離別的海灘上：「留下來，或我跟你走。」這是一個深情的故事。我想阿萬一定也經歷過這一切，她在四歲到來之前完成逃難的記憶，從此生命沿著平凡一致的時間軌道自然滑行。她換下第一顆乳牙，背上嶄新的花布包；她在小學五年級拿著考得不好的數學考卷，在村子裡繞來繞去不敢回家；她迎來第一次發育與初潮，驚訝得張開了嘴巴，不知如何是好；她參加秋遊，弄丟了父親最貴的手錶；她收到第一封情書，那個男孩羞羞答答地請她吃米血膏。她國中畢業，考上臺北的大學，每個月坐三個小時的火車往返於家與學校之間；她偶爾曠課，常常睡懶覺，喜歡邊吃雞排邊看言情小說，那個時候還風行著瓊瑤。直到她遇見阿嘉，穿著淺灰襯衣、深藍短裙、白襪皮鞋，坐在他的機車後座，天南地北地走。她對他說：「留下來，或我跟你走。」於是他們結婚了，臺北的房子很小，生活風平浪靜，孩子好事成雙，她不可能再記起三歲之前的小姑。

回到家，我對母親說，明天買點海蠣吧，我做蚵仔煎給你吃，我已經暗暗記下了做法，絕對正宗，我保證。

母親背過身去，沒有說話，我知道我們都同一時間，想起了外婆。

　　「啾啾」，起風了，早夏的風吹過明亮的稻田。我說過，這是心動的聲音，也是歲月的聲音。僅此紀念這一年的夏天，我在臺灣。

# 可愛的臺灣人

福建師範大學文學院本科 2012 級　李玲

　　點一盞昏黃的小燈，挑一片鄧麗君的 CD，摟一隻乾了淚的布偶，靜靜地，越過了一層層孤寂的月光。

　　我的童年的夜晚大致是這樣度過的。房間空蕩蕩，卻凝滿了鄧麗君溫暖的歌聲，即使一個人，也未曾感到害怕。

　　我一直尋覓這種天籟般的「甜蜜蜜」的聲音。直至長大後的某一天，在電視上聽到了徐若瑄《愛笑的眼睛》，我重新拾回了那種甜甜的感覺。從那以後，我迷戀上了臺灣語音散發而出的獨特的味道。

　　剛下飛機，便碰到了一位土生土長的臺灣姑娘。她身穿制服，瘦瘦的右手自如地牽著一條大黃狗，嘴角卻上揚得嬌豔可人。若要問我臺灣姑娘的長相有什麼特別之處，我還真說不出，但我的確能一眼判別出她是臺灣人。

　　大黃狗逐漸向我靠近，並用它的鼻子環繞著我嗅嗅。我本能地向後退了一小步，姑娘看到，用綿綿的聲音說了句：「別怕啦，它不會咬人的。」我瞬間融化在她的話語裡。大黃狗在轉身離開時趁機用它柔順的長毛輕蹭了一下我的小腿，有點兒癢，還有點兒舒服，似乎一點兒也不可怕。

　　不僅臺灣姑娘說話動人，臺灣男孩，甚至是臺灣的阿公說起話來也十分 Q。在日月潭接待我們的是一位滿臉笑紋的阿公。阿公張嘴便是一口濃郁的臺灣風味，他說話常以「阿」開頭，「哦」、「咧」、

「啦」等語氣詞結尾，配上他合不攏的笑容，顯得老當益壯。一路上，我都細細咀嚼著這原汁原味的臺灣腔。

我遇到的臺灣人大都具有這種與生俱來的親和力，他們的這種魅力時常依附著可愛的臺灣腔表現出來。俏皮的臺灣方言像是一位柔媚的女子，聽她一語，猶如品嚐一口綿綿冰，細嫩爽口，絲絲滑滑的感覺直搗心扉。我偏愛這種清新自然的不造作的嗲嗲的臺灣腔。

我喜愛臺灣人並不完全因為我喜愛臺灣腔，臺灣人的交流方式更為我所欣賞。

某天早晨，我頂著暈眩的腦袋來到了宜蘭傳統藝術中心。一位三十來歲的女子優雅地站在入口處迎接我們，她先是一個自然的微笑，接著便說道：「大家坐了那麼久的車，辛苦啦！」這柔軟的聲音瞬間撥開了我惺忪的睡眠，我睜大眼睛仔細瞧著這位顛覆我思維的女子。在我的思維裡，一向是旅客對導遊表示辛苦的問候，如此赤裸裸的大反轉竟讓我感到些許激動。那天美好的心情隨即從這聲溫暖而真誠的問候中緩緩綻開。

踏入中心的那一刻，剛清醒的腦袋又開始反復迴盪著在臺北故宮博物院裡聽到的那聲「謝謝」。早有耳聞故宮的「鎮宮三寶」——翡翠白菜、毛公鼎、肉形石。在觀賞到翡翠白菜時，我身子向前微傾，右手習慣性地輕靠在玻璃上，想近距離看看這白菜為何如此出名。工作人員看見了，用細細的聲音提示全部的旅客「小心手模糊了玻璃的清晰度」。我恍然大悟，趕忙抽離那隻做了錯事的右手。我偷偷地撇了工作人員一眼，只見她微微地對著我笑。突然，她口中冒出了一句「謝謝」。我內心如潮湧，竟無言相對，更無顏相對。各種雜亂的東西奔湧而來，堆填著，翻滾著，咆哮著。我後悔不適當的癡迷行為，但又感謝她「不點名」的制止。我懷揣著複雜地情緒，小心翼翼地對待之後的每一件展品。我想，我一輩子都不會再模糊玻璃了。

都市人常被貼上「冷漠」的標籤。在臺灣，絕對無法驗證這個標籤的內容。他們常以柳絮般的柔情與烈火般的熱情感染著周圍人，讓人忍不住也想成為一個給人溫暖的人。

以前常常把感恩掛在嘴邊，感謝父母，感謝老師，感謝所有對我們有幫助的人。赴臺的這段日子，膚淺的「感恩」才逐漸暴露而出。也許，感謝周圍人的陪伴與理解才是真諦。

臨行的那天，我驚喜地收到了一位臺灣同學的明信片，他也送了我一句「謝謝」，謝謝那天與我的相遇。為了這份屬於我倆的美好緣分，此刻我回應他一句：

謝謝！

曠野上的風

# 臺北脈搏

福建師範大學文學院本科 2012 級　王珂爛

　　黑峻峻的濃夜籠罩著臺北機場，從飛機的窗戶看向臺灣這片流連六日的土地，只覺天地一片混沌。忽然間，飛機急速地前進，猛地又衝破雲霄，抬眼望向窗外，這片安嵌於海洋中的土地，正用著它全部的生命力，噴薄出一幅壯景——交錯縱橫的街道披上赤黃的燈光猶如火山爆發後那熾烈的岩漿正隨著車輛的流動而緩慢又強勁地流淌著。而那流動著燈光的街道又像是心臟的血脈，濃稠地包裹著臺北這座城市，你彷彿能夠聽到，來自於大地的那舒緩而又強勁地心跳聲，正如六日前你初次踏入臺北這片土地時耳膜邊傳來的心跳。

　　時間流轉到六日前，我們師生一行十八人踏上了臺北的土地，機場外，旅遊大巴一輛接著一輛哼哧哼哧地接著來自各地的遊人，而我們提著行李也坐上了一輛白粉相間格外鮮亮的大巴，融入了一座城市的交通脈搏。

　　坐在車窗旁，你便可細細打量這一座城市的榮景風貌。臺北的道路很靜，路上的車輛比起大陸的街道來說，並不算多。放眼街道，你能看見一股機車流夾雜著各色的小轎車穿行在平整的道路上，每一位司機臉上都籠著各司其職的神色，故而在道路上沒有濃烈的衝撞、刺耳的車鳴以及哄鬧的車聲。偶然能看見急速前進著的機車，但他們卻能在車流中找到自己的位置，一面遵守著紅綠燈的指示，一面又灑脫地行雲流水般地在柏油路上揮墨潑地疾馳，煞是使人感到驚奇。

街道旁，一座座帶著舊時風韻的樓房矗立在臺灣微濕的柔風中，靜對著這川流不息的車輛，就像披著風霜的母親，守護著這延綿不息的生命的洪流，顯出素淨安好的模樣。其實在來臺北之前，腦海中總覺得它應該是一座現代化魔都，閃耀著光怪陸離的氣息，有著滿街的貼滿了落地玻璃的，折了三尺腰才得以窺視全貌的現代大樓，有著踩著恨天高的窈窕女郎，塗得姹紫嫣紅的臉上還得加個黑漆漆的墨鏡，扭著腰身行走街頭，著力扮演著時尚的弄潮兒，還得有著低聲嘶吼的各色豪車在道路上彰顯霸主地位，這才方對得起美女們的一番裝扮。不過這些，在臺北的街頭卻是難以尋覓的，你所望見的是那緊湊地挨著的半舊樓房，如同靜默地山峰，沿著街道連綿而去，而這涓涓車流就這樣緊密而不慌亂、連綿而不枯竭、淙淙而不喧鬧地向著前方流淌，攜帶潛藏著的城市欲望的溫度。

在這樣的街道，一邊是裝潢精美各式商店，一邊是整齊乾淨的車道，不如選個舒爽涼快的時間，和兩三個友人一邊聊些近況一邊在街頭走走看看，對女人而言著實是消磨時光的好方法；若是孤身一人，便更好了，你可以選個街頭的咖啡店，帶著本可以隨意翻看的書籍，那書籍不必太深奧，太深奧了就會分了你的心智，沒法舒脫束縛，肆意地神遊天際了，也不可太淺顯，太淺顯了便會容易使人了無趣味，得是看過幾次但每次閱讀仍有新體會的舊書，這書上的內容，既熟悉不過，而細讀之卻能沉思許久，此時再伴著咖啡或是清茶的香味，看著街邊來往的行人，便是十分的溫潤有趣了。

若是讀得累了，便可抬眼看看這來往的臺北人，看著他們的神色與動作，便可在腦海中衍生出許多故事來。這窗戶邊，走過一對穿著國中制服的男女生，女生扎著馬尾，細長的臉蛋，所有的五官都是纖長細淡，像是文人寫意畫一般，淡雅中透著靈氣。男生呢，板寸頭，濃眉大眼，像是創造女生省下的筆墨都到了他臉上去了一樣，黝

黑的皮膚中透著成長中的男性氣息。男生應當是講了個趣事，女生側著耳朵聽了後，掩著嘴彎著眉眼笑了起來，而男生則為逗樂了女生，俏皮地笑著。呵，真是青春的摸樣。他們呀，該是走到這道路的盡頭，再繞著遠路，只為這回家的路上更長一些，最後，這男生再送著女生到她們家樓下的拐角處，切不可被女生的家長發現，然後再相視著匆匆道了別。

臺北的路旁，有些店面前總是排著長長的隊伍，你隔著咖啡店的玻璃也能看出些故事來。看，那個提著布袋子的白髮婦人，手中還拿著輛新的玩具賽車，簇新的圍巾妥帖地繞在脖子上，但她仍是用那提著布袋子的粗糙的手不時地整理圍巾，眼色淡然。而後又看向手邊的玩具賽車，溫和地笑著，應該是想起今天出門前，放了假的孫子纏著自己說要買玩具賽車的情境了吧。本來以她的理念，這孩子不能太寵著，當年孫子的爸就沒給寵著，可是禁不住這麼可愛的小孫子撒著嬌地討要，冷著臉說了他幾句，卻還是同意了。這滿足了孫子，也想起了兒子小時候日子的苦，這家的麵食便是兒子小時候最愛吃的，排著隊也得買。唉，就在你想著這當會兒便快輪到老婦人了。

這麵食店旁還有一家臺北較為常見的壽司店，只見兩位中年男子身穿西裝，腆著微微發福的肚子一起走了出來，他們厚實的手掌緊緊的握著，眼中滿是喜悅，還有無數的滄海桑田。他們應該是多年未見的老友，在今日重遇了吧，或者是大學時期的上下鋪，或者是中學時期的好哥們，總之是純真時期最純真的情誼。今日在街頭不經意重逢，便感慨不已隨意走進了一家壽司店喝點小酒，說說各自分別後的生活。他們都各自結了婚，有了孩子，事業上或許順利或許坎坷，還有他們曾經的好友們如今都過著怎樣的生活，又聊聊各自的規劃和理想，那一杯一杯的濁酒將他們的臉上染上絳紫色，早已不復當年青蔥時期的模樣。

　　小街上也許還有這麼位老人，坐在籐椅裡，消瘦的臉上鑴刻著斑駁的痕跡，他抬眼望著遠處，渾濁的雙眼失神地看著，是想起兒子幼年時可愛的模樣？是想起逝去的母親的厚實懷抱嗎？是想起曾朝夕相處的友人嗎？回憶嗎？還是等待？或許也有位斑白頭髮的老婦人隔著一灣海峽等著他哩。

# 琥珀的香氣

福建師範大學文學院本科 2013 級　黃茜

　　我生活著的這個城市一直以慢節奏和慵懶著稱，號稱最適合養老的城市。到了臺北，我才領會了另一種「慢」，另一種慵懶的姿態。

　　作為大都市，臺北理應是有著超快的節奏與急切的氛圍的，在真正領會臺北的城市魅力之前，我念想裡的這個城市正是如此。但當飛機降落在臺北時，臺北人以其由內而外散發出的慵懶姿態與氣質，打碎了我所懷揣著的印象。

　　在臺北的幾天裡，幾乎沒有看到哪位行人是行色匆匆的，在純淨透明的空氣籠罩之下的，是神態靜怡的各色行人，臺北人帶著萌般的「慢」的特質，更像是一層皮膚，在各個細節處緊貼著生活的邊角處，並最終組成了一個龐大的潛藏著呼吸的性質。

　　曾經有一段時間，十分喜歡簡媜的文字，認為其作品中不經意流露出來的透明的質感甚至有療癒的作用。被生活壓的喘不過氣來的時候，簡媜便透過文字傳來她獨有的空靈的呼喚，讓人不自覺陷入其中並得到救贖。一方水土養一方人，能使簡媜得以誕生出這樣氣質的文字的城市，自然有著其獨有的特殊氛圍。

　　飛機在臺北降落，我的神經與感觀都恨不得全部張開，與那裡的閒適自在來個全方位的接觸。

　　臺北空氣中的慵懶就像海風從北面裹挾著歷史與人性的氣息，不斷的累計層疊，厚重卻又輕盈一般毫無防備的覆蓋在每個人身上。

帶著空氣質感的時光便像是琥珀一樣，悄悄凝結在街頭巷尾，猶如懸掛著的一股透明的香氣一般，靜靜地展示著這座城市的故事與靈魂。

也難怪，臺北乃至臺灣的「慵懶」轉化為衣食住行，滲入每個參與這座城市這個海島呼吸的人之血液中，形成了他們有別於別處作家的獨特的文學氣質，形成了他們文字中常被人們用一個至今變得有點「俗」的詞語——清新——來形容的特質，形成了他們文字中別致輕巧的哲思與厚重的情感，也形成了他們作品中帶有敏感生命體驗的氛圍。

腳踏著孕育出這樣文字的土地，我心中的所有對此時此地的感想一瞬有了不吐不快的衝動。

想到就是在這樣閒靜的氛圍裡誕生了簡媜和林清玄等人充滿清新氣質的文字，我不禁深吸了一口氣，時光的醇厚通過臺北空氣中的香氣注入內心。

在臺北，所到之處幾乎都有各自獨特的香氣。從機場免稅店開始，小到各個化妝間，甚至路旁的公園，每個地方都有各自的香氣。臺北這座慵懶的城市所具有的清新的特質似乎也匿藏在充滿生活味道的各處香氣中。臺北的香氣配合著在其時間催化後呈現出獨特風格的建築群，形成了一種深入的市民文化。這香氣並不突兀，反倒像是因為臺北人太慢了，漸漸的在風日裡慢出了香氣一般。我腦中的臺北甚至因為這樣的香氣而具象成了一個有著輕度潔癖的強迫症患者，與《老友記》中的 Monica 一樣，客廳、浴室、臥室都要有固定的氣味，每樣物品放在特定的位置，甚至地毯在沙發與茶几間的距離都精確到除了本人外他人難以複製。臺北就像是在臺灣北部生活著的 Monica 一樣，精緻又帶著點神經質，臺北打破了作為一個地區重要城市的緊繃與定性，而是以其人性的姿態，展現著自己充滿溫度的一面，讓我這一個同樣的強迫症重度「病人」感受到了前所未有的一種過分整潔帶來的快感。

　　說到臺北的溫度，儘管行程的幾天裡幾乎都是烈日當空，或者悶熱潮濕。但細細想想，回憶裡卻絲毫沒有炎熱的感覺，僅剩的卻是夏季裡的溫和，是在夏季午後的一杯質感細膩的冰水。臺北留下的記憶不僅僅帶有了同樣人性的溫度，還有溫度這個內核之外包裹著的市民文化的香氣。時間逝去的飛速，但溫潤的記憶卻永存，就像臺北帶有透明質感的散發馨香般的慵懶，永遠盤踞在腦海中的一角，難以忘懷。

　　在臺北的時光就像凝結著松香的琥珀一樣，裝滿了歷史的積累、漫長的時空觀以及悠閒等待的靜謐，偶爾有空氣在其中留下了一兩個氣泡，卻也成為了其中充滿年輕因素的分子。

　　每一次看向臺北的街頭，就像能看到溫和清新的氣體慢慢瀰漫在街頭巷尾，用慵懶流動的質感和無法擺脫的香氣包裹著每一個人。

　　但龐大的時間總能讓一切成型，時光的琥珀裏挾著回憶藏匿進了過往的我的最愛裡，即使合上，我仍然能聞到其漸漸散發出的，獨特的松香。

# 走進臺灣

福建師範大學文學院本科 2012 級　陳冬梅

「老師，臺灣在哪裡？」我迷茫的看著地圖。

「喏，這個外形看起來像根『香蕉』的就是寶島臺灣哦！」老師親切和藹的指著地圖上小小的一塊，用生動形象的譬喻告訴我。

「哦，真的很像一根『香蕉』耶——」我拖長了聲音歡呼著……

兒時，「香蕉臺灣」成了我永恆的記憶，那是一個散發著濃濃的果香味的地方。後來上了初中，科學知識進一步普及之後才知道其實那一根「香蕉」並非沒有依據，寶島臺灣除了外形看起來很像一根「香蕉」以外，那裡雨熱同期的熱帶季風和亞熱帶季風氣候確實也是盛產香蕉的好地方。

不曾想過有朝一日能夠踏進寶島臺灣的聖土，是機緣，是命運，還是其他。我坐在飛機上，透過機窗，穿越碧空，懷揣興奮與好奇兼具的心，帶著爺爺的夢想上路了。

耄耋之年的爺爺對臺灣有著特殊的感情，他一直很想去臺灣看看，看看那裡的山，看看那裡的水，看看那裡的媽祖文化，看看那擁有相同血脈、同宗同源的臺灣同胞。臨行前，他還特意打電話叮囑我——要是看到那裡的文物古蹟，或者是古老的廟宇記得多拍兩張照片回來給他看看。

走進臺灣，才知道臺灣的儒學氛圍是那般的濃烈。「克己復禮以為仁」、「大學之道，在明明德，在止於至善……」在臺南，「全臺首學」臺灣第一孔廟。正殿——「明倫堂」前。十幾個小朋友坐在板凳

上，認真聽著站在臺前背誦經典的同伴。那只是一個不足十歲的小朋友，卻能流利的背下《論語》的某一章節或者是《大學》的整篇文章，說句實話，身為大學生的我佩服得五體投地。旁邊，一位身著青山布衣的老師拿著書卷一邊仔細傾聽，一邊認真校對孩子背誦的每一篇文章，每一個段落。這就是學堂，研習經典的學堂，從娃娃抓起的儒學之天堂。門內，六把交椅橫呈在大廳中央，背後的中堂掛著趙孟頫的楷書《大學》，剛正不阿。左右兩邊四個大大的字眼「忠孝節義」衝擊著我的視野。那種對經典的傳承、對傳統文化的認可、對孔門的尊崇、對儒學的膜拜、對仁義禮智信的學習，給我以靈魂的洗禮。

　　走進臺灣，才知道臺灣同胞是這般的熱情友好。在西門町，我們遇上了兩個來自日本的姑娘，她們想要去某個旅遊景點，詢問當地的一個阿嬤怎麼走，正趕著送貨的阿嬤沒有視而不見，而是停下車子，指著地圖耐心的給她們講解。奈何阿嬤一口閩南腔的普通話令兩個日本姑娘聽得雲裡霧裡，姑娘用蹩腳的英語反覆詢問，阿嬤也聽不懂英語，一頓雞同鴨講後，很是替姑娘著急的阿嬤不知如何是好，這時恰逢我們路過，阿嬤便替姑娘攔下了我們，問我們會不會說英語，可否幫助兩位日本姑娘引路。也是巧了，我們中的一位男同學英語說得還不錯，承了阿嬤的情，向阿嬤詢問了一些情況，然後用流利的英語幫助阿嬤告訴日本姑娘「今天太晚了，那個景點已經關門了，可改天再去！」終於聽懂的日本姑娘很是開心，連連用日語向我們道了好幾聲謝謝。阿嬤很高興，連誇了好幾次我們的同學說他英語說得真好，還熱絡的問我們從哪來，要去哪裡玩之類的，還告訴我們西門町有哪些好玩的地方。

　　臺灣同胞的熱情還體現在他們良好的禮儀文化上。每當晨起就餐，餐廳裡早已列隊恭候多時的服務人員就會非常熱情的和你說「早安」、「早上好！」當你就餐完畢時，他們也會溫柔的附帶著「謝謝

光臨」、「請慢走！」等禮貌用語，半彎著腰身恭送您的大駕。臺灣同胞的友好也是隨處可見的，若你不小心和你的同伴走散了，而你的手機又沒有開通國際漫遊，那麼此時友好的臺灣同胞就是你的救星。他們會毫無芥蒂的借給你他的手機，讓你撥打同伴的電話，找回自己的隊伍。當你的手機丟失時，只要不是被小偷偷了，撿到的臺灣同胞不會據為已有，或者在下一秒就關機，他會接起你撥打的電話，和你取得聯繫。

走進臺灣，才知道臺灣的水果是那般甜，風景是那般美。那兒的西瓜不是西瓜，一個個大得像冬瓜哩。是的，我從未見過如此大的西瓜，還有那芒果，就像是木瓜一般，黃得誘人，大得嚇人，甜入我們的心靈。臺灣的風景，那真是如詩如畫，醉人心脾。綠油油的草地，襯上一兩隻白白的小綿羊，仿若人間仙境。一彎彎澄澈的湖水，周邊點綴的紫色的薰衣草，柳葉西垂，美人入境，那叫一個美不勝收呀。

精彩的「擺陣」表演，動聽的「歌仔戲」、製作精美的 3D 動畫、歷史悠久的紅毛城……走進臺灣，領略別樣的風景與人文。

曠野上的風

# 二三事

福建師範大學文學院本科 2012 級　辜玢玢

　　一直以來都偏愛黑夜，尤其是目送著沉甸甸、紅澄澄的日頭墜入地平線時，就會莫名地喜悅，似乎日落這場儀式告別了充滿著人群的世界，到了黑夜，我便是自由的了。

　　第三天晚餐結束後便急急忙忙地放置好白天的行李，揹上背包，和同學一道，往最近的捷運站中山站走。到西門町的時候已經不早。畫著動漫廣告的大招牌上，寫著顯眼的黃色字樣的「西門町」，透過招牌往裡望過去，發光的手機螢幕，單反相機的閃光燈，在「人牆」前的小塊空地上舉著自拍杆費力地尋找拍攝角度的青年者、站得筆挺卻笑得不青不黃的中年婦女、在肚臍眼邊紋了槍狀圖案的時尚潮人，還有像我這種被西門町老少皆宜、雅俗共賞的包容性所震驚的小女孩，通通都擠在門口，猶如堵塞在瓶口的果醬。

　　順著人群往裡走，其實到了商店門口人群多少分散開了。紅樓、刺青街、電影街、萬年大樓、萬國百貨、誠品書店，還有各式各樣的零售商店，列隊著排開，鮮豔的各式霓虹燈一面照著表情各異的旅人，一面照著墨藍的天空，鍍上了一層籠著霧氣的光。我無意購物，時間更不允許我坐下來看場電影，於是就漫無目的地沿著徒步區走。

　　本以為就這樣草草地結束期待已久的西門町之行，也才剛想給西門町下「太過擁擠」的定義，卻在岔路口來了一場意料之外的邂逅。

　　我是先聽見琴聲，再尋聲而去的。果然，在岔路口的空地上，有人在彈豎琴。

　　木色的豎琴靜靜地站立在空地的中央，燈光的照射下閃著滑亮的光，女孩側坐在紅色的塑膠椅子上，低著頭撫琴，我站在右側，只能看見她黑綢緞般的秀髮。在豎琴的另一側，是坐在輪椅上的男生，戴著黑色鏡框的眼鏡，同樣低著頭彈奏，時不時微揚起頭與女孩相視一笑。周遭是喧囂的人群與擺滿精品與美食的世界，琴弦被輕柔地撥動，泛溢而出的樂聲暈出一片淨地，在這片淨地裡，只剩下琴和琴者孤獨相依。

　　我對豎琴的瞭解也僅侷限於偶然在電視上看到的豎琴獨奏會，當然也猜不出他們彈奏的曲子，只覺得他們彈奏出來豎琴音色極其特別，透亮，但每一個音符又不像吉他那樣有切實的質感，宛如敲擊在和田玉上，殘音沉遠，徐徐方盡，又彷彿是朝露滴落池塘的脆響，給人一種躍在彩虹上的感覺，柔軟而充滿詩意。這讓我想起奧路菲所攜帶的那把天琴座的琴，在希臘神話中，奧路菲失去尤麗黛之後大概也是這樣恍若無人般，日復一日地彈奏著豎琴吧，「連石頭也變得柔軟」，大概就是這麼一種毫無準備就被掏空、被洗禮的感覺吧。

　　靠攏過來的路人越來越多，所有人都靜默地聽著，彷彿身處在某一個大劇院欣賞某一場豎琴獨奏會，雖然我猜想周圍多是些如自己一般的對豎琴無甚瞭解的門外漢。大家各懷心事。我想起了在鳳凰樹下彈吉他的他，其實我感覺得到他的緊張，左手慌亂地換和絃，沒摁緊琴弦而發出不著調的聲音，還有牽手時手心冰涼得尷尬，然後我們漫步在校園裡，落了一地的鳳凰花鮮豔得像火苗在竄動，我們就這樣告別了如火的青春。現在想來，就好像是玩笑一場，或許後來他也給另一個女孩彈了同樣的曲子，或許他再也沒有給女孩彈過這首曲子，但無論如何，他已然成為記憶的一部分。就像今夜邂逅的這對豎琴藝

人，可能再也見不到面，但也許會在某一時刻有了類似的觸動，順勢想起今夜，這就足夠了。

我走在臺北的夜晚裡，上弦月懸掛在斜上方，湖藍色的天空帷幕般地鋪展開來，清涼的風拂過我臉頰，掃走一天的煩悶，我感到前所未有的滿足。時而感覺自己輕得飛了起來，就像《哆啦 A 夢》裡大雄戴上叮噹貓的竹蜻蜓那樣，自在地飛；時而感覺自己走在侯孝賢《最好的時光》的長鏡頭裡，乾淨得沒有半點紙屑的柏油馬路，在場的月亮毫不吝惜地將月光傾瀉在我身上，象牙白的顏色，宛若話劇舞臺上的柔光燈，有些許的溫度，還帶著白天殘留的不知名的花香。我的腳步越來越急，甚至想飛奔起來，像《盛夏光年》中的正行、守恆和佳慧那樣飛奔起來，晚風在我耳畔呼嘯而過，街道猶如迅速倒帶的磁帶，齊刷刷地後退，整個世界只剩下我心臟瘋狂跳動的聲音和沉悶的喘氣聲。既想奮力地逃離地表，又蠻橫地想跌撞進未來。

我該如何修飾這別樣的時光呢。一座城市停止了白日的忙碌與夜晚的華燈璀璨，進入輕淺的睡眠時，彷彿是卸了妝的少女衣著素色的長裙，依靠在長椅上小憩，誰也不忍心驚擾天使的夢；又彷彿是過百的老者注視搖籃中的嬰孩那般，你會禁不住想去摩挲他載滿歷史記憶的長鬚。我甚至無法選擇該用「年輕」，還是「年長」來形容這座城市，但唯一可以確定的是，時間彷彿凝固了般舒適，我停下來竟不願向前了。

回到酒店，酒店蛋黃色的燈還通亮著，工作人員端正地坐在前臺，看不出睏倦。我在前臺取房卡的時候，post 處的工作人員小跑了過來，他禮貌地向我打招呼，說他現在才看到我回來，然後很關切地問我昨天那張預付卡可以用了嗎。我心裡一驚，昨天我是向他諮詢過預付卡的事項，當時他非常認真地將滿滿兩頁的中英文說明書通讀下

來，又試了各種方法，仍舊無法使用，於是他很愧疚地向我道歉。那時我只是驚嘆於他的認真，沒想到一天過去，他還記得小女孩「雞毛蒜皮」的小事。事實上，擱在零錢袋裡的預付卡不知道在什麼地方丟了。我尷尬地向他解釋預付卡不見了，謝謝他的關心。他還是帶著歉意地說真可惜，似乎沒能解決我的預付卡難題是他的失責。我再次向他道謝，取了房卡往電梯口走，他跟了過來摁了電梯按鈕，才回到 post 處。

雖是不明姓名的陌生人，卻也仍掛念著昨天未解的難題，這其實已超出了他所處職務的要求範疇，他也絕非僅僅把工作當作工作，似乎還透露著些關乎文明，甚至關乎城市文化的自覺情懷。也正是這些已然烙入骨髓的習慣性善舉，讓異鄉的旅人有了難得的安全和溫暖。

站在九樓房間的窗口往遠處望去，萬家燈火，猶如珍珠項鍊串連起整個臺北，上弦月還懸浮在半空中，桂花黃的月色騰著微醺的嫋嫋氳氲。我在窗臺遠眺這座城市，臺北 101 太高太遠而接近雲端，民房圍繞在四周，而那才是生活的高度。

我下載了豎琴版的《Angel Healing》，總覺得缺了些什麼。是的，我在擔心那位瘦弱的女孩要怎麼揹得起那麼重的豎琴，會和輪椅上的男生走向了什麼樣的遠方，明天或者以後還依然是這麼淡然而自足嗎？

窗外。

雲是淺的，樹是深的朦朧。

遠處有燈火了，紅色的，稀。

臺北竟無眠。

# 飛去的回憶

福建師範大學文學院本科 2012 級　吳振湘

　　還記得我登上去機場巴士之前的那個畫面──因為傍晚的緣故，我頭上的天空略微昏暗，你直直看去，那微藍的天空裡會透出一股極為隱晦的黑色。這個時間，天邊也有了極大的不同，她被夕陽的餘暉染得火紅，同時她也將太陽的強光盡數消滅，使得我的眼神可以肆無忌憚地將落日看飽。然後，我的目光又移到了街頭一家 7-11 上。這全是無意識的，偌大的街道，只有他的招牌燈算有特色──彩虹一般的霓虹燈。我看到的燈光不只幾米，彷彿我看花了眼似的，那道彩虹無限地延伸出去，好像在指示著什麼……

　　飛機帶著我複雜的心情再次起飛了。

　　我去臺灣的前夕，心中全是期待；到臺灣的起初，全是興奮。到了要回去的前夕，我心中全是歸家之情；可真正到了歸家飛機上，又全是對臺灣的留戀。

　　和來時相反，我分到了機窗邊，相對於同行者，我還能多看臺北一眼。在寶島的夜空裡看臺北，也極有風情──黃色為主的路燈，四通八達的交通，不斷流動車燈，甚至是轉瞬即逝的 101，都在這一刻融成了一體，像個漩渦，把人捲入。

　　這一眼，從起飛看到了入海。

　　入海後，一切只剩下無聊的航海燈、空曠的黑暗以及我的孤寂。除了睡覺，我想不到做任何事。我那排坐著的兩位同行者，一位已經睡了，另一位似乎在讀一本薩義德的書，也不便打擾。所以我也睡了。

　　直到來甜點時，我才醒來。

　　雖然量有點少，飛機上的東西都挺好吃的。

　　我第一次吃飛機上的食物和別人不一樣——並非在飛機上。

　　那是十幾年前的事了，原本這事被我忘得一乾二淨，我想也沒有人能夠苛責我，那時我不過才幾歲，記憶如碎紙屑，只待時間的風輕輕一吹，它就煙消雲散了。

　　它又像一壇埋藏土地裡，不斷發酵的老酒，十幾年過去了，當你把它挖出的時候，也更添香醇了。只是，對於不好酒的人而言，再香的酒也是苦澀的。

　　此刻我的記憶也許是被空姐遞過來的兩個飯盒喚醒了——

　　那是在家中。父親給我從飛機上帶下來的。那頓飯並不是中餐，而是一個漢堡，成人拳頭大小，裡面夾著的似乎是火腿，也可能是別的什麼，那一片碧綠色的生菜我倒還有點印象。還有一副塑膠刀叉，我想我那時只會把刀叉當玩具，我應該是直接用手捧起漢堡就開始啃吧？

　　我推算那時父親不過四十多歲，發福的肚子讓他看起來如一個水桶。而最近的某一天，我偶然看見了他最近的一張照片——白中帶黑的頭髮、乾癟的肚腩、略顯寬大的襯衣……

　　咽了一口點心，此刻已經完全嚐不出那是什麼滋味了，彷彿我的味覺隨著這份記憶一樣開始淡化，連自己瞳孔的焦距也有點不穩，只能依稀望見機翼上不斷閃爍的燈光。

　　我去臺灣的時候，父親剛好已經去新疆了。兒子為了學習，老子為了兒子學習。

　　他三十九歲生我，我今年也有二十一了。其實他早就退休了，可他偏偏放心不下我，不管我怎麼反對，他都閒不住在家。就像我出生的幾天，他也閒不住在家，去山東談生意。

此時我馬上就要離開寶島了。飛機的高度也上升到了極致，高空的寒意似乎向我襲來。

寒意還有點羞愧。

我的同行者，有不少給他父親帶東西的，其中有一個還邀請過我幫她父親選禮物。可對我來說，電話中的一句「不用了」便可以讓我冠冕堂皇的空手而歸。

那麼的有理！

我長嘆一聲，靜靜感受著來自寶島天空的最後一點餘溫。

小時候，我期待著長大，以為那時我便可以掙脫父母的管束，自由而活；長大後，我才知道，那不可能，自由之心早就被繫上了牽掛的繩索，只要你的心還在，你自然掙脫不了。

在父母身邊的時候，總是想出去看看；可真正出去了，腦海裡多是關於他們的畫面，就連電話也會習慣性的撥到他們，接通之後也不知該說些什麼。

一下飛機，我立刻開了手機，撥通我父親的號碼，接電話的是母親，她告訴我，父母剛剛從新疆開車回來，行了兩千多公里的路，旅途勞累，早已睡下。我此時能想像父親睡覺時的安詳，他大概將被子裹得很緊，鼾聲也似打雷一樣。

此刻，我終於知道 7-11 那道彩虹指的是什麼了。

我只能頓留一會兒，在空乘人員和同行者的催促下，我又拖著沉重的行李箱開始下一段旅程。

曠野上的風

# 莫負好時光

福建師範大學文學院本科 2013 級　林詩玲

　　靠在窗戶邊看書突然聽到窗外的鳳凰花簌地落地，一朵火紅的花就這樣平攤躺在地上，等待零落成泥輾作塵，唯有香如故的命運。實在太久沒有聽到花落的聲音了，或者說太久沒有這樣安心的坐下來了，我能再聽見鳳凰花落，臺灣之行功不可沒。

　　逐漸在乾枯的的鳳凰花氤氳的稀薄霧氣又讓我聞到臺灣的氣息，我又去翻開那些去臺灣的照片。我喜歡拍照，不是拍風景，不是遊客照，是拍一些讓我能在未來的時光裡一遍一遍的回想自己到底當初拍這樣的照片是為了什麼的照片。這些照片絕對沒有精湛的拍照技術和精密的單反，甚至有些照片非常模糊，純粹是作為我賴以回憶的工具。

　　第一張照片是臺北的街頭，那是剛從桃園機場上車就開始昏昏沉沉的睡，因為紅綠燈的閃閃爍爍而醒來所看到的景象。參差不齊的樓房但絕不失整潔，熙熙攘攘的人群卻在馬路上莫名的安靜，成排的自行車懶洋洋的倚靠在一起。臺北這座城市一下子把我拉回了童年裡，沒有摩天大樓，沒有交流道，沒有那麼多的汽車，只有滿滿的自行車鈴鐺聲在巷坊裡飄揚和還在籠子裡咕嚕咕嚕的蒸騰的包子瀰漫出來的霧氣，熟悉而又遙遠的記憶紛至沓來。拍下這個畫面的原因很簡單。它重現了那個在記憶中的故鄉，那個靜謐又古老的老街突然讓我莫名的寧靜，年輕的心突然不再躁動。

　　第二張照片是在臺師大女生宿舍的陽臺上，三個女生拿枕頭遮著臉面朝太陽愜意的聊天，在陽光灑滿的午後。中間那個女生的枕頭是黃色的海綿寶寶，其他兩個人枕頭圖紋看不太清楚，但是她們的笑聲一陣陣傳進我的耳裡爽朗而嬌俏，愜意地在懶洋洋的風中飄揚。

　　我最喜歡的一系列照片是在孔廟外的老年歌友會，三個中年大叔組成的樂隊唱著鄧麗君的成名曲，表情裡沒有取悅觀眾的欲望，只是閉著眼睛陶醉在自己的歌聲裡和那個久遠泛黃的年代。臺下年過八旬的阿婆坐在輪椅上，眼睛微閉，膝蓋上搭著紅藍毛毯，頭微微靠在輪椅的後背上，只有手指在扶手上有節奏的敲打，你才知道她是聽眾。穿著白背心的大伯隨著鄧麗君的《我只在乎你》節奏，拍掌、踩節拍、抖肩膀，這樣的律動感絕對不輸給這個年輕的站在旁邊的我。我總想著，他們今晚一定會夢見他們激揚青春裡的那些紅塵瀟灑，那些年少輕狂的悵然若失，那些得到的失去的但如今早已雲淡風輕的溫暖回憶。

　　這樣的場景不禁讓我想到在文學館裡的閱覽室裡，那個白髮蒼蒼端坐在座位上的挺拔背影，桌上放了兩三本書，似乎是遇到比較晦澀的句子，他扶著金色細邊的老花鏡，皺著眉頭一字一字在端詳。來來回回的參觀人群並沒有影響到他的專注力，腦子裡突然湧進蘇軾的「竹杖芒鞋輕勝馬，誰怕？一蓑風雨任平生。」

　　這裡面只有一張照片裡有我，是在臺灣的最後一天，我坐在赤坎樓的橫欄上閉著眼睛，讓風揚起我的頭髮和裙子，讓同行的朋友幫我拍的。這張照片在朋友看來主角是我，因為我是裡面唯一出現的人，並且苛求她反覆拍了很多次。但是其實我只是想要拍下被風吹散的嫋嫋白雲，湛藍的天，因為傍晚的涼風而揚起的頭髮，以及在我腳邊踱步的麻雀。我想要自己記住這個畫面，這個我還安靜的在享受的畫面。我怕時間太快，俗事太多，我會忘記這些一直存在卻一直被忽略的好時光。

　　還有一張唯一勉強稱得上是風景照的是拍了半截樹幹。相信我絕不是拍照技術，我只想拍那半截。那是在綠色隧道裡，陽光打在水面上映射到樹幹上的光斑和光線透過綠葉的縫隙打在樹幹上的交錯，隨著船的向前行駛而閃閃爍爍，那一瞬間我突然讀懂了古文裡的遊記散文中「靜影沉璧，浮光躍金」的美妙之處。那段盲盲目目的背書的日子，終於在這一刻豁然開朗。

　　窗外的鳳凰花又落了一朵，輕微的窸窣聲倒讓我有一點惆悵，是不是年老後，我會放一張 CD，可能是我年少時特別迷戀的歌曲，然後躺在搖椅上慢慢回憶那些青春年少，紅塵往事，就像孔廟外的那些老人們，有夢來會。

　　木心說從前的日色變得慢，車、馬、郵都慢，一生只夠愛一個人。我想從前慢，所以我總會記得要去窗戶邊看看鳳凰花開了嗎，總會記得太陽幾點鐘開始傾斜，隨著年年歲歲歲歲年年，真真是人面不知何處去，桃花依舊笑春風。在越來越粗狂的生活裡，忘記平淡生活裡最淳樸的樂趣，忘記生活最純粹的面目，忘記了斑駁樹影也有芳華光彩，年華逝去也有存在的樂趣，忘記曬枕頭的時候也可以談笑風生，忘記只要藍天白雲就會有值得愉悅的意義。

　　合上臺灣之行的相冊，我突然想我應該去給它打一個標籤做題目，叫做「莫負好時光」。所以我起身去做了。

# 落花無言，人淡如菊

福建師範大學文學院本科 2012 級　呂東旭

　　第一次去寶島臺灣，心中帶著許多欣喜。由於要趕早班飛機，略顯疲倦，在飛機上小憩了一會，突然，旁邊有人驚嘆道「好美」。微微睜眼，窗外的雲層疏密翻捲、儀態大方，下面是一望無際的海的藍，加上層層疊疊的白，交相輝映，這種未曾見過的澄澈明淨之美給人以浮想聯翩，對此次臺灣之行也充滿了期待。

　　臺北幾日，偶有閒逛，在誠品書店裡隨手翻閱，因為對於詩歌情有獨鍾，便拿起幾本細看。尤其當讀到臺灣著名詩人蕭蕭的《夜讀詩品》：「翻開的詩品／偶爾透露林間微微天光／想起十二年前／山上的夜晚／小小的雨落在窗口／我開始吟誦四言詩／一片落葉隨風飄進書裡／靜靜依著：人淡如菊／那情景就像小小的雨／落在窗口」，這首短詩，一下子便觸動了內心，想起少年的自己，拿著唐詩三百首，吟唱起來，也曾陶醉不已。然而，此處的「人淡如菊」境界該是多麼平和通透。正巧，幾天後在臺北市立大學聽到蕭蕭老師的一場叫做「字的奈米與文學想像」的講座，他從字的構造對詩的理解和想像加以闡發，在細微處去理解生活，流露出詩者的閒適與超脫。尤其是說到他曾經創作的一首詩，題目叫《世紀末的臺北人》，然而內容卻自有一個字「忙」。也許是忙碌、茫然、盲目、迷惘，但總歸是處於時間空間的末端，無依無措。

　　然而，茫然的僅僅是臺北人嗎？

　　我想起了曾經百讀不厭的白先勇《臺北人》小說系列，小說中的臺北人朝思暮想遠在大陸的親人，懷戀往日的輝煌與風光，在今不如昔的對比中形成一股濃郁的獨特的「大陸情結」。時間距離的不斷拉開，歷史變動逐漸趨於淡化，命運感嘆已不再那麼沉重，那種「玉戶簾中卷不去，擣衣砧上拂還來」的「大陸情結」在逐漸變得深刻、明瞭。然而白先勇筆下的「臺北人」流露出來的情感並不迷茫，他們幾乎一致是對故園的無限追憶，他們在夾縫中的生存困境、身份認同的危機意識，都如菊花的品性般執著平和。走在臺北的街上，我仍想找尋桂林榮記的米粉店，嚐一嚐人間的酸甜苦辣，世途的百般滄桑。

　　數天後，在臺灣文學館，正好推出「澎湖文學展」，我對於澎湖文學是比較陌生的，於是便細細觀看。很多作品充滿海洋、風、藍天等海島生活文學，有意無意地充斥著一種浪漫的情調，隨性率真，自由抒發。突然，一位頭髮發白的老人回頭問我，是不是大陸人？我點點頭。

　　他問我是否會臺語，我搖搖頭，表示不會。但我告訴他，我旁邊的和我同行的同學是閩南人，應該會。於是，他們就用閩南語彼此交流，問著對方各種各樣的問題。我雖然聽不懂，可是從他的眼睛裡可以看出那種熱情以及渴望。

　　他問我是哪裡人？我告訴他，是安徽的。

　　他很好奇，是不是有一座什麼歸來不看嶽的黃山。

　　我很驚喜，告訴他是「五嶽歸來不見山，黃山歸來不看嶽」，問他是否去過黃山。他說沒有，只不過經常翻閱雜誌，他很想出去走走，去大陸看看，只不過現在年紀大了，走不動了，家就在附近，但經常來文學館裡走走，經常在這裡遇見大陸人，可以談一談，也是件很不錯的事情。

　　他突然問我懂不懂成語，我點點頭。

　　他要說個成語給我猜：「一個少女坐在馬桶上吃饅頭，打一個成語。」

　　我猜了幾次都是錯的，他已迫不及待說出了答案：含苞待放。

　　他發覺和我同行的女同學的臉變紅了，立馬解釋道：「這其實就是我們這邊學生常開的玩笑，不要見怪啊！」

　　我們都莞爾一笑。哪裡會見怪呢？在異鄉，一番菊香般樸實平淡的話語，沁人心脾。此時，我們是「待到重陽日，還來就菊花」的故人，許久未見，當如此親切，沒有距離。

　　整個行程中，印象最深的在全臺首府的孔廟，剛一進門，便迎面飄來「給我一個空間，沒有人走過，感覺到自己被冷落／給我一段時間，沒有人曾經愛過，再一次體會寂寞……」的歌聲，幾個街頭音樂的愛好者在孔廟裡的廣場上演唱，下面是滿滿的聽眾。我也被深深吸引，於是便走向後排。大家有的坐在草坪上，有的坐在大石頭上，唯獨我身旁的一位中年女士，拄著雙拐，腳底露出假肢，站在那裡。我一扭頭，看見她正衝我微笑。我便和她聊了起來。據她所說，她每週都會抽一個下午來這邊聽音樂，放鬆一下，她已堅持了好多年。前幾年因為車禍，失去了雙腿，因為她受不了周圍人的眼光以及這種痛苦，曾有過輕生的念頭。某一個下午，她獨自一人路過這裡，聽到這群音樂愛好者激情地唱著張雨生的《我的未來不是夢》：「因為我不在乎／別人怎麼說／我從來沒有忘記我／對自己的承諾／對愛的執著」，當時她的內心就受到了震撼，從那以後，她學會了要微笑地去面對生活，整個人漸漸變得開朗起來。現在，她並不覺得自己有什麼和別人不同。

　　聊了許久，臨別時，我看她依舊站立在那裡，恰似深秋之菊傲立於風霜之中。在人生中，我們如花如草，看著歲月的風塵從自己身上走過，難免會經秋霜洗禮，最終，一如那無言的花開花落，重歸於

塵，重歸於土，便不再懼怕青春的易逝，生命的消融。落花無言，留香陣陣，以淡定從容的態度去接受磨難、面對人生。這是我此行學到的最珍貴的一課。

坐上飛機返程，已是夜晚，整個臺北燈火輝煌，繁華依舊。飛行了不久，便只剩下黑漆漆茫茫然一片。也是這樣的夜色，我曾站在海邊，望著浩瀚無際的黑暗，無數的渺小的恐懼一次次侵襲而來。如今身處夜空中，也是如此，無所歸依。落花無言，人淡如菊，此種平和淡泊的境界，該如何才能到達？或許還有很長的路要去找尋。

# 臺北夢

福建師範大學文學院本科 2012 級　黃如燕

臺北不是我夢中的樣子。

看到它，就彷彿看見了自己的家鄉，熟悉異常，毫不神秘、新鮮。

破舊低矮的民居，靜靜地躺在那裡，像一個垂暮的老人，久經風霜，淒涼孤寂，早已沒有了活力與激情。四、五層的樓高，在十幾層的現代公寓面前，顯得那麼卑微、渺小，就像被一拳揍倒的、伏在地上喘息的可憐人；脫落的牆壁、舊米白色的牆體外觀，就似我小時候住的老房子，充滿了樟腦丸的味道，隨著天長日久，散發著分明的記憶；而那飛揚的屋頂更是與家中的屋頂如出一轍，甚至連飛揚的弧度都是一模一樣的。讓人只覺是上世紀末農村的建築，不精緻、漂亮，與臺北市格格不入，連虛應個景兒的資格都沒有。

沒有咖啡的濃郁香味，只有從石縫中滲透出來的淡淡的陳舊的木頭味道。

但有時，第一印象往往是錯誤的，是被表面掩蓋的虛假。

一天，我和同學出去逛街，當時他手裡拿著一瓶空的水果汁的瓶子，瓶子是厚紙板做成的，形狀就像一間房子，很可愛。他想扔，卻又找不到垃圾桶，只能四處搜尋。瓶子在他手心煩躁地挪動，盈握瓶身，虛握瓶口，最後乾脆兩指捏住瓶口處似屋脊一般的突起處。瓶身已是汗蹭蹭，垃圾桶卻始終不肯現身。炎熱的天氣，雙腳已是痠疼不堪，不禁猜忖，偌大的臺北市，難道竟無一個垃圾桶？我們悻悻地

拎著垃圾滿街跑。終於在一個陰暗的小角落裡看到了一個垃圾桶，讓瓶子回了家。

說實在的，我一度想勸同學隨手一丟，甚至想可能大家都是如此的。然而事實並非如此，雖然街上幾乎沒有垃圾桶，街道、馬路還是那麼乾淨整潔，沒有一張小紙條，沒有一個菸屁股，沒有一個空飲料瓶！乾淨得就像自己家中的大廳一樣。

為什麼垃圾桶的大量減少卻比大量設置效果更好呢？

其實，垃圾桶的存在是為了規範人們扔垃圾的行為、培養環保的意識，並非只是為存放垃圾。如果人人都能夠自覺保護環境，有意識地減少垃圾的製造，那垃圾桶也就沒有存在的必要了。沒有垃圾桶勝過設置垃圾桶。

我不禁想到午餐時吃便當的情形。吃完便當後，迷迷糊糊地跟隨眾人排隊扔垃圾。便當盒子、蓋子以及剩飯剩菜都是分開扔的，一個垃圾箱對應一種物品，一切都很分明。可以說，垃圾分類的意識已經滲透到他們的每一個細胞中，貫穿到他們的日常生活中了。有形的制度容易遵守，無形的意識卻很難形成，它需要環境的渲染、需要時光的打磨、需要心靈的沉澱。一個小小的表現，但跨越的卻是大大的一段時光。

懷著一絲敬意，我抬頭仰望四周。

夕陽西下，紅霞滿天，一束束金光像細膩的金沙，柔柔地鋪在房頂上，為房屋蓋上一層溫暖的觸感，幽幽地散發著寧靜的香味。一排排排列整齊的樹木，褐色的枝幹，金綠色的葉子，緩緩閃著的暈圈，與舊建築互相映襯，一舊一新，卻是一幅和諧的人與自然的圖景，樹為房增添閒適、古意，房為樹注入了活力、動感，一樹一房，彰顯了和諧的真諦，顯示了人文的魅力。

這矮房，不是拉低了城市的高度，不是扯舊了城市的新衣，不

是擺低了城市的定位，反而是在為臺北注入傳統文化的內涵，保留歷史車輪的轍痕，保存時光夾縫中的酸甜苦辣，讓我們能在時間流淌中，探尋遙遠的過去、品味一壺茶、一把椅子的生活。

然而，現今，千篇一律的摩天大樓，乏味可陳的城市面貌已逐漸取代特色的古老建築。人們走在現代化的道路上，熱衷於建造「高可摘星辰」的大廈，熱衷於修築統一整潔的公寓，以為那才是城市文明的標誌、才是城市魅力的所在。殊不知，早在盲目中遺失了獨屬於自己的那一份特色。公寓可以被複製，高樓可以被複製，但古建築又怎麼才能再現呢？

現代化，是要有辨識度的現代化，是要有自己傳統文化的現代化，而非製造機械、冰冷的複製品。

餘暉下，那房，那樹，那路，漸漸明亮起來。

曠野上的風

# 臺灣你好，我是攝影師

福建師範大學文學院本科 2013 級　林詩涵

　　這是我第一次來到臺灣，也是我第一次擔當攝影師，有經驗的學姐跟我說，照片要拍得好，要善於找角度，角度找好了，拍出來的照片也差不到哪裡去。於是在臺灣的這一週裡，我帶著初當攝影師的喜悅與惶恐，抱著照相機，尋找各種各樣的角度，記錄我看到的臺灣。

　　第一天參觀松山文化創意園，我和同行的幾位同學趁著空閒閒逛了旁邊的誠品生活館，可能是我胸前掛著單反照相機太過惹眼了，店員和其他客人在活動的同時都下意識地多看了我幾眼。路過一家衣服鋪，我瞥見一個男生雙手抱胸站得筆直地靠在櫃檯前，戴著米色編織草帽，穿著白 T 恤，露出認真而頑皮的模樣。我情不自禁地拿起相機將他捕捉進我的鏡頭裡。

　　「你在拍我嗎？」察覺我的動作，男生衝著我笑著問。

　　「誒你看，她是在拍我嗎？」似乎有點害羞，他又轉頭問了一句坐在櫃檯內的另一位店員，一手笑著指了指自己，一臉搞怪的表情。

　　「對呀，我在拍你。」我被他的反應逗樂，又按下快門。

　　得到我肯定回答後他不好意思地理了理帽子，抬起頭又衝我一笑。我一詫異，心裡覺得暖暖的，抬起相機又是一張。

　　其實就那幾分鐘的交集，如果沒有照片，我並不能記得清那個男生的完整模樣，只是那一個微笑讓我突然對未來的旅行有了更多的期待和歡喜，它是對一個莽撞女孩的寬容和善待，也是對一個異鄉人的接納與友好。

在臺灣的第二天，是與臺灣師生的座談交流會。我與同行的學姐負責全程的攝影記錄，說實話我們並沒有多少時間去參與這場互動，但也是「局外人」的特殊角色，讓我對這次相遇有了別樣的感受。那時熊貓學長正在發表自己對「網路文學」的看法，我抬著單反蹲在學長的斜前方等候按快門的最佳時期，無奈怎麼照，會議廳的天花板都在鏡頭裡留下一大片醜陋的白光，我有點懊惱，放下相機的那一瞬間卻看到坐在學長旁邊的臺灣同學往後側著身子一臉專注地看著他，帶著些許小心翼翼的好奇，時而點頭，時而皺眉。雖然在來臺之前已經做了些功課，但前一天晚上我們還是擔心隔天的交流會會出現隔閡與尷尬，我和室友捧著手機趴在床上一遍又一遍找資料，看著密密麻麻的筆記來增加自己的自信心。或許是一直憋著的緊張和不安終於找到了安撫的出口，拿著相機的我眼眶有些濕熱。你我惴惴不安地在一道未知的門前等待了遙遠的漫長，我們憧憬，我們慌張，而門最終打開之時，迎來的是期待中笑靨與肯定，那種感覺，好像萬花在天地間一夜綻放，漫天的星星一齊朝著你眨眼睛。

在臺北停留了三天，我們在第四天啟程前往臺中。歸還飯店房間鑰匙時櫃員衝著我甜甜地說了一聲謝謝，我一時衝動竟脫口而出：「我可以拍你嗎？」櫃員小姐猶豫了一下問了旁邊的經理，小聲地說了一聲：「是客人。」得到允許後她微笑地向我點了點頭，鏡頭中的她有點拘謹，卻笑得很好看。拍完照後她又說了聲謝謝，「玩得愉快喔。」臺灣讓我非常喜歡的一個地方就是她的「謝謝」文化，去 7-11 買東西，店員找你零錢時會跟你說謝謝；去餐館用餐時，服務員會因為你隨手遞上盤子而說謝謝；甚至走在路上時，路人會因為你的讓路跟你說謝謝。初到時覺得莫名，習慣了之後對這個島嶼愈發喜歡了起來。謝謝光臨，謝謝喜歡，謝謝原諒，謝謝謝謝。人與人之間的距離就這麼一點點拉近。

　　我的相機裡存著很多臺灣的街景，因為在臺北待得久，照片也多。臺北是個繁華的城市，但她的繁華裡少有刺耳的喧鬧和碰撞，在我的鏡頭裡，臺北的繁華是賣鯛魚燒小哥笑時露出的白牙，是拾金不昧的叔叔送還失物時的揮手。可能由於歷史的關係，臺北的每個人似乎都在自己的天地裡無聲地忙碌著，所以有時候走在路上，我會覺得這裡並不像城市。然而臺灣人也保留了亞熱帶島嶼熱情開放的性情，計程車司機向我們侃起他的西安之旅，一起交流的女生跟我們說那裡有一家非常棒的周邊店，每一個知道是來自遠方的客人，都笑著跟我們說，要玩得開心喔。

　　去日月潭的那天下午天下起了雨，雨實在太大，我和同行的夥伴乾脆放棄了奔跑，反是悠閒地在雨中散起步來。落雨中的日月潭竟別有一番風味。山山水水籠罩在一片迷濛的煙霧當中，觀光船都靠了岸，在岸邊浮浮沉沉搖晃著。山風夾著雨水拂在人的臉上，讓人連髮絲都涼快了起來。鏡頭中的大伙已經走到停車場了，大家都是一身狼狽的模樣，相互取笑著也忍不住笑起自己來。坐在車內不知是誰又搞怪地唱起《雨水我問你》，惹出一串呼啦啦的笑聲。路上的田間風光美得讓人迷戀，從車窗外劃過的每一幀我都想裱成框裝進行李箱帶回大陸。

　　離開臺灣的那天早上，我們從臺南坐車趕回臺北。車子穿過一個又一個長隧道，車內昏暗的光線下，一群人都在補過去幾天睡不夠的覺，明明天未亮就醒來，我卻異常的清醒。也許是太過安靜，要離去的意識忽然之間變得格外的濃烈，我從背包裡掏出單反，朝著車內悄悄地按了一下快門，因為沒有開閃光燈的緣故，顯示出來的照片是一片黑暗，我靠在座椅上，不知怎麼就哭了。

　　七月二十六日晚上九點四十，我們在松山機場乘坐飛機返回福州，那天臺灣交流的同學託萬卷圖書的小張老師給我們每個人送了一

張明信片，何導在分發的時候說我的明信片是特別的，因為背後寫著名字。我將明信片往後一翻，卡片的第一行寫著：你好，攝影女孩兒。飛機在空中的失重感還像來時那麼熟悉，悶悶的，漲漲的，周圍人的說話聲也變成了簡單的張口閉合，像一場夢在夢醒之前的那種迴旋湧動。

# 臺灣印象

福建師範大學文學院本科 2012 級　林杉

　　之前，對於臺灣的印象總停留在余光中和三毛以及那些經典的歌曲上。《鄉愁》的情思讓人不禁對這個神秘的島嶼產生無比神往的情愫。「我在這頭，你在那頭」，相見不如懷念。因此，心中遐想的臺灣，像在海上的一幅油畫，疏離而又嚮往。

　　直至飛機降臨臺北桃園機場，我才真切的感受到了臺北的風情。想像中的臺北，應該是如同我所到過的其他國際大都市一樣，擁擠的街道，比肩接踵的人，人頭攢動，行色匆匆的人，漠然的表情，少了些從容和淡定。然而，臺灣顯然不是如此，一下飛機便是入境處安檢人員那清風拂面般的柔軟語調，帶有閩南語特有的甜膩馨香，機場裡僅有寥寥幾聲行李箱輪子滾動的聲音，行人之間細聲細語的交談，整潔乾淨的地面，空氣中浮動著隱約的香氛。行車在臺北的街道上，道路兩旁的建築多是古舊暗淡的顏色，路面上有車輪一日復一日磨損的印記，都是歲月洗禮的印痕，臺北市政府並沒有像大陸大部分城市一樣，定期對建築物的外觀進行修繕，而是令其保持原有的風貌，來見證時間的流逝，橫縱相交的街道上浮動著懷舊的意味。

　　是啊，不經意間，懷舊的風吹開了書齋的窗簾。我們來不及穿破心愛的牛仔褲，來不及將初戀情人的信箋藏入某一隱秘的角落，甚至，縱情郊外的照片還沒有來得及洗印，換乘渡船的那張船票還殘留著鹹鹹的手汗，已經有人在傷感地說：當我們年輕的時候……

　　懷舊，實在要算是一種有品味的時髦，也是許多人都樂意接受的時髦。它的外表往往並不浮誇，也不輕飄，如一塊沉沉的璞玉，是渾然天成而有質感的。一直以為，能將懷舊心語破譯、詮釋並傳播得最精彩的樂章，莫過於白先勇筆下的金大班，一個韶華已逝的滄桑舞娘，燃一支香菸，不動聲色地看世事變遷，煙視媚行。

　　或許是因為舊日風情的神秘，或許是因為閱盡滄桑的沉靜，或許是因為它的存在與都市的喧囂、誇張著一種無言的抗爭，許多人對這種另類的「素面朝天」一見傾心。復古情調的咖啡館、酒吧、茶坊，開了一家又一家，林林總總。很簡單、很平實的裝修，家具、陳設都仿著民國時期的家居格調，有縫著布紐扣的藍印花布服飾、獨具夢幻色彩的東方燭臺、玲瓏有致的俏皮麻花瓣。徜徉其間，那四處瀰漫著的絲絲縷縷的懷舊氣息，像及了細長的棉線，稍不留意便會被纏上，密密地心頭繞成一個結。

　　懷舊，好像一種無聲的電波，在城市的上空交叉穿行，它還好像是無形的浮雲，籠罩著城市，隨時準備下起一場古樸的雨，而且它還是春日裡細密綿長的雨，雖不猛烈，卻把空氣都浸濕了，這種空氣多徘徊在臺北低矮的建築中，而環繞著臺北 101 的空氣，則是比較爽身明澈，像秋日的空氣，這是臺北時尚現代的代表。在臺北的每一個角落，都可以看見 101 那高聳入雲、欲直穿天穹的塔尖，外形宛若勁竹節節高升、柔韌有餘，象徵生生不息的中國傳統建築意涵，以中國人的吉祥數位「八」（「發」的諧音），作為設計單元每八層樓為一個結構單元，彼此接續、層層相疊，構築整體，在外觀上形成有節奏的律動美感，舉頭仰望，藍色的玻璃幕牆與臺北清透的天空渾然一體，在陽光的照射下，閃爍著點點星光，像個神話中的天神，君臨萬方，它的尖頂如同一隻高抬的巨臂，在天空裡前後左右的發號施令。正方對稱的建築外形，使它多了一分穩重厚實，在高度上雖一枝獨秀、遺

世而獨立，但卻與周遭的環境完全融合，現代與傳統在充滿東方韻味的設計中融合。臺北，在追求與時俱進的同時仍不忘保守初心。

行走，其實是關於你在什麼樣的年紀站在哪裡，遇見過什麼樣的人，你的感覺、想法，你關心和發現的新東西，你和別人的生活方式、觀念的排列，你和未知世界的對話，你對自己內心的發問。所有這些，需要我們帶著真摯去尋找，不管旅途還是人生，收穫一定很多。

# 北投溫泉

福建師範大學文學院助教 吳青科

　　初來臺北，腳板剛離開巴士，還未觸及到屋簷下的地板，就在巴士與屋簷之前，臺北上空的雨零星地跌落在身上，孤零無依的雨滴如同往事。爐香悵惘地望了望夢幻的灰色天空，而後，將目光轉向繁華的街景。人生書局、永安珠寶、桂花茶莊……爐香將頭頂的看板逐一認真地看過去，直到看不清方才甘休。

　　滿懷心事，爐香走馬觀花似地先後遊賞了幾處地方，試圖以此消散內心的愁緒。一程下來，卻未留下多少印象，腦海裡唯獨對瑣碎之物印象深刻，宛若無意間零落肩頭的雨滴，深深烙印在內心。甚至，即便只是隨意地流覽一眼，他卻將北投溫泉室內方柱上面的詩詞，以及屋簷處安靜懸掛的紅紙燈籠銘記於心。

　　正值炎夏時節，通過走廊上的窗簾縫隙，爐香隱約望見外面稀疏栽種著數株櫻樹，有碗口粗大小，滿樹唯有密密麻麻的綠葉。望著單調的櫻樹，爐香腦海裡呈現出的卻是一派絢麗繽紛的櫻花盛開的情景，幾乎聞賞到拂面而來的花香。

　　「那就是一慣受人讚美的八重櫻吧！」爐香陶醉地自言自語道，登時雙目熱淚盈眶。陶醉的程度，似乎有人在那樹影背後，要與他答話似的。與此同時，隱約從繁密的花簇中看到自己可憐楚楚的身影，隨即忍不住低下頭去。

　　離開時，爐香再次將目光投向懸掛在屋簷下的紅紙燈籠，格外羨慕起安靜的燈籠來。心想，若能如這燈籠靜置起來，不思不想，該

有多好啊……由於過於關注，爐香將燈籠身腰處，黑底白字的「北投溫泉」四個暢快的行書看得格外入透，甚至覺得那四個字也比自己樂觀開朗許多了。

腳步剛踏到覆蓋著灰色小瓦的屋簷外的瞬間，犀利的日光將腦中大部分思緒滌蕩乾淨，令爐香有種恍如隔世之感。他在屋簷外數米處停下了腳步，回身望到從屋簷右邊上空橫著枝椏的一棵碩大的櫻樹，枝椏如同一隻寬大有力的手臂安靜地遮護著門庭。

爐香想起，多年以前，自己曾和玉娟一同來這裡遊覽，也曾在門庭入口留意到那棵大櫻樹。雖然同是重疊婆娑的綠蔭，不同的是，那次卻是傍晚時分，屋簷下的兩只小燈籠已經放出琥珀色的溫暖的柔光。伴隨著燈光，橫斜而過的樹枝發出窸窣悅耳的鳴響。

那時，兩人還只是懵懂無知的少年，相識不久，爐香便帶著玉娟前往北投溫泉遊覽。性情恬靜的玉娟，面帶沉默而穩重的神情答應了他。

由於內心的興奮，爐香歡快而忘形地率先跑進門廊，在門庭入口匆忙換過鞋子，躲進了帶有鏤空格子的拉門裡去了。玉娟如同拂過櫻樹的清風，穿著美麗典雅的長裙，邁著碎步，拘謹地一點一點挪步到門廊裡，施過粉的俊俏的瓜子臉仍舊一副恬靜和憂鬱，稍稍低頷著手，給人不易親近之感。

來到門廊裡，或是受了平時演戲動作的影響，玉娟的一雙玲瓏小腳先是輕輕併攏、站穩，而後將合在腹前的纖手輕輕鬆開，輕盈而安靜地俯下身軀，埋頭專注地解起鞋帶來，仔細、認真的程度不亞於唱戲時的一顰一笑……

心花怒放的爐香，獨自默默站立在拉門背後的陰影裡，隔著拉門上的鏤空格子，癡迷地凝望著玉娟的一切，不知不覺已靈魂出竅了。

　　玉娟先解開右腳面的鞋帶，將袖珍的小腳從鞋口輕輕退了出來，落在光潔的木質地板上。其間，一頭復古的日式盤髮，在光照的映襯中散發出一縷油亮烏黑的光彩，令爐香不由得呼吸急促起來，生怕整潔的髮髻一不小心會凌亂似的。

　　透過鏤空格子，爐香的眸光被玉娟濃密的烏髮牢牢地牽絆住，沉溺於一望無垠的烏黑的海洋。就在玉娟俯下身之際，厚密的髮髻以及側邊的大紅髮髻卻將她瘦削白淨的臉頰遮擋得嚴嚴實實。由於看不到她臉部的神情，爐香不由得心生怨惱，但又不敢觸動拉門上的方格子。

　　玉娟換好一雙右近木屐，便稍顯匆匆地走過拉門，發現爐香正悄然站在旁邊。兩人只是會了會眼神，便沿著鋪滿榻榻米的十幾鋪席大的廳堂旁的走廊，不約而同卻又漫無目的地向前走去。

　　玉娟仍舊一臉冷漠，給人不易接近之感，如若孤獨的一個人。爐香被內心如此的感受拖慢了腳步，眼睜睜看到玉娟邁著橐橐的碎步獨自前行而去。或是換了木屐的緣故，或是換了髮髻的緣故，爐香清晰地察覺到玉娟身上新生的嫵媚。唯一不變的，仍舊是她那俊俏的臉頰上的冷漠與憂鬱，爐香終於忍不住在身後以此打趣她道。

　　玉娟妹妹……你現在的髮髻與這裡的景色很搭配呀！突然聽到爐香如此說道，玉娟不禁放緩腳步，略回過頭說道，哦，是嗎。繼又回過頭去。在爐香聽來，她也只是隨便一答，並無絲毫好奇之意。然而，爐香心頭仍舊抹不掉剛才的情景，玉娟埋首換鞋的模樣，濃密的秀髮彷彿透出無盡的孤獨與哀怨。或是為了撫慰自己傷感的情緒，爐香接著打趣她道。

　　玉娟妹妹，你好像很少穿這種優雅的木屐吧……印象中，只記得你常穿大舞姬木屐。哦，這有什麼奇怪的，那是演戲需要嘛。這次，玉娟反倒以格外坦然的語氣回答爐香。走過一段靜謐的走廊，兩

人在拐角處的廊簷下停了下來。曾經令人格外神往的那棵櫻樹再次浮現眼前，同樣引起了玉娟的注意。她將顯得迷離的眸光投向繁茂的樹冠，陷入深思。

不曾賞到它開花時的情景……不過，想必那時定是很美的呀！玉娟旁若無人地言語道……

北投溫泉，爐香望著那棵繁茂的櫻樹，不禁想起櫻花盛開的季節，同時想起了嫵媚而憂鬱的玉娟……

# 孟婆湯

福建師範大學文學院本科 2013 級　陳水源

一

　　清人沈起鳳的《諧鐸》[1]卷八曾載一故事：葛生家貧，因戀妓女蘭蕊之妹玉蕊且與玉蕊有嚙臂盟，蘭蕊以私金贈葛生，後蘭蕊病瘵死，葛生願乖氣結，遂以情死。後至孟婆處，幸托孟婆為寇夫人上壽，蘭蕊暫司杯杓，因感葛生之情，令勿飲迷湯，反飲元寶湯，導生出棚，指引歸路。葛生因之得聘玉蕊而歸。

　　幾次，我從觀光大巴的最後一排驚醒，夢中，我在大陸，所有的波濤洶湧、跌宕起伏一時滾滾而來，我在當中沉溺。醒來的時候，總是能夠遇見陽光從最後一個車窗照進來，曬黑我的雙腳。它問我，夢中可好，我答，甚善，此時才幡然醒悟，我在臺灣的土地上。我一直懷疑，我是否是一個僥倖逃過孟婆湯的洗滌，隻身一人在臺灣的某輛大巴上沉睡的植物人，偶爾的清醒很快又轉入前一晚熬夜的倦怠中。

　　我相信我是那個幸運的人。

　　兩年前，我剛來臺灣，住在高雄一座山上，從山上可以看見臺南的夜景。屋子是上世紀六十年代帶著華僑味道的建築，泛黃的白牆、西式花紋的石膏線、墨綠色的開合式窗子、貼著碎花馬賽克的牆

---

[1]　沈起鳳：《諧鐸》（北京：人民文學出版社，2006 年）。

體、鋪在地上的閩南特色花磚，瞬間，前世的記憶彷彿被喚醒，我恍惚地認出某間幽深的房間的盡頭家具的擺放位置，有人正穿過房間，繞過時間的關隘，哀怨地看著我。我彷彿成了時間的棄兒，我是上世紀八十年代的遺孩。

那天，當我用銀白色的鑰匙，打開國王大飯店泛黃的房門時，一下子找不到燈的開關，踉踉蹌蹌奔到床頭，恰好摸到床頭櫃上的按鈕，燈亮了，音樂也跟著響起來。我又醒了。我從那間屋子醒來，上世紀八十年代的我遇上了二十一世紀的我。酒店的房間裡有一面大鏡子，映襯著鏡子裡的我和現實中的我，我看見了他，他看見了我。我們四目對視，面面相覷中，我看見了家鄉的閩南大厝偏房裡那個望著牆上衣櫃的孩童。我眷戀著老屋的童年，同時也恐慌著八十年代的神秘──因為在九十年代，我還只是一個孩童。

國王大飯店的大鏡子上方，是個老式掛燈，據說是臺灣日治時期的遺物，鏡子的邊緣，是上世紀老式鏡子的標配雙紋邊框，床旁的立式檯燈還是拉線的，曲曲折折的電源線接到了一個老式的雙孔插頭。難怪第一腳踏入，就感覺回到童年，但周圍的裝扮又與現代合情合理，我在未知的恐慌中尋找答案，興奮又忐忑。

夜晚我踏出國王大飯店的自動門，瞬間又被現代的繁華所吞噬，臺北的繁華，儼然已經消失了兩年前給我的新鮮感，夜晚四處是耀眼的燈光，夜市的嘈雜淹沒了上世紀八十年代寂靜的月夜，機車呼嘯而過，拖曳著臺北原本緩慢的節奏，時間開始快起來了。我抖了一下身子，這才在微風中徹底清醒過來，哦，這是二〇一六年的臺北。

二

臺灣人還是一貫地好客，一如上世紀八十年代的閩南人，帶著閩南語口音的國語，聽著格外親切。我嘗試著用閩南語跟他們交流，

卻總覺得自己的口音裡少了點味道，反而多了普通話的腔調和表達，我是一個來自上世紀八十年代的不會講方言的二十一世紀人。而今，讓我做一個徹徹底底的原鄉人：「我不知影今嘛通不通甲恁鬥陣過來講一遍臺語，嘛不知你甘聽有？」[2]

少了薩克斯風和電音的閩南語歌，彷彿失去了靈魂，鄉音的轉型出現了新的契機，閩南語的浪潮消褪之後，許多臺灣音樂人還在為著餘波努力，而我卻再沒聽見上世紀八十年代的那個我的心聲，我在大巴上睡得死氣沉沉。

那天夜晚，好客的臺灣人灌醉了幾個大陸人，清醒的我在房間門口跟酒店的服務員聊天，窸窸窣窣的臺語在我踉踉蹌蹌的聽力中，逐漸呈現童年的模樣，像極了九十年代臺灣電視劇裡的聲音——我在青年遇上了童年。相對昏暗的樓道，連接著電梯，電梯口是一架老式的擺鐘式時鐘，黑色古羅馬的數字鑲嵌在白色錶盤上，棕紅色的木質外殼上是歐式的傳統花紋，光滑的鐘擺像催眠的懷錶，迷晃了我的神智。我在這裡住了三天，卻一次也沒有聽見它的聲音。它在躲避著我，也催促著我往歷史的隧道走，我家老宅也有這樣一個鐘，縮小的那種，放在案桌上，我很少聽過它響，它們就像是兩個時空的交集，我在時空的邊緣看著兩個擺鐘諧振。晃晃悠悠，一頭是繁華的臺北街頭，一頭是鋪滿閩南花磚的老宅。五十八度的金門高粱後勁很足，我在房間的椅子上晃動著沉重的頭殼。

兩天後往臺中方向的大巴上，我聽到了久違的薩克斯風，是一些閩南語歌的經典曲目，這一次，我醒著。窗外，平整的稻田包圍著高壓電線架，嫩綠色和翠綠色的禾苗呈方塊分布，稻田上似乎是我的

---

[2] 閩南話——我不知道如今可不可以跟你們再一起講一遍臺語，也不知道你聽不聽得懂？

祖輩在舀水，我跟弟弟在水渠的下游嬉戲。我在車窗內看著他們，車子疾行，窗口的我像動物園裡的觀光遊客，目不轉睛地看著他們，他們抬頭，卻沒有看到車子駛過。

孟婆是深諳人事的，所以無論如何也不願讓人釐清過往與未來。現今，我躲過了孟婆的迷湯，卻沒有躲過記憶的捉弄。在這的一座城，保不定是過去時空的另一座城，幸運的我在這裡偶然遇見過去的自己。

## 三

究竟是城忘了人，還是人忘了城？

臺中、南投、埔里……柏油路與路旁的矮房交錯搭配，碩大的廣告牌從路的兩旁探出頭來，死死勾住我的魂靈，豐腴的顏體字像寬大的膠帶，死死地把我貼在上個世紀的九十年代。閩南騎樓建築擋住了夕陽的餘暉，各店鋪的家什盡情展現在騎樓下，騎樓上的窗戶還盡是木頭的開合窗，電線在一些窗戶前交錯。我又看見，在街旁的鞋店裡，母親在與人殺價，舊的街道路口，簡體字的老標語依舊異樣清晰，發黑的瓦片似乎會隨時從屋頂滑落砸醒我這個昏昏沉沉的時光遊客。

我逐漸感到愧疚，我對不起老舊的同安城[3]，對不起南投與埔里。

孟婆的白瓷碗等了很多人，一個暗自慶幸的我在奈何橋頭貪了杯，時睡時醒，寫這篇文章的我，大巴上最後排的我，猶如莊周夢蝶，分不清此身何在。我徹徹底底把八、九十年代給無情拋棄了，時間纔是最要命的迷魂湯，我在臺灣遇見了過往。我在臺灣上演了一場

---

[3] 同安城：尤指福建省廈門市同安區三秀路附近的老城區。

似情人，卻認錯人的苦情戲。葛生托蘭蕊之福，得以癡情重見玉蕊，
而我恰似有福的葛生，托臺灣之行，得以遇見九十年代的自己。

# 最好的地方

福建師範大學文學院本科 2014 級　陳星

　　不知誰人說過，「最好的地方，是沒有去過的地方；最美的時光，是回不來的時光。」那段一去不復回的臺灣行旅，或許是我生命中最值得珍藏的回憶。

　　在臺七日，我在臺中僅停留了一天，而在臺中歌劇院的時間卻還不足半個鐘頭，但更令我失意難過的是，這短短的時光還只能獻給歌劇院外面的世界，使人徒留唏噓。看著那曲牆美聲涵洞，看著那流暢躍動的線條，我對劇院內部的空間構造與舞臺表演有了無限的遐想。無奈行程正好錯過次日才上演的開館啟用儀式，就這樣，這近在咫尺的時空無情地把我拒之門外，這未能進入的歌劇院，成了我此行的一大憾事，也便順理成章地成為了那「最好的地方」。

　　這座被建築界稱作「全球最難蓋」的建築在臺中的亮相勢必驚豔各方，引起不小的震動。我不住地想像，次日舉行的開館儀式將會以怎樣獨特的方式來展現「世界第九大地標」的藝術魅力；我也很好奇，到底是什麼讓不大的臺灣島這樣「創意」遍地，又極具傳統與現代的雙重韻致。然好奇歸好奇，行程還得繼續，所以發現還在繼續。

　　購物，是來臺難免的事兒。每天夜幕降臨自由休息的時候，整團的人都從飯店魚貫而出，分散在狹仄的騎樓與金字繁體招牌之間，東遊西走，走街串巷，搜羅物資。許是臺灣商品物美價廉，許是初來乍到倍感新奇，又許是跟風隨潮難以抗拒，我們的腳步幾乎遍布各大超市、商場，所到之處無不「買買買」。就是在這樣瘋狂購物的過程

中，在這樣頻繁出入的間隙中，我才最真切感受到了臺灣的文明程度之高，以及禮儀禮教之先進。你會發現，不論大小商場，進店必然微笑相迎，「您好」相稱；不論消費與否，出店也必然微笑相送，敬表謝忱。一天下來，「您好」與「謝謝」常縈繞耳畔，進而深入人心。在臺幾日，耳濡目染，我就自然而然地學會了常言「您好」，常道感謝。購物時自然而然就禮儀往來，和諧相交了。

《周易》有言：「觀乎人文，以化成天下。」（《賁・彖辭》）實際上，眾人所談的文化，又何嘗不是人化？而人化，簡言之，即化人。中華文化孕育千年，或傳承，或發揚，或創新，都在人的身上得以保留、得以彰顯。臺灣民眾能夠如此普遍地理解和踐行文明禮節，不得不嘆服其人文化性，文化化人之功。而大陸既與臺灣同受中華文化的薰陶，其化人程度之不及，確實值得我們深刻反思。今天，臺灣文化創意產業方興未艾，離不開其厚重的文化歷史底蘊和寬鬆的人文藝術環境，更離不開其「天人合一」的變化氣質與「人文合一」的完善人格，離不開其文以化人的能力和水平。也正是因為如此，每個個體才能全面，自由而正向地發展，文化創意的「創」才成為了可能。

此次臺灣文創行旅，途徑的每一站幾乎都「創」得各有特色，「創」得極具內涵。一款「朕知道了」的膠帶紙，更是以絕對的優勢風靡兩岸三地，掀起了臺北故宮的新熱潮。這款取自博物院典藏康熙真跡的文創產品，創意設計簡單明瞭又霸氣十足。其典出淵源，構思精巧，現代時尚又充滿草根氣息，足以使見者忍俊不禁，創作者會心會意。類似的創意產品，還有「翠玉白菜」傘、「冰山一角」潮襪、「宮樂美人」胡椒瓶、「富春山居圖」茶杯墊等等，文創從頭到腳，從廚房到休閒，既富有生活氣息，又飽含文化內蘊，真正「創」出了新意。但假使創作者缺乏歷史文化底蘊，沒有文以化人的涵養，無疑斬

斷了創意的源頭，「創」只可能是取無源之水，造無本之木，或仿造成風，拾人遺唾罷了。

創意應當是厚積薄發的過程，是挖掘傳統元素熔鑄創新思維的過程，它要創造更大的價值。此次行程安排中的南投廣興紙寮，當然比不上日月潭那樣的風景名勝，然而參訪之後著實令人讚嘆。我所嘆的，不是其場域的舒敞寬大，不是其環境的美麗宜人，恰恰相反，是在簡單破舊的空間裡它所編織起來的「紙」的故事。這故事從蔡倫造紙的源頭說起，於取材處展開，當代人將茭白筍、鞭炮紙、甘蔗渣等棄物，變廢為寶，物盡其用。又依古法，蒸煮，漂洗，打漿，直至烘乾成紙，真不愧是思路廣開，既「創」出了可吃可穿可用的生態紙，又「創」出了可學可做可思的 DIY 玩法，讓人不再小瞧這並不起眼的空間，「紙的故鄉」可謂實至名歸。從傳統造紙的承襲，到現代紙藝的創新，廣興紙寮體現的不正是文以化人的自覺、「創」字當頭的決然，以及從創意到產品所包含的文化意蘊與新思嗎？

在臺途經的每一站似乎都如夢一般，一遍遍地在我的記憶中閃現，又在現實與夢的差距中一點點幻化成我們前進的方向。至於當初未進的歌劇院、未看的開館儀式，還有無數只覺新奇而未來得及探尋內涵的大小創意，想必還會比我在臺所駐足之地，所讀懂之物，更令人嚮往。凡此種種，在我看來，都已成了「最好的地方」。隔著一灣淺淺的海峽，今天我站在大陸，會發現，那些高度文明、高度創新的地方，那些我們還不曾到達、還尚待提升的地方，還有很多。而同樣，大陸的文化創意產業，這片更廣闊、文化更多元的地域，更值得我們去實踐、去探索、去發現。正如電影《行者》所說，「前方如懸崖沒有路，就只能勇敢地跨出那一步，腳下的土地在踏下的那刻，才會長出來。」有朝一日，當年華與汗水同揮灑，當命運與智慧共碰

撞，當這些我們未及的「最好的地方」也已行走過，探尋過，當我們不再繼續稱之為「最好」的時候，我們一定也成為了更好的我們。

# 飲臺

福建師範大學文學院本科 2014 級　丁紫岑

　　我在一個夏潮未退、隱約秋意的時節，撲進了臺灣那同時浮動著人潮、海風、綠樹氣息的空氣裡，她不像我想像中那樣有著徹夜的燈火通明，也不是每家小店裡都倚了一個嚼著檳榔的女郎，我甚至不知道為什麼在路途中有了這些奇形怪狀的發想，因為當我腳踏實地地站在臺北的街道上，牌匾和彩燈，櫥窗裡的店員與走道上的行人，一切都循序漸進地給予我親切感，初來乍到的拘謹與迷惘，也隨著人群中走動著的夜風一起飄散。我忍不住搜腸刮肚地，想要同這個城市寒喧幾句。美食所予的飽足、燈光所予的溫暖，都是我同這個城市試探性的招呼，也是這個城市留給渺小的我的、最纖細但也最確鑿的回應。

　　手中一查收據中，飲品方面的支出意外得多，或許正值八月，又興奮得整日走動，想要探索與見證更多臺灣的風土人情，因而總是見縫插針地滿足自己乾渴的喉嚨。細細回想，當時無論是為了解渴，抑或是為了嚐鮮，茶、水、酒，或是一支冰糕，一盒優酪乳，都能在自己的內心中激起細微而釋然的鼓動。從味覺的角度來體會一個城市的風情，來接納各種各樣的浸潤，的確令人愉快，也令人印象深刻。

　　先前便有受到臺灣友人的推薦，說是來到夜市，不得不飲一杯清涼解渴的檸檬愛玉。我的目標一開始便僅鎖定在一杯愛玉冰的身上，誰知後來又有了暢飲金門高粱酒的機會，也嚐過冰箱裡冷藏一日的蜂蜜啤酒的滋味，再之後，無論是每日旅遊大巴上提供的貼心的純

淨水，還是街角排著長隊的一方奶茶店，都令我目不暇接。一個無晴也無雨的午後，我於 101 大樓的頂部，將臺北盡收眼底，這才將自己對這片土地的認知從促狹細密的片面印象中剝離而出。自高空俯瞰的城市，就像是一塊精密的電路板，密密麻麻，高低參差，但卻五臟俱全，當我回到入夜的地面，看著晚歸的人們在小巷中帶熄了一路的彩燈，便不禁感嘆起來，她確實龐然而忙碌，但同樣精巧而細微，我所品飲的，就是那無晴無雨的天空之下，微小真實而又不可或缺的一部分。

　　就像是我所接觸的所有飲料一樣，這個地方正在以一種新奇的滋潤方式，傳達飲品文化之餘，也展現著她的每一面：白天與黑夜，街道深處與宴席酒場，裝飾著石雕與插花的茶館，或是綴著暖燈、冰啤酒和辣滷味的床頭桌……這個玲瓏精緻但又腳踏實地的城市，隨著日出日落，將她多稜的每一面都轉動到我的眼前，在那裡可以看見夜燈下水晶玻璃杯裡，映出微醺的觥籌交錯，快速的、熱鬧的，或許是人聲鼎沸的；同時也可以領略到老店中慢火煨燉下醇厚而清新的茶香，慢工的、閒適的，或許透過午後陽光倦留的落地窗，還可以窺見路邊敲落的梔花一朵。她就是這樣多面的風情，日益浸潤著我，辛辣濃烈的、甘甜涼爽的、清苦醇厚的，味覺就像是頻頻開出了各式的花朵，我也每一日都在接觸著更多親切熱情的友人們，像是品味飲料中的酸甜苦辣一樣，品味著師長朋友、導遊店員等人的心意與熱忱。

　　一日我們坐在旅遊大巴上，去向一個叫草屯的小鎮，正是細數著日光推移的角度，突然望過窗外一款飲品──「多喝水」的看板，便也歪過頭與同座相視一笑──「這款純淨水的名字居然就叫『多喝水』」！多麼新奇有趣，既顯示了自己純淨水的身份，又像是一句貼心的關懷。隨後又望望自己座位旁邊擺著的、大巴內提供的純淨水，名叫「埔里的水」，直接將地區引進名字中，有一種無需多言的實誠

秉性，又帶上一些像是文字遊戲一般的俏皮感，冗長而困倦的車程，也因為這些可愛的飲品名字的挑逗，而變得活色生香、耐人尋味了起來。

我們下了巴士，輕輕甩開那些附著在身的都市的繁華與喧囂，審視著這個街道小巧而精緻、氣氛安寧又清爽的草屯小鎮，就像是想起了自己的家鄉一般。同行的老師打趣著說，這樣安靜的小鎮，也許會發生一些動人的故事，也許待個兩日，便能寫成一部短篇小說。這位老師懂得生活，我記起她前兩日向我繪聲繪色地描述著臺灣啤酒，那些用來形容黑啤冰爽和蜂蜜啤清甘的語句，像是在空氣中就能發起麥香的泡沫。我聽從著這樣的想法，以一顆怦怦跳動著的、想要獵取小故事的心，遊蕩在夜晚的小城角落，不求一篇跌宕起伏的小說，要是能出幾句小詩，我便滿足了。

還未及獵到詩句，我便為街頭的果汁店駐足，在小鎮的迷迷濛濛的靜謐夜色中，小店顯得明亮而寬敞，門口列著一條乾淨的藤格長凳，展示櫃中的水果看起來新鮮生香，又不過分刺眼。店內負責點單的小姐笑容親和且明媚，先不著急詢問我們的需求，而是掂來一小杯試喝的鮮榨果汁，展露著恰到好處、自然親切的禮貌，請我們品嚐。

我素來性格內向，平日裡遇到試品嚐的項目，總是想方設法地推脫，生出多餘且幼稚的擔心：白白地蹭人一點點吃喝總是不好，或許得真的買下推薦的產品，才可以適當地填補，這樣看起來或許是兩不相欠，但又有一些更說不過去的牛角尖細節。因此在我看來，試吃試飲這一類，總是來勢洶洶，帶著強烈的盈利目的，我也持著敬而遠之的態度。

但那位負責點單的小姐姐，將她的禮節操作得恰好，使人不生出「蹭喝」的心理負擔，而是像是招呼一位老友一般，將搖晃著剛好一口抿進的果汁的紙杯，笑盈盈地迎到你面前，點頭致意，就如敘述

著老故事，將平常的果汁廣告介紹娓娓道來，溫柔的話語與綿密的果汁，就那樣熨過自己的舌頭，撫得每一個角落都舒服了，才自喉頭開了下去，餘味泛開，被挑撥起的味蕾們在靜夜裡無聲躁動起來，而那樣的笑意早就推著另一小杯來了，待你接過，候你啟唇。我忘了我是來狩獵小城的故事，甚至覺得「狩獵」這類的態度太過凶殘，寧靜祥和的夜裡，不必刻意想著去遇見什麼，自然而然地，就能與純粹又貼心的善意來一次萍水相逢。

又是她的稜面，無論是市中心裡老字型大小的茶館，還是這樣一個安寧小鎮中的果汁店，同樣都以細膩入微的誠意運作著。我記起曾在莆田湄洲島的媽祖廟，喝過臺灣友人們在路邊提供的粉圓糖水，雖然當時是炎炎夏日，熬煮著粉圓的遮陽棚中，卻有條不紊地運轉著，細心地為每一位來參拜的遊客信眾奉上免費的飲料。同行的老師打量著一次性的紙杯中溫熱而新鮮的粉圓說：

「這是非常地道的臺灣飲品，真材實料的。」

我點頭應允，隨後忙不迭地飲下一口，炎熱的天氣中，微燙的糖水也在口中展開，味道豐富而綿密，那些攢積在體內的熱意，倏然隨之釋放出來。我不僅回頭去注視遮陽棚中忙碌著的同胞們，他們整合緊密的生產線絲毫沒有被烈日所擊潰，滿臉笑意地為來客奉上恰好的飲品。

「你看，是不是細緻又講究？」老師也飲完了一杯，並在他們的指引下將空杯丟入了專門的垃圾箱內。

細緻又講究，或許我現在就能夠真正理解這樣的理念了。一杯飲料，茶，水，酒，或是一支冰糕，或是一盒優酪乳，從味道到包裝，從品牌到環境，從服務到情懷，由內而外，由外而內，無論大小，無論場合，都是腳踏實地，精緻細膩的。這有一點像是臺灣青春電影的片尾曲，在唱著細微卻踏實的幸福，這之中也透著多樣化的生

活態度和人文情懷。我想我不僅僅是銘記了味覺，也不僅僅是銘記了一個名字，那些景色和人事，都經由一些細小收據的提醒，又在我的腦海中鮮明了起來。

我有收穫我想要的詩歌嗎？我想是的。她並不完全是我想像的那樣，但她確實是我理想的樣子，我想我永遠不會飽和，也永遠不會乏味。我記得從高處俯瞰她電路板一樣的樣子，約定俗成似的，堅定到不會動搖與改變，也記得她低處的街頭巷口，明亮的大廈與昏暗的酒屋，記得晨曦爬上窗口，也記得夜車燈光劃過炸雞的小攤。我想僅僅靠喝幾杯茶水，恐怕也難完全領略她的風情，但她給我的印象與記憶，又確實在我心中靜靜流淌，不被打擾。

靈動而又沉穩，精細而又踏實。我想再次飲著她，從清晨的睡眼惺忪，到深夜的安然入夢。

曠野上的風

# 晾紙嫗　中台尼（外一篇）

福建師範大學文學院本科 2013 級　羅雁澤

## 晾紙嫗

　　兜兜轉轉幾個圈，拐過一棵巨大的槐樹，香火的氣味很重。十年前，這裡的濟公廟被拆得一乾二淨，建起停車場。信徒們不甘心，在停車場裡買了一片小店，捲簾門掀起來，濟公的塑像安放如昨。如今玻璃罩反射著蠟燭燈，煙霧繚繞裡，簡直是濟公的眼睛在放光。

　　濟公這類藏身在阿彌陀佛裡的道家神，只在中國會有。

　　濟公廟裡燒的紙是特供的，厚而硬，在以輕柔著稱的宣紙裡顯得尤為特殊。廟裡燒紙，不能用喪白，一律黃底紅符，捲作千瓣蓮花，再通體放下去燒。硬紙不好著，但燒起來煙多，時間長，對於想要妝點神秘氣息的小廟而言，是極佳的選擇。這些紙，全都供自鴻文紙廠。

　　鴻文紙廠離濟公廟很近，陳香米每次去紙廠上班，都要在濟公廟裡燒一蓮花的紙。從廟南上坡，繞過檳榔店，向左一折便是紙廠的門面店，再往裡轉幾個彎便到了紙廠的廠區。

　　香米已經在紙廠工作了二十多年，三十歲的時候失了業，人生頂樑柱的時期，兜兜轉轉，到了紙廠工作。她讀過幾年書，因此沒有將紙廠的工作當成長久的事業，後來停車場建起來，四周竟逐漸有了些物流的廠子，她想這塊地將來或許能成商業的圈區，在自我催眠裡慢慢幹了下來。幾年前臺北的經濟停滯不前，她沒有左右社會的能

力，便將微薄的力氣釋放在濟公廟裡，希望通過濟公的神力放大自己，將這片地建設起來。

人間的迷信，大多是合情合理的不自信帶來的。認清自己，放飛希望，這也是一切宗教的意義。

「這是鴻文紙廠的手工晾紙工藝，將剛才從水裡撈出的紙糊，鋪在兩百度高溫的桌面上烘乾。烘乾的時候要用鬃刷刷平，不能留一點氣泡，否則乾了以後，會留下凹凸不同的紙面。」韓導遊今年四十出頭，常年的奔波讓他十分顯老。頭髮有些白，文縐縐地梳在背後，很有一種上世紀三、四十年代的書生氣。

韓導遊帶的大陸旅行團在晾紙檯前參觀，陳香米就是晾紙工藝的展示人之一。鴻文紙廠沒有統一的制服，陳香米穿著撒紅葉的白色Polo 衫，耳釘是金色的，髮型和高雄市長陳菊一樣。

鋪紙，去架，刷平，最後捏一只角，掀起整張紙甩在一旁，行雲流水。遊客站在檯前，漫不經心地看她們展示工藝。香米很認真地在做這些工作，被多人關注，她其實有些心事。心事裡的主角不是自己，反而是鄰桌的秀婆。秀婆快八十歲了，在紙廠工作了一輩子，退休以後被返聘，原因是手藝傳承的展示人，最好有一個佝僂著身子卻十分靈竅的老嫗，這樣古老的視覺衝擊極具震撼力。

「你看那個老太婆，不成這些人都是她教的。」遊客隨口一句話，準準地刺中香米的心事。

秀婆和手工傳承毫無關係，她也僅是一個普通的女工，只是年長一些，手藝是自己做學徒，學了一週學來的，所有比她先進來的工人都是師傅，和秀婆有什麼關係？香米十分想撇清遊客口中與秀婆的師承關係。香米把自己擺在檯面上的名牌往角落推了推，但又覺得真推遠了，遊客看不見名牌，不知道自己叫什麼。虛榮終究是有一些的。

　　秀婆當然不可能還有靈巧的雙手，粗糙，耐熱，但真的不快了。香米有後發優勢，正是手速巔峰的時期。「全都是些尊老敬老的成見」，香米心中是不服的。遊客稍微把眼睛從她手上飄走，似乎遊客們將自己看成了不正宗的小字輩。

　　這對於香米來講，竟帶有些許羞辱的成分。

　　香米每次聽見遊客的這些話，便非要半揚起頭，微微皺眉，用餘光掃著檯面，似乎自己只用十二分之一的精神就能完美地做好這些工作。而反觀秀婆，她則吃力許多，似乎是用盡了晚年的全部力氣才能晾完一張紙。

　　秀婆一分鐘只能晾好兩張，而香米是她的兩倍。可中國人向來帶有唯心的偏見。

　　香米很想讓自己顯得很冷豔，儼然要扮成一個戲裡的武則天，紙廠裡的女王。「耳釘應該有增光吧。」香米心裡想。紙廠很多天沒有遊客，這讓以文化創意觀光為主業的紙廠很有壓力。昨晚通知今天有兩個團前來，香米早起就開始打扮自己。

　　她沒有料到秀婆會站在她身邊，畢竟四個檯面，除了秀婆，其他人和自己年紀差不多的。

　　「要是沒戴這釘子，早來幾分鐘也不至於站她邊上。」香米覺得所有人都是有心機的，老人家睡不多，秀婆來的最早，她站在哪裡，其他人就都躲著站。「衣服還是太素了。」香米覺得應該穿得新潮一些，大陸客裡許多年輕人，新潮的衣服或許比較能吸引他們。

　　和往年絡繹不絕的旅遊團不同，今天只有兩撥人，看晾紙不會太久，只一會兒就散了。香米心中多少有些落寞。

　　「不休息？」秀婆搓搓手，收了紙糊，沒抬眼。

　　「還有些工夫，勿要緊。」香米把字咬得硬，她們都是國語時代留下的人，國語的發音腔調，不像後來的臺灣人柔軟。閩南一帶風咸

水膩，話也跟著糯。秀婆是舊中原人，小時候隨家南遷，到了臺北依然是鏗鏘的湖北調。香米家裡是老上海人，民國時期最要臉面的城市，到了臺灣也依然。

如果秀婆不說湖北調，自己或許也不必故意講上海話。新大陸裡的舊大陸角力，香米總覺得要在年齡以外扳下一城。「本可以在晾的時候講兩句話。」香米覺得上海依然是大陸的風尚標杆。九十年代末的時候侯孝賢拍過《海上花》，香米特地去影院看。自己是讀書人，《海上花》說的是上海話，「電影和自己是般配的」，香米周圍的人需要看字幕，自己閉上眼聽。她不知道劉嘉玲是蘇州人，講的蘇州腔調，香米以為她學得不好。

自己也是上海話的半吊子，有的演員沒講乾脆，自己還得睜眼看字幕。香米對同時代的人總有一些奇怪的優越感，尤其是講不好國語的鄉下老婦。

秀婆離了檯面，年紀太大忘了關電源，香米伸手幫她關了。搓搓手，自己也收拾好，關掉電源，到邊上的小店裡休息。

遊客們在棚子裡拓印玩，也算是文化創意產業觀光的一部分。韓導遊斜靠在小店的玻璃櫃檯邊，看著遊客們作弄，一邊把手上的檔夾轉著圈，打發時間。背後的木櫃子裡都是紙製品，有玉竹骨的扇子，或是撒了金的梅花箋，很便宜，大陸的景點裡買手工扇，價格一般是其兩三倍。香米擦了擦手，正碰見韓導。

韓導不是第一次來，香米和他有些認識，知道他的一些家事。香米站到他身邊，拿了一支蒲扇，沙沙地搧著。

「今天有些悶吼。」韓導聲音有些疲勞。香米搧的時候稍微靠些過去，給韓導也搧搧。

「上個禮拜還颱風來著，好在不大。」

「是啊，團都沒敢出去，在臺北停了好幾天。」韓導把文件夾扔在櫃檯上，回頭找了把小摺扇，隨便搖著。

「故宮那裡人少太多了。」

「沒颱風的時候也少了。你還在那兒幹嗎？」

「沒幹了。」香米平時上半天班，下午就去故宮做志工，幾年前人多，故宮門口用酒紅的寬尼龍圍起曲曲折折的長廊，人還是排得亂。那時候大陸客被黑得很慘，尤其是插隊時被拍下來的樣子。

香米始終抱有很好的心態，覺得自己對大陸人的言行舉止，簡直是諄諄教誨的。她從來不覺得大陸人如何如何，只是自覺先進，像舊貴族，總要帶著剛剛富起來的新生代。但是後來，新生代終於老成持重，不大來了。猛然間又有種失落感，隱隱地似乎有關整個臺灣的榮耀。

「現在都沒什麼人，保安那裡都不管。以前就算是出來喝個水，再要進去也得排隊，現在都是隨便的，幾個口子都打開，進進出出，看都不看一眼。」香米又落回閩南的腔調裡。「現在哪還需要志工呢？」她想起自己最後幾天上班，幫一個學生撿了書包，學生找回來的時候，自己竟開心到極致，與同行的幾個女志工，一齊擁上去歸還。男學生尷尬極了，笑兩聲便逃走，做了很多年志工，她猛然有種光輝落幕的感覺，壓得她發悶。

後來被辭退，她竟感到如釋重負。

「你也五十⋯⋯？」韓導問她。

香米一手比了個「六」，差四年就花甲了，年齡都是不敢說出口的。

韓導也嘆了口氣，「不景氣了，你看，今天，就來兩個團。」

「大團好幾天都沒來了，要也是零零星星的自由行，都是年輕人，買得起什麼呢？買一點扇子，拍幾張照片。」香米看著韓導手上的紙摺扇：「文化產業也不行了。」

「本來就是，經濟不行了，才用文化產業救火的。沒經濟環境，文化有什麼用？」韓導把扇子一收，手叉起腰，顯得有些疲憊。

「你們難做了。」香米說，自己多少有個廠子做底，旅遊業大受衝擊，名面上和自己是無關的。但誰都知道，連工業都是靠著旅遊業撐著，狹狹窄窄的海島，旅遊業只能靠文化創意擺門面。全是閉環。

「薪水還可以吧？」香米試著問。

「薪水還發得出來。可是我要送小孩去新加坡讀書，這點錢，還不懂怎麼辦。」韓導的兒子國中快畢業了，接下來的路就在眼前，青年時期的轉折路口，抉擇的壓力全然在父母的肩上。

香米的兒子已經工作了，在超市裡拉貨，和丈夫攢了多年的錢辦了兒子的喜宴，接下來她也不必再有長遠的安排了。戰勝秀婆、希望經濟發達起來，全是目前的事情。

老上海人一切高雅，臨了也不過成了閩南腔裡一句吟哦。秀婆從香米的身旁走過，打了一個大大的哈欠。坐到一邊，隨身帶著塑膠的水壺，喝了一口茶，昏昏地坐著，一下子就睡著了。簡直是老年人的特技。

時代在往前走，曾經風行一時的臺腔嗲調，已經逐漸退出大陸年輕人的舞臺。上海似乎經過幾十年的流離，再次成為高雅的風標。

鴻文紙廠依然漂浮在濟公廟的煙霧上，而這些煙霧，也正是靠著鴻文紙廠的紙燒出來的。任何一環都不能斷，稍微缺了一天紙，廟就沒蓮花燒──香謝了，煙散了，霧裡的紙廠也便塌了。當然濟公廟是不擔心的，鴻文紙廠倒了，只要信徒在，還會有其他紙燒。毀天滅地地拆了廟都沒有用，何況是缺紙這樣的小事？

只是可憐了鴻文紙廠。

# 中台尼

　　嚴如秋到南投的第一天就想嚐檳榔。買了一包生的，藏在口袋裡沒勇氣嚼。旅遊介紹裡說檳榔嚼出來是棕紅色的，嚼的時候張口，宛如得了嚴重的牙齦出血。如秋想在半夜的時候嚼，嚇死幾個同行的女生。

　　正午的太陽收斂起來，從日月潭駛出的車停在中台寺山下。停車場靠著一片白樺林遮陰，白樺的枝椏勾連三角的彩色佛旗，光暈裡飄搖交錯，一直連接到天涯的最遠端。灰白的水泥路盤桓，山堤黏著花崗，幾乎沒有橫生的野草或樹的幼苗。佛家人最擅長的就是大掃除，和焚香沐浴的道士一樣，宗教儀式裡的人總有著極端的潔癖，無論在精神還是肉體上，這也似乎成為了他們區分於凡人的獨特之處。

　　如秋下車撐傘，防曬霜抹了兩三層，泛舟日月潭的時候消耗了不少，他只想早些到廟裡，寺院清涼。蓮花臺上望行人，不能有一絲陽光照到菩薩，借菩薩的光，人也樂得乘涼。

　　從大門折進去，過蓮花池，噴泉無聲，上了坡便是宏大的中台寺。中台禪寺是一個現代的建築，沒有拱跳和雕樑，大理石的巨柱和西式很像。百丈高的大樓，數十米的金蓮開屏作頂，花心生出一顆方圓十米的舍利子，避雷針一飛沖天。金裝的寶頂和白玉的牆面，光織色映，面朝廣場前大片的青與藍，山河錯對。

　　「大陸見不到這樣的廟。」韓導遊開口便是對照。「這是我們臺灣最金碧輝煌的寺廟，十多年前建成，在大陸也是沒有的。」

　　「有錢也沒用。」楊總編背著手輕嘆。

　　「文化創意？」嚴如秋心裡想，莫名覺得有種浮誇的滑稽感，幾年前大陸客被當作暴發戶，如今看臺灣，也如此。如秋遲了一腳才排

上隊，站在最末端。除了韓導遊，中台寺也會派出一位引導遊覽，也作講解的尼姑。尼姑看不出年紀，不像大陸的比丘，戴帽子遮住頭髮。她的頭上是徹底光亮的，看上去是很嚴格的尼姑。灰色的禪衣，套了一雙羅漢黃的布鞋，靜若處子地分發講解器。

在臺灣故宮也分發了電子講解器，怕人多嘴雜，聽不清楚，戴在耳朵上足以令人專心。但中台寺分發講解器的目的不在此，而在於靜。整個寺廟的遊覽量不是很大，左右也不過五、六個團而已，日月潭上船艇如撒豆，在湖上有追趕的樂趣。中台寺則全然是放緩的。

「大家在寺院裡，一定不能喧嘩，如果有法師在安定，你們也千萬不要去打擾。」尼姑臉上有不少小點狀的色斑，上唇的勾邊是鮮紅的，儼然有上火的症狀。

尼姑慢慢帶著眾人往寺院的正樓裡走。穿過巨型的石柱，尼姑一隻手撐開數米高的大門，大理石牆如日光。眾人進了樓。

嚴如秋在寺院裡是噤聲的，倒也不因信佛與否，總是全場肅穆，自己也不便破例。從眾的本身並不因其有從眾的樂趣，只不過個性帶來的壓力比喜悅更深重些。

「大家看見這四尊高達十二公尺的天王像，分列在全殿四方，東南西北，中央是彌勒佛，這是我們中台寺的代表性造像。」尼姑輕聲細語，天王怒目，張大了口對著人。如秋怪異地幻想著天王們嚼了檳榔會如何，入鄉隨俗，血盆大口，沒聽說齋飯和印度有什麼關係，想來羅漢們也會為了傳教而飲食當地的風味。絲毫沒有震懾感，如秋反倒覺得一切可愛。

尼姑對四天王造像興趣並不大，人淡如菊地往前輕輕躍步而去，眾人隨她上階梯，往寺廟深處走去。領眾人走了幾步，忽然一回頭，望著彌勒佛的脖頸，衝破氣流的阻隔向前指去。如秋順著看，大門洞開，彌勒佛背後有一尊持杵的韋陀像，光四散在韋陀的周身。

似乎韋陀對尼姑是有誘惑力的。

「韋陀是一位英俊雄武的菩薩，也是保護整個佛殿的人。」尼姑輕輕說。

「菩薩手執降魔杵，以防一切妖魔的侵犯。」聲音如水，如秋感到驚訝的是，對四大天王冷淡至極的口氣，到了韋陀這裡，竟是有情的。她只提了殿中的彌勒佛一句話，還是附著在天王的介紹裡的。可對韋陀，尼姑全然不吝讚美之辭。

尼姑沒有感到自己語氣的異同，人對一切自我的情感變化都是後知後覺的，反倒旁人敏銳些。

「有了韋陀，佛殿裡就是安全的。」

好像閉上山門就是一個小家，尼姑為此奉獻了一生，也和世俗裡的人一樣花好月圓。

輕輕地掃過眼風，上下打轉，頃刻間便回過頭去，好像扔掉整個風塵，尼姑淡淡地往前走，也不招呼人。

如秋從來不知道寺廟裡是可以沒有「大雄寶殿」招牌的，青匾貼金字，道家的祥雲氤氳在牌匾的四周。文化創意產業裡的牌匾自然不會有，新時代的祥雲，寫意到大理石的紋路裡去罷了，留給人想像。

一筆帶過，如秋震驚。尼姑對於如來佛的極樂世界只是輕飄飄的一句話，像學生背誦著不明白的《蘭亭集序》，一死生為虛誕，沒死過的人參不透，死過的人參不了，最後只好是文學書本的一點靈光乍現算了。佛家的極樂世界也一樣，沒去過的人不明白，去過的人回不來。信仰不是眼睛，釋迦摩尼的言傳身教，世人都不會懂。

「她對韋陀才是懂的吧。」如秋對韓導遊說，韓導一聲不吭，如秋看見他胸口掛的玉觀音，慘慘地對自己冷覷，急忙轉過頭和楊總編打趣——共產黨員最不信佛了。

「她一定愛韋陀吧，雄壯英俊，只會這麼說男人，怎麼會來說菩薩？」如秋低聲說。

楊總編背著手笑：「佛祖也很好看。」

如秋想起日本文學裡寫女人，特別喜愛用「菩薩」或「佛」來比喻，尤其是針對傳統的日本美人。中國人大抵不這樣做，菩薩實在太素了，還是「牡丹芍藥清明月」，更似美人。

可日本作家筆下如佛如菩薩的女性形象，大多是男主角的夢中情人，對於這個尼姑來說，韋陀算什麼呢？如秋心一驚。或許佛家將韋陀當作一塊試金石：美男子站在面前，若是修禪的比丘尼坐懷不亂，才算過了色戒一關。信仰和美色，全然矛盾的東西，卻詭異地合成在一起。「確實是色不異空，空不異色的。」如秋最不懂佛家，卻尤其喜歡愛情小說，他知道在佛門聖地，自然要清心寡欲些，但越是安靜，越容易陷入人性的情場裡去。

韋陀能降妖除魔，自己不能。

隨著尼姑已經走到電梯口，乘到四樓的講經堂，傳言是建寺的大德高僧所設，有兩千個座位。

「眾人在此修煉聽講，若有高僧講課，這裡雲集眾僧，蔚為大觀。」

如秋心裡對中台寺絲毫不瞭解，但覺得尼姑也實在講得太過，臺灣集會這樣多，動輒上萬人，講課又算得什麼？倒是在大陸，泱泱人口，向來沒有集會一事。

尼姑眨眼十分緩慢，每次閉眼都好像要睡過去，「可能是佛法修得太深，時時刻刻都要閉目進入冥想的世界吧！」如秋心裡想，「冥想不會睡著嗎？」好像是一個神奇的境界，昏昏沉沉，如入無人之地——「也便是睡覺吧？」如秋實在覺得冷靜地無趣，看她眨眼，宛如催眠。

　　乾脆仔細瞧著尼姑的臉，估計一番，四十歲太嫩，二十歲也無可能寂靜到這樣的地步，脖子是年齡的證據，但尼姑是看不出來的，也不敢看，好像唐突了人家一樣。臉上的色斑沒有很重，但是成天不見日光的黃白臉面上還是相當明顯的。如秋陷入迷思之中，既然不是曬斑，那便是內分泌失調了。出家人生活規律得很，朝五晚九，也不會熬夜看佛經，不碰葷腥，更不油膩，那何來的內分泌失調呢？

　　「平時會坐在這念經嗎？」楊總編隨口問尼姑。

　　「平時很少，只有我們想要靜修，或是有大德前來講課，才會來。」尼姑依然輕聲，喉嚨裡只有吹簾捏紙的力度。

　　如秋胡想。「莫不是實在愛著韋陀？」靜修者都有心魔，否則只需要沉澱在飲食起居中便好了，何必做一套荒涼的儀式？意亂情迷會使人內分泌失調，焦慮，擔憂和衝動，都有上火的可能。

　　佛法太安靜了，這樣熱血的尼姑似乎被壓抑地相當煎熬。

　　「這裡沒有韋陀的雕塑吧？」嚴如秋自己也被嚇了一跳，居然脫口問出這樣的問題。

　　「沒有。」尼姑眼睛朝堂子裡掃了一圈，忽然有些期待似的，自己待了多少年的寺院，她從來也沒有想到過這個問題。

　　「沒有。」又重複了一遍，眼光從另一端開始，再掃了一次。局外人往往會在不經意間掀開局內人未曾發現的秘密的幕布，讓局內人猛然直面到自己的人生。在外頭看熱鬧的人靈犀一點，身處其中的人可能一生也不會考慮到。如秋沒跟著尼姑的眼光走，只是直稜稜地看著她，天地豁然。

　　「這裡怎麼會有，韋陀在樓下。」韓導遊忽然接茬，把話頭轉走：「前幾天有來一位高僧對麼？」

　　「是的，華林寺的惟勿和尚。」尼姑慢慢答道。

「華林寺很老了，北宋的建築。」楊總編感嘆，長江以南最古老的建築，大概不會在東岸吧。文化有時遺留在形式主義裡，畢竟實際的內涵，不會隨著時代更迭而消失，反倒是形式上的樑上雕花，柱裡蛆蛆，消散得最快，也最慘烈。

「沒有韋陀，那是真的太安靜了。」如秋不敢出口，只在心裡笑笑。

轉過七層玲瓏塔，到南邊的窗口瞭望。三米高的佛像對著窗子，窗外是青蔥世界，尼姑和楊總編站在窗前，一言不發。楊總編的手放在口袋裡，如秋隱約看見他的手指動來動去，似乎是極無聊的樣子，只是對著心如止水的尼姑，他總要表現出自己深沉的一面來。

尼姑也不是心如止水的吧，如秋想，或許愛著韋陀呢。窗外是盛夏，颱風剛過不久，十分清涼。草木繁茂的光景，天空中有飛機拖過氣流的尾巴，老鷹穿過去，那頭一陣翅聲喧嘩，鳥雀群飛，一會子又落下，重歸安靜。娶妻嫁夫，生孩教子，出家人看來的凡塵事，其實也是出家人自己的尋常日子——只是出家人篤信唯心，和唯物主義的凡俗世界分道揚鑣。

可他們畢竟都是人，終究是殊途同歸的。

嚴如秋當然不會知道，等他們離開以後，尼姑們一同坐在禪房裡。白天遊客觀光，購置了佛珠玉觀音之類的物什，夜晚尼姑們焚香沐浴，有的打坐，有的開始數錢。南風吹來清涼，夏天青草的味道吹進禪房的窗子，打了一個轉，又從北向吹走。如秋曬了一天太陽，晚上便在賓館吹空調，十點多的時候打了幾圈麻將，檳榔不好嚼，被扔在一邊。這是個令人沉醉的夜晚。

入世冷挑紅雪去，離塵香割紫雲來。分明報應，不過是唬人的笑話。人是最不怕報應的。

# 再見期期誓白頭

福建師範大學文學院本科 2014 級　許顯暉

　　自從踏上海峽對岸後，每日便徘徊於各種博物館、紀念堂中，腳下的每一寸土地彷彿都承載著歷史的厚重與滄桑，恍惚間很有點讓人肅然。不過，這樣的景點走得久了，人未免容易倦乏，況我個人又不太喜歡一些人為的景觀。然而行程早已定好，推不得，於是上下車間，整個人便多少有點萎頹。翻了翻行程表，發現幾日後便可至日月潭，那個山明水秀的地方，想來應是不差，也許值得一遊。自此後，恍惚得更屬害了，一如害了相思病般，眼前也總有片黛色，隱隱綽綽的，終日揮之不去。

　　啟程的日子很快就來了。

　　從臺中到南投，約莫兩個鐘頭左右的車程，剛出發時大家尚還有些歡笑，不過連日來舟車勞頓，車廂內又很快歸於靜默。然而這沉寂沒能按壓下我的好奇，一直東瞅西看的我猶如一位初赴約會的愣頭小伙，恨不得求請司機大哥開快些，好早點見到多日來縈想的佳人。

　　迫不及待地下了車，山風撲面而來，冰涼中略帶著秋氣，我貪婪地呼吸著，好驅走昏沉的睡意。放眼打量過去，周遭的一切是那麼地熟悉：狹窄古樸的街道，參差不齊的商鋪，蜒曲的小徑，搭在水面上的浮排，隨波升沉的小船……若非意識到身處臺灣，我還真以為回到了那個生活了十幾年的海濱小鎮上。然而，眼前這陳舊的小鎮，真是擁有宣傳照上那個風光秀麗的日月潭嗎？

　　我下意識地就要拐進鄰處的一條小道中，身旁的同伴一把拉回我：「導遊說了，先去吃飯。」我搖搖頭，笑著跟上了用餐的隊伍。看來好事多磨，深閨美人，也不是那麼容易得見的。

　　匆匆扒了幾口飯後，我便踱出大堂，走到毗鄰的碼頭上。碼頭上壘著塊黑石，據說是從湖底撈出來的，卻也並無甚奇異處，上書日月潭三字，常有三三兩兩的遊客駐足合影。為了避開這的紛擾，我轉身向另一處尋去，卻注意到有許多鴿子在岸板跳來跳去，有一隻還鑽到了我的足下。我蹲下身，饒有興致地瞧著它，它卻也並不怕人，翹起小腦袋瞥了兩眼，就又自顧自地埋首啄食去了。此情此景，不禁令我想起在湧泉寺大殿前見到的一隻鸚哥，也是如此優遊自得，渾然不顧身外萬物。大概在此寧靜之地，連生靈們都會沾染些許佛家的禪意吧。

　　拍拍衣角，繼續前行，不幾步便到了登船處。我滿心希望見到的會是一排竹筏，或是兩三葦舟，但到底來到跟前的還是現代化的遊輪，卻也無可奈何。跳上船，眾人都爭著跑進船艙以躲卻正午的日頭，我向來不憚曬太陽，便擇近坐在了船尾的長凳上。待大家坐定，「艄公」小哥便解開了繫著的纜繩，船槳划破油碧的水面，翻湧出白色的浪花，和著眾人的歡呼，掉了個圈，向著湖心開去。

　　吃飯的時候，就聽旁人談及，這日月潭原是日劇時期開鑿的一個水庫，這令我很有些失落——原來只是個人工水庫啊！及至開了船，所見的也無非平常的幾樣物件，興頭便愈發受挫。我向來喜歡隨著興頭走，此時也懶得去聽能說會道的艄公的各種說法了，也罷，就這樣閉閉眼，權且來一回日月潭的日光浴吧。

　　水面折射的粼光投在臉上，即使閉著眼，也能感受到那股烈烈的熱，然而暑氣才剛冒個頭，又旋即被湖面的薰風給引去了，只剩得一身愜意。船身微微地蕩著，和著山林間的水汽與竹木的芳香，我竟

自有了些醉意，「暖風吹得遊人醉，直把他鄉作故鄉」，倒還有那麼兩三分意味。

忽然間，發動機那含混不清的噪聲消失了，取代的是盈耳的啾囀。我睜開眼，發現原是到了湖心。船前方是座小島，島上林木扶疏，有鳥影踴躍其間，其音清脆巧潤，頗似玉珠落湖。我一激靈，跳將起來，第一次仔細欣賞這山光水影。兩岸青山圍而不合，在水天交際處抹上了股淺黛，再襯著掛有絲絲白雲的藍天，煞是明豔動人。左邊山頭上露出半身菩薩像，也為湖間平添了點禪意。湖上還有幾艘遊艇，導遊們各自拿著喇叭，向船員們指點著什麼。「何必呢，千言萬語，總不脫此幅美景。可惜，可惜，此刻若是能捧一卷書，吃一壺茶，也算功德圓滿了」，我癡癡地想著，直到有人喊我去拍照。

螺旋槳打破了這片刻的寧靜，奔向彼岸的碼頭。夥伴們興奮地歡笑著，而我還沉浸於可餐的秀色中，虛無地幻想著在此終老的生活。「要在潭邊築個竹屋，自己打水，自己耕田，晨起研墨，晚來品茗，閑了便帶壺酒划到湖心島去看書，就算什麼都不做，躺在草叢中，看著月亮從這頭移到那頭，也是極好的。」我忽然間很想放歌，就算被身旁同伴們取笑也無所謂了，然而還未容我醞釀好情緒，船已觸了岸。

依依不捨地告別了這一潭靜謐的湖水，我們踏上了通向山頂玄光寺的石階。然而我的心已被日月潭攫住，一心只想著返程時能再多看幾眼這山這水，就連阿媽的茶葉蛋也喚不起我更多的興趣了。終於下了山，又要坐遊艇回岸，未曾想這回換了條航線，不再經過湖心島。新的路徑風景依舊，卻總似少了點什麼，看來最美的日月潭，還是屬於湖中。別了，我的湖心島，別了，我的縹緲的小屋！我默念道，心中掠過一陣惋惜——可又有什麼好惋惜的呢，我不是已經收來了這一簾山水，一船幽夢了麼。

　　驅車回酒店的路上，忽而想起近人陳增壽的兩句詩：「返鄉腸斷韋端己，再見期期誓白頭」，不禁有點感傷，轉念又替韋老先生高興起來：幸而韋先生不曾到過寶島，不曾到過日月潭，否則的話，我們又要失掉一篇佳闋了，因為「日月潭」這三字，無論如何，是湊不成〈菩薩蠻〉的調的。

# 「好味」匠心

福建師範大學文學院本科 2013 級　楊笑雪

　　吃是一種文化，在哪裡都是，中國人對吃的重視實在無以復加，就是說事吧也往往用吃來形容，丟了工作是「丟了飯碗」，被占便宜叫「被吃了豆腐」，被開除叫「炒了魷魚」，在做菜的行家裡手那，蒸、煮、煎、熬、滾、涮、煲、炙、鹵、醬、風、臘、焗、燜，每一個字就能聯想起一種手藝、一段工序、一道好菜。吃喝玩樂，吃排首位，食在當下，自是一種努力生活的態度。我總聽「好吃」的奶奶抱怨，現在再也吃不到她小時候的味道了，燒麥、胡辣湯、生煎包，沒有一樣不是變了味道的！這時候，爺爺便會反駁她說，東西還是那些東西，現在生活好了，吃食豐富，口味就「刁」了，人更難伺候了，食物要新鮮、要好看、要美味，越發「雕琢」，當然就「面目全非」。奶奶承認爺爺說得也有道理，但她還會小聲地爭辯一下：不一樣的，明明是這些人都沒有認真在做事哩。

　　我繼承了奶奶的好胃口，但沒有奶奶那麼較真，能入口的都不太挑剔。那晚夜市之行，開始只抱著填飽肚子的目的。著名計程車林夜市人很多，一片片不吝嗇大塊顏料的看板高掛著，暖濕氣流吹過路旁的鳳凰花，戴頭盔騎機車穿過黑白斑馬線的少年，機車上還會掛著兩個便當盒。朋友說夜市沒有推薦攻略，只要看到有很多人排隊的地方就一定有特色又好吃的東西。

　　賣雞排的店前排了整齊的一隊，炸雞排的老闆戴著透明的塑膠口罩，不時和顧客攀談：「黑椒味道重一點啦，不過更大份。」「兩

個人一塊就夠拉，那邊還很多好料。」才出鍋的雞排撒上一點香料拿在手上，浮在表面的油香下是滑嫩多汁的雞肉，「不能剪開的，多大都不能剪開，剪開了香氣就散了，汁水要咬下去才能裹得住。」老闆很固執地說著，無論小女生怎麼要求，雞排一律不剪開，不能分享，一大塊捧著吃才是正確的打開方式！捧著吧，接著轉到旁邊果汁攤，攤前擺了一排白色的苦瓜，看上去怎麼也比大陸的苦瓜個大得多，通體雪白，一個阿伯說：噢，這可是正宗的「白玉苦瓜」，怕苦的話，加些蜂蜜榨汁後就不苦了，你剛吃了油炸食物，內火正需要它來清熱解毒喔！於是，一根苦瓜一大杯汁，又捧到手裡。

夜市擺攤認什麼？口碑就是人氣，炸了五年多的雞排店，紅到綜藝的甘梅地瓜攤，十年如一的滷味……鼓腹前行又欲罷不能時，突然想起奶奶的抱怨，似乎開始認同奶奶對「老店」的情懷了，一個人堅持做一件事本身就是一件值得尊重的事情，「好味」來源於「古老」的堅持。

尋找美食的路程還有延續。臺北的夜晚來得真快，九點半之後大型的商業中心都關門了，路邊只剩下二十四小時營業的便利店和小酒館。臺中的店員說她們不願意到臺北來，節奏太快，走路、坐捷運都像被推著前進，大家都很匆忙。忙碌的生活需要便捷，路邊的便利店是真的便利，從日常生活用品到快捷食品應有盡有。鮪魚肉鬆飯團和海鮮沙拉飯糰加熱之後隔著透明塑膠紙便可以聞到淡淡的甜味。而我最喜歡杯裝的鮮奶，蓋上附有小盒裝的麥片，合在一起就是一杯早餐奶。縱是這樣以便利為亮點的地方，食物也沒有很長的保質期，一天過後就成了打折的臨期商品。

日月潭邊那個賣茶葉蛋的阿婆，賣了五十多年茶葉蛋，從「西施」變成了「阿婆」，生意反而越來越好。茶葉蛋的作法很容易，紅茶和鹽加水把蛋煮熟放涼，輕輕敲裂蛋殼，再放入香菇紅茶煮六個小

時就行，至於如何用茶湯鹽茶比例的調控做到蛋白嫩滑爽口，蛋黃緊實不膩，靠的完全是經驗了。煮茶葉蛋的香菇不出售，味道都進到蛋裡去了，誰吃香菇啊。

路邊有大大小小的冰店、飲品店，沒有複雜的裝修，櫃檯透明玻璃下沒有大罐調味的粉，水果蔬菜分門別類，點什麼口味就拿什麼出來，幾分糖，多少冰都反覆確認。胡蘿蔔綠茶、豆腐奶茶、芭樂梅、奇異果紅茶，搭配奇怪，味道卻很好。紅豆冰、芒果冰、花生冰，一大大碗公牛奶剉冰加上簡單處理過的料夠兩個人吃。街頭的日式拉麵店，湯頭會特別聲明沒有添加味精，手擀麵配上海苔溏心蛋，連湯都捨不得剩下一滴。東海大學有自己的校園牧場，學生無疑是幸福的，每天都可以喝到新鮮的牛乳。從畫了兩頭卡通奶牛的告示牌向下走，乳品小棧在路邊一座黑白花的房子裡，提供鮮牛乳、冰棒和霜淇淋，冰棒味道比較淡，霜淇淋口感綿密，奶味很足，牛乳很大盒，從牧場到盒子裡沒有加任何東西，一天喝不完就要變質。

吃吃喝喝的快樂中，時時會想到遠在彩雲之南的奶奶的傷感呢，老人對食物的抱怨，並非是味蕾鈍化，原來她的食物之愛已經被莫名的添加劑和簡單的流水線生產給消滅了，許多人生樂趣便打了折扣。菜品美味的源泉是食材本味的釋放，烙刻在我們舌尖上的美味，永遠不是最「雕琢」的，而是對食材取最尊重的態度的，因此，「好味」的祕訣是堅持和用心。

後來的某天，奶奶一邊嚼著我背回來的鳳梨酥，一邊聽我講臺灣的各種見聞，突然說，帶我去嚐嚐夜市上那排著長隊的雞排，還有那熬煮了五十年的茶葉蛋吧！

# 小島大境

福建師範大學文學院本科 2013 級　朱婉麟

　　當我們得以第二次從高空中俯瞰這扇芭蕉葉時，才不得不接受——為期七天的「文化創意產業研修營」已經結束。但直到此時此刻，身處榕城，我仍然看得到臺北井然有序的車水馬龍，聽得到臺中溫情有加的軟糯鄉音，觸摸得到南投撲面而來的山巒與微風。因為它們早就一絲一縷悄悄住進了我心裡。大概是從返程的那一刻起，我就已經開始期許「後會有期」的約定。

　　臺灣島面積不大，但置身日月潭湖面，不見群山邊際；視點仰賴中臺禪寺萬佛殿的高度，只見線條柔美的綠嶺；就算是位於 101 大樓，目之所及，也只是淡水河的側影。以往，我鍾愛壯闊的大山大河。而今，一方面是七尺之軀逍遙於寶島的天地間，無法窮盡寶島邊境線使我感到渺小；另一方面是，寶島以及寶島人，向世人展示出了美學意義上的大境界，消解了空間。

　　「讀萬卷書，行萬里路」，寸土如金的臺北藏著一個「萬卷樓」，在滾滾車流中，呵護著大千世界中漂泊著的思想和筆墨。市面上不很常見的學術書籍，集中在這棟寫字樓中熠熠生輝。在紙質書店式微的今天，我們時常看到將售書與餐飲結合的經營模式，弱化了圖書的數量與品質。但臺灣的書店始終劃給了書籍一個獨立的空間，使得人們走進之後，自然而然放慢腳步，不再言語，很願意駐足去結實文字和紙張中的靈魂。誠品是該行業中的佼佼者，它精緻、齊全，深諳消費

者心理，又相當有自身的藝術風骨。假如文創事業想要在風起雲湧中撐起一片藍天，這二者也許可以提供很好的借鑑。

南投草屯鎮的小街上，人間的煙火氣勢如虹。漫步其間，我被一個個姿態各異的看板所吸引。走進一家水果店，挑完水果結賬時，老闆娘先是塞給我一張紙條，隨後說道：「你順著這條路往前走，第二個紅綠燈處拐彎，就到了這家藥店；買一個這個藥，對你的皮膚有好處，不貴的。」動作迅速而流利，不失商家風采，可是卻看不見在商言商與唯利是圖的痕跡。然後才開始結算我買的水果價格。大概她從我進店起，就默默觀察到了我，打定主意想告訴我這個消息。當時我皮膚不好，也為此走進許多家臺灣的各式藥局，與多位醫者有了短暫卻溫暖的對話。他們多苦口婆心地建議我改善生活作息，熱心地介紹藥物，卻也誠懇地指出藥物的副作用，甚至為我介紹臺灣各大醫院的皮膚科醫生，並且勸我在精進功課的同時保持良好的心情。這樣的寬厚和友好在神似鄉音的臺語中款款道出，我一度錯以為，這裡才是我真正的故鄉，要不然，怎麼會熟悉和舒服得像回了家。小縣城的小街道用它不露痕跡的關懷，使得異鄉的旅人賓至如歸，便是寶島的大境界。

我記得，在福州的時候曾經碰見過一位臺灣工人，他問我：你什麼時候到的地球。我說，我不知道我已經來了多久。他笑著說，那你大概讀了點佛教典籍。我驚訝於他們深厚的儒釋道知識普及程度，等到真的踏上這片土地，我才明白，氛圍如此。我所見到的寺院，無一例外，皆氣宇軒昂，並且十分常見。大概是臺灣的人們，虔誠地打理著這片承載著他們生活祈願與年歲太平的淨土。參訪臺灣大學時，我信步來到了舊高等農林學校作業室——磯永吉小屋，有幸聽到了義工老師對臺灣稻——蓬萊米培育歷程的講解，我們到達時老師已經為前面的幾個遊客介紹到一半，我問，我們能不能跟著聽。他說，非常

歡迎，前面的部分我一會兒幫你補上。講解其間，他一再為儀器失竊而表示惋惜並向遊客道歉，並且盡可能詳細和通俗，整個講解過程長達一個半小時。即使是我這樣一個對農業知識一竅不通的門外漢，也懂得了「臺梗 9 號」「臺農 71 號」的玄機。也對大學裡默默無聞守護著歷史遺跡的義工們肅然起敬。我想，學人的境界從來就不在準備好發言稿的臺面上，而是在日常生活的侃侃而談中。我此行所接觸到的臺灣師生，都謙遜溫和，話語未到禮儀先到，一言一行使我們倍感敬佩。我想起第一天見面時，萬卷樓接待我們的副總教我們公共汽車安全設施使用須知時說了一句話：「安全問題非常重要，而我也將不厭其煩地和你們再三強調。」在解說完設備後，還進行了提問，以確保車上的人員都知道安全出口所在。諸如這樣的細緻入微與周到，不勝枚舉，是我在臺灣感受到的最至誠的照顧。並且，服務業不論大小貴廉，都是親切。他們用「謝謝」和美麗的笑臉塑造了寶島的名片。

　　臺灣人愛美，在士林夜市覓食的時候，賣刨冰的阿嬤跟我們開起了「要叫她阿姨」的玩笑，舉手投足都帶著笑容，我先是看到她的開懷，才是看到她的滄桑，繼而覺得，她年輕時一定很美。在全聯便利店，我在豆腐乳架子前徘徊，買菜的阿嬤過來告訴我：「吃這個有梅子的啦，這個可以變美　，我就是吃這個的。」我本來無意於又重又厚的玻璃罐裝食品，卻忍不住因為阿嬤的美伸手拿了一罐，回到家一開，甜甜的米香在飯桌上氤氳開來，我的家人似乎真的變得美了一些。感謝臺灣的阿嬤。愛美的當然不止是阿嬤，我們在西門町街頭隨處可見的街頭藝人本身就是一道美景。年輕的姑娘在拐角處彈奏豎琴，月光和燈光灑下來落在她的指尖，掀起一扇不動的光面。在這個熱鬧繁華的商業中心，顯得靜謐而深情。我不禁舉起手機想記錄下這個美好的畫面，她配合地看了鏡頭一眼，一瞬間，竟有種「深情在睫，孤意在眉」的嫻雅。她是大隱隱於市的行家，就更不必提松山文

創園中傾心設計和詮釋「文創之美」的設計師們了。他們已然將文化產業創意的理念貫穿到日常生活中。就像我們從造紙廠得知一張紙的來歷與製作工藝的繁複，會為浪費一張紙而感到可惜。於是我們發現，在臺灣，存在這樣的商店，他們在結賬處的前面設置一個「紙袋回收站」，打開這個抽屜，裡面有許許多多的紙袋，由別人收集而來，供你挑選完攜帶而去。我在造紙廠中看到許多神態認真的學童，也就明白為什麼臺灣的街道沒有紙屑，為什麼垃圾分類做得這麼透澈。他們從小，就懂得敬畏這座寶島上的一草一木，就懂得保護這個脆弱的大自然。

八月的臺灣氣候炎熱，但臺灣人愛護蔭濃，使得遊人的腳步在樹影中徘徊，很願意在烈日中多加停留。車過河流，一片蘆葦在隨風搖盪。山巒上的榕樹襯托得這被本來單調的高速公路也顯得綠意盎然，在明媚的陽光下青翠欲滴，我的車窗成了一個畫框。這畫框又使得我想起了泛舟日月潭的水面，船行風動，細細的水珠在衣袖前跳盪，如果不是臺灣人對自然的呵護之心，這湖光山水怎麼能如此接待遊客數量如此龐大卻仍然不染塵埃呢。當然，我們看到好的地方，也看到不好的地方。也有美景被商業氣息過分滲透，也有服務人員心不在焉，但是這個世界從來就光怪陸離，陽春白雪和下里巴人同在，這片土地送給我的情誼，自然是黑白同在。但也因為這樣的黑白不加矯飾，我會更加珍惜。

文化產業創意有很大的空間和探索路徑，有人說，文創為生活服務，文創要提高生活的品質，文創應當將美感貫穿到生活中，文創應當接地氣一點，文創應當堅持自己的想法……等等，因為思考視角的不同，各自交出了不同的答案。而我希望，文創能夠有境界。能夠在產業生髮的全過程中，有人情。它不僅僅是科學技術的比拼，不僅僅是美術設計的鑒賞，也不僅僅是文藝清新的包裝，更重要的是，它

肩負著一種與消費者溝通的責任，文創產品應當會說話。作為凝聚了「文化」與「產業」以及「創意」三個大概念的行業，它勢必是不應當小家子氣的。臺灣在它不大的土地面積上，用微小的細節和溫情的心意，創造出了相當闊大的境界，興許值得我們在日後的文創工作乃至各行各業的研習中仔細琢磨。

這座小島上的風景和人民，在我逗留的時間裡，對我付出了最真摯的愛和慷慨，使得同出閩南文化淵源的我，捨不得離開。時過境遷，我仍覺得這片土地上鮮活的一切歷歷在目。在這片土地上接觸的人們，那份教養，那份和氣，那份細心，使我自認為我們親如家人。按說，我初來乍到，且停留時間甚短，不應當對一個陌生的地方有這樣的依賴和追懷。但我是不可能不愛上這片土地的，原因很簡單，這片土地先愛了我。

# 臺灣的情懷

福建師範大學文學院本科 2016 級 張曉瑩

　　小時候小賣部的水果汽水幾毛錢一瓶，七彩的糖果一抓一大把，武俠小說裡的「神丹妙藥」，都是小孩子最喜愛的零食。糖果小零食的顏色本身就已色彩斑斕，最能引起小朋友的興趣。不管是上面的大字，還是誇張又樸實的圖畫，都充滿著小時候的味道。長大之後，那些小玩意兒好像都消失不見了，取而代之的是超市琳瑯滿目的各式零食，不僅體量變大、種類豐富，而且老少皆宜。單零食來看，好似它也會長大，也會變化。在我有點懷念橘子汽水味道的時候，我在臺灣的許多地方發現了它。不止有它，還有許多它的夥伴。在那一家懷舊的「老」店，你彷彿置身於八九十年代的風光，各式玩具和零食不禁讓我們一行人興奮，是回憶啊！

　　厚重的時代感，像一場召喚，想把我的情懷喚出來，在臺灣這片土地上感受它的文化、它的氣息。曾經風靡大陸的港臺文化是娛樂的象徵，不論是歌手或是影星，作品亦收割了不少大陸青年男女的青春。而如今，借此機會，交流在臺灣，出現在這片土地上，我想聽聽它的海，它的故事，它的情懷。

　　夜晚行走在基隆港邊的柏油路上，任憑路燈揮灑，路上行人卻寥寥，港邊停靠的船艦，讓這安靜更顯穩重，海風的吹拂竟也少了鹽腥味，清清涼涼。臺灣島上上百個大大小小的港口，彷彿在訴說著不一般的海洋文化，作為臺灣最重要港口之一的基隆現如今發揮的作用仍不減當年。港口岸邊的的馬路行人少，順著路口左轉，我們開始步

入霓虹燈滿布的熱鬧街道，商業大樓仍照耀光芒，富狗橋上車來車往，機動車的馬達聲聲作響。一個街道拐向另一街道，是靜謐和喧囂的區別，是靜如處子動如脫兔的區別。一座城市，總不該只有喧鬧，而容不下一處寂靜吧？

　　夜晚九點半，有人剛剛下班，騎著他的機動車，呼嘯而去，好像家在一聲「呼」中就能到達。夜晚九點半，路口的車默默等著紅燈，這裡的紅燈時間這般長，但司機卻是不急不躁，禮讓行人、按順序行駛亦是一絲不苟，不過它的綠燈也很長。夜晚九點半，基隆的街道華燈如初，行人不多也不少，慢的步調這座城市走得很有味道。是不是太平洋的海風吹散了城市的燥熱？海風溫柔又有力。這讓我想起了家鄉福建泉州。福建泉州也是一座港口城市，海是親近的東西，海上絲綢之路始於此，這裡也有著獨特的海洋情懷。泉州吹著海洋的風，不過不是太平洋的海風，而是臺灣海峽的海風，愜意愜意，朋友坐下來泡壺茶吧，「炮古」（閩南語，「閒聊」的意思）也是一直消磨時間的方式，五湖四海皆朋友，「閑閑無代志」（閩南語，「閑閑的沒有大事情」的意思，是一種大度、輕鬆的良好心態）更是一種積極向上、波瀾不驚的生活日常。海峽兩岸本是同宗同源，城市的風格和氛圍有著令人舒適的親切感，更添暖意。

　　座落在基隆市的臺灣海洋大學，面朝大海背靠山，校門外的主街道蜿蜒在海岸，岸邊的平原地帶本未帶給這座大學多少遼闊，它卻沒有掣肘於海洋，反倒是填海造路、擴校，從海洋的口中爭來一畝三分地。與海為伴，靠海為生，因地制宜，受益於海洋。太平洋的暖濕氣流吹來了臺灣別具一格的海洋文化，這座在臺唯一一所海洋的大學，也創造、傳播著屬於海洋的知識。在本次交流中，我們以「文學」和「海洋」的名義，坐在同一間教室，傾耳聆聽福師大文學院老師和臺海大人文社會科學院老師的課堂講座。毋庸置疑，這是兩種不

同的風格，一種如山風徐徐，一種如海風蕩蕩，一種帶著山間的芳草香味，一種帶著海洋的波濤湧動，山風就著海風綣繾出文學的靈氣，那是一場妙不可言的交流。

在臺海大，我感受到一種新的校園風格。老師與學生間的相處更多的是隨意平和，多了一份朋友間的熟稔，少了輩分的約束，這又讓我想起導遊大叔滿是自豪的話：「臺灣不僅景美，人更美。」海洋大學的老師和同學們對我們無拘無束、盡顯真誠的接待交流，是一種對文學的尊重，也是對友人的十分真心。我想，海洋的精神融入生活便是對人對事真誠且包容的態度。

平和，是我體會到臺灣人們的態度；友好，是我感受到臺灣人們的溫度。在基隆的街頭，剛攔下計程車的叔叔要禮讓於你。走出影像博物館，熱情的講解員阿姨在門口朝我們揮手告別。坐在臺北的計程車上，和司機大哥聊聊臺灣的日常，聽他回憶年輕的時光。一面之緣的陌生人，一面就如舊朋友，沒有刻意的疏遠，也不需要過度的熱情來表達自己的友好，只是像兩個闊別已久的故人再次相逢時彼此的問候：「來啦。」這樣平和的處事，不急不躁，溫溫潤潤，與這裡的慢慢的生活節奏相得益彰，都是緩慢如斯，平淡日常。臺灣的人確與大陸人較為「激烈」的態度不同，但那又是另一種態度與溫度，一面是溫潤如玉，猶如過堂山風，一面是熱情似火，坦誠直率，倒也都是人情的暖意，世間的情懷。

經過轉型的玻璃觀光工廠，與其說是生產跟環境的妥協，倒不如說是人文情懷的湧現，產業的創意關注環境、成本、文化的多重方面，體現出文創的價值。而那影像博物館、眷村博物館是保存時代記憶的場所，紀念和不忘，讓創造和歷史更加持久綿長。多種風格的文創區，不論是舊與新的碰撞，還是產品和思想的融合，都賦予了物品更多的價值，當木偶娃娃有了自己的思想和理念，它便不是簡單的死物。

　　一路的感受與接觸，沒有太多城市的喧囂和冒進，文化的交流讓我們盡情與臺灣對話，在美好的芳物中偷得浮生半日閑。而如今，我亦真正領悟，臺灣的情懷，絕不只是人人稱道的娛樂文化。在街角的小店，或是便利店的工作人員，臺灣的情懷已然融入生活，是景更是人。

# 三城浮想

福建師範大學文學院研究生 2015 級 尹茜茜

　　臨行臺灣前，遇上些不順心的事，我避走閩北老家。說是老家，實際上我總覺得那不是真正的歸宿。我已經是第三代移民了，祖籍於我而言，不過是遙遠又縹緲的二字。可我總覺那二字是種召喚，召喚我皈依。事實上，祖籍從未想過找尋它遺落的子嗣，而我總念想著有朝一日能夠重逢，這令我感到一種自作多情後的羞恥。而閩北老家，我卻知道那兒永遠有我的一席之地。因此，我逢著了事，仍然要回老家。老家小小的。小時候，信步街頭，三五步就能撞見一位熟人。一個月前，當地一位年輕女教師單身赴日旅遊神秘失聯，小城市一下子成了全國關注的焦點。城裡的人在惋惜之餘，也有一種莫名的興奮，大家的話題從房子車子孩子一下轉移到這位女教師身上。但凡三人一照面，必有一人與這位女教師有著七拐八彎的關係，言之鑿鑿地分析女教師可能的下落。可女教師的這些親友，我很少有識得的。畢竟我離開這裡也六年有餘了。距離我上次回家，已經隔了小半年，待的時日又不長，趕緊和老同學約好打邊爐。同學說，不如把本地的班上同學都叫上吧，約了半天，才發現只有七零八落的三五人長居此地。聚餐路上，行至校門口，學校的矮樓已經拆去，周圍的店鋪也多數易了主，只剩下奶茶店的光頭老闆責笑我們好久不去捧他的場了。突然間想起香港人的「失城」情結。事後，與親人閒談，不知怎的，誰也聊得不得意。不知是老家的問題還是我的緣故，我們都回不去相濡以沫的狀態了。念及此，心裡踩了個空。

　　我才回福州，福州的朋友就讓我打聽是否有可靠的心理諮詢，一打聽，居然還真有其他的朋友在看心理醫生，趕忙討了醫生的電話。我自己也偷摸打了個電話，問問我的焦慮傾向是否還有救。還好，醫生說我不需要去找他。真是不可思議，福州這種看似悠悠哉哉的地方，也有這麼多緊繃的神經。在福州，一面之緣的廣告人請我喝咖啡，問我可否有故事說來聽聽。我問什麼樣的故事，他說悲辛的極致的。我很抱歉，因為我並沒有暢快的人生經驗。廣告人笑著說沒關係，畢竟福州本來就是個不太瘋狂的城市。他說我有種夏日的渾濁，他要我學會擁抱孤獨，逼迫自己做成點兒事。在這片灼熱的浮躁的沙漠裡，人總得學會在無物的窒寂裡塑起點支撐物。可是福州也不壞，從某種意義上說，我已經把它當成家了。思量苗苗在大學一年級時候無厘頭的感慨──「馬上就要畢業了。」彼時大家都在笑他，單以為他無厘頭，經由這些年，才恍然箇中悲喜。這一恍然，忽忽五、六載已然不見，同窗皆鳥獸散，一散亦知情分的淡薄。從前總恨不及要速速從福州脫身，那時候我總想，未來在哪兒都好，只不要滯足於此。現在也都淡然了，反而常常從他地看出福州的身影，從而感到一些的安穩。

　　才乘上臺灣的大巴，我就看見了福州的模樣。我跟隔壁的小孩說：「你看，臺灣人改建陽臺。」不怎麼整齊的防盜網點綴在外立面，這樣的房子在福州並不少見。臺灣這樣的地方，對於我這樣的旅人而言，真是再滿意不過的目的地了──既有顯見的新鮮氣質，又無處不在熟悉的景觀。我和小孩在大巴上，常常指指點點臺灣的風景：「這裡那裡都好像福州哦。」在新媒體兼職的時候，採訪了一位在北京念書的臺灣老師。她說：「你能想像在白粿裡面放糖嗎？福州人可以耶。」本科期間的北地同學也嘖嘖道：「魚是甜的，蝦是甜的，連豬肉也做成甜的。」我想，福州的風味大概就是甜的了吧。結果在臺灣

吃川菜，進餐館前，西北來的同行還興奮地想著終於能吃上辣子了，菜一上桌，都是「甜不辣」。臺灣的甜是徹底的甜，風是甜的，川菜是甜的，人也是甜的。臺灣比福州還有福州味道。說到底，還是不一樣的味道。大巴行駛在臺灣的公路上，公路離地面很遠，農人伺育的稻田裡，臥著兩隻散落的雲。我們從老矣的基隆往齊整鮮豔的新竹去。臺灣如此舊，臺灣如此新，舊新之間零星散布著若有似無的熟稔。臨近新竹，兩簇凸起的城市建築在兩處低地上遙遙相望。我們陷落在異地，用一只玻璃紙袋子兜著，外面的世界清晰透明，可總有層膜，將我們與臺灣區隔開來。車窗玻璃是顯示幕，一下跳轉到福建頻道，一下轉入進臺灣風景片，間或還能看見海外的景觀。腦子就這麼恍恍惚惚的，在不同的地域跨越，一下子辨不清身在何處。和廣告人在咖啡館裡閒聊時候，音響突然奏起一首外文歌曲，他說這曲子令他像回到從前居住過的某處。世界本就那麼大，再新鮮的事裡都有熟悉的脈絡，憑著這一點兒熟悉，就能觸到家鄉。對於現代人而言，一曲，一畫，都是家鄉。我們笑稱這是我們的「無處之鄉」，無處不在，無所安放。

要離開熟稔臺灣的前夕，打車從西門町回酒店。我們的司機先生是一位開朗的老伯。司機先生問：「你們大陸有個叫寧夏的地方嗎？」我們說有的有的。司機先生不信，說之前載過一位北京客人，一口否定有這麼個地方的存在。西北的同行跟他解釋了半天，他半信半疑道：「原來真有這麼個地方哦。」他說自己的老家是寧夏，但他從未回去過，有機會可以去看看。原以為他會繼續好奇地打聽，可是他話鋒一轉，要我們推介大陸的愛情片給他看。大概他已然找到了家，對於先人的居所也就不甚在意了。

# 臺北森林

福建師範大學文學院本科 2015 級　鍾政華

　　臺北是一座森林，特別是在從 101 大廈往下看的時候，車和人化作了點，變成林中的獵人與獵物，在交錯裡縱橫，像是馬赫坡社的賽德克族人，在奔馳中成就屬於個人的「出草」儀式。

　　「出草」是臺灣原住民族獵人頭的習俗，也是獵首的別稱，臺灣島內多山，為了爭奪有限的資源，暴力成了有效的解決方式，「出草」是部落男人成年的證明，也是祭祖的重要一環。每一個完成出草的賽德克族男人都是受人敬仰的勇士，得以在面首紋上部落的圖騰，而這種獵首行動在日本人占據臺灣後，被禁止廢除了，連同一併廢止的，還有他們原來的落後的生活方式，他們被迫成為工廠的勞動力，在層層剝削中隱忍，再用生命換來的微薄工資去換酒精，以此來忘記自己曾經的野蠻。因為在所謂的文明眼中，這是血淋淋的野蠻，文明的存在意義之一便是教化，現代社會便是用文明的方式隱秘地進行野蠻的儀式，在水泥森林中用欺與瞞代替砍與殺，用虞和詐取代力和血，從而獲得文明社會裡的所謂「生存圖騰」。

　　在野柳的海邊，與導遊聊起《賽德克・巴萊》這部電影，導遊是個很懂接話的人，所以我問了一句廢話，現在的臺灣還有原住民嗎？

　　導遊說，當然有，臺灣現在還有不少的原住民。

　　我問，他們還是以打獵為生嗎？我看過《賽德克・巴萊》……（其實那時候我只看過電影的開頭，是一個健壯的青年飛身獵殺的場景）

我的話還沒說完，就被他很興奮地接了過去。

他說，這個電影講的是霧社事件，改編真實的歷史。當時上映的時候，整個臺灣都在討論，那些已經忘記怎麼打獵的原住民的後人們覺得這電影拍得太野蠻了，但是這些人是在用現代文明的視角去評論的哦，是，他們是野蠻，是血腥，但是他們的精神是這個……（導遊豎起了他的大拇指），莫那·魯道死後，日本人還把他的屍體送進研究所裡研究，想要研究清楚這個莫那·魯道的骨頭為什麼那麼硬？為什麼怎麼打都打不怕，怎麼打都打不降？

莫那·魯道在影片中對族人說了一句話，並成為了電影的題記：如果文明是要我們卑躬屈膝，那我就讓你們看見野蠻的驕傲！於是日本人看見了，看見了他們消失已久的武士精神，但是這看見的代價是一二三六人的出草（此時已有「起義」意味）到最後僅剩不到三百人的婦孺，這三百婦孺被迫遷徙到了一個遠離祖靈之地、易於控制的地方。

這是一場文明對野蠻的驅逐，也是一場流亡。

前往內灣老街時，導遊介紹完了老街概況後，不知是有意，還是無意添上的牢騷，他只是輕輕地在話尾的最後加了這麼一句：客家人來到這裡後，原住民就只能往更高的山上跑了……

在臺灣的日子，我們也在跑，不停地在各處跑，帶著疲憊與閃光。

跑在誠品的書架前，我翻開了三本有關臺灣人的書，一本是金士傑的話劇劇本，一本是李安電影的研究，還有一本是古龍的武俠小說。

金士傑和李安一樣，都出生於臺灣屏東，縱觀李安的生平經歷，發現他的前半生一直都處於流浪的狀態當中，臺南、臺北、當兵，然後就飛到了美國讀書、拍片。金士傑對自己更狠，養了一年半

的豬後，二十七歲的他揣著一個「說個故事或者寫個故事」的夢想，就隻身到了臺北，做起了大齡「北漂」，而古龍就如同他筆下的浪子，籍在江西，生於香港，長於臺灣，混於街頭。

在他們的身上不約而同地都能找到一些流浪的味道。

其實在臺灣藝人的歌聲中就可以聽得出來，臺灣似乎有著與生俱來的流浪氣質，流浪歌手在民歌餐廳裡駐唱，一路從臺南唱到臺北，直到把一家家餐廳唱到倒閉為止，就在今年夏天的這場交流活動中，有一個外表看上去文靜乖巧的臺灣女孩，和我們說起她的夢——背著吉它去流浪，而她想先積攢一筆錢，然後再去實現這個流浪的夢。

流浪，與其說是一種生活方式，倒不如說它更像是一種心理狀態，這個詞語的身上寄託著自由，寄生著夢想，每一個活在城市裡的人，特別大陸人，在心理上或多或少都想要去流浪一番，但身體還是乖乖地在還房貸、車貸以及水電費，但臺灣給我的感覺不一樣，給了我一種今天說明天要去流浪，今晚就在打包行李的感覺。

原住民巴奈是臺灣的一位女歌手，也是《流浪記》這首歌的作者，她曾經這樣講述過自己從前的經歷：讀臺東女中時很單純，什麼都不懂，失戀就很傷心，決定要離開這一切去流浪。帶個包包，跟朋友借一把吉他，流浪到高雄！在高雄民歌餐廳唱歌。在高雄唱一次是二百五十塊，一禮拜十班的話，一個月收入一萬出頭，很窮，但餓不死，岡山、臺中、鹿港、臺北、宜蘭、臺東，唱倒很多店。

流浪成了習慣，在家鄉與城市之間，在城市與城市之間。可是在成為習慣之前，像是《流浪記》裡唱的一樣，會一邊走一邊掉眼淚，曾經以為告別家鄉是容易的，以為學會城市的虛假是容易的，以為忍住眼淚是容易的，以為看穿謊言也是容易的，在寥寥的公路上默默地走著，城市街道上車水馬龍，也如過眼雲煙，眼淚流完了，浪還

是要繼續流下去，於是一路瀟瀟灑灑、坦坦蕩蕩，只是難免會寂寞孤單。

許多人都認為原住民的歌謠大部分是快樂的，他們的歌都是開朗樂觀的，但是又有多少人懂得他們是如何面對現實生活的殘酷與心中的無奈和悲涼？

古龍的浪子或許一生快意恩仇，但總是借酒消愁；金士傑的話劇與表演也逃不出一個「悲」字；李安更是利用自身獨特的體會，借用電影的語言，講述著「人」在東方與西方之間的矛盾與落差中糾結掙扎。

或許只有流浪過了的人，才能真正懂得什麼是生活，懂得什麼叫做漂泊的無腳鳥。

流浪久了，人心會慌。

流亡長了，記憶會忘。

就像王家衛的《重慶森林》，搖搖晃晃的鏡頭，穿過都市樓市裡密密麻麻的人潮，浮光與掠影，都帶著萬寶路的浮躁與廉價香水的味道。

離開臺北的時候，下雨，總有雨過天晴的時候。灰黃的空中掛著一層淡淡的彩虹，賽德克族便是一支信仰彩虹的民族，他們相信每一個通過彩虹橋的亡靈都會安眠於他們神聖不可侵犯的祖靈之地。

車又開始顛簸，車窗搖搖晃晃，窗外是一片臺北的森林，偶爾有獵人的呼嘯與鮮豔的紅色一閃而過。

# 所幸

福建師範大學文學院本科 2014 級　金蘭

　　印象裡的臺灣女孩子應該就是以志玲姐姐為範本的吧，軟糯的聲音，纖弱的身姿，這樣的女生對於我這個來自北方的「女漢子」多少是有一點吸引力的，她們矯揉造作，卻又讓你欲罷不能。但唯瑄很酷，即便我已經回到大陸近一周，給她發微信報平安，她的回復頻率差不多是一天一句話。

　　如此這般的臺灣女生自然是以特別引起我的注意的，回憶起她，唯瑄給我印象最深刻的是她的眼睛，靈動閃爍。當他們一行人在福州和我們用餐時，唯瑄就眨著她那雙精靈般的眼睛，揪著茸絨學姐問東問西，問大陸的風土人情，吐槽學校的管理制度，在一桌害羞靦腆的臺灣女生的對比下，唯瑄就特別起來了。當時的特別僅限於她的大方健談，讓我留意，但還未讓我著迷。

　　真正讓我貼近唯瑄，是因為當我們訪問海大時，緣分讓這個精靈坐在了我身旁，一開始我們只是聊一些雞毛蒜皮，當然最多的就是海峽兩岸生活的不同和大學生活的回憶。

　　直到我隨口問了一句「唯瑄，你多大呀？」她的回答讓我驚詫，她才大學一年級，卻和我同齡。當然，這時的我一定會免不了要好奇的問一句「為什麼」，但就是這句「為什麼」之後的她的回應，讓我改變了對她的看法，改變了對自己人生的看法，改變了對於自由的看法。

　　這裡要矯情的插一句，我是那個從小一直標榜追求自由的人，可惜的是，一直找不到自由是何物？亦或者總是曲解自由就是放任，毫無自制力。

　　唯瑄回答我說：「因為我去環遊世界了呀！」

　　環遊世界？環遊世界！環遊，世界。

　　一時間我有點驚得啞口，甚至不知道該怎麼進行接下來的話題。我腦袋裡迴旋著「一定是家裡有錢，和父母去玩」諸如此類現在想起來幼稚無比的想法。唯瑄倒是很大方：「我第一年考上了淡江大學，讀了一年之後覺得這不是我想要的生活。然後自己環遊世界了一年，去了美國、加拿大等地，在澳洲自己租房，自己找了當地的語言學校讀了幾個月，然後年底回臺灣。陪我妹複習高考，後來想想自己也去試試吧，就考上了海大。」

　　她很淡然，也很從容，依舊眨著她那靈動的大眼睛，面帶微笑。

　　我斷斷續續地問：「你⋯⋯你父母會同意你這樣做嗎？」

　　「嗯，我爭取了很久，從高二的時候我就想這樣做了，我想出去看看，這是我爭取了很久才有的機會。」

　　「語言怎麼辦，你不怕嗎？」

　　「不怕啊，自己去體驗這一切，我覺得很有趣。」

　　⋯⋯⋯⋯⋯

　　後來的對話就是我這個井底之蛙一直問東問西，問旅行的趣聞，問她的收穫，然而她從未覺得這是一件值得大肆標榜誇耀的事情，她告訴我，這是一次人生自由的經歷。

　　自由？自由！自，由。

　　那天的交流後回到酒店，我的心裡一直在思忖這句話「這是一次人生自由的經歷。」追求所謂的自由這麼久，浸染了那麼多的心靈雞

湯，沒想到眼前這個二十幾歲精靈一般的女孩，竟一語驚醒夢中人，算是徹底撩撥了我內心的那根所謂夢想的心弦。

開學大四了，身邊的人早都開始在忙著給自己找個看起來穩妥的出路，在遇到唯瑄之前，我從未深切地思考過自己想要什麼，只是抬頭看看慌亂也井然的周圍，默然地加入這忙碌的大軍。於是想著女孩子嘛，追求什麼夢想和追求，快畢業了現實點，找個好工作，嫁個好老公，生個好孩子便罷了。還不敢正視刺眼的現實，就小心翼翼的收起從曾經對於自由或是幼稚或是片面的理解，亦步亦趨的提醒自己努力過一個平凡的生活，即使平庸。

「金蘭，你有勇氣去環遊世界嗎？」腦海裡突然就閃現了這句話，閃現了唯瑄的眼睛。

呵，我怕是沒有勇氣。我有太多的瞻前顧後，我有太多的左顧右盼，我放不下這個，擱不下那個，我覺得所有人走的路一定就是對的，我走啊走，從曾經的我走向現在的我。沒有唯瑄，我還會一直走而不停歇，甚至不知道停下來想想自己到底想要什麼，我會永遠無法那樣切膚的理解「自由」的意義。

她看遍了這個世界的山山水水，體驗了形形色色的風土人情。她獨自一人經歷一切坎坷但卻收穫對於自由最深切地體會。她知道自己想要什麼，在迷茫時給自己最廣闊的天地，這樣的收穫讓她在前行的路上，一往無前。

終究還是沒來得及和唯瑄正式的道別。

晚宴的時候，唯瑄告訴我，她自己一個人住，離學校遠，所以沒法在最後一天去學校送我們了。我慌忙地要了她的聯繫方式，跟她講我在大陸的家鄉，她說她沒有來得及去非洲，所以一直的夢想就是要去一個有沙漠的地方，去感受那樣廣袤的氣息，我要她一定來，因

為我們還有好多話沒來得及說，我才剛剛被這個精靈吸引。但是時間總是不等人把話說完，晚宴散場，我們還是笑著聊天告別，她更像是我的老友，我總覺得，我們有無數個明天還會再見。

第二天，唯瑄沒來。我悵然地翻翻手機，我們竟然連一張合照也沒有，唯一的大合照，唯瑄也沒有在其中。和她的交談竟然讓我忘記了「自拍」這個保持多年的喜好。

回到大陸，還是一直無法忘記這個精巧的女生，我努力的回憶著我們僅有兩天的相處旅程，品味著這跨過了臺灣海峽的深深友情。緣分的奇妙就來源於此，唯瑄呀，我不知道我這短暫的一生，還會不會再見到那樣可愛的你，所幸的是，我們曾經有過交集，所幸，所幸。

想得太多就容易感慨到不行，於是趁著思緒翻飛趕緊拿起手機發微信給她，但唯瑄很酷，即便我這時多麼想把這矯情的情緒傳遞給她，她的回復頻率差不多是一天一句話。

# 來自海洋的妙筆畫心

福建師範大學文學院研究生 2015 級　潘茸絨

　　落地臺灣第一站。基隆海平面上溫柔的雲絮，如海浪散向天空的白沫。一路上被夏日的海洋氣息包圍，懷著舒適期待的心情，我們如期抵達臺灣海洋大學。

　　一週前在福建師大初次見面時，大家還免不了有些羞澀，但幾番寒暄和聊天後很快發現不少投緣之處，卻又匆匆告別。此次與同學們再次相遇，我們已然像久別重逢的老友，大方熟絡地聊起來。課程繁忙嗎？家鄉方言種類多嗎？有什麼好玩好吃的推薦？……我們一邊吃著臺灣師生熱情款待的雞排奶茶課間點心，一邊彼此充滿善意好奇地提問，熱鬧歡快。

　　而作為插畫設計愛好者的我，對同學們的妙筆畫心印象尤為深刻。在課間常常看到他們的本子、速寫紙上畫滿了各色的小塗鴉，可愛詼諧的，複雜抽象的，簡約清新的，應有盡有。

　　庭妤本子上一張滿版的裝飾畫風格極強的黑白塗鴉吸引了我的注意。她神秘地讓我猜猜畫的是什麼。我遠看覺得像平面狀的纏繞畫，近看又覺得是立體狀的「解構派」，橫看像一座延伸的夢境空間，豎看又似乎像一個巨大體育場的穹頂。而她卻告訴我，畫的是一個「生物」，說著又開始加工，奇妙的圖案進一步豐盈起來，躍然於紙上。

　　我細看，發現線條圖形豐富卻絲毫不顯雜亂，黑白色塊的合理分布穩固了視覺重心，筆力自信流暢，奔放而不失節制的編排。我感

嘆她創作時想像力的盡興揮發和筆觸的和諧流動。不由聯想起康德所言的審美無功利，無論我如何猜想她說畫內容，唯有那份自由和自然的美好是不變的。

後來我得知，海洋大學文創設計系學生的入學考試，並不是我想像中的傳統美術設計選拔考試，而是更重對畫畫原初的熱愛和富有創意的設計妙心。所以，他們是最純粹的一群設計者，有著極具包容力和爆發力的「海洋心」。

「我們要是不畫畫，腦子可動不起來，手閒不下來。」海洋大學的周迪同學一邊畫一邊笑著對我說。

在交流活動中，老師們組織了富有特色的圖文碰撞活動，文學專業的我們與設計系的海洋大學同學們用各自方式合作完成一段文本的解讀。文雅同學將一段關於故鄉雨的文字，用一張溫情細膩的插畫呈現，巧妙避開了敘述主體之謎；欣芳同學用富有個性和想像力的畫面，展現了「人生萬花筒」的文字主題，深邃而美妙。

而和我在福州最早結緣的霈渝同學，則將一段關乎生死離別的傷感文字，用沙漏、手捧、失落的彩球等意象展現，簡約清新的圖形和配色，結合留白的手法，居中的構圖，耐人尋味的哲思的不言而喻。對內涵婉轉的「不言自明」，彌補了文字形式中敘述者中在「情」與「理」敘說上力度拿捏的不穩定。霈渝的設計，就如她謙和內斂的為人，令我讚嘆不已。

德國美學家萊辛在其名作《拉奧孔》中論述了詩畫之別，詩能化靜為動千變萬化，而畫則突破時空凝固瞬間之美，引人想像深思。誠然，隨著現代藝術的發展，繪畫的美學形式不斷豐富，日漸脫離傳統圖文地位之爭，與文字交相輝映。而設計，則將圖像與文字進行更為實踐性的融合，進入人們的日常生活。在新媒體迅速發展的今天，視覺設計將越發突破實用性，以更廣度深度的形式影響人們的審美。

　　回憶三年前，在臺灣參加海峽兩岸設計比賽與創意論壇，印象很深的浙江大學國際設計研究院的應放天教授在講座中提到的「真理」：「好的設計能真正改變生活。」多樣的設計滲透生活萬物，自然也包括文學。我們注意到海洋大學文創系的課程有大量文字和圖文轉換方面的訓練，並鼓勵各色各樣的創作，融合實用性與審美性，學會適應於多用途多平臺的考驗，

　　臺灣海洋大學同學們的妙筆畫心，讓我看到了我心目中的設計理想：懷抱那份原初的純粹熱愛，不斷磨練與時俱進的技藝；對生活秉持包容與妙心，用自由和理性實現對社會有益的美好創想。通過這份海洋之心，我也從更微觀的角度，進一步理解了臺灣文創成就的原因，這也對我們在文學創作、文藝理論研究和文學在文化產業的運用上富有啟發。

　　愉快的回憶太多，不勝枚舉。「本來以為我們之間會有很多不同，後來發現原來有那麼多相同。」同為兩岸師生中的「活寶」人員，我和庭妤、翔仔在飯後聊天中得出了共同的結論。

　　妙筆生花，畫心為文。我們相隔一灣海峽，卻在學習和生活上有著共通的文藝夢與海洋心。願在未來的路上，我也將繼續用真心努力學文作畫，與海洋大學的同學們一起並肩前行。

# 遺夢廊橋

福建師範大學文學院本科 2014 級 楊淑惠

「安全到福州了嗎？」

「嗯，已經到宿舍了，放心吧。」

「那就好，明天我去看你。」

「好。」

發完這條微信，我爬上自己久違的小床，拖鞋停在最上層的臺階，頭髮在枕巾上完全鋪開。因為每每吸足陽光而變得有點硬的被單，像大白兔奶糖那層透明的糖衣，雖然不及酒店的白緞子來得柔軟，卻踏實有力地包裹著沉靜如河的棉胎，又踏實有力地包裹著我。

對著黑色的柔軟空氣，回想剛剛飛機著陸時的震顫，我明白，我又該回到以前踏實有力的生活之中了。讀書、跑步、按時吃早餐，為保研面試做最後的努力，當然，也有年輕的愛情，會散發出淡淡的梔子花香。

行走在這樣踏實有力的莽原之中，隨著歲月一路向西，有一天突然發現，自己在複習提綱、百貨商場或者東街口的小吃店裡，遲鈍了對雲朵和色彩的捕捉，辜負了許多許多次對美好文字的期待。

這七天在臺灣，肉體凡胎自然依舊被供養、被使用，不同的是，這裡有發現、有感動、能寫詩、能有一整個世界的海水湧在心裡。讓人快樂的，不僅僅是這裡有又藍又高的天空，有翅膀上帶著黃色花紋的蝴蝶飛累了趴在 101 觀景台的玻璃外面。打在車窗上的雨珠，急促促地想抱著寤寐思服的太陽光一起纏綿地滾落完自己三秒鐘

的漫長一生。靛色的海水像是有一顆巨大的黑色寶石曾經被某位神女的眼淚打碎，凝結著嘆息被用力地潑灑在這裡。

令人快樂的，是感受到了種種如詩的美麗。

想像中，生活就應該像唯瑄過的那樣。這個來自臺灣海洋大學的女孩子和我一樣大，卻已經獨自去過美國、加拿大還有南美某些個不知名的小鎮。我總是一邊聽她講著，一邊歪著頭想：唯瑄一定見過好萊塢電影裡美國西部那些綿延起伏的高山和一望無際的羊群，也一定無數次走在蔥蘢又柔軟的牧場裡，這種牧草踩在腳下的感覺一定能給人神奇的力量，讓她很勇敢地在異國他鄉獨自找房子、找學校、找工作，還有，看月亮。「那你為什麼當時考上大學了卻不去讀，要一個人去那麼遠的地方呢？」「我也說不上來為什麼？」唯瑄皺著眉頭想了好久，依舊說不出所以然。「我知道了，是不是因為那個時候有點迷茫？」我有點想要取笑她的意思，可她卻一本正經地點點頭：「對，就是有點迷茫，不知道怎麼過這一輩子。」聽到她的回答，我有點癡癡地呆住了。在我所認知到的話語體系中，自從有了「誰的青春不迷茫」這樣的表達，「迷茫」就和「多愁善感」一樣，成為「少年不知愁滋味，獨登高樓強稱愁」的代名詞。以前，我也有像唯瑄這樣心裡長滿了蓬草的時候，也真想帶著一把舊吉他和一本夾著乾枯玫瑰的《少年維特之煩惱》去遙遠的地方流浪。可我畢竟對自己獨立思考人生的有效性和正確性表示懷疑，牢記著楊絳先生的那句話：「你的問題在於讀書太少而想得太多」。逐漸的，心裡的熊熊大火變成溫潤的燭光，我並沒有後悔自己沒有實踐那場計畫中對平凡生活的叛離，只是當唯瑄的熊熊大火再次照亮我的燭光時，我讚嘆、溫暖、感動，充溢，就彷彿我自己也曾走過那片無邊的青青草地一樣。

除了自由之外，在臺灣，我還遇到了一段愛情。我彷彿確認這就是愛情，但又搖搖頭，暗笑自己的癡。那個太陽在很西邊的傍晚，

剛入住了酒店，躺在床上想著方靖哥哥應該下班了。他剛畢業進入職場，有很多的壓力和不順遂，公司的發展平臺很小，工作雜而多，甲方的要求總是改了又改，於是熬夜加班便成了家常便飯。我知道以我之力不能幫他解決什麼問題，只是學會很乖巧地不去給他增添更多的煩惱：每晚讀完《紅夢樓》的心情不會再和他分享，遇到紀伯倫的好詩也不會一整天揣在懷裡想要念給他聽。對於文學，他的不解風情已經足夠讓我黯然神傷，可他因為想要回應我而搜腸刮肚拾得的蒼白句子更是讓我哭笑不得。在現實生活中，我的愛情與文學完全絕緣，於是「新的愛情」就產生於餐桌上一句話：「我覺得寫作的時候真的很孤獨，宿舍的其他人都不會明白你為什麼快樂，又為什麼悲傷。」我聽了這句話，夾菜的速度不由放緩了，抬起眼睛打量說話的男生，他全然沒有徐志摩那種浪漫，顧城那種夢幻的樣子，很難想像他會對女孩子說出詩一樣甜蜜的句子，反而像是一塊石頭，悶聲不吭地躺在河邊，可知他的心裡完全沒有文藝青年的自我定位。可能就是帶著這種悶不吭聲、絲毫不願賣弄的愛，他說他每天都會堅持寫兩千多字，我聽了頓時對他肅然起敬。「是純文學嗎？還是通俗文學？」「就是網路小說，武俠、玄幻。寫網路小說首先就是要有速度，停下來就沒人跟了。」「網路小說啊，我以前也寫過，寫過言情，可是後來寫著寫著自己都不喜歡了。」「嗯，我明白這種感覺，等我以後有足夠的積澱了，我也寫純文學，不寫網路小說。」他說話的時候，眼睛裡好像含著一顆瓦數不足的暗燈泡，但忽明忽暗中又看出藏起了很多熱情和期待，我一下子明白他了，這也是一個想要走曲線接近文學夢想的青年，突然想到自己那些個寫下大段文字又全部刪除，背下大量的詩歌又全部忘記，哭得暈暈乎乎的黑夜，醒來後猛吸一口氣：算了，考研就考學科語文吧，就算以後當了語文老師，也可以接著寫作啊！不知為他，還是為自己，我情不自禁起來：「沒關係，我們現在就像拍三

級片，總有一天，會把脫掉的衣服，一件一件都穿上的！」我含笑地
看著他，我知道他的眼睛在對我說：「嗯！謝謝你，我們在文學的路
上走著，彼此加油！」那天晚上因為只顧著說話，飯沒有好好吃，入
睡前已經覺得肚子很餓了。我躺在床上想像著和這個男生一起讀書，
一起寫著青澀的文字，我每寫一段就給他讀讀，他很配合地把稿子捲
成筒一臉崇拜地採訪我，我狡黠地看著他，清咳了一聲，也裝模作樣
地發表自己的創作感言。可是還沒演完就止不住拿起稿子搗著臉在青
梅樹下笑彎了腰。後來，可能是睡著了，空蕩的胃終於奪去了我詩意
的想像，我夢到了一碗綠豆湯擺在我的面前，裡面還有一顆好像會發
出笑聲的青梅，正看著出神，一個白色的勺子放在了我的手邊。「快
吃吧，不是餓了嗎？」我一抬頭，看到方靖哥哥的眼睛，突然覺得，
很心安。

　　「晚安啦！」我掏出手機，發送完，就沉沉地睡著了。

# 想像臺灣

福建師範大學文學院本科 2015 級 楊梓皓

　　對臺灣的第一次印象，是在小學二年級。語文課本上的一篇《日月潭》，不僅讓我學到「名勝古蹟」這個四字詞，更在我的腦海裡留下對臺灣島的第一個印記。正是從那時起，我開始止不住地想像臺灣。

　　生長於東南沿海的我，總愛眺望海洋。從小媽媽便教會我，每次向一望無際的碧海眺望時，在我的左前方，遠遠地會有一座島嶼，那兒就是臺灣島。小時候的我不懂事兒，以為只要我學會了游泳，肯定可以遊到臺灣島上去的。小時候的我，青芒、蓮霧和鳳梨罐頭，成為我對臺灣的全部印象。

　　後來，我到過廈門，到過泉州，到過平潭。總愛想像臺灣的我，每一次登上海邊的山頂，面向大海，我總會向我的左前方極目遠眺，期待著憑藉自己的肉眼，在海平線上能隱隱約約看出一截海岸線。事實證明，每一次我總無法望到，哪怕是若隱若現的一點點我理想中的畫面。這使我越發地想像臺灣，那片似乎籠罩著神秘色彩的地方。站在將軍山，與臺灣島一峽之隔的地方，想像那座物產富饒的小島，想像那片風光迤邐的山脈，想像那些傳說中的建築與人文，我憧憬著，什麼時候我能不再想像，而是將我的足跡再往南走，踏上臺灣島。

　　當然，所有的想像，都只是來源於他人對自己的感官衝擊。我對臺灣的想像，不過是基於林清玄、余光中或是廖信忠的文字，抑或

是李安、九把刀或是齊柏林的鏡頭。從那些關於臺灣的文藝作品裡，我時常能讀出一種說不出來的感覺。一切既使我感到熟悉，同樣的黃皮膚黑頭髮，同樣的閩南語和不標準的普通話，同樣的許多生活習慣和日常細節；一切又讓我感到新奇，「摩托車」與「機車」，「鼠標」與「滑鼠」，「地鐵」與「捷運」，……

如果說這只是表面的異同之分，我從文學作品中感知到的臺灣，給我帶來更多想像的，是余光中老先生的散文。儘管主題與他在詩歌中反覆吟唱的思鄉基本一致，但散文與詩歌帶出的不僅僅是情感，還有更多因細節而傳遞給讀者更為深層次的切身體悟。

在《聽聽那冷雨》中，余老先生這樣寫道：「二十五年，沒有受故鄉白雨的祝福，或許髮上下一點白霜是一種變相的自我補償吧。一位英雄，經得起多少次雨季？他的額頭是水成岩削成還是火成岩？他的心底究竟有多厚的苔蘚？廈門街的雨巷走了二十年與記憶等長，一座無瓦的公寓在巷底等他，一盞燈在樓上的雨窗子裡，等他回去，向晚餐後的沉思冥想去整理青苔深深的記憶。」詩意的語言，深摯的情感，那份濃郁而強烈故國之戀，撥動著包括我在內的每一位讀者的每一根心弦，也撥弄著我對於寶島臺灣的另一份深沉的想像。

想像臺灣，即使是願望將要達成，我也從未暫停。在廈航的機艙內，倚靠在座椅上時，我仍閉目想像著它，一會兒見你，是否比想像美？我算著時間，當飛機緩緩下降，掠過臺灣海峽的時候，我向舷窗外望去。一片熟悉的海藍藍，包圍著一個長滿翠綠樹林的島嶼——那正是我一直想像著的臺灣島。眼前的畫面，是我從未想像過的，這一次，臺灣島通過我的俯瞰而非遠眺的視角，如此清晰地出現在我的眼前。更為壯麗的是，我眼前的畫面猶如碧藍的空中飄過一葉榕樹葉，飽滿而不失青翠，在無法用言語描繪的藍色襯托之下，更顯得明亮而優雅。

　　終於，終於，我帶著我十餘年的想像，來到了臺灣島。

　　在這裡，我到過海邊的小城基隆。我見過海，也想像過海，但直到我見到基隆灣畔的海，我才知道什麼叫做「超乎想像」。基隆的海的顏色，是一種別樣地、出彩地藍。我用手機、用單反，乞求能為我記錄下哪怕一張關於這片海天一色的碧海與藍天的記憶，但無論如何我總拍不出那種真實的美，一方面是我的技術有限，一方面是這種美景實在無法用 Film 和螢幕來呈現。無奈，我只能用肉眼，用心靈去感知眼前的這一切，感知那種奇妙的感覺。

　　地圖告訴我，我正對著的是太平洋，那是我從未凝視過的。從前，我在想像著隔峽相望的臺灣島，卻從未想像過，在臺灣島望向更遠的海洋。實際上，無需真正靠近海水，只消站在臺灣海洋大學的樓頂，望著正對面的寬廣無際的大海，淡淡的海水鹹味與清爽沁涼的海風，直撲我的臉頰，直舒我的心脾，瞬間我的一切睏意疲意一掃而光，取而代之的是由海洋帶來的清涼賜予我的神清氣爽。

　　我想像的臺灣的城市，原來只是臺北那種頗有規模的大城市。但我到的基隆，並不大，但又有城市化帶來的繁華與生機。也因為其城區較小，因此給人親近海洋的機會很多。晚上，我見到了《鼓浪嶼之波》唱到的基隆港。基隆港就在城區中央。雖然基隆港面對的只是一個封閉的海港，但它似乎從不委屈。夜幕降臨，遠處是燈紅酒綠的鬧市和夜市，但走過一條小橋，就來到基隆港旁。倚在基隆港前市民廣場的扶杆上，邊吹海風，憑眺大船和星星漁火時，卻也很能感受幾分徜徉海洋的洸洋自適。這裡與任何一個依海為生的城市一樣，有了大海的滋養，夜裡也增添了幾分恬靜與平和。

　　這裡的人們愛海，愛海的一切。走在基隆的街道上，吹著輕微拂面的海風，我突然發覺，我對臺灣的想像，似乎是那麼地膚淺。儘管我對臺灣島的天馬行空的幻想都是美好的，但真實地來到臺灣島

上，尤其是來到基隆灣畔，我才發現原來有比美好更加美好的。那是一種想像不到的景象，這裡的周遭像是一位海邊的漁民，打捕一天歸來後，緩緩地凝視著這裡的每一位遊人，默默聆聽他們對這裡的讚美與評論，也敞開懷抱為這裡的每一個人提供切身的美好。短暫的相見，似乎預示著我將更多的美好存留於腦海裡，帶著這兒清爽的海風，與湛藍的海洋，開始我下一次奇妙的想像。

# 憂鬱的基隆

福建師範大學文學院研究生 2016 級　余成威

時隔五年，再一次來到寶島臺灣，通行證上大寫的簽注提醒著，這回來不是遊山玩水的旅客，而是探索文藝的少年。這樣略帶玩笑的想法，確實是飛機側轉，望見臺灣時的感覺。

初遇基隆，狹小的街道，老舊的房屋，稀少的行人，讓我聞到了「老家」的氣味。當車前行到海大，城的逼仄被海的闊大所代替，腦海中自然而然浮現一句耳熟能詳的俗語。景色雖美，我卻沒了起初的興奮，相反卻有些感懷。自然不是路途的疲憊所致，可能是離海太近，即便不知道它的歷史，不知道它歷經的戰爭，不知道它的衰落，也能從那抹藍綠色中讀到基隆自在的憂鬱和憂鬱的神秘。

海洋賦予了基隆生命，也給基隆帶來了憂鬱。夜晚，穿過熱鬧的夜市和喧囂的人群，我獨步於基隆灣旁，微鹹的風吹來，繁忙的港灣已漸漸入眠，岸邊的燈塔依舊照耀著，牽引未歸的漁船回港。街道絢麗的燈光倒映在海面，被接連而來的浪打碎，如同天上的星辰，閃爍著耀眼的光彩。對岸山腰似好萊塢般的 KEELUNG 燈牌，好像在向我訴說昔日萬商雲集的繁華。基隆灣是什麼時候開始擁有如此靜謐的夜呢？在不遠處的洋面上，有過中法炮艦的交鋒，太陽旗搖曳的影子和四九年登島的北望，從書本走到現實，由歷史變成當下，本來是縹緲的想像，借助可感的現實，卻成了「真實」的存在，不禁感嘆想像力確實是人類之光。這樣靜，這樣美，這樣沉醉的夜，應該能引人

遐思吧。而我現在卻想不起當晚的萬千思緒，只記得便利店裡買的一杯優酪乳，味道似乎還不錯。

深海給人的感覺，是無比的靜，似乎處在靜止的狀態。然而無論深海多麼地安靜，海面上卻總會是「浪花一朵朵」，充滿著生機與活力。假設說基隆獨特的憂鬱感帶有深海的意味，那麼來自四面八方的海大學子們則更多地保持著海浪的象徵。

海大依山傍海的地理位置，足以滿足你期待春暖花開的文藝情懷。但岳呈兄告訴我，其實在春天，略帶鹹腥的潮濕海風，只會令你企盼夏日的來臨，而夏季颱風的威力，相信福建的小伙伴能感同身受。這一句話便將眾人「憂鬱」的詩情畫意，拉回了「殘酷」的現實中。研修營開幕當天，岳呈兄來得稍晚了些，後來才知道他是特地從臺中高鐵轉火車，火車轉公車趕來的。他是一個注重細節和熱衷創造的行動派，從文本轉化為圖像中的「餓了嗎」到手工製作時的漁船，都可窺見一斑。感謝岳呈兄的創意和指點，第一艘屬於我自己的「漁船」才能順利起航。當然，在這裡也必須向《海生》和《只是看海》的作者文雅同學致敬，從她的文字中，可以看到一份對海的情深和眷戀，這份純粹的憂鬱令人動容，讓我於字裡行間再次體味到海的滋味和氣息，感受到海的精神和情懷。

將「海洋」與「文學」碰撞，讓二者有機交融，激發出美好的懷想和精巧的創意，海大文創產業系的教學方法和課程模式，有其獨特的價值和優勢。在研修營開展過程中，海大老師在課堂上開展的文本—圖像轉換嘗試，讓我體會到了一次不一樣的海洋—文學課堂。只需要真實地表達對文字的閱讀初體驗，或深或淺地發掘文字背後蘊藏的情感，讓文字獲得具象化的依據。沒有高深理論的指導，也沒有既定框架的約束，雖然如此，我們的分析也或多或少地帶有學院派的印記。而文創設計系同學更具有藝術家的特質，他們能通過感性的想法

和不羈的靈感，將想像轉化為圖像，為理解文字內蘊的思想提供了一個直觀的鏡面，折射出獨特的光彩。從闡釋文字開始，文字到圖像，再到解讀圖像，轉用岱宗老師的理論來說，就是如海一般的感性思維推動著文本解讀，指引著圖像構設，整合出新的視界。海大的文創之美，為基隆的憂鬱增添了一抹藝術的亮色。同時，為我解析文本、求索文學點燃了藝術之火。這樣便十分契合我參加研修營探索文藝的初衷。

「海洋」為文學與藝術打開了創新之門，本次研修營則為長安山和基隆灣打開了溝通之橋，山與海的交匯，讓海大的小夥伴們聽到山的呼喚，讓我聽見海的聲音。聽見海的聲音，不僅是聽見憂鬱，聽見博大，聽見包容，更是聽見希望。即將離別的晚上，聽著基隆港依舊的濤聲，我不禁想到了支教結束時拍的紀錄片，名字正是《聽見海的聲音》。對於海大乃至於臺灣的孩子聽見海浪聲，看見大海，應該是件稀鬆平常的事情。但是，對於遠在西部內陸的甘肅孩子，聽見大海的聲音，可以稱得上是件奢侈的事，大海在他們心中到底是什麼樣的？我不斷摸索著這個曾經無比熟悉，現在又如此陌生的名詞。我想對於他們大海不是憂鬱的，而代表著美好的嚮往，是期盼已久的希望。凝視著窗外的萬家燈火，隨著燈塔照亮的方向，我的思緒慢慢地回到了兩千公里外的甘肅省古浪縣土門鎮，古浪二中，他們是在教室裡晚自習，還是回到家完成作業呢？好像都不是，曾經我教過的他們應該已經畢業，看到了屬於自己的大海；現在的他們正為了能看到更美的大海，而努力著……

一期一會，與有榮焉。分別時，我們總是會用力地揮動雙手，哪怕距離已模糊了彼此。不是因為我們捨得告別，只因為不願讓你看到轉身離開的淚水。每顆種子都將茁壯成長，每條江河終會奔流入海，願你們沖過險灘、跌過斷崖、撞過暗礁後，都能匯入浩瀚無垠的海洋。

　　再見了，憂鬱的基隆。沒有理由，我或許再也見不到你。我會記得，你的憂鬱曾驚豔我的時光。希望你那抹藍綠色，安靜的夜晚，微風的清晨，依舊是我想像中的樣子。

# 寶島行

福建師範大學文學院本科 2017 級　尤澳

　　初次踏入，已虔誠想像數年，或是無限風光，或是人文底蘊，又或是那繁榮的經濟帶來的城市便捷，淺淺淡淡的牽引朝向對岸，絲絲柔情的拉扯。體會郵票上的一抹彩虹，一灣清水。

　　早起為了趕上一班早機，天還朦朦，路燈有點黃暈，一行十五人師生洋溢笑容，伴著清晨的清涼正出發。飛機窗下越過藍色的海洋，從上而下看去一條長帶──臺灣海峽，這一道曾經經歷多少滄桑與分離，望而卻步的點點滴滴，有時化為雨水打在古老的瓦菲，奏成自然的曲調綿綿地偷偷潛入山山水水的懷抱中。慢慢著陸，這是新的地方，迫不及待地想去瞭解，前來接機的導遊和經理異常熱情，沒有差別，也是笑容，也是忙於介紹，後面的幾天與這張巴士結下了緣分，也與這裡的風土人情結下了緣分。

　　風光自古惹得文人惆悵客的鍾愛，醉心於自然的不朽，醉心於自然的靜沉。對於生活在遠離大海的我，海洋一直是個謎，從來沒有近距離接觸海的藍，海的流行。在野柳地質文化園，在東北角得以瞥見，第一次的與大海來一次擁抱。驕陽下人擁人擠，傘的黑膠也快要融化，汗水濕背已是常態，但為了大飽眼福這又算什麼了。最原始的地質地貌，幾個世紀的海水海風的拍打侵蝕，燭心石、化石、女王石……在盡頭，高處遠眺，可以讓人的燥熱，讓人的不愉悅，讓人的疲憊釋然，在這大海前還有什麼能夠不能放下，同時，也想對著天際大喊咆哮一聲，讓遠處小島上的人們，讓還在遠洋航行的人感受到來

自陸地的招手，來自陸地一聲親切的呼喚，可是不敢，怎麼可以熟視無睹這芸芸大眾而自我放縱呢？在基隆，在臺灣海洋大學的後花園，在當年的炮臺舊址，遺跡還在，炮臺溫度已經涼了，只存幾塊舊石頭，遍地草生，無人問津。拾級而上，到了山頂，景色絕佳，豁然開朗，混凝土的港口滄海一粟，龜山絲毫不動，穩如磐石，還有幾艘大大小小的觀光船遊行得非常緩慢，感受不到其變化。對面就是九份古城，盤踞在山谷之中，敬佩這裡的人們，能夠聰明地成熟地找到如何在這深山中修建房屋，能夠把山的地勢充分利用起來，應天時，順地利，最終達到人和。到了山頂，又是一片海景，視野更加開闊，盡頭的雲翻滾湧動。

其人文也厚重，因為近代的歷史變遷和殖民，這裡可以看到西方化的建築和生活習慣，紅毛城，九份……暗地裡訴說它的苦痛，過去因為入侵，面目全非，現在也正是因為那一段時光，可以步入現代化的軌道，自己活成自己特色，區別於大都市的嘈雜和熙熙攘攘，瀟灑鄉間小道，漫步於深谷幽蘭，從而透露出些許神秘，讓人嚮往。另一個文化與經濟結合的成功的就是其文創產品，在加入了一杯智慧和創意，可以化腐朽為神奇，讓低價值的隨處可見的材質煥發新的生機，讓庸俗的碎片重新用審美的眼光進入市場的視野。書店裡面的每頁書還印製繁體字，更具有古老的回憶，香味也散發出來引人著迷。

# 亂講，「誠品」才不只是醬紫

福建師範大學文學院本科 2015 級　張影

　　初到臺灣便聽說了「景觀標誌看臺北 101，文化標誌看誠品書店」這一句話。因此在赴臺的七天旅程中，頭一天便登頂 101 觀景臺。俯瞰臺北之時，一眼望去，湛藍的天空下，是一小塊一小塊指甲蓋大小的樓頂，布滿了城市的面孔。而在經歷了一週之久的遊覽、體驗、交流後，我瞭解了許多面孔下的故事，這些故事在時間的文火中慢慢煮熬，百味俱備地融化在這人世裡，像一鍋越來越黏稠的湯，漂浮著白煙，氣味濃郁，瀰漫，伸展，蔓延至整個世界。其中，「誠品」二字的「氣味」最為濃郁，遍布臺灣各個角落，也使人印象深刻。

　　談及「誠品」，人們不免想到臺灣本土自創品牌「誠品書店」。這家書店與一般印象中的傳統書店迥然不同，一踏進便可嗅到書店內附設雅座所飄逸的濃濃咖啡香，伴隨著書香，兩種氣味在空氣中巧妙結合，散發出迷人的氣息。明亮、開闊的空間，給人身居歐洲書城之感。值得注意的是，書店「誠品暢榜」的書單中多是一些有點冷門的好書，並非那些常攬獲大獎、為大眾讀者所熟知的暢銷書目。從店員口中得知，即便有些書在書架上「睡」了三個月之久，店員也不會將它處理至倉庫，因為他們認為「好書不應該是寂寞的」。書店也因此成為愛書者稱道之處。恍然思索，這份「好書不寂寞」的追求實則是對好書及其作者的關懷和欽慕，是對知識的嚴謹敬意。由此我似乎明白了以「誠品」二字命名品牌的內涵所在——誠是一份懇切的關懷，而品是一份專業的素養，是一份嚴謹的選擇。

　　當然，「誠品」二字在臺灣遠不只是一個書店的品牌，這份「誠品」心意也絕不僅現於誠品書店，我想它早已成為臺灣人溫潤性情的集合，是臺灣學者們人文關懷的綜合，是臺灣高校學子們實踐中的集體創作，是臺灣文化創意事業核心精神的集合……

　　研修的這幾日，與臺灣高校親密交流、參訪故宮等地、走覽臺灣各大特色老街——我看見的是臺灣的日常，日常的臺灣。臺灣人情好，我是真正領教了的，正應了那句古語「溫良恭儉讓」。譬如臺灣各大院校的迎送招待，全程沒有差錯，沒有橫生枝節，一切進程周詳而準確；又譬如酒店服務敬業到令人詫異，每個服務生遇客定會微笑鞠躬，若有額外的請求均可商量，交代之事也絕對準時辦妥；去酒店旁的便利連鎖店買個零食，摸出一把硬幣，櫃檯人員看我零錢太重，不吱聲的迅速數過，換給我整數的紙幣。

　　禮貌、笑容、抱歉、謝謝，沒有一次落空、尷尬、被拒絕。走在這樣的人叢中，偶然發現只有我粗心、急躁，在綠燈閃亮前躍躍欲試要跨越馬路線，實在慚愧。

　　飯桌上又是一番溫良與教養。隨口談及之事，自己倒是忘了，沒在意，但過幾日卻已被悄然辦妥，像變戲法一般；談話中張弛有度，不誇張也不渲染。若要說這是世故，卻也世故得自然而斯文，一點也不勉強，顯然一貫如此。這也並非臺灣對此岸客人的客氣，隨時、隨處，我都可以目擊到這樣的人情，實屬真實。這種集體性的溫良恭儉讓，裝不出來，也裝不像，確是街市上隨處可遇見的人兒。因此，這份「誠品」可以說是臺灣人透著家常歡愉的周到，是相處之道中的智慧。

　　除了心誠的集體習性外，在與臺灣高校教授們的溝通交流中，我深感臺灣高校中文系「品」的精神。北大中文系陳平原教授曾表示：「隨著時代演變，教育理念變了，知識體系不能不變；知識體系

變了，文學史途徑也不可能依然故我。大學裡的課堂講授，與社會上的各種潮流，也並非互不相干的。」而臺灣高校的中文系極好地實踐了文學與時俱進的轉變。參訪臺灣海洋大學之時，我有幸拜讀了該校人文社會科學學院幾位學者的論文，並聆聽他們就論文主題進行的一系列分享。臺灣海洋大學位於美麗的基隆港，由於這塊特殊的地理位置，這裡的人們多以捕魚作為謀生產業，而海洋更是成為了這方土地上人們生活中不可分割的一部分。或許正因為此，我從論文中發現，該院許多教授都在原有的學術基礎之上不斷向海洋文化的文學研究主題上進行挖掘。他們利用自身原先古代文學方面的專業素養，將海洋文學這一主題進行古今貫通，通過對古代文人詩作的鑒讀，品味古人的海洋精神，從而結合現代海洋文明，展望未來的海洋文學發展態勢。這一系列對於海洋文學的總結研究，無疑使我感到眼前一亮，我認為這是學術與生活緊密聯繫的成果。他們同時也將對海洋文學的關注傳遞給該校的學子們，這般舉動與該地區發展海洋文化的舉措更是息息相關。可見，在他們的中文系課堂講授中，文學與生活是相互滲透的，學者們研究視野的展開也同樣得益於生活的體驗。因此，這份「誠品」也是學者們對社會、生活的懇切，是專業素養的體現。

　　除此之外，這幾日所見的不計其數的文創產品也無不使我動容。小至臺灣高校文化產業專業的師生們，利用獨特的文創理念，為傳播當地「石花凍」文化，設計的包裝精美的「石花凍」產品；大至臺灣各處拔地而起的文創園區中的各類文化創意產品。

　　如今，臺灣文化已經形成了一種社會文化，一種全民文化，上文所提到的臺灣人的儒雅、有禮、對生活的關懷或許也已成為文化性格中的一部分滲入了他們的產業或事業之中，由此也就不難解釋為何臺灣的許多產品簡介上都含有一種產品文化精神和內涵的介紹。而這般「誠」的文化性格最終也融進了他們「品」的態度之中。臺灣文創

人總是在尋找差異性的產品，並力求擴大每一個產品本身的特色。拿參訪松山文創園區時所見的一支鋼筆為例，首先是該產品本身的設計上，臺灣文創人一改傳統的功能和生理需求，轉變為滿足消費者美學與心理需求的設計價值——簡言之，即追求從「可以用」、「很好用」到「很想用」的終極目標。另外，他們還注重好的包裝，因為一個符合產品同時貼心客戶的包裝，才是構建行銷價值的前提。譬如這款鋼筆是採用原住民紡織的特色花布作為包裝材質，可以讓產品充滿了濃濃的文化氣息，同時用古樸的牛皮紙製成傳統口袋狀外形，搭配上紙藤封口手柄，或者配上白色棉紙以及傳統書法文字撰寫，便可傳達出古樸自然的品牌形象。由此，不難體會到文創人品而第之的獨具匠心，使用者甚至能夠在產品小小的細節與創意中收穫驚喜與滿足。最後，臺灣文創人還追求建立產品與客戶之間的溝通，在這一點上，他們往往採用敘述品牌故事的辦法，營造情感氛圍。品牌故事的訴求往往會給產品本身帶去更多更具有特殊韻味的特質，因此他們著力尋找那些能夠打動人心的品牌故事。總而言之，臺灣文創人們，讓我看到的不僅是產品製造的手藝人，他們不僅傳承文化、傳承技藝，他們還堅持專注，不斷精進，努力實現著文化元素的再創造，推動著務實的創新和人性的設計。如此精益求精、嚴謹的品度，值得晚生學習。

　　總而言之，我所理解的「誠品」是一種態度，一種不斷精進自己又分享他人的生活態度。無論是日常臺灣人的相處之道，還是高校內師生的學術之旅，還是文創人的設計歷程，都已鑄成我心中的傳奇。在回榕的路上，想起他們，美好又光亮。於是，關於「誠」、關於「品」的故事被演了又演，講了又講。

# 回首是潛入時光的風

福建師範大學文學院本科 2015 級　陳藝菁

　　二〇一八年七月二十五日，早晨七點四十三分。大巴車穿行在新北市汐止區中高速公路上，我在臺灣的第三天。作為生長在海邊的地道廈門人，對一峽之隔的臺灣並不陌生。小的時候，衛視裡定點滾動著訪談類、觀察類的臺海新聞，北部、中部、南部一個個的城市名片，早已收進腦海；更早的時候，總是聽人說誰家的先生在臺灣做生意，帶回了新穎的玩意兒……我熟悉海浪的節奏和鹹腥氣息，也熟悉著閩南腔和閩南風土，知道臺灣是四面環海的島嶼，也知道臺語與閩南語無異。但事實上，從未涉足的我，對這裡的所有認識全部源於虛空的想像，就像陽明山，在我那站不住腳的印象中，它應該隆起在馬路邊上，並且始終帶一抹幽幽的灰綠。來到這兒才驚覺並非如此，果然，想像總有偽裝的時候。

　　坐著大巴穿梭街道，一窗之隔，在疏離的光影中，似乎看得清晰，也更清醒。每一個城市應該都有一種底色，就像人們說起伊斯坦布爾，總要說夕陽點點與集貿市場裡斑駁的橙黃色，以及那標誌性的土耳其藍。其實不一定是某種色彩，臺北城市有一種鮮明的視覺，沿邊爭相鬥豔的看板，一到晚上便閃爍著賁張的色彩，滿眼琳琅。還有一模一樣的黃色計程車，一模一樣的深色機車。感覺中，臺北公路的顏色似乎比我生活的地方更深，因而那些刷在路面上的白色斑馬線與指示標，便顯得更鮮活。到了夜晚，城市暗湧下的規整與冗雜，似乎更為和諧。事實上，一開始我驚嘆的是這裡特別多的「綠」，覆蓋度

高的綠植、四處一致的綠色交通指示燈。但要說綠，後來到了宜蘭的我，才明白在臺北見到的，不過小巫見大巫。陽光下的宜蘭高速路邊，一野的蔥綠透著赤金，夜色籠罩，綠和藍和黑的摻混，則像極古人所謂的鴉青。

或許，底色就是某種氣質。無論再怎麼增減裝飾，不變的始終不變。這裡的底色，有溫柔款款的觸覺，揉碎在軟糯而輕盈的臺灣腔裡，也滌蕩在車來人往的馬路上。

我始終覺得，每到一處，只有熟悉了城市，結識了幾個人，才算完整。對於煙火氣息的追求，我似乎總是過於偏執，非得有屬於自己獨特的體會不可。所幸，此行還是滿足了我的這點念想，在海大與年齡相仿的女生得以深入交流。的確，不同文化環境成長起來的人，或多或少存在許多細微的差異，但這種差異卻給談話一種「錯落有致」的張合感。為了更接近對方，我們總是嘗試改變著自己的口語習慣和思維方式，這個看似幽折的過程，最終在相互理解的時刻消解，變得值得。彷彿穿過迷霧後，吹來的迎春風，拋卻種種顧慮和外在的裝裹，我們為了面臨的同樣的成長壓力而煩憂，卻也因為有同樣的煩憂而乾杯。慢慢地，眼前的人好像變成自己相識多年的老友，可以開懷大笑，也可以互吐苦水。寫到這裡，不由再次感嘆人的奇妙，因為可以語言和思想，而能與陌生的靈魂交互。

在這個網路早已大舉進入生活的時代，沒有留下聯繫方式似乎是莫大的遺憾，在地理真實的人海茫茫中，不免想起諸如「再難相見」的悲情語錄。但轉念一想，或許這又是一份脫逃了網路的特別，因為難能再見，更難以相忘。我知道，她也一樣。日本茶道講求「一期一會（いちごいち）」，這個詞漂洋過海，在今天似乎成了許多廣告、許多人的慣用語，卻又有多少人能夠真實體驗呢？而回想起那日下午共同走過清寂的龍崗步道，此刻的我，或許能明白其中真意。

　　有人說，寫作是為了時光流逝使我心安，東西一旦落在紙上，那些過往的歲月便不會白費。懷著同樣的心情，我在看得到淡水河的地方，帶上耳機，聽五月天唱《志明與春嬌》。多年前一句「走到淡水的海岸」，承載著我對這裡的所有印象。而今真正走進，前奏響起的時刻，便好像捲入了時空交錯的縱深之中。這或許是我所追求的，又一種偏執而古怪的儀式感，讓過往和當下一同被感受，使彼時有限的「此刻」得以無限。畢竟「人生天地間，若白駒過隙，忽然而已。」

　　我們一頭扎進歲月的溫柔鄉裡，卻永遠只能看見遠遠揚起的裙角，抓不住卻始終為之著迷。謹以此篇記錄那段文學行腳的日子。

# 臺灣印象

福建師範大學文學院本科　高曼婷

　　二〇一八年的七月末，我和師大的老師同學們一行十五人一起踏上了為期一週的臺灣交流之行。與二〇一七年我的臺灣自由行不同，第二次踏上寶島臺灣，我更加深入地去瞭解了這座城市，觸摸這座城市的脈搏。

## 一　文創——在平凡的日子裡撿拾珍珠

　　交流的第一站我們參觀了臺北的松山文創園。文創，是臺灣這座城市最優雅的名片。臺灣人注重生活的藝術，在生活的細枝末節，我們都能看見臺灣人賦予它的精緻的意義。臺灣的文創不是張牙舞爪，特立獨行的，而是優雅細微的，靜水流深的。它可以在街頭巷角的咖啡店裡，可以在普通人家窗臺的一個花盆裡，可以在一家懷舊餐廳的陳設裡，甚至可以在書本裡的一頁插畫裡……在臺灣，每個人都是生活家，他們試著在生活的邊角裡開出花來，文創賦予生活的儀式感，就像在千篇一律的生活裡賦予了詩歌修辭的陌生化，又像在平凡時空的沙礫裡撿拾珍珠，每一個不經意的駐足回首間，都藏著一個動人心扉的故事。

　　在為期七天的臺灣行裡，我們交流團去了多所大學進行訪問交流。其中，在與臺灣海洋大學的交流會上，臺灣的莊教授為我們講述了一個文創例子，說的是臺灣當地和平島石花凍的包裝設計創意。

石花凍，又稱石花，由一種深褐色的海菜叫石花菜所製成。石花菜在採摘後經過六曬六泡的繁瑣處理後成白黃色，加水熬煮成湯汁，過濾後放在冰箱中冷藏，即成膠黏性的石花凍，呈透明狀，似果凍。將石花凍切成塊，再加點冰水放些糖，即是可口的石花凍冰。石花菜是沿海人家常見的海菜，身為福建沿海人，石花凍也是我童年難以忘懷的味道記憶，七八月的酷暑裡，母親常常熬煮給我們喝，它清爽甜美，價格低廉，幼時是隨處可見的，但長大後我卻越來越少能品嚐到它，故時常懷念它的味道，這次在臺灣偶遇幼時的味道，也的確讓我覺得熟悉又驚喜。

原來，隨著現代社會的發展，沿海的過度開發，臺灣和平島的石化菜資源也面臨威脅，這看似平常的東西，實際上有著強烈的地域特色，故而學者們呼籲保護這一珍貴的資源，文創者們開發包裝了它，為它賦予更多的意義，而石花菜作為一個文化意象在勾起人們集體記憶的同時，也在為人們講述一個過去的味道故事，這個故事喚起的共情效果讓人們認同這個文創產品，從而自然而然地拉動消費，創造經濟價值。

交流中，教授告訴我們，文創產品是美的包裝，而包裝的背後其實是在講述一個個故事，而這些故事應該是要喚醒人們共同的記憶的，而記憶便來源於人類共同的文化與情感。所以，做文創最終應當是做牽動人心的東西。

## 二 文化——血脈相連的深厚牽絆

在未去臺灣之前，我對臺灣的印象，應該是中學課本裡餘光中那首《鄉愁》，在我的記憶裡，海峽的那頭樣子與詩中眾多的意象纏繞在一起，它是一枚小小的郵票，是一灣淺淺的海峽，是一抹淡淡的鄉愁……

　　在踏足臺灣的一周裡，我們走過繁華的臺北，去過淡雅的宜蘭，看過藍色的基隆，觸摸臺灣的脈搏，在海峽對面的這座城市不僅沒有讓我覺得陌生，反而是如此的熟悉，或許是因為它和大陸那密不可分的血脈相連。

　　從臺灣的戲劇博物館裡，我們可以清晰地看見臺灣戲劇與福建閩南地區的戲劇風俗傳統的一脈相承；在參觀各個大學的圖書館中，我們見到了許多珍貴的古書文獻；在學術交流中，教授們探討儒學經典，說詩經談左傳，暢談古典詩詞，論說兩岸詩歌；作為青年學生的我們，也在交流中互相瞭解，互相學習，還一起動手製作了文創手工藝品……那首鄉愁彷彿還迴盪在耳邊，而當下兩岸學子親密無間的交流，卻不知不覺中搭建起一座心的鄉橋……

　　為期七天臺灣之行，我們與臺灣的青年學生們交流交談，收穫頗豐。同樣的語言，同樣的傳統，同樣的血脈，更是讓我們心心相連，不可分割。通過交流，我們更加熱愛中文這個專業，也看到了中文這個專業作為傳統專業未來更多的可能性。中文系，這個底蘊深厚的專業，它不會被時代的潮流淹沒，而是將用它更新的姿態去迎接未來，正如海峽兩岸的學子們，也將心心相連，攜手與共，一起走向更美好的未來。

曠野上的風

# 臺灣的味道

福建師範大學文學院本科 2016 級　陳夢婷

　　七月二十九日「灣灣」的黃昏與七月二十三日黎明破曉的榕城師大，有點兒相似，彷彿讓人置身於時空隧道，混淆視聽，但我知道這兩者卻又是大不相同的。

　　記憶中，臺灣的味道最初來自昏黃的舊屋內那臺九十年代的電視機，模糊的畫質並沒有影響到存在於腦海中的質感，反而愈加清楚了。它或許是「神機妙算劉伯溫」的奇妙刺激，或許是「那些年，我們一起追過的女孩」的青澀美好，又或者是「還珠格格」的古怪機靈……影視機前臺灣的味道彷彿盒子裡的巧克力糖，什麼滋味，充滿想像。臺劇便是我對灣灣味道的啟蒙，它是多彩的、久遠卻不失深刻的。

　　幾個月前的夢裡，我來到灣灣的街頭，望燈火通明，盼就地起舞。我是不相信夢境這種虛無縹緲的東西的，權當「日有所思夜有所夢」罷了，可誰能想到幾個月後，我能站在女王頭旁，享受著東海岸帶來的太平洋微鹹微濕的海風呢。軒姐說：「向東是太平洋，一路過去就能到美國，向西就能回福建。」向一望無際的海眺望過去，心裡空空的，摸不著邊。這不禁讓我自然而然地想到臺灣海洋大學的教授在海洋文學中提到的幾種意境，此刻也能感知一二。其實我是個容易暈船的人，因此我都盡可能地避免一切海上活動，如若真的有，那我在海上的最迫切想法也就是「快點靠岸吧，我要下船。」海洋本是個碩大縹緲的存在，陸地才是人們真正的依託。但是縱觀歷史，歷朝歷

代文人墨客對海洋的描寫不在少數，如〈樂府詩〉中「百江東到海，何時復西歸？」，又如〈將進酒〉中「黃河之水天上來，奔流到海不復回」。海洋文化終有其妙處和重要意義，等著我們去探尋。讓人遐想萬分的還是撲朔迷離，風情萬種的基隆碼頭夜景。達達的船聲伴著細膩的流水源遠流長，在用獨特的語調訴說著這裡的年復一年、人來人往的故事，等著你在橋邊的木頭圓桌上坐下來細細聆聽。這是一種怎樣靜謐柔深的味道啊。

青芒是「灣灣」的味道——酸酸甜甜，品嚐它，宛如初戀的少女，怦然心動；石花凍是「灣灣」的味道，清涼爽口，像是給心安上了翅膀，淺嚐輒止是做不到的；地瓜球是「灣灣」的味道，甜而不膩，好似能在口中慢慢嚼出一個夏夜的浪漫……味蕾是自然賦予人類最直接、最敏感的一項天賦，「灣灣」的味道讓我在睡前都能回味一圈。當然，我喜愛的舌尖上的「灣灣」在一定程度上與我的家鄉「泉州」有關了，兩岸同宗同源，熱愛閩南風味的我自然不會輕易放過在台的任何一道美食。

最令我懷念的當屬「灣灣」味道的溫度。這種溫度溫潤平和、直擊人心——「謝謝」、「對不起」「您請」、「慢走」這些禮貌用語從未有過地頻繁地縈繞在我的耳邊，每個人散發的小能量構成了城市的溫度。都說城市的建設需要加強人文情懷，文化氛圍，我想「灣灣」就是這典型代表了。在匆忙的街頭，你不必害怕錯過太多時間，因為人行道有九十秒；在悠長的小巷，你不必擔心迷路走失，因為熱心的「阿嬤」都會親切的為你指路。「灣灣」多了一絲溫情，少了一把冷漠，這是迷人的。

行程到了黃昏就注定走向離別，就像開始時那樣等待著相遇。緣分是種奇妙的東西，緣起緣滅、緣濃緣淡的確不是我們能夠控制的，我們能做的就是在巧合之際抓住那短暫的時光。

文化生活叢書・詩文叢集 1301045

# 曠野上的風
## ——福建師範大學文學院學生文學創作精粹 2019

主　　編　余岱宗、李彬源、張曉嵐
責任編輯　陳胤慧
特約校稿　林秋芬

發 行 人　陳滿銘
總 經 理　梁錦興
總 編 輯　陳滿銘
副總編輯　張晏瑞
編 輯 所　萬卷樓圖書股份有限公司
排　　版　菩薩蠻數位文化有限公司
印　　刷　森藍印刷事業有限公司
封面設計　菩薩蠻數位文化有限公司

發　　行　萬卷樓圖書股份有限公司
　　　　　臺北市羅斯福路二段 41 號 6 樓之 3
　　　　　電話 (02)23216565
　　　　　傳真 (02)23218698
　　　　　電郵 SERVICE@WANJUAN.COM.TW
香港經銷　香港聯合書刊物流有限公司
　　　　　電話 (852)21502100
　　　　　傳真 (852)23560735

ISBN 978-986-478-307-6
2019 年 12 月初版一刷
定價：新臺幣 800 元

如何購買本書：

1. 劃撥購書，請透過以下郵政劃撥帳號：
   帳號：15624015
   戶名：萬卷樓圖書股份有限公司

2. 轉帳購書，請透過以下帳戶
   合作金庫銀行 古亭分行
   戶名：萬卷樓圖書股份有限公司
   帳號：0877717092596

3. 網路購書，請透過萬卷樓網站
   網址 WWW.WANJUAN.COM.TW

大量購書，請直接聯繫我們，將有專人為
您服務。客服：(02)23216565 分機 610

如有缺頁、破損或裝訂錯誤，請寄回更換

國家圖書館出版品預行編目資料

曠野上的風 / 余岱宗, 李彬源, 張曉嵐主編. --
初版. -- 臺北市 ：萬卷樓, 2019.12
　面 ；　公分. -- (文化生活叢書 ；1301045)

ISBN 978-986-478-307-6 (平裝)

830.86　　　　　　　　　108013092